dtv

Für eine Versöhnung ist es zu spät: Zehn Jahre lang hat Maja Sternberg keinen Kontakt mehr zu ihrer Mutter Lilli gehabt – jetzt ist Lilli tot. Die Polizei in Wien spricht von Selbstmord, doch daran mag Maja nicht glauben. Von Schuldgefühlen gequält, beginnt sie, die Angelegenheiten zu ordnen. In der Wohnung ihrer Mutter findet sie deren Geburtsurkunde. Der Name des Vaters, der angeblich im Krieg gefallen war, fehlt. Als Geburtsort ist Hohehorst eingetragen. Ein Foto zeigt Großmutter Charlotte mit einem Baby, doch dieses Baby hat keinerlei Ähnlichkeit mit der hellblonden, blauäugigen Lilli. Und so begibt Maja sich auf die Suche nach den blinden Flecken in ihrer Familiengeschichte. Die ersten Spuren führen sie nach Hohehorst bei Bremen, das eine unrühmliche Vergangenheit als »Lebensborn«-Heim hat …
»Ein Roman voller überraschender Wendungen einer zunächst geheimnisvollen Lebensgeschichte, mit nachvollziehbar und lebensecht gestalteten Figuren und einer feinfühlig beschriebenen inneren Entwicklung derselben.« (Michael Lehmann-Pape auf rezensions-seite.de)

Anja Jonuleit wurde in Bonn geboren, lebte einige Jahre im Ausland und studierte Italienisch und Englisch. Sie arbeitete als Übersetzerin und Dolmetscherin, bis sie anfing, Romane und Geschichten zu schreiben. Sie lebt mit ihrer Familie in der Nähe von Friedrichshafen. Mit ›Herbstvergessene‹ ist ihr auf Anhieb ein großer Publikumserfolg gelungen.

Anja Jonuleit
Herbstvergessene

Roman

dtv

Ausführliche Informationen über
unsere Autoren und Bücher
www.dtv.de

Von Anja Jonuleit
sind bei dtv unter anderem erschienen:
Die fremde Tocher (21580)
Der Apfelsammler (21679)
Rabenfrauen (26104)

*Autorin und Verlag danken Dorothee Schmitz-Köster
für Anregungen und Hintergrundinformationen
aus dem 1997 erstmals im Aufbau-Verlag, Berlin, unter dem Titel
›Deutsche Mutter, bist du bereit … Alltag im Lebensborn‹
erschienenen und 2010 erweiterten Band mit dem Titel
›Deutsche Mutter, bist du bereit … Der Lebensborn und seine Kinder‹*

Ungekürzte Ausgabe 2014
5. Auflage 2018
© 2010 dtv Verlagsgesellschaft mbH & Co. KG, München
Zitat auf Seite 7 aus: Marie Luise Kaschnitz:
›Überallnie. Ausgewählte Gedichte 1928–1965‹
Erstveröffentlichung 1965, Berlin
(© Iris Schnebel-Kaschnitz)
Umschlagkonzept: Balk & Brumshagen
Umschlaggestaltung: Wildes Blut, Atelier für Gestaltung,
Stephanie Weischer unter Verwendung von Fotos von
ullstein bild und Alamy
Satz: Greiner & Reichel, Köln
Druck und Bindung: Druckerei C.H.Beck, Nördlingen
Gedruckt auf säurefreiem, chlorfrei gebleichtem Papier
Printed in Germany · ISBN 978-3-423-21540-4

*Für meine Kinder
Marlene, Astrid, Laura und Peter*

*Für meine Großmutter
Hedwig Hein,
die zwei Weltkriege erlebt hat*

Heute sah ich wieder dich am Strand
Schaum der Wellen dir zu Füßen trieb
Mit dem Finger grubst du in den Sand
Zeichen ein, von denen keines blieb.

Ganz versunken warst du in dein Spiel
Mit der ewigen Vergänglichkeit
Welle kam und Stern und Kreis zerfiel
Welle ging und du warst neu bereit.

Lachend hast du dich zu mir gewandt
Ahntest nicht den Schmerz, den ich erfuhr
Denn die schönste Welle zog zum Strand
Und sie löschte deiner Füße Spur.

                                         Marie Luise Kaschnitz

Prolog

Das alles liegt nun so fern von mir, und an manchen Tagen, den handfesten, tatkräftigen Tagen, an denen die Sonne bis in alle Winkel vordringt, an denen sich Aufgabe an Aufgabe reiht, verscheucht das wirkliche Leben die Gespenster der Vergangenheit. Und dann machen meine Hände mich glauben, mit ihren unendlich langsamen Bewegungen, dass ich schuldlos bin, dass das hier mein Leben ist und immer war: eine Aneinanderreihung harmloser und alltäglicher Verrichtungen. Und dass mein Leben allein daraus besteht, einen Teller, eine Tasse auf den Tisch zu stellen, das Messer danebenzulegen, zu warten, bis das Wasser brodelt, um dann das Kaffeepulver zu bebrühen und mir ein Brot mit Butter zu bestreichen.

Früher hatten die Tage viele Stunden, heute haben die Nächte zu viele und die Tage zu wenige. Staubpartikel tanzen in der Luft, schwirren, flirren und erinnern mich daran, dass sich auf alles Gewesene der Staub der Zeit legt. Und wenn man nicht daran rührt, wenn man ihn nicht aufwirbelt, so bleibt er liegen und bedeckt die Geheimnisse der Vergangenheit unter einem grauen Tuch. Und an hellen Tagen wiege ich mich so in der Illusion, dass ich alles nur geträumt habe. Dass ich alte Frau mich in nichts unterscheide von anderen alten Frauen. Dass ich bin wie sie, gelebtes Leben, der Anfang, der zurückkehrt, und die Stunden des Tages, die gerade ausreichen, mich an- und wieder auszuziehen, langsam und bedächtig.

In einem Silberrahmen über meinem Sekretär hängt ein gemaltes Liebespaar. Eng umschlungen sitzt es da, in einen weiten, weiten

Mantel gehüllt, sternenübersät. Um die Liebenden züngeln Flammen, Hände wie Klauen greifen nach ihnen und Dämonenfratzen grinsen hämisch. Doch die beiden scheinen nichts von alldem zu bemerken, sie halten sich. Die Gesichter einander zugewandt, sind sie versunken in ihrem Mantel aus Liebe.

Im Sternenmantel

Jahrelang habe ich mir gewünscht, ich könnte aufhören zu rauchen. Ich wollte frei sein von diesem Zwang, frei von dem Drang, nach einer bestimmten Zeit, spätestens nach zwei Stunden, wieder in die Packung zu greifen und mit spitzen Fingern eine Zigarette herauszuangeln. Der erste Zug war das eigentliche Antriebsmoment, schließlich ist nichts so gut wie das erste Mal. Und dabei meine ich nicht die ungeschickten Versuche zweier junger Menschen, sich körperlich näher zu kommen. Nein, ich spreche vom ersten Zug, vom ersten Schluck, egal, ob Kaffee, egal, ob Wein oder, wenn es sein musste, Grappa. Und manchmal musste es einfach sein.

Auf jeden Fall war das Nikotin ihr, Mutters, Erbe an mich, und wenn es eines gab, was wir gemeinsam hatten, dann war es unsere Leidenschaft fürs Rauchen im Allgemeinen und für den »ersten Zug« im Besonderen. Ich erinnere mich noch gut an ihren Gesichtsausdruck, wenn sie neben mir am Fenster stand, die Hand in den Ärmel geschoben, und ich hin und wieder ihr Profil betrachtete, unbemerkt zusah, wie sie die Augen schloss und inhalierte. Sie hatte dann für eine Weile – die Zeit, die es dauert, eine Zigarette zu rauchen – etwas Mildes und Ruhiges an sich, eine Kompromissbereitschaft, die kurz darauf, wenn sie mit ihren knochigen Fingern die Zigarette in den Aschenbecher aus Kristallglas drückte, verschwunden war. Und mit der Zigarette verglomm auch die fast schwesterliche Sympathie, die ich in diesen Augenblicken für sie empfand. Mutter.

Es hätte anders sein können, das Verhältnis zu meiner Mutter, und dass ich sie so viele Jahre nicht mehr gesehen hatte, war allein meine Schuld. Ich hatte ihre Erwartungen nicht erfüllt. Sie hat es nie verwunden, dass ich kurz vor den Abschlussprüfungen zum Konferenzdolmetscher das Handtuch geworfen habe, ohne triftigen Grund, in ihren Augen. Trotz hervorragender Leistungen und der Aussicht auf einen Job bei den Vereinten Nationen. Ich hätte viel Geld verdient, regelmäßig noch dazu, doch was das Ausschlaggebende gewesen wäre: Sie hätte *stolz* auf mich sein können. Auf *ihr Mädel*, das es, wie sie, geschafft hatte. Aber leider oder Gott sei's gedankt war es beim Konjunktiv geblieben: *Sie hätte stolz sein können!* Ein Lehrsatz wie aus einem Standardwerk *Deutsch für Ausländer*. Stattdessen habe ich der Welt des geschliffenen Wortes und damit auch Mutter den Rücken gekehrt und das gemacht, was schon immer mein Traum gewesen war: Ich hatte bei einem Freund in England eine Ausbildung als *Interior Decorator* und *Upholsterer* gemacht. Was für eine brotlose Kunst!

Und als an diesem Sonntagvormittag das Telefon klingelte und Wolf mir den Hörer reichte und mit hochgezogenen Augenbrauen stumm die Worte »Lilli Sternberg« formte, wusste ich, dass etwas Schlimmes passiert sein musste.

Das Schweigen zwischen meiner Mutter und mir dauerte nun schon zehn Jahre und unser Verhältnis, wenn man es denn noch als ein solches bezeichnen konnte, war auf je zwei Postkarten pro Jahr geschrumpft: eine zu unseren Geburtstagen und eine zu Weihnachten. Wir tauschten diese Karten jedes Jahr und in stummer Sturheit aus, und da wir beide demselben Sternzeichen angehören, das für seine Ausdauer bekannt ist, hatte ich manchmal die Vorstellung, wir würden auch nach unserem Tod noch Grußkarten austauschen.

Wolf hielt mir immer noch gestikulierend den Hörer hin und rollte mit den Augen, bis ich mich überwand, danach zu greifen.

»Hallo? Wer spricht denn da?«, hörte ich mich selbst sagen, absurderweise. Ich hielt den Hörer fest umklammert, und als mir ein barsches »Nun tu doch nicht so gschamig« entgegenbellte, wusste ich, dass sie es wirklich war. Ich hielt den Atem an, trotz allem ungläubig, ihre Stimme zu hören, die noch rauer, noch krächzender geworden war, eine richtige Raucherstimme, ein weiblicher Joe Cocker. Einen kurzen Augenblick lang lauschten wir beide dem summenden Schweigen in der Leitung, und als täte ihr der harsche Auftakt plötzlich leid, fragte sie: »Wie geht's dir?«

Ich straffte die Schultern und wandte mich abrupt um, weg von Wolfs forschendem Blick, von der Besorgnis, die er ausstrahlte. Ich räusperte mich und antwortete mit fester Stimme: »Es geht uns gut. Danke.« Und eine Weile später, als ich die Stille nicht mehr aushielt, fragte ich: »Und dir? Bist du krank?«

Ich hörte sie schnauben, doch ihre Antwort klang überraschend milde, was mir mehr Sorgen machte, als wenn sie mich angeherrscht hätte.

»Es ist so: Ich muss mit dir über etwas sprechen.«

Ich zögerte. Mutter war nicht der Typ, der um den heißen Brei herumredete. Was ich oft bedauert hatte, denn ihre Direktheit war verletzend und ein bisschen mehr Diplomatie hätte ihr gut zu Gesicht gestanden. Was also konnte so wichtig sein, dass meine starrköpfige Mutter ihr über Jahre gehegtes Schweigen nun brach?

Sie sagte: »Es ist wichtig.«

»Na ... dann ... Ich hab Zeit. Du kannst sprechen.«

Sie schnaubte wieder und fuhr mich an: »Nicht am Telefon! Es gibt da etwas, was ich dir sagen muss ... und zeigen.«

Ich überlegte. Was sollte *das* denn bedeuten? Wollte sie mich besuchen kommen? Mich mit Wolf unter die Lupe nehmen und womöglich feststellen, dass ...

»Es wäre das Beste, wenn du kämst«, schnitt sie meine Überlegungen ab.

»Na ja ...« Ich versuchte Zeit zu gewinnen. Im Moment war es schwer, hier alles stehen und liegen zu lassen. In der kommenden Woche konnte ich auf keinen Fall hier weg, denn ich musste den Fliesenlegern, die im Haus eines meiner Kunden arbeiteten, hin und wieder eine Stippvisite abstatten. Also sagte ich: »In einer Woche. Vorher geht's auf keinen Fall.«

Sie zögerte einen Moment, ehe sie mit etwas zittriger Stimme antwortete: »Also gut. Dann in einer Woche.«

Der Flieger kreiste über Schwechat, drehte nach Osten hin ab und landete in der Warteschleife. So hatte ich noch ein wenig Zeit nachzudenken. Durch den Nieselregen erkannte ich ein sumpfiges Gewässer, das ich früher nie gesehen hatte. Groß und grau und stumpf lag es da, umgeben von einem braunen Schilfgürtel, seltsam unberührt und wie herausgelöst aus der übrigen Landschaft, die aus Feldern und Siedlungen bestand. Als habe nie ein Mensch die Einsamkeit zu stören gewagt. Ich war nervös, ich hatte Lust zu rauchen, mich an etwas festzuhalten. Grübeleien kamen und gingen und irgendwann, vielleicht nach der dritten Schleife, nahm der Flieger wieder Kurs auf den Flughafen und wenig später, viel zu früh, spürte ich das Vibrieren der Räder auf Beton. Bald würde ich ihr gegenüberstehen.

Nach Oma Charlottes Tod war Mutter »ganz« nach Wien gegangen. Ganz bedeutete, dass sie Omas Haus in Lindau, in dem sie hin und wieder während ihrer Einsatzpausen gewohnt und Oma Gesellschaft geleistet hatte, an eine siebenköpfige Familie vermietet hatte. Das Ferienhaus an der ligurischen Küste hatte sie für ihren Gebrauch behalten. Ich dachte bedauernd daran, denn ich wäre gerne wieder einmal hingefahren.

Mutter war Dolmetscherin bei den Vereinten Nationen, ein mnemotechnisches Wunderkind, und ich wusste, dass man sie sogar jetzt noch, mit Mitte sechzig, hin und wieder holte. Denn das hatte neben dem obligatorischen *wünscht dir Mutter* auf der letzten Weihnachtskarte gestanden. Natürlich hatte sie es sich nicht verkneifen können, mir diese Nachricht zukommen zu lassen – und damit die Botschaft, dass *sie* immer noch »auf höchster Ebene« mitmischte.

Am Volkstheater verließ ich die U-Bahn und wartete oberirdisch auf die Straßenbahn. Wenn ich es recht in Erinnerung hatte, brauchte ich die Linie 19. Ich war die Einzige, die hier herumstand, und daraus schloss ich, dass ich sie gerade verpasst hatte. »Wie du die größte Chance deines Lebens verpasst hast«, hätte Mutter in ihrer pathetischen Art dazu sicher gesagt. Und hinzugefügt, dass ich ein schwieriges Kind gewesen sei.

Mir war kalt, aber vielleicht lag das an der Wiedersehensangst. Im Volkstheater waren schon die Lichter an. Eine Weile lang stand ich mit hochgezogenen Schultern herum und träumte mich in die Wärme. Und in die Sicherheit. Jetzt einfach so dasitzen und zwischen Unbekannten auf eine Bühne sehen dürfen.

»Du willst dein Leben damit verbringen, den Leuten zu sagen, wo sie ihre Sessel hinstellen sollen?«, hatte Mutter bleich, die Lippen ein Strich, herausgepresst, als ich ihr verkündete, was ich in Zukunft tun wollte. Und das war für Jahre der letzte Satz gewesen, den ich mir angehört hatte. In der Zeit, die darauf folgte, war es meine Großmutter Charlotte, die hin und wieder ein Wort über Mutter verlor, sodass ich zumindest wusste, dass sie noch lebte. In diesen Jahren schafften meine Mutter und ich es manchmal, uns nur ein paar Stunden voneinander getrennt die Klinke in Charlottes Haus in die Hand zu geben. Nachdem das Schweigen fünf Jahre gedauert hatte, war es Charlotte zu bunt geworden und sie hatte diese Stunden herausgeschnitten und uns, Mutter und mich, zeitgleich in ihr Haus gelockt. Dort war es dann zu einer Art zähneknirschenden Versöhnung gekommen, bei der keine von uns echte Einsicht zeigte und sich entschuldigte (wofür auch!). Und auf die Phase des verbissenen Schweigens war dann eine Phase der verbissenen Weihnachtsgrüße gefolgt, die irgendwann auch Geburtstagskarten einschloss. Das einzige Mal, das ich Mutter nach diesem unfreiwilligen Treffen in Oma Charlottes Haus wiedersah, war bei deren Beerdigung.

Meine Mutter hat mir nie verziehen, dass ich nicht die gleichen Träume habe, die gleichen Vorstellungen davon, was im Leben erstrebenswert ist. Sie hat mir nie verziehen, dass ich nicht wie sie bin. Das klingt hart, aber es trifft den Nagel auf den Kopf. Sie war schon immer stark und sicher, extrem selbstbewusst. Mutter hatte Gewissheiten. Sie konnte charmant sein, hatte Humor und zeigte ihn auch (wenn sie wollte und wenn sie jemanden mochte). Aber sie konnte genauso gut beißend und zynisch sein (wenn sie jemanden nicht mochte). Vor allem aber glänzte sie auf gesellschaftlichem Parkett und betrieb Konversation par excellence. Eine Kunst, die mir immer fremd gewesen ist.

Durch den eisigen Nieselregen sah ich in die Richtung, aus der die Straßenbahn kommen sollte. Am Sonntag war der erste Advent und die Straßen und Schaufenster waren schon geschmückt. Ich liebte all die Lichter und den festlichen Glanz, auch wenn das natürlich nur dazu diente, das Vorweihnachtsgeschäft anzukurbeln. Als die Tram nach zehn Minuten noch immer nicht kam, nahm meine Ungeduld überhand. Ich trat aus dem Wartehäuschen in den Regen, zurrte mir den Schal zurecht, stellte den Kragen auf und lief los. Das hatte nichts damit zu tun, dass ich Mutter nun doch so schnell wie möglich sehen wollte. Ich war nur generell unfähig, längere Zeit auf etwas zu warten.

Der Nieselregen ließ mein Gesicht prickeln, Nässe kroch unter meinen Kragen und ich fluchte darüber, dass ich keinen Schirm dabeihatte. Wolf rührte jetzt wahrscheinlich gerade in den Töpfen und kochte sich ein feines Abendessen, wobei er sich ab und zu einen Schluck Rioja genehmigte. Mir wurde warm ums Herz und die Ressentiments gegen ihn, die ich in den letzten Monaten immer öfter gehabt hatte, waren plötzlich wie weggewischt. Meine verkrampften Gesichtsmuskeln entspannten sich und unwillkürlich lächelte ich: Morgen wäre ich wieder zurück, Wolf würde mich vom Flughafen abholen, nach Hause fahren und etwas Leckeres für mich kochen. Alles

Unangenehme läge hinter mir und er und ich würden wieder neu beginnen.

Als ich eine halbe Stunde später vor der Haustür stand, lag die Feuchtigkeit wie ein Gewicht auf meinen Schultern. Ich schloss kurz die Augen und klingelte. Das Herz schlug mir bis zum Hals, meine Handflächen schwitzten, die Finger waren steif vor Kälte. Gleich würde sie den Summer betätigen, die Tür würde aufgehen, ich würde die vier Stockwerke zu Fuß hinaufgehen, nicht weil ich so sportlich war, sondern weil ich es im Moment nicht ertragen könnte, irgendwo herumzustehen – auch nicht in einem ratternden Jugendstilaufzug, dessen skurrile Eleganz ich sonst gerne bewundert hätte. Ich klingelte noch einmal. Vielleicht hatte sie es nicht gehört. Ich starrte die Tür an, ratlos, abwartend. Hinter mir rauschte der Regen, ich drehte mich um und sah zu, wie die Tropfen auf den Bürgersteig fielen und zerplatzten. Meine Fußspitzen in den Lederstiefeln waren kalt und feucht, das Braun des Leders war dunkel, fast schwarz. Als nach wiederholtem Klingeln immer noch nichts geschah, regte sich Unmut in mir. Wo war sie? Abrupt wandte ich mich ab. Dann eben nicht! Dachte sie, ich würde hier auf sie warten wie ein entlaufenes Hündchen? Nein, nicht mit mir. Ich würde jetzt gemütlich ins Hotel gehen, duschen, mir trockene Sachen anziehen und dann weitersehen.

Das *Hotel Kugel* lag ebenfalls in der Siebensterngasse, nur ein paar Häuser weiter. Ich öffnete die Tür und ein überheizter Vorraum empfing mich. Der Mann an der Rezeption war groß und dürr. Er schaute mich mit geschäftsmäßiger Freundlichkeit an, ich nannte meinen Namen, schob ihm meinen Pass zu, woraufhin er ein Formular vor mich hinlegte. Hinter ihm an der Wand hing ein altmodisches Schild, auf dem die verehrten Gäste darauf hingewiesen wurden, dass man hier nur bar bezahlen konnte. Und im Voraus. Am liebsten hätte ich auf dem Absatz kehrtgemacht, doch der Wunsch nach heißem Wasser und trockenen Kleidern war übermächtig. Also bezahlte ich für eine Nacht und nahm den Zimmerschlüssel für die 101 entgegen. Zwischen Fahrstuhl und Rezeption stand ein altmodischer Schuhputzapparat, mit Bürsten in Schwarz und Braun und einer Trittfläche aus schwarzem Profilgummi. Ich trat darauf und sah zu, wie die Bürsten losratterten und meine wasserfleckigen Stiefel polierten. Ich stieg die roten Teppichstufen hinauf, die beiden Taschen über der rechten Schulter. Ich hatte für die eine Nacht nicht viel mitgenommen. Morgen säße ich schon wieder im Flieger Richtung Deutschland und das Gespräch mit meiner Mutter wäre Vergangenheit.

Die zurückliegende Woche hatte ich damit zugebracht, mir unser Wiedersehen in den verschiedensten Farben auszumalen. Da gab es die tränenreiche und pathetische Reunited-Version, bei der sie mich für ihre Versäumnisse um Verzeihung bat und mir reumütig versicherte, sie habe Unrecht gehabt und endlich eingesehen, dass jeder Mensch »seinen eigenen Weg« gehen müsste. Eine andere Version, die wie ein Super-8-Film vor mir ablief, war die Enterbungsszene: Mutter, die wie ein Scherenschnitt vor mir stand und mir eröffnete, dass ich von ihr keinen Cent erhielte und dass Omas und Mutters Vermögen karitativen Zwecken zur Verfügung gestellt werden würde. Und dann gab es noch die »Mir bleibt nur wenig Zeit«-Version, in der sie mir gefasst, aber mit tränenfeuchten Augen von einer unheilbaren Krankheit berichten würde. Und noch eine letzte Möglichkeit war mir eingefallen – »die Chronik einer angekündigten Hochzeit«: Mutter, die (nach dem Pech mit meinem Vater – auch etwas, was sie mich hatte spüren lassen) verkündete: »Ich habe einen Menschen gefunden, mit dem ich alt werden möchte. Ich werde heiraten.« Ich würde eine etwas ältliche, aber elegante Brautjungfer abgeben und in einem schlichten eierschalenfarbenen Kostüm Blumen werfen.

Als ich in meinem feuchten Mantel in dem überhitzten Gang vor der Nummer 101 stand, fühlte ich mich wie eine Dampfkartoffel. Grimmig stellte ich fest, dass die Zimmertür genau gegenüber vom Fahrstuhl lag.

Immerhin war es im Zimmer nicht ganz so heiß wie auf dem Korridor. Ich stellte meine Tasche auf die Gepäckablage, zog Mantel und Stiefel aus und öffnete das Fenster. Das Zischen von Autoreifen auf Asphalt und das Summen einer anfahrenden Tram drangen herein. Ich kramte in meiner Tasche und stellte mich rauchend ans Fenster. Einen Moment lang schloss ich die Augen, inhalierte tief und fühlte, wie ich mich entspannte. Auf der gegenüberliegenden Straßenseite hingen vor einem Geschäft indische Seidenschals in allen erdenklichen Farben; daneben war eine Bäckerei, deren Lichter hell und freundlich in die hereinbrechende Dämmerung schimmerten. An der Tramhaltestelle war jetzt nur noch ein Mann mit einem altmodischen Hut, wie ihn Männer in amerikanischen Filmen aus den Vierzigern und Fünfzigern trugen. Er hatte keinen Schirm und stand einfach so da, im Regen. Sein Gesicht lag im Schatten des Hutes, doch aus irgendeinem Grund hatte ich das Gefühl, dass er zu mir heraufblickte und mich ansah.

Eine Stunde später trat ich, den Schirm des Portiers in der Hand, erneut auf die Straße. Inzwischen war es dunkel geworden, die Bäckerei und der indische Laden hatten geschlossen. Wieder wartete ich vergeblich, trat von einem Bein auf das andere und wusste nicht, wie ich mich verhalten sollte. Ich hatte Hunger, denn seit dem trockenen Sandwich im Flieger waren Stunden vergangen. Ich überlegte, ins *Siebensternbräu* zu gehen, etwas zu essen und von dort aus immer mal wieder anzurufen. Die Gastwirtschaft lag nur ein paar Häuser von der Wohnung meiner Mutter entfernt. Ich könnte auch im *Café Kairo* warten, das direkt gegenüber lag und von dem aus man die Haustür im Blick hatte. Ich wandte mich ab, als eine Frau, etwa im Alter meiner Mutter, an mir vorbeiging, zwei Einkaufstüten von *Billa* abstellte und den Schlüssel ins Türschloss steckte. Ich zögerte einen kurzen Moment, dann sagte ich seltsam stockend: »Verzeihen Sie, ich ... wollte zu Frau Sternberg. Aber sie ist nicht da.«

Die Frau, die gerade dabei war, die Tür aufzustemmen, ließ diese wieder zufallen. Sie war klein und mit einem Gesicht voller Misstrauen gesegnet, und als ich nichts weiter sagte, baute sie sich vor mir auf, so gut das eben ging bei einer Körpergröße von 1,50 Meter, und fuhr mich an: »Habt's ihr denn nichts Bessres zu tun, als euch am Unglück andrer zu ergötzen!«

Wovon sprach sie? Ich räusperte mich und wollte nachfragen, doch sie hatte sich schon wieder umgedreht und die Haustür erneut aufgeschlossen. Als sie nach den Tüten griff, glaubte ich die Worte »Journalistengeschwerl von der Kronenzeitung« zu verstehen. Bevor sie mir die Tür vor der Nase zudrückte, rief ich: »Ich bin doch nicht von der Zeitung. Ich bin die Tochter. Frau Sternberg ist meine Mutter.«

Bei diesen Worten hielt sie inne und grinste hämisch: »So, so, die *Tochter*! Aus welcher Versenkung ist die denn plötzlich aufgetaucht!« Ihr Lachen klang bitter, offenbar glaubte sie mir nicht.

Ich rief ihr hinterher: »Aber ich bin Frau Sternbergs Tochter. Ich bin heute aus Deutschland gekommen. Meine Mutter hat mich angerufen. Vor einer Woche. Sie wollte mich ...« Ich verstummte. Was tat ich da eigentlich? Wieso legte ich einer fremden Frau Rechenschaft darüber ab, wer ich war? Etwas in meinem Schweigen schien die Frau zu berühren, denn sie war stehen geblieben und sah mich nun mit einem forschenden Blick an. Mit einem Mal wirkte sie unsicher. Sie öffnete den Mund, wie um etwas zu sagen, schien jedoch nicht recht zu wissen, was oder wie. Als sie dann doch sprach, klang ihre Stimme auf einmal leise und ich hatte Mühe, sie zu verstehen: »Ja, dann können Sie es freilich noch gar nicht wissen ...« Ihr Blick ging mir durch Mark und Bein, und noch bevor sie weitersprach, wusste ich, dass etwas Entsetzliches passiert sein musste.

Sie hielt mir die Wohnungstür auf und führte mich zu einem Stuhl, auf den ich mich jedoch nicht setzte.

»Die Tochter san S'?«

Meine Finger umfassten die Stuhllehne. Ich nickte und sah sie an. Sie erwiderte meinen Blick.

»Sie hat von Ihnen erzählt, manchmal. Sie wohnen am Bodensee, nicht?« Und schließlich, als es nichts anderes mehr zu fragen und zu sagen gab, hörte ich die Worte, die später noch lange in mir nachhallen sollten, so unbegreiflich und furchtbar waren sie:

»Sie ist tot. Ihre Mutter ist tot.«

Gestern Nacht träumte ich wieder von Hohehorst. Es war das erste Mal nach all den Jahren, und selbst im Traum spürte ich das Erstaunen, das mit dieser unvermittelt auftauchenden Erinnerung einherging. Wie am Tag meiner Ankunft saß ich im Wagen vor den beiden Pförtnerhäusern und links und rechts des Tores ragten die Laternen wie grausame Kronen in die Dämmerung. Wie damals öffnete sich das Tor wie von Geisterhand und der Wagen setzte sich lautlos in Bewegung, glitt vorüber an den wehrhaften Kronen und in den Wald hinein. Der Weg vor uns verlor sich im Dunst, er schien ins Nichts hineinzuführen. Die Bäume nahmen Gestalt an und verschwanden wieder, Zweige schienen wie Hände nach mir zu greifen. Und plötzlich – zu plötzlich – stand ich vor dem Haus, auf einem leeren Platz, ganz allein. Der Wagen mit dem Chauffeur war verschwunden und rings um mich her war nichts zu hören als das leise Prickeln der Feuchtigkeit auf den Blättern. Ich sah empor an den grauen Mauern, ließ meinen Blick über die unzähligen Fenster gleiten, die alle seltsam leblos wirkten, wie erloschene Augen. Und während ich noch zögerte und mich fragte, was nun zu tun sei, erschien ein Gesicht hinter einer Scheibe, hoch oben, im zweiten Stock, ganz am Ende des Hauses. Ein Mann stand dort und sah zu mir herunter, bewegungslos. Und noch während ich hinaufstarrte und sein Gesicht zu erkennen suchte, hielt ich plötzlich ein Kind im Arm, in eine Decke gewickelt, wie ein Bündel. Das Kind begann zu wimmern und ich murmelte sinnlose Worte des Trostes vor mich hin. Als ich aufblickte und wieder nach oben sah, war der Mann verschwunden. Und plötzlich wusste ich, dass ich fortlaufen musste, jetzt, sofort, so schnell ich konnte. Der Mann würde versuchen, mir das Kind wegzunehmen. Da tauchte auch schon eine Gestalt aus dem Dunst hinter mir auf, und noch bevor ich ihn erkannte, wusste ich, dass er es war.

Es war dieser Traum, der mich bewog, meine Geschichte niederzuschreiben. Natürlich frage ich mich, wem es nutzt, wenn all das, was ich erlebt, all das, was ich getan habe, ans Tageslicht kommt. Letztendlich ist es nicht mehr als der Versuch eines Menschen, schreibend eine Art Absolution zu erfahren.

Ich weiß nicht recht, wo ich beginnen soll. Lange habe ich wach gelegen, die Nacht malte ihre Schatten an meine Zimmerwand, und manchmal, wenn ein Auto vorüberfuhr, fingen die Schatten an zu wandern, über Wand und Decke. Ich bin schließlich aufgestanden und habe das Fenster geöffnet. Nun stehe ich da und schau hinaus in den Regen. Vorher habe ich nur einzelne Tropfen gehört, die wie winzige Finger an die Scheibe geklopft haben, auf den Fenstersims, ein tickendes, zärtliches Geräusch. Mit dem Öffnen des Fensters ist der Regen präsenter geworden, drängt sich in das Zimmer und in mein Bewusstsein. Ich höre sein gleichmäßiges Rauschen und spüre, wie die kühle Luft, die er mitbringt, den Raum erfüllt. Ich schließe die Augen und höre ihn, sein Rauschen aus der Unendlichkeit, wie er schon vor tausend Jahren rauschte. Und jetzt weiß ich auch, wo ich beginnen werde. Denn der Regen trägt mich zurück. Zurück zu jenem Tag, an dem ich Paul das erste Mal sah.

Heute Morgen ist es ... passiert. Sie ist von ihrer Dachterrasse gefallen. Oder gesprungen. Das weiß man nicht genau.« Ihre Worte klangen wie fremdartige Laute, denen man nachträglich einen Sinn zuzuordnen versucht. Ich sah die Frau auf mich zukommen, sie sprach weiter, bewegte die Lippen, ohne Ton, und fasste mich am Arm und führte mich zu einem Sofa, in das sie mich hineindrückte, ich weiß noch, dass es ein Kirschholzsofa mit einem Biedermeierstoff war, offensichtlich frisch aufgepolstert, denn die Sprungfedern waren hart und der Stoff jungfräulich, wie unberührt. Und dann dachte ich, dass jetzt alles anders war, alles. Dass es ab jetzt nie mehr so sein würde wie bisher. Dass ich etwas versäumt hatte, etwas Entscheidendes, das in seiner furchtbaren Endgültigkeit für immer mein Begleiter sein würde: Ich war zu spät gekommen.

Die Frau verschwand und kehrte wenig später mit einem Tablett und einer Karaffe mit einer braunroten Flüssigkeit zurück. Glas klirrte an Glas und sie hielt mir etwas an die Lippen, das nur Cognac sein konnte. Ich reagierte nicht, sie sagte: »Trinken S', Sie sind ja weiß wie ein Leintuch.«

Und dann trank ich und wieder hörte ich die Frau sprechen, in Satzfetzen, die kamen und gingen, mit Wörtern, die wie Treibgut im Raum herumirrten. »... so furchtbar ... nicht glauben ... auch nicht der Typ ... hin und wieder ein Glaserl miteinander... sooo viel Interessantes ... Arbeit ...« Der Alkohol breitete sich in meinem Körper aus, in meinen Gliedern, meine Kehle brannte und in meinem Nacken spürte ich ein weiches Kribbeln, das mich nachgiebig machte und irgendwie eine Distanz zu mir selbst erzeugte.

»Bitte erzählen Sie noch einmal. Von Anfang an. Alles«, sagte ich zu der Frau, deren Namen ich, wie mir jetzt auffiel, immer noch nicht kannte. Ich hielt ihr mein leeres Glas hin, und als sie die Karaffe zum Nachschenken anhob, fragte ich: »Wie heißen Sie?«

»Erna Buchholtz«, antwortete sie und strich sich über das kurze graue Haar, das wie ein Helm um ihren Schädel lag, »Mit tz.«

Die Frau, die Erna Buchholtz hieß, verschwand und kam mit einem zweiten Glas zurück, schenkte es voll und leerte es in einem Zug. Dann setzte sie es leise ab, ganz vorsichtig, als wollte sie die Geister, die den Raum bevölkerten, nicht verscheuchen. Ich betrachtete sie, es war alles so unwirklich, und wartete darauf, dass sie wieder zu sprechen begann:

»Heute Morgen. Es war noch ganz früh. Sieben oder so. Da hat's plötzlich bei mir geläutet und da stand die Polizei und fragte nach Ihrer Mutter.« Ob Frau Sternberg allein lebe und ob sie, Erna Buchholtz, von Angehörigen wisse. Bei dem Wort »Angehörige« sei ihr ganz seltsam zumute geworden und sie habe gleich gewusst, dass etwas passiert sein musste. Und dann sagten die Beamten, dass es einen »Vorfall« – ja, dieses Wort hätten sie verwendet – dass es also einen Vorfall gegeben habe. »Dass sie – o Gott, ich darf mir das gar nicht vorstellen – irgendwann in der Nacht von ihrer Terrasse hinuntergesprungen ist. Ich wollte ... konnte das nicht glauben, denn das hätte ja bedeutet, dass ich in aller Seelenruh geschlafen habe, während sie ...«

Noch bevor ich näher darüber nachdenken konnte, sagte ich: »Meine Mutter hätte sich niemals umgebracht.«

Erna Buchholtz sah an mir vorbei, ich konnte nicht recht einschätzen, was sie dachte, aber aus ihrem Blick sprachen Mitgefühl und etwas, das mich vermuten ließ, sie wüsste Dinge, die mir verborgen waren.

Erna Buchholtz setzte sich auf ihrem Stuhl zurecht; das Knarzen des Geflechts klang überlaut in der Stille. Dann sagte sie, und ihr Blick war auf einen Punkt hinter mir an der Wand gerichtet: »Warum haben Sie sie nie besucht?« Die Worte trafen mich wie ein Peitschenhieb, ich konnte und wollte nicht darauf antworten, weil jede Erklärung wie eine lahme Ausrede geklungen hätte. Jetzt, wo alles anders war.

Da sagte Frau Buchholtz unvermittelt: »Wo sie doch so krank war, der Krebs ...«

Mein Atem zitterte und das Gefühl, in einem Albtraum zu stecken, wurde übermächtig. Ich wollte aufstehen, davonlaufen, ich wollte aufwachen und alles sollte sich in Wohlgefallen aufgelöst haben: die Angst und der Schmerz, die Ohnmacht. Und die Erkenntnis, versagt zu haben. So endgültig, dass es nie mehr gut werden würde.

Das Gespräch endete zu später Stunde und damit, dass ich zu viel geraucht und noch mehr getrunken hatte. Ich erinnere mich, dass ich beim Aufstehen fast das Gleichgewicht verloren hätte und all meine Konzentration bündeln musste, um den Weg aus der Wohnung und ins Hotel zu finden. Ich tat dies mit ruhiger Anstrengung und bewusst würdevollem Gang und bildete mir wie alle Betrunkenen ein, dass ich mich gut im Griff hatte und niemand etwas bemerken konnte. Einzig das etwas verrutschte Lächeln des Nachtportiers im *Hotel Kugel* zeigte mir, dass mein Zustand doch nicht unbemerkt blieb. Mit dem Zimmerschlüssel in der Hand fragte ich ihn, bevor ich nach oben verschwand: »Sagen Sie, mein Bester, wie oft besuchen Sie eigentlich Ihre Mutter?«

Er antwortete nicht sofort, vielleicht fand er die Frage indiskret, vielleicht hatte er keine Mutter mehr, nie eine gehabt. Doch dann hörte ich ihn mit weichem Wiener Singsang sagen: »Ich brauch Sie nicht zu besuchen, Sie wohnt bei mir.«

Das gab mir den Rest und ich stolperte wortlos davon, bekam einen Stock höher die Zimmertür nicht gleich auf, und als es mir doch noch gelang, riss ich die Fenster auf, schmiss mich im Dunkeln aufs Bett und blieb so bis zum Morgen liegen, unbeweglich, bis das erste Morgenlicht die Schwärze der Nacht vertrieb.

Es war die Kälte, die mich weckte. Ich erhob mich mühsam, mit steifen Gliedern und Schluckbeschwerden, schloss die Fenster und drehte beide Heizkörper nach rechts bis zum Anschlag. Zitternd schleppte ich mich unter die Dusche und blieb dort zehn Minuten unter einem Strahl stehen, der so heiß war, dass ich es kaum aushielt. Dann schöpfte ich mit beiden Händen reichlich kaltes Wasser und klatschte es auf meine Augen, um die Verwüstungen des Alkohols abzumildern, was natürlich vergebens war.

In der frischen Unterwäsche, der einzigen, die ich mitgebracht hatte, saß ich dann eine Weile auf dem Bett herum. Ich würde mir ein paar Sachen kaufen müssen. Auch etwas Schwarzes. Wegen der Halsschmerzen hatte ich noch nicht einmal Lust auf eine Zigarette, also ging ich gleich in den Frühstücksraum hinunter, der aussah wie eine abgehalfterte Vorort-Stammtischkneipe, aus der man die Flipperautomaten entfernt hatte. Der Raum war gut besucht und ich verzog mich in die hinterste Ecke. Mit dem Rücken zu den anderen Gästen dachte ich daran, dass meine Mutter ein paar Häuser weiter mit zerschmetterten Knochen auf dem Boden gelegen hatte. Eine Frau mit Kleinmädchenstimme, etwa in meinem Alter, kam an den Tisch. Ich bestellte Kaffee und Früchtetee und hatte Mühe, die Tränen wegzublinzeln.

Bis vor wenigen Stunden hätte ich den Gedanken, meine Mutter könnte sich etwas antun, weit von mir gewiesen. Worte wie Verzweiflung oder Todessehnsucht brachte ich mit ihr nicht in Verbindung. Ich habe nie liebevoll an sie gedacht, aber ich war mir sicher gewesen, dass sie immer irgendwie da wäre. Ich hatte fest damit gerechnet, dass sie genug Disziplin aufbringen würde, um mich, die labile Tochter, um mindestens zwanzig Jahre zu überleben. Als ihr letzter Triumph über mich.

Aber so war es nicht gewesen. Mutter war alt und krank gewesen, todkrank, und wahrscheinlich war sie auch einsam gewesen. Sie hatte Kämpfe mit sich ausgefochten und einen letzten, endgültigen Kampf verloren. Gegen den Tod kam man nicht an. Noch nicht einmal sie. Aber dem Tod gewissermaßen in die Arme zu springen, das war so gar nicht ihre Art gewesen, früher. War Selbstmord nicht eine Form der Kapitulation? Die Segel streichen, die weiße Fahne hissen, das Schiff kampflos dem Feind überlassen? War das die Mutter, die ich gekannt, unter der ich ein halbes Leben lang gelitten hatte? Auf jeden Fall hatte die Mutter, die ich gekannt hatte, jede Schwierigkeit als Herausforderung betrachtet, die es zu bestehen galt. Zu überlisten, niederzuringen, zu beseitigen. Wie sehr musste sie sich verändert haben. Wie sehr musste die Krankheit sie verändert haben!

Schon im Gang hörte ich das Zimmertelefon schrillen und beeilte mich, die Tür aufzuschließen.

Es war Wolf und ich hörte seiner Stimme an, dass er sich Sorgen machte.

»Warum kannst du dieses verdammte Ding nicht anlassen?«, fragte er statt eines Grußes. Mit dem »Ding« meinte er das Mobiltelefon, das er mir letztes Weihnachten geschenkt hatte und das ich meist zu Hause in der Schublade aufbewahrte.

»Wolf, mein Lieber, Lieber«, flüsterte ich zittrig und brach in Tränen aus. Ich berichtete, was es zu berichten gab, in wenigen Sätzen. In der Leitung blieb es still. Wolf war kein Mann überflüssiger Worte. Er war riesengroß und wirkte tatsächlich wie ein Seewolf, breitschultrig und mit einer tiefen Stimme. Er war Maler, Stukkateur und Restaurator. Wir hatten uns bei der Arbeit kennengelernt, als ich für einen Auftrag in Südtirol »den Besten« suchte. Wolf hatte zu dem Zeitpunkt eine kleine Wohnung in Bozen, doch führte er schon damals ein recht nomadenhaftes Leben, immer unterwegs von einem Einsatzort zum nächsten.

»Maja ... das ist ja entsetzlich.« Und dann fügte er hinzu: »Komm nach Hause, Maja.«

Wie immer hatte er sofort erfasst, wie es um mich stand. Ich nickte, und als mir einfiel, dass er mich ja nicht sehen konnte, setzte ich ein »Ja« hinzu. Und dann weinte ich wieder. Als ich nicht mehr konnte, fiel mir ein, dass ich ja die nächste Angehörige meiner Mutter war und vielleicht nicht einfach so wegfahren konnte. »Ich muss wohl heute noch zur Polizei. Und dann ... jemand muss sich um die ... Beerdigung kümmern, und das werde wohl ich sein.«

»Dann komme ich zu dir. Ich nehm den nächsten Flieger.«

Ich schluchzte noch einmal. Es wäre zu schön, Wolf da zu haben, mich von seinen riesigen Armen umschlingen zu lassen wie von einem weiten, warmen, weichen Mantel. Doch dann fiel mir ein, dass er an einem Auftrag arbeitete, der in zwei Tagen fertiggestellt sein sollte, und ich sagte so fest und entschieden, wie ich konnte: »Nein. Du machst deinen Auftrag fertig. Ich muss hier ja auch erst einmal alles sehen ...« Was genau ich hier zu »sehen« hatte, wusste ich selbst nicht. Wir redeten noch eine Weile hin und her, draußen vor der Zimmertür rauschte ein Staubsauger. Schließlich konnte ich Wolf davon überzeugen, dass es so das Beste wäre und dass ich mich auf jeden Fall abends wieder melden würde. »Schalt das Telefon ein«, sagte er zum Abschied. Und: »Ich denk an dich«, was mich wieder zum Weinen brachte, aber erst nachdem ich aufgelegt hatte.

Immer schon habe ich mir gewünscht, tough zu sein. Ein Pokerface zu haben, in dem nicht alle gleich lesen, wie es um mich bestellt ist. Nicht gleich bei jeder rührseligen Szene im Kino zu spüren, wie einem die Tränen in die Augen treten. Außerdem gibt es Lieder, die kann und darf ich nur hören, wenn ich alleine bin.

Jedenfalls schmiss ich mich, nachdem Wolfs Stimme am Telefon verklungen war, bäuchlings aufs Bett und schrie und schluchzte in das Kissen. Irgendwann verging der Krampf, ich kramte eine Zigarette und ein chinesisches Notizbüchlein aus der Tasche, rauchte und versuchte eine Liste der Dinge zusammenzustellen, die jetzt zu erledigen wären. Polizei, Haustürschlüssel?, Beerdigung, wo? Ein paar Leute, wahrscheinlich waren es eher viele, mussten benachrichtigt werden, ich musste also Karten drucken lassen und sie verschicken. Die Adressen würde ich bei Mutter in der Wohnung finden. Ich musste mit Erna Buchholtz sprechen und sie fragen, ob Mutter irgendwann einmal etwas erwähnt hatte hinsichtlich, äh, der Bestattungsart. Ogottogott, dachte ich, was ist das alles fürchterlich! Ob Mutter sich etwa eine Feuerbestattung gewünscht hatte? Die Grabpflege fiel mir ein, noch etwas, um das sich Angehörige zu kümmern hatten. Kurz blitzte der Wunsch in mir auf, Oma Charlotte würde noch leben, sie hätte mir sagen können, was zu tun wäre. Doch dann fand ich mich egoistisch und überlegte, dass alles anders gekommen wäre, wenn Oma Charlotte noch gelebt hätte. Dann hätte sich Mutter wahrscheinlich gar nicht erst umgebracht. Ein Haufen Konjunktive, ein Haufen Fragen. Und musste nicht auch ihr Hausstand aufgelöst werden? Ich stellte mir vor, wie ich in Mutters Sachen kramte, wie ich einen Container bestellen würde. Aber nein, halt, eine Firma, die Haushaltsauflösungen organisiert, müsste das erledigen. Erst ganz am Schluss fiel mir das wohl Wichtigste ein: Ob ich Mutter etwa, wie man das im Fernsehen sah, »identifizieren« musste?

Erna Buchholtz war sich sicher: »So war das auch bei meinem Erwin. Der hat sich totgesoffen und man hat ihn gefunden, auf einer Bank im Prater. Da hat er gesessen und ist einfach gestorben.«

Sie nahm einen Schluck Kaffee und verzog das Gesicht und das Bedauern grub noch tiefere Furchen auf ihre Wangen. Dann schnitt sie eine Grimasse und fügte hinzu: »Als er nicht nach Hause gekommen ist, hab ich schon gewusst, dass was

Schlimmes passiert sein musste. Bis irgendwann die Polizei vor der Tür gestanden hat, und dann hab ich ihn halt anschauen müssen, im AKH, in der Pathologie ist er gelegen. Und ich hab ihn erst gar nicht erkannt, weil er so schwarz ausgeschaut hat, um den Mund herum, mein Gott, Kind, ich kann Ihnen sagen, das war das Schwerste, was ich je hab tun müssen im Leben.«
Ihr Blick verlor sich in der Ferne, in einer Vergangenheit, die nur sie sehen konnte, die mir aber deshalb nicht weniger leidvoll erschien. Jetzt, wo mir Ähnliches bevorstand. Ich atmete tief durch, stellte die Tasse ab und sagte: »Na, dann werd ich mal.«

Erna Buchholtz kehrte in die Gegenwart zurück, sie sah jetzt irgendwie erschrocken aus. Dann sagte sie: »Ach, Kind, das hab ich Ihnen gar nicht erzählen wollen, jetzt, wo Sie ...« Sie brach ab. Ich nickte und sagte: »Schon gut. Vom drüber Schweigen oder Schönreden wird's auch nicht besser.« Ich griff nach meinem Mantel. »Da muss ich halt jetzt durch.«

Erna betrachtete mich und das Mitleid machte ihr runzliges Gesicht ganz weich, sie sah aus wie eine etwas verknautschte Eule. Ich seufzte und meine Stimme zitterte, als ich fortfuhr: »Sie könnten mich begleiten und draußen warten. Das ... wäre wirklich eine große Hilfe.«

In der Metro die üblichen U-Bahn-Gesichter: bleich, großstädtisch, ungesund. Sie zeugten von zu viel Zeit in geschlossenen Räumen, zu wenig Sonne und Luft und von Vitamin-D-Mangel. Ich fiel also kaum auf. Erna und ich saßen nebeneinander und sprachen kein einziges Wort. Dieses Schweigen hatte nichts Peinliches oder Fremdes an sich. Es war das Schweigen zweier Menschen, die wussten, dass es im Moment nichts zu sagen gab, was irgendetwas geändert hätte.

Der Polizist wartete bereits. Ein gemütlicher Mitfünfziger mit schütterem Haar namens Cincek. Erna und ich folgten ihm in einen riesigen Fahrstuhl und dann Korridore entlang. Wir wechselten einen beklommenen Blick und Ernas Gummikreppsohlen quietschten, was mich in einer anderen Situation sicher zu unangemessenen Heiterkeitsausbrüchen inspiriert hätte.

Und dann war es so weit. Erna war vor der Tür stehen geblieben. Ich trat ein, ich zitterte, wegen der Kälte oder aus Furcht. Auf einem Stahltisch lag eine Gestalt, von einem weißen Tuch bedeckt. Der Pathologieangestellte warf Cincek einen kurzen Blick zu, dieser antwortete mit einem knappen Nicken, einem Nicken, das davon sprach, dass der Polizist Cincek das hier schon viele Male getan hatte. Der Pathologiemann hob das Tuch und da sah ich sie. Mutter. Ich hatte Angst gehabt, Angst vor dem Anblick, vor den Verletzungen und Entstellungen. Aber da war nichts. Einzig der Kopf war in einem etwas unnatürlichen Winkel zurückgebogen, wie abgeknickt. Ihr Gesicht war nahezu unversehrt, und dennoch war es so anders. Sie war mager geworden und ihre Gesichtshaut war wächsern und gelblich. Ich konnte nicht sagen, ob sie friedlich aussah oder entspannt, ich wusste gar nichts mehr. Nur dass ich zu spät gekommen war. Und dass ich dieses Bild bis an mein Lebensende mit mir herumtragen würde. Mit den Jahren würde es verblassen wie eine alte Fotografie, aber ich würde es immer bei mir tragen.

Ich öffnete den Mund, um etwas zu fragen, aber es kam nur ein klägliches, bedauernswertes Krächzen heraus. Der Polizist Cincek sagte, als habe er meine Gedanken gelesen: »Sie ist mit dem Rücken nach unten aufgekommen. Ihr Genick ...« Er brach ab und sah mich an. Ich nickte. Und das war das Letzte, woran ich mich erinnere.

Ich erwachte auf einer Liege in einem Raum, dessen Decke und Wände weiß waren. Im ersten Moment kam mir der Verdacht, ich selbst sei vielleicht auch gestorben, einfach so, doch dann hörte ich ein Geräusch, ein Rascheln und quietschende Schritte, jemand nahm meine Hand und ich erkannte Ernas

Kirschäuglein, die sich auf mich hefteten. Sie blinzelte mir zu, ich blinzelte zurück, schloss die Augen, öffnete sie wieder. Erna war immer noch da, jetzt lächelte sie leicht.

»Das war alles ein bisserl viel«, sagte sie. Und als ich nichts erwiderte, redete sie weiter und ihre Stimme bekam dabei einen gerührten Unterton: »Sie schaut doch recht friedlich aus, man könnt grad meinen, sie schliefe.«

Ich blinzelte erneut und versuchte mich an alles zu erinnern, und dann wunderte ich mich: »Haben Sie sie denn auch gesehen?«

»Ja, als Sie umgefallen sind und die Herren die Tür geöffnet haben, um einen Arzt zu holen, da bin ich halt doch zu Ihnen rein. Da musst ich sie ja anschauen.«

»Wo ist ...?«

»... der Polizist?«

Ich nickte.

»Er hat mir«, sie zog etwas aus ihrer braunen Kunstledertasche, »das hier gegeben. Sie sollen sich bei ihm melden. Wegen der Formalitäten.«

Der Begriff hallte in meinem Kopf wider und mit ihm kam das dumpfe Gefühl, möglicherweise etwas zu übersehen. Als Erstes musste ich Wolf anrufen, nein, halt, als Erstes musste ich ein Hotel finden oder eher im *Hotel Kugel* noch ein paar Nächte reservieren. Da hörte ich Ernas Stimme und sah Ernas Mund, der über mir auftauchte: »Wenn ich Ihnen helfen kann, bei den Erledigungen ... und«, sie druckste herum, »wollen Sie nicht bei mir Quartier nehmen die Tage? In der Wohnung Ihrer Mutter möchten Sie vielleicht erst mal nicht ...« Sie verstummte. Ich nickte lahm oder glaubte es vielleicht auch nur zu tun; jedenfalls fuhr sie fort, mich zu überreden. »Und in so einem Hotel, da kann man sich doch nicht mal einen Kaffee kochen. Außerdem fänd ich's schön, ein bisserl Gesellschaft zu haben, gerade jetzt.«

Auf einmal wurde mir die Müdigkeit, die schier übermächtige Mattigkeit, die meinen ganzen Körper lähmte, bewusst.

Warum konnte ich nicht einfach hier liegen bleiben? Ich erinnerte mich an die Male, als ich im Krankenhaus gewesen war, das eine Mal wegen einer Angina, das andere Mal wegen eines gebrochenen Beins, und es waren nicht unbedingt schlechte Erinnerungen, die da aufstiegen. Hier konnte ich schlafen, einfach immer schlafen, im Bett essen, wieder schlafen, man würde sich um mich kümmern. Und vielleicht würde dann alles vergehen, von selbst vergehen. Kurze Zeit überließ ich mich ganz dieser süßen Vorstellung, dann drang wieder eine Stimme von extern in mein Bewusstsein, eine Stimme, die eine hauptberufliche und routinierte Munterkeit ausstrahlte. Ich spürte Finger an meinem Handgelenk, die Finger zur Stimme fühlten meinen Puls. Ich hoffte, er möge recht schwach und besorgniserregend sein, dann hörte ich Erna Buchholtz in meine Hoffnung hineinsprechen.

»Wie ist es?«, fragte sie und die Munterkeitsstimme antwortete: »Na, ein bisserl wacklig ist sie schon noch. Am besten, Sie stecken sie für den Rest des Tages ins Bett. Ruhe ist jetzt gut für sie.«

Und so fand ich mich ein paar Stunden später in Erna Buchholtz' Gästebett wieder, trank starken und süßen Tee mit Sahne und aß Butterbrote. Erna saß auf einem Stuhl neben mir und sah mir beim Kauen zu. Ich wunderte mich über nichts mehr, weder über Erna Buchholtz' Fürsorglichkeit noch über meine Fügsamkeit oder den Heißhunger, der mich überfallen hatte, sondern betrachtete die Katzensammlung, die das Zimmer füllte. Da gab es Katzen aus Stoff, Ton, Porzellan, mit Perlen beklebte und hölzerne, sogar eine Gießkanne, deren Schwanz sich zu einem Haltegriff rollte und aus deren Mund das Wasser kam.

»Haben Sie eine Katze?«, fragte ich.
Erna Buchholtz lachte. »Reichen die nicht?«
»Na ja, ich meine halt eine richtige.«
»Früher hatte ich einen, den Katerl, aber er ist von heut auf

morgen nicht mehr gekommen. Und jetzt füttere ich hin und wieder die Nachbarskatze. Die Wohnung hier wäre eigentlich ideal für ein Haustier. Für eine Großstadtwohnung, meine ich. Wer hat schon so einen Garten wie ich? Morgen zeig ich Ihnen den mal.«

Ich nickte und kaute, trank Tee und dann fiel mir ein, dass meine Mutter in diesem Garten oder jedenfalls direkt daneben den Tod gefunden hatte. Das Butterbrot wurde zu einem harten Kloß in meinem Hals, ich drängte die Tränen zurück, aber es half nichts, sie begannen zu laufen, meine Wangen hinunter, und der trockene Kloß steckte in meiner Kehle fest. Ich schluckte. Erna reichte mir ein Taschentuch, das sie aus ihrer Schürze zog, und plötzlich brach es aus mir heraus: »Ich glaube es nicht. Ich glaube nicht, dass sie da runtergesprungen ist. Das glaube ich niemals.«

Erna nickte, ernst und langsam, doch sie schien meine Überzeugung nicht zu teilen. »Nein. Unter normalen Umständen hätte ich das auch weit von mir gewiesen. Lilli war so ... energisch. Sie verachtete Schwächlinge oder Leute, die sich hängen ließen. Aber ...«

Ich wischte mir übers Gesicht. Erna stand auf, strich meine Bettdecke glatt und zurrte das Kissen zurecht, das in meinem Rücken steckte.

»Ja?«, fragte ich.

»Andererseits erfordert gerade so ein Akt großen Mut.«

»Mut oder eine tiefe Verzweiflung.« Ich trank den letzten Schluck Tee.

»Wann haben Sie denn zuletzt mit Ihrer Mutter gesprochen?«, wollte Erna wissen.

»Am 8. August vor drei Jahren. Um 16.45 Uhr. Nach der Beerdigung meiner Oma.«

Erna hielt in ihren Bewegungen inne, und als sie mir Tee nachschenkte und Zucker hineinschaufelte, tat sie dies gründlich, zu gründlich. Dann seufzte sie und ich fühlte mich zu der Erläuterung genötigt: »Wir, meine Mutter und ich, fanden es ausreichend, nichtssagende Karten zum Geburtstag und zu Weihnachten auszutauschen.«

Erna Buchholtz ging nicht auf meinen bitteren Tonfall ein. »Ich glaube, sie hatte große Angst ...« Sie verstummte wieder und ich lauschte ihren Worten nach, erschrocken und schuldig.

»Ja, aber ... da kann man doch was machen, gegen die Schmerzen.« Auch in meinen eigenen Ohren klangen mein Tonfall und meine Worte lahm und abgedroschen. Rechtfertigungen für das Versagen der eigenen Person. Aber, verdammt noch mal, wofür sollte ich mich eigentlich rechtfertigen? Schließlich war sie es gewesen, die immer etwas an mir auszusetzen gehabt hatte. Selbst am Tag von Großmutters Beerdigung hatte sie es nicht lassen können. Bitterkeit stieg in mir auf bei der Erinnerung. Ich hatte mir die Haare kurz schneiden und blondieren lassen, einen wilden Schnitt, der in alle Richtungen abstand. Und nach Jahren der Funkstille waren ihre ersten Worte an mich gewesen: »Es gibt Frauen, die sich so eine Frisur leisten können. Andere sehen damit aus wie eine Witzfigur. Man sollte wissen, zu welcher Gruppe man gehört.«

»Ich meine eher die Angst vor der Hilflosigkeit«, sagte Erna in meine Gedanken hinein. Und da musste ich wieder an das hagere Gesicht auf dem Stahltisch denken. An die eingefallenen Wangen, die gelbliche Färbung ihrer Haut. Mutter war immer schlank gewesen. Als junges Mädchen, auf alten Fotos, wirkte sie biegsam und elegant, zierlich trotz ihrer Größe von 1,75 Meter. Die Biegsamkeit war später, mit zunehmendem Alter, zu Zähigkeit mutiert, aber dürr war sie nie gewesen. Und selbst an Großmutters Beerdigung hatte ich noch gedacht, was für eine schöne Frau sie doch war. Ich starrte auf das Katzenmuster auf der Bettwäsche. Pastellene Katzen, die mit pastellenen Wollknäueln spielten, ein Albtraum in Biberqualität.

»Bei welchem Arzt war sie denn?«, fragte ich, vielleicht etwas zu unvermittelt, denn Erna blickte mich irgendwie seltsam an – war sie überrascht oder unangenehm berührt?

»Bei Dr. Prohacek. Seine Praxis ist nicht weit von hier. Aber da gibt es ...«

In dem Moment klingelte es an der Haustür. Erna stand auf, ihre Schritte quietschten, sie trug immer noch die Gummisohlenschuhe, und dann hörte ich sie an der Haustür mit jemandem sprechen, einem Mann. Wenig später hörte ich, wie etwas klimperte, dann schloss sie die Tür und stand kurz darauf wieder vor mir, zwei Schlüssel in der Hand: »Unser Hausmeister hat mir die Zweitschlüssel für Lillis Wohnung gegeben. Er ist ein paar Tage nicht da und er dachte, falls man hineinmüsse ...«

Ich nahm sie entgegen, sie fühlten sich warm an. Ich sah Erna an, die meinen Blick erwiderte, bedrückt, wie es schien. »Na ja«, sagte sie dann zu mir und ich antwortete: »Na ja.«

Eine Stunde später stand ich vor Mutters Wohnungstür im dritten Stock, den Schlüssel in der Hand. Ich sah mich um, blickte in das altehrwürdige Treppenhaus mit dem klapprigen schmiedeeisernen Fahrstuhl, den ich bei mir »die Eisenfalle« nannte; dem Terrazzoboden und der Jugendstilbordüre, die sich grün und schwarz durchs Treppenhaus rankte. Dann hob ich den Schlüssel und steckte ihn ins Schloss. Ich öffnete die Tür einen Spalt breit, ein schleifendes Geräusch war zu hören, das verstummte, als ich die Tür halb geöffnet hatte. Beim Eintreten fiel mein Blick auf einen braunen DIN-A5-Umschlag, der auf dem Boden lag und den jemand offensichtlich durch den Briefschlitz in der Tür gesteckt hatte. Ich hob ihn auf und las zu meiner Überraschung die in einer schwungvollen Handschrift geschriebenen Worte: *An Frau Maja, Tochter von Lilli Sternberg, persönlich.* Als Absender war eine Lore Klopstock in der Herrengasse in Wien angegeben. War das nicht eine Freundin meiner Mutter? Aber woher wusste sie, dass ich hier war? Und was war in dem Umschlag?

Nun bist du also wieder hier«, sagte Leni und sah mich mit einem Lächeln an, den Kopf leicht schief gelegt. Ich antwortete nicht gleich und ich erinnere mich, wie sie sich vorbeugte und mich anblinzelte. Sie sah schön aus, das rote Kleid stand ihr gut, in der rechten Hand hielt sie die grüne Tasse mit dem Maruschka-Bild. Sie sah mich direkt an, die Wangenknochen hoch und betont, ihr Ausdruck weniger fragend als belustigt. Ich blinzelte an ihr vorbei durch das Fenster, ihrem Blick ausweichend, und sagte: »Ja.«

Es war Ostern 1943, ich hatte die Schule beendet, war zurückgekehrt, nach zwei Jahren in einem Internat in Danzig. Ich war siebzehn und nach Ostern würde ich die Königsberger Handelsschule besuchen. So hatten meine Mutter und mein Stiefvater es für mich entschieden. Und nun saß ich mit Leni am Fenster und sie erzählte von Paul, während ich beobachtete, wie die Spatzen im Regen umherflatterten. Lenis Augen glänzten vor Besitzerstolz.

»Seine Augen sind dunkel, er hat eine Brille, so eine kleine, runde. Und manchmal spiegelt sich das Licht darin und du weißt nicht, ob er dich ansieht ...« Sie hatte Paul bei ihrer Freundin Dora kennengelernt, vor einem knappen Jahr, an einem Nachmittag nach Pfingsten. Er war Apotheker, Ende zwanzig und hatte gerade die Apotheke seines Vaters übernommen. Sie hatte ihn gesehen, sich sofort in ihn verliebt («unsterblich!«) und beschlossen, ihn haben zu wollen. Drei Monate später hatte sie ihn in einer kleinen Kirche an der Ostsee geheiratet. Immer schon hatte Leni, die große Schwester, bekommen, was sie wollte, ob es nun um einen Hund ging, den sie sich sehnlichst wünschte, oder um eine Bluse, die sie im Schaufenster bei Hermanns gesehen hatte und um die sie Mutter so lange anbettelte, bis sie sie ihr nachschneidern ließ. Der

Hund war Leni dann bald lästig geworden und die Bluse zu langweilig. Und so war ich zu einem Hund gekommen und Ingeborg zu einer Bluse.

Ich denke an damals zurück und sehe mich vor mir. Auf einem Bild, das mich mit Leni, meiner ältesten Schwester, und Ingeborg, der mittleren, zeigt, stehe ich zwischen den beiden, groß und schlaksig (obwohl ich doch die jüngste war!), die Handgelenke ragen aus den Ärmeln hervor, der Saum meines Rockes bedeckt gerade noch die Knie, ich bin schon wieder gewachsen, habe die eins siebzig hinter mir gelassen. Ich sehe unelegant aus, irgendwie zu groß geraten und selbst für damalige Verhältnisse altmodisch mit meinen langen Zöpfen, neben Ingeborg mit ihrem flotten Hut und der Handtasche. Und neben Leni, die schon früh ihren Willen durchgesetzt hatte und das blonde Haar, ganz wie es die Mode gebot, zu einer Wasserwelle gelegt trug, obwohl unsere Eltern strikt dagegen gewesen waren. Ich war fünf Jahre jünger als Ingeborg und acht Jahre jünger als Leni und war die letzte Hoffnung meiner Eltern auf einen Jungen gewesen. Ich trug schwer an der Last dieser zerschellten Hoffnung. Noch Jahre nach dem Tod meines Vaters tat ich alles, um der Sohn zu sein, den er sich immer gewünscht hatte.

In der Schule war ich nicht gut und nicht schlecht gewesen. Die meisten Lehrer hatten mich nur dadurch wahrgenommen, dass ich immer mit den Jungen über den Schulhof rannte – eines meiner beiden Knie war ständig aufgeschlagen –, dass ich Murmeln spielte und im Sport am schnellsten rennen konnte. Schön gehörte damals nicht zu den Attributen, die ich erstrebenswert fand, ich machte mir wenig Gedanken darüber, wie ich aussah. Meine Kleider waren mir egal, ich nahm meinungslos alles entgegen, was Leni oder Ingeborg nicht mehr gefiel. Nur wenn die Schneiderin kam und von mir verlangt wurde, so lange still zu stehen, bis sie alle Nadeln, die zwischen ihren Lippen klemmten, untergebracht hatte, revoltierte ich und sagte: »Ich hab doch das Karierte.«

Das alles änderte sich schlagartig an dem Tag, an dem Paul in mein Leben trat.

Mit dem Umschlag in der Hand machte ich kehrt, lief die Treppe hinunter und aus dem Haus. Meinen Mantel hatte ich vorsorglich angezogen, gegen die Kälte im Treppenhaus und wegen meiner angeschlagenen Gesundheit, und so empfand ich die kalte Nachtluft, die mir entgegenschlug, als wohltuend und erfrischend. Ein paar Straßen weiter steuerte ich eine Kneipe an, die nach Alkohol und Anonymität aussah. Am Automaten zog ich mir eine Packung *Camel*, verdrückte mich in eine schlecht beleuchtete Ecke und bestellte, Erkältung hin oder her, einen Gin Tonic. Dann fingerte ich mir eine Zigarette aus der Packung und öffnete den Umschlag. Er enthielt eine Nachricht von Lore Klopstock sowie einen zweiten, kleineren und versiegelten Umschlag, auf dem Großmutters Siegel, CB, Charlotte Benthin, prangte.

Liebes Fräulein Maja, ich hätte Ihnen den Umschlag gerne persönlich überreicht, aber ich bin zurzeit im Krankenhaus, wegen meiner Diabetes, sodass ich einen Boten damit beauftragt habe. Diesen Umschlag gab mir Ihre Frau Mutter vor circa zwei Wochen. Ich weiß nicht, was er enthält, aber ich denke, dass es in Lillis Sinne ist, wenn ich ihn an Sie weiterreiche. Ich bin zutiefst bestürzt über den Tod Ihrer Mutter, Sie war mir eine gute Freundin und ich versichere Sie meiner tief empfundenen Anteilnahme. In Trauer, Ihre Lore Klopstock.

Ich berührte das Siegelwachs, es fühlte sich hart an und glatt, ich schluckte, schloss die Augen. Als ich sie wieder öffnete, stand der Wirt vor mir, stellte den Gin Tonic auf einen Bierdeckel und kritzelte eine Zahl darauf. Ich nickte ihm zu und drehte dann den Umschlag in meinen Händen. Ich betastete ihn behutsam und fühlte etwas Kleines, Hartes. Ich schob den Finger hinein und riss ihn vorsichtig auf, dann kippte ich ihn um. Heraus fielen ein Schlüssel und ein Foto. Es fiel mit der Vorderseite nach unten, und auf der Rückseite stand: *Wir beide in Hohehorst, März 1944.* Langsam drehte ich das Bild um. Das war Oma, Oma Charlotte, als ganz junge Frau. Und das Kind musste meine Mutter sein. Was war sie für ein rosiges und rundgesichtiges Baby gewesen! Das runde Gesichtchen lugte lachend aus einer Kappe heraus, die unter dem Kinn gebunden war, und die dicken Backen zeugten von Wohlsein und Gesundheit. Oma Charlotte lachte auch. Die Sonne beschien die beiden von der Seite und Charlottes Zöpfe, die sie zu einer Art Kranz um den Kopf gewunden hatte, leuchteten wie eine Aureole; das Haar meiner »Babymutter«, das vorne unter der Mütze hervorsah, war dunkel.

Aber das eigentlich Ergreifende war der Ausdruck auf Charlottes Gesicht, das Strahlen ihrer Augen, die Glückseligkeit und die unbedingte Liebe, mit der sie ihr Kind betrachtete. So als hielte sie den kostbarsten Schatz der Welt in ihren Armen. Und so war es wohl in der Regel auch: Für eine Mutter war der kostbarste Schatz ihr Kind. Ob meine Mutter *mich* je so betrachtet hatte? Wenn ja, so musste das vor meiner Zeit gewesen sein, dachte ich bitter und kämpfte mit den Tränen – diesmal waren es Tränen des Selbstmitleids.

Ich stopfte beides, den Schlüssel und das Bild, in den Umschlag zurück. Ich trank das Glas mit einem Zug leer, stand auf, legte einen Schein auf den Tisch und verließ die Kneipe. So hatte sie mich niemals angesehen, da war ich mir sicher. Und während ich durch die nächtlichen Straßen zurück zu Ernas Wohnung lief, rätselte ich, was es mit dem Schlüssel auf sich hatte. Und warum Mutter es für nötig gehalten hatte, den Schlüssel und auch das Foto bei Lore Klopstock in Verwahrung zu geben.

Ich erwachte von Ernas vorsichtigen Bemühungen, mir das Foto aus den Fingern zu ziehen. Ich zuckte zusammen, sie ebenfalls, doch dann murmelte sie begütigend.

Nach meiner Rückkehr in Erna Buchholtz' Wohnung hatte ich mich auf direktem Wege ins Gästezimmer begeben, schweigsam und in mich gekehrt, Ernas Fragen ausweichend. Ich hatte die Tür hinter mir geschlossen, mich ins Bett gesetzt, die Decke um mich herum festgestopft und noch einmal das Foto aus dem Umschlag genommen. Dann war ich eingeschlafen.

Jetzt ließ ich Erna gewähren, die das Foto auf den Nachttisch legte, eine Tasse Tee danebenstellte und sich dann leise wieder entfernte. Ich setzte mich auf, trank den Tee in kleinen Schlucken. Etwas drängte in mein vernebeltes Gehirn, etwas Wichtiges, das es zu erledigen galt, doch ich war zu müde, und sosehr ich auch grübelte, ich kam nicht darauf.

Ich erwachte mit bohrenden Kopfschmerzen und zerschlagenen Gliedern. Ich hatte jegliches Zeitgefühl verloren und fühlte mich so, wie ich mich früher manchmal gefühlt hatte, nach durchzechten Nächten, wenn ich um drei aus der Disco gekommen war und mir die plötzliche Stille draußen in den Ohren rauschte. Alles erschien mir seltsam unwirklich, wie eine Welt aus Watte.

Unter dem Blick von mindestens hundert Katzenaugen schälte ich mich aus den Decken, auf der Suche nach einer Uhr, die mir verraten würde, ob es Morgen oder Abend wäre. Wolf fiel mir ein und damit mein schlummerndes Handy und ich beeilte mich, es aus der Tasche zu fischen. Ich öffnete das Fenster weit, zündete mir eine Zigarette an und hielt den Hörer an mein Ohr. Der Empfang war hier schlecht und ich fürchtete schon, ich müsste mich anziehen und in verzweifelter Suche nach einem »Pegel« durch Wiens Straßen irren, doch kurz darauf tutete es und ich hörte Wolfs Stimme, die entgegen seiner sonstigen Art atemlos und gehetzt klang.

»Na endlich«, sagte er als Erstes und ich erwiderte, dass es mir leidtue, wegen des Handys, und dass ich das Gefühl hätte, in einem Albtraum erwacht zu sein. Ich erzählte ihm von der Pathologie und auch von dem Umschlag.

»Ist denn kein Brief dabei oder sonst etwas, das die ... Angelegenheit näher erläutert?«, fragte Wolf mit seiner Bassstimme, in seiner feinen Art.

»Kein Brief, kein Zettel, nichts. Und ich glaube auch nicht, dass sie den Umschlag als Botschaft für mich gedacht hatte.«

Wolf sagte leise: »Bist du dir da ganz sicher? Immerhin hat sie sich ... nun, sie hat selbst Hand an sich gelegt.«

»Es fällt mir schwer, das zu glauben, obwohl ...«

»Obwohl was?«

»Erna Buchholtz, das ist eine Nachbarin, vielleicht auch so etwas wie eine Vertraute meiner Mutter, sie wohnt im Erdgeschoss desselben Hauses, und sie sagt, dass Mutter Krebs hatte ... Metastasen in der Lunge ...«

»Ja, aber dann ... vielleicht hat sie anderswo einen richtigen Abschiedsbrief hinterlegt.«

»Jedenfalls hat der Polizist bei der Identifizierung nichts davon erwähnt. Aber ich habe ja noch ein Gespräch mit ihm.«

»Ach ja?«

»Ja.« Eine Pause entstand. Dann sagte ich: »Vielleicht finde ich in der Wohnung etwas.«

»Du hast noch nicht nachgesehen?«, fragte er ungläubig.

Ich antwortete nicht gleich, sondern druckste herum: »Äh ... Nein. Ich tu mir so schwer, da hineinzugehen.«

»Maja! Wenn ich ...«

»Nee, lass mal. Ich schaff das schon. Ich brauch nur ein bisschen Zeit.«

Wolf schwieg. Ein wenig zu hastig sprach ich weiter: »Trotzdem ... sie wollte mich doch sprechen. Warum hätte sie mich sonst hierher bestellt? Nur um sich quasi vor meiner Nase umzubringen? Das passt nicht zu ihr, das hätte sie niemals getan.«

»Weißt du das denn so genau?«

»Ja«, schnappte ich, »das weiß ich *genau*.«

»Immerhin hattet ihr nicht das beste Verhältnis.«

»Ja, aber so etwas hätte sie ... wie soll ich sagen ... verachtet.« Ich machte eine Pause, suchte nach den richtigen Worten. »Wenn sie mir, sagen wir mal so, abschließend eins hätte auswischen wollen, wenn es das ist, worauf du anspielst, hätte sie sich vielleicht wirklich vom Balkon gestürzt (obwohl ich auch das für äußerst unwahrscheinlich halte). Aber sie hätte mich niemals hierher bestellt und die Gelegenheit versäumt, mir ins Gesicht zu sagen, was es ihrer Meinung nach zu sagen gab. Sie war zwar undiplomatisch und hart, aber nicht hinterhältig. Dafür fehlte ihr einfach die Geduld.« Ich hatte immer schneller und hastiger und immer lauter gesprochen und jetzt lauschten wir beide auf den Nachklang meiner Worte. Dann sagte Wolf: »Aber ... kannst du dir nicht vorstellen, dass sie es einfach aus einer tiefen Verzweiflung heraus getan hat?«

»Sag mal, willst du mir hier richtig einheizen, oder was!«, entfuhr es mir. Lauter und barscher als beabsichtigt. »Das ist alles schon fürchterlich genug. Da brauche ich nicht noch jemanden, der den Katalysator für mein schlechtes Gewissen spielt.«

»Das wollte ich doch nicht, Maja, wirklich nicht!« Wolf klang betroffen und meine heftige Reaktion tat mir sofort leid. Wir blieben beide stumm, jeder auf der Suche nach den richtigen Worten. Bis Wolf sagte: »Ich möchte nur nicht, dass du ... auf seltsame Ideen kommst.«

»Auf was für Ideen sollte ich denn kommen?«, fragte ich, ehrlich erstaunt.

Wolf atmete aus: »Ach, lass uns aufhören. Morgen setz ich mich ins Flugzeug und komm zu dir.«

Ich ging nicht darauf ein und fragte stattdessen: »Was für Ideen meinst du?«

»Nichts. Ich meine nichts.«

»Ich will jetzt wissen, auf welche *Ideen* du anspielst!«

Wolf reagierte nicht, doch als ich verbissen weiterschwieg,

seufzte er erneut und seine Stimme klang resigniert, als er sagte: »Dann muss es wohl ein Unfall gewesen sein.«

Doch wir wussten beide, dass er *das* nicht hatte sagen wollen.

Nach dem Telefonat mit Wolf kroch ich wieder unter die Katzendecke und sah ins graue Morgenlicht hinaus. Mein Kopf dröhnte noch immer und ich war schon versucht, mich zu fragen, ob Erna Buchholtz mir vielleicht K.-o.-Tropfen oder ein Schlafmittel in den Tee gemischt hatte, als ich den Schlüssel im Haustürschloss hörte. Kurz darauf knarzten Schritte auf dem Parkett, ich stellte mich schlafend, die Schritte verstummten an meiner Schwelle. Ich wartete, doch niemand regte sich und ich wollte auch nicht zu erkennen geben, dass ich längst wach war. Aus irgendeinem Grund hatte ich plötzlich ein eigenartiges Gefühl, und der Gedanke, es könnte jemand anders als Erna dort in der Tür stehen und mich beobachten, ließ Panik in mir aufsteigen. Mein Kopf fuhr hoch und ich starrte direkt in Erna Buchholtz' Schwarzkirschenblick. Da stand sie, in einem braunen Fellhut und einem ebensolchen Mantel, mit einer Bäckertüte in der Hand, und sah mich an.

»Sie sehen besser aus. Haben Sie durchgeschlafen? Es gibt nichts Erholsameres und nichts Heilsameres als den Schlaf. Leider stellt der sich in meinem Alter nicht mehr so ohne Weiteres ein. Das ging Lilli auch nicht anders.«

»Ich wusste gar nicht, dass Sie mit ihr per Du waren.«

»Oh, wir waren nicht per Du. Wir haben uns mit Vornamen angesprochen und dabei gesiezt. Auch sie war keine Freundin von voreiligen Verbrüderungen.«

»Wie lange kannten Sie sich denn?«

»Lassen Sie mich nachdenken, das müssten jetzt zwölf, nein dreizehn Jahre sein. Seitdem ich hier eingezogen bin.«

Sie nahm die Tüte in die andere Hand, dabei knisterte es verheißungsvoll nach Frühstück und Kaffee, und setzte den Hut ab. Dann fuhr sie fort: »Heutzutage sind die Leute ja mit allem ziemlich schnell bei der Sache. Aber davon haben wir beide nichts gehalten. Dieses alberne Getue mit Herzerl hier und Busserl da, wir haben uns da manchmal gehörig amüsiert. Sie konnte so herrlich persiflieren, Ihre Frau Mutter. Und natürlich auch erzählen, sie hat ja so einiges erlebt.«

Da waren wir wieder beim Thema, dachte ich. Mutter, die Anekdoten aus dem Dolmetscherdasein zum Besten gab. *Auf höchster Ebene*, das verstand sich. Doch sofort fühlte ich mich schäbig. Wie konnte ich jetzt noch so über sie denken! Andererseits, sollte man jemanden heiligsprechen, nur weil er tot war? Mit einem Ruck richtete ich mich auf, Erna hielt die Tüte hoch und kündigte an: »Ich mach jetzt Frühstück. Sie trinken doch einen Kaffee?«

Ich nickte, erleichtert, dass Erna nichts von meinen niedrigen Gedanken gelesen hatte.

»Ich habe Ihnen frische Handtücher ins Bad gelegt.«

Ich nickte. »Danke.« Und als Erna sich zum Gehen anschickte, fügte ich hinzu: »Für alles hier ... danke.«

Ihr Kirschblick wurde wieder weicher, dann drehte sie sich um und nahm Kurs auf die Garderobe, wo ich sie mit einem Bügel hantieren hörte.

Erna Buchholtz' Küche war geradezu prädestiniert dafür, in einem freundlichen Gelbton gestrichen zu werden, um so die Wirkung der Morgensonne zu verstärken und ein wahres Meer an Farbe zu erzeugen. Die Wohnküche ging nach Osten hinaus, auf ein riesiges Gartenkarree, das von einer Häuserwand umgeben war. Eine Terrassentür führte in Ernas recht großen, von einer Buchenhecke umsäumten Gartenanteil. Vor der Tür standen zwei Näpfe, ein roter und ein blauer, im einen war Wasser, der andere war leer.

Bei meinem Eintreten klopfte Erna auf ein Tischset und bedeutete mir, Platz zu nehmen. Sie schenkte mir Kaffee ein und sagte: »Ach ja, eh ich's noch vergess: Dieser Polizist, wie hieß der noch?«

»Cincek?«

»Ja, der hat gestern Nachmittag angerufen, bei mir ... weil ihr Handy war wohl gerade aus. Sie haben die Leiche schon freigegeben. Sie sollen halt die Sachen bei ihm abholen, die Hausschlüssel und Lillis Schmuck ... den Ring, den sie am Finger trug.«

Ich nickte und klammerte mich an meiner Tasse fest. Die Liste mit den Erledigungen fiel mir ein, die Beerdigung und alles andere, was es in solchen Fällen zu organisieren gab. Es wurde langsam Zeit, dass ich das alles endlich in Angriff nahm.

Erna griff in den Brötchenkorb, nahm eines, schnitt es auf und reichte es mir. Dann fragte sie: »Wo ... werden Sie sie denn beisetzen lassen?«

Darüber hatte ich mir noch gar keine Gedanken gemacht. Hier in Wien? Auf dem unendlichen Zentralfriedhof? Ich liebte diesen Friedhof und war früher manchmal dort spazieren gegangen.

Das Denken fiel mir schwer, ich konnte mich nicht konzentrieren, nahm einen Schluck Kaffee. Ich sagte: »So ganz allein auf dem Zentralfriedhof? Ich weiß nicht, ich meine, sie hat hier gelebt, viele Jahre, aber es käme mir so vor, als würde ich sie ...«

Ich verstummte. Schluckte. Erna nickte, als könnte sie den Gedanken zu Ende denken. Sie griff nach der Butter, räusperte sich und sagte: »Ich helfe Ihnen gern. Mit allem.«

»Ich ... möchte sie lieber neben meiner Oma wissen. Aber ihre ganzen Bekannten sind hier, hier in Wien.«

»Sie könnten in Wien eine Gedenkfeier für sie abhalten lassen. Und sie in Deutschland bestatten lassen. Das wäre eine Möglichkeit.«

Ich nickte. Ja, das wäre eine Möglichkeit.

Der Besuch bei Herrn Cincek war rasch erledigt. Er bot mir Kaffee an, den ich ablehnte, und stellte mir noch ein paar Fragen, Mutter betreffend, die für ihn allerdings reine Routinefragen zu sein schienen. Dann eröffnete er mir, dass man aufgrund von Mutters schwerer Krebserkrankung (er sprach von Krebs im Endstadium und ich zuckte zusammen) von einem Suizid ausginge; dass man in der Wohnung eine Flasche Whiskey und ein Glas gefunden hatte und dass man diesen Whiskey bei der Obduktion in ihrem Körper nachgewiesen hatte, genauer gesagt einen erhöhten Alkoholblutwert von 1,1 Promille. Ob meine Mutter denn regelmäßig Alkohol getrunken habe? Als er hörte, dass ich keinen regelmäßigen Umgang mit ihr gepflegt hatte, lächelte er bedauernd und händigte mir die Hausschlüssel aus. In der Wohnung sei alles in Ordnung gewesen, keine Spuren eines gewaltsamen Eindringens, keine durchwühlten Schränke, nichts. Einen Abschiedsbrief habe man allerdings nicht gefunden.

Ich nahm meinen ganzen Mut zusammen und sagte: »Ich kann einfach nicht glauben, dass meine Mutter sich umgebracht hat.«

In Cinceks Blick lag jetzt ein routiniertes Mitgefühl, vielleicht enthielt es auch eine Spur Ungeduld. Er löste die auf dem Tisch vor sich gefalteten Hände und sagte: »Ach, Maderl, wissen S', das wollen die wenigsten glauben ...«

»Könnte es nicht ein Unfall gewesen sein?«

Bedauernd schüttelte er den Kopf. »Über diese Brüstung fällt nur, wer darüber will«, sagte er leise und mit diesem angenehmen Wiener Singsang, der mich an Oskar Werner erinnerte. Ich rang mit mir, bevor ich die nächste, die eigentliche Frage stellte, die mir auf der Zunge brannte, die zu stellen mir aber gleichzeitig abenteuerlich und auch absurd erschien. Schließlich befanden wir uns nicht in irgendeiner Krimiserie, sondern in meinem, Maja Sternbergs Leben, das gerade aus den Fugen geraten war. Dennoch sagte ich: »Und wenn jemand sie gestoßen hat?«

In Cinceks Blick lag immer noch dieses Bedauern und ich glaube, er hätte mir im Grunde gerne den Gefallen getan, auf meine Vermutungen einzugehen. Höflich fragte er: »Haben Sie denn einen konkreten Grund für diese Annahme?«

Ich schüttelte den Kopf, irritiert, was konnte ich darauf schon sagen.

»Ach, schauen S'. Ihre Frau Mutter war sehr krank, wir haben mit dem Arzt gesprochen und auch die Obduktion hat ergeben, dass sie nicht mehr lange zu leben gehabt hätte. Lungenkrebs mit Metastasen in der Leber. Sie hatte wahrscheinlich Angst vor den Schmerzen, vielleicht hatte sie schon welche, sie war allein, glauben Sie mir, so etwas kommt viel häufiger vor, als Sie meinen. Erst vor zwei Tagen haben wir einen auf den Gleisen gehabt, auch ohne Abschiedsbrief. Es beginnt die Vorweihnachtszeit, die ist eh für viele Menschen kritisch, was meinen Sie, wer da alles durchdreht, auch ohne Krankheit!«

Ich war drauf und dran, ihm von dem Umschlag zu berichten, doch in letzter Sekunde überlegte ich es mir anders. Was hätte das geändert? Cincek hätte mit den Achseln gezuckt und es hätte ihm alles auch weiterhin leidgetan. Ein Schlüssel und ein Foto, auf dem nichts Spektakuläres zu sehen war. Vielleicht hatte er recht. Es war sogar ziemlich wahrscheinlich, dass er recht hatte. Dieser Mann hatte Erfahrung mit dem Tod. Und mit Angehörigen, die sich schuldig fühlten und verzweifelt einen Freispruch für sich selbst erbaten. Die nach etwas suchten, das sie von ihrer Schuld entband, zur Not eben nach einem Sündenbock »draußen«. Ich erhob mich und streckte Cincek die Hand hin.

»Also dann«, sagte ich und er ergriff sie und drückte sie kurz und fest. Er reichte mir die Schlüssel und einen Ring, in Plastik eingetütet, und erkundigte sich danach, ob Mutter hier in Wien beigesetzt werden sollte, da sie ja »eigentlich Deutsche« sei. Ich nahm das Tütchen entgegen, murmelte eine unbestimmte Antwort, steckte es in meine Manteltasche und hielt es auch dort noch fest umklammert.

Ich trieb durch die Stadt, in den Klauen meiner Erinnerungen. So viel war mir vertraut, von den zwei Jahren, die ich hier mit Mutter am Spittelberg, ganz in der Nähe der Siebensterngasse, gelebt hatte. Die zwei Volksschuljahre, die ich hier verbracht hatte. Und die dann ein so jähes Ende gefunden hatten. Ich schluckte. Nicht auch noch *daran* denken!

Beim Christkindlmarkt am Alten Rathaus blieb ich schließlich hängen. Schon von Weitem leuchteten mir die riesenhaften roten Herzen, die Sterne, Schneemänner und Engel entgegen, die in den Bäumen hingen. Der Anblick war unglaublich, eine Fata Morgana aus dem Land der Schneekönigin in einer mitteleuropäischen Stadt. Wie seltsam herausgelöst aus der Welt musste das Ganze erst nach Einbruch der Dunkelheit wirken? Ich wünschte, Wolf wäre hier, ich könnte mit ihm hier herumschlendern und in seinen Armen das süße Nichts finden. Alles nur ein böser Traum. Ich überquerte den Ring und stieg in die Tram zum Schottenplatz, wo ich sitzen blieb, obwohl ich eigentlich hätte aussteigen müssen. Das Herumlaufen hatte mich müde gemacht. Der seltsame kleine Schlüssel und das Foto fielen mir ein. Warum nur hatte Mutter diese Gegenstände bei Lore Klopstock deponiert? Ich lehnte den Kopf gegen die Fensterscheibe. Die Stadt fuhr ratternd an mir vorüber, die blattlosen Bäume links und rechts der Straße, die ihre schwarzen Äste hoch in den Himmel reckten, als versuchten sie die Wolken zu berühren, die tief und grau über den Dächern hingen. Nun habe ich niemanden mehr, dachte ich plötzlich, in einem Anflug von bitterstem Selbstmitleid. Meine einzige leibliche Verwandte, meine Mutter, war tot. Oma war tot. Eine winzige Familie, deren einzige Überlebende ich war.

In der Nähe des Doms stieg ich aus und bahnte mir meinen Weg zwischen Menschen mit Einkaufstüten hindurch. In Großstädten habe ich mich schon immer wohl gefühlt. Für mich hatte es etwas fast Buddhistisches, mich in der Anonymität einer Menschenmenge aufzulösen wie ein Tropfen, der im Meer mit all den anderen Tropfen verschwimmt. Wolf dagegen fühlte sich nur auf dem Land richtig wohl. Ich war inzwischen in der Fußgängerzone angekommen und blieb bei einer Frau stehen, nicht mehr ganz jung, vielleicht in meinem Alter, die Geige spielte. Sie stand allein unter all diesen Fremden und spielte. Auf ihrem Gesicht lag ein entspanntes, nach innen gerichtetes Lächeln. Als lauschte sie einem nur für sie hörbaren Meister, als läse sie von einem unsichtbaren Notenblatt. Sie spielte das Ave Maria, die Melodie bildete einen unwirklichen Kontrast zu der geschäftigen Einkaufsatmosphäre hier im ersten Bezirk. Vielleicht sollte ich Geige lernen, dachte ich plötzlich. Dann könnte auch ich an Tagen wie diesen meine innere Melodie wiederfinden. Ich warf eine Münze in den Geigenkasten, das Spiel verklang und im Davongehen hörte ich im Geiste die kratzenden Töne, die *ich* dem Instrument entlocken würde. Ich unterdrückte ein Grinsen.

Im Stephansdom steuerte ich das Lichtermeer aus tausend Kerzen an, die auf zwei gigantischen Gestellen flackerten, zuckende kleine Flammen. Ich trat an einen der beiden Ständer, steckte Geld in einen Kasten, räumte ein paar abgebrannte Teelichter fort und entzündete an einem Licht zwei neue. Ich stellte sie ganz nach oben und setzte mich in eine der Bänke, in der vereinzelt ein paar Frauen saßen, auch ein alter Mann, der kniend betete. Ich versank in der Betrachtung der beiden Lichtlein. Lieber Gott, setzte ich an, doch mehr kam nicht. Ein paar Sekunden überlegte ich, was ich sagen könnte, doch ich kam auf nichts. Ich war kein Kirchgänger, im Endeffekt wusste ich noch nicht einmal, was ich eigentlich glaubte. Doch schließlich begann ich, stockend das Vaterunser zu flüstern. *Denn Dein ist das Reich und die Kraft und die Herrlichkeit*. Ich spürte einen dicken Kloß im Hals, brach ab und blieb reglos sitzen.

Die Zigarette knisterte, während ich einen tiefen Zug tat und den Rauch inhalierte. Es dämmerte, als ich endlich in der Siebensterngasse anlangte. Der indische Verkäufer vom Laden gegenüber nahm gerade seine Seidentücher von einer Stange, die draußen vor dem Schaufenster hing. Ein paar bunte Filztaschen baumelten noch an einem Ständer vor der Tür, unter einem roten Plastikdach. Es hatte zu regnen begonnen und das Haar klebte mir am Kopf. Die Tram kam, ich wechselte die Straßenseite und blieb vor Mutters Haus stehen und nahm noch einen tiefen Zug. Warum schaffte ich es einfach nicht, diese verdammte Wohnung zu betreten? Ich werde jetzt dort hinaufgehen, sagte ich mir mit zusammengebissenen Zähnen. Ich werde diese Wohnungstür aufschließen und endlich damit beginnen, Mutters Sachen zu sichten. Ich legte den Kopf in den Nacken und sah an der Fassade des Hauses empor bis zu den obersten Fenstern, hinter denen die Wohnung lag. Es war ein beiges Gebäude, jugendstilartig verziert, die Fenster waren sehr hoch, und schmiedeeiserne, zu einer Blumenranke gewundene Eisen bedeckten den unteren Bereich. In jeder Etage war mindestens ein Fenster erleuchtet, auch bei Erna brannte Licht. Nur oben war alles dunkel. Oder täuschte ich mich? Flackerte da nicht etwas, im äußersten linken Fenster? Vielleicht spiegelte sich dort irgendeine andere Lichtquelle. Ich bewegte mich hin und her und hielt dabei den Blick unverwandt auf das Fenster gerichtet. Ich kniff die Augen zusammen, hinter mir fuhr die Tram summend vorüber, Reifen zischten auf nassem Asphalt. Da war es wieder, tatsächlich, ein wandernder Lichtschein, schwach zwar, aber deutlich zu erkennen. Als ginge jemand dort oben mit einer Taschenlampe durch den Raum. Plötzlich verschwand das Licht und alles war wieder dunkel. Ich starrte noch eine Weile nach oben, bis mir von der Anstrengung die Augen wehtaten und alles zu einem einzigen grauen Etwas verschwamm.

Ich habe kein gutes Gedächtnis, an vieles erinnere ich mich nur lückenhaft, und wenn meine Freundinnen die Bilder ihrer Vergangenheit so deutlich vor ihren Augen zu sehen scheinen, dann staune ich und vergleiche sie mit meinen eigenen blassen, zerfledderten Momentaufnahmen, die oft zusammenhanglos und selten klar erscheinen.

Eines der wenigen Bilder jedoch, das mit seinen scharfen Konturen und Farben überdeutlich in meine Erinnerung eingebrannt ist, ist jener Moment, als ich die Wohnzimmertür öffnete und Paul das erste Mal sah. Er stand am Fenster, das Profil mir zugewandt, ein sehr klares, sehr deutliches Profil, vielleicht, weil durch die Verandatür das Nachmittagslicht ins Zimmer fiel, so ein zerrissenes, wildes Licht, wie es an Frühlingstagen manchmal ist. Er stand neben Leni und wirkte sehr ernst, so ganz anders, als ich ihn mir vorgestellt hatte, so ganz anders, als ein Mann sein musste, der Leni gefiel, eigentlich. Ich hörte Stiefvater vom Krieg sprechen und Paul antworten. Und in diesem Moment drehte er den Kopf und wandte sich mir zu. Und es war, als würde die Zeit stillstehen. Ich blickte in sein Gesicht, seine Augen waren dunkel, so wie auch sein Haar. Ich hörte Mutter, die von Ferne zu Tisch bat, und Leni, deren Blick strahlte, und ich dachte, so ist das, wenn man beseelt aussieht.

Die Konversation verlief schleppend. Ich sah Stiefvater, der monologisierte, Mutter, die weiße Kanne in Händen, den Tee, golden in hauchdünnem Porzellan. Ingeborg, die vielleicht an ihren Hans in Polen dachte, der bei der Waffen-SS war, und daran, dass sie hier alleine saß, ohne ihn. Und ich sah Leni in ihrem roten Kleid, wie mit Purpur übergossen. Ich nippte an meinem Tee, ließ den

Kuchen unberührt, entschuldigte mich, verließ das Zimmer und fühlte mich seltsam erleichtert.

»Wo bist du mit deinen Gedanken?«, fragte mich Ingeborg beim Frühstück. Der Tee in meiner Tasse schimmerte rot, Hagebuttentee, und ich spürte ihren blauen Blick wie ein Gewicht auf mir und sah im Geiste Pauls Augen hinter den sich spiegelnden Brillengläsern. »An nichts Bestimmtes, an die neue Schule vielleicht«, antwortete ich und stand auf.

Die ersten Tage nach meiner Rückkehr schlich ich durch die Stadt, stand unter den Bäumen der Alten Universität, schlenderte über den Altstädtischen Markt. Die Zeiger am Rathaus funkelten golden und eine schräge Sonne ergoss sich über das Dächergewirr auf die Marktstände und warf lange Schatten. An manchen Tagen stand ich am Pregel und sah hinein. Das Wasser war braun, fast schwarz, und ich stellte mir vor, wie es wäre, darin zu versinken. Katja, eine Freundin aus Kindertagen, besuchte mich und wir sprachen von früher, wie zwei Alte, die nur die Vergangenheit haben.

Es war an einem Mittwochmittag, als ich ihre wütenden Stimmen aus dem Kohlenkeller hörte. Ich kam gerade heim, einen Korb mit den Lebensmitteln in der einen Hand, in der anderen die Schultasche, und im ersten Moment dachte ich, sie stritten wegen irgendetwas Banalem, so wie sie es früher oft getan hatten, Leni und Ingeborg. Doch dann hörte ich Ingeborg keifen: »... hast ihn nach Strich und Faden belogen!« Und Leni antwortete mit einem wütenden Zischen: »Das Ganze geht dich gar nichts an. Außerdem wollten wir ohnehin heiraten.« Und dann kam ein Laster die Straße entlanggerumpelt und ich hörte nur noch, wie Ingeborg auflachte, ein höhnisches Lachen, wie ich es gar nicht von ihr kannte. Am Abend dann, lange nachdem Leni gegangen war, sprach ich Ingeborg auf die Szene im Kohlenkeller an. Doch sie sah mich nur an, presste die Lippen aufeinander und schwieg. Am nächsten Tag brachte ich die Rede erneut darauf und diesmal sagte Ingeborg:

»Sie hat ihm vorgemacht, sie wäre schwanger. Nur deshalb hat er sie geheiratet.«

Ich ging weiterhin auf die Handelsschule, lernte Schreibmaschine schreiben, quälte mich mit Stenografie und langweilte mich mit Buchhaltung. Auf meinem Schulweg kam ich an Pauls Apotheke vorbei. Jedes Mal, wenn das Schaufenster auftauchte, fing mein Herz an zu klopfen und ich eilte vorüber, mit hochrotem Kopf, und wagte es nicht, den Blick vom Bürgersteig zu heben. Und manchmal dachte ich auch an Ingeborgs Worte und daran, was nun die Wahrheit war. Eines Tages, ich hatte die Apotheke schon fast erreicht, trat Paul aus dem Laden und blickte mir entgegen. Ohne den Blick von mir zu nehmen, schaute er, wie ich auf ihn zuging. Als ich ihn erreicht hatte, blieb ich stehen und wir sahen uns an, wortlos, und die Welt um uns herum versank und es gab nur uns zwei, unsere Gesichter. Und seine Augen, die nicht auswichen und mich nur ansahen.

»Ich seh dich hier vorübergehen, jeden Tag«, sagte er.

Ich sagte nichts.

»Warum kommst du nicht herein?«

Ich schüttelte stumm den Kopf und murmelte, dass ich jetzt gehen müsse. Das Mittagessen. Und im Davongehen spürte ich seinen Blick, der auf mir lastete wie ein Gewicht.

Eines Tages, es war bereits Mitte Mai, entschloss ich mich, doch hineinzugehen. Ich weiß nicht mehr, was genau mich veranlasste, die Apotheke zu betreten, und wie ich überhaupt den Mut dazu aufbrachte. Vordergründig war es vielleicht die Suche nach einer Antwort auf die Frage, wie es wirklich gewesen war mit der Heirat von Leni und Paul. Doch tief in meinem Innern weiß ich, dass das Meer dahinter viel tiefer war.

Eine Glocke bimmelte, der Holzboden unter meinen Füßen knarzte, die Tür schlug zu hinter mir und Stille kehrte ein. Es schien niemand da zu sein. Doch dann drang aus dem hinteren Teil Pauls Stimme: »Ich bin gleich da!«

Mir wurde seltsam zumute, warum war ich gekommen, ich stand dort herum, fühlte mich töricht, mit meinen feuchten Handflächen und dem wild schlagenden Herzen. Da betrat Paul den Raum, blieb stehen und sah mich an.

»Du.«

Ich räusperte mich, brachte kein Wort heraus. Und dann ging alles ganz schnell, so schnell, dass ich noch heute nur den Wirbel sehe, den Strudel, von dem ich, von dem wir erfasst wurden. Er kam auf mich zu, nahm mich bei der Hand, führte mich nach hinten, in einen Raum, in dem – das ist meine einzige Erinnerung – unzählige Behälter herumstanden und eine Waage. Und dann küsste er mich, zärtlich und sacht. Und ich erwiderte seinen Kuss. Und dann versanken wir im Rausch einer Umarmung, die erst durch das erneute Läuten der Türglocke unterbrochen wurde.

»Morgen«, flüsterte er mir zu, »komm morgen wieder, dann werde ich dir etwas geben.«

Ich weiß nicht, was für einen Grund es gab, der ihn zu mir zog. Ich weiß nur, dass es tausend Gründe gab, die mich zu ihm zogen.

Am nächsten Tag ging ich wieder in den Laden, die Türglocke bimmelte wieder, doch diesmal betrat gleich hinter mir eine Frau die Apotheke. Paul stand hinter dem Tresen, vor dem deckenhohen Regal mit den unzähligen Fächern und Behältern. Sein Anblick raubte mir für einen Augenblick den Atem.

»Hier ist das Medikament für deine Mutter«, sagte er mit einer, wie ich fand, großen Leichtigkeit in der Stimme, die mir einen Stich versetzte. »Und guten Tag, Frau Ahrens, Ihre Tropfen sind fertig.« Und dann reichte er mir ein kleines Päckchen: »Sie soll es zweimal täglich vor dem Essen nehmen, sag ihr das.« Und dann nickte er mir zu, ein kühles und geschäftsmäßiges Nicken, und wie in Trance streckte ich die Hand aus und nahm das kleine Paket entgegen. Die Frau sah mir nach, die Türglocke begleitete mich hinaus und dort stand ich nun, vor dem Laden. Ein Mann ging vorüber und betrachtete mich neugierig. Schließlich setzte ich mich in Bewegung und ging, ging immer schneller, das Päckchen in der

Hand haltend. Und dann rannte ich. Drei Straßen weiter hielt ich es nicht mehr aus, machte halt und riss das braune Papier ab. In einem Schächtelchen lag ein Schlüssel, ein Haustürschlüssel, wie es aussah, und auf einem kleinen weißen Zettel stand in einer eckigen Handschrift: *Friedrichstr. 5. Dritter Stock, morgen Mittag, 12.00 Uhr. Bitte komm.*

Einige Minuten später klingelte ich bei Erna. Als niemand öffnete, wartete ich, klingelte erneut, dann noch einmal. Vielleicht war sie gerade draußen und stellte der Katze Futter hin. Ich drückte die Kippe an meiner Schuhsohle aus, tat sie in ein kleines Schächtelchen aus Blech, das ich immer bei mir trug, seit mich das Wegwerfen einmal zehn Euro gekostet hatte, und trat von einem Bein aufs andere. Ich fror, und während ich wartete, überlegte ich, was ich tun sollte. Ich zog die Schultern hoch und steckte die klammen Hände in die Manteltaschen. Meine Finger umschlossen das kleine Tütchen, das der Polizist Cincek mir übergeben hatte. Mutters Schlüssel. Es waren drei an der Zahl, zwei fast identische und ein etwas kleinerer, wahrscheinlich für den Briefkasten. Ich probierte den ersten, der sich natürlich nicht drehen ließ, doch der zweite passte dann tatsächlich. Ich drückte die schwere Tür auf. War es wirklich erst zwei Tage her, dass ich hier gestanden und Erna Buchholtz mich für eine neugierige Zeitungstante gehalten hatte? Ich steuerte auf ihre Wohnungstür zu und läutete. Vielleicht lag sie ja in der Badewanne? Ich wartete weitere fünf Minuten, dann fasste ich einen Entschluss. Ich ging die Treppe nach oben. Im Hinaufgehen hörte ich den Fahrstuhl klappern, jemand fuhr nach unten und stieg aus. Es roch nach Wandputz und auch ein wenig nach Gebratenem. Meine Beine waren mir schwer, die Füße brannten, nachdem ich den halben Tag in der Stadt herumgelaufen war. Auf dem obersten Treppenabsatz blieb ich stehen.

Mutters Wohnung ging über die gesamte obere Etage und war riesengroß. Ursprünglich hatte es hier zwei Eingangstüren gegeben: eine für »die Bedienerin«, wie Mutter ironisch und im schönsten Wienerisch bemerkt hatte, die andere für »die Herrschaft«. Und obwohl Mutter tatsächlich eine Zugehfrau gehabt hatte (jedenfalls war das früher so gewesen), hatte sie die zweite Tür vernageln lassen. Ich stand eine Weile herum und wusste nicht recht, was ich jetzt tun sollte. Ich war noch nie ein Held gewesen, außerdem hatte ich in meinem Leben zu viele Krimis gelesen und auch gesehen (eigentlich waren Krimis das Einzige, was ich neben meiner Fachlektüre in Sachen Interior Design regelmäßig konsumierte), als dass ich mich nun, nach Einbruch der Dunkelheit, in der Lage gefühlt hätte, in Mutters Wohnung zu gehen. Einfach so. Die einzige Alternative bestand allerdings darin, mich unten auf die Treppe zu setzen und auf Erna zu warten. Ich dachte an das Lichtgeflacker, das ich vorhin von der Straße aus – es war noch keine zehn Minuten her – zu sehen geglaubt hatte. Doch ich schüttelte den Gedanken ab, er war ganz klar das Hirngespinst einer übermüdeten Frau, die gerade ihre Mutter verloren hatte und den ganzen Tag in der Stadt herumgeirrt und daher völlig übermüdet war. Ich ließ den Blick schweifen, über die dunkelgrün lackierten Türen, die alten Zementfliesen mit ihrem grünen, roten und schwarzen Sternenmuster, das Geländer, dessen Handlauf aus Holz von Generationen von Wienern blank gerieben worden war. Etwas weiter links befand sich der Aufzug, das restaurierte Schmuckstück, das zwar klapperte und schepperte, inzwischen jedoch dem neuesten Stand der Technik entsprach, seitdem es einen ganz neuen Kern aus Stahl erhalten hatte. Ich seufzte, ging wieder hinunter, setzte mich auf die unterste Treppenstufe, links die Haustür, rechts Ernas Wohnungstür im Blick, und wünschte mich in einen anderen Film.

Eines meiner charakterlichen Defizite ist mein Mangel an Geduld, der noch ausgeprägter ist als meine Hasenherzigkeit. Was, wenn Erna B. erst in ein, ach was, in zwei, drei Stunden zurückkäme? Wollte ich die ganze Zeit auf der Treppe herumhocken, den immer müder werdenden Blick unbeirrt auf die Buchholtz'sche Wohnungstür geheftet? Und vielleicht jedem Eintretenden freundlich zunicken, in der Hoffnung, man würde mich *nicht* für eine Obdachlose halten? Ich sah an mir herunter. Die Angewohnheit, grundsätzlich nie einen Schirm zur Hand zu haben, wenn man ihn brauchte, trug nicht dazu bei, mein Image aufzupolieren. Mein dunkelgrüner Armymantel zeigte im Moment zwei verschiedene Nuancen von Grün: ein helleres (an der Armunterseite) und ein sehr viel dunkleres, vor Feuchtigkeit glänzendes an Schultern und Brust. Dort, wo ich die Tasche getragen hatte, war es ebenfalls heller. Ich setzte mich auf die oberste Treppenstufe und fingerte in meiner Tasche herum. Wieder einmal freute ich mich über die Tatsache, dass Wien – im Gegensatz zu deutschen oder gar italienischen Großstädten – ein Eldorado für Raucher war, und zündete mir erst einmal die nächste Zigarette an. Sie schmeckte mir nicht. Die Halsschmerzen, die ich mir durch das nächtliche Herumliegen im Luftzug geholt hatte, waren wieder aufgeflammt. Ich klemmte die Zigarette zwischen die Lippen und kramte erneut in meiner Tasche herum. Ausnahmsweise fand ich das Handy sofort und Wolf meldete sich nach dem ersten Klingelton.

»Ich bin's.«

»Ach ... Warte einen Augenblick, ich muss kurz nach draußen gehen.« Es raschelte, im Hintergrund hörte ich Stimmengewirr, eine Tür, die knallte, einen unterdrückten Fluch und dann wieder Wolfs Stimme, besorgt: »Bin hier noch beim Warthäuser. Die Feuchtigkeit in der Wand macht mir Sorgen. Aber jetzt erzähl: Wie geht's dir?«

»Ich ... muss immer daran denken, wie sie da auf diesem Stahltisch gelegen hat. Und dass sie so gar nicht ... verletzt aussah. Jedenfalls nicht das, was sie mir gezeigt haben ... ihr Gesicht. Ach ja, Sie haben sie *freigegeben*.«

»Hast du schon einen Termin? Für die Beerdigung, meine ich.«

»Ich geh morgen zu einem Bestattungsinstitut. Ich will sie nach Hause holen, sie soll neben Oma liegen.«

Eine Pause entstand, ich stellte mir Wolfs Gesicht vor, angespannt. Plötzlich sagte er: »Da hat jemand angerufen und nach dir gefragt.«

»Ja?«

»Ein Mann.«

»Ja, und? Wer war's?«

»Ich weiß nicht, er hat einen Namen genannt, ich hab's vergessen. Zuerst dachte ich, es ginge um einen Auftrag, er wäre ein Kunde von dir. Aber der Kerl schien von deiner Arbeit gar nichts zu wissen.« Wolfs Stimme hörte sich irgendwie belegt an.

»Hm. Und dann?«

Wolf hatte die Eigenart, immer systematisch vorzugehen. Das war sicher mit ein Grund dafür, dass er ein so hervorragender Restaurator war, doch es gab Situationen, in denen ich es vorgezogen hätte, einfach nur »den einen Satz« zu hören. Allerdings wusste ich auch, dass es keinen Sinn hatte, ihn zu drängen. Wenn ich dazwischenquatschte, bewirkte das höchstens, dass er noch vor dem Neolithikum anfing.

»Na ja, ich hab ihm gesagt, du wärst verreist, und da meinte er, er habe deine Handynummer verloren und ob ich sie ihm bitte geben könnte.«

Ich wurde nun doch zu ungeduldig und unterbrach ihn: »Und, hast du sie ihm gegeben?«

»Nein, dazu kam ich nicht mehr. Denn stell dir mal vor ...«

Wolf verstummte abrupt und ich merkte, dass etwas ganz und gar nicht in Ordnung war. Als er dann fortfuhr, war seine Stimme dick vor Misstrauen. »Er hat mich plötzlich gefragt, ob du in *Wien* wärst.«

Ich stand vor der Haustür eines weiß gestrichenen Jugendstilhauses in einer kleinen Straße, deren Bürgersteige von Linden gesäumt waren. Die Haustür war geschlossen. Ich sah mich um, dachte, was ist, wenn mich jetzt einer fragt, was ich hier mache? Auf der anderen Straßenseite, schräg gegenüber, ging eine Frau mit einem Hut vorüber, aber sie beachtete mich nicht. Ich zögerte noch einen kurzen Moment, dann steckte ich den Schlüssel ins Schloss und sperrte auf. Im Inneren des Hauses war es kühl und dunkel, es roch nach Putzmittel und Seife, nach Bohnerwachs. Im Hinterhof kreischte eine Säge. Ansonsten war es still. Ich war schon an der untersten Stufe, als plötzlich von oben Schritte zu hören waren. Sollte ich wieder hinaus oder einfach die Treppe nach oben gehen, würdevoll, ein Fräulein aus gutem Hause, das einer Bekannten einen Besuch abstattete? Stattdessen kroch ich unter die Treppe und hielt den Atem an. Die Schritte wurden lauter, jemand pfiff *Liebes kleines Frollein Inge*. Ich bekam keine Luft mehr, mein rechter Wollstrumpf kratzte oben am Schenkel, etwas kitzelte in meiner Nase, etwas prickelte in meinen Bronchien und ich glaubte schon, in einen Hustenkrampf zu verfallen, als die Tür aufgerissen wurde und mit einem satten Schlag ins Schloss fiel. Mit der Stille, die plötzlich einkehrte, verebbte auch mein Hustenreiz.

Jetzt rannte ich nach oben, immer zwei Stufen auf einmal, doch dabei trat ich so leise wie möglich auf. Im dritten Stock stand ich vor der Wohnung. Ich sah mich um, kein Schild, nichts. Wem mochte sie gehören und konnte ich, durfte ich einfach so hineingehen, mit einem fremden Schlüssel, in diese Wohnung, von der ich noch nicht einmal wusste, wem sie gehörte? Was, wenn jemand darin war? Ich legte mein Ohr an die weiß lackierte Tür, verharrte so einen Augenblick. Ich lauschte, hörte aber nur die Stille. Dann steckte ich den Schlüssel in die Tür, sperrte schnell auf und schlüpfte hinein, schloss die Tür. Und blieb an die Tür gelehnt stehen, mit klopfendem Herzen. Wieder lauschte ich, immer in Angst, dass jemand auftauchen und mich zur Rede stellen könnte. Aber wer außer Paul sollte hier sein? Ich wischte mir die schweißigen Hände an meiner Jacke ab, ging auf eine zweiflüglige Glastür zu, durch deren Sprossen ein milchiges Licht drang, und öffnete sie.

Das Zimmer war groß, riesig, wie mir schien, und es ging in ein anderes Zimmer über. Ich öffnete die nächste Tür, ging in ein weiteres Zimmer und dann in noch eines und in ein viertes, fünftes. Ich war noch nie in einer Wohnung wie dieser gewesen. Die Wände waren eierschalenfarben gestrichen und glänzten matt im Licht, das durch die hohen Fenster fiel. Alle Zimmer standen voller schöner alter Möbel, Tischchen und Sofas, Sessel und Schränke mit gewundenen Füßchen, wie von einem krummbeinigen Dackel. Vor dem Kamin tiefe Sessel aus altrosa Samt, daneben Kristallvasen auf hochbeinigen Tischchen und immer wieder Spiegel und Bilder, Bilder und Spiegel. Vor einem Fenster im Schlafzimmer eine Chaiselongue.

Ich wartete auf Paul. Und als er nicht kam, wurde ich unruhig und lief den langen, dämmrigen Flur entlang, schaute in alle Räume. Im Schlafzimmer öffnete ich die Wandschränke. Sie waren voller Kleider. In den Schränken im Bad fand ich braune Fläschchen, halb voll und fast leer, eine angebrochene Packung Borax und eine Seife. Ich nahm sie und roch daran, Maiglöckchen oder Flieder musste es sein. In einem anderen Fach standen leere Flakons. Ich nahm sie heraus, roch an allen, stellte sie wieder hinein und betrachtete eine Weile lang eine Puderdose, auf der noch ein Fingerabdruck zu sehen war. Ich blickte in den Spiegel, in Dämmerung eingehüllt. Licht gab es keines, der Strom war abgestellt. Das Wasser floss nach wie vor, wenngleich braun, abgestanden und nach Rost riechend. Ich ging zurück ins Wohnzimmer, legte mich mitten auf den Teppich und wartete auf Paul. Und dann hörte ich den Schlüssel in der Tür, die Tür schwang auf und Paul betrat den Raum. Ich sprang auf, er ging auf mich zu und es war, als hörte die Zeit auf zu existieren. Er berührte mein Haar, streichelte meinen Kopf. Er strich mir die Jacke von den Schultern, öffnete die Knöpfe meiner Bluse, jeden einzelnen, mit großer Sorgfalt, als habe er alle Zeit der Welt, mein Rock fiel zu Boden. Und dann löste er die Schleifen meiner Zöpfe und begann, ganz langsam, die Flechten voneinander zu lösen, in unendlicher Zärtlichkeit, bis mir das Haar über die nackten Brüste fiel.

Das Telefonat endete damit, dass Wolf mich mit einem komischen Unterton fragte, welcher Mann außer ihm wüsste, dass ich in Wien sei. Auf meine Versicherung, dass ich es außer ihm und seinem Freund John, dessen Wohnung ich gerade einrichtete, niemandem gesagt hätte, reagierte er mit Schweigen. Woraufhin ich erwiderte, dass er die Stimme seines Freundes ja wohl noch erkennen werde. Wir verabschiedeten uns in einsilbiger Höflichkeit und einen Moment lang ärgerte ich mich über Wolf und seine übertrieben misstrauische Reaktion. Was war nur in ihn gefahren? Da rief ein wildfremder Typ an, irgendeiner, und er verdächtigte mich gleich, warum eigentlich? Sicher, wir hatten so manchen Disput gehabt in der letzten Zeit, und wenn ich nicht gerade dabei war, mich über seine Kleiderberge auf dem Bett zu ärgern, dann war er garantiert damit beschäftigt, die Heizkörper herunterzudrehen, weil man seiner Meinung nach auch bei 16 Grad noch ein prima Leben führen konnte. Aber war das nicht Alltag?

Einen Augenblick lang sinnierte ich noch über die Liebe in Zeiten der Alltagsroutine, doch dann stieg aus den Katakomben meines Unterbewusstseins eine Frage empor, die viel schwerwiegender war als Wolfs eifersüchtelnder Unterton: Wer war dieser Anrufer gewesen? Und woher wusste dieser Mann, dass ich in Wien war? Und dann fiel mir plötzlich auch noch das Licht in Mutters Wohnung ein, das ich vom Bürgersteig aus gesehen hatte. Abrupt erhob ich mich. Zu sehen geglaubt hatte! Das wurde ja immer bunter mit mir. All das führte doch zu nichts. Ich würde mir hier doch nicht selbst einheizen und mir irgendwelche Gruselgeschichten zusammenstricken! Nein, ich fror, ich war müde, natürlich ist man da empfänglich für alles Mögliche. Und warum saß ich hier eigentlich auf der Treppe herum? Es konnte Stunden dauern, bis Erna nach Hause käme, und so lange würde ich es hier im Treppenhaus, mit den Halsschmerzen, die immer schlimmer wurden, nicht aushalten. Und wenn ich nicht in Mutters Wohnung übernachten wollte, hätte ich wahrscheinlich keine andere Wahl, als noch einmal im *Hotel Kugel* nebenan um Asyl nachzusuchen. Wahrscheinlich wäre es das Beste, Erna einen Zettel unter der Tür durchzuschieben, damit sie Bescheid wüsste, wenn sie wiederkam. Ich kramte in meiner Tasche nach Stift und Papier, schrieb meine Nachricht auf einen Kassenzettel und schob ihn unter der Tür durch.

Es dauerte keine zwei Sekunden, da wurde die Tür aufgerissen und Erna Buchholtz erschien auf der Schwelle und starrte mich an. Ihr Gesichtsausdruck war steinern und der Blick aus ihren schwarzen Augen bohrend. Der Ausdruck verschwand allerdings so rasch, wie sie die Tür aufgerissen hatte: »Ja, was machen Sie denn da? Und wie sehen Sie denn aus, Kind, total durchnässt!«

Ich murmelte etwas von »nicht da«, vom Hotel und sie zog mich herein, noch während ich versuchte, ihr eine Erklärung abzugeben. Sie nahm mir den nassen Mantel ab, hängte ihn auf einen Bügel und sagte barsch: »Unsinn, wo soll *ich* denn schon gewesen sein!«

Der Entschluss, es nun endlich hinter mich zu bringen, überrumpelte mich, er kam ganz plötzlich und wie von außen. Auf einmal war mir klar, dass ich es *jetzt* tun musste, dass ich sofort nach oben gehen musste, solange ich diese Zielstrebigkeit spürte. Und so entschuldigte ich mich hastig bei Erna, stieg ohne anzuhalten die Treppe hoch, schloss die Tür auf und betrat ohne zu zögern Mutters Wohnung.

Es roch ein wenig muffig, ungelüftet, wie wenn ein Bewohner auf Reisen ist und man zum Blumengießen seine Wohnung betritt. Mutter war immer viel auf Reisen gewesen, schon beruflich bedingt. Auf manche ihrer Reisen hatte sie mich mitgenommen, in den Ferien. Meine Kindheit fiel verschiedenen Internaten zum Opfer. Bis mich irgendwann Oma Charlotte zu sich holte. In diesen Instituten in der Schweiz, die alle irgendwie gleich waren, hatte ich mit anderen Leidensgenossen abgeschottet von der Wirklichkeit gelebt, in einer künstlichen Welt voller Machtkämpfe, bei denen es um die Stellung in einer unsichtbaren Schülerhierarchie ging. Die Schulferien waren dann wie Freigänge, ja, im Grunde stellte ich mir das Inhaftiertsein nicht anders vor als unser Internatsleben. Und in den Ferien der Ausbruch, entweder in die ebenfalls surreale Welt meiner Mutter oder – und das zog ich vor – zu Oma Charlotte, wo ich das erlebte, was mir wie eine echte Kindheit vorkam.

Ich schloss die Tür hinter mir, einen Moment lang überwältigt von den Erinnerungen. Hier war es gewesen, hier hatte ich gestanden und ihre Stimmen aus der Küche gehört, leise und gedämpft zwar, und dennoch hatte ich alles verstanden, jede Silbe, jeden Satz. In ihrer schneidenden Wahrheit hatten sie sich mir eingebrannt, diese Worte, und noch immer schmerzten sie, weniger zwar, dumpfer, wie eine alte Narbe, die bei Wetterwechsel hin und wieder zu pochen beginnt.

»Dieses Kind ist der Nagel zu meinem Sarg!« Das war Mutter.

»Wie kannst du so etwas sagen, über dein eigenes Kind?« Großmutter.

»Was glaubst du, wie ich mich gefühlt habe? Dieser Anruf hat mir den Boden unter den Füßen weggezogen. Versetzung gefährdet, das kann ja wohl nicht wahr sein. In der sechsten Klasse!«

»Auf jeden Fall halte ich es für keine gute Lösung, sie wieder in ein anderes Internat zu verfrachten.«

»Sag mir lieber, was ich tun soll – was ich nicht tun soll, bringt mich nicht weiter! Mein Gott, ich bin berufstätig und außerdem habe ich keinen Job, den man mal eben zwischen neun und vier erledigt.«

»Du könntest freiberuflich arbeiten und zu mir ziehen, ich würde mich um Maja kümmern, wenn du weg bist ...«

»Und meine Arbeit bei der UN in den Wind schießen? Bist du von allen guten Geistern verlassen?«

»Viele in dem Metier arbeiten als Freie und zwischendurch könntest du übersetzen ...«

»Ich mache diesen Zirkus nun seit der Grundschule mit. Dieses Kind ist nicht nur verstockt, es ist außerdem faul. Wenn es wenigstens hübsch wäre.«

Sonnenstrahlen fielen durch die Flügeltüren aus Glas, die von der großen Diele ins Wohnzimmer führten, und fluteten den Raum mit Licht. Im ersten Moment war ich überwältigt, so sehr war ich wieder das Kind von damals, das verstockte und faule Kind, das noch nicht einmal hübsch war. Ich sah mich um, strich mit der Hand über den Konsoltisch und beobachtete die Staubpartikel, die wie winzige Lichtsplitter im Raum tanzten. Wie hatte sie in dieser Umgebung krank werden können, meine perfekte Mutter, Sprachtalent und weiblicher Tausendsassa?

Seit meinem letzten Mal hier hatte sich einiges verändert, aber nicht so viel, dass ich das Gesicht der Wohnung nicht wiedererkannt hätte. Langsam öffnete ich die Flügeltür, langsam betrat ich den Raum, blinzelnd und geblendet vom Sonnenlicht, in dessen Strahlen auch hier unzählige Staubpartikel schwebten. Die beigen Wände reflektierten das Licht und verstärkten den Eindruck von Raum und Weite, die Decke war hoch, stuckverziert, auch die Fenster, an die ich mich noch zu gut erinnerte, waren überlebensgroß. Links, über drei cremefarbenen Sofas, die zu einem »U« angeordnet waren, ein Tryptichon, das ich noch nicht kannte, in starken Farben, eine gelungene Mischung aus abstrakten und konkreten Elementen. In der Mitte ein Couchtisch mit einem Glaseinsatz und einer bunten Sammlung von Streichholzschachteln und -briefchen aus aller Herren Länder, zusammengetragen aus Hotels, Restaurants, Bars und Lounges. Etwas weiter rechts am Fenster Omas Sekretär, ganz Wurzelholz und Einlegearbeit und an der Wand Fotos: Mutter mit dem Generalsekretär der UN, Mutter mit Helmut Kohl, Margaret Thatcher und anderen hochrangigen Politikern. Und mittendrin, das größte Foto: Oma, Mutter und ich. Es muss eine der letzten Aufnahmen von uns gewesen sein, vor dem großen Aus vor zehn Jahren. Die Aufnahme war in Ligurien gemacht worden, wir saßen auf einer Bank vor Omas Ferienhaus, der *Casa dei Glicini*. Alle drei lachen wir in die Kamera. Ich wusste nicht, dass wir je einen so glücklichen Eindruck gemacht haben im Beisein der jeweils anderen. War das nur gestellt gewesen oder hatte ich auch die schönen Momente einfach in jene Truhe gepackt, die ich seither nicht mehr geöffnet hatte? Wie ähnlich Mutter und ich uns auf dem Bild sehen, dachte ich verblüfft. Ob *sie* das auch bemerkt hatte, fragte ich mich voller Bitterkeit. Das hässliche Kind, diese kleine Versagerin kommt letztendlich nach der Mutter, das ist ja wohl der Gipfel! Auf dem Foto sind wir beide aschblond, mit welligem Haar und dem gleichen breiten Mund, den gleichen porzellanblauen, ein wenig vorquellenden Augen. Und Oma, mit weißem Haar, das Gesicht gesprenkelt von Sommersprossen, ein Netz aus Fältchen um die Augen, die von einem dunkleren Blau waren, einem Veilchenton, mit denen sie in ihrer Jugend sicher so manchen Verehrer betört hatte. Sie war einmal eine Schönheit gewesen, ich erinnere mich, wie ich als Kind nicht genug davon bekommen konnte, die alten Bilder mit den gezackten Rändern zu sichten und sie in der Reihenfolge der »Schönheit« zu ordnen: Oma in einem duftigen Chiffonkleid, mit breitem Gürtel und tiefem Dekolleté, Oma in dunklem Kostüm und hochgestecktem Haar, eine feine kleine Tasche in der Hand. Oma im Hochzeitskleid, ganz cremefarbene Rohseide und lange Seidenhandschuhe. Mein Blick tastete sich weiter, die Wand entlang, da war ja auch die kleine handkolorierte Zeichnung mit dem Liebespaar, das in einem weiten, sternenbedeckten Mantel steckte und das ringsumher von Dämonen und schrecklichen Gestalten umzüngelt wurde. Etwas weiter rechts, neben der Dreigenerationen-Aufnahme, blieb mein Blick an etwas hängen, das ich nun wirklich nicht erwartet hatte und das ich im ersten Moment nicht recht einordnen konnte: eine ganze Batterie von Zeichnungen, meine Zeichnungen, die ich im Laufe meiner Kindheit angefertigt hatte. Aber die hatte ich doch, soweit ich mich erinnern konnte, Oma geschenkt. Und all diese Bildchen hingen nun, in regelmäßigem Abstand von drei Zentimetern, wie zu einer Formation der Erinnerung angeordnet, in schwarzen Rahmen an Mutters Wohnzimmerwand. Sie musste sie nach Oma Charlottes Tod mitgenommen haben. Die ungeschickten Malereien des hässlichen Kindes waren es wert, an dieser Wand zu hängen, dachte ich und wischte sie in einem Anfall von Wut von der Wand.

Aufgewühlt wanderte ich im Zimmer umher, trieb aus dem Wohnzimmer in die anderen Räume, Schlafzimmer, Bad, Gäste- und Arbeitszimmer. Die Wohnung war riesengroß, ein Mensch allein musste sich darin verloren fühlen. In der Küche blieb ich stehen. Hier herrschte die erwartete Bulthaupt'sche Ordnung, wie ich sie von früher her kannte: wohldurchdacht, funktional und steril. Allerdings, so registrierte ich mit einigem Erstaunen, stand da zwischen den modernen Hochglanzfronten immer noch der alte Gasherd aus ihrer früheren Wohnung. Ich öffnete Schranktüren, auch innen soldatische Disziplin. Ich stellte fest, dass Mutter immer noch eine Vorliebe für Malventee hatte. Gehabt hatte. Und für *Schweizer Hotel Caffee*, in seiner rot-weiß gestreiften Packung. Das Geheimnis dieses Kaffees lag, so hatte Mutter immer gepredigt, in der speziellen Röstung, die eine Mischung aus deutscher und italienischer Art war. Manches hatte einfach Bestand. Selbst über den Tod hinaus. Ich klappte die Schranktüren wieder zu, ging zurück ins Wohnzimmer. Im Vorübergehen vermied ich es, die Kinderzeichnungen auf dem Boden und auch das Dreierbild anzusehen, und stellte mich vor die Terrassentür. Hier war es also geschehen. Auf dieser Terrasse mit den Terrakottakübeln, die schon ein Winterkleid aus Bast trugen. Ganz an die Hauswand geschoben stand ein Tisch, die Stühle dazu waren auf die Seite geräumt, übereinandergestapelt und mit einer Plane bedeckt worden. Die Kübel säumten den gesamten Geländerbereich, und jetzt verstand ich, was Cincek gemeint hatte: Wer hier verunglücken wollte, musste sich schon Mühe geben und ein bisschen nachhelfen. So ohne Weiteres würde hier keiner den Weg über die Brüstung finden; selbst in völlig betrunkenem Zustand würde man sich im Grün verfangen und wahrscheinlich vor den Töpfen straucheln. Ich schluckte. Später, ich würde das später ansehen, jetzt fühlte ich mich nicht in der Lage, mich über dieses Geländer zu beugen und hinunterzusehen.

Ich drehte mich um, zum Schreibtisch. Eine Liste. Ich bräuchte eine Liste ihrer Freunde und Bekannten. Ich musste endlich die Trauerfeier organisieren, hier in der Wohnung, und dazu würde ich die Sterbeanzeige verschicken müssen, mit der Einladung. Flüchtig dachte ich daran, dass ich im Arbeitszimmer einen Laptop mit Internetanschluss gesehen hatte. Aber den würde ich mir später vornehmen. Ich setzte mich vor den Schreibtisch und öffnete eines der Türchen, zog die oberste Schublade auf. Ich hielt inne. Ich hatte dieselbe disziplinierte Ordnung wie in der Küche erwartet und wusste aus der Vergangenheit, dass es früher auch so gewesen war. Offenbar hatte Mutter in der letzten Zeit aber nicht mehr viel Wert auf Übersicht gelegt. Ob das mit der Krankheit zusammenhing? Ich zog weitere Schubladen auf, öffnete auch die anderen Türchen. Im Gegensatz zum Inhalt der Küchenschränke herrschte hier überall Chaos: Rechnungen, Papiere und Büromaterialien, Prospekte von Kreuzfahrten (seit wann interessierte sich Mutter für so was?), einige – noch volle – Packungen Gauloise waren einfach so hineingestopft worden, zum Teil so, dass Ecken geknickt und die Zigarettenpackungen zerdrückt waren. Und diese Postkarten kannte ich doch. Ich drehte sie um und sah auf meine eigene Handschrift. Sie hatte sie alle aufbewahrt, die wenigen Geburtstags- und Weihnachtsgrüße, die ich ihr in den Jahren unseres Schweigens geschickt hatte. Ich selbst hatte Mutters Karten nach kurzem Überfliegen sofort ins Altpapier verfrachtet. Nur nicht darüber nachdenken, sich lieber auf etwas anderes konzentrieren. Zum Beispiel auf die für Mutter so unpassende Unordnung. Mir wurde seltsam zumute. Ich stand auf und öffnete auch die Türen der Anrichte und des antiken Kirschholzschranks. Derselbe Anblick. Ich holte tief Luft. Jetzt brauchte ich eine Zigarette. Zuerst einmal einen Aschenbecher finden. Ich rannte herum; im Esszimmer fand ich schließlich den altvertrauten kristallenen und setzte mich damit wieder an den Sekretär. Die Zigarette zwischen die Lippen geklemmt, begann ich systematisch alle Papiere herauszuziehen und auf separate Stapel auf dem Boden zu verteilen. Es dauerte nicht lange, da war der Parkettboden mit Papieren übersät. Wo war Mutters Adressbuch? Einzig ihren Terminkalender fand ich. Ich legte auch ihn zur Seite, später würde ich einen Blick hineinwerfen. Wieder fiel mir der Laptop im Arbeitszimmer ein. Vielleicht verwaltete Mutter ihre Adressdaten inzwischen digital? Das musste ich später auf jeden Fall prüfen. Jetzt ging ich erst einmal Papier um Papier durch, kramte mich durch alte Rechnungen und Quittungen, Garantiescheine, Fahrkarten, ein altes Flugticket nach Miami fand ich auch. Also hatte sie ihre Flugangst letztlich doch überwunden. Ich schluckte, meine Hände machten weiter, mechanisch, nur nicht erinnern, nicht denken, nicht fühlen. Und hier war ja auch ihre Geburtsurkunde, die brauchte ich doch für die anstehenden Behördengänge. Sicher war es auch in Österreich so, dass nur begraben werden konnte, wer den Beweis erbrachte, dass er zuvor auch geboren worden war! Ich linste auf das Dokument mit den spitzen Sütterlinbuchstaben, nahm einen tiefen Zug von meiner Zigarette und kniff die Augen zusammen. Die altmodische Schrift bereitete mir

Mühe, doch schließlich entzifferte ich den Geburtsort: Hohehorst. Seltsam, dachte ich, mir war immer in Erinnerung, dass Mutter gesagt hatte, sie sei in Bremen auf die Welt gekommen. Auch kam mir der Ort vage bekannt vor, wo hatte ich unlängst von ihm gehört? Mit gerunzelter Stirn las ich weiter, das Datum: *05. Mai 1944*. Ohne Zweifel war das Mutters Geburtsurkunde. Weiter stand in der Urkunde Oma Charlottes Name. Aber wo war denn der Kindsvater eingetragen? Mit dem Finger fuhr ich das fremde Schriftbild nach, einmal, zweimal. Ich schluckte. Wo war denn Omas Mann eingetragen? Nein, es bestand kein Zweifel: Der Kindsvater war in dieser Urkunde mit keinem Wort vermerkt.

Ich bin in dem Bewusstsein aufgewachsen, dass mein Großvater im Krieg als vermisst gemeldet wurde und niemals wiedergekehrt war. Daher verwirrte mich die fehlende Eintragung dieses leiblichen Vaters meiner Mutter, meines Großvaters, komplett. War Oma Charlotte gar nicht mit ihm verheiratet gewesen? Ich starrte vor mich hin und Bilder Charlottes erschienen in meinem Innern, lösten einander ab und verschwanden wieder. Dazwischen tauchte immer mal wieder Gustav Benthin auf, der einzige Opa, den ich je gekannt hatte. Wie war es möglich, dass ich nie näher darüber nachgedacht hatte? Alles, was ich wusste, war, dass Oma irgendwann nach dem Krieg Gustav Benthin geheiratet hatte, in einer fernen und unwirklichen Vergangenheit. Ich hatte einfach angenommen, dass sie davor mit dem Vater ihres Kindes verheiratet gewesen war. Und es war auch nicht die eigentliche Entdeckung, nämlich die Ehelosigkeit, die mich bestürzte; vielmehr war es die Bedeutung, die dahinterstecken musste: Vielleicht waren sie verlobt gewesen, damals, sie und ihr Paul. Vielleicht hatten sie kurz vor der Hochzeit gestanden. Und dann war er gefallen? Aber war es damals nicht so etwas wie eine Schande gewesen, ohne Trauschein ein Kind zu erwarten? Sie hatte nie etwas erwähnt, nie etwas erzählt, ich konnte es gar nicht fassen.

Auf einmal erschien mir die Verschwiegenheit, die in meiner Familie in Bezug auf Opa Paul geherrscht hatte, in einem anderen Licht. Meine Familie, dachte ich und schluckte. Meine Familie, das waren ohnehin nur Charlotte, Mutter und ich gewesen. Und eine Schwester von Opa Benthin, Cecilie, die aber als junges Mädchen nach Amerika gegangen war und die ich nie kennengelernt hatte.

Jetzt brauche ich erst einmal einen Kaffee, dachte ich und ging mit mulmigem Gefühl in die Küche. Öffnete Schranktüren, holte den rot-weißen *Hotel Caffee* heraus und setzte Wasser auf. Ordnung, dachte ich. Die Ordnung, die hier herrschte, war mustergültig. Sie war mir vertraut, das war die Mutter, die ich gekannt hatte. Die Kaffeebohnen knackten, als ich den Knopf an der Mühle drückte. Meine Mutter war ein uneheliches Kind. Und erst jetzt wurde mir in aller Deutlichkeit bewusst, dass Oma Charlotte nie, niemals von ihren Eltern erzählt hatte und nur wenig von ihrem Paul, der Liebe ihres Lebens. Ich tat das Pulver in den Filter, mir schwirrte der Kopf. Da war noch etwas anderes, das nicht stimmte. Das Wasser brodelte, ich bebrühte den Kaffee und plötzlich wusste ich es: Es war das Bild. Das Bild, das ich gefunden hatte, in dem Umschlag, den Mutter bei Lore Klopstock gelassen hatte. Etwas daran war falsch, und zwar das Datum. *Wir beide in Hohehorst, März 1944,* das hatte dort gestanden. Wie konnte es sein, dass Oma ein kleines Kindchen auf dem Arm hielt, an einem sonnigen Märztag im Jahre 1944, wenn doch meine Mutter erst am 5. Mai 1944 auf die Welt gekommen war?

Die Wohnung der Mahlers, in der wir uns liebten, strahlte eine müde Traurigkeit aus, als hätte sie damals schon gewusst, dass ihre Besitzer niemals wiederkehren würden, dass überhaupt bald niemand mehr in diesem Haus wohnen würde. In diesem verlassenen Wohnzimmer lagen wir und liebten uns, auf dem Boden vor dem Fenster, Paul über mir, in seiner dunklen Makellosigkeit, noch heute sehe ich die Mittagssonne auf seine nackte Haut scheinen, auf seine Arme, seine Hände, die mich halten, die meine Brüste berühren, ich sehe sein Haar, das sonst fast schwarz erschien, in einem kastanienbraunen Feuer aufleuchten, die kleine Narbe über der Oberlippe eine schmale Kerbe. Und seine Augen sind wie schwarzer Samt.

Die Eigentümer der Wohnung waren fort, verschwunden, untergetaucht. Sie hatten die Stadt und vielleicht – so hoffte Paul – auch das Land verlassen. Er hatte sie gut gekannt, sie waren in die Apotheke gekommen, über viele Jahre, ein älteres Ehepaar, kinderlos, sie Jüdin, er ein sogenannter Christ. Sie hatten ihre Medikamente bei ihm und zuvor auch schon bei seinem Vater geholt. Und eines Tages hatten sie ihm die Schlüssel in die Hand gedrückt und ihn gebeten, in der Wohnung nach dem Rechten zu sehen, bis zu ihrer Rückkehr. Das war vor über einem Jahr gewesen und seitdem stand die Wohnung leer.

Als ich nach Hause kam, an jenem ersten Nachmittag, nachdem ich Paul in der Mahler'schen Wohnung getroffen hatte, waren Mutter, Stiefvater und Ingeborg schon längst mit der Mahlzeit fertig. Ihre Teller waren abgeräumt und einzig mein Gedeck stand noch da, die Terrine mit der erkalteten Suppe auf einem Untersetzer in Tischmitte. Ich setzte mich, die Standuhr in der Ecke tickte, es schlug zwei Uhr. Ich schöpfte mir von der Suppe, tauchte den Löffel ein, das Klingeln des Löffels am Tellerrand klang unwirklich in das Ticken und in die Stille hinein.

Und auch das weiß ich noch, als wäre es gestern gewesen: wie die Tür aufging, wie mein Stiefvater hereinkam und ein ungezügelter Zorn seine Züge verzerrte, wie er die Hand hob und mich ins Gesicht schlug, erst links, dann rechts. Und wie er mich anschrie und beim Schreien spuckte, wo ich jetzt herkäme und was mir einfiele, und wie meine Mutter in der Tür stand und mich ansah, traurig und ein wenig resigniert, aber auch ängstlich. Und dabei dachte ich die ganze Zeit nur an Paul.

Seit unserem ersten Treffen in der Mahler'schen Wohnung kamen wir so oft es ging dort zusammen. Wenn ich heute an diese Zeit mit Paul zurückdenke, dann erscheint sie mir wie ein bittersüßer Traum von Liebe und von Schmerz. Nie wieder habe ich so tief für einen Mann empfunden, nie wieder haben mich meine eigenen Gefühle so weit emporgewirbelt und so tief hinabgezogen in diesen Strudel, aus dem es kein Entrinnen zu geben schien. In diesen Wochen begann mein Leben der Lügen. Ich belog sie alle, Mutter, Ingeborg, Leni, die Lehrer, und bald waren die gestohlenen Stunden mit Paul das Einzige, was zählte. Wir stahlen die Zeit und lebten davon. Und das Erschreckende dabei war, dass ich kaum Gewissensbisse hatte, dass ich ihnen in die Augen sehen konnte, ohne mit der Wimper zu zucken. Wir entwickelten die Routine von Betrügern und der Betrug wurde uns so sehr zur Gewohnheit, dass er – fast – zur Normalität wurde. Nur in den Nächten lag ich manchmal wach, lauschte in die Dunkelheit und rechtfertigte unser Tun damit, dass Lenis und Pauls Heirat schließlich ihrerseits auf einem Betrug gründete. Doch kaum hatte ich diesen Gedanken gefasst, überkam mich die Frage, wie es sich denn mit *meiner* Liebe verhielt, die auf unzähligen Lügen gebaut war.

Mit dem Kaffeehaferl in der Hand kehrte ich ins Wohnzimmer zurück und starrte auf die Geburtsurkunde. Hatte Oma noch ein anderes Kind gehabt, vor Mutter? Gab es eine Schwester, einen Bruder, einen Onkel, eine Tante, von der ich nichts wusste? Ich kramte in meiner Tasche und zog den Umschlag heraus. Mit fahrigen Fingern hielt ich das Bild vor mich. Noch etwas fiel mir jetzt auf. Wie hatte ich das übersehen können? Das Kind auf dem Foto hatte dunkles Haar. Ich kannte mich nicht besonders gut aus mit kleinen Kindern, ich hatte auch einmal gehört, dass die Haarfarbe bei der Geburt nicht die endgültige sei, und deshalb hatte ich wohl automatisch angenommen, dass Mutter als winziger Säugling eben dunkles Haar gehabt hatte. Auch war auf dem Bild nicht zu erkennen, ob Oma Charlotte schwanger war, denn man sah darauf nur die beiden Gesichter und Omas Hände, die das Kind hielten. Auf jeden Fall war klar: Wenn Mutter am 5. Mai 1944 auf die Welt gekommen war, dann konnte dieser Zwerg, der sicher keine zwei Monate alt war, nicht auch noch Großmutters Kind sein. Aber wer war es dann? Ich nahm einen großen Schluck Kaffee von meinem Pott und seufzte. Dann musste es eben ein anderes Kind sein, das Kind einer guten Freundin vielleicht. Mein Blick schweifte erneut zur Geburtsurkunde. Der Ort. Bislang hatte ich immer etwas mit Bremen gedacht. Aber vielleicht lag dieses Hohehorst ja in der Nähe. Ich ging ins Arbeitszimmer, schaltete den Laptop ein, wartete, bis er hochgefahren war, überzeugt, dass kein Password erforderlich sein würde, um etwas mit der Kiste anfangen zu können. Mutter war weder ein besonders vorsichtiger noch ein besonders ängstlicher Typ gewesen. Kurz darauf öffnete ich den Internet Explorer und googelte *Hohehorst*. Auf dem Bildschirm erschienen 5220 Einträge zu diesem Stichwort. *Therapiezentrum Hohehorst*, das war der vorherrschende Eintrag zu dieser Lokalität, die wohl so etwas wie eine Suchtklinik zu sein schien, und ja, sie befand sich in der Tat bei Bremen. Ich klickte auf den ersten Eintrag. Es öffnete sich das Bild eines stattlichen Anwesens und es dauerte nicht lange, bis ich begriff, dass Hohehorst gar kein Ort im Sinne einer Gemeinde oder eines Dorfes war: Es war ein Haus. Ich war irritiert. Sollte Oma Charlotte dort gelebt haben? In diesem hochherrschaftlichen Umfeld? Ich scrollte weiter nach unten, öffnete noch einige der Suchergebnisse. Und landete auf einer Seite, die da hieß: *Der Lebensborn – Heim Hohehorst*. Ich stutzte, klickte darauf. Und alles erschien in einem anderen Licht.

Als ich Stunden später – immer noch ohne Adressliste – nach draußen ging, um mir etwas zu essen zu besorgen und Licht und Luft in meine Gedanken zu bringen, polterten mir alle möglichen Begriffe im Kopf herum. Herausgefunden hatte ich Folgendes: Das Anwesen Hohehorst, im Besitz der Familie Lahusen, einer Bremer Wollfabrikanten-Dynastie, war 1937 an den Lebensborn e. V. verkauft worden und wurde im Mai 1938 als *Heim Friesland* offiziell als Entbindungsheim eröffnet. Über den Lebensborn wusste ich nur wenig. Natürlich war mir der Name schon irgendwo untergekommen und ich hatte eine etwas nebulöse Vorstellung von einer Organisation, die in dem Ruf stand, als Zuchtanstalt der Nazis gedient zu haben. Im Internet stand allerdings etwas anderes, weitaus Nüchterneres, was wahrscheinlich eher den Tatsachen entsprach: Der Lebensborn diente Frauen, die »in Not« geraten waren, das heißt unverheirateten Frauen, die schwanger wurden, als eine Art Auffangstätte, an die sie sich vor der Entbindung begeben konnten, wo sie ihr Kind auf die Welt bringen und dort zum Teil auch nach der Niederkunft bleiben und arbeiten konnten. Dies geschah in völliger Anonymität und in der Sicherheit, dass zu Hause niemand von Schwangerschaft und Niederkunft erfahren würde. Auch konnten die Frauen, wenn sie wollten, das Kind zur Adoption freigeben und dann nach Hause zurückkehren, als wäre nichts geschehen. Das Foto fiel mir ein. Sollte meine Oma in so einem Heim entbunden haben?

Hohehorst hatte dem Lebensborn – mit einer Unterbrechung, als das Heim wegen der Bombardierung Bremens evakuiert wurde – bis Mai 1945 als Entbindungsheim gedient. Nach dem Krieg dann besetzten die Aliierten das Gebäude. Mir schwirrte der Kopf. Ich war inzwischen unten vor dem Haus angekommen und überlegte, welche Richtung ich einschlagen und was ich essen wollte. Ich beschloss, zu Fuß zur Mariahilfer Straße zu gehen und dann weiterzusehen. Ich schritt schnell aus und sah nicht viel von meiner Umgebung. Warum hatte Oma mir nie von der Zeit in diesem Heim erzählt? Warum hatte sie es noch nicht einmal erwähnt? Hatte Mutter davon gewusst? War diese Phase in Großmutters Leben etwas, was sie ganz ausgeklammert und aus ihrem Bewusstsein verdrängt hatte, vielleicht, weil sie mit schmerzlichen Erinnerungen verbunden war?

Nach einem ausgedehnten Spaziergang durch die vorweihnachtlich geschmückten Straßen Wiens landete ich schließlich, vielleicht aus Gründen der Wehmut, vielleicht auch nur aus dem einfachen Bedürfnis nach Behaglichkeit, im *Café Central* in der Herrengasse. Wie zu erwarten gewesen war, musste ich, zusammen mit ein paar japanischen Touristen, eine Weile am Eingang herumstehen und hatte Muße genug, meinen Blick schweifen zu lassen. Über die summende Menschenmenge, die verteilt an runden Tischen auch die hintersten Winkel des Kaffeehauses bevölkerten. In den Ferien, wenn Oma und ich Mutter besuchten, hatten wir hier gesessen, manchmal war auch Mutter auf einen Braunen dazugekommen. Oma hatte meist einen Altwiener Suppentopf genommen und sich danach einen Fiaker gegönnt. Im Gegensatz zu Mutter hatte Oma sonst niemals Alkohol getrunken und ein Fiaker im *Central* war für sie das Höchste der Gefühle gewesen. Sie war auch, da sie Alkohol nicht gewöhnt war, recht schnell recht lebendig geworden. Mit geröteten Wangen, wie ein junges Mädchen, hatte sie dann manchmal ein wenig mehr erzählt als sonst. Doch meist war sie an mir interessiert gewesen und hatte nach meinen Schulfreunden, später nach meinem Studium, nach meinen Träumen und Kümmernissen gefragt. So war das vorzeitige und abrupte Ende meiner Dolmetscherlaufbahn für Oma sicher weniger überraschend gekommen als für Mutter, der ich nie viel von meinen künstlerischen Ambitionen verraten hatte und die auch nicht wusste, was ich eigentlich in England in den Semesterferien tat. Natürlich hatte ich auch meine Sprachkenntnisse vertieft, aber ich saß dort nicht die ganze Zeit in Kabinen herum, um mein Simultandolmetschen zu perfektionieren. Ich richtete es mir etwas anders ein und besuchte »nebenher« die skurrilsten Seminare, in denen ich lernte, Lampenschirme herzustellen, Stoffe zu bemalen, Wände zu wischen, Schabracken zu nähen und Sessel zu polstern. Hier im *Central* war es auch gewesen, an jenem Tisch in der Nische links neben dem Eingang, als Oma mir erzählt hatte, dass Paul die Liebe ihres Lebens gewesen war. Und dann war der Ober gekommen und Oma war verstummt und ich hatte den Kerl verflucht, dass er gerade in diesem Moment hatte heranrumpeln müssen.

Vielleicht war ich deswegen hier gelandet, vielleicht hatten unsichtbare Fäden mich hierher gezogen, vielleicht hoffte ich, hier, in dieser Umgebung, die für mich ein Stück meiner Vergangenheit war, die Geister zu beschwören und mich an etwas zu erinnern, was in den Tiefen meines Gedächtnisses verschwunden war. Ein Tisch wurde frei, ich setzte mich auf die gepolsterte Bank. Ich war erschöpft und mir war ein wenig elend vor Hunger. Ich warf einen Blick auf meine Armbanduhr, es war schon vier und ich hatte seit dem Frühstück nichts gegessen. Draußen breitete sich nun die Dämmerung aus, aber hier war es festlich, hell und warm. Der schwarze Flügel stand immer noch in der Mitte des Raumes, die Ober steckten immer noch in ihren schwarzen Anzügen, die gotischen Säulen verliehen dem Raum immer noch diesen altmodischen Zauber.

Ich bestellte den Altwiener Suppentopf, ein Wasser, Powidltascherl als Nachtisch und am Schluss einen Fiaker. Der Kellner sagte tatsächlich »sehr wohl« und ich fragte mich, warum das in Deutschland niemand mehr sagte. Dann rief ich Wolf an, berichtete kurz von meiner Entdeckung und Verwirrung, küsste ihn sogar in einem Anflug von Wärme tausendmal durch die Luft, was ihn verstummen ließ, worüber ich mich dann schon wieder ärgerte.

Nach der Suppe und den Powidltascherln holte ich Mutters Terminkalender aus der Tasche. Vielleicht war da die eine oder andere Adresse eines Freundes verzeichnet. Ein Adressbuch hatte ich immer noch nicht gefunden und auch in ihrem Laptop war ich auf keine elektronische Datenverwaltung gestoßen. Mutter hatte noch nicht einmal eine E-Mail-Adresse gehabt. Ich zündete mir eine Zigarette an – natürlich hatte ich um einen Tisch im Raucherbereich gebeten – und blätterte zunächst lose durch den Kalender. Als ich dabei nichts entdeckte, begann ich vom Januar an systematisch Seite um Seite durchzusehen. In ihrem Kalender hatte Mutter nicht nur ihre Termine verzeichnet, sondern, wie ich sah, auch Anmerkungen und Kommentare festgehalten. Ich schluckte. Unter einem Termin bei Dr. Prohacek vor neun Wochen stand – es kam mir vor wie die Eintragung eines in die Jahre gekommenen Friedensaktivisten –: *Chemo? Nein danke!* In den Wochen darauf waren keine Termine mehr bei ihm verzeichnet, dafür vier Eintragungen, jeweils an Donnerstagen: *Dr. Berghof – Naturheilverf.* Und hier war sie ins Krankenhaus gegangen, *CA* stand dabei. Auffällig war, dass sie in den letzten Wochen wenig private Termine verzeichnet hatte, wohingegen sie davor, eigentlich das ganze Jahr über, regelmäßigen Umgang mit allen möglichen Leuten gepflegt hatte. Da ein Dolmetscher-Stammtisch, zu dem sie gegangen war, dort ein Treffen mit ihren Kodo-Kolleginnen vom AIIC, der Internationalen Vereinigung der Konferenzdolmetscher, dann hatte sie diverse Treffen, Abendessen und Kinobesuche vermerkt: *Mit Trude im Kino, Cinema d'Arte, ein deprimierendes Spektakel, nicht das, was ich gerade JETZT brauche.* Außerdem hatte sie wohl ein Abonnement im Burgtheater gehabt. Im April fand ich Eintragungen über Dolmetsch-Seminare am Zentrum der Translationswissenschaft der Universität Wien, bei denen sie Vorträge zum Thema Konsekutivdolmetschen gehalten hatte. Und plötzlich hörte ich im Geiste ihre Stimme: »Ist doch halb so wild. Alle, die bei diesen Konferenzen sitzen, haben halb so gut aufgepasst wie ich und nicht halb so viel behalten von dem, was der Redner gesagt hat.« Das war im Grunde genau das, was ich auch glaubte. Und dennoch war ich selbst jedes Mal vor Aufregung ganz krank gewesen, obwohl es dann doch immer irgendwie geklappt hatte. Und das war der grundlegende Unterschied zwischen Mutter und mir gewesen: Sie hatte es geliebt, dort am Rednerpult zu stehen. Sie hatte das als Beweis ihrer Lebendigkeit gebraucht. In diesen Augenblicken, sagte sie, sei sie ganz »präsent«. Ich hatte mich vom ersten bis zum letzten Dolmetscheinsatz unwohl gefühlt. Und dann hatte ich – von einem Tag auf den anderen – entschieden, dass ich all das nicht brauchte, um präsent zu sein.

Der Fiaker kam, ich löffelte noch mehr Zucker hinein und trank. Dann kramte ich einen Zettel heraus und notierte mehrere Namen, die ich im Kalender gesehen hatte. Trude, Gerlinde, Sabine, Dr. Prohacek, Lore und so weiter. Zu einigen wusste ich selbst den Nachnamen. Lotte Palmstengel klang vertraut. Ich blätterte weiter. Hier war ein Termin bei einem Dr. Reuther vermerkt, der, wie es aussah, in Frankfurt angesiedelt war. Wahrscheinlich hatte Mutter hin und wieder auswärts gedolmetscht. Ich würde ihn anrufen und fragen müssen, wie nahe er Mutter gestanden hatte. Und nun war ich bei der Woche angelangt, in der Mutters Anruf mich erreicht hatte. Ich war neugierig, ob sie an diesem Tag irgendetwas eingetragen hatte, was mich betraf. Da erst stellte ich fest, dass die Woche vor Mutters Anruf fein säuberlich herausgetrennt war. Warum um alles in der Welt hatte Mutter die Woche herausgerissen, sodass es aussah, als habe sie nie existiert?

Den Abend und auch den frühen Morgen des nächsten Tages verbrachte ich damit, noch einmal gründlich nach Mutters Adressbuch zu suchen. Als ich auch dieses Mal nichts fand, machte ich mich daran, die Namen der Personen, die ich dem Kalender entnommen hatte, im Wiener Telefonbuch nachzuschlagen oder bei der Auskunft zu erfragen. Ich erfuhr, dass Lore Klopstock noch immer im Krankenhaus war, doch Lotte Palmstengel erklärte sich sofort bereit, zu kommen und mir zu helfen, eine Liste von Mutters Freunden, Bekannten und ehemaligen Kollegen zusammenzustellen. Ich rief bei der *Bestattung Wien* an und machte einen Termin für ein Gespräch. Gegen Mittag wollte Wolf ankommen und ich hatte ihm gesagt, ich würde ihn in Schwechat abholen.

Eine gute Stunde später stand Lotte Palmstengel vor der Tür, mit silberbläulichem Haar, in strengem Kostüm, ganz Dame von Welt. Ich bildete mir ein, diesen wasserblauen Blick schon einmal auf mir gespürt zu haben, doch eine konkrete Erinnerung wollte sich nicht einstellen. Sie erzählte, sie habe viele Jahre mit Mutter »in der Kabine« gesessen. Sie trug lange, fliederfarbene Handschuhe, die sie für den Opernball mit einem Traum aus lila Chiffon hätte kombinieren können und die sie nun, noch auf der Schwelle, abstreifte, wodurch sie elegant und zupackend zugleich wirkte.

In der Tat war es so, dass ich um kurz nach halb elf eine ziemlich lange Liste mit Namen, Adressen und Telefonnummern in Händen hielt. Ich kam mit Lotte Palmstengel überein, dass es sinnvoll wäre, zusätzlich noch eine Anzeige in die Wiener Zeitung zu setzen, für all diejenigen, die Frau Palmstengel nicht kannte oder schlicht vergessen hatte. Ich telefonierte mit einem Pfarrer wegen des Gedenkgottesdienstes und noch einmal mit der Polizei, weil ich nicht wusste, wo ich die Papiere für die Überführung herbekommen sollte und welche Papiere überhaupt notwendig waren. Ich gab den Druck der Trauerkarten in Auftrag.

Es war schon spät am Vormittag, Lotte Palmstengel hatte ihre fliederfarbenen Handschuhe wieder übergestreift und sich verabschiedet, als das Telefon klingelte. Ich stand bereits an der Wohnungstür, in Stiefeln und Mantel, die Klinke in der Hand. Im ersten Moment wollte ich das Klingeln einfach ignorieren, doch dann dachte ich, es könnte Wolf sein, womöglich mit der Nachricht, der Flieger würde verspätet landen. Und so griff ich rasch nach dem Hörer, ein ungeduldiges »Ja, bitte« auf den Lippen.

»Hallo? Guten Tag, hier spricht Ingrid Simon vom Zeitgeschichte-Verlag.«

»Äh ... guten Tag.«

»Sind Sie's, Frau Sternberg?«

»Na ja, gewissermaßen, ja, ich heiße Sternberg, aber Sie wollten sicher meine Mutter sprechen.«

»Frau Lilli Sternberg, ja.«

»Meine Mutter ... ist tot.«

Schweigen. Dann ein bestürztes: »Aber ... oh ... mein herzliches Beileid. Was ist denn geschehen, ich habe hier einen Brief Ihrer Mutter vorliegen, der ist noch nicht einmal zwei Wochen alt. Ein Unfall?«

»Sie ... ja, ein Unfall. Hören Sie, ich ...« Ein Blick auf meine Armbanduhr zeigte mir, dass ich dabei war, die nächste U-Bahn zu verpassen. Und damit die S7 zum Flughafen. Und damit Wolfs Ankunft in Schwechat. Aber vielleicht hatte das Flugzeug ja auch Verspätung.

»Mit dem Auto?«

»Nein, sie ist ... gestürzt.«

Erneutes Schweigen. Schließlich die vorsichtige Frage: »Dann will ich Sie im Moment nicht weiter belästigen.«

Ich besann mich auf meine gute Erziehung und fragte: »Weshalb wollten Sie meine Mutter denn sprechen. Kann ich Ihnen vielleicht helfen?«

»Nun, Ihre Frau Mutter hatte uns freundlicherweise einige Seiten eines Manuskripts überlassen. Es handelt sich dabei um Auszüge aus einem autobiografischen Roman, den Ihre Großmutter geschrieben hat, Sie wissen doch sicher davon ...«

»Nein, ich ... Sie müssen wissen, meine Mutter und ich, wir hatten nicht viel Kontakt ... in letzter Zeit.«

»Dann wissen Sie gar nichts von dem Buch?«

»Nein.«

»Ich wollte Ihre Mutter eigentlich bitten, mir das komplette Manuskript zuzusenden.«

»Oh.«

»Wir würden gerne alles lesen, um zu sehen, ob es in unser Verlagsprogramm passt. Im Moment haben wir rund fünfzig Seiten vorliegen.«

»Aha.«

»Nun, das ist der Grund meines Anrufs ...«

»Ja, äh, also ... ich weiß davon eben gar nichts. Es ist vielleicht wirklich das Beste, wenn wir in ein paar Wochen noch einmal telefonieren.« Ich notierte mir die Nummer des Verlags, der hier in Wien ansässig war, und drückte die Aus-Taste. Eine Weile lang blieb ich dort stehen, im Gang, bei geöffneter Wohnungstür, in Mantel und Stiefeln, das Telefon immer noch in der Hand. Dann wählte ich Wolfs Nummer, sprach ihm auf die Mobilbox, dass ich ihn leider nicht abholen konnte, zog mich wieder aus und machte mich daran, alle Schränke, Regale, Schubladen zu durchsuchen. Eine Autobiografie von Oma. War denn die Welt komplett verrückt geworden?

Paul und ich hatten gewisse Angewohnheiten, eine davon war, dass wir bei jedem unserer Treffen ein kleines Liebespfand tauschten. Einen Stein, den er gefunden hatte und der aussah wie ein Herz, ein Gedicht, das ich gelesen und für ihn auf einen winzigen Zettel geschrieben hatte, ein herausgeschnittenes Stück von meinem Leibchen. Und eines Tages brachte Paul mir ein kleines Bild. Er hatte es selbst gemalt, es war die kolorierte Bleistiftzeichnung eines Liebespaars, das in einen riesenhaften Mantel, über und über mit Sternen besät, eingehüllt war. Der Mantel umschloss nicht nur die beiden, er ging über in die unendliche Weite des Universums und verschmolz mit ihr. Doch um die Liebenden züngelten Flammen und Dämonen streckten ihre Klauen nach ihnen aus.

Die kleinen Liebesbeweise, die Paul mir gegeben hatte, bewahrte ich in einer türkisfarbenen Blechschachtel auf, die ich zwischen meine Matratze und die Wand geschoben hatte. Wenn ich in den Nächten die Schachtel geöffnet, meine Schätze eine Weile betrachtet, sie in der Hand gehalten, den Stein an mein Herz gedrückt und das Bild bei Kerzenschein betrachtet hatte, tat ich alles wieder zurück und schob die Schachtel ganz tief hinunter, sodass ich sie mit der Hand gerade noch erreichen konnte. Eines Abends jedoch, als ich wie gewohnt danach tastete, meinte ich eine Veränderung in der Lage der Schachtel zu spüren. Doch als ich die Schachtel öffnete, war alles so wie immer und meine Schätze alle an Ort und Stelle: der Stein in ein Stück Stoff geschlagen, das Bild der beiden Liebenden im tiefblauen Sternenmantel, das Paul für mich gemalt hatte, eingeschlagen in Seidenpapier, so wie auch die getrocknete Rose. Als ich die Schachtel wieder zurückschob, war ich sicher, dass ich mich getäuscht hatte. Doch am nächsten Tag kehrte ein seltsames Gefühl zurück, und als ich mich wie gewohnt am Nachmittag aufmachte zur Mahler'schen Wohnung, wurde ich den ganzen Weg über das Gefühl nicht los, dass mir jemand folgte. Doch jedes Mal, wenn ich mich umblickte oder an einer Straßenecke verharrte, waren da nichts als Fremde, die vorübereilten und mich kaum eines Blickes würdigten.

In den Wochen, die nun folgten, blickte ich in alle Spiegel, die meinen Weg säumten, um zu erkennen, wie Paul mich sah, was er in mir sah. Ich schwebte durch die Stadt, über den Schlosshof, die Dominsel und am Pregel entlang, im Unterricht war ich oft abwesend und starrte traumverloren auf die regentropfenbesetzte Scheibe, beobachtete den Wind, wie er das sattgrüne Laub bauschte. Mein Blick versank in azurblauen Sommerhimmeln, und als das Licht schräger wurde, bemerkte ich die ersten Blätter, die darin zu Gold wurden. Ich machte lange Spaziergänge, und jedes Mal, wenn ich ein bekanntes Gesicht auftauchen sah, wechselte ich die Straßenseite, verschwand in einem Hauseingang, betrat ein Geschäft oder sah, den Rücken zur Straße gewandt, in eine Schaufensterauslage.

Wir tauchten hinab in eine dinglose Tiefe, in der es nur uns beide gab, nur Paul und mich, nur unsere Körper und Seelen, die eins wurden. Wir lagen vor dem Kamin, liebten uns, tranken Tee, lasen uns gegenseitig Gedichte vor, oft aus verbotenen Büchern, weil die auf uns eine größere Anziehungskraft ausübten. Unsere Liebe war durchdrungen von Schweigsamkeit und Gesten. Wir sprachen nicht viel, wir lebten diese Wochen wie in einem stillen Rausch. Es sind diese Szenen, die ich vor mir sehe: das Anfangs- und das Schlussritual: Paul, der meine Zöpfe öffnet, vorsichtig und ernst, so feierlich, dass ich ein Kichern nicht ganz unterdrücken kann. Paul, der mein Haar zu zwei Flechten windet, kurz vor dem Abschied. So hat das Haareflechten für mich etwas Trauriges erhalten, etwas, das mit Abschied einhergeht. Wie man beim Duft von Maiglöckchen an einen Tag im Frühling denkt, an dem man einmal sehr glücklich war, wie man auf der Straße, beim Vorübergehen an einem Fenster, beim Klang einer bekannten Weise unmerklich langsamer geht und wieder zu einem Tag zurückkehrt, an dem man vielleicht den ersten Kuss empfangen hat.

Das Haus, in dem wir uns liebten, steht heute nicht mehr. Die Stadt, die ich kannte, gibt es nicht mehr. Im August 1944 wurde Königsberg bei einem Luftangriff zerbombt. Blutrot soll der Himmel über der Stadt gewesen sein und man soll das Krachen der Einschläge bis an die Ostsee gehört haben. Doch das war lange, nachdem ich fortging.

Das Bad in der Mahler'schen Wohnung war riesig und vor seinem Fenster leuchteten die herbstlich gefärbten Linden, als wären sie mit Goldtalern behangen. Es vermittelte uns ein Gefühl heimeliger Geborgenheit, wenn wir uns gegenseitig mit dem eiskalten Wasser abduschten und uns hinterher in die Mahler'schen Handtücher und Decken wickelten. Wir stellten uns vor, wie es wäre, den wuchtigen Kessel zu befeuern, wärmten uns an dem Gedanken an das knisternde Feuer und träumten davon, gemeinsam in der Wanne zu sitzen, bis zum Hals in der dampfenden Wasserwärme, und wie es wäre, unsere Körper unter Wasser zu berühren. Verschlungen wie sich in einer unsichtbaren Strömung wiegende Ranken.

 Und eines Tages, als ich aus dem Haus trat und die Straße überquerte, wartete Ingeborg in einem Hauseingang auf mich. Sie sah mich an, schweigend, und dann drehte sie sich um und ging fort und ich blieb stehen und sah ihr nach, wie sie in ihrem blau-weiß getupften Kleid davoneilte, und erst als sie um die Ecke bog und aus meinem Blickfeld verschwand, fing mein Herz an wie verrückt zu schlagen. Was würde mich erwarten, wenn ich nach Hause käme?

Zwei Stunden später begrüßte ich einen säuerlich dreinblickenden Wolf, der zunächst die falsche Straßenbahn erwischt hatte. Als kleine Wiedergutmachung lud ich ihn zum Essen ins *Siebensternbräu* ein, und während wir Seite an Seite die Treppe hinuntergingen, hakte ich mich bei ihm unter und ignorierte seine schlechte Laune. Es war sonnig an diesem Tag, doch ich war dankbar, ins Halbdunkel der Gastwirtschaft abtauchen zu können. Das Licht draußen machte mich unruhig, es signalisierte eine Art von Sorglosigkeit, ja Verheißung, die mir im Moment unpassend vorkam. Wir aßen Pfandlgulasch mit Semmelknödel, ich trank ein Prager Dunkles und Wolf saß daneben wie eine etwas zu kräftig geratene Anstandsdame, ein züchtiges Mineralwasser in der Hand. Ich erklärte ihm ausführlich, warum ich ihn nicht abgeholt hatte, was ihn ein wenig zu besänftigen schien. Ich erzählte ihm, dass ich es inzwischen sogar schaffte, in Mutters Wohnung zu übernachten, und berichtete ihm anschließend, wie aufwendig es sein würde, die sterblichen Überreste meiner Mutter nach Deutschland zu überführen. Schließlich bestellte ich noch ein Dunkles. Das Bier machte mich träge, Rauch und Stimmengemurmel lullten mich ein und gaukelten mir vor, ich hätte den Tag schon geschafft. Zurück in Mutters Wohnung legte ich mich auf den Teppich und ließ mich von der Sonne bescheinen, die kleine Lichtquadrate auf meinen Körper malte. Als Wolf sich eine Stunde später über mich beugte und mir einen arabischen Mokka mit Kardamom reichte, den er mitgebracht hatte, war ich im ersten Moment wie benebelt. Doch der Mokka tat seine Wirkung und wenig später saß ich wieder am Schreibtisch, telefonierte mit einem Catering-Service, der *tiptoptable* hieß und den Lotte Palmstengel mir empfohlen hatte. Der Herr in der Leitung hatte Zeit und Geduld und erklärte mir die Vorzüge eines Büfetts mit gegrillten Pfefferpolenta-Talern und Carpaccio vom Angus-Ochsen auf feinem Treviso-Rucolasalat. Ich sagte: »Ja, ja, das passt schon«, doch als er fortfuhr und mir geeiste Cremeschnitten von der Gansleber auf Nussblattsalat anpries, schritt ich ein und erklärte ihm, dass ich keine Produkte wünschte, die auf Tierquälerei beruhten, und das schließe auch Froschschenkel mit ein. Schließlich einigten wir uns auf *Fingerfood, italienisch*. Dann holte ich mir noch einen Mokka und machte mir Gedanken über die kleine Ansprache, um die ich bei der Trauerfeier wohl nicht herumkäme. Erst gegen fünf fiel mir ein, dass ich den Frankfurter Rechtsanwalt aus Mutters Terminkalender immer noch nicht angerufen hatte.

»Rechtsanwaltskanzlei Reuther, guten Tag!«, schnarrte es zur Begrüßung.

»Grüß Gott, ich ... äh ... Sternberg hier. Ich hätte gern den Herrn Rechtsanwalt gesprochen.«

»Ach, Frau Sternberg, ich stelle Sie durch ... einen Moment bitte.«

Eine Weile lang erklang eine ansprechende Kaufhausmusik, dann meldete sich eine männliche Stimme, jovial, ich schätzte den Mann auf Mitte vierzig: »Frau Sternberg! Was kann ich für Sie tun?«

»Ich ... guten Tag, ich heiße Maja Sternberg. Meine Mutter, Lilli Sternberg, war bei Ihnen ...«

Jetzt schwieg Rechtsanwalt Reuther und ich fuhr hastig und auch ein wenig unsicher fort: »Meine Mutter ist tot. Ich ordne ihre Angelegenheiten und möchte gerne wissen, in welcher Beziehung Sie zu ihr standen.« Was für eine ungeschickte Eröffnung. Ich war und blieb ein Tölpel in solchen Dingen.

»Wie darf ich das verstehen?« Die Jovialität war jetzt einem distanzierten Tonfall gewichen. Etwas zögerlich, so als könne er nicht glauben, was ich ihm gesagt hatte, setzte er hinzu: »Mein herzliches Beileid.«

»Ja ... danke ... Ich habe im Nachlass meiner Mutter kein Adressbuch gefunden, nur ihren Terminkalender, und ich bin dabei, die Trauerfeierlichkeiten zu organisieren. Darum versuche ich, alle, mit denen sie bekannt war, ausfindig zu machen.«

»Und wie kann ich Ihnen dabei helfen?«

»Ich weiß nicht ... Ihre Nummer stand, wie gesagt, in ihrem Terminplaner ... ich wollte einfach nur wissen, wie Ihre Beziehung zu ihr war ... privater oder beruflicher Natur, na ja, wie gut Sie sie kannten ...«

»Frau Sternberg hat mich in meiner Eigenschaft als Rechtsanwalt kontaktiert.«

»Aha. Darf ich fragen, in welcher Angelegenheit?«

»Sie werden verstehen, dass ich Ihnen telefonisch keine Auskunft geben kann. Ich bin ... entschuldigen Sie ... ehrlich gesagt bestürzt über den plötzlichen Tod Ihrer Mutter. Es ist also doch sehr viel schneller gegangen, als sie annahm.«

»Meine Mutter hat ... Selbstmord begangen.«

Ich hörte, wie der Anwalt die Luft scharf einsog. Dann sagte er, und seine Stimme klang gepresst: »Damit hätte ich nun bei einer Persönlichkeit wie Ihrer Mutter nicht gerechnet.«

»Nein ... damit hat wohl keiner gerechnet. Trotzdem ist es das, was die Polizei glaubt. Aber bitte, können Sie mir nicht sagen, wobei Sie meine Mutter vertreten haben?«

Er schwieg und schien zu überlegen, ob er mir glauben sollte. »Schicken Sie mir bitte eine beglaubigte Ablichtung der Sterbeurkunde ... und eine Kopie Ihrer eigenen Geburtsurkunde. Sowie ich die Unterlagen vorliegen habe, werde ich mich mit Ihnen in Verbindung setzen. Aber vorher ... tut mir leid, ich bin zur Verschwiegenheit verpflichtet. Das werden Sie sicher verstehen.«

Ich verstand gar nichts, trotzdem sagte ich leise: »Ja.«

Der Trauergottesdienst war eine Versammlung von Krähen. Ich saß in der Kirchenbank, in der ersten Reihe, und war froh, dass ich nach vorne schauen durfte und niemand außer dem Pfarrer und den Ministranten mein Gesicht sehen konnte. Die Worte umflossen mich als sinnlose Aneinanderreihung von Lauten, sie hatten keine Bedeutung für mein eigenes Leben. Wolf saß neben mir und meine Hand verschwand in seiner, dennoch schien auch er mir merkwürdig weit weg. Ich fragte mich, ob ich nicht vielleicht träumte und gleich wieder aufwachen würde, geweckt von einem gnädigen Gott. Und jetzt hörte ich tatsächlich, wie der Pfarrer etwas von Gottes großer Gnade sagte, die unendlich war. *Zum Paradiese mögen Engel dich geleiten.* Ich bin kein großer Kirchgänger, aber auch kein militanter Gegner der Institution Kirche. Hin und wieder setze ich mich, wenn ich in einer Stadt unterwegs bin, in eine Kirche, sehe mich um oder schließe die Augen und lasse die Weite und die Leere des Kirchenschiffes in mir nachhallen. Ich atme den Duft von Stein und Tod, von verloschenen Kerzen und Weihrauch. Und wenn ich bei meinem Eintritt merke, dass gerade ein Gottesdienst oder eine Messe abgehalten wird, setze ich mich manchmal hinten in die letzte Bank und fühle mich beinahe als Teil einer gesichtslosen Gemeinde, zu der ich doch nicht gehöre und auch nicht gehören will. Und hin und wieder, aber eher selten, sagt ein Priester oder ein Pastor etwas, was mich berührt.

Aber die Worte über die Gnade, die jetzt aus dem Munde des Pfarrers drangen, erschienen mir auf einmal unpassend, unpassend und schal und auch verlogen, und ich fragte mich, wo Gottes Gnade gewesen war, als meine Mutter auf den Steinplatten ihres Hinterhofs aufschlug.

Eine Stunde später stand ich in Mutters Wohnung und sprach mit Fremden und Halbbekannten aus einer längst vergangenen Zeit, die mir versicherten, wie sehr sie Mutter geschätzt hatten und wie sie ihren trockenen Humor geliebt hatten.

»Es war für uns alle ein großer Schock«, sagte gerade Lore

Klopstock, die inzwischen das Krankenhaus verlassen hatte, in die Sonnenstrahlen hinein. Lore Klopstock war eine von Mutters »ganz alten« Bekannten, ich hatte sie schon früher gesehen, vielleicht auch mehrmals, doch zu sagen, ich hätte sie gekannt, wäre übertrieben gewesen. Sie und Mutter hätten beide ein Abonnement fürs Volkstheater gehabt, sie hätten schöne Zeiten miteinander erlebt, viel gelacht. Ich nickte, ganz die brave und fürsorgliche Tochter.

»Ich kann das immer noch nicht begreifen. Diese Endgültigkeit«, fuhr Lore fort und schaute betrübt, das Kinn in Fett versenkt. Sie sah ungesund aus, teigig, bleich. »Sie war so eine gute Beobachterin, Ihre Mama, sie bekam alles mit. Und sie kommentierte es auf eine so komische und unnachahmliche Weise, dass ich manchmal Tränen gelacht habe.«

Lore Klopstock nahm ein rötlich-weißes Kanapee und biss hinein. Krümel fielen auf Mutters Orientteppich. Kauend sagte sie: »Sie hat manchmal von Ihnen gesprochen, sie war sehr stolz auf Sie.«

Das nächste Kanapee, grün und weiß, verschwand in ihrem Mund, diesmal ganz. Ich hätte sie gerne gefragt, ob sie das essen durfte, wegen der Diabetes und so, aber ich verkniff mir die Frage und lächelte stattdessen zurück. Und dann fiel mir ein, dass ich sie nach dem Umschlag fragen wollte. Vielleicht wusste sie ja auch von dem Manuskript. Doch gerade als ich zu sprechen anhob, hörte ich sie sagen: »Aber Sie hatten ja so *selten* Zeit für Besuche, na ja, *schade*, aber bei *diesem* Beruf kein Wunder! Wenn man *erfolgreich* sein will, muss man etwas dafür *tun*, sage ich immer.«

Noch bevor ich ahnte, was sie als Nächstes sagen würde, begann es in meinem Ohr zu summen.

»So ein *aufregender* Beruf, aber das geht natürlich auf Kosten der Familie, ich habe das schon immer bei Ihrer Mutter gedacht, leider kann man im Leben nicht alles haben, aber jetzt erzählen Sie doch mal, wo haben Sie denn schon überall gedolmetscht?«

Ich musste sie bestürzt angesehen haben, denn der Ausdruck in Lore Klopstocks Augen veränderte sich, und als sie nun fragte, war ihre Stimme misstrauensgeschwängert: »Sie sind doch auch Konferenzdolmetscherin, wie Ihre Frau Mutter?«

Das Summen in meinem Ohr wurde stärker, als ich meinerseits mit einer Frage antwortete: »Hat meine Mutter Ihnen *das* gesagt?«

»Aber ja! Es war ihr sichtlich unangenehm, mir von Ihren Erfolgen zu erzählen, aber ich war doch so *neugierig*«, kicherte Frau Klopstock. Und ehe ich antworten konnte, fuhr sie bereits fort: »Ein, zwei Tage vor ihrem Tod habe ich sie noch *getroffen*. In der *BAWAG*, in der Mariahilfer Straße, ich kam gerade vom Schalter, als sie hereinkam. Ich habe dann zu ihr gesagt: Ja, halloo und so, und dass ich mich freue, sie zu treffen, und dass wir doch mal wieder zusammen etwas unternehmen sollten und dass ich gar nicht *wusste*, dass auch sie das Konto hier hat und ...«

»Ach ja.« Ich atmete tief, spürte, wie Hitze in mir aufstieg. Ich hatte Mühe, das eben Gehörte zu verarbeiten, vielleicht hatte ich auch etwas missverstanden, aber was gab es da schon falsch zu verstehen: Mutter hatte vor ihren Freundinnen, zumindest vor einer, von meinen *Erfolgen als Konferenzdolmetscherin* berichtet! Ich nahm einen großen Schluck Barolo – die Ansprache hatte ich hinter mir und nun ging es nur darum, dieses Gespräch und die Zeit bis zum Verschwinden der Gäste durchzuhalten. Ich atmete tief durch, soweit das in dem stickigen Raum voller Menschen möglich war, und versuchte, ruhig zu bleiben. In der Zwischenzeit plapperte mein Gegenüber weiter: »... gebe ich aber zu ... etwas *anderen* Eindruck als sonst ... nicht so gut kennen ... vielleicht sogar ängstlich ...« Lore Klopstock hielt inne.

Die plötzliche Stille oder etwas in Frau Klopstocks Worten ließen mich aufhorchen. Was hatte sie eben gesagt?

»Äh ... wie bitte? Ich war einen Moment lang abwesend, verzeihen Sie.«

»Ich sagte gerade, dass Ihre Frau Mutter, als ich sie in der *BAWAG* traf, einen seltsamen Eindruck auf mich machte. Sie war ganz anders als sonst, und wenn ich sie nicht so gut kennen würde ... äh, gekannt hätte ... dann würde ich sagen, sie machte einen etwas *ängstlichen* Eindruck.«

Jetzt hatte sie meine volle Aufmerksamkeit, was ihr zu gefallen schien. Denn sie fuhr fort und in ihren Augen stand ein aufgeregter Glanz: »Ja, irgendwie nervös und gehetzt, obwohl gerade sie sich doch gar nicht hetzen ließ, ich habe sie jedenfalls noch nie so erlebt. Für sie hat es doch gar nicht lebendig *genug* sein können. Ach, ich weiß auch nicht, vielleicht fange ich jetzt auch an zu faseln, was bei mir keine Seltenheit ist, jedenfalls tue ich mir schwer, das zu verarbeiten. Dass sie so etwas *getan* haben soll. Wenn so ein Mensch wie Ihre Mutter, ich meine, eine so starke und in sich gefestigte Persönlichkeit einfach die Waffen streckt ... ja, dann ist das eine große Entmutigung für uns alle.«

Im Laufe der Trauerfeier sprach ich noch mit vielen, natürlich auch mit Erna Buchholtz, die mir und Wolf in den letzten Tagen eine große Hilfe gewesen war. Mein Ohr hatte das Summen eingestellt und irgendwann stand ich bei einem älteren Herrn mit schütterem Haar, der mir vage bekannt vorkam. Sein rundlicher Bauch steckte in einem eleganten schwarzen Jackett, er rauchte, und während ich noch rätselte, wo ich den Mann schon einmal getroffen hatte, stellte er sich mir als Dr. Prohacek vor: der Arzt, der Mutter in den letzten Monaten betreut hatte und den sie wohl auch privat gekannt hatte. Wolf gesellte sich gerade zu uns, als Dr. Prohacek sagte: »Liebe Frau Sternberg, ich möchte Ihnen mein tiefes Beileid aussprechen, ich kann Ihnen gar nicht sagen, wie ... Als Arzt ist man ja einiges gewohnt, doch einen lieben Menschen auf diese Weise zu verlieren ...« Seine Stimme erstarb, er blinzelte und ich wusste nicht, ob die Sonne ihn blendete oder ob ihm Zigarettenrauch in die Augen gekommen war.

»Sie kannten meine Mutter gut?«

»Nun ja, Lilli war seit Jahren meine Patientin. Oft war sie nicht krank, ein paarmal ist sie bei mir gewesen wegen einer hartnäckigen Bronchitis. Vor zehn Monaten habe ich dann den Krebs bei ihr diagnostiziert. Sie hatte die üblichen Symptome, chronische Müdigkeit, Abgeschlagenheit, Gewichtsverlust. Irgendwann sprachen wir dann auch über eine Chemotherapie. Doch Ihre Mutter hatte da entschiedene Ansichten.« Er nahm einen Zug, hustete und seufzte dann: »Ich als Arzt muss in … so einem Fall entscheiden, bei welcher Therapiemaßnahme die besten Aussichten auf Heilung bestehen. Also …« Er räusperte sich, nahm einen Schluck von dem Wein, der tiefrot in seinem Glas aufleuchtete, ein tiefes, samtiges Rubinrot. Er betrachtete es gedankenverloren, bevor er fortfuhr: »Vor etwa einem Jahr … haben wir uns angefreundet, Ihre Frau Mutter und ich. Es war ein spätes Glück, das wir gefunden hatten, wenn ich so sagen darf.«

»Ach.« Verblüfft sah ich ihn an.

»Nun ja … So war das.« Prohacek räusperte sich, ein junger Mann vom Cateringservice kam und Prohacek stellte sein leeres Glas auf das Tablett. »Deshalb hatte ich ihr auch geraten, einen anderen Arzt zu konsultieren. Ich … hatte Sorge, sie nicht ganz objektiv betreuen zu können.«

»Und war sie bei einem anderen Arzt?«

Erna Buchholtz trat neben Dr. Prohacek, der plötzlich verstummte. Die beiden nickten sich zu und ein eigenartiges Schweigen senkte sich über uns alle. Bis Prohacek beinahe hastig sagte: »Ich werde dann mal aufbrechen. Meine Patienten warten.«

Ich sah von einem zum anderen und fragte mich, ob die beiden, Prohacek und Erna, gerade die Klingen gekreuzt hatten. Oder ob der Alkohol mir die Sinne vernebelt hatte.

Die Trauergäste gingen und was blieb, war das Echo der Leere. Die Reste des Büfetts waren von einem jungen Mann und einer jungen Frau weggeräumt und wieder verstaut worden, in irgendwelche Boxen, die leeren Flaschen aus der Küche wirkten fehl am Platz. Nicht wenige der Gäste hatten mir beim Abschied die Hand gedrückt und mich eindringlich gebeten, sie anzurufen, wenn ich bei einer Sache Hilfe bräuchte. Und dann waren sie plötzlich alle weg gewesen, Lotte Palmstengel, mit ihren Glacéhandschuhen, die diesmal schwarz gewesen waren, das Gesicht hinter einem Schleier. Lore Klopstock, die beim Abschied mit den Tränen kämpfte, und Dr. Prohacek, der mir in väterlicher Manier die Hand drückte und mich damit fast zum Weinen gebracht hätte. Ich dachte flüchtig daran, wie viele wohl nach meinem Tod bei der Beerdigung erscheinen würden, so ein summendes Treiben wie bei Mutter würde es bei mir bestimmt nicht geben. Zum ersten Mal kam mir der Gedanke, dass für Mutter der Mangel an Verwandten in unserem Leben überhaupt keine Rolle gespielt hatte. Sie hatte das fehlende verwandtschaftliche Netz mit Freunden und Bekannten gewoben, die sie sich selbst ausgesucht hatte. Es hätte auch gar nicht zu Mutter gepasst, Umgang mit irgendeinem miesepetrigen Onkel Walter zu pflegen, der jede Familienfeier durch seine schlechte Laune verdarb, oder sich das Gezeter irgendeiner Tante Johanna anzuhören, die an niemandem ein gutes Haar ließ. Dazu war Mutter zu selbstbestimmt gewesen. So oder ähnlich hatte sie mir das als Kind oft dargelegt und dennoch hatte ich immer ein anderes Bild von Familie gehabt.

Als Kind hatte ich darunter gelitten, weder Geschwister noch Cousins zu haben, ja noch nicht einmal eine leibliche Tante oder einen Onkel. Wenn andere Kinder im Internat von ihrer Familie erzählten, mal mit gerümpfter Nase, mal voller Freude, hatte ich schweigen müssen. Das Einzige, was ich zu bieten hatte, war die besagte Schwester meines (noch nicht einmal leiblichen) Großvaters, die seit vielen Jahren im Ausland lebte, sowie mein Patenonkel, der ein Freund meines früh verstorbenen Vaters gewesen war und der irgendwann einmal nach Brasilien ausgewandert war – seine Patenschaft hatte sich darauf beschränkt, mir ab und zu Postkarten zu schicken, mit einem Jesus darauf oder Ansichten der Copacabana. Im Institut am Rosenberg, einem der Internate, das den ersten Akt meiner Kindheit unter sich begraben hatte, ging mein Wunsch nach einer großen Familie so weit, dass ich eines Tages begann, sie mir herbeizudichten. Und in den letzten Monaten hatte ich mich doch tatsächlich wieder dabei ertappt, wie ich auf der Straße Eltern mit ihren Kindern hinterhersah und mich dabei fragte, wie das wohl sein mochte. Eine richtige Familie zu haben.

Der nächste Morgen graute, ein papierener Morgen, an dem Wolf zurückfliegen würde. Gereizt saßen wir bei einem frühen Frühstück und kehrten zu unseren gewohnten Dialogen zurück: »Guck doch nicht so skorbutisch«, sagte Wolf betont scherzhaft, nachdem ich auf seine Ansage, er müsse demnächst nach Bad Tölz, ein bayerisches Orgelgehäuse warte darauf, von ihm marmoriert zu werden, offenbar nicht sonderlich begeistert dreinschaute.

Ich ignorierte seinen Versuch, lustig zu klingen, und sagte betont cool: »Das kann *dir* natürlich nicht passieren«, und blickte auf seinen Bauch, der deutlich über seinen Gürtel schwappte.

»Bin ich dir zu dick, oder was?« Auch aus seiner Stimme war die Scherzhaftigkeit nun verschwunden.

»Bin *ich* dir zu dünn?«

Man hätte annehmen sollen, dass der Mensch im Angesicht der Endlichkeit des Lebens etwas näher an seinen Nächsten heranrückt und milder gestimmt ist. Bei Wolf und mir war das nicht der Fall. Die Angelegenheit eskalierte zu einem Streit und Wolf schnappte schließlich seine Tasche, verließ wortlos die Wohnung und knallte die Tür so laut hinter sich zu, dass die Wände bebten.

Ich würde ihn also nicht zum Flughafen bringen, na schön, es gäbe keinen Abschiedskuss, na und. In ein paar Tagen würden wir uns sowieso wiedersehen, ich käme zurück, wir würden uns wieder vertragen und alles wäre so wie immer. Nur dass ich dann ohne eine Mutter irgendwo im Hintergrund weiterleben würde, so war es eben. Doch in dem Moment erschien auf meiner Netzhaut das Bild eines irgendwo in den Alpen zerschellten Flugzeugs. Zunächst schob ich es energisch beiseite, doch es war hartnäckig und kam immer wieder. Als ich kurze Zeit später in meine Stiefel stieg, die Tür zuwarf und die Treppe hinunterpolterte, fluchte ich vor mich hin. Ich rannte die ganze Strecke bis zur U-Bahn. Und als ich ihn auf einer Bank am Bahnsteig sitzen sah, die Tasche auf dem Schoß, bekam ich vor Erleichterung ganz weiche Knie. Was waren wir für verstockte Idioten, dieser riesenhafte, zu Übergewicht neigende Mann dort auf der Bank, und ich, seine skorbutische Freundin.

Auf der Rückfahrt vom Flughafen saß ich am Fenster, Fragmente einer Landschaft zogen an mir vorüber und ich war erleichtert, den drohenden Flugzeugabsturz noch einmal abgewendet zu haben. Es hatte zu regnen begonnen, die Raffinerie hinter Schwechat mit ihrem Gewirr aus tausend grauen Rohren glitt an mir vorbei, dann der Zentralfriedhof, eine Insel der Stille, nassgrau. Die Stadt versank in Trübsinn. Doch waren das Grau und die Schatten mir allemal lieber als dieser vor Frohsinn und Unschuld strotzende Sonnenschein der letzten Tage. Beim Anblick der Friedhofsmauer dachte ich flüchtig daran, dass ich es in der Hand gehabt hätte, Mutter hier bestatten zu lassen. Dann hätte ich immer einen Grund gehabt wiederzukommen und durch die Grabreihen zu streifen, mit einem Ziel. Ich wüsste keinen Ort, der mich ruhiger und heiterer stimmen könnte als der Zentralfriedhof. Dort gibt es die herrschaftlichsten Gräber, die buntesten Blumen, die traurigsten Inschriften, den verwittertsten Stein. Und den jüdischen Teil, den ich am meisten liebe. Dieses Bild des Todes vor Augen zu haben, tröstet mich und wiegt mich in der

Sicherheit, dass am Ende doch Frieden steht. Auch will ich glauben, dass das das endgültige Ende ist. Dort zu liegen, in der kühlen Erde, ohne ein Bewusstsein, ohne Freude und ohne Schmerz, ein Niemand, in der völligen Ruhe und Eintönigkeit der Tage. Nicht an die Auferstehung möchte ich glauben, sie macht mich nervös, ich will dann nirgends mehr hin. Ich will auch kein Tropfen sein im Meer, wie die Buddhisten glauben. Ich will einfach meine Ruhe haben. Wie Mutter nun.

In einer Seitenstraße der Mariahilfer kaufte ich ein, Orangen und Mandarinen, Butter und Brot, Wasser und Wein, zwei Flaschen. Mit meinen Tüten, in jeder Hand eine, strich ich vorbei an den verrammelten Buden des Spittelberger Weihnachtsmarkts, der erst am frühen Nachmittag seine Türen öffnen würde und der im Regen ein tristes Bild abgab. Noch drei Wochen bis Heiligabend, dachte ich. Vor der Eingangstür zu Mutters Wohnung, die jetzt mir gehörte, lag ein Päckchen von *amazon*. Das mussten die Bücher über den Lebensborn sein, die ich bestellt hatte, alles in allem vier. Mit einer Tasse Malventee setzte ich mich ans Fenster, blätterte ein wenig in einem Buch herum, ließ es aber bald sinken und beobachtete stattdessen den Regen, der wie ein Vorhang aus transparentem Lametta vom Himmel herabhing. Flüchtig dachte ich an den Umschlag mit dem Schlüssel und dem Bild und dass ich es versäumt hatte, Lore Klopstock darauf anzusprechen. Und dann war da ja auch noch dieses Manuskript, das irgendwo in Mutters Wohnung sein musste.

Ich fühlte mich immer noch müde und zerschlagen, denn ich hatte in dieser Nacht nur ein paar Stunden Schlaf gefunden. Gegen vier war ich aufgewacht, hatte Wolfs Schnarchrhythmus gelauscht und gegrübelt – über Mutter und die alten Wunden. Und dann war mir auf einmal Elvira eingefallen, aus heiterem Himmel, eine Schulfreundin aus dem Institut am Rosenberg, an die ich schon so viele Jahre nicht mehr gedacht hatte, dass ich beinahe daran zweifelte, sie je gekannt zu haben. Elvira mit dem langen, blonden Haar bis zur Taille, die aussah wie ein vom Himmel herabgestiegener Engel. Einmal begleitete sie mich in den Internatsferien nach Wien und zusammen mit Mutter spazierten wir durch den Prater, als eine Frau Mutter am Ärmel fasste, eine Kollegin, und diese Frau, mit einem Blick auf Elvira sagte: »Ja, da sieht man doch gleich, das Fräulein Tochter ist Ihnen wie aus dem Gesicht geschnitten.« Und wie Mutter es danach ganz eilig gehabt hatte weiterzukommen und nichts, rein gar nichts gesagt hatte, um das Missverständnis aufzuklären. Ich spürte einen dicken Kloß im Hals. Alte Geschichten, dachte ich. Und dass ich endlich würde lernen müssen loszulassen. Außerdem musste es doch etwas bedeuten, dass sie all meine krakeligen Kinderzeichnungen aufgehängt hatte!

Ich nippte an meinem Tee. Dann holte ich einen Block und einen Stift und begann einen Brief an den Frankfurter Anwalt zu schreiben. Ich bat ihn darum, mir Auskunft darüber zu geben, in welcher Angelegenheit Mutter ihn kontaktiert hatte. Ich legte Kopien der Sterbeurkunde und meiner Geburtsurkunde bei, die Wolf mir mitgebracht hatte. Je mehr ich über die Sache nachdachte, desto unverständlicher erschien es mir, dass Mutter einen Rechtsbeistand in Frankfurt beauftragt hatte. Wo es in Wien vor Anwälten doch nur so wimmelte. Ein Anwalt in gut 700 Kilometern Entfernung, das machte doch nur dann Sinn, wenn man dort in der Gegend ein Verfahren anstrengen wollte und einen Anwalt vor Ort brauchte. Oder aber, dachte ich, wenn dieser Anwalt etwas konnte oder zu bieten hatte, was andere nicht konnten oder nicht zu bieten hatten. Da kam mir ein Gedanke. Ich schaltete den Laptop ein, und als er hochgefahren war, gab ich *Dr. Klaus Reuther* im *Google*-Suchfenster ein. Eine Vielzahl von Einträgen erschien. Zuerst seine eigene Homepage, die Auskunft über seine Spezialisierung als Anwalt auf Familien- und Erbrecht gab. Ich runzelte die Stirn. Vielleicht hatte Mutter mich ja enterbt und ich wusste noch gar nichts davon. Die Testamentseröffnung stand jedenfalls noch aus. Aber hätte sie das nicht auch mit einem Wiener Anwalt machen können? Ich klickte noch ein bisschen herum und landete bei einem Zeitungsartikel. Und da sah ich es: Dr. Klaus Reuther war spezialisiert darauf, Kindern, die in einem Lebensborn-Heim auf die Welt gekommen waren, bei der Suche nach ihrer wahren Identität zu helfen.

Ich rannte so schnell ich konnte hinter Ingeborg her. Einmal stolperte ich und wäre fast gestürzt, doch ich fing mich noch rechtzeitig und taumelte weiter. Hinter jeder Straßenecke hoffte – und fürchtete – ich, das blau-weiß getupfte Kleid auftauchen zu sehen. Und schließlich erblickte ich sie, in unserer Straße, ein paar Häuser von daheim entfernt. Noch bevor ich sie erreichte, wandte sie sich um, vom Stakkato meiner Schritte aufmerksam geworden. Nie werde ich den Ausdruck in ihren Augen vergessen, als sie mir entgegensah. In ihnen lag ein solch selbstgerechter Triumph, dass ich unwillkürlich stehen blieb, mitten auf dem Bürgersteig. Und während wir uns maßen, jede stumm die andere fixierend, waren ihre Blicke wie Nadeln.

Als jedoch bis zum Abend nichts geschehen war, schlüpfte ich vor dem Schlafengehen in ihr Zimmer und fragte sie: »Wirst du mich verraten?« Und während ich auf ihre Reaktion wartete, bang und gleichzeitig von einem schier atemberaubenden Zorn erfüllt, glaubte ich in ihrem Schweigen die Antwort zu hören.

Die Tage, die nun folgten, lebte ich eingesponnen in einen Kokon der Angst. Wenn mein Stiefvater im Nebenzimmer die Stimme erhob, so erwartete ich, dass er im nächsten Moment bei mir hereinstürmen, mich am Arm packen und halb totschlagen würde. Wenn ich Ingeborg in der Küche murmeln hörte, dann legte ich mein Ohr an die Tür, immer damit rechnend, dass mein Betrug nun auffliegen würde.

Es war der Tod ihres Mannes, der mich rettete. Er kam in Form eines Briefes, der an Ingeborg adressiert war, in einem Umschlag mit schwarzem Rand. Noch bevor sie ihn öffnete, wussten wir alle, was darin stehen würde.

Hans Wilhelm war gefallen, »in Erfüllung seiner Pflicht für das Vaterland«. Erst später erfuhr ich, dass ein polnischer Widerstandskämpfer dem SS-Obersturmbannführer Hans Wilhelm die Kehle durchgeschnitten hatte. In einem Akt der Vergeltung hatte die SS daraufhin ein ganzes Dorf dem Erdboden gleichgemacht. Nach dem Brief verlor Ingeborg nicht nur das Interesse an mir. Sie verlor das Interesse am Leben und es gelang Mutter nur mit großer Mühe, sie morgens zum Aufstehen zu bewegen und dazu, weiterhin ihrer Arbeit an der Albertus-Universität nachzugehen, wo sie im Institut für Heimatforschung und Volkskunde arbeitete. Und dann kam der Tag, an dem ich bemerkte, dass etwas mit mir nicht in Ordnung war.

Wie die meisten jungen Mädchen damals war ich nicht sehr vertraut mit meinem Körper. Ich hatte wohl bemerkt, dass mir alles immer schwerer fiel, dass ich nun häufig müde war und es an so manchem Morgen fast nicht schaffte aufzustehen. Doch erst als ich immer empfindlicher auf Gerüche jeder Art reagierte, keimte das erste Mal der Verdacht in mir auf, dass dieser Zustand nichts mit meinem heimlichen Liebesglück und den damit verbundenen Gefühlswallungen zu tun hatte. An einem regnerischen Herbsttag schaffte ich es nach der Schule gerade noch nach draußen, um mich neben einem Baum zu übergeben. Es war der wachsame Blick meiner Stenolehrerin, die gerade in diesem Moment vorüberging, der mir mit einem Schlag klarmachte, was mit mir los war. Und einen Tag später verschwand Paul.

Es war Oktober 1943 und die ersten Herbststürme fegten durch die Straßen Königsbergs. Nach dem Mittagessen schrieb ich meine Hausaufgaben herunter, gleichgültig und eilig, in Gedanken schon bei Paul, den ich an diesem Nachmittag zwischen vier und fünf in der Mahler'schen Wohnung treffen würde. Doch als ich gerade losgehen wollte, bat Mutter mich, ihr noch rasch einen Eimer Kohlen aus dem Keller zu holen und den Ofen anzuheizen. Als ich das getan hatte, kam Stiefvater früher als gewöhnlich von der Arbeit. Und hinter ihm betrat Leni die Wohnung. Noch bevor sie zu sprechen begann, wusste ich, dass etwas Furchtbares passiert sein musste. Sie war blass und verweint, ihr Haar unordentlich, aber das Schlimmste war ihr Blick: angstvoll und ungläubig. Paul war von der Polizei abgeholt worden. Er wurde beschuldigt, einem jüdischen Ehepaar bei der Flucht geholfen zu haben. Und bei der Überprüfung seiner Daten war herausgekommen, dass er selbst eine jüdische Großmutter hatte.

Ein Rechtsanwalt, der sich auf die Belange von Lebensborn-Kindern spezialisiert hatte! Ich schloss das *Google*-Fenster und stand auf. Plötzlich spürte ich einen überwältigenden Ärger in mir hochsteigen: all diese Fragen, auf die ich keine Antwort wusste! Ich ballte die Hände zu Fäusten und atmete tief durch. Ich musste Klarheit haben. In aller Eile kramte ich einen Zettel hervor und schrieb alles auf, was mir einfiel. Als ich das Ergebnis betrachtete, sprangen mir die wichtigsten Punkte sofort ins Auge: das Manuskript und der Schlüssel, der nirgends passte. Am besten wäre, ich würde die Wohnung systematisch nach einer Schatulle oder Kassette absuchen. Und dabei würde hoffentlich auch dieses Buch auftauchen. Und womöglich noch andere Dinge, die irgendwie Licht auf Großmutters Lebensborn-Vergangenheit warfen.

Im Laufe der nächsten Stunden drang ich bis in die hintersten Winkel der Schubladen und Schränke vor, stieß tatsächlich auf jede Menge mir noch unbekannter Schwarz-Weiß-Aufnahmen, die ich auf dem Boden ausbreitete und im Vorbeigehen immer mal wieder betrachtete. Hier war zum Beispiel ein Foto, das Großmutter als ganz junges Mädchen mit zwei anderen zeigte. Die beiden anderen waren schick hergemacht, mit roten Lippen und sorgfältig in Wellen gelegtem Haar. Und dennoch war Großmutter die Schönheit auf dem Bild, die die beiden anderen in den Schatten stellte. Mit ihrem hellen Haar, den langen Zöpfen und der zarten Haut ging von ihr ein ganz besonderer Zauber aus, eine Mischung aus schlaksiger Unschuld und Makellosigkeit, die durch das altmodische karierte Kleid, aus dem sie fast schon herausgewachsen war, noch betont wurde.

Im Gästezimmer fand ich nichts Bemerkenswertes und landete schließlich im Ankleidezimmer oder besser gesagt in Mutters begehbarem Kleiderschrank. Ihre Kostüme und Hosenanzüge hingen säuberlich, nach Farben geordnet, auf der Stange. Jedes einzelne schob ich zur Seite, griff in die Taschen, man konnte ja nie wissen, wandte mich, nachdem ich nicht fündig wurde, der Kommode und schließlich dem Nachttisch zu. In den Schubfächern das übliche Innenleben: Tempotaschentücher und Nasentropfen, Salbei-Halspastillen, ein paar Bücher, in denen Mutter offenbar vor dem Einschlafen gelesen hatte. Ich besah mir die Titel: *Anforderungsprogression und Leistungsevaluation beim bilateralen Konsekutivdolmetschen* und *Portfoliodidaktik in der Dolmetscherausbildung. Ein Projekt für das bilaterale Konsekutivdolmetschen.* Eine fast körperliche Abneigung ergriff mich und ich lachte bitter auf. Unwillkürlich fielen mir Lore Klopstocks Bemerkungen über meine angebliche Karriere als Kodo wieder ein. Das war ja wohl der Gipfel! War ich in Mutters Augen *so* eine verkrachte Existenz, dass sie es nicht über sich gebracht hatte, anderen die »Wahrheit« über mich und mein Leben zu sagen? Wenn sie doch wenigstens geschwiegen hätte! Ich musste husten, griff nach den Salbeibonbons und öffnete die Schachtel. Beim Herausziehen der Pastillen flatterte der Beipackzettel zu Boden. Ich drückte mir eine Pastille heraus und griff nach dem Zettel. Da fiel ein zweiter Zettel, der darin steckte, herunter. Ich hob ihn auf, entfaltete ihn. Es war ein alter Zeitungsartikel, angegilbt und an einer Stelle eingerissen. Die Überschrift lautete: *Vermisst gemeldeter Arzt bleibt unauffindbar.* Oben hatte jemand in spitzer, altmodischer Schrift vermerkt: *Husumer Nachrichten*, das Datum fehlte. Ich las:

Der Husumer Arzt Dr. Heinrich Sartorius bleibt weiterhin verschwunden. Nach Zeugenberichten war er am 25. März das letzte Mal gesehen worden. Die Familie und die Polizei stehen vor einem Rätsel. Ein Verbrechen kann zum gegenwär-

tigen Zeitpunkt nicht mehr ausgeschlossen werden. Sachdienliche Hinweise, die etwas über den Verbleib des Vermissten aussagen, werden von jeder Polizeidienststelle sowie von der Kriminalpolizei Husum entgegengenommen.

Langsam senkte ich das Blatt. Ich betrachtete das vergilbte Papier, den Riss, die Schrift darauf, dann schweifte mein Blick weiter, auf das Fischgrätmuster des Parkettbodens. An einigen Stellen müsste er ausgebessert werden. Plötzlich spürte ich die Kälte in meinen Händen und Füßen, ich fror. Ich hatte nur im Wohnzimmer und in der Küche die Heizung angestellt – das Ergebnis von Wolfs guter Erziehung in Sachen Energiesparen. Was hatte das zu bedeuten? Warum hatte Mutter es für nötig befunden, diesen Zeitungsausschnitt in einer Tablettenschachtel zu verwahren? Und plötzlich fragte ich mich, ob dieser Mann je wieder aufgetaucht war.

In einer Beziehung kann man nicht alles in Worte fassen und es gibt immer Dinge, über die man mit dem anderen besser nicht spricht. Der vermeintliche Selbstmord meiner Mutter war so ein Thema. Ich wusste, dass Wolf nicht dazu imstande war, sich irgendetwas vorzustellen, was darüber hinausginge. Wolf gehörte zu den Menschen, die immer zuerst das Gute sahen. »Ich mag das gar nicht glauben«, war einer der Sätze, die er sagte, wenn ich ihm von einer unschönen Begegnung oder einem jener Mitmenschen erzählte, die nicht so wohlwollend und gütig waren wie er. In all den Jahren habe ich nie erlebt, dass er schlecht über jemanden gesprochen hätte, und über jemanden zu lästern kam für ihn schon gar nicht infrage. Ich fand es manchmal geradezu anstrengend, mit so einem Gutmenschen zusammen zu sein. Mit jemandem, der einem durch seine schlichte Präsenz und die Art, über bestimmte Dinge zu schweigen, die Mängel im eigenen Charakter aufzeigte. Wenn ich mich hin und wieder über einen wankelmütigen oder überheblichen Auftraggeber aufregte, dann forderte mich Wolf prompt auf, mich einmal in die Lage des anderen hineinzuversetzen. Wenn ich beim Autofahren über einen Drängler oder einen Vorfahrtsignoranten schimpfte, dann lächelte er nachsichtig und schüttelte den Kopf. Manchmal hätte es mir einfach gutgetan, wenn er gesagt hätte: »Ja, du hast recht, was ist das für ein verdammtes Arschloch!«

Und so hatte ich Hemmungen, mit Wolf über die Zweifel zu sprechen, die mich überfielen, wenn ich daran dachte, dass Mutter sich in den Tod gestürzt haben sollte. Ich sah ihn vor mir: wie er mich in den Arm genommen und den Kopf geschüttelt hätte, mir übers Haar gestrichen und gesagt hätte: »Warum sollte denn jemand deine Mutter töten?« Und dann hätte ich nur von der verschwundenen Autobiografie erzählen können und von dem Schlüssel und dass nichts richtig zueinander passte, schon gar nicht das Datum auf dem Foto und das Geburtsdatum meiner Mutter. Und dass ein vergilbter Zeitungsartikel eine irrationale Furcht in mir ausgelöst hatte.

Den restlichen Tag hatte ich damit zugebracht, die Titel über den Lebensborn querzulesen, und war bei einem Buch, das sich ausschließlich mit dem Lebensborn-Heim in Hohehorst beschäftigte, hängen geblieben. Abends ging ich noch auf einen Sprung zu Erna, die ich jetzt beim Vornamen nannte. Ich hatte einen Schuhkarton mit alten Fotos dabei; wir rauchten, tranken Moosbeerenschnaps und ich überlegte laut, was ich als Nächstes tun würde. Wir betrachteten die Bilder, Erna roch nach Kölnisch Wasser und ich wurde wehmütig.

»Ach, Maja, Kind«, sagte Erna und seufzte.

Ich seufzte auch und legte die Bilder wieder zurück.

»Was haben S' denn nun mit der Wohnung vor?«, fragte sie unvermittelt.

Ich nahm einen Schluck, der Moosbeerenschnaps brannte mir auf der Zunge.

»Ich weiß nicht. Ich würde sie wohl gerne behalten. Aber ob

ich das kann, finanziell, meine ich … Ich weiß ja gar nicht, wie das Haus hier generell so dasteht, wie viele Rücklagen gebildet wurden und so weiter.«

Erna zuckte bedauernd mit den Achseln.

»Ich bin nur Mieterin. Aber mir täte es leid, wenn Sie sie verkaufen würden …«

Ich schnippte die Asche ab und nickte. Plötzlich entfuhr mir die Frage: »Sagt Ihnen der Lebensborn etwas?«

Ihr Gesicht blieb unbeweglich, völlig neutral, und doch hatte ich den Eindruck, als glitte ein Schatten über ihre Augen. Sie antwortete: »Der hatte doch was mit ledigen Müttern zu tun. Und mit den Nazis.«

Das letzte Wort spuckte sie förmlich aus. Ich wischte mir mit der Hand über die Stirn. Die Augen taten mir weh, das lange Lesen bei schlechtem Licht, ich hatte auf dem Teppich gelegen und nur die Deckenlampe eingeschaltet gehabt. Da hakte Erna nach: »Wie kommen S' denn da drauf?«

»Ach, alte Geschichten«, murmelte ich, plötzlich matt und traurig von zu viel Schnaps und zu vielen Zigaretten. Ich wurde das Gefühl nicht los, etwas übersehen oder unterlassen zu haben. Etwas Wichtiges. Aus dem Karton sahen Omas Augen lachend zu mir auf. Ich begegnete Ernas Blick und in ihrem Schweigen lag eine Aufforderung.

»Ich weiß nicht, ob es Mutter recht gewesen wäre … na ja, egal … ich glaube, sie ist in so einem Heim auf die Welt gekommen.«

Ich stotterte noch ein wenig herum, dann sagte ich, und Erna schien zu merken, dass es mir schwerfiel: »Ich habe ihre Geburtsurkunde gefunden, da bin ich auf den Namen Hohehorst gestoßen. Zuerst hab ich gedacht, das wäre einfach ein Ort, und hab mich nur gewundert, warum ich den Namen nie gehört hatte. Aber das war ein Lebensborn-Heim.«

Erna nickte. »Ihre Großmutter war also zum Zeitpunkt der Geburt ledig? Schauen Sie doch nicht so!« Erna lachte auf, ihr Lachen klang rau.

Ich sah sie fragend an, doch sie schwieg. Also hakte ich nach: »Wie meinen Sie das?«

»Ihr Jungen heute seid so aufgeklärt. Alles ist möglich, alles ist erlaubt, aber wenn dann ... na ja ... Egal, Ihre Oma hat also ein uneheliches Kind auf die Welt gebracht.«

»Das ist es ja gar nicht!«

»Was ist es dann? Das Heim?«

»Ja ... ja ... das ist schon irgendwie ... komisch für mich. Ich meine, heute weiß man ja – oder glaubt zu wissen, dass die Geschichte mit den Zuchtanstalten Quatsch war. Jedenfalls gibt's dafür keine Beweise ... Aber trotzdem ist es irgendwie seltsam, dass die eigene Großmutter, wenn auch unwillentlich, in so einem Heim war ... und ...«, ich starrte vor mich hin, schluckte, »und nie etwas davon gesagt hat.«

»Aber ich bitte Sie!«, rief Erna, plötzlich aufgebracht. »Die meisten dieser Generation, zu der ich ja auch beinahe gehöre, erzählen nicht gern von damals. Was wir gesehen haben, war so furchtbar, dass man nie wieder daran erinnert werden wollte ... will.«

Ich betrachtete Erna und fragte mich zum ersten Mal, wie alt sie wohl war – um die siebzig, schätzte ich – und was sie gesehen haben mochte. Sie hatte die Lippen aufeinandergepresst und ihre Augen blickten hart und unversöhnlich. Ich wusste nicht, was ich sagen sollte, also schwieg ich. Nach einer Weile sagte Erna, nun etwas weicher: »Sie müssen das Ihrer Oma nachsehen. Dass sie darüber nicht sprechen wollte. Es war ja eine doppelte Belastung für sie. Unverheiratet schwanger zu werden, was glauben Sie, was das für eine Schande war damals!«

»Die Nazis haben jedenfalls eine erstaunlich lockere Einstellung demgegenüber gehabt. Sofern es sich um, wie nannten sie es, ›rassisch wertvolles‹ Blut handelte, was da weitervererbt werden sollte. Allein der Ausdruck!«, sagte ich bitter.

»Ja, die haben sich da schon eine Doppelmoral zusammengestrickt, die ihresgleichen sucht.«

Wir schwiegen ein wenig vor uns hin, jede hing ihren eigenen Gedanken nach. Dann sagte ich in die Stille hinein: »Was mich eigentlich beschäftigt, ist, warum in dieser Geburtsurkunde kein Kindsvater eingetragen ist.«

»Soweit ich weiß«, sagte Erna vorsichtig, »galt in dieser Institution absolute Geheimhaltung, was die Kindsväter anging, und wohl auch, was die Daten der Mütter anbelangte.«

»Ja, das stimmt. Der Lebensborn hatte sogar eigene Standesämter, die für die Beurkundungen zuständig waren. Eine ledige Mutter war quasi, wenn sie es so wollte, raus aus der Welt und keiner, weder die Behörden in ihrer Heimatgemeinde und schon gar nicht ihre Familien, erhielt Bescheid über ihren weiteren Verbleib. Wenn eine Frau also aus ihrem alten Leben verschwinden wollte, konnte sie ohne Weiteres alle Brücken hinter sich abbrechen. Und gegen ihren Willen hätte niemand je erfahren, was aus ihr geworden ist. Es war gerade so, als hätte sie eine neue Identität erhalten ...«

Erna hörte aufmerksam zu, dann fragte sie: »Was weiß man überhaupt von den Vätern? Was waren das für Männer?«

Ich zündete mir die nächste Zigarette an, Erna schenkte mir nach.

»Den typischen Lebensborn-Vater gibt es nicht«, murmelte ich und starrte in den Rauch meiner Zigarette. »Da war wohl alles vertreten, querbeet: der zeugungswütige Bonze, dem es um eine Demonstration seiner Männlichkeit ging; der überzeugte SS-Mann, der's fürs Vaterland getan hat, der alternde Mann ... bis hin zum Verweigerer, der jede Verantwortung der Mutter gegenüber ablehnte.« Ich verstummte abrupt und fragte mich plötzlich, zu welcher Kategorie mein Großvater wohl gehört hatte. Wer war das gewesen, wie hatte er geheißen? War es wirklich jener Paul, von dem Oma Charlotte erzählt hatte, ein Mal, ein einziges verdammtes Mal? Durch meine Lektüre wusste ich, dass der Lebensborn elf Heime in Deutschland, drei in Österreich und neun Heime in Norwegen betrieben hatte. In einigen anderen Ländern hatte es ebenfalls vereinzelt solche Häuser gegeben. Während die Kindsväter in Norwegen fast ausnahmslos Wehrmachtsangehörige waren, so waren die Väter der in deutschen Lebensborn-Heimen geborenen Kinder zum Großteil Angehörige der SS gewesen. War mein Großvater einer von ihnen? Und dann wusste ich plötzlich, was ich übersehen hatte. Der Verlag. Hatte die Frau nicht gesagt, sie hätten einen Teil des Manuskripts meiner Großmutter vorliegen? Sicher, fünfzig Seiten waren nicht viel. Aber vielleicht gab es auf diesen Seiten etwas, das zumindest einen Teil meiner Fragen beantworten konnte.

Wochen vergingen und Paul kehrte nicht zurück. Noch heute frage ich mich staunend, wie ich diese Zeit überhaupt überstehen konnte, diese verzweifelte Angst, die sich in jeder Zelle meines Körpers ansiedelte und alles auffraß: meine Lebensfreude, mein Lachen und die Hoffnung auf ein Wiedersehen. Die Welt hatte aufgehört, sich zu drehen. In den ersten Tagen versuchte ich ständig, das Gespräch auf Paul zu bringen. Doch als ich feststellte, dass Leni und Stiefvater ebenso wenig wussten und vielleicht auch nicht mehr wissen wollten, versuchte ich über eine Klassenkameradin, deren Vater bei der Gestapo war, mehr in Erfahrung zu bringen. Doch all meine Nachforschungen liefen ins Leere. Und als wollte ich die Kraft unserer Liebe beschwören, trug ich in dieser Zeit den kleinen Herzstein, den Paul mir geschenkt hatte, immer und überall bei mir. Einzig das Bild des von Dämonen umzingelten Liebespaars hatte ich in den hintersten Winkel meines Zimmers verbannt.

Die Symptome meines Körpers wurden deutlicher, so deutlich, dass ich die Augen nicht mehr länger vor der Wahrheit verschließen konnte. Ich spielte mit dem Gedanken, zu einem Arzt zu gehen, doch ich kannte keinen, zu dem ich hätte Vertrauen haben können. Und so wartete ich einfach ab. In den Nächten schlief ich nicht mehr, und wenn ich doch in einen erschöpften Schlaf sank, so fuhr ich wenig später schweißgebadet wieder hoch, die brüllende Stimme meines Stiefvaters noch in den Ohren und die zum Schlag erhobene Hand. Die Geschichte eines Mädchens, die ich einmal gehört hatte, fiel mir ein und im Traum sah ich die Blicke der Menschen sie verfolgen und die Gespräche verstummen, wenn sie einen Raum betrat oder auf der Straße vorüberging.

Und während ich das Mädchen gehen sah, war auf einmal ich die Gehende und die Menschen auf der Straße zeigten mit dem Finger auf mich.

An einer Straßenbahnhaltestelle sah ich das Plakat. Ich weiß noch, dass es zwei Worte waren, die meine Aufmerksamkeit fesselten: ledige Mütter. Ich drängte mich an einer Frau vorbei, sah, dass es sich um das *Schwarze Korps* handelte, die SS-Zeitung. Ich las: *Die Mutter aber, die sich trotz aller gesellschaftlichen Verlogenheit zu ihrem Kinde und damit zur Volksgemeinschaft bekennt, ist in unseren Augen wertvoller als die andere, die aus Furcht vor Schande oder aus Angst vor Vorwürfen, die aus dem Lager der Moralpächter kommen, abtreibt und damit ihr Leben aufs Spiel setzt und das ihres Kindes vernichtet.* Und weiter hieß es: *Die Heime tragen nicht etwa den Charakter eines Krankenhauses oder einer Entbindungsanstalt, sondern sind für die Mütter wirkliche Heimstätten im vollsten Sinne des Wortes.* Die Rede war, wie ich weiter unten erfuhr, von einem Verein, der sich *Lebensborn* nannte. Und der es sich zur Aufgabe gemacht hatte, unverheirateten Schwangeren beizustehen, ihnen einen Ort für die Niederkunft zu bieten – und das, wenn man wollte, schon Monate vor der Geburt. Statt Huren oder Flittchen nannte man diese Frauen hier Pensionärinnen. Das Unglaubliche jedoch war, dass – so stand es hier – der Verein absolute Geheimhaltung garantierte. Man bekam das Kind an einem Ort, von dem keiner wusste. Es war geradezu wie eine Botschaft aus einem Traum, nicht aus meinem, sondern aus einem unwirklichen, der zu schön war, um wahr zu sein. Und in diesem Moment wusste ich, dass ich alles daransetzen würde, in eines dieser Heime zu kommen.

Ich kritzelte die Adresse auf eine alte Fahrkarte, kaufte im nächsten Schreibwarenhandel Papier und eine halbe Stunde später saß ich in einem Café und schrieb einen Brief an den Lebensborn.

Eine knappe Woche später kam die Antwort. Ich hatte die Tage bis dahin in banger Erwartung verbracht und in der Befürchtung, jemand könnte den Brief abfangen und öffnen. Doch tatsächlich gelang es mir, an den Briefkasten zu kommen, bevor Mutter ihn leerte. Und als ich das Blatt Papier schließlich entfaltete, mit zitternden Fingern, und las, ließ ich es auch sogleich wieder sinken. Was war das für ein Wirrwarr an Vorschriften! Hier war die Rede von Ausleseverfahren und einer ärztlichen Untersuchung, einer rassischen Beurteilung, von einer Ahnentafel, die ich einreichen musste. Von einem Erbgesundheitsbogen, in dem ich Angaben über erbliche Belastungen in der Familie machen musste, und schließlich gab es da einen Fragebogen zur Person, in dem ich Auskunft geben sollte über meinen Beruf – ich hatte ja noch gar keinen –, über meine Krankenversicherung, über meine Parteizugehörigkeit. Und ganz am Schluss war noch die Rede von einem handgeschriebenen Lebenslauf, der von einem Ganzkörperfoto begleitet sein musste. Eine Prüfung auf Herz und Nieren, die die Mütter ablegen mussten. *Die Arbeit des Lebensborn setzt die Anwendung des strengen erbbiologischen Ausleseprinzips der Schutzstaffel voraus.* Was sollte denn das heißen? Und auf der nächsten Seite hielt ich verblüfft inne: Der Kindsvater musste nicht nur Gesundheits- und Erbgesundheitsatteste und Ariernachweis erbringen. Er musste dem Lebensborn gegenüber auch die Vaterschaft anerkennen.

Der Herbst blühte in den schönsten Farben, doch meine Verzweiflung wuchs im selben Maße, wie die Blätter fielen. Wieder suchte ich mein Spiegelbild in allen Schaufenstern, doch nicht, weil Eitelkeit und das Staunen über mich selbst mich dazu brachten. Diesmal war es die Angst vor der sichtbar werdenden Veränderung. Jeden Morgen und jeden Abend stand ich in meinem Zimmer vor dem Spiegel, hob das Nachthemd an und stellte bald fest, dass sich mein Körper tatsächlich veränderte. Er rundete sich zusehends, meine Brüste schwollen an, meine Backen wurden voller und kurz vor Weihnachten konnte ich die Wölbung meines Bauches nicht mehr ignorieren.

Nie zuvor hatte ich grauere Tage und schwärzere Nächte erlebt, nie zuvor hatte ich je die Tiefe der Verzweiflung gespürt, zu der ein Mensch fähig ist. In den Fängen der Angst um Paul schleppten sich die Stunden dahin. Erzählungen hinter vorgehaltener Hand fielen mir ein; über Menschen aus unserer Nachbarschaft, die das Falsche gesagt hatten und eines Tages einfach abgeholt worden waren. Und dass keiner sie je wiedergesehen hatte. Und in den Nächten starb ich tausend Tode. Hin und her schob ich die Gedanken, und als ich in der dunkelsten aller Nächte im Traum sich die braunen Fluten des Flusses über mir schließen fühlte, schoss von irgendwoher eine Vorstellung in mein Bewusstsein, eine flüchtige Idee zunächst, eine Möglichkeit. Die Möglichkeit, einen anderen als Vater beim Lebensborn anzugeben. Einen Mann, der den Ausleseprinzipien entsprach. Und der die Vaterschaft nicht bestreiten konnte. Und wer wäre besser geeignet als Vater eines Lebensbornkindes als ein SS-Obersturmbannführer namens Hans Wilhelm?

Der Wind zerrte an der Plastiküberdeckung der Stühle auf der Terrasse. Ich sah ihm zu und gähnte. Obwohl ich sieben oder acht Stunden geschlafen hatte, war ich nicht richtig ausgeruht. Vielleicht war es der Moosbeerenschnaps, vielleicht aber auch irgendein Gedanke, der mich im Traum belästigt und verfolgt hatte. Als ich spät am Vormittag mit zerschlagenen Gliedern und dröhnendem Kopf aufgewacht war, hatten meine vernebelten Gehirnzellen daher eine ganze Weile gebraucht, um den Einfall vom Vorabend wieder auszuspucken. Das Manuskript! Ich rief also zunächst beim Verlag an, erfuhr, dass die zuständige Dame in Urlaub war, und trug mein Anliegen einer anderen vor. Sie klang ungeduldig und desinteressiert, doch am Ende versprach sie, sich darum kümmern zu wollen. Dann machte ich mir Gedanken über den Tag. Um 13.30 Uhr hatte ich einen Notartermin, die Testamentseröffnung. Also blieb mir noch Zeit für ein ausgiebiges Frühstück.

Ich war schon immer ein begeisterter Morgenesser gewesen, jemand, der keine Mühe scheute, sich auch alleine einen schönen Tisch zu zaubern und einige Zeit daran zu sitzen, mit einer Zeitung oder einem Buch, massenhaft Kaffee oder Tee zu trinken und sich zum Abschluss eine Zigarette zu gönnen. Ich löste mir eine Aspirin C in Wasser auf, holte das Hohehorst-Buch, machte Frühstück und setzte mich, nun ohne Kopfschmerzen, an den Tisch und sah kauend dem Wind bei der Arbeit zu. Nach der dritten Tasse Tee zündete ich mir eine Zigarette an und kritzelte ein paar Notizen auf die leere Schachtel. Dann holte ich das Telefonbuch und wählte die Nummer der Auslandsauskunft.

»Guten Tag. Ich möchte gerne wissen, ob es in Husum, Deutschland, jemanden mit dem Namen Sartorius gibt.«
»Haben Sie einen Vornamen?«
»Nein.«
»Vielleicht eine Straße?«
»Der Name ist alles, was ich habe.«
Es blieb kurz still, dann sagte die Stimme: »Ich habe hier zwei Einträge. Eine Frau Sieglinde Sartorius ... und einen Dr. Roman Sartorius.«
Mit einem Mal war ich hellwach. Ich notierte die Nummern, bedankte mich und drückte auf Aus. Eine Weile lang saß ich herum und kaute auf den Fingernägeln, immer noch den Hörer in der Hand. Konnte ich dort einfach anrufen? Bei Wildfremden und sie fragen – ja, wonach eigentlich? Ich hätte da ein Rätsel für Sie: Warum habe ich Ihren Nachnamen auf einem Stück Papier in der Wohnung meiner Mutter gefunden? Kurz kämpfte ich mit meinen Hemmungen und einem flauen Gefühl im Magen, aber dann schob ich meine Bedenken beiseite. Zuerst die Nummer der Frau, dachte ich. Frauen waren ja in der Regel zugänglicher als Männer, oder etwa nicht? Mit klopfendem Herzen lauschte ich auf das Tuten in der Leitung. Ich wartete. Nichts. Ich legte auf und wählte erneut. Als nach dem fünfzehnten Klingeln immer noch niemand abnahm, versuchte ich es mit der anderen Nummer. Doch auch hier meldete sich niemand. Ich stellte das Telefon zurück und trat ans Fenster. Im Grunde genommen war ich erleichtert. Dann würde ich es eben im Laufe des Tages noch einmal versuchen.

Wie zu erwarten gewesen war, gehörte jetzt alles mir. Auch Oma Charlottes Besitz, den sie an Mutter weitergegeben hatte. Obwohl ich es ja eigentlich hätte wissen müssen, war ich nun, wo es so weit war, erschlagen von der puren Menge an Eigentum und Geldwerten, die an mich übergingen. Es war mir finanziell nie schlecht gegangen, ich war immer zufrieden gewesen mit dem, was ich hatte. Nach Oma Charlottes Tod hatte auch ich eine Zuwendung erhalten, durch die ich den Kredit, den ich für die Eröffnung meines Geschäfts aufgenommen hatte, auf einen Schlag zurückzahlen konnte. Den Rest hatte ich in meinen Einfraubetrieb investiert, und zwar in Form eines Showrooms, in den ich meine Wohnung verwandelt hatte. Ich mietete einen kleinen Laden in der Altstadt und machte ihn zu einem weiteren Eyecatcher, dem Aushängeschild für Laufkundschaft. Ich beschäftigte auch eine Aushilfe, Sonja, die immer dann im Laden stand, wenn ich für meine Aufträge unterwegs war. Mit einer leisen Sehnsucht dachte ich jetzt an mein kleines Geschäft und dass ich eigentlich bald zurückkehren wollte. Wenn ich dies hier zu einem für mich zufriedenstellenden Abschluss gebracht hätte. Wie dieser Abschluss aussehen könnte, wusste ich nicht. Mir war nur klar, dass ich vorher noch ein paar Dinge in Erfahrung bringen musste.

Am Nachmittag kam mir das erste Mal der Gedanke, wie es wäre, ganz nach Wien zu ziehen, vielleicht mit Wolf, und hier ein neues Geschäft aufzuziehen. Wolf hätte sicher keine Schwierigkeiten, hier Arbeit zu finden. Er war sowieso viel unterwegs, in Italien und Österreich, schließlich hatte er eine *Reputation*. Ich hatte die Stadt schon immer geliebt, den Wiener Schmäh, die Schönheit und Großartigkeit des Stadtbilds, die Kneipen, in denen man noch essen konnte, ohne einen Kredit aufnehmen zu müssen, und letztlich auch die Wiener. Ein Leben in Wien, ein schöner Gedanke. Spontan nahm ich den Hörer und wählte Wolfs Handynummer – um diese Zeit war er sicher in der Werkstatt. Es tutete, dann knackte es: »Wolf?«, rief ich in den Hörer.

Statt Wolfs brummiger Stimme ertönte die Stimme einer Frau, einer mir unbekannten Frau. Hatte ich mich verwählt? Doch dann hörte ich ein burschikos-bayerisches: »Des is in der Tat *Wolfs* Telefon.« Sie betonte seinen Namen auf eine, wie ich fand, etwas schnippische Art. Es knackte im Hörer, dann folgte ein Rascheln und Wolf sagte, fast ein wenig atemlos:

»Hi, das ist aber eine Überraschung.« Er klang tatsächlich überrascht. Unangenehm überrascht.
»Ja. Fand ich auch.«
»Was meinst du?«
»Ich hatte eigentlich erwartet, *dich* am Telefon zu haben.«
»Hast du ja auch.«
»Vorher.«
»Ach, du meinst ... *Biene*.«
»Biene!« Ich sprach den Namen aus wie eine ansteckende Krankheit.
»Ja, Sabine Meier, meine Kollegin. Sie hilft mir beim Marmorieren.«
»Ihr *marmoriert* also zusammen!« Das wurde ja immer besser. Inzwischen bereute ich es bitter, ihn angerufen zu haben. Im Beisein dieser *Biene*.
»Jetzt komm schon ... Was gibt's?«
»Ich ... die Testamentseröffnung war heute.«
»Ja, dann kommst du sicher am Wochenende heim?«
Irgendetwas ritt mich plötzlich. Sein, wie es mir vorkam, hastiger, uninteressierter Tonfall oder die Biene im Hintergrund. Jedenfalls hörte ich mich plötzlich sagen: »Nein, das schaffe ich nicht. Es gibt noch so viel zu tun.«
»Dann sehen wir uns am Wochenende *nicht*?«
»Nein.«
»Na dann ...«
»Ja, tschüss.«
Als ich aufgelegt hatte, stellte ich mir die schnippische Biene vor, wie sie zufrieden vor sich hin feixte.

Es war inzwischen halb vier, die Sonne flutete die Wohnung, als mir die beiden Sartorius wieder einfielen. Erneut wählte ich und lauschte dem Tuten mit klopfendem Herzen. Nach dem vierten Klingeln sagte eine Frau – sie klang schnarrend und dehnte das Wort in die Länge: »Sartorius.« Ich hatte sie tatsächlich in der Leitung! Obwohl ich natürlich gehofft hatte, dass sich jemand melden würde, hatte ich doch nicht wirklich damit gerechnet. Und so eröffnete ich das Gespräch reichlich unbeholfen: »Ja, hm, halloo. Ich heiße Sternberg, Maja Sternberg. Ich wollte ...«

»Wenn Sie eine von denen sind, die mir einen neuen Telefonvertrag oder eine Mitgliedschaft im Club der erfolglosen Lottospieler anbieten wollen, dann sparen Sie sich die Zeit. Ich werde nichts unterschreiben und ich werde Ihnen auch meine Kontodaten nicht durchgeben.«

Dann war es plötzlich still in der Leitung. Sie hatte einfach aufgelegt. Ich überlegte kurz, wählte dann erneut und schoss, kaum dass sie sich mit ihrem Namen gemeldet hatte, los: »Bitte warten Sie! Ich will nichts verkaufen, ich rufe an, weil ich Sie etwas Wichtiges fragen muss.«

Als Antwort erhielt ich nur ein Grunzen, und weil ich Angst hatte, sie würde auch diesmal gleich wieder auflegen, sagte ich hastig: »Kennen oder kannten Sie einen Dr. Heinrich Sartorius?«

Das Schweigen, das auf meine Worte folgte, war mit den Händen zu greifen. Da sie keine Anstalten machte, mir zu antworten, fuhr ich fort: »Ihnen mag die Frage ungewöhnlich erscheinen, aber ich bin gerade dabei, den Nachlass meiner Mutter zu regeln, und in diesem Zusammenhang tauchte ...«

»Was wollen Sie?«, zerschnitt die Frau meinen Erklärungsversuch und ich erschrak über die Heftigkeit, mit der sie die Frage ausstieß.

»Nichts«, stammelte ich, »ich wollte nur mit Ihnen reden ... und wissen, ob Sie ihn kennen.«

Einen Augenblick lang schwieg sie, doch dann hörte ich, wie sie leise zischte: »Lassen Sie mich in Ruhe!« Wieder war es still. Und diesmal hatte sie wirklich aufgelegt.

Ein paar Minuten blieb ich so sitzen und dachte über dieses kurze und seltsame Gespräch nach, das ja kein richtiges gewesen war. Dann wählte ich die andere, die Nummer des zweiten Sartorius. Doch alles, was ich hörte, war das Besetztzeichen.

Den Nachmittag verbrachte ich damit, ein Schreiben an die Autorin des Buches über das Lebensborn-Heim in Hohehorst zu entwerfen. Ich berichtete ihr von meiner Entdeckung und dass ich auf der Suche nach meiner familiären Identität sei und anfragen wolle, ob sie mir den Kontakt zu einer Person vermitteln konnte, die sich im März 1944 dort aufgehalten hatte. Zu der Zeit also, in der das Foto von Oma Charlotte mit dem unbekannten Kind auf dem Arm entstanden war. Ich gab der Hoffnung Ausdruck, etwas über meinen leiblichen Großvater und mehr über das Leben meiner Großmutter in Erfahrung zu bringen. Dass Mutter sich umgebracht hatte und dass es eine seltsame Diskrepanz zwischen dem Geburtsdatum meiner Mutter im Mai 44 und dem geheimnisvollen Foto vom März 44 gab, erwähnte ich nicht. Ich wollte die Sache nicht unnötig kompliziert machen.

Es dämmerte schon und ich beschloss, den Brief sofort aufzugeben, auch deshalb, weil ich noch einmal frische Luft schnappen wollte. Ich packte mich warm ein, denn es war kälter geworden, schlug mir den Schal ein paarmal um den Hals und beschloss, mir auf dem Weihnachtsmarkt am Spittelberg Handschuhe zu kaufen. Vielleicht würde ich auch ein paar Weihnachtsgeschenke finden, für Sonja und Erna Buchholtz, vielleicht auch für Wolf, obwohl ich im Moment nicht gut auf ihn zu sprechen war. Ich warf den Brief ein, bummelte ein wenig über den Weihnachtsmarkt und blieb gleich beim ersten Glühweinstand hängen. Die dampfende Tasse in der Hand, stand ich an einer Ecke und blickte in die Gesichter der Menschen um mich her, die in lebhaften Gesprächen steckten, beobachtete ein junges Paar, das aneinanderklebte, und vermisste Wolf, obwohl ich ihn eigentlich nicht vermissen wollte. Ich liebe Weihnachtsmärkte, ich freue mich schon das ganze Jahr über darauf, aber ich finde, man muss zu zweit darüberbummeln. Und am schönsten ist es natürlich, wenn man verliebt ist. Vielleicht ist es ja gar nicht Wolf, den ich vermisse, dachte ich plötzlich. Vielleicht ist es nur die Sehnsucht nach etwas, das wir schon längst verloren haben.

Ich bestellte einen zweiten Glühwein, einen mit einem Extraschuss, und fühlte, wie ich zugleich leicht und schwer wurde und plötzlich zuversichtlicher war, aus welchem Grund auch immer. Ich würde schon noch erfahren, warum Mutter diesen Rechtsanwalt beauftragt hatte, ich würde vielleicht sogar mit jemandem reden können, der Oma Charlotte früher gekannt hatte, in einer vollkommen anderen Zeit. Immer schon hatte ich mehr darüber wissen wollen und ich erinnerte mich, wie ich sie manchmal nach dieser Zeit fragte, die für meine Generation so schwer vorstellbar ist. »Ach, Kindchen«, hatte sie dann immer geseufzt. Aber eine richtige Antwort hatte ich nie von ihr bekommen.

Vom Alkohol in eine kauffreudige Stimmung versetzt, erstand ich für Sonja eine türkisfarbene Bürste mit einer Meerjungfrau darauf, für Wolf einen fast runden türkisfarbenen Toaster, auf dem Strichmännchen um die Wette liefen, ein Paar Handschuhe und einen Schal und zu guter Letzt eine binäre Armbanduhr, so eine von der Sorte, bei der denkfreudige Menschen sich die Uhrzeit selbst ausrechneten. Obwohl ich fand, dass er das eigentlich gar nicht verdient hatte. Am letzten Stand sah ich schließlich eine Wärmflasche in Katzenform und kaufte sie für Erna. Und so war ich bester Laune, als ich mit meinen Tüten auf das Haus zuging und nach dem Schlüssel in meiner Tasche angelte.

Im Treppenhaus ging ich vorbei an Ernas Wohnungstür, für einen Moment versucht, bei ihr zu klingeln und mich zu ihr zu setzen, auf einen kleinen Schwatz oder einfach auf ein Glas. Doch dann beschloss ich, erst einmal meine Einkäufe nach oben zu verfrachten. Während ich die Treppen hochkeuchte, meldete sich mein schlechtes Gewissen und ich fragte mich, ob sich meine körperliche Verfassung wohl bessern würde, wenn ich mit dem Rauchen aufhörte. Flüchtig dachte ich daran, dass so eine Zäsur, wie sie gerade in meinem Leben stattgefunden hatte, den idealen Anstoß bieten würde für einen Neubeginn. Erst recht angesichts der Tatsache, dass meine Mutter, die wie ich leidenschaftliche Raucherin gewesen war, an Lungenkrebs gelitten hatte. Ich war fast ganz oben angelangt, als ich hörte, wie jemand – vor Mutters Wohnung – die Fahrstuhltür ins Schloss zog, mit einem charakteristischen Klappern, das dem Zuschnappen einer Falle ähnelte. Im ersten Moment wusste ich nicht, was verkehrt daran war. Ich blieb stehen, lauschte. Ja, der Aufzug hatte sich in Bewegung gesetzt, jemand fuhr nach unten. Ich wagte kaum zu atmen, so angestrengt lauschte ich dem Geräusch nach, wie es leiser wurde, wie dieser Jemand unten, im Erdgeschoss, den Eisenkäfig öffnete. Und wie kurz darauf die Haustür ins Schloss fiel. Und dann wusste ich, was nicht passte: Ganz oben lag nur die Wohnung meiner Mutter.

Ich brauchte eine Weile, um das Gefühl der Beklemmung, ja, der Furcht zu verdrängen. Ich ging ein paarmal vor der Wohnungstür auf und ab und überlegte, wer einen Grund dafür haben konnte, hier heraufzukommen. Schließlich kam ich zu dem Schluss, dass es nur der Hausmeister gewesen sein konnte. Vielleicht hatte er eine Glühbirne ausgewechselt. Oder einfach nur nach dem Rechten gesehen.

Beim Betreten der Wohnung hielt ich einen Moment lang inne. Ich stand da, eine Hand schon halb erhoben, um den Lichtschalter zu drücken, als ich plötzlich etwas Fremdes, etwas Bedrohliches zu spüren glaubte. In diesem Augenblick, auf der Türschwelle, war ich mir jedenfalls sicher, einen Geruch wahrzunehmen, der nicht hierher gehörte. Eine Minute, vielleicht waren es auch mehrere, stand ich dort wie benommen, mit halb offenem Mund, und atmete lautlos in der Stille, überzeugt davon, dass etwas anders war. Und auf einmal spürte ich, wie die Furcht zurückkehrte und sich zu einer klebrigen, zähen Angst auswuchs, die mich zu überwältigen drohte.

Ich begann zu zittern, dort in der Tür, und konnte mich nicht überwinden, die Wohnung zu betreten. Etwas, vielleicht waren es ja nur die eigenen Schreckgespenster, hinderte mich daran, den Lichtschalter zu drücken, die Tür zu schließen und hineinzugehen.

Nach einer Weile, die mir wie eine Ewigkeit erschien, drehte ich mich abrupt um, schlug die Tür zu, rannte nach unten zu Erna und klingelte und klingelte. Doch Erna war nicht da. Und so blieb ich vor ihrer Tür stehen, allein mit meiner Angst, die so irrational und widersinnig erschien und doch so groß und übermächtig war, dass es noch zwei Stunden dauern sollte, bis ich mich zurück in die Wohnung traute, die mich mit Gleichgültigkeit und Neutralität empfing, als wollte sie mich Lügen strafen.

Auf Mutters Rautenschränkchen stand das Telefon und blinkte. Es zeigte drei Anrufe in Abwesenheit an. Ich stellte meine Einkäufe ab, zog den Mantel aus, hängte ihn auf den Bügel und drückte die Taste, um die Nachrichten abzuhören. Die erste war von Wolf, der ein wenig zerknautscht klang (anscheinend tat es ihm leid, dass unser Telefonat so unglücklich verlaufen war). Die beiden anderen Teilnehmer hatten keine Nachricht hinterlassen, sie hatten nur die Ansage einer Toten abgehört und dann wieder aufgelegt. Ihre ID wurde nicht angezeigt. Ich setzte mich wieder an Mutters Schreibtisch und überlegte, ob ich heute noch etwas Sinnvolles tun konnte. Gegessen hatte ich bereits, auf dem Weihnachtsmarkt. An einem Stand hatte ich ein Vinschgauer Brötchen mit Räucherschinken verzehrt und im Weitergehen kauend die Würste und Schinken in der Auslage betrachtet. Jetzt war ich durstig. Ich holte Wasser und trank drei Gläser hintereinander.

Zum Lesen hatte ich keine Lust, zum Fernsehen schon gar nicht. Da fiel mein Blick auf den Zettel mit den beiden Telefonnummern, und ehe ich recht darüber nachdenken konnte, wie ich das Gespräch beginnen sollte, hielt ich bereits das Telefon in Händen und wählte. Nach dem zweiten Klingeln sagte jemand, ein Mann: »Sartorius.«

Die Stimme des männlichen Sartorius war, was Gefälligkeit anging, umgekehrt proportional zur schnarrenden Stimme der Frau mit dem gleichen Namen.

»Guten Tag. Ich heiße Maja Sternberg. Wir kennen uns nicht und der Grund meines Anrufs dürfte ein eher ungewöhnlicher sein. Haben Sie einen Augenblick Zeit für mich?«

Wolf hätte das nicht besser machen können.

»Guten Tag, ja bitte, sprechen Sie«, sagte der Mann höflich. In seiner Stimme hatte kein Zögern gelegen. Im Gegenteil, er klang offen, vielleicht sogar ein kleines bisschen neugierig. Mit dem Anflug eines schlechten Gewissens dachte ich daran, wie schnell und kühl ich selbst unbekannte Anrufer meist abfertigte.

»Meine Mutter, die in Wien lebte ...«

»Ach, in Wien?«, unterbrach er mich. »Da werde ich demnächst sein. Aber entschuldigen Sie, ich bin Ihnen ins Wort gefallen.«

»Ja, ähm, meine Mutter ist kürzlich verstorben und ich habe beim Durchsehen ihrer Sachen etwas gefunden, mit dem ich nichts anfangen kann ... Das ist vielleicht ein seltsamer Grund, Sie zu belästigen, aber ...«

»Sie belästigen mich nicht«, sagte er schlicht. Und dann: »Was haben Sie denn nun gefunden, was Sie dermaßen beschäftigt?«

»Einen alten Zeitungsartikel, in dem von einem gewissen Dr. Heinrich Sartorius aus Husum die Rede ist.«

Kurz blieb es still in der Leitung, dann seufzte er. »Ach, und nun möchten Sie wissen, ob ich ihn kenne, diesen Herrn Sartorius?«

»Ja.«

»Aber warum interessiert Sie das – so eine alte Geschichte?«

Ohne auf seine Frage einzugehen, wiederholte ich: »Kannten Sie ihn denn?«

Er ließ sich Zeit mit einer Antwort. Dann seufzte er erneut und sagte: »Ich weiß zwar nicht, warum ich Ihnen das am Telefon sage, aber: Ja. Heinrich Sartorius war mein Vater.«

»War?«

»Ja. Eines Tages ist er einfach verschwunden. Bis heute wissen wir nicht, was aus ihm geworden ist.«

Dämonen

Ich weiß nicht mehr, was ich dachte, als ich im Dunkeln ein letztes Mal über den Kneiphof ging, unter den Bäumen am Pregel entlang in Richtung Hauptbahnhof, durch die Straßen einer noch schlafenden Stadt. Ob ich ahnte, dass es ein Abschied für immer sein würde? Und so hielt an jenem frühen Morgen das Gewicht meiner Tasche, die ich mit äußerster Kraftanstrengung die zwei Kilometer bis zum Bahnhof schleppte, die Unruhe und Angst im Zaum. Und hätte ich damals schon gewusst, dass meine Heimatstadt Königsberg und die weiten und endlos wogenden Meere aus Korn, die kristallenen Seen und die dunklen Wälder Ostpreußens für mich für immer verloren waren, hätte es mir das Herz zerrissen. Doch da ich von all der Tragik nichts wusste, konzentrierte ich mich an jenem Morgen auf mein eigenes Drama, die Reisetasche, den Schaffner, der mich so bohrend ansah, dass mir das Herz bis zum Hals schlug, das gellende Pfeifen zur Abfahrt und die Mitreisenden, die vor sich hin dösend in ihren Sitzen kauerten.

Die Gegenwart ist ein uns beschützender Panzer und die alltäglichen Probleme, mit denen ein jeder von uns zu tun hat, lenken uns ab und nehmen einen Teil der Melancholie fort, die uns ansonsten überwältigen würde. Und so lauschte auch ich dem einschläfernden Rattattam der Räder und schaute hinaus in die langsam einsetzende Dämmerung des Februarmorgens. Mit gemischten Gefühlen dachte ich an meinen Fortgang von zu Hause und an die ungewisse Zeit, die vor mir lag. Einerseits war ich erleichtert und spürte sogar so etwas wie Dankbarkeit dem Leben gegenüber, dass mein Geniestreich gelungen war, Hans Wilhelm, den toten Ehemann meiner Schwester, als Kindsvater beim Lebensborn anzugeben. Dass ich die rassische Beurteilung erfolgreich hinter mich gebracht hatte, dass es mir gelungen war, ohne Wissen meiner Mutter und meines Stiefvaters die kleine Ahnentafel beizubringen, und dass mir der Arzt, der mir vom Lebensborn als Ansprechpartner genannt worden war, bestätigt hatte, »erbgesund« zu sein. Natürlich wusste ich nicht, was ich tun würde, wenn das Kind auf der Welt wäre. In gewissem Sinne fühlte ich mich doch selbst noch wie eines. Aber wie so viele Menschen damals verschob ich die Lösung meines Problems auf die ferne Zeit nach dem Krieg. Wenn erst einmal der Krieg zu Ende wäre, würde sich alles in Wohlgefallen auflösen.

Der Mann, der, an einen Wagen gelehnt, wartete, stieß sich ab und kam langsam auf mich zu. Er zögerte nicht, schien mich sofort zu erkennen, was kein Wunder war, da außer mir nur eine alte Dame und zwei Jungen in HJ-Uniform den Zug verließen. Er nickte mir zu und fragte: »Fräulein Quandt?« Ich nickte zurück.

»Huber mein Name. Ich bin der Verwalter in Hohehorst. Ich soll Sie abholen.« Der Mann hatte einen starken bayrischen Akzent.

Er griff nach meiner Reisetasche, schnalzte mit der Zunge und schüttelte den Kopf: »Na, na, denken S' doch an Ihr Kind. Was haben S' denn da hineingetan, Wackersteine?« Und während er vor mir her zum Wagen ging, lachte er polternd.

Er hielt mir die Beifahrertür auf, wartete, bis ich eingestiegen war, knallte die Wagentür zu und ging nach vorne, wo er an der Kurbel drehte und den Wagen startete. Ich betrachtete ihn verstohlen von der Seite. Er musste um die vierzig sein, hatte ein breites Gesicht, ein kantiges Kinn und braunes, von einigen grauen Fäden durchzogenes lockiges Haar. Seine Handrücken waren behaart und lagen auf dem Lenkrad wie die Pranken eines Tieres.

Weiden mit Holsteinischen Kühen, gesäumt von Erlensträuchern und alten Eichen, glitten vorüber, ein Bauernhaus aus rotem Backstein mit Fachwerkbalken. Weit und breit war kein Mensch zu sehen. Hinter einer Kurve erschienen unvermittelt zwei weiße Häuser, zwischen sich ein breites, mit Spießen bewehrtes Eisentor. Herr Huber bremste, bog von der Straße ab und hielt.

»Da wären wir«, bellte er und grinste mich schräg von der Seite an. »In dem rechten wohne ich. Und in dem linken Sie.«

Ich verstand nicht, und als er meinen verdutzten Gesichtsausdruck sah, der sicher nur zu deutlich mein Unbehagen widerspiegelte, lachte er laut auf.

»Nichts für ungut, Madel!« Vor lauter Lachen kamen ihm die Tränen und er brachte die Worte kaum heraus. Dann öffnete sich wie von Zauberhand das Tor, er startete den Motor und passierte das Tor. Wir fuhren zuckelnd in einen Wald hinein, eine breite Allee aus jungen Bäumen entlang, und während ich zusah, wie sich das Tor hinter uns ebenso geräuschlos schloss, wie es sich zuvor geöffnet hatte, stieg in mir das Gefühl auf, eingesperrt zu sein.

Die Überführung der Asche nach Deutschland war letztlich weniger kompliziert gewesen als gedacht. Die Beisetzung war schlicht und ich war seltsam unbeteiligt, als ich auf dem Friedhof stand, den Blick auf das Grab gerichtet. Ich fühlte mich wie die beiden kleinen Kinder, die bei Oma Charlottes Beerdigung eine Reihe hinter mir gestanden hatten. »Wo is denn nu die Oma?«, hatte das eine, ein kleines bezopftes, vielleicht dreijähriges Ding gefragt. Und der Bruder, mit seinen fünf Jahren schon der Ältere und Erfahrenere, hatte geantwortet: »Na, da vorne, in der Kiste.«

Bei Oma Charlottes Beerdigung war es auch gewesen, dass Mutter zu mir gesagt hatte: »Wenn's bei mir mal so weit ist, dann will ich verbrannt werden.« Irgendwann in diesen Tagen war mir dieser Wunsch wieder eingefallen und ich war ihm gefolgt. Auch wenn die Vorstellung irgendwie grotesk war: Mutters Überreste in einem Behälter. Diese Urne hatte für mich nichts zu tun mit dem Menschen, den ich gekannt hatte. Vielmehr war und blieb sie ein völlig fremder, sinnloser Gegenstand. Und so empfand ich in diesem Moment überhaupt keine Trauer. Kein Bedauern, keine Wehmut. In mir herrschte die ganze Zeremonie über eine große Leere. Und dieses Vakuum hielt an, nachdem ich wieder nach Hause gekommen war, und wich auch am nächsten Tag nicht.

Wolf betrachtete mich mit, wie ich meinte, distanziertem Ernst, und hielt sich im Hintergrund. Wahrscheinlich wollte er mir Zeit geben, so jedenfalls kam es mir vor, trotzdem wunderte ich mich ein wenig. Über seine fehlenden Worte, über seine Zurückhaltung, über seine Gleichgültigkeit. Vielleicht war das mit ein Grund, warum ich nicht mit ihm sprach. Und da ich ohnehin dazu tendierte, das meiste mit mir selbst auszumachen, verschloss ich alles in mir. So erklärte ich Wolf auch nicht weiter, warum ich jetzt – so kurz vor Weihnachten – noch einmal nach Wien wollte. Er muss in diesen Tagen gemerkt haben, dass ich dabei war, einen Weg einzuschlagen, auf dem er mich nicht begleiten konnte. Ihm gegenüber hatte ich weder die Briefe erwähnt, die ich an den Frankfurter Anwalt und an die Autorin des Lebensborn-Buches geschrieben hatte, und auch von meinen Anrufen bei den beiden Sartorius hatte ich nichts erzählt. Also war es nur logisch, dass er auch von meiner Verabredung mit Roman Sartorius nichts wusste.

Noch heute frage ich mich manchmal, wie alles gekommen wäre, wenn ich Roman Sartorius nicht ein zweites Mal angerufen hätte.

»Guten Tag. Ich ... Entschuldigen Sie, dass ich Sie noch einmal belästige. Aber ...«

»Ja, bitte. Sprechen Sie doch weiter.« Er klang so freundlich und offen. Konnte das echt sein?

»Ich versuche immer noch, mehr über meine Familie zu erfahren. Aber ich habe das Gefühl, in einer Sackgasse zu stecken. Und da wollte ich Sie bitten ... Vielleicht könnten wir uns einmal unterhalten. Vielleicht gibt es irgendetwas ... eine Gemeinsamkeit, die wir im Gespräch entdecken, etwas, das mir weiterhelfen könnte.«

Er reagierte nicht sofort und ich hatte das seltsame Gefühl, dass es ein misstrauisches und kein abwartendes Schweigen war. Als er noch immer nicht sprach, versuchte ich, meine Unsicherheit fortzuplappern: »Sie sagten doch, Sie seien demnächst in Wien. Vielleicht ... Wie gesagt, ich würde mich gerne einmal mit Ihnen unterhalten ...«

Ich spürte, wie ich rot wurde, und war dankbar für den Sichtschutz, den mir das Telefon bot. Er würde doch wohl nicht annehmen, dass ich ihn ... Ich wurde noch röter.

Endlich erlöste er mich, indem er sagte: »Ja, ja ... natürlich. Wir könnten uns schon treffen. Obwohl ich mir nicht recht vorstellen kann, wie ich Ihnen helfen könnte ... Und mein zeitlicher Rahmen ist ziemlich eng bemessen.«

»Ich würde Sie nicht lange aufhalten ... Ich richte mich nach Ihnen. Sagen Sie mir, wann es Ihnen passt und wo, und ich werde da sein.«

Guter Gott, dachte ich, ein übereifriges Kind, das jedem gefallen will. Als ob ich so was nötig hätte!

Noch heute überfällt mich, wenn ich an meine hastigen, erleichterten Worte denke, eine heiße Scham, und wenn ich gewusst hätte, was ich heute weiß, hätte ich ihn wahrscheinlich kein zweites Mal angerufen. Und mit Verwunderung frage ich mich, woher ich damals die Himmelshoffnung nahm, irgendwelche Erkenntnisse aus diesem Treffen mit einem Fremden zu gewinnen. Ich wollte mich mit einem Mann unterhalten, dessen Vater in einem vergilbten Zeitungsartikel erwähnt wurde, auf den ich rein zufällig gestoßen war und der in keinem erkennbaren Zusammenhang mit mir oder meiner Mutter stand.

Es ist mir kaum möglich, in Worte zu fassen, was ich empfand, als ich Hohehorst das erste Mal sah. Wenn ich versuche, die Grandezza und Erhabenheit dieses Anwesens für andere sichtbar zu machen, wird es nur ein kläglicher Abklatsch dessen sein, was es in Wirklichkeit war. Hohehorst. Vom allerersten Blick an nahm mich der Ort gefangen. Vom allerersten Moment an spürte ich, wie ein Schaudern von mir Besitz ergriff, und weder mein Herz noch mein Verstand schienen die Morbidität und das Sonderbare, Unwirkliche fassen zu können, das diese Mauern ausstrahlten. Es war, als habe der Erbauer von Hohehorst den Tod besiegen wollen, als habe er eine Trutzburg gegen den Verfall errichten lassen.

Als wir aus dem Wald tauchten und ich die grauen Mauern vor mir liegen sah, stockte mir der Atem. Ich war überwältigt und doch war mir, als schlösse sich eine eiskalte Hand um mein Herz. Wir näherten uns langsam, auf einer kiesbestreuten Auffahrt, entlang eines weiten Platzes mit kreisrunder Rasenfläche in der Mitte, auf der zwei Fahnenmasten mit Hakenkreuzen standen. Ich weiß noch, wie ich tief durchatmete und, um mein Herzklopfen einzudämmen, zu zählen begann: neunzehn Fenster auf der Frontseite, neun Gauben mit Dachfenstern, vier Kamine und einen Ausguck in Dachmitte. Herr Huber hielt vor einer Freitreppe mit vier Säulen aus hellem Sandstein. Eine kräftige Frau in der NS-Schwesterntracht trat heraus. Ich stieg aus dem Wagen. Sie kam auf mich zu. Mit einer energischen Bewegung streckte sie die Hand aus: »Heil Hitler! Und willkommen in Hohehorst. Ich bin Berta Meyer-Schmitz und Oberschwester in diesen ehrwürdigen Hallen.« Ihre Stimme war die eines Mannes.

»Guten Tag.« Ich erwiderte ihren Händedruck.

»Wie geht's Ihnen? Die Reise gut überstanden? Ostpreußen ist ja nun kein Katzensprung, will ich mal sagen!« Sie wandte sich an Herrn Huber.

»Würden Sie das Gepäck bitte auf Zimmer 2 bringen? Danke. Sie haben sich schon bekannt gemacht?«

Ich nickte, vielleicht etwas zu zögerlich, denn Berta Meyer-Schmitz fuhr fort: »Herr Huber hier ist unser Verwalter. Er ist für alles Technische zuständig, die Anlagen, Heizung, Wasser, Abwasser, Licht, Alarmanlagen, Fuhrpark. Auch für das Küchen- und Haushaltspersonal. Und hin und wieder fungiert er auch als Standesbeamter. Na, dann wollen wir mal.«

Sie stemmte die prunkvolle Eingangstür auf und bog sofort links ab in eine Art Anmeldung, die noch außerhalb des eigentlichen Empfangsbereichs lag. Ein paar Akten lagen herum und eine junge Frau hörte bei unserem Eintreten auf, auf eine Schreibmaschine einzuhacken.

»Das ist Frau Käthe«, sagte die Oberschwester zu mir gewandt. »Und das unser neues Frollein aus Ostpreußen. Die mit Frau Elfriede das Zimmer teilen wird.« Artig gaben wir einander die Hände, die beiden Frauen sahen sich an und auf einmal kam es mir so vor, als läge in diesem Blickwechsel eine versteckte Botschaft. Über die Schulter hinweg sagte Schwester Berta im Hinausgehen: »Bereiten Sie die Formulare vor? Wir drehen eine Runde durchs Haus und kommen dann noch mal vorbei.«

Von diesem kleinen Vorposten aus führten weitere Stufen zur eigentlichen Eingangstür. Plötzlich standen wir in einer Halle, die so groß war, dass man darin hätte Völkerball spielen können. Ein paar junge Frauen saßen in Sesseln am Fenster, und während wir auf sie zugingen, fühlte ich ihre Blicke wie Gewichte auf mir. Mit unverhohlener Neugier sahen sie mir entgegen. Vielleicht wurde hier ja jeder Neuankömmling so direkt beguckt, dachte ich noch, während wir die Halle verließen.

Es gab diverse Treppen, die die vier Etagen miteinander verbanden. Im Keller lagen die Wirtschaftsräume. Schwester Berta öffnete Tür um Tür und ließ mich einen Blick in Küche und Spülküche werfen, in Kühlraum und Bäder, in Waschküche und Wärmeschrank. Je mehr sie mir zeigte, desto verlorener fühlte ich mich. In einem Raum mit zahllosen Handrädern an der Wand sagte sie, ohne mich aus den Augen zu lassen: »Ihre Zimmergenossin ist, wie gesagt, Frau Elfriede. Wir sprechen die Pensionärinnen übrigens alle mit dem Vornamen an ...«

Ich nickte unsicher. Wir setzten uns wieder in Bewegung und Schwester Berta sprach weiter, doch ihre Worte drangen nicht mehr zu mir durch. Ich dachte an mein Zuhause. An Mutter. Was hatte sie wohl gesagt oder gedacht, als sie das leere Bett, das verlassene Zimmer vorgefunden hatte? Ich war gegangen, einfach so gegangen, ohne Erklärung, und hatte alles hinter mir zurückgelassen. Leni, die ich betrogen hatte. Und Paul. Paul. Was war mit ihm geschehen? Würde er je wieder freikommen? Und wenn ja, dann würde er die Spur zu mir – und zu seinem Kind – wohl trotzdem niemals finden. Und auch ich würde es nie erfahren, wenn er zurückkehrte.

»... sind Sie denn so blass?« Schwester Berta war stehen geblieben und musterte mich. »Nu machen Sie sich mal nicht so viele Gedanken. Das wird schon alles. Und hier ist Ihr Zimmer. Alle Mütter sind, wie gesagt, zu zweit untergebracht. Die Kleinen sind übrigens im Säuglingszimmer, die älteren Kinder ...«

Die Tür wurde aufgerissen und eine Frau, vielleicht Mitte, vielleicht Ende dreißig, erschien im Türrahmen. Sie war blass, ihr Gesicht teigig, die Haut großporig. Und sie schien kurz vor der Geburt zu stehen, denn in Körpermitte kragte ihr Leib so weit nach vorne, dass es beinahe grotesk wirkte. Die Karikatur einer Hochschwangeren. Ein aus den Fluten auftauchendes Schlachtschiff, dachte ich. Ihre wasserblauen Augen huschten zu mir und wieder zurück zu Oberschwester Berta.

»Ich habe Ihnen meinen Wunsch doch unmissverständlich mitgeteilt.« Ein leidender, nörgelnder Unterton schwang in ihrer Stimme mit. Oberschwester Berta atmete hörbar ein und wieder aus und sagte dann knapp: »Liebe Frau Elfriede, ich kann Ihrem

Wunsch nicht nachkommen, und das wissen Sie auch. Hier gelten für alle dieselben Regeln. Und außerdem sollten Sie die Beine hochlegen. Sie wissen, was Dr. Sartorius gesagt hat. Pardon.«

Oberschwester Berta betrat das Zimmer und steuerte das Bett links an, vor dem bereits meine Reisetasche stand. Es war ein sehr geräumiges Zimmer, groß und luftig, mit mehr als genügend Platz für zwei Betten und zwei Tische.

Ich wandte mich der Frau zu, streckte die Hand aus, rang mir ein Lächeln ab, das sicher reichlich verzagt aussah, und sagte: »Guten Tag, Frau Elfriede, ich bin ...«

»Edelmann«, zischte es aus dem kleinen roten Mund und die verwaschenen Augen blitzten plötzlich hellwach und biestig. »Für Sie Frau Edelmann ...«

Ich wandte mich ab. Eine Welle von Übelkeit erfasste mich. Wie sollte ich es hier aushalten, mit dieser Frau, in dieser Fremde, in diesem prunkvollen und absonderlichen Umfeld. Wie hatte alles nur so weit kommen können? Und in diesem Moment erkannte ich mit einer gläsernen Klarheit, was ich getan hatte, und dass Paul, mein geliebter Paul, weit fort von mir in irgendeinem Gefängnis saß. Und dass ich ihn wahrscheinlich nie mehr wiedersehen würde.

Roman Sartorius war der schönste Mann, den ich je gesehen hatte. Er war nicht sonderlich groß, vielleicht so groß wie ich selbst. Er hatte ebenmäßige Gesichtszüge, ein markantes Kinn, eine scharf geschnittene Nase und sein blondes Haar war dicht und kurz geschnitten, aber nicht zu kurz. Das bemerkenswerteste an ihm waren seine Augen. Sie waren von einem auffälligen Blau, das ins Violette spielte, und sie blickten ruhig und gewiss. Ich hatte das Gefühl, dass diese Augen nur schwer aus der Ruhe gebracht werden konnten.

Schon als er die Tür öffnete und den roten Samtvorhang beiseiteschob, der sie halb verdeckte, wusste ich, dass *er* es sein musste. Obwohl ich aus irgendeinem Grund einen deutlich älteren Mann erwartet hatte. Der Mann, der jetzt auf mich zukam, sah jedoch aus wie höchstens fünfzig. Sein schlanker Körper wirkte durchtrainiert und steckte in einem dunklen Anzug, dessen Farbe irgendwo zwischen Grau und Blau angesiedelt war. Der Mantel, den er offen darüber trug, war dunkelbraun.

Er war vor meinem Tisch stehen geblieben, mit hochgezogenen Augenbrauen, die ihm etwas Überhebliches verliehen; doch dieser Ausdruck verschwand mit dem Senken der Augenbrauen und machte einem ruhigen Lächeln Platz. Er reichte mir die Hand, ich rückte einen Stuhl ab und sagte: »Bitte.« Ich bemerkte die Blicke der beiden Frauen am Nebentisch. Sie waren etwa in meinem Alter und musterten Roman Sartorius unverhohlen, beobachteten ihn, wie er aus dem Mantel schlüpfte. Von seinen Schultern und den Ärmeln perlten Wassertropfen und ein Hauch von feuchter Wolle und Rasierwasser wehte zu mir herüber, während er an mir vorbei zur Garderobe ging. Er zog sich den Stuhl heran und sagte: »Gestatten«, ein Wort, das in meinen Ohren seltsam anachronistisch klang, aber gut zu dieser Kaffeehausatmosphäre passte. Aus dem Augenwinkel heraus sah ich flüchtig, dass die beiden Neugierigen am Nebentisch ihre Blicke nun auf mich richteten. Offensichtlich fragten sie sich, was so ein toller Business-Typ mit einer Frau wollte, die *vom Stil her* so gar nicht zu ihm passte: mit diesem nachlässig hochgesteckten Haar, dem breiten Mund und dem unspektakulären Wollpullover. Ich musterte die beiden möglichst herablassend, fingerte an meiner Zigarettenpackung herum und sagte dann: »Ich bin Ihnen wirklich sehr dankbar, dass Sie sich die Zeit nehmen ... für ein Treffen.«

Er nickte, der Ober im schwarzen Anzug kam und er bestellte ein Wasser. Roman Sartorius schien mein überraschter Blick nicht entgangen zu sein, denn er lächelte und sagte: »Ich habe heute schon vier Tassen Kaffee hinter mir.«

Ich lächelte zurück, nervös, wich seinem Blick aus und sagte etwas zu hastig: »Mein Wunsch mag Ihnen seltsam erscheinen. Und eigentlich weiß ich selbst nicht recht, was ich herausfinden möchte ...«

Ich klopfte eine Zigarette aus der Packung und fragte: »Stört es Sie?« Als er den Kopf schüttelte und mir mit einem Streichholzbriefchen, das auf dem Tisch herumlag, Feuer gab, nuschelte ich mit der Zigarette zwischen den Lippen: »Ich würde Ihnen ja eine anbieten. Aber Sie sehen nicht so aus, als würden Sie rauchen.«

»Wie sehe ich denn aus?«, fragte er.

Ich sah das humorvolle Blitzen in seinen Augen und entgegnete: »Nach Sport. Und nach ...«, ich legte eine Pause ein, der Dramatik halber, und sagte dann: »Salat, Obst und Gemüse.«

Jetzt lachte er. »Das soll man tatsächlich essen können!«

Ich wedelte abwehrend mit der Zigarette in der Luft herum, musste aber auch lachen. Doch schlagartig wurde ich wieder ernst.

»Ich will ganz offen zu Ihnen sein. Meine Mutter ist keines natürlichen Todes gestorben. Die Polizei geht davon aus, dass sie ... nun ja ... dass sie von der Terrasse Ihrer Wohnung gesprungen ist.«

»Sie hat sich umgebracht?«

»*Die Polizei* meint das. Und vielleicht stimmt es ja tatsächlich.«

»Sie haben Zweifel?«

Ich zuckte die Achseln. Ich wollte nicht zu viel preisgeben. Betont flapsig verzog ich das Gesicht und sagte: »Ach, ich weiß auch nicht. Woran zweifle ich, woran nicht? Ich ... bin auf der Suche ... nach irgendetwas.« Ich räusperte mich, straffte die Schultern und sah nachdenklich dem Rauch nach. »Tatsache ist, dass ich bei den Unterlagen meiner Mutter diesen alten Zeitungsausschnitt gefunden habe. Und ich frage mich nun, woher meine Mutter diesen Artikel hatte und was sie bewogen haben könnte, ihn aufzubewahren.«

Er sagte nichts, betrachtete mich immer noch mit diesem Blick, in dem zugleich Aufmerksamkeit und etwas anderes, Fremdes lag. Und plötzlich fragte ich mich, ob er mich für überspannt hielt. Schließlich wusste er nichts von den anderen Dingen, die ich gefunden hatte. Und die ich verzweifelt zu einem Bild anzuordnen versuchte. Hastig redete ich weiter: »Es mag Ihnen ... seltsam erscheinen, ich meine, dass ich Sie nur wegen eines Zeitungsartikels, der noch dazu uralt ist, angerufen und um ein Treffen gebeten habe ... Aber bevor ich wieder in meinen Alltag zurückkehren kann, muss ich einfach ein paar Dinge klären.«

Ich schnippte die Asche in einen gläsernen Aschenbecher und hoffte, dass meine Bewegungen nicht allzu fahrig waren. Aus irgendeinem Grund war es mir wichtig, was er von mir dachte. Ich sah, wie er einen Schluck von seinem Wasser nahm, registrierte seine schlanken und zugleich kräftigen Finger mit den gepflegten Nägeln. Am kleinen Finger hatte er eine weiße Narbe.

»Und wie kann ich Ihnen helfen?«

Ich zog ein letztes Mal an meiner Zigarette und drückte sie mit mehr Nachdruck aus als nötig. »Ich hatte einfach gehofft, Sie könnten mir etwas über Ihren Vater erzählen ... irgendwas ...«

In seinen Augen erschien ein Ausdruck, den ich nicht recht deuten konnte. War es Vorsicht oder einfach eine natürliche Zurückhaltung – das Bedürfnis, private Angelegenheiten nicht vor einer völlig Fremden auszubreiten?

»Ich weiß wirklich nicht ...«, setzte er zu sprechen an, doch er verstummte sofort wieder. Ich machte mich wieder an meiner Packung zu schaffen. Er hob eine Augenbraue, ich zündete mir trotzdem die nächste an und sagte gedämpft: »Ich frage mich einfach, warum sie diesen Artikel aufgehoben hat. Es muss doch einen Grund geben.«

»Vielleicht steckt auch gar nichts weiter dahinter. Ich kenne Leute, die alle möglichen Sachen aufbewahren: Bierdeckel, alte Eintrittskarten, es soll auch welche geben, die Artikel über alte Kriminalfälle sammeln.«

Er lehnte sich zurück und sah mich an. Auf einmal hatte ich das Gefühl, von seinem Blick festgehalten zu werden. Ich kniff die Augen zusammen und hustete. »Da mögen Sie recht haben. Es ist nur so, dass es der einzige Artikel dieser Art war. Und dass ich ihn in einer Pastillenschachtel in ihrem Nachttisch gefunden habe.«

Mein Husten ging in ein Hüsteln über, das Hüsteln in ein Räuspern. Auf einmal klangen meine Worte skurril und einfältig und sein Schweigen ließ in mir ein Gefühl aufsteigen, als litte ich an Wahnvorstellungen. Er winkte dem Kellner und im ersten Moment dachte ich, er habe genug und wolle gehen. Doch er bestellte einen Braunen und sagte dann: »Es sieht so aus, als würde ich doch nicht ohne Koffein hier herauskommen.« Dann richtete er sich auf, lockerte die Schultern, als habe er Verspannungen, blickte an die Decke und seufzte.

»Mein Vater ist an einem Tag im März 1950, es war der 25.,

von zu Hause aufgebrochen. Und nie wieder zurückgekehrt. Ich war damals gerade erst ein halbes Jahr alt, meine Schwester war dreizehn, mein Bruder – er ist inzwischen verstorben – war zu dem Zeitpunkt sechzehn Jahre alt. Alles, was ich von damals weiß, hat meine Mutter mir erzählt, später, als ich älter war und zu fragen begann. Sie hat das nie ganz verwunden und hat auch nie mehr geheiratet. Im Grunde verbrachte sie ihr restliches Leben damit, auf ihn zu warten. Zu hoffen und zu warten. Finanziell ging es uns immer gut, meine Mutter stammte aus einer wohlhabenden Familie. Ich glaube, das kann sich keiner, auch wenn er es noch so sehr versucht, vorstellen. Wie das ist, wenn der Partner einfach verschwindet. Sich in Luft auflöst. Als habe es ihn nie gegeben.«

Der Braune kam und Roman Sartorius verstummte. Er blickte in seine Tasse, als suche er dort die Antwort auf die Frage, die seine ganze Kindheit bestimmt hatte. Dann trank er den bitteren Kaffee, ohne Zucker, verzog das Gesicht und fuhr fort, ohne mich anzusehen: »Ich habe oft darüber nachgedacht, früher, und manchmal tue ich es auch heute noch, welche Phasen man durchlebt in so einem Fall. Zuerst die Unruhe, wenn er abends nicht wie gewohnt zur Tür hereinkommt. Wenn die Stunden vergehen und die Furcht von einem Besitz zu ergreifen beginnt, ganz langsam, ganz leise zunächst, wie sie sich ausbreitet und schließlich in Übelkeit erregende Angst umschlägt. Und dann die Erkenntnis, dass etwas passiert sein muss. Die Tage danach: die Polizei, Anrufe bei allen möglichen Leuten, Freunden, Bekannten, in Krankenhäusern. Dann vielleicht Augenblicke der Hoffnung: Es ist niemand eingeliefert worden, auf den die Beschreibung passt. Doch wo ist er dann? Wo kann er sein? Und wieder die Polizei, die ihre Fragen stellt und mit ihnen ein ganz anderes, ein bis dahin ganz unbekanntes Gefühl heraufbeschwört: Wie war Ihre Ehe? Hatten Sie Trennungsabsichten? Hatte Ihr Mann eine Geliebte? Fehlt von ihrem gemeinsamen Eigentum irgendetwas? Gab es in letzter Zeit Überweisungen auf ein Konto im Ausland? Oder wurden regelmäßig bestimmte Summen abgehoben? Kann es sein, dass er sich ins Ausland abgesetzt hat? Gab es finanzielle Probleme? Und sind Sie, wenn er tot ist, nicht Alleinerbin? Auf wie viel beläuft sich Ihr Vermögen? Von da an werden Zweifel die einzige Gewissheit im Leben sein: dass nichts sicher ist und alles möglich. Phasen des ohnmächtigen Zorns folgen auf Phasen der tiefen Verzweiflung, der Einsamkeit, und ständig ist da dieses Bild, das einem immer wieder erscheint: der Mann tot, mit verrenkten Gliedern und gebrochenem Blick irgendwo an einem Ort, den keiner kennt.«

Er sah an mir vorbei, hinaus in die beginnende Dämmerung. Ich fühlte mich irgendwie schlecht, denn ich war verantwortlich dafür, dass seine Stimme im Laufe seiner Erzählung immer hoffnungsloser geklungen hatte und dass in ihr eine Verzweiflung mitzuschwingen schien, die ihren Ursprung zwar in der Vergangenheit hatte, aber deswegen nichts an Intensität verloren hatte. Plötzlich sah ich das kleine Kind vor mir, den Jungen, der seinen Vater nie kennengelernt hatte. Und aus diesem Augenblicksgefühl heraus hörte ich mich sagen: »Es tut mir so leid. Ich habe Sie nicht aus Neugierde kontaktiert ... und ich wollte nicht, dass all diese Erinnerungen wieder wach werden. Ich ... habe noch andere Dinge bei meiner Mutter gefunden. Dinge, die Fragen nach meiner eigenen Vergangenheit aufwerfen. Nach dem Leben meiner Großmutter, nach meinem Großvater, meinem leiblichen Großvater, meine ich.«

Er sah mich nun aufmerksam an, die Traurigkeit in seinen Augen hatte plötzlicher Konzentration Platz gemacht. Doch er sagte nichts und ich fühlte mich aufgefordert weiterzusprechen.

»Ich habe Grund zu der Annahme, nein, falsch, es ist keine Annahme – ich weiß, dass meine Großmutter seinerzeit ungewollt schwanger wurde und dieses Kind auch zur Welt gebracht hat.«

»Das war sicher in damaligen Zeiten nicht so einfach. Und nun sind Sie auf der Suche nach Ihrem Großvater, verstehe ich Sie richtig?«

»Ja. Ich möchte wissen, wer er war, vielleicht lebt er ja sogar noch ...«

»Das wäre erstaunlich. Wenn er nicht im Krieg umgekommen ist, dann ist das aus rein biologischen Gründen eher unwahrscheinlich. Er müsste sehr alt geworden sein.«

»Ich weiß. Es ist auch nur so eine Hoffnung. Vielleicht kommt es daher, dass ich keine leiblichen Verwandten mehr habe.«

»Und wie wollen Sie vorgehen? Ich meine, um ihn ausfindig zu machen?«

»Zunächst einmal werde ich diese Hohehorst-Spur verfolgen und dann ...«

»Hohehorst? Sprechen Sie von dem Lebensborn-Heim?«

»Aber ja ... dass Sie das kennen!«

»Ja.« Er räusperte sich, setzte sich auf seinem Stuhl zurecht und sagte: »Mein Vater war dort Belegarzt. Von 1941 bis Kriegsende.«

Ich wusste nicht, was ich sagen sollte. Die Gedanken in meinem Kopf purzelten durcheinander und ich hatte Mühe, sie in eine Reihenfolge zu bringen. »Moment mal ... aber das hieße ja, dass Oma Charlotte ... ja, meine Großmutter und Ihr Vater müssen sich gekannt haben.«

Ich machte eine Pause und grübelte weiter. Roman Sartorius saß da, schweigend und mit halb offenem Mund. Er schien weit weg zu sein. Wie zu sich selbst sagte er schließlich: »Und das bedeutet auch, dass es Ihre Großmutter gewesen sein muss, die diesen Zeitungsartikel ausgeschnitten hat. Und das macht wiederum Sinn. Sie kannten sich.«

»Darf ich Ihnen eine Frage stellen?«

»Aber bitte.« Er sah mich ein wenig verwundert an.

»Bitte verstehen Sie mich nicht falsch, ich meine, dieses Thema ist heikel. Sie wissen, dass der Lebensborn eine Unterorganisation der SS war? Himmler war der Schirmherr ... Na ja, war Ihr Vater überzeugter Nationalsozialist?«

In seinen Augen blitzte ein eigentümlicher Ausdruck auf, der jedoch so rasch wieder verschwand, wie er gekommen war. Er sagte: »Ich weiß es nicht. Ich habe meine Mutter nie danach gefragt.«

Ich nickte und betrachtete ihn eingehend. Täuschte ich mich oder gab es da etwas, was Roman Sartorius wusste, mir aber nicht sagen wollte?

»Einmal erzählte meine Mutter, dass mein Vater sich nie sehr für Politik interessiert habe. Er sei ... in erster Linie Arzt gewesen.«

Ich holte tief Luft und sagte: »Ein unpolitischer Mensch also. Waren sie das nicht alle?«

Er erwiderte meinen Blick und ich hätte beim besten Willen nicht zu sagen gewusst, was er in dem Moment dachte oder fühlte. Ich drückte meine Zigarette aus, zuckte die Achseln und fuhr fort: »Es gibt da etwas ... ein Manuskript, das meine Mutter einem Verlag geschickt hatte ...«

»Ach ja? Was für ein Manuskript denn?«

»Ich weiß auch nicht recht. Eine Art Autobiografie meiner Oma.«

»Und ... was steht drin?«

»Keine Ahnung. Ich habe den Verlag gebeten, mir eine Kopie zu schicken. Bei den Sachen meiner Mutter habe ich das Manuskript nicht gefunden.«

Ich sah zum Fenster hinaus. Irgendetwas störte mich, in mir kroch das unbehagliche Gefühl hoch, dass etwas nicht zusammenpasste. Oder dass etwas ungesagt geblieben war. Aber wahrscheinlich täuschte ich mich, denn was für einen Sinn hätte es ergeben, nach all den Jahren ein Geheimnis um jene Zeit zu machen oder irgendetwas zu verleugnen? Verstohlen musterte ich Roman Sartorius. Er sah nicht aus wie ein Mann, der sich der Wahrheit, wenn sie unangenehm war, nicht stellte. Eine Weile lang sagte keiner von uns ein Wort.

Wieder sah ich hinaus, betrachtete die Regentropfen, die von einer Windböe durcheinandergewirbelt wurden, die winzigen Lämpchen der Weihnachtsbeleuchtung, die um einen zurechtgestutzten Baum geschlungen war. Hier drin war es warm und anheimelnd, es duftete nach frischem Kaffee, natürlich auch nach Rauch, der ganze Raum erstrahlte unter dem Glanz der prächtigen Kronleuchter. Ich fing Roman Sartorius' Lächeln auf, aber ich konnte es nicht erwidern. Ich konnte ihn bloß ansehen, seine blauen Augen, seinen leicht geöffneten Mund. Und auf einmal ertappte ich mich bei der Frage, wie es wäre, diese Lippen auf den meinen zu spüren. Ihn atmen zu hören, seinen Duft zu riechen. Ich schluckte, verwirrt von diesem Gedankenbild, das aus Gott weiß welchen Untiefen meines Körpers aufstieg. Nein, dachte ich. Ich werde mich hier nicht betören lassen. Ich bin hier, um Antworten zu bekommen. Nicht um Blicke mit einem Mann zu tauschen und mir Szenen vorzustellen. Abrupt heftete ich meine Augen auf den Tisch, straffte die Schultern. Und plötzlich fiel mir ein, was nicht zusammenpasste.

»Was ist?«, fragte er.

Ich schob die Kaffeetasse von mir, lehnte mich zurück und sagte: »Irgendwann im Krieg oder kurz nach Kriegsende ist meine Großmutter nach Süddeutschland gegangen. 1947 hat sie geheiratet. Einen Unternehmer vom Bodensee. Ich stelle mir gerade die Frage, wie jemand, der am völlig anderen Ende von Deutschland lebt, rein zufällig auf einen Artikel in den Husumer Nachrichten stoßen kann.«

Eine Viertelstunde später brachte eine hübsche, aber schnippische junge Schwester, eine die sich mir als Else vorstellte, eine kalte Platte mit Brot, Wurst und Käse. Sie teilte mir mit, dass das Bad nebenan sei. Und dass ich das Tablett ausnahmsweise einfach so vor die Tür stellen sollte nach dem Essen. Ich aß in einer Atmosphäre angespannter Stille, in der ich jedes Geräusch überlaut hörte: das Klappern des Messers, die Tasse auf dem Unterteller, mein eigenes gehemmtes Kauen, das mir deplatziert erschien. In Anwesenheit dieser Frau, die sich völlig in ihr Schweigen zurückgezogen hatte und mit dem Rücken zu mir untätig auf dem Stuhl saß. Sie rührte sich auch nicht, als ich zehn Minuten später aufstand, meine Waschsachen aus der Reisetasche nahm und den Raum verließ.

Das Marmorbad war rosa, warm und behaglich. Ich schloss die Tür hinter mir ab und setzte mich auf den Wannenrand. Und plötzlich war sie fort, die Anspannung, die mich seit meiner Abreise aus Königsberg eisern in ihren Klauen gehalten hatte, und ich spürte, wie etwas in mir aufstieg, wie die Verzweiflung, die ich bisher mühsam im Zaum gehalten hatte, sich Bahn brach. Ich schlug die Hände vors Gesicht und ließ die Tränen laufen, ein würgendes Schluchzen drang aus meiner Kehle. Was hatte ich getan! Ich war fortgegangen, hatte alles und alle hinter mir gelassen. Und es war die Konsequenz dieser Tat, die mir in diesem Moment, im Bad von Hohehorst, bewusst wurde. Dass ich aus meinem alten Leben herausgetreten war, dass ich jegliche Verbindung abgebrochen hatte, dass ich nie erfahren würde, wenn Paul zurückkehren würde. Und dass er, Paul, niemals etwas von seinem Kindchen wissen würde.

Ich musste eine Viertelstunde oder länger so dagesessen haben.

Als meine Tränen versiegt waren, beugte ich mich über die Wanne, öffnete den Hahn. Heißes Wasser prasselte auf meine Hand und am liebsten hätte ich ein Bad genommen. Aber dann dachte ich an die teiggesichtige Frau nebenan. Hatte ich nicht schon zu viel Zeit verplempert, um jetzt noch baden zu können? Sicher würde sie bald schlafen wollen und meine Rückkehr in das Zimmer würde sie aufstören. Also wusch ich mich nur rasch am Waschbecken und verließ dann leise das Bad.

Im Korridor war es dunkel, ich drückte den Lichtschalter und tappte zurück zu meinem Zimmer. Darauf bedacht, kein Geräusch zu machen, drückte ich die Klinke herunter. Aber die Tür ließ sich nicht öffnen. Ich versuchte es noch einmal, mit mehr Kraft, aber sie ging nicht auf. Eine Weile lang stand ich unschlüssig herum, barfuß, im Nachthemd, mein Kleiderbündel unter dem Arm. Dann begann ich zu klopfen, erst leise, zögerlich, dann etwas lauter. Schließlich legte ich mein Ohr an die Tür und lauschte. Da, waren das nicht Schritte, sehr leise zwar, aber doch deutlich? Es folgte ein leichtes Knarzen des Parketts, dann wieder Stille. Ich konnte es nicht fassen, diese Frau hatte einfach abgeschlossen! Ein Bild blitzte vor meinen Augen auf: Frau Edelmann, die sich über mein Gepäck hermachte. Ich dachte an Pauls kleine Liebesbotschaften, die Briefchen, die er mir geschrieben hatte und die auf dem Grund meiner Tasche lagen, an das Sternenbild. Ohne große Hoffnung, etwas zu sehen, ging ich in die Knie, näherte mein Auge dem Schlüsselloch und spähte hinein. Im ersten Moment sah ich gar nichts. Doch als meine Pupille sich auf die Umrisse eingestellt hatte, begriff auch mein Gehirn, was es da erblickt hatte: ein menschliches Auge.

Von der Mariahilfer Straße in die Siebensterngasse ist es zu Fuß nicht weit. Und also ging ich zurück durch die Dunkelheit und den Regen, das Zischen der Autoreifen im Ohr. Mit einem Bedauern, das mich selbst überraschte und gegen das ich mich sofort innerlich wehrte, dachte ich daran, dass ich Roman Sartorius nie wiedersehen würde. Allerdings hatten wir Adressen ausgetauscht und vielleicht würden wir ja doch noch einmal voneinander hören.

Zurück in der Wohnung hatte ich wieder das Gefühl einer fremden Präsenz. Ich weiß nicht, ob es der Hauch eines Geruchs war, der nicht hierher gehörte, oder ob ich dabei war, ein zweites Gesicht zu entwickeln. Wahrscheinlich war es eher so, dass meine Fantasie Blüten zu treiben begann und ich mir Dinge einbildete, die nicht existierten. Trotzdem wurde ich den Verdacht nicht los, dass jemand in meiner Abwesenheit hier gewesen war. Das Gefühl hielt noch eine Weile lang an, bis ich in allen Zimmern die Lichter angeknipst und jeden Winkel ausgeleuchtet hatte. Ich kam mir lächerlich vor, aber nicht so sehr, dass es mich von meiner Aktion abgehalten hätte.

Dann ließ ich mich, noch immer im Mantel, in einen Sessel fallen. Es war kalt in der Wohnung, denn ich hatte vorm Weggehen die Heizkörper abgedreht, und nun saß ich da und dachte darüber nach, was ich heute von Roman Sartorius erfahren hatte. Im Grunde brachte es mich nicht weiter. Ich wusste nun zwar, dass Oma Charlotte und dieser Arzt sich gekannt haben mussten. Vielleicht war er es sogar gewesen, der mitgeholfen hatte, meine Mutter auf die Welt zu bringen. Aber vielleicht auch nicht, dachte ich. Hatten das damals nicht eher die Hebammen erledigt? Und selbst wenn, dann bedeutete es auch nichts weiter. Roman Sartorius' Blick fiel mir ein, dieser Blick, der mein Gesicht zum Brennen gebracht hatte und der in mir den Wunsch ausgelöst hatte, seine Lippen auf meinen zu spüren. Ich beschloss, Wolf anzurufen und mir die Gespenster von ihm vertreiben zu lassen. Da bemerkte ich, dass der Anrufbeantworter blinkte, drückte auf die Taste und hörte die Stimme von Lore Klopstock, die ich zunächst überhaupt nicht erkannte. Fast zeitgleich mit meinem Tastendruck klingelte es an der Wohnungstür, ich öffnete und blickte auf Erna, die mir mit besorgtem Ausdruck entgegensah, der sich jedoch bei meinem Anblick sofort zu einem Lächeln auflöste. Ich lächelte zurück, den Zeigefinger an die Lippen gelegt, und bedeutete ihr mit der anderen Hand einzutreten. Begleitet von Lore Klopstocks Stimme, die etwas heiser und gleichzeitig wichtigtuerisch klang, schob ich Erna ins Wohnzimmer. Irgendwie knackte es in der Leitung.

»Hallooo? Frau Sternberg? Wenn Sie da sein sollten, was ich hoffe, dann nehmen Sie doch bitte mal ab … Hallooo? Also sind Sie nicht da? Dann bitte ich Sie um Rückruf, wenn Sie das hier abhören, ja? Bitte rufen Sie mich an. Mir ist etwas eingefallen, vielleicht es es ja gar nicht wichtig, wahrscheinlich sogar nicht, aber egal. Rufen Sie an.«

Dieser Plapperton, dachte ich, nachdem Lores Stimme verklungen war, und ging zu Erna, die mich mit gerunzelter Stirn begrüßte: »Ich mag sie nicht, die alte Ratschkattel. Immer hat sie's so wichtig mit irgendwas …«

»Sie kennen Sie?«

»Aber ja. Ich war ein paarmal mit den beiden im Burgtheater, mit Ihrer Mutter und der Klopstock. Da ist sie mir schon gehörig auf die Nerven gegangen, wenn ich das einmal sagen darf. Irgendwann hatte ich dann einfach keine Lust mehr. Aber jetzt lassen wir das … Ich bin gekommen, um zu sehen, wie's dem Madel geht.«

Ich lachte. »Ab einem gewissen Alter empfindet man es als

äußerst schmeichelhaft, als Madel bezeichnet zu werden. Aber hier ist es so kalt, ich dreh erst mal die Heizung hoch.«

»Lassen Sie's nur. Wegen mir nicht. Ich bin gleich wieder weg.«

Doch ich ignorierte ihre Worte und nötigte ihr einen Likör auf, und so saßen wir beieinander, redeten und aus irgendeinem Grund erzählte ich ihr von den Briefen, die ich geschrieben hatte und auf deren Beantwortung ich wartete. Und von Roman Sartorius. Seine Wirkung auf mich verschwieg ich allerdings.

»Was haben Sie denn nun vor?«, fragte Erna.

»Ich werd halt weiter warten«, seufzte ich. »Und erst mal Weihnachten feiern. Und versuchen, bis zum neuen Jahr an nichts anderes zu denken.«

Sie nickte. »Ja. Das sollten wir wohl alle.«

»Wo werden Sie feiern?«, fragte ich und bereute es im selben Moment, als ich sah, dass sich ein Schatten auf Ernas Gesicht legte und sie den Blick auf einen Punkt irgendwo an der Wand gerichtet hielt.

»Na, ich werd mir ein Baumerl kaufen und es mir hier gemütlich machen.«

Ich wusste nicht recht, was ich sagen sollte, vielleicht hätte ich sie fragen können, ob sie denn keine Kinder hatte oder eine Schwester oder sonst irgendwen, mit dem sie Heiligabend verbringen konnte. Doch das wäre mir taktlos vorgekommen. Und so erhob ich mich und holte die Katzenwärmflasche, die ich inzwischen in blau-weißes Sternenpapier gewickelt hatte, und reichte sie Erna, die ebenfalls aufstand.

Sie streckte die Hand aus, ein wenig zögerlich, als könne sie gar nicht glauben, dass ich *ihr* etwas schenken wollte.

In der Tür drückte ich sie kurz an mich, dann drehte ich mich um, schloss die Tür und hörte, wie sie die Treppe hinunterging, wie ihre Tritte leiser wurden und schließlich ganz verklangen.

Erschöpft von diesem Nachmittag voller Gespräche sank ich nach einem heißen Bad ins Bett, ohne Lore Klopstocks Anruf zu erwidern. Der alte mechanische Wecker auf Mutters Nachttisch zerhackte die Zeit. Morgen ist auch noch ein Tag, dachte ich, und ahnte nicht, dass das diesmal nicht ganz stimmte.

Vor Schreck wäre ich fast nach hinten umgekippt, ein heiserer Schrei entfuhr meiner Kehle. Diese Verrückte kauerte auf der anderen Seite der Tür und starrte durchs Schlüsselloch! Barfuß, wie ich war – meine Schuhe hatte ich im Zimmer gelassen –, stolperte ich los. Die Oberschwester musste mir ein anderes Zimmer geben. Aber wo konnte ich sie finden, wo lag noch mal das Büro, war das nicht einen Stock höher gewesen? Und wo war die Treppe? Am Ende des Korridors öffnete ich zwei Türen, eine davon war verschlossen, die andere führte in eine Besenkammer, in der Eimer und Putzmittel herumstanden. Durch die dritte kam ich endlich in das Treppenhaus, das ich schon kannte. Auch hier Stille. Langsam stieg ich die Stufen hoch, meine bloßen Füße waren eiskalt und tappten lautlos nach oben. Und so hörten sie mich auch nicht kommen, der Mann und die Frau in Schwesterntracht, die auf dem oberen Treppenabsatz standen. Der Mann verdeckte die Frau fast ganz, hatte sie an die Wand gedrängt und küsste ihren Hals. Mit einer Hand war er dabei, ihr den Kittel aufzuknöpfen und nach ihren Brüsten zu tasten. Sein Knie drängte ihre Beine auseinander. Die Frau hatte den Kopf zurückgelegt, gegen die Wand. Wie vom Donner gerührt blieb ich stehen und sah ihnen zu. Dann drehte ich mich um, völlig lautlos berührten meine Füße den Steinboden, lautlos trat ich den Rückzug an und stand schließlich wieder vor der verschlossenen Zimmertür, hinter der sich die verrückte Frau Edelmann verbarrikadiert hatte.

Am Ende klopfte ich an die Tür links neben der unseren. Zwei Frauen erschienen, eine hübsche Blondine, wohl um die zwanzig, und eine derbere Braunhaarige, vielleicht dreißig, die mich fragend ansahen. Etwas stockend trug ich mein Anliegen vor, doch statt mir den Weg zum Zimmer der Oberschwester zu zeigen, näherte sich die braunhaarige, patent aussehende Frau der Tür zu meinem Zimmer und legte die Hand auf die Klinke. Ich weiß noch, wie ich ihr zusah, als sie die Klinke herunterdrückte und die Tür öffnete, einfach so, wobei sie mir mit leisem Bedauern zulächelte, als täte es ihr leid, dass die Tür nicht verschlossen war.

Ich weiß nicht mehr, was genau ich dachte in jener Nacht. Stunde um Stunde lag ich wach und lauschte dem Schnarchen von Frau Edelmann, bis endlich der Morgen dämmerte und ich in einen erschöpften Schlaf sank.

Schließlich erwachte ich davon, wie Frau Edelmann geräuschvoll das Zimmer durchschritt, sich geräuschvoll anzog, geräuschvoll das Fenster öffnete, schloss und wieder öffnete. Bis zu jenem Morgen hatte ich nicht geahnt, wie viel Lärm man machen konnte beim Öffnen und Schließen von Schranktüren, beim Verrücken eines Stuhls, beim Herumwühlen in einer Schublade, sogar beim Lüften des Zimmers. Und dabei murmelte sie unablässig vor sich hin, wobei ich glaubte, Worte wie »Unverschämtheit« und »Schande« aus ihrem Gebrabbel herauszuhören.

Im grauen Licht des Morgens war die Beklemmung, die ich in der Nacht empfunden hatte, versickert, aber noch nicht ganz verschwunden. Seit ich denken kann, hat die Nüchternheit des Morgens mir Ruhe und Zuversicht gegeben.

Mit den Dämonen der Nacht habe ich erst später umzugehen gelernt – wie man sie austrickst mit einem Buch, mit Musik oder einer Strickarbeit. Noch besser ging es mit meinem Mann an meiner Seite, dessen rhythmisches Schnarchen sie draußen vor der Tür hielt.

Das Geschehene rückte beim Anhören dieses wirklichkeitssatten Geräuschs in weite Ferne wie ein schrecklicher Film, den man einmal gesehen hat, vor langer Zeit. Doch als ich vor einigen Wochen begonnen habe, diese Geschichte niederzuschreiben, habe ich erkennen müssen, dass sie nicht verschwunden waren, die Dämonen. Sie haben sich nicht in Luft aufgelöst. Sie haben nur geschlafen, all die Jahre, an einem geheimen Ort meiner Seele, von dem ich nicht wusste, dass er existiert.

Taten kann man nicht ungeschehen machen, Worte nicht ungesagt. Doch meine Hoffnung konzentriert sich nun darauf, dass die Dämonen, wenn ich die Tür öffne und sie herauslasse, sich einfach verflüchtigen, dass ein Windstoß kommt und sie hinwegfegt in einen fernen Himmel, wo sie zu Staub zerfallen.

Vor meiner Abreise am nächsten Tag durchsuchte ich Mutters Keller, den ich bisher nicht weiter beachtet hatte. Vielleicht lag Omas Manuskript gut verstaut in einem der Kartons oder Kisten, die dort unten gestapelt waren. Ich ging dabei chronologisch vor, begann mit den Kartons an der Kellertür und arbeitete mich dann systematisch bis zum Fenster durch. Ein bisschen lächerlich kam ich mir vor, wie Miss Marple oder eine Frau, die zu viele Räuberpistolen gelesen hat. Oder wie jemand, der unbedingt eine Entschuldigung für die eigenen Versäumnisse sucht.

Zwischendurch rief ich ein paarmal bei Lore Klopstock an und ärgerte mich, dass sie nicht abnahm oder nicht zu Hause war, nachdem sie es doch am Vortag so wichtig gehabt hatte. Ich überlegte kurz, ob ich auf dem Weg zum Flughafen bei ihr vorbeischauen sollte, doch dann sah ich mich selbst in der U-Bahn stehen, mit der Reisetasche und einer großen Papiertüte, und so verwarf ich den Gedanken. Ich würde sie eben von Deutschland aus anrufen.

Als ich alles, aber auch wirklich alles gesichtet hatte, nahm ich mir vor, demnächst nach Lindau zu fahren und dort auf dem Dachboden von Oma Charlottes Haus nach dem geheimnisvollen Dokument zu suchen. Ich machte mir keine großen Hoffnungen, aber es war das Einzige, was mir noch einfiel. Warum hätte Mutter diesen umständlichen Weg wählen sollen? Allerdings war es ja möglich, dass auch andere Dinge, die ich bisher nicht gewusst oder einfach nur ignoriert hatte, ans Tageslicht kämen. Zwischen den Jahren hätte ich bestimmt Gelegenheit, alles in Ruhe zu sichten. Denn irgendwo mussten sich doch noch alte Briefe, Ansichtskarten und solche Sachen befinden. So etwas warf man schließlich nicht weg.

Nachmittags packte ich, ging noch einmal durch alle Räume und hinterließ die Wohnung mit dem Gefühl, nun für längere Zeit nicht mehr wiederzukommen. Ich drehte energisch den Schlüssel im Schloss und stellte mir vor, so die Gespenster der Vergangenheit und auch die Schuldgefühle, die mich seit Mutters Tod quälten, einzusperren, damit sie mich wenigstens über Weihnachten in Ruhe ließen. Ohne weiter nachzudenken, schleppte ich meine Reisetasche und die sperrige Papiertüte durch die Straßen, und erst, als ich schon in der U-Bahn stand, fiel mir ein, dass ich jetzt ja wohlhabend war und mir ein Taxi hätte bestellen können. Aber Gewohnheiten, die über die Jahre entstanden sind, legt man so schnell nicht ab. An der Station Herrengasse dachte ich flüchtig an Lore Klopstock, die nicht weit von hier wohnte. Ich musste sie anrufen, gleich wenn ich wieder daheim war.

Während das Flugzeug über die Rollbahn raste, erschien Roman Sartorius' Gesicht auf meiner Netzhaut, seine ebenmäßigen Züge, seine Augen, wie sie mich angesehen hatten, und sein Mund, während er sprach. Später hatte er mir erzählt, dass er nicht mehr lange in Deutschland wäre – im Januar ginge er nach Florida, um dort die Leitung einer Spezialklinik zu übernehmen, und schon in den letzten Monaten sei er zwischen Husum und Miami hin- und hergependelt. Ich würde ihn niemals wiedersehen, überlegte ich, und als der Flieger in die Luft stieg und ich gegen die Lehne gedrückt wurde, tauchte der Name Hohehorst in meinem Kopf auf. Und ich dachte daran, dass Oma Charlotte und Roman Sartorius' Vater zur gleichen Zeit an jenem Ort gewesen waren. Und dann fragte ich mich, ob Heinrich Sartorius auch so gut ausgesehen hatte wie sein Sohn.

Tatsächlich gelang es mir, die Festtage in relativer Sorglosigkeit, ja fast in Heiterkeit zu verbringen. Wolf um mich zu haben tat mir gut, auch wenn wir nach wie vor nicht viel miteinander redeten und er etwas zerstreut wirkte. Die Besuche bei seiner Familie, über die ich früher nie nachgedacht hatte, machten mir in diesem Jahr Freude und ich genoss die Weihnachtsgans, die Bratäpfel und den selbst gebackenen Pfefferkuchen von Wolfs Mutter. Auf einmal erschien mir Wolfs Familie mit größerer Deutlichkeit und schärferen Konturen. Ich beobachtete, wie selbstverständlich sie miteinander umgingen und wie sicher sie zu sein schienen, dass es die anderen in ihrem Leben immer geben würde. Ich hatte mich in ihrer Mitte immer entspannt, fast schon geborgen gefühlt. Doch seit Mutters Tod war eine andere Nuance hinzugekommen, eine Art Dankbarkeit, so kam es mir vor. Ich, das verlorene, elternlose Einzelkind, fühlte mich aufgehoben im Schoß einer anderen Familie. Außer Wolf hatte ich nun niemanden mehr. Was für ein absonderlicher und auch absurder Zustand. Hatte nicht jeder irgendwen? Und sei es eine entfernte Cousine oder einen Onkel. Nur ich hatte niemanden.

Nachdem die Festtagsfreude sich etwas gelegt hatte und ich mich aus der Trägheit, die mit diesen Tagen einhergeht, gelöst hatte, fuhr ich am Tag vor Heilige Drei Könige endlich nach Lindau, um im ehemaligen Haus meiner Großmutter nach etwas zu suchen, von dem ich mir nicht vorstellen konnte, was es sein würde. Wie oft zwischen den Jahren war das Wetter fast österlich, und je näher ich dem See kam, desto milder und auch windiger wurde es. Ich spürte einen leichten Druck hinter den Augäpfeln, offenbar herrschte also Föhn. Von unterwegs rief ich den Frankfurter Rechtsanwalt an, in der Hoffnung, er möge trotz der Feiertage da sein, schließlich war der Dreikönigstag in Hessen ja ein normaler Arbeitstag. Doch es meldete sich nur der Anrufbeantworter mit der Auskunft, dass die Kanzlei erst ab 10. Januar wieder besetzt wäre. Auch von der Autorin hatte ich bis jetzt keine Antwort erhalten, was ich aber nicht weiter erstaunlich fand, denn schließlich musste mein Brief erst vom Verlag an sie weitergereicht werden.

Die Zeit zwischen den Jahren hatte ich eigentlich dazu nutzen wollen, Wolf auf den neuesten Stand meiner Nachforschungen zu bringen, aber es hatte nie den rechten Moment gegeben. Er hatte die ganze Zeit über seltsam abwesend gewirkt, was mich verunsicherte, sodass es mir noch schwerer fiel, das Ganze für ihn aufzurollen, nachdem ich so lange darüber geschwiegen hatte. Aber vielleicht wollte ich ja auch einfach nicht daran denken, wollte ein paar Tage lang das Päckchen mit den Schuldgefühlen ablegen, das Mutter mir durch ihren Sprung in den Tod auf den Rücken geschnallt hatte. Als ich Wolf am Dienstagmorgen sagte, ich wolle zu Charlottes Haus fahren, um dort auf dem Dachboden ein paar Dinge durchzusehen, nickte er nur und schlug auch nicht vor, mich zu begleiten. Und im Grunde war ich ihm dankbar dafür.

Wolf hatte im Umgang mit mir schon immer »das rechte Maß« gefunden. Wenn ich an meine früheren Beziehungen zurückdenke, so sind sie allesamt mehr oder weniger daran zerbrochen, dass meine jeweiligen Lebensabschnittsgefährten (ein blödes Wort, aber es passte irgendwie!) mein Bedürfnis, Dinge für mich zu behalten, als Verrat ansahen oder mit Eifersucht darauf reagierten. Vor Wolf hatte das nie jemand verstanden, geschweige denn toleriert, und wenn ich damals ein paar Tage nach Ligurien abtauchte, um in Charlottes Ferienhaus zu lesen, zu töpfern oder einfach nur zu schweigen, dann glaubten sie, ich würde mich dort mit einem anderen treffen und sie betrügen. Unter diesen Zwangsvorstellungen hatte Wolf nie gelitten. Schon zu Beginn unserer Beziehung besaß er die Fähigkeit, Dinge ungesagt und ungefragt zu lassen, eine Tugend, die ich sehr schätzte und der wir das fünfjährige Bestehen unserer Beziehung verdankten.

Die siebenköpfige Familie, die Charlottes Haus bewohnte, war – so vermutete ich zumindest aufgrund des Lärms, der durch die Scheiben drang – geschlossen anwesend. Im Vorgarten der alten Villa standen Fahrräder herum, ein paar *Bounty-*Papiere lagen auf dem Rasen, neben verdreckten Backförmchen und einer roten Plastikschaufel, die schon Jahre dort vor sich hin zu gammeln schienen. Vor der Haustür lagen drei Paar Inlineskater und aus dem Haus drang Kindergeschrei und schiefes Karaoke-Geheul. Auf mein Klingeln tat sich zunächst nichts. Nach dem dritten Mal öffnete ein etwa Dreijähriger »unten ohne«, der mich schweigend musterte. Von hinten rief jemand »Jonas?« und kurz darauf tauchte eine blonde Frau in Jeans und Bluse auf. Das musste Frau Stalmann sein. Noch unterwegs sagte sie: »Wieso hast du denn schon wieder deine Strumpfhose ausgezogen, meine Güte!« Zu mir gewandt sagte sie freundlich: »Sie müssen die Tochter von Frau Sternberg sein.« Sie nahm den Dreijährigen auf den Arm, und als ich nickte, sagte sie: »Ja, hallo, kommen Sie doch bitte rein«, und ich folgte ihr in die Küche.

»Möchten Sie einen Kaffee? Ich hab grad welchen fertig.«

Ich schüttelte den Kopf. Frau Stalmann sah mich an und sagte leise und etwas unsicher: »Das mit Ihrer Mutter tut mir leid. War sie ... krank?«

»Ein Unfall«, sagte ich und presste die Lippen aufeinander.

»Oh.« Frau Stalmann sah mich erschrocken an. Doch sie schwieg, obwohl ich in ihren Augen die stumme Frage lesen konnte. Dann sagte sie: »Noch mal mein tief empfundenes Beileid.« Vielleicht glaubte sie, ich sei gekommen, um ihnen den Mietvertrag zu kündigen. Und so beeilte ich mich, ihr den Grund meines Besuchs zu erläutern: »Wie ich Ihnen am Telefon bereits sagte: Ich möchte nur auf den Dachboden. Es gibt da ein paar Dinge, die ich suche.«

Trotz der relativen Milde des Föhntags war es auf dem Dachboden kalt und ungemütlich. Der Wind pfiff ums Haus und ließ das alte Gebälk knacken und knarzen. Ich sah mich um. Da hatte ich einiges zu tun. Nach Omas Tod hatten Mutter und ich die meisten ihrer Möbel hier eingelagert, bis auf ein paar Stücke, die sie und ich uns als Andenken ausgesucht hatten. Der Anblick der alten Standuhr löste eine leise Traurigkeit in mir aus, die Sitzgarnitur im Chippendale-Stil erinnerte mich daran, wie Oma und ich es uns in meinen Ferien vor dem Fernseher gemütlich gemacht hatten und uns alte Filme mit Willy Fritsch und Lilian Harvey angeschaut hatten. Obwohl Oma ihn nie so gern gemocht hatte wie Willy Birgel. Ich musste unwillkürlich lächeln. Kannte die heute überhaupt noch jemand?

Ich beschloss, mich von hinten nach vorne durchzuarbeiten. Mit solchen Suchaktionen hatte ich ja inzwischen Routine. Ich knöpfte den Mantel zu, schlang mir den Schal um den Hals. Von der Decke hing eine nackte Glühbirne und verbreitete ein funzeliges, verwaschenes Licht. Doch durch die Fenster an beiden Giebelseiten drang genug Helligkeit, sodass ich – zumindest solange es Tag war – alles würde sehen können, was es zu sehen gäbe.

Die ersten Kartons waren voller Bücher. Die Rücken und auch die Titel kamen mir vertraut vor, alte Büchergilde-Ausgaben, Knut Hamsuns *Gedämpftes Saitenspiel*, Ina Seidels *Wunschkind*, Daphne du Mauriers *Rebecca*. Dann neuere Werke, in buntem Schutzumschlag, die *Spandauer Tagebücher*, die Ostpreußen-Romane von Christine Brückner. Und schließlich alte Ausgaben des *Ostpreußenblatts*. Ob das überhaupt noch verlegt wurde? Jetzt war ich beim Porzellan angelangt. Winzige Sammeltässchen, handsigniert und nummeriert, die sicher einiges wert waren. Bernsteinketten, die sie so gut wie nie getragen hatte. Überhaupt hatte Oma, soweit ich mich erinnerte, kaum Schmuck getragen, nur ihre Armbanduhr ums Handgelenk und ihren Ehering.

Es war gegen eins, als mein Mobiltelefon klingelte.

»Sternberg.«

»Hallo, Kind! Gut, dass ich Sie endlich erreiche.«

»Erna, das ist aber eine schöne Überraschung!«

»Na, hören S' lieber erst mal, warum ich anrufe.«

Ich spürte, wie Beklemmung in mir aufstieg, und wartete schweigend und furchtsam auf das, was sie zu sagen hatte.

»Die Lore Klopstock ist tot.«

Der erste Tag in Hohehorst ist mir nur in vager Erinnerung. In meinem Kopf sehe ich ein Kaleidoskop der Bilder: den Frühstücksraum mit seiner Bogendecke; die Gesichter zweier Frauen an meinem Tisch, zu denen ich keine Namen mehr habe; das ermutigende Lächeln der jungen Ärztin, die mich untersuchte und mir sagte, dass alles gut werden würde. Ich weiß noch, wie ich die wenigen Habseligkeiten aus meiner Reisetasche in einen Schrank räumte, und dass ich eine Weile lang tränenblind dort herumstand und das Sternenbild in meinen Händen hielt.

Die erste Woche lief ich wie traumwandlerisch durch die Tage. Ich hielt Distanz zu allen, versah den Küchendienst mit einer zerstreuten Aufmerksamkeit und registrierte mit einem leisen Erstaunen, wie meine Hände Kartoffeln schälten, sauber und akkurat, während ich im Geiste Pauls Gesicht vor mir sah, an jenem letzten Tag in der Mahler'schen Wohnung, bevor er verschwand. Ich machte lange Spaziergänge im Park, saß auf einer Bank am See, spürte den Wind im Gesicht und sah seinem Spiel mit den Wellen zu. Und manchmal träumte ich davon, wie es wäre zurückzukehren. Und wieder ein Zuhause zu haben. An den Abenden saß ich in der Bibliothek und schrieb Briefe an Leni, in denen ich ihr alles gestand und sie um Verzeihung bat und die ich später allesamt in kleine Fetzen zerriss und auf mehrere Papierkörbe verteilte. Erst spät ging ich zurück aufs Zimmer und ignorierte Frau Edelmann, so gut es ging. Ein paarmal hatte ich das Gefühl, dass sie mich aus den Augenwinkeln beobachtete, und einmal war ich mir fast sicher, dass jemand in meinen Sachen gekramt hatte. Einige Tage beschäftigte mich die Frage, ob sie Pauls Bild gefunden hatte. Und wenn ja, ob sie daraus irgendwelche Rückschlüsse ziehen konnte.

In vielen Nächten lag ich lange wach, lauschte ihrem Schnarchen und spürte unter meinen Händen das Kind, das in meinem Bauch heranwuchs. Die Einsamkeit spann ihren Kokon um mich und ich versuchte mir vorzustellen, wie es sein würde, nicht mehr allein zu sein. Sondern Pauls Kind in meinen Armen zu wiegen.

Zwei Wochen nach meiner Ankunft setzten bei Frau Edelmann die Wehen ein und sie verschwand von der Bildfläche, als habe es sie nie gegeben. Die Oberschwester blinzelte mir zu und sagte, dass ich »das« ja nun überstanden hätte und bald eine andere Zimmergenossin bekäme, einen Neuzugang, der für die nächste Woche erwartet wurde.

An einem Montag, der nach Frühling und Hoffnung duftete, bat eine Schwester mich, nach oben in das Sprechzimmer des Belegarztes zu kommen, eine Routineuntersuchung. Ich hatte Dr. Sartorius bisher noch nicht kennengelernt, was vielleicht an meinen ausgedehnten Aufenthalten im Park lag. Und so schleppte ich mich die Treppen hinauf, den Korridor entlang. Die Zimmertür stand offen, ich bog um die Ecke und da stand er, über einen Schreibtisch gebeugt, mit dem Rücken zu mir, und ich wusste sofort, dass er es war: der Mann, den ich an meinem ersten Abend gesehen hatte, im Treppenhaus, der Mann, der die Schwester geküsst hatte.

Von der Fahrt zurück nach Hause wusste ich später nicht mehr viel. Das Einzige, was mir davon in Erinnerung geblieben ist, war die stumme Frage, die ich mir permanent stellte und auf die ich keine Antwort mehr erhalten würde: Was hatte sie mir sagen wollen, vor meiner Abreise aus Wien?

Lore Klopstock war an einer Überdosis Insulin gestorben. Dass Lore zuckerkrank gewesen war, hatte ich gewusst, aber dass es ihr so schlecht gegangen war! Erna berichtete, dass man nicht sagen konnte, wann es geschehen war. Nur dass sie tagelang tot in ihrer Wohnung gelegen hatte. Ein Nachbar hatte angegeben, sie das letzte Mal am 22. Dezember gesehen zu haben. Der Tag, an dem sie mir auf den Anrufbeantworter gesprochen hatte.

Als ich zu Hause ankam, war es schon dunkel und Wolf war nicht da. Im ersten Moment war ich enttäuscht, doch dann auch erleichtert, denn ich war aufgewühlt und wollte alleine sein und nicht reden müssen. Auch wollte ich in Ruhe die mitgebrachten Briefe und Fotos durchsehen. Ich ließ mir Badewasser ein, schüttete reichlich Rosenöl dazu, holte die angebrochene Flasche Ramazotti aus dem Kühlschrank und tauchte in das viel zu heiße Wasser. Die ganze Zeit über dachte ich an Lore Klopstock. Wie sie tagelang allein in ihrer Wohnung gelegen hatte – noch dazu über Weihnachten. Frau Stalmann fiel mir ein und das bunte und laute Familienleben, das sie führte. Ihr würde das nicht passieren. Da wäre immer irgendeine Tochter oder ein Sohn und irgendwann einmal ein Enkel. Und nicht zum ersten Mal schob sich die Frage in mein Bewusstsein, wie *meine* Zukunft aussehen würde.

Vielleicht würde Wolf vor mir sterben, vielleicht würden wir gar nicht zusammen alt werden. Dass Wolf sich im Grunde Kinder wünschte, am liebsten viele, wusste ich seit Langem. Sicher, er liebte mich, doch wie lange konnte so eine Liebe überleben, wenn die Vorstellungen von beiden Partnern so grundlegend auseinanderklafften? Mich hatte immer die Vorstellung belastet, in »so einem Fall« mit dem Rauchen aufhören zu müssen. Ansonsten hatte auch ich in den letzten Jahren manchmal darüber nachgegrübelt, wie es wäre, eine Tochter oder einen Sohn zu haben. Ich war jetzt 41 Jahre alt – allzu lange durfte ich mir über das Thema keine Gedanken mehr machen. Brauchst du auch nicht, flüsterte eine giftige Stimme irgendwo in mir, denn bald hat sich das von selbst erledigt! So wie Lore Klopstock wollte ich nicht enden. Und so wie Mutter auch nicht, wisperte dieselbe Stimme mir zu. Überhaupt erschien mir Krebs als eine so furchtbare Krankheit, dass ich nach Möglichkeit Augen und Ohren verschloss, wenn jemand irgendetwas davon erzählte. Ich trank das Glas in einem Zug leer und schenkte mir Ramazotti nach. Mein Blick streifte die Pillenschachtel, die auf der Ablage hinter dem Waschbecken lag. Ich dachte an meinen Gynäkologen und dass er mich bei meinem letzten Termin wohl zum hundertsten Mal darauf hingewiesen hatte, wie ungesund die Kombination Nikotin und Pille war. Dazu kam, dass ich, was das Einnehmen der Pille anging, noch nicht einmal besonders zuverlässig war und ich immer mal wieder einen Tag ausgelassen hatte. Und dass dadurch der Schutz, den mir die Pille bot, sowieso nicht gerade der allersicherste war. Plötzlich wusste ich, was ich zu tun hatte. Ich schoss so schnell aus dem Wasser, dass es überschwappte und ich mich einen Moment lang an der Wand abstützen musste, weil mir schwindlig wurde. Dann stieg ich aus der Wanne, nahm die Schachtel, es war eine gerade erst angebrochene Dreimonatspackung, und begann, die winzigen runden Tabletten in die Toilette zu drücken, hastig, es konnte mir gar nicht schnell genug gehen, und ich hielt erst inne, als alle in der Schüssel schwammen. Und dann spülte ich. »Als Nächstes sind die Zigaretten dran«, murmelte ich vor mich hin. Aber das hatte Zeit bis morgen.

Nach dem Baden machte ich es mir auf dem Sofa bequem. Ich legte eine Zarah-Leander-CD ein, ich wollte, auch wenn es lächerlich war, die Stimmung einer längst verwehten Zeit spüren. Das Manuskript fiel mir wieder ein und dass ich es auch auf dem Dachboden von Omas Haus nicht gefunden hatte. Und wohl auch sonst nirgends finden würde, denn inzwischen hatte ich wirklich an allen nur möglichen Orten gesucht.

Ich lehnte mich zurück und begann die Briefe zu sichten, die ich aus Lindau mitgebracht hatte. Der Ramazotti hatte meine Bedenken verwischt und mit den Pillen hatte ich sämtliche Zurückhaltung gegenüber Großmutters Privatangelegenheiten hinweggespült. Bald stellte ich fest, dass der Schuhkarton tatsächlich sehr private Briefe enthielt: Es waren Liebesbriefe von Opa Gustav an Charlotte. Junge Leute glauben wohl immer, dass die jeweils ältere Generation in Liebesdingen schamhafter gewesen ist, jedenfalls hatte ich automatisch angenommen, dass »bestimmte Dinge« zwischen den Geschlechtern einfach nicht zur Sprache gekommen wären. Natürlich hatte auch ich gewusst, dass unsere Großeltern nicht die ganze Zeit Mensch-ärgere-dich-nicht miteinander gespielt hatten oder Händchen haltend in der Wochenschau gesessen hatten. Aber eine derartige Offenheit, wie ich sie in Gustavs Briefen an Charlotte fand, hatte ich nicht erwartet. Nachdem ich ein paar Seiten gelesen hatte, legte ich die intimen Geständnisse und Liebesbezeigungen meines Stiefgroßvaters peinlich berührt beiseite und wandte mich den Karten zu. Da waren – bunt gemischt – Ansichtskarten aus den Fünfzigern mit Grüßen vom Lago Maggiore, vom Comer See oder auch aus Norwegen. Und dann hielt ich plötzlich zwei Glückwunschkarten in der Hand, die in einem Umschlag gesteckt hatten, zusammen mit einem kleinen, in eine hauchdünne Serviette gewickelten Gegenstand. Ich löste das Band, das darum geschlungen war, und hielt einen kleinen Löffel in Händen. Das Silber war angelaufen, schwärzlich, und auf der Rückseite war eine Gravur. »*PQ*« stand dort in verschnörkelten, ineinander verschlungenen Lettern. Ich drehte den Löffel in der Hand und betrachtete ihn eine Weile. Dann nahm ich die erste der beiden Karten. Sie war an ein gewisses »Emmilein« gerichtet und mit »Hanna« unterschrieben. Ich versuchte, die Schrift zu entziffern, und nach einigem Rätselraten gelang es mir auch. *Allerliebste Freundin! Zur Namensweihe die herzlichsten Wünsche, viel Glück und viel Freude mit dem kleinen Sonnenschein. Der Tauflöffel soll Euch immer an Euer Tantchen erinnern. In Freundschaft und Liebe, Hanna.*

Der Text auf der zweiten Karte lautete: *Zur Namensweihe. Denn es werden die Kinder sein, die reinen Geistes und reinen Blutes das Erbe der Väter in die Welt tragen und den großdeutschen Gedanken Wirklichkeit werden lassen. Heil Hitler! Dr. med. Heinrich Sartorius. SS-Belegarzt, Heim Friesland.*

Ich hob den Blick. Nein, ein Widerstandskämpfer war Sartorius offenbar nicht gewesen. Und die Namensweihe, so wusste ich aus meiner Lektüre, war für die Nationalsozialisten dasselbe gewesen wie für Christen die Taufe. Oder hätte es zumindest sein sollen. Auf jeden Fall hatte ich es jetzt sogar schriftlich, dass Sartorius und Charlotte sich gekannt hatten. Aber wer diese Hanna war, würde ich wahrscheinlich nie herausfinden – und wo das verschwundene Manuskript war, wohl auch nicht. Diese Sache musste ich anscheinend endgültig ad acta legen.

Ich wandte mich wieder dem Karton zu und suchte weiter. Der Frage nach der Identität des dunkelhaarigen Kindes auf Charlottes Arm war ich noch keinen Schritt nähergekommen. Ich suchte weiter, nach anderen Briefen oder Karten, die mehr Licht in die Angelegenheit hätten bringen können. Doch außer weiteren Liebesbriefen und Ansichtskarten von allen möglichen Bekannten fand ich nichts. Enttäuschung machte sich in mir breit. Statt dass ich mich einer Art Antwort näherte, tauchten neue, andere Fragen auf. Ich trat auf der Stelle. Ich zog den Karton mit den Bildern heran, mein zweites Beutestück vom Speicher in Charlottes Haus, und zündete mir eine Zigarette an – die erste nach meinem Bad und meinem guten Vorsatz. Heute durfte ich ja noch! Dann holte ich einen Packen Fotografien heraus. Charlotte war wirklich eine Schönheit gewesen! Ich musste lächeln. Sie hatte aber auch verschiedene Phasen durchgemacht, dachte ich, während ich die Bilder – zum Teil mit gezacktem Rand – durchblätterte. Auf einigen sah sie aus wie ein Vamp, wie Mata Hari. Die Augenbrauen zu schmalen Bögen gezupft oder gänzlich entfernt und stattdessen aufgemalt. Und dieser Herzmund! Dramatisch rot in einem blass geschminkten Gesicht. Ich blätterte weiter, ordnete die Bilder vor mir auf dem Tisch an. Ja, aufgrund ihrer Aufmachung konnte man die Bilder nach Epochen ordnen. Ich machte vier Stapel: die Farbaufnahmen »neueren« Datums, also 50er- und 60er-Jahre-Bilder, die Mata-Hari-Fotos und zuletzt Aufnahmen, auf denen sie ganz jung gewesen sein musste. Von dieser Sorte gab es nur drei, ausgenommen natürlich das Foto mit dem unbekannten Kind, das ich in Wien bekommen hatte. Ich betrachtete sie genauer: Auf einem trägt sie einen hellen Mantel und ihr Haar ist hochgesteckt. Nur ein paar Strähnen haben sich gelöst und leuchten in der Sonne, ganz hell, pures Licht. Ihr Gesicht ist völlig ungeschminkt. Vor sich her schiebt sie einen Kinderwagen, so ein altmodisches Vehikel, weiß, aus Korbgeflecht und mit riesenhaften Rädern. Sie lächelt in die Kamera. Und wie auf dem Bild mit dem unbekannten Kind sieht sie so glücklich aus. Und dann gab es noch zwei Bilder, die irgendwann im Sommer aufgenommen worden waren: Auf einem sitzt sie auf einer Terrasse in der Sonne vor einem schmiedeeisernen Geländer, die Statue einer Frau mit einem Windhund im Hintergrund. Ich betrachtete das Bild genauer. Und da erkannte ich den Ort: Es war Hohehorst. Dieses Foto war auf der Terrasse von »Heim Friesland« aufgenommen worden. Das andere, letzte Foto dieser Art zeigte Oma vor einem kleinen See, dessen Ufer schilfbestanden war. Hatte Hohehorst nicht einen kleinen Badesee gehabt? Mir war, als erinnerte ich mich vage an das Bild einer »braunen Schwester«, die am Seeufer fotografiert worden war! Ich holte das Buch vom Schreibtisch, blätterte hektisch darin herum und fand, was ich gesucht hatte: Ja, das konnte der See sein. Ich atmete tief durch. Aus irgendeinem Grund hämmerte mein Herz, ich fühlte mich unruhig, nervös. Warum wurde ich das Gefühl nicht los, dass es da etwas gab, in Oma Charlottes Vergangenheit, etwas Düsteres, Dumpfes, das seine Fangarme nach mir ausstreckte? Aber was sollte das schon sein! Wahrscheinlich brachten mich einfach nur die negativen Schwingungen des Naziregimes aus der Ruhe, die bis in die Gegenwart Unheil ausstrahlten. Jedes Mal, wenn ich im Fernsehen die alten Bilder sah, Ausschnitte aus der Wochenschau, diese Stimmen, überfiel mich das Grauen über all das, was man heute wusste. Auf einmal war ich sehr erschöpft und spürte auch einen gewissen Überdruss. Ich verrannte mich da in eine Idee, in die Vorstellung eines Geheimnisses, das es in Wirklichkeit gar nicht gegeben hatte. Und selbst wenn, dachte ich, was sollte sich – in meinem Leben hier und jetzt – verändern, wenn ich dahinterkäme? Wenn es mir wider Erwarten gelingen würde, das vermeintliche Geheimnis zu lüften und irgendetwas hervorzuzerren? Was vorbei war, war vorbei und an Mutters Tod konnten auch alle Geheimnisse der Vergangenheit nichts ändern. Ich streckte mich auf dem Sofa aus, zog mir eine Decke heran und versuchte alle unliebsamen Gedanken zu verbannen. Morgen war Dreikönigstag und am siebten würde ich wieder arbeiten. Irgendwann musste ich dann eingeschlafen sein. Ich träumte wirres Zeug. Von Oma Charlotte, die mir die Augenbrauen abrasieren wollte. Von Sartorius, der mich ansah, unergründlich. Und von Lore Klopstock, die am anderen Ufer eines breiten Flusses stand und mir etwas zurief. Und immer lauter zu schreien schien und immer wilder gestikulierte. Doch sosehr ich mich auch anstrengte, ihre Worte zu verstehen, ich hörte nur das Rauschen des Wassers, das immer lauter wurde und zu einem Donnern anschwoll, so laut, dass ich schrie und mir die Ohren zuhielt. So lange, bis Wolf mich fand, mein Gesicht in seine Hände nahm und ich sah, wie er seine Lippen bewegte, mir etwas Tröstendes zu sagen versuchte. Aber ich verstand ihn nicht.

Der Abend endete damit, dass Wolf und ich miteinander schliefen. Wie eine Ertrinkende klammerte ich mich an ihn und er küsste mein Gesicht, die Tränen, die mir völlig unkontrolliert die Wangen herunterliefen. Und auch an Wolf glaubte ich etwas Unterschwelliges, Verborgenes festzustellen, eine Traurigkeit oder Verzweiflung, die mir völlig rätselhaft war. Vielleicht hatten wir uns längst verloren, vielleicht war durch mein langes Schweigen ein Riss entstanden, der sich nie mehr kitten lassen würde. Vielleicht war ich aber auch nur betrunken.

Etwa die Hälfte aller Pensionärinnen, die beim Lebensborn ein Kind bekamen, wollten ihre Schwangerschaft geheim halten. Und damit sie ihr großes Geheimnis auch bewahren konnten, achtete der Lebensborn darauf, sie in Heime zu schicken, die möglichst weit von ihrem Zuhause entfernt lagen. Denn dort war die Wahrscheinlichkeit, jemandem zu begegnen, den man kannte, weitaus geringer.

Alle Heime verfügten über eine eigene Meldestelle und so konnten sich die Frauen gleich nach ihrer Ankunft polizeilich anmelden. Registriert waren sie ab dem Zeitpunkt unter der Anschrift *Lebensborn e. V., Heim Hohehorst, Post St. Magnus bei Bremen*. Da aber diese Adresse als Postanschrift für ihre Korrespondenz gänzlich ungeeignet war, hatte der Lebensborn auch hier Abhilfe geschaffen und Deckadressen geschaffen. In München und Garmisch zum Beispiel gab es Adressen von Lebensborn-Mitarbeitern, die die Post weiterbeförderten. In den letzten Jahren, so las ich lange nach Kriegsende, hatte der Verein sogar drei zusätzliche polizeiliche Meldestellen in Berlin, München und Wien geschaffen. Im Klartext bedeutete das: Die Frauen waren für Verwandte und Bekannte nicht mehr auffindbar, wenn sie es wollten. Auch für die Behörden und die Polizei war es nicht ohne Weiteres möglich, die Frauen ausfindig zu machen. Offiziell waren sie einfach »verschwunden«. Und deshalb wunderte ich mich auch ein wenig, aber nicht zu sehr, als Hanna mir erzählte, sie sei aus Bremen, das ja nun wirklich nur einen Katzensprung von Hohehorst entfernt lag. Wieso hatte man bei ihr mit der allgemein gültigen Praxis gebrochen?

Als Hanna zur Tür hereinwehte, wurde alles anders. Schon mit dem ersten Lachen, breit und lustig, vertrieb sie den muffigen und bösartigen Geist der Elfriede Edelmann. Hanna war hübsch, mit honigblondem Haar, roten Lippen und blass geschminktem Gesicht, ganz so, wie es der Mode entsprach. Sie trug ein feines Kostüm mit Pelzkragen und Handschuhe aus weichem Leder. Das Feinste an ihr aber waren die Schuhe, ich sollte vielleicht lieber sagen Schuhchen. Spitz und zierlich, mit Perlen bestickt, als ginge sie zum Tanz. Sie folgte meinem Blick und lächelte frech: »Zu etwas muss es ja gut sein, wenn man den ganzen Tag im Schuhladen herumsteht.« Und als sie sah, dass ich nicht recht verstand, lachte sie noch breiter und trällerte: »Mein Mädel ist nur … eine Verkäuferin … in einem Schuhgeschäft …«

Hanna, Verkäuferin in einem Schuhgeschäft in Bremen, brachte Farbe und Lachen in mein Leben. Vom ersten Moment an war sie mir vertraut, sie erinnerte mich an jemanden, aber ich wusste nicht, an wen. Hanna besaß die größte und eindrucksvollste Schuhsammlung, die ich je gesehen hatte. Da gab es – neben den Perlenschuhchen – ein Paar dunkelrote Schnürstiefelchen aus Leder und Samt. Im Zimmer trug sie orientalisch anmutende, cremeweiße bestickte Pantoffeln, die einer Haremsdame zur Ehre gereicht hätten. Und wenn wir spazieren gingen im Park, dann trug sie Schnürschuhe aus dickem braunem Leder, die sie vor und nach dem Spaziergang auf Hochglanz polierte.

Auf jeden Fall hatte Hanna die Vorschriften, was an Kleidern mitzubringen sei, schlichtweg ignoriert. Und unterlief damit das Bestreben des Lebensborn, dass alle Mütter gleich sein sollten. In der Anfangszeit des Heims hatte man, so erzählte mir Oberschwester Berta, eine Art Heimkleidung einzuführen versucht. Doch die Frauen hatten dadurch wie Sträflinge gewirkt und so hatte man diese Kleidervorschriften aufgegeben und den künftigen Pensionärinnen lediglich eine Liste mit Dingen übermittelt, die sie mitzubringen hätten. An Bekleidung war das Unterwäsche, zwei bis drei Kleider, ein Paar Haus- und ein Paar Ausgehschuhe. Mir entging nicht, dass sowohl Oberschwester Berta als auch ein paar andere Frauen Hanna schiefe Blicke zuwarfen. Wer hätte sie auch übersehen können in ihrem roten Mantel mit Pelzkragen, in ihrem meergrünen Hängekleid mit Samtschleife und Perlmuttknöpfen?

Mit Hanna wurde das Leben bunt. Auf einmal war ich wieder unbeschwert und fühlte mich zuweilen wie das Schulmädchen, das ich einmal gewesen war, sorglos und fast frei. Hannas Gegenwart lenkte mich ab und irgendwie gelang es ihr, mich ständig zum Lachen zu bringen. Sie war unbekümmert und unbeirrbar in einer Leichtigkeit, die mich staunen machte. Sie war wie die Grille, die in den Sommertag hineinlebte und sich jeden Gedanken an einen Winter verbat. Ihr Vertrauen in den Führer war ungetrübt und mit einer tödlichen Sicherheit *wusste* sie, dass am Ende alles gut werden würde und Deutschland als strahlende Siegermacht aus dem Krieg hervorgehen würde. Manchmal überlegte ich, was Hanna wohl dazu sagen würde, dass der Mann, den ich über alles liebte, in einer Nacht- und Nebelaktion einfach so verhaftet worden war, weil er einem jüdischen Ehepaar geholfen hatte. Doch dann schob ich diese Gedanken weit von mir. Im Moment war Hanna für mich einfach der Mensch, der wieder Fröhlichkeit in mein Leben gebracht hatte.

Schon vom ersten Tag an unternahmen wir vieles gemeinsam. Wir aßen zusammen, wir gingen zusammen spazieren, bisweilen schaffte es Hanna sogar, dass wir zu zweit für die eine oder andere kleine Arbeit eingeteilt wurden. Von ihrer Schwangerschaft – und wie es dazu gekommen war – erzählte sie nur einmal und auch sehr oberflächlich. Und sie fragte auch mich nicht aus, um zu hören, wie es mir ergangen war. Für Hanna und mich gab es so viele andere Themen, dass ich heute – im Nachhinein – verwundert darüber nachdenke, wie wir uns so viel erzählen konnten, ohne das Wesentliche in unser beider Leben je zu berühren.

Beim Frühstück ruhte Wolfs Blick auf mir. Ohne Worte musterte er mich, versuchte meine Befindlichkeit zu ergründen. Übermäßig alarmiert wirkte er nicht. Warum auch? Ich hatte nur einen Albtraum gehabt. Und jetzt war Tag und die Sonne schien, eine eisige und glitzernde Sonne, denn es hatte über Nacht geschneit. Beim Anblick der weißen Schneehauben, die die Dächer gegenüber zu beschützen schienen, war ich dankbar dafür, dass mich dieser verspätete Weihnachtszauber nicht unterwegs erwischt hatte – mit meinen Sommerreifen wäre ich da in Schwierigkeiten gekommen. Andererseits fühlte ich auch so etwas wie Ungeduld darüber, dass mir jetzt, wo ich beschlossen hatte, wieder alltagstauglich zu werden, der Schnee im Wege stehen sollte. Ein milder Vorfrühlingswind hätte viel besser zu meiner geplanten Katharsis gepasst.

Nach der zweiten Tasse Kaffee fragte mich Wolf: »Was ist mit dir? Bist du krank?«

Ich schenkte mir die dritte Tasse ein und sah missmutig hinein. Ich fühlte mich zerschlagen und überfordert. Zerschlagen deshalb, weil der Ramazotti und meine Träume mir nicht bekommen waren. Überfordert bei dem Gedanken an die Tage, die jetzt vor mir lagen, endlos und quälend – das Leben ohne Nikotin.

»Ich habe beschlossen, mit dem Rauchen aufzuhören«, sagte ich und kam mir dabei pathetisch und überheblich vor.

Doch Wolfs Blick spiegelte nur Überraschung. Er fragte: »Und ... wie wirst du das machen?«

»Na, wie das halt so ist, wenn man mit etwas aufhört: Man lässt es einfach sein!«

»Aha.« Er klang nicht überzeugt. Nach einer Weile fragte er: »Der Entschluss ist ziemlich plötzlich gekommen oder denkst du schon länger darüber nach?«

»Gestern«, brummte ich nur. Ich war in denkbar schlechter Stimmung und hatte wenig Lust, darüber zu sprechen. Dafür war meine Lust auf eine Zigarette umso größer.

Wolf schien das zu spüren, es war ja auch nicht allzu kompliziert, und er wechselte das Thema: »Wie war denn deine Fahrt gestern?«

»Gut.«

»Ich habe gesehen, dass du Fotos mitgebracht hast. Und Briefe.«

»Hm.«

»Willst du ein paar von den Bildern aufhängen?«

»Na ja ... vielleicht. Ich weiß nicht.«

Wolf sah mich an, stellte die Tasse ab, sie war groß und gelb und leuchtete in der Morgensonne, und meinte dann: »Wenn es etwas gibt, was du mir sagen möchtest ...«

Ich sah ihn stumm an und nickte. Als ich jedoch nichts sagte, weil ich nicht wusste, wo ich beginnen sollte, verkündete er unvermittelt: »Ich habe einen neuen Auftrag. Eine Orgel in Bad Tölz.«

»Toll.«

»Ja, die Arbeit wird wohl ein halbes Jahr dauern.«

»Dann sehen wir uns nur am Wochenende?«

»Sieht wohl so aus. Außer ich hör mich nach Arbeit für dich dort um ...«

»Nö, lass mal. Ich muss ja jetzt erst mal Johns Wohnung angehen.«

»Ja, das ist inzwischen überfällig, da hast du recht.«

Irgendetwas lag in der Luft, ich konnte nicht sagen, was, aber es war dumpf und es gefiel mir nicht. Irgendwas war da in Wolfs Stimme, in seinem Tonfall, in seinem Blick. Doch statt ihn darauf anzusprechen, fragte ich nur: »Wann geht's los in Tölz?«

»Gleich heute.«

»Na, das ist ja mal flott. Seit wann weißt du denn von dem Auftrag? Doch nicht erst seit gestern?«

»Gefragt haben die mich schon vor Weihnachten, das hab ich dir doch am Telefon erzählt. Aber gestern hab ich mir die Orgel mal angesehen.«

»Du warst gestern in Tölz? Warum hast du mir das nicht gesagt?«

Er sah an mir vorbei, aus dem Fenster. Die Morgensonne lag auf seinem Gesicht und er kniff die Augen leicht zusammen und blinzelte. Sein Haar und sein Bart leuchteten wie Kupfer, nur an den Schläfen waren schon vereinzelte graue Strähnen sichtbar. Ich schluckte. Das seltsame Gefühl in mir verstärkte sich. Und wie zur Bestätigung hörte ich ihn plötzlich sagen, und seine Stimme klang stumpf und auch ein wenig rau: »Hätte es dich denn interessiert?«

Und trotz der Vorahnung, die mich beschlichen hatte, trafen mich seine Worte mit einer stillen Wucht, und da ich nicht wusste, was ich sagen sollte, schwieg ich. Mein Verhalten in den letzten Wochen fiel mir ein. Sicher, ich hatte Dinge für mich behalten, aber das hatte ich früher auch schon getan. Außerdem waren die Weihnachtstage doch harmonisch und entspannt verlaufen, ich hatte mich so geborgen gefühlt, bei seiner Familie, an seiner Seite. Hatte er das denn nicht gespürt?

»Warum sagst du das jetzt?«

»Ach nichts, es ist nichts.«

»Doch, sag.«

»Ich habe den Eindruck, dass du seit Wochen nicht mehr richtig bei mir bist. Mal abgesehen davon, dass du viel Zeit in Wien verbracht hast. Aber auch wenn wir zusammen waren, warst du irgendwie weg, weit weg. Willst du mir nicht endlich sagen, was mit dir los ist?«

Mir war klar, dass er recht hatte. Doch gerade, als ich mir überlegte, wo ich denn anfangen könnte, klingelte das Telefon. Es war John, der sagte, dass er sich verspäten würde. Als ich zurück in die Küche kam, war Wolf schon dabei, den Tisch abzudecken. Er füllte die Spülmaschine, er wischte den Tisch ab, hin und her, mit präzisen Bewegungen, ich sah ihm zu, in der Tür stehend, und der Moment war vorüber. Er begann zu packen, mit ebenso präzisen Bewegungen. Er verabschiedete sich, ich sagte: »Fahr vorsichtig, bei dem Schnee.« Und dann war er fort. Und ich dachte über das Leben und über die richtigen Momente nach. Und warum man sie vorüberziehen ließ, ohne sie zu nutzen.

Was für eine Ironie des Schicksals, dass Wolf in dem Moment nach Bad Tölz fuhr, in dem ich mich entschieden hatte, ein anderes Leben zu beginnen. Nachdem ich meinen gesamten Pillenvorrat in die Toilettenschüssel geworfen hatte. Während ich den Strauß Tulpen in die Tischmitte zurückstellte, die Kaffeekanne ausspülte und sie aufs Abtropfgestell tat, fühlte ich mich lächerlich. Wie jemand, der sich endlich überwunden hat, einen angefangenen Pullover weiterzustricken, in einem für ihn eigentlich zu komplizierten Muster, und nicht merkt, wie die Maschen unten sich schon wieder aufzulösen beginnen.

Warum hatte ich Wolf nichts gesagt? Warum hatte ich so lange geschwiegen und ihm nicht parallel zu meinen Erkenntnissen erzählt, welche Ängste ich hatte, wie sehr ich unter den Schuldgefühlen litt, die der Tod meiner Mutter bei mir ausgelöst hatte? Welchen Weg meine Nachforschungen genommen hatten und was ich bis jetzt herausgefunden hatte auf der Suche nach meiner familiären Identität?

So distanziert und auch verletzt hatte ich Wolf nie erlebt. Ich überlegte, wie fatal es war, dass man sich auch von Menschen, die man gut kennt und liebt, ein bestimmtes Bild macht, das sich dann im eigenen Kopf festsetzt. Und da bleibt es dann stehen, für die Ewigkeit festgefroren, auch wenn die Handlung in Wirklichkeit längst weiterläuft und andere Szenen, eine andere Haltung an die Stelle dieses Bildes getreten sind. Für mich war Wolf der Fels in der Brandung, der Mann, der mich liebte und mich so akzeptierte, wie ich war, mit meinen nicht wenigen Marotten. Und so ein Fels bleibt nun mal an seinem Platz, unverrückbar und ewig. Dass einmal der Tag kommen würde, wo Wolf mit meiner Verschrobenheit und meiner Eigenbrötelei nicht mehr zurechtkommen würde, hatte ich schlicht für unmöglich gehalten. Und nun war er offenbar so verletzt, dass er quasi von einem Tag auf den anderen einfach so verschwand. Mit anderen Worten: Er verhielt sich so, wie ich es sonst tat.

Die nächsten zwei Tage verbrachte ich damit, das Aufmaß von Johns Wohnung zu machen, Skizzen der Räume anzufertigen und mit ihm über das Gesamtkonzept zu sprechen. Am liebsten hätte er sein Apartment in eine Art verlassenes Ufo verwandelt, mit viel Metall, Kunststoff mit abgerundeten Ecken und hinterleuchtetem Milchglas. Nur mit Mühe konnte ich ihn davon abhalten, das alte Eichenparkett mit den Einlegearbeiten herausreißen zu lassen und die Jugendstil-Prägung der Wohnung völlig zu zerstören.

Am Mittwoch, dem dritten Tag von Wolfs Abwesenheit, klingelte mein Handy. Ich erkannte die Stimme nicht gleich, die Verbindung war schlecht, es rauschte und hörte sich sehr weit weg an. Im ersten Moment glaubte ich noch, es sei Wolf, der sich seit seiner Abreise nicht mehr gemeldet hatte, doch der Teilnehmer rief mehrere Male – die Worte von Aussetzern zerhackt: »Hallo, Frau Sternberg?« Und dann erkannte ich ihn. Es war Roman Sartorius.

Die Tage gingen ins Land, ich versah meine Dienste, in dieser Woche war ich mit Staubwischen dran, ging mit Hanna spazieren und klatschte mit ihr über die anderen Pensionärinnen und die Schwestern, besonders über Else, die recht launisch war. Ich machte einen Säuglingspflegekurs, nahm an zwei Namensweihen in der großen Halle teil und wurde ansonsten immer unbeweglicher und schwerfälliger. Auch an den Nachmittagen, an denen Hanna beschäftigt war, was häufiger vorkam, schleppte ich meinen schweren Leib durch den Park, vorbei am Rosengarten, und an schönen Tagen setzte ich mich auf eine Bank am See.

An einem garstigen Tag Anfang März, es war kalt und nieselte seit dem Morgen mit einer Beharrlichkeit, die kein Ende fand, konnte ich mich nicht so recht zu meinem nachmittäglichen Spaziergang aufraffen. Stattdessen verbrachte ich die Stunden nach dem Mittagessen auf meinem Bett liegend und lesend. Am späten Nachmittag jedoch fühlte ich mich so schlapp und elend, dass ich spontan beschloss, doch noch an die Luft zu gehen, trotz des Nieselregens. Ich schlüpfte in meinen Mantel, durchquerte die Halle, in der ein paar Mütter saßen und strickten, schnappte mir aus dem Schirmständer am Eingangsportal meinen Schirm. Ich weiß noch, dass ich mit meinen Gedanken ganz und gar bei Paul war und wie zuvor bereits unzählige Male darüber grübelte, ob ich ihn je wiedersehen würde. Die trüben Gedanken drückten mich nieder und ich schritt aus, so schnell mein schwerer Leib es erlaubte. Ich war schon fast auf der gegenüberliegenden Seeseite angelangt, als ich sie sah. Sie stand hinter einer Baumgruppe, halb verdeckt vom grau glänzenden Stamm einer Buche, doch ihr roter Mantel leuchtete in der regenverhangenen Luft. Ich wollte schon rufen, als ich bemerkte, dass sie nicht alleine war. Eine zweite Person, größer und breiter, es musste ein Mann sein, verdeckte für kurze Zeit das Rot. Ich blieb stehen. Ich sah, wie Hanna gestikulierte, ihr rot bemantelter Arm fuhr hin und her. Mit wem sprach sie und warum dort, hinter einem Baum? Ich bückte mich, spähte durch das Geäst, doch die beiden waren jetzt ganz verdeckt von dem Buchenstamm, nur am rechten Rand blitzte es rot. Ich spitzte die Ohren, doch das leise Rascheln des Nieselregens im Laub schluckte die Stimmen fast ganz. In dem Moment hörte ich vom Weg her das Knirschen von Kies. Ich fuhr herum. Ein Stück weiter in Richtung Haus sah ich Schwester Else den Weg entlangkommen. Sie ging schnell und sah angespannt in die Richtung, in der die beiden standen. Ich trat hinter eine große Eibe und sah, wie Schwester Else ihren Schritt verlangsamte und in die Richtung des roten Mantels starrte. Der Kies unter ihren Stiefeln knirschte jetzt nur noch ganz leise, sie schien sich näher an die beiden heranzupirschen. Ich hielt die Luft an. Mein Bauch fühlte sich schwer an und steinhart. Ich wagte nicht, mich zu rühren, was hatte ich auch hinter einem Busch im Park zu suchen? Der Bauch wurde mir immer schwerer, ich legte beide Hände auf den Leib und atmete, ein und wieder aus, ein und wieder aus. Er fühlte sich an wie ein riesenhafter Stein. Unvermittelt fuhr mir ein scharfer Schmerz durch den Unterleib. Ich lehnte mich an einen Stamm. Ich konnte mich kaum noch auf den Beinen halten, ohne laut aufzustöhnen. Angst stieg in mir auf: Was hatte ich falsch gemacht, war ich zu schnell gegangen, was, wenn etwas mit dem Kind war? Ich wollte mich schon zu erkennen geben und Schwester Else um Hilfe bitten, da hörte ich wieder das Knirschen von Kies und sah, wie sie sich hastig umdrehte und den Weg, den sie gekommen war, zurückrannte. Ich blickte ihr nach, bis sie hinter einer Wegkurve verschwunden war, und richtete mich mühsam auf. Dabei fiel mein Blick noch einmal durchs Gesträuch, wieder sah ich Hannas roten Mantel in der Dämmerung aufflackern. Dann sah ich nichts mehr. Ich war allein und rings um mich war nichts als das Tröpfeln des Regens.

Als ich wenig später unter dem Eingangsportal stand und meinen Schirm ausschüttelte, hörte ich Schritte im Kies. Ich drehte mich um und sah, dass Herr Huber auf die Nebengebäude zuging. Einen Moment lang war ich völlig perplex. Und dann fragte ich mich, was um alles in der Welt Hanna mit Herrn Huber zu schaffen hatte.

Der Klang seiner Stimme ließ meine Knie weich werden und augenblicklich vergaß ich meine Entzugserscheinungen. Ich umklammerte den Apparat fester und rief so laut, als hätte ich es mit einem Schwerhörigen zu tun: »Herr Sartorius, sind Sie das? Ich höre Sie ganz schlecht.«

Er musste etwas wie »Moment« gesagt haben, dann war er plötzlich wieder da, klarer und deutlicher jetzt.

»Ich bin im Auto unterwegs. Die Verbindung kommt mir ziemlich löchrig vor ... Hallooo?«

Mein Herz hämmerte jetzt wie wild und fast atemlos antwortete ich: »Ich bin noch dran ... ja.«

»Ah, gut, also, ich bin ein paar Tage in Deutschland und wollte mich einfach mal bei Ihnen melden. Wie geht's denn so?«

»Ich ... Können wir über etwas anderes sprechen?«

»So schlimm?«

»Ich habe aufgehört zu rauchen.«

»Aber das ist doch eine gute Nachricht! Gratuliere, dass Sie sich dazu durchgerungen haben. Ist ja nicht ganz einfach.«

Ich grunzte nur. Langsam hatte ich mich wieder im Griff.

»Wie lange sind Sie denn nun schon ohne Nervengift?«

»Ach, lassen wir das Thema lieber.«

»Oh.«

»Ja.«

»Nun.«

Ein Schweigen entstand, das sich ins Unendliche auszudehnen schien. Schließlich sagte er: »Wie gesagt: Ich wollte nur mal hören, wie es Ihnen geht.«

Auf einmal wurde mir bewusst, wie seltsam stockend dieses Telefonat verlief. Und dass er mich vielleicht für unhöflich, abweisend oder – noch schlimmer – gehemmt halten könnte. Also fragte ich formvollendet: »Wie geht es *Ihnen* denn? Wie war Ihre Zeit in Wien?«

»Ach, wissen Sie ...«, sagte er und seine Stimme verrann im Rauschen der Verbindung. Plötzlich tat er mir leid. Sicher hatte unser Gespräch in Wien alte Wunden aufgerissen. Hastig fragte ich: »Wo sind Sie denn gerade?«

»In München. Auf einem Ärztekongress.«

Auf einmal hörte ich wieder Motorengeräusch im Hintergrund, es rauschte und ich hörte, dass er etwas sagte, verstand aber wieder kein Wort. Ich rief »Hallo?«, es knackte noch einmal und plötzlich war die Verbindung wieder ganz klar. Sartorius rief gerade: »Halloo? Hören Sie mich jetzt besser?«

»Ja, ja, jetzt geht's besser.«

»Ich habe angehalten.«

Und auf einmal hörte ich mich sagen, selbst ein wenig überrascht von meiner eigenen Offenheit: »Ich war im Haus meiner Großmutter, über die Festtage, und habe etwas gefunden, das Ihr Vater geschrieben hat.«

»Aha.« Lag da eine gewisse Anspannung in seiner Stimme?

»Eine Grußkarte, zur Namensweihe.«

»Ach so. Ich dachte schon ... Aber man hört eben nie auf ...«

»Sie dachten, die Karte wäre ... später geschrieben, nach 1950?«

»Im ersten Moment, ja.«

»Tut mir leid, nein. Sie ist von 1944.«

»Sie sehen, wie stark die Bereitschaft des Menschen ist, an Wunder zu glauben. Dabei wusste ich doch, dass mein Vater und Ihre Großmutter sich von Hohehorst her kannten.« Seine Stimme klang ironisch, ein wenig bitter.

»Na ja, da gibt's doch diesen Spruch: Die Hoffnung stirbt zum Schluss.«

»Ob ich ...«, setzte er an. Offenbar wusste er nicht, wie er fortfahrten sollte, und so beendete ich den Satz für ihn.

»... sie sehen kann? Das war es doch, was Sie fragen wollten.« Plötzlich spürte ich, wie mein Herzschlag sich wieder beschleunigte.

»Wenn das geht.«

»Warum sollte das nicht gehen?« Ich sprach betont ruhig, merkte aber, wie meine Hand den Hörer fester umklammerte. Ich bin eine erwachsene Frau, die alles fest im Griff hat, sagte ich mir. »Ich könnte Ihnen auf halber Strecke entgegenkommen.«

»Ach, das ist sehr nett von Ihnen, aber das kann ich nicht annehmen.«

»Das ist schon in Ordnung. Mein Freund arbeitet zurzeit in Bad Tölz. Ich würde die Gelegenheit nutzen und ihn besuchen.«

»Na ja, wenn das so ist. Ja, gern.«

»Wie lange werden Sie denn in Deutschland sein?«

»Voraussichtlich zwei Wochen.«

»Dann melde ich mich Mittwoch oder Donnerstag bei Ihnen. Und dann werden wir sehen.«

Ein paar Tage später stand er einfach vor der Tür. Überrumpelt und einigermaßen begriffsstutzig blickte ich in diese perfekten Züge, denen die Jahre gut standen. Mein Magen zog sich zusammen und für einen Augenblick wurde mir schwindlig. Sein Blick hielt mich fest.

»Herr Sartorius?«, eröffnete ich das Gespräch, wenig originell.

»Entschuldigen Sie, dass ich Sie einfach so überfalle. Ich hätte auch gerne angerufen, aber der Akku von meinem *Mobile* ist leer und ich war gerade in der Nähe.«

»Aber ... das ist ... nett ... tja, aber ... kommen Sie doch herein, bitte. Hier herrscht allerdings Chaos.«

Er betrat die Wohnung und blieb an der Tür zum Wohnzimmer stehen. Der ganze Boden, das Sofa, fast jeder freie Fleck war mit aufgeschlagenen Musterbüchern übersät und bezeugte, dass der Auftrag »John« sich in eine Richtung auswuchs, die ich nicht vorhergesehen hatte. So hatte der gute John inzwischen dreimal seine Wünsche in Sachen Stil geändert und war mittlerweile beim Retrolook angelangt.

»Wie Sie sehen, bin ich gerade dabei, die höchstwahrscheinlich grauenerregende Wirkung dieser Tapeten durch die Kombination mit einem deutlich dezenteren Bodenbelag abzufedern. Ziemlich schwierig, wenn der Kunde am liebsten riesige graphische Muster an jeder Wand sähe.«

»Sie sind also Innenarchitektin?«

»*Interior Decorator*. Hab ich in England gelernt. Raumausstatter sagt man hier.« Ich schluckte, meine Kehle war trocken und mein Gerede kam mir ziemlich gekünstelt vor.

»Das ist sicher ein sehr abwechslungsreicher Beruf. Ständig neue Umgebungen schaffen, neue Stimmungen.«

»Im Idealfall schon. Wenn der Kunde mitmacht.«

»Er macht nicht immer mit?«

Ich zuckte die Achseln und Roman Sartorius sah sich um, musterte die hintere Wand, die ziegelrot war, und das meergrüne Bild mit der Nixe, das dort hing. Er wirkte amüsiert und aus irgendeinem Grund ärgerte mich das.

»Möchten Sie was trinken?«

»Ein Glas Wasser wäre nicht schlecht.«

»Sollen Sie haben. Setzen Sie sich in der Zwischenzeit irgendwo hin.«

»Ich möchte das kreative Chaos nicht durcheinanderbringen.«

»Ich bin noch nicht zu einer befriedigenden Kombination gekommen. Im Moment ist es also eher nur Chaos und weniger kreativ.«

Ich verschwand in der Küche, froh, für einen Moment seinem Blick zu entkommen. Ich setzte Wasser auf, ließ mir Zeit, rief ins Wohnzimmer, ob er auch noch einen Kaffee wolle, und kehrte fünf Minuten später mit einem Tablett voller Wasser, Kaffee und Orangensoftkeksen zurück. Er blätterte gerade in einem der Tapetenmuster und seufzte.

»Die machen es einem aber auch nicht leicht. Ich dachte eigentlich, diese Horrorfarben hätten wir in den Siebzigern hinter uns gelassen. Orange und Grün, Braun und Lila, wer um Himmels willen zieht so etwas ernsthaft in Erwägung?«

»Der Mann heißt John Meyer. Soll ich Ihnen seine Adresse geben?«

Er lachte auf. »Ich glaube nicht, dass wir uns viel zu sagen hätten.«

Roman Sartorius saß nun also auf dem Sofa zwischen den Tapetenmustern herum und trank Kaffee und zwischendurch einen Schluck Wasser. Ich zupfte an meinem Rock und plötzlich kam mir der Gedanke, was er wohl von mir denken mochte, wie ich hier im Schneidersitz auf dem Boden saß, in diesem türkisfarbenen Mini, den Wollstrumpfhosen und dem überdimensionalen braunen Mohairpullover, den ich am liebsten dazu trug. Und was würde Wolf von dieser Situation halten? Aber schließlich war nichts dabei, sich mit jemandem zu unterhalten. Andererseits war kaum jemand, den ich kannte, so attraktiv wie Roman Sartorius. Ich straffte die Schultern und bemühte mich, zum eigentlichen Thema zurückzufinden, und das war unser Berührungspunkt – die gemeinsame Vergangenheit meiner Großmutter und seines Vaters. Deswegen war er doch sicher gekommen – oder etwa nicht?

Jedenfalls sagte ich schließlich: »Ich habe zwei Karten gefunden, eine von ihrem Vater, die andere von einer gewissen Hanna. Sagt Ihnen der Name etwas?«

»Hanna? Nicht dass ich wüsste. Aber Sie müssen bedenken, dass ich damals, als er verschwand, gerade mal ein halbes Jahr alt war. Mir hat ohnehin niemand je wirklich viel erzählt.« Seine Stimme hatte einen bitteren Klang und ich betrachtete ihn, wie er so dasaß, beide Hände um die Kaffeetasse geschlungen.

»Das ... äh ... tut mir leid.« Ich fingerte an einem der Musterbücher herum. Am liebsten hätte ich jetzt geraucht.

Er stellte die Tasse ab. »Und sonst?«

»Was meinen Sie?«

»Bei unserem letzten Treffen sprachen Sie von einem ... Manuskript. Haben Sie es inzwischen gelesen?«

Ich schüttelte nur den Kopf. Von meinen vergeblichen Suchaktionen mochte ich ihm nicht erzählen.

»Ah ... na ja.«

Eine Weile lang sagte keiner ein Wort. Dann sagte er mit belegter Stimme: »Eine Sache beschäftigt mich. Aber ich weiß nicht, ob ich das fragen darf.«

Etwas überrascht hob ich den Blick: »Was kann das denn für eine Frage sein, dass ich sie möglicherweise nicht beantworten will?«

»Ich habe das Gefühl, dass es noch etwas anderes gibt, das Sie antreibt, neben der Suche nach Ihrer – wie nennen Sie es – familiären Identität?«

Ich musste ihn angesehen haben, als habe er den Nagel auf den Kopf getroffen. Zögernd begann ich zu sprechen. Sollte ich ihm alles erzählen?

»Jetzt haben Sie tatsächlich eine sehr schwierige Frage herausgezerrt.« Ich trank mein Wasser leer und stellte das Glas mit einem lauten Knall aufs Tablett. »Verdammt, ich würde meine Seele verkaufen für eine Zigarette!« Ich lachte verkrampft.

Er ging nicht darauf ein, sondern saß einfach nur da und sah mich an. Und plötzlich kam es mir vor, als hätte mich noch nie zuvor jemand richtig angesehen, und auf einmal spürte ich meinen Körper, mein Herz, das klopfte, meine Brust, die sich beim Atmen hob und senkte, meinen Magen, der sich wie verschlossen anfühlte, als könnte ich nie wieder einen Bissen herunterbekommen. Und dann hörte ich seine Stimme, sehr sanft und wie von weit her: »Was ist es, das Sie wirklich bewegt?«

Seine Worte schienen im Raum zu schweben und plötzlich brach es aus mir heraus: »Ich glaube nicht, dass meine Mutter Selbstmord begangen hat. Ich glaube es einfach nicht.«

»Was glauben Sie dann? Dass es ein Unfall war?«

Ich legte die Mustermappe, an der ich mich festgeklammert hatte, beiseite, richtete mich auf, holte tief Luft und sagte: »Ich glaube, dass jemand sie getötet hat.«

Jetzt war es ausgesprochen, und in dem Augenblick, als ich mich selbst diesen Satz sagen hörte und meine Stimme wie von fern her klang, wusste ich, dass es genau so gewesen war, mit einer Sicherheit, die mir unheimlich vorkam, unheimlich und beinahe übersinnlich. Plötzlich beobachtete ich ihn sehr genau, suchte in seinem Gesicht nach Skepsis, nach Unglauben, nach Belustigung, nach Überheblichkeit und fand doch nur Aufmerksamkeit und eine Spur Sorge.

»Haben Sie darüber mit der Polizei gesprochen?«

»Ich habe mit der Polizei gesprochen. Die haben den Fall als Selbstmord zu den Akten gelegt.«

»Und was haben Sie nun vor?«

»Ich ... ach, ich weiß es doch selbst nicht, ich suche, ich greife nach jedem Strohhalm, den ich kriegen kann, und frage mich ständig, was mich in Wirklichkeit antreibt. Vielleicht steht hinter allem nur das Schuldgefühl einer Tochter, die versagt hat.«

»Warum gehen Sie mit sich selbst so hart ins Gericht? Wir alle versagen im Leben, ständig, im Großen wie im Kleinen, und müssen trotzdem weitermachen. Warum lassen Sie den Gedanken nicht einfach zu?«

»Sie meinen, ich soll vor mir selbst zugeben, dass ich versagt habe?« Ich hörte selbst, wie schrill meine Stimme klang. Sartorius sagte schlicht: »Ja.«

Ich schluckte und kämpfte die Tränen zurück. Doch es war vergeblich, ich spürte schon, wie es auf meinen Wangen kitzelte, wie sie feucht wurden und wie immer neue Tränen nachkamen und ich nicht mehr aufhören konnte zu weinen.

»Maja«, sagte er, und noch einmal: »Maja.« Und so, wie er es sagte, klang das Wort fremd in meinen Ohren. Ich hörte, wie er zu mir herüberkam, sich neben mich setzte und seine Arme um mich legte. Ich wollte aufstehen, mich abwenden, irgendwie entkommen. Doch das konnte ich nicht. Plötzlich spürte ich, wie er ganz sanft mit einer Serviette mein Gesicht abtupfte. Einen Moment lang verschwand alles andere und ich wünschte mir nur noch, seine Hände auf meinem Körper zu spüren.

Doch ich rief mich zur Ordnung und der Moment verging. Ich war wieder Maja Sternberg, die verzweifelt versuchte, ihr Leben in den Griff zu kriegen, und gerade dabei war, vor einem Fremden einen Seelenstriptease hinzulegen. Die mit verheultem Gesicht in den Armen eines unglaublich attraktiven Mannes in ihrem chaotischen Wohnzimmer saß und unkontrolliert flennte. Ich zog die Nase hoch, löste mich schniefend aus der Umarmung und stürzte nach draußen, angeblich um Taschentücher zu suchen.

Im Bad spritzte ich mir Wasser ins Gesicht, betrachtete mich im Spiegel, sah den verschmierten schwarzen Kajal, die verquollenen Lider und die rote Nase. Ein elektrisierender Anblick, dachte ich, rupfte ein paar Kleenex-Tücher aus dem Kasten und schnaubte kräftig. Dann schminkte ich mich komplett ab und dann komplett neu.

Sartorius stand am Fenster, mit dem Rücken zu mir, als ich ins Wohnzimmer zurückkam. Er drehte sich langsam um und ich wich seinem Blick aus. Gefasst und betont nüchtern sagte ich: »Sie sind gekommen, um die Karte zu sehen.« Er nickte. Ich hielt den Blick auf einen Punkt unter seiner rechten Schulter gerichtet, deutete auf den Karton mit der Post, der immer noch auf dem Wohnzimmertisch stand. Tat ein paar Schritte darauf zu und reichte ihm die Karte. Ich beobachtete ihn, während er sie aufmerksam studierte. Und hatte plötzlich das Gefühl, dass dieser Mann mir etwas vormachte. Dass er eine Rolle spielte in einem Stück, das ich nicht kannte.

In dieser Nacht wurde ich Mutter. Vom Muttersein hatte ich viel gehört, doch die wirkliche Bedeutung hatte ich zuvor nicht im Entferntesten erahnt. Wie seltsam ist die Veränderung, die wir von einem Moment zum anderen erfahren. Als ich das winzige Körperchen in meinen Armen hielt und auf das ebenso winzige Gesichtchen hinunterblickte, war mit einem Mal alles einfach, einfach und klar umrissen. Mit einer Gewissheit, die ich nie zuvor gespürt hatte, wusste ich, dass ich alles tun würde für diesen kleinen Kerl, den kleinen Paul, der da in meinen Armen lag. Ich würde alle Hindernisse überwinden, ich würde eine Arbeit und ein Zimmer finden. Und irgendwann wäre der Krieg zu Ende und vielleicht gäbe es ja doch ein Wiedersehen.

Wenn ich zurückdenke und mir bewusst mache, dass ich die schlimmste Zeit des Krieges auf einer Insel verbrachte, in einem Schlaraffenland, in dem Milch und Honig bis zum bitteren Ende flossen, in dem es Butter gab und Fleisch, in dem wir keinen Tag hungerten, dann schäme ich mich fast. Hinter diesen Mauern schliefen wir den Dornröschenschlaf, und während in den Städten die Menschen in die Luftschutzkeller flohen und ihre Häuser danach oft nicht mehr wiederfanden, machten wir uns Gedanken über Säuglingspflege und freuten uns, dass es dienstags immer Schokoladenpudding zum Nachtisch gab.

Mein Leben drehte sich nun ganz um meinen kleinen Sohn. Die Tage waren angefüllt mit Stillen, mit Windelwechseln und Ausfahrten in den Park. Wenn die Frühlingssonne durch die Äste der Bäume schien, dann war ich voller Zuversicht und glaubte ganz fest an ein Wiedersehen mit Paul. Wenn ich den Kinderwagen über die

Wege im Park schob, das winzige runde Köpfchen zwischen Kissen und Federbett betrachtend, dann sah ich gleichzeitig uns drei vor mir, Paul und mich mit unserem Sohn, die kleine Familie vereint. Doch mit der Dämmerung kehrten die Dämonen zurück, die Schwärze der Nacht schürte meine Ängste und plötzlich glaubte ich zu wissen, dass Paul längst in einem dieser Lager gelandet war, von denen ich immer mal wieder gehört hatte. Und manchmal standen diese Bilder so klar vor mir, dass ich Licht machte, im Zimmer auf und ab ging und anfing, irgendwelche Gedichte zu rezitieren, *Schillers Glocke* und den *Zauberlehrling*. Ich lauschte dann meinen eigenen Worten, bis die Bilder hinter den Worten zurücktraten und in diesem Moment keine Macht mehr über mich hatten.

Schwangere kamen, Mütter verließen das Heim. Nur wenige blieben, darunter ich und auch Hanna. Ziemlich bald nach meiner Ankunft in Hohehorst hatte ich mitbekommen, dass einige der Angestellten selbst Mütter waren und dass sie dort mit ihren Kindern lebten. In den Anfängen 1938 hatten in Hohehorst um die dreißig Mütter und zwischen vierzig und fünfzig Kinder gewohnt, später dann waren mehr Mütter gekommen, und ich glaube mich zu erinnern, dass es um die sechzig Kinder waren. Da diese gut betreut sein wollten, brauchte man Arbeitskräfte für Küche und Verwaltung, Kreißsaal und Säuglingsstation, Kindergarten und Gebäudeinstandhaltung, zur Bewirtschaftung der Gärtnerei, zur Pflege der Anlagen und zur Instandhaltung aller technischen Bereiche. Und da ich Schreibmaschine schreiben und die Ablage machen konnte, trat ich am 1. Juni 1944 eine Stelle als Büroangestellte in der Verwaltung von Hohehorst, offiziell »Heim Friesland« genannt, an. Ich war glücklich, dass sich alles so prächtig für mich gefügt hatte: Ich verdiente Geld, für Paulchen war gesorgt und um Wohnung und Verpflegung brauchte ich mich nicht zu kümmern. Einzig die Tatsache, dass ich nun mehr mit Dr. Sartorius zu tun hatte, behagte mir nicht so sehr.

Auch Hanna blieb nach der Geburt ihrer Tochter hier. Zu meiner größten Freude bekam sie eine Stelle als Verwaltungshilfskraft. Allerdings wunderte ich mich auch ein wenig darüber, da Hanna doch vorher Schuhe verkauft hatte und so gar nicht für diese nüchterne Arbeit geschaffen schien. Nun, da wir zu den Angestellten gehörten, mussten wir unsere luxuriöse Behausung mit dem Marmorbad aufgeben. Allerdings bekamen wir dafür Einzelzimmer, ich eines in der Mansarde, Hanna wurde ins Nebengebäude umquartiert. Anfangs überraschte es mich, dass sie nicht protestierte, noch nicht einmal mir gegenüber ihre Enttäuschung darüber ausdrückte, das »Schloss« verlassen zu müssen. Stattdessen sagte sie nur: »Von hier aus kann man die Pracht wenigstens sehen. Wenn man darin sitzt, bekommt man davon ja kaum was mit.« Wenn ich damals ein wenig aufmerksamer gewesen wäre, hätte ich vielleicht schon früher die Wahrheit erkannt.

Ich weiß nicht mehr, wann ich das erste Mal bemerkte, dass seine Augen einen Moment zu lang auf mir verweilten, auf jeden Fall musste es nach Paulchens Geburt gewesen sein. Das erste unmissverständliche Zeichen seines Interesses erhielt ich jedenfalls acht Wochen nach der Niederkunft, am Tag der Abschlussuntersuchung. Ich stand hinter dem Wandschirm. Dr. Sartorius hatte mir gerade mitgeteilt, dass es um meine Gesundheit bestens bestellt sei und dass ich, so wie ich gebaut sei, noch viele Kinder bekommen könnte und sicherlich auch würde. Seine Worte hatten einen seltsamen Klang, doch während ich in meinen Rock stieg, sagte ich mir, dass diese Äußerung wahrscheinlich rein medizinisch gemeint gewesen war. Ich zog den Reißverschluss meines Rockes hoch, schlüpfte in meine Bluse und war dabei, sie zuzuknöpfen, als ein Geräusch hinter mir mich herumfahren ließ. Dr. Sartorius stand da und sah mich an, ohne ein Wort. Dann lächelte er sanft und sagte: »Sie sind eine schöne Frau.«

Mir stockte der Atem, ich versuchte den letzten Knopf zu schließen, doch meine Bewegungen waren fahrig. Da trat Sartorius zu mir, nahm meine Hände fort und begann, die Knöpfe wieder zu öffnen. Ich war wie erstarrt. Sein Gesicht war jetzt ganz dicht über mir, ich konnte seinen Atem auf meiner Wange, auf meiner Nase spüren, bemerkte den leichten Pfefferminzgeruch, der darin lag. Als hätte er alle Zeit der Welt, öffnete er die Knöpfe, einen nach dem anderen, und schob seine Hand in die Bluse. Seine Berührung ließ mich mit einem Ruck aus meiner Erstarrung erwachen. Ich stieß ihn von mir, er taumelte, tat einen Schritt rückwärts, doch noch ehe er etwas sagen oder tun konnte, war ich schon durch die Tür auf dem Korridor. Ich rannte den Gang entlang zu meinem Zimmer, riss die Tür auf, schloss hinter mir ab und blieb dort stehen, mit dem Rücken an der Tür und mit wild schlagendem Herzen.

Ich wandte meinen Blick ab von Sartorius, wie er dasaß und die Karte las, mit einem Stirnrunzeln, als würde er die Worte darauf nur schwer begreifen. Das alles ist absurd, dachte ich und fühlte mich plötzlich wie in einem Avantgarde-Film, bei dem die Zuschauer und manchmal vielleicht sogar der Regisseur selbst nicht wissen, in welche Richtung es weitergehen soll. Aber ich steckte mittendrin in diesem Film, der mein Leben war, und musste irgendwie weiterspielen. Und neben mir saß dieser Mann, Roman Sartorius, in dessen Gedanken ich zu gern gelesen hätte.

»Was werden Sie jetzt tun?«, fragte er in unser Schweigen hinein und auf einmal fiel mir ein weiteres loses Ende ein, das ich noch nicht verfolgt hatte: der Frankfurter Rechtsanwalt, von dem ich immer noch keine Antwort erhalten hatte. Sartorius musste mir meinen Unmut angesehen haben, denn er fragte: »Alles in Ordnung?« Ich zuckte die Schultern, wie um den Ärger über den Anwalt zu verscheuchen, und meinte stattdessen: »Ach, egal. Keine Ahnung, was ich jetzt tun werde. Vielleicht schaue ich mir einmal den Ort an, in dem Oma gewesen ist, dieses Hohehorst.«

»Was hoffen Sie dort zu finden?«

»Es klingt vielleicht versponnen, aber ich will einfach spüren, wie es da ist – vielleicht komme ich ihr ja dadurch näher.« Ich seufzte, aus seinem Blick sprach Skepsis. »Kann gut sein, dass Sie das esoterisch finden. Aber ich habe einfach das Gefühl, ich müsste allen Spuren nachgehen bis zum Ende. Es sind ja nicht viele.«

Ich betrachtete ihn. Er war aufgestanden, die Karte in Händen wie einen kostbaren Schatz. Es schien, als wolle er sie gar nicht mehr loslassen. Der Eindruck, er spiele mir etwas vor, war vergangen und ich musste unwillkürlich lächeln. Waren wir nicht wie zwei Gestrandete, überrollt von den Wogen der Vergangenheit? Zwei völlig Fremde, deren Wege sich gekreuzt hatten wegen etwas, das über sechzig Jahre zurücklag. Und doch war es nicht abgeschlossen, wir hatten beide mit einem unfertigen Ende, mit einem Abschied zu kämpfen, der ohne Worte geblieben war.

Irgendwann sagte Sartorius: »Sie sind sehr hartnäckig. Das sieht man Ihnen gar nicht an.«

»Weil ich einen Minirock und wirres Haar habe?«

Er lachte. »Nein.«

Ich wechselte das Thema. »Und Sie waren auf einem Ärztekongress in München? Um was ging's denn da?«

»Ach ... um ... Gefäßerkrankungen.«

»Ah so.« Auf einmal fühlte ich mich erschöpft. Von diesem Gespräch. Von der Achterbahnfahrt meiner eigenen Gefühle. Von der Aussicht, nie wieder zu rauchen. Schließlich fragte ich: »Und wo geht's jetzt hin? Florida?«

»Ja, ich fliege wieder nach Miami.«

»Da hatten Sie aber schnell Sehnsucht nach Good Old Germany.«

»Wieso das?«

»Na, weil Sie im Januar doch erst dort angefangen haben, oder nicht?«

»Ach so ... ja, ja ...«

Nach einigen Sekunden des Schweigens sagte er: »Vielleicht hatte ich nach etwas anderem Sehnsucht?« Sein Blick heftete sich auf mich und verhakte sich in meinem. Einen Moment lang war ich verwirrt, doch dann verstand ich, was er meinte, und eine heiße Welle durchfuhr mich. Ich sah, wie er in seine Hemdtasche griff und etwas herauszog, das er vor mir auf den Tisch legte. Es war eine Visitenkarte mit mehreren Nummern darauf.

»Danke.« Ich schob die Karte zur Seite, legte die Hände vor mir auf den Tisch und betrachtete konzentriert den Ring an meinem Finger. Es war ein silberner Ring mit einem riesigen Karneol. Ich hatte ihn von Wolf bekommen.

Nach einem Augenblick des Schweigens räusperte er sich und ich hörte ihn fragen: »Sie werden also nach Hohehorst fahren, um auf den – wie sagt man – Spuren der Vergangenheit zu wandeln?«

»Ja, mal sehen. Allerdings« – ich deutete auf die Musterbücher im Raum – »muss ich mich vorher noch mit meinem Auftraggeber auf eines dieser grauenerregenden Muster einigen.«

Er lächelte nicht, sondern betrachtete mich aufmerksam.

»Wenn ich mich nicht irre, gehört das Anwesen inzwischen der Stadt Bremen.«

»Ja. In dem Haus befindet sich jetzt ein Therapiezentrum für Drogenabhängige.«

»Und die Akten?«

Ich erwiderte seinen Blick ein wenig irritiert: »Akten?«

»Ja, vom Lebensborn. Sind die auch noch dort?«

Täuschte ich mich oder hatte seine Stimme auf einmal einen anderen Klang? Ich warf ihm einen Blick zu und sah, dass er mich gespannt betrachtete. Und auf einmal wurde mir bewusst, wie wenig ich über ihn wusste. Und das bisschen, *was* ich wusste, wusste ich von *ihm selbst*. Dieser Mann könnte mir alles erzählen, dachte ich. Vielleicht wäre es da besser, vorsichtig zu sein. Also lächelte ich ihm möglichst unverbindlich zu und antwortete: »Daran habe ich noch gar nicht gedacht. Keine Ahnung, wo die sind.«

Nach meinem Treffen mit Sartorius wurde ich den einen Gedanken nicht mehr los: dass jemand Mutter getötet haben könnte. Vielleicht lag es einfach daran, dass ich ihn das erste Mal laut ausgesprochen hatte und er so nicht mehr nur in mir existierte, als nebulöses Gebilde, sondern herausgetreten war und dadurch Gestalt angenommen hatte. Und dann kam der Tag, an dem ich das Gefühl hatte, jemand würde mich beobachten. Wenn ich in den Laden fuhr oder zu Johns Wohnung, meinte ich im Rückspiegel immer dieselben Autos zu sehen, mal war es ein blauer Polo, mal ein grauer Toyota. Zweimal bog ich hektisch ab, fuhr ein paar Ecken und Kurven und Einbahnstraßen und kam mir gleichzeitig lächerlich vor und wie in *Die Straßen von San Francisco*. Wahrscheinlich bildete ich mir die ganze Sache nur ein und war einfach überspannt. Was nicht zuletzt an Wolfs Aufenthalt in Tölz lag, der sich auch übers Wochenende hingezogen hatte. Er könne jetzt nicht weg hier, nicht in dieser Phase. Ich zuckte die Achseln und ärgerte mich. Diese verdammte Orgel war jahrhundertelang vor sich hin verrottet, ich verstand nicht, wieso es plötzlich so eilig war mit ihr. Statt einzulenken und ein paar liebevolle Worte loszuwerden, dachte ich nur: Also gut, wenn du partout den einsamen und beleidigten *Wolf* spielen willst, dann tu's. Schließlich hatte ich genug eigene Pläne, die mich die nächste Zeit in Atem halten würden. Von Roman Sartorius erzählte ich ihm natürlich auch nichts.

Ich rief den Frankfurter Rechtsanwalt an, legte mich mit seiner arroganten Sekretärin an, die dreimal behauptete, der Herr Anwalt sei in einer wichtigen Besprechung und sie könnte ihn jetzt auf *gar keinen Fall* stören. Beim vierten Mal knallte ich den Hörer auf die Basisstation und murmelte etwas von »Schnepfe«, in der Hoffnung, dass sie mich noch gehört hatte, bevor die Verbindung unterbrochen wurde.

Zwei Tage später bekam ich den viel beschäftigen Herrn Rechtsanwalt endlich ans Telefon und zögerte nicht, ihn sofort zur Rede zu stellen. Und als er zwei Sätze später fragte, ob ich sein Schreiben denn noch nicht erhalten habe, war ich nahe daran zu explodieren. Doch kurz bevor die Zündschnur ganz abbrannte, erkundigte ich mich danach, wohin er den Brief denn gesandt habe. Und als ich nach einigem Hin und Her, Papiergeraschel im Hintergrund und melodischem Beruhigungsgesäusel in der Leitung, die Auskunft erhielt: »na, nach Wien, so wie's aussieht«, da verpuffte meine Wut wie ein überalterter Kartoffelbovist und ich schämte mich ein bisschen. Ich hatte ihn selbst gebeten, mir nach Wien zu schreiben. Und als ich ihm nun erklärte, dass ich wieder zu Hause in Deutschland sei und in der nächsten Zeit nicht mehr nach Wien käme, und ihn bat, er möge mir telefonisch Auskunft geben, schließlich lägen ihm inzwischen ja die erforderlichen Urkunden vor, da rächte er sich für meinen Auftritt und sagte, es täte ihm leid, aber da könne ja jeder kommen und telefonisch über Mandanten Auskunft verlangen. Dann legte er auf.

Als ich darüber nachgrübelte, wie ich nun am schnellsten nach Wien und an meine Post käme, fiel mir Erna ein. Sie würde mir die Post doch sicher zusenden.

»Buchholtz«, meldete sich Erna nach dem zweiten Klingeln.
»Hallo, Erna, äh … ich bin's, die Maja Sternberg.«
»Ach, das Kind, na, das ist schön, dass Sie sich melden bei einer unglücklichen und einsamen Rentnerin. Wie geht's Ihnen?«, fragte sie munter.
»Na ja, geht so. Ich schlage mich mit Tapeten aus den Siebzigern herum und mein Freund ist in Tölz.«
»Hat es denn Streit gegeben?«
»Nicht mehr als sonst«, antwortete ich betont locker, ich hatte keine Lust auf eine Beziehungsanalyse per Telefon.
»Wie geht es Ihnen, Erna? Steht das Haus noch?«
Es war eine kurze Weile still, dann seufzte sie und sagte: »Ich vermisse Ihre Mutter.«
»Ach, ja.« Was sollte ich darauf sagen?
»Aber es hilft ja alles nichts. Es ist ein komisches Gefühl, wenn die Leute um einen herum anfangen wegzusterben, noch dazu Leut, die jünger waren, als man selbst ist.«
Lore Klopstock fiel mir ein. »Wie alt ist eigentlich Frau Klopstock geworden?«
»65, glaub ich.«

»Eigentlich noch kein Alter heutzutage.«

»Das ist es ja, was mich grübeln lässt. Was man so alles falsch macht, ob man sich richtig ernährt und der Likör schmeckt halt auch so gut.«

Das kam mir bekannt vor, aber ich sagte: »Na ja, sie war aber doch schwer zuckerkrank, die Lore Klopstock. Und das sind Sie ja nicht.«

»Ich hab mit dem Arzt gesprochen. Ist übrigens derselbe, zu dem ich neuerdings auch geh.«

»Ah ja? Und was meinte der?«

»Ein bisschen hat er im Nebel herumgeredet, aber dann hat er schon gemeint, dass ihre Diabetes nicht *so* schlimm gewesen war. Ach, ich weiß auch nicht. Man macht sich halt so seine Gedanken. Wenn man allein ist, so wie ich, wahrscheinlich noch mehr.«

»Das kenne ich auch.«

»Aber Sie sind doch nicht allein, Kind!«

»Im Augenblick schon. Außerdem ...«

»Außerdem was?«

»Ach nichts. Hören Sie, Erna, ich hätte da eine Bitte. Könnten Sie mir wohl die Post schicken?«

»Sie meinen die Sachen, die für Lilli gekommen sind?«

»Ja. Das auch. Aber da muss auch ein Brief dabei sein, der an mich adressiert ist. Von einem Rechtsanwalt in Frankfurt.«

»Würd ich gern, aber ich hab ja keinen Schlüssel.«

»Mist.« Das hatte ich vor meiner Abreise noch tun wollen – Erna einen Satz Schlüssel zu geben. Ich hatte es komplett vergessen.

»Ich schick Ihnen die Schlüssel gleich heute noch.«

»Gut. Dann werd ich darauf warten.«

Eine Pause entstand. Weil ich den Eindruck hatte, dass Erna noch etwas auf dem Herzen lag, fragte ich vorsichtig: »Erna? Gibt's noch was?«

»Ach ...« Sie schien mit sich zu ringen, doch dann sagte sie: »Nein, nein ... es ist nichts.«

»Nun sagen Sie schon!«
»Ach, Kind. Es ist nichts weiter.«
Doch auch nachdem ich aufgelegt hatte, wurde ich den Eindruck nicht los, Erna hätte mir etwas Wichtiges sagen wollen.

Noch am selben Tag ließ ich Mutters Postkastenschlüssel nachmachen und brachte das Duplikat zusammen mit dem zweiten Satz Türschlüssel auf die Post. Der Schnee war so schnell geschmolzen, wie er gefallen war, und nun war es vorfrühlingshaft milde. Im Park lugten schon die Spitzen der Schneeglöckchen durch das Laub und ich betrachtete die schwarzen Äste, die vor einem blauen Himmel ihre Zweige emporreckten. Ich atmete tief, es roch nach Feuchtigkeit, und ich dachte daran, dass ich im Augenblick ausnahmsweise keine Lust auf eine Zigarette verspürte. Seit ich beschlossen hatte, mit dem Rauchen aufzuhören, gab es für mich eigentlich nur zwei Kategorien von Zeit: Momente, in denen ich keine Lust auf eine Zigarette hatte (und mir dessen bewusst war) und Momente, in denen ich meine eigene Großmutter für einen Glimmstängel verkauft hätte (und die waren bei Weitem in der Überzahl).

Als Ausgleich hatte ich angefangen, mehr zu essen. Eigentlich hätte ich abnehmen müssen, da Wolf bei uns fürs Essen zuständig war. Wie eine gute Mutter kaufte er ein, kochte, deckte den Tisch mit Sorgfalt und Liebe. Als passionierte Raucherin neigte ich eher zu Untergewicht, und seit wir zusammen waren, hatte Wolf ein Auge auf mein Gewicht – er tat alles dafür, dass ich mich *nicht* irgendwann hinter einer Laterne würde verstecken können.

Ich schritt rasch aus, in einem Baum zwitscherten schon die Vögel – waren es Meisen? –, dann verlangsamte ich meinen Schritt, setzte mich auf eine Bank und beobachtete eine Krähe, die in einem Abfallbehälter nach Essbarem suchte. In einem Artikel über Krähen hatte ich gelesen, dass sie vorbeifahrende Autos als Nussknacker benutzten für Walnüsse, die sie nicht selbst aufbekamen. Und während ich an die Walnüsse dachte, bekam ich schon wieder Hunger. Wenn Wolf noch lange wegblieb, würde er mich nicht wiedererkennen. Jedenfalls beschloss ich spontan, mir beim nächsten Bäcker ein oder vielleicht auch zwei Schokocroissants zu gönnen und, wenn ich schon dabei war, auch einen Becher Cappuccino. In diesem Moment bemerkte ich den Mann.

Er ging ein Stück weiter weg auf einem der Pfade, die den Park wie ein Muster zerschnitten. Er hatte dunkles Haar, einen Bart, trug einen Parka und hatte die Hände tief in den Taschen vergraben. Weder sah er besonders auffällig zu mir herüber, noch blickte er absichtlich in eine andere Richtung. Trotzdem hatte ich den Eindruck, dass seine ganze Aufmerksamkeit auf mich gerichtet war. Ich sah mich um und entdeckte niemanden sonst. Darum stand ich auf und steuerte den nächstgelegenen Ausgang an. Es war helllichter Tag und ich war irritiert über mich selbst. Das Fehlen von Nikotin verursachte bei mir offensichtlich schwere Wahrnehmungsstörungen. Gleichzeitig fiel mir, ausgerechnet jetzt, der Satz wieder ein, den ich zu Roman Sartorius gesagt hatte: »Ich glaube, dass jemand sie getötet hat.« Und die Gewissheit, die ich in diesem Moment gespürt hatte.

Der Mann lief auf einem Weg, der parallel zu meinem verlief und in diesen mündete. Er ging in der gleichen Geschwindigkeit wie ich. Zum Ausgang des Parks waren es noch rund fünf Minuten und außer uns war niemand hier. Während ich immer schneller ging, aber noch nicht rannte, verringerte sich unser Abstand jetzt. Wir kamen in ein kleines Wäldchen. Ich konnte seine Schritte auf dem Kies hören, aber ich sah mich nicht um. Jetzt war er dicht hinter mir und der Drang zu rennen wurde übermächtig. Der Weg machte eine Biegung, hinter die man nicht sah, weil alles voller Büsche und Bäume stand. Ich ging jetzt so schnell, dass ich das Gefühl hatte, keine Luft mehr zu bekommen. Da bog ein Radler um die Kurve. Vor Erleichterung hätte ich ihn umarmen mögen. Ich verlangsamte meinen

Schritt, jetzt war es nicht mehr weit bis zum Ausgang. Ich bog nach rechts ab, die rote Jacke einer jungen Frau, die einen Kinderwagen vor sich herschob, tauchte auf. Bevor ich durch das Tor nach draußen ging, sah ich mich um. Aber der Mann war verschwunden.

Nach dem Vorfall im Behandlungszimmer begegnete mir Sartorius mit eisiger Höflichkeit. Wenn ich eine dienstliche Frage an ihn hatte, achtete ich stets darauf, dass noch eine dritte Person zugegen war. Und natürlich lebte ich in Erwartung irgendeiner Reaktion seinerseits. Bei jedem Fehler, der mir zu Beginn meiner Arbeit unterlief, wartete ich förmlich auf eine Zurechtweisung, zumindest eine Rüge oder Kritik. Als Wochen vergangen waren, ohne dass meine Befürchtung wahr geworden wäre, ließ meine Anspannung allmählich nach.

Der Alltag in Hohehorst war streng durchorganisiert. So frühstückten die Schwangeren und die Mütter im »Gotischen«, die Angestellten im Erdgeschoss im Speisezimmer, das auf die große Terrasse hinausging, und die älteren Kinder im Kinderzimmer, wo sie auch untergebracht waren. Außerdem wurde darauf geachtet, dass die Wöchnerinnen keinen Kontakt zu den Schwangeren unterhielten. Besuche auf der Wöchnerinnenstation waren untersagt.

Nach dem Frühstück gingen wir in die Büros, ich bereitwillig, Hanna widerwillig, und wann immer ich etwas Zeit erübrigen konnte, stahl ich mich davon, um Paulchen auf den Arm zu nehmen, denn die ganz Kleinen schliefen ja im Säuglingssaal und nicht bei ihren Müttern. Als es richtig sommerlich zu werden begann, setzten wir uns auf die Terrasse oder im Rosengarten auf eine Bank. Doch die Erinnerung an jene merkwürdig sorglose Zeit ist verblasst wie eine alte Fotografie, die über viele Jahre dem Sonnenlicht ausgesetzt war.

Hohehorst war das Paradestück des Lebensborn. Und doch

bekam ich mit der Zeit mit, dass dort nicht alles nach den Vorstellungen des Vereins funktionierte. So erfuhr ich durch die Korrespondenz mit der Lebensbornzentrale in München, dass der Vorstand unzufrieden war mit dem Stand der weltanschaulichen Schulungen in Hohehorst. Es gab zwar Kurse in Säuglingspflege, auch Vorträge in Sachen Haushalt und Kinder. Und hin und wieder stand gemeinsames Radiohören auf dem Programm, eine Rede des Führers oder des Reichspropagandaministers zum Beispiel. Ein paar Liederabende wurden abgehalten, an denen wir alte Volkslieder sangen, und einmal kam der Kreisgruppenluftschutzleiter ins Haus, um für uns Angestellte einen Luftschutzkurs abzuhalten.

Doch dieses Programm genügte dem Vorstand nicht. Und mit der Zeit erfuhr ich auch, warum nicht alles so lief wie in anderen Heimen, wo die Erziehung im weltanschaulichen und politischen Bereich planmäßig durchgeführt wurde. Denn eigentlich wurden all diese Schulungen vom hauptamtlichen Leiter des Heims durchgefüht. Doch in Hohehorst gab es keinen ständigen Heimleiter.

Seit der Eröffnung im Mai 38 war es dem Verein nicht gelungen, jemand Geeigneten zu finden, der das Heim in allen Angelegenheiten führte. Wie ich durch meine Arbeit im Büro nach und nach mitbekam, wurde diese Position in den übrigen Heimen mit einem SS-Arzt besetzt, der nicht nur die medizinische Betreuung der Pensionärinnen übernahm, sondern auch im Heim lebte. Nur dieser Arzt hatte Zugang zu den geheimen Akten der Lebensborn-Zentrale, er verfügte also als Einziger über die Kerninformationen und kannte als Einziger ihren Hintergrund. Und eben auch die Organisation der Schulungen fiel in seinen Verantwortungsbereich. Dr. Sartorius nahm einen Großteil dieser Aufgaben wahr und hatte wie die anderen leitenden Ärzte Zugang zu den Akten. Der entscheidende Unterschied war, dass er nicht im Heim lebte und wegen seiner Praxis in Bremen nur tageweise hier anwesend war. Auch munkelte man, dass er irgendwie an einem Forschungsprojekt beteiligt sei, doch was genau er neben seiner Tätigkeit in Hohehorst machte, sollte ich erst später erfahren.

Ich weiß nicht mehr, wann Hanna begann, sich nach Paulchens Vater zu erkundigen. Genau erinnere ich mich jedoch an das Gespräch, das wir an einem Tag Ende September oder Anfang Oktober führten. Wir hatten Mittagspause und schoben unsere Kinderwägen, die wie überdimensionale weiße Körbe aussahen, durch den Rosengarten. Der Tag war warm und golden und in den Spitzen der Bäume hatte sich schon der Herbst verfangen. Die Rosen zeigten noch späte Blüten und außer dem Summen von Bienen und dem Knirschen unserer Räder im Kies störte kein Laut die Mittagsruhe. Wir setzten uns auf die übliche Bank, die in einer Nische am Rand des Rosenbeets stand, die Kleinen hielten ihr Mittagsschläfchen und ich hätte diesen Moment in seiner stillen Wärme am liebsten für die Ewigkeit konserviert.

Ich klappte Paulchens Plumeau zur Seite und richtete den Wagen so aus, dass sein Gesicht im Schatten lag, Beine und Körper aber von der Sonne beschienen wurden. Ich streichelte seinen Rücken, als Hanna unvermutet fragte: »Was wirst du tun, ich meine, nach dem Krieg?«

Ich musste sie überrascht angesehen haben, denn sie fügte erklärend hinzu: »Na ja, du wirst kaum dein Leben in einem Heim verbringen wollen. So schön's hier auch ist.«

Ich betrachtete die Rosen, die umhertaumelnden Bienen, das Licht, das sich in den orangeroten Blättern des Ahornbaums verfing, und überlegte. Nach einer Weile sagte ich: »Ich habe noch nicht darüber nachgedacht. Was dann sein wird ... und überhaupt, nach dem Krieg.«

»Willst du nicht in deine Heimat zurückkehren, hast du denn gar kein Heimweh?«

»Heimweh?« Doch, natürlich hatte ich Heimweh, auf eine sehr verschwommene Art. Ich dachte an Paul, an das Mahler'sche Wohnzimmer. Und an Mutter. Laut sagte ich: »Dazu bräuchte ich vermutlich erst einmal ein Zuhause.«

»Hast du denn keines, was ist mit Königsberg?«

»Du weißt doch, dass ich dort einen Stiefvater habe, der mich totschlagen würde, wenn ich mit einem Kind ankäme.«

»Und was ist mit deiner Mutter?«

»Natürlich würde ich sie gerne wiedersehen. Aber das ist alles so kompliziert.«

»Und ... äh ... Paulchens Vater, was ist eigentlich mit dem, du hast nie von ihm gesprochen.«

»Ich weiß es nicht.«

»Wie ... du weißt nicht, was mit ihm ist? Ist er im Krieg?«

Ich schwieg. Bisher hatte ich meine Geschichte noch niemandem erzählt. Keiner wusste, dass ich ein Kind vom Mann meiner Schwester hatte, dass dieser Mann jüdisches Blut in den Adern hatte, dass ich als Kindsvater den Mann meiner anderen Schwester angegeben hatte.

»So ähnlich ... Aber außerdem ist er verheiratet.«

»Da bist du ja in guter Gesellschaft hier und nicht die Einzige. Aber es könnte ja sein, dass er sich scheiden lässt.«

»Dazu müsste er erst mal ... äh ... zurückkommen.«

»Also wird er vermisst?«

Ich schwieg. Plötzlich brach es aus mir heraus: »Warum musst du von alledem anfangen ... Ich ...«

Ich beugte mich vor, legte die Hände vors Gesicht. Es war alles so aussichtslos, so verzwickt und auch – und vor allem – so verlogen. In diesem Moment wünschte ich, mich jemandem mitteilen zu können, endlich jemandem die ganze Wahrheit zu sagen. Ich rieb mir mit den Händen über die Stirn. Ich war die ganze Heimlichtuerei so unendlich leid! Aber sollte, durfte ich es wagen, Hanna meine Geschichte zu erzählen? Immerhin war ich unter Vorspiegelung falscher Tatsachen hier ins Heim gelangt. Und Hanna war zwar meine Freundin, aber auch überzeugt davon, dass der Führer schon alles richtig machte für Deutschland. Ich richtete mich wieder auf, lehnte mich zurück und sagte schließlich: »Ich ... das ganze Reden deprimiert mich.«

Ich spürte ihren Blick von der Seite auf mir und wandte den Kopf, um sie anzusehen. War es Interesse an meiner Person oder Neugierde, die aus ihren Augen sprach? Oder lag in ihrem Blick noch etwas anderes, Forschendes, Misstrauisches? Ich spürte, wie ich errötete, und in dem Moment begann Paulchen sich zu regen, wie ein kleiner Käfer in der Sonne bewegte er die Beinchen und begann zu ächzen und schließlich zu quengeln. Erleichtert über die Unterbrechung nahm ich ihn hoch, wiegte ihn sanft hin und her und betrachtete ihn, wie die Sonne sich in seinem dunklen Haar verfing und ihm einen fast kastanienroten Schimmer verlieh.

Der seltsame Ausdruck in Hannas Augen war verschwunden. Sie lächelte und streichelte über Paulchens Haar. »Er ist so ein hübscher Kerl. Sicher tröstet er dich ein wenig, ich meine, nach dir kommt er ja nicht.«

»Ja ... er ist seinem Vater sehr ähnlich. Das Haar und seine Augen ... wie schwarzer Samt«, flüsterte ich und drückte die Tränen zurück. Ich küsste ihn auf sein daunenweiches Köpfchen und fragte mich, ob er seinen Vater je kennenlernen würde, dieser kleine Junge.

Auf dem Rückweg von der Post war ich mir schon nicht mehr so sicher, ob meine überreizte Fantasie mir nicht vielleicht einen Streich gespielt hatte. Warum hätte dieser Mann mich verfolgen sollen? Trotzdem versuchte ich verzweifelt, Wolf zu erreichen. Ich probierte es zweimal, und sein Handy war auch an, aber niemand hob ab. Erst beim dritten Mal meldete er sich. Im Hintergrund hörte man jemanden sprechen. Eine Frau.

»Hallo.« Er klang nüchtern, gar nicht erfreut, mich zu hören. Wie ein genervter Beamter, den man beim Büroschlaf störte. Sofort bereute ich, ihn angerufen zu haben.

»Stör ich gerade?«

»Nein, nein ...«

»Du klingst ... sauer.«

»Das täuscht.« Die Frauenstimme im Hintergrund lachte nun. Wer war das?

»Soll ich später noch mal anrufen?«

»Nein, nein, das passt schon.«

Wenn ich einen Spruch hasste, dann war es *Das passt schon*. Und Wolf wusste das auch. Er war also immer noch sauer auf mich und ich sollte das auch spüren.

»Was macht die Arbeit?«, fragte er jetzt. Es klang desinteressiert.

»Läuft gut.«

»Und deine Orgel?«

»Wir sind dran.«

»Wir?«

»Na ja, Biene und ich.«

Wumm. Das durfte doch nicht wahr sein.

»Ich wusste nicht, dass *Biene* auch in Tölz ist.« Ich sprach den Namen aus, als handelte es sich um eine ansteckende Krankheit. Gleich hinter Pest und Lepra.

»Habe ich dir das nicht erzählt? Wir machen den Job gemeinsam. Sonst könnte ich den Termin gar nicht halten.«

»Na dann.«

Ich spürte, wie ein heißer Zorn in mir aufwallte. Wie mein Magen sich zusammenkrampfte und Eifersucht in mir hochloderte. Und dann legte ich einfach auf. Ich ging weiter durch die Straßen, die Menschen eilten an mir vorüber, in den Schaufenstern war schon für Fasching dekoriert. Alles erschien so normal, so durchschnittlich, und während ich die Gesichter vorüberziehen sah – eine alte Frau mit einem karierten Kopftuch, zwei Teenager mit oxidblonden Stehhaaren und zahlreichen Metallsteckern in Gesicht und Ohren, ein beinahe kahler Mann in meinem Alter –, kam mir meine Gemütsverfassung beinahe grotesk vor. War diese *Biene* dabei, sich an Wolf heranzumachen? Oder lief da vielleicht sogar schon was? Und ich Kamel hatte insgeheim noch an ein gemeinsames Kind gedacht! Der Mann aus dem Park fiel mir wieder ein und ich fühlte mich auf einmal elend und klein. Wie eine Maus, die sich zum Sterben in eine Ecke zurückzieht. Ich bin dabei überzuschnappen, dachte ich. Und da waren ja auch noch die beiden Autos gewesen, die ich geglaubt hatte hinter mir zu sehen. Du meine Güte! Ich war doch nicht in Harlem oder Johannesburg, ich lebte in einer ziemlich spießigen Kleinstadt, und in den Zeitungen wurde höchstens mal von einer Beziehungstat berichtet oder von einem brennenden Dönerstand, dessen Besitzer die Schwester von irgendwem beleidigt hatte!

Bei einer Bäckerei machte ich halt, kaufte zwei Schokocroissants und einen Riesenbecher Milchkaffee und stellte mich an einen der Stehtische im hinteren Bereich. Ich zog einen Zettel und einen Stift aus meiner Tasche, biss in das erste Croissant, dass die Krümel mir nur so auf die Jacke rieselten, und begann einen Einkaufszettel fürs Abendessen zu schreiben. Seit Wolfs

Abgang nach Bad Tölz und meiner »letzten Zigarette« am Abend davor hatte ich darauf geachtet, es mir selbst schön zu machen. Mein Verwöhnprogramm war in erster Linie ein Ablenkungsmanöver und es bestand zum einen aus zeitaufwendigen Sitzungen in der Badewanne mit sündhaft teuren Badelotionen und Masken und dem Konsumieren von Hörbüchern und Prosecco. Zum anderen hielt ich mich an das Motto, dass Essen und Trinken Leib und Seele zusammenhalten. Ich bekochte mich selbst regelmäßig und machte daraus eine Art Zeremonie – kaufte immer nur genau die Zutaten für das Gericht, das ich kochen wollte, und trank schon während des Putzens und Schneidens, des Waschens und Hackens von dem gut gekühlten Pinot Grigio, den ich für mich entdeckt hatte. Manchmal war es auch ein Chardonnay. Mir war klar, dass es sich bei alldem nur um Suchtverlagerung handelte. Aber ich tröstete mich mit dem Gedanken daran, dass die meisten trockenen Alkoholiker zu rauchen begannen wie die Schlote. Ich würde wahrscheinlich fett werden wie ein Klops.

Für heute hatte ich jedenfalls Zitronenrisotto, danach Rucolasalat mit hauchdünnen Grana-Parmesanscheiben und schwarzen Oliven und danach Curryhähnchen mit Paprikagemüse geplant. Vielleicht würde ich zur Feier des Tages auch einen neuen Wein probieren. Was es zu feiern geben könnte, müsste sich noch herausstellen. Ich schrieb Weißwein mit einem Fragezeichen dahinter. Nach Kaffee und Croissants machte ich noch einen Zwischenstopp im Geschäft, ging mit Sonja die Bestellungen durch, brachte John ein paar neue Tapetenmuster vorbei und kehrte dann, wieder einigermaßen im Gleichgewicht, nach Hause zurück. Sollen sie in Tölz doch gemeinsam um ihre Orgel summen, so lang sie wollen, dachte ich grimmig.

Aber egal, wie sehr ich mich darum bemühte, mir selbst Mut zuzusprechen, auf dem Nachhauseweg drehte ich mich doch immer wieder um. Als ich vor der Wohnung ankam, blieb ich auf dem Bürgersteig stehen, kramte umständlich in meiner Tasche und blickte dabei möglichst unauffällig in alle Richtungen. Als ich nichts und niemanden Ungewöhnlichen entdeckte, zog ich rasch den Briefkastenschlüssel aus meiner Tasche, holte die Post aus dem Kasten und ging ins Haus. In der Wohnung stellte ich mich hinters Fenster und scannte noch einmal die Straße ab. Nichts. Erschöpft von meinen eigenen Gedanken begann ich, mit fahrigen Bewegungen die Post durchzublättern. Ich dachte kurz daran, doch noch einmal bei Wolf anzurufen. Ihm alles zu sagen. Ihn zu bitten, zu mir zu kommen, einfach so. Doch dann schimpfte ich mit mir selbst wegen dieser dummen Idee und warf einen Blick auf einen Brief, mit dessen Absender ich nicht gleich etwas anfangen konnte. Ich riss den Umschlag auf. Es war der Antwortbrief der Autorin, die das Buch über Hohehorst geschrieben hatte. Sie teilte mir mit, dass eine Frau Willunat, die in der Nähe von Bremen in einem Altersheim lebte, bereit war, mit mir über ihre Zeit in Hohehorst zu sprechen. Offenbar war diese Frau genau zeitgleich mit Oma Charlotte dort gewesen.

Eine knappe Woche später – das Problem mit John und der Tapete war gelöst, der Mann aus dem Park war mir nicht wieder begegnet und zwischen Wolf und mir herrschte Funkstille – war das Schreiben des Frankfurter Anwalts immer noch nicht gekommen. Bei einem Telefonat mit Erna erfuhr ich, dass sie die Schlüssel erst an diesem Morgen erhalten hatte, den Brief des Anwalts für mich aber bereits zur Post gebracht hatte. Ich bedankte mich bei Erna, und während ich den Hörer noch in der Hand hielt, spürte ich auf einmal die schier übermächtige Gewissheit, dass mit dem Brief eine schreckliche Wahrheit auf mich zukäme. Doch statt herumzusitzen und darauf zu warten, machte ich mich auf, zwei Fliegen mit einer Klappe zu schlagen: Ich fuhr nach Hohehorst und würde auch die alte Dame, Frau Willunat, treffen, die ganz in der Nähe lebte. Mit Anneliese Willunat hatte ich, kurz nachdem ich das Schreiben erhalten hatte, telefonisch Kontakt aufgenommen. Sie war freundlich und entgegenkommend gewesen und sagte, außer der üblichen Mätzchen, die man in ihrem Alter nun mal so hatte, gehe es ihr gut und sie freue sich auf unser Gespräch.

Das Licht war grau an diesem Tag und der Wind jagte Wolkentiere über den Himmel. Obwohl der Herbst längst vorüber war, wehte Laub über die Fahrbahn und machte den Sturm sichtbar. Es war ein Orkan angesagt worden, doch meine Unruhe war so groß, dass ich die Warnung ignoriert hatte und trotzdem losgefahren war. Ich vertraute ganz einfach darauf, dass nichts geschehen würde. Auf der Hälfte der Strecke merkte ich, dass mein Handy, das ich zum Aufladen noch an die Steckdose in der Küche angeschlossen hatte, liegen geblieben war. Doch der Ärger über meine Schusseligkeit verflog rasch bei dem Gedanken, dass Wolf vielleicht anrufen würde und dass das verdammte Handy dann ausgeschaltet wäre! Sollte er es ruhig versuchen und sich fragen, wo ich war! Mehrmals während der Fahrt dachte ich daran, dass eine Aussprache inzwischen dringend angebracht wäre. Aber dazu müsste Wolf sich erst mal meiner geografischen Lage annähern. Ich würde ihm jedenfalls nicht nach Tölz hinterherfahren, so viel war gewiss.

Schließlich geriet ich in einen Zustand eigentümlicher Losgelöstheit wie oft auf langen Autofahrten. Das einzige Bild, das ich in den vergangenen Stunden gesehen hatte, war das graue Band der Straße, das scheinbar endlos vor mir lag. Ich fiel in eine Art Trance, in der es nur noch das gleichmäßige Motorengeräusch, die vorbeihuschende Landschaft und die anderen Fahrzeuge gab.

Jetzt konnte es nicht mehr weit sein. Die Landschaft hier war ganz Felder und Wiesen, alte Eichen, die ihre welligen Arme in die Luft reckten, vereinzelte Gehöfte, Backstein und Fachwerk, hin und wieder die geschnitzten Pferdeköpfe der Niedersachsenhäuser. Es hatte geregnet in den letzten Tagen und auf den Wiesen hatten sich unzählige kleine Teiche gebildet, die einem die Illusion einer Marschlandschaft gaben. Mein Herz schlug jetzt schneller. Da war es. Ein Schild, auf dem Hohehorst stand und darunter *Hauptstraße 1*. Ich war ein wenig zu weit gefahren, wendete bei der nächsten Möglichkeit und blieb dann vor den beiden Pförtnerhäuschen stehen. Beklemmung stieg in mir auf, das Gefühl, etwas Verbotenes zu tun, und eine Scheu, entdeckt zu werden. Der Januarwind war zum Sturm geworden und wehte braunes Buchenlaub über den gepflasterten Vorplatz. Der ideale Ort, um etwas zu verstecken, schoss es mir durch den Kopf, und mein Unbehagen wuchs. Ich ließ den Blick über die beiden Pförtnerhäuschen schweben. Im einen hatte, so wusste ich, zu Lebensborn-Zeiten der Verwalter des Heims mit seiner Familie, im anderen eine Sekretärin gewohnt. Die schiefergrauen Dächer glänzten im Nieselregen, die sandsteinbraunen Säulen, an jedem Gebäude sechs, waren feucht und fleckig, und die Lampen auf Mauer und Pfosten wirkten wie heimtückische Kronen. Dahinter erstreckte sich der Park, die Allee, grau und abweisend, und ich wäre am liebsten umgekehrt und wieder zurückgefahren, zurück nach Hause. In dem Moment glaubte ich eine Bewegung, einen Schatten hinter einem der Fenster des rechten Pförtnerhäuschens wahrzunehmen und wollte schon aussteigen und um Erlaubnis bitten, das Grundstück zu betreten. Manchmal spüre ich etwas, was ich als »mein deutsches Erbe« bezeichne – einen bizarren Drang, alles »richtig« und »ordentlich« zu machen. Als die Gestalt am Fenster verschwand, besann ich mich und gab Gas. Die Überwindung der deutschen Gene, einfach so. Und so fuhr ich auf das Grundstück, durch die Allee, die bereits jetzt im diffusen Nachmittagslicht von Laternen erhellt wurde. Ein milchiges, verlorenes Licht fiel auf den breiten Zufahrtsweg. Linkerhand wuchsen Türme aus Rhododendren, die mir wie Urgestein vorkamen. Ich überlegte, ob wohl Georg Carl Lahusen, der Erbauer des Hauses, die Büsche schon 1929 hatte pflanzen lassen. Nun fuhr ich auf ein Rondell zu, das den Vorplatz des Anwesens bildete. Das Haupthaus war prunkvoll und beeindruckend mit seinen über fünfzig Metern Länge. Es wirkte unberührt von all den Geschehnissen, dessen Zeuge es gewesen war, und hatte nichts von seiner Schönheit verloren. Und plötzlich sah ich eine junge Frau vor mir, groß und blond und schön, wie sie hier entlangfährt, die Hände um ihre Tasche geschlungen, in Erwartung einer ungewissen Zukunft. Wie sie den ersten Blick auf dieses Haus wirft, wie der Wagen langsamer fährt und ganz stehen bleibt und wie sie aussteigt, mit gewölbtem Bauch. Ob jemand sie begrüßt hatte, eine der braunen Schwestern vielleicht? Waren sie freundlich zu ihr gewesen? Hatte sie sich willkommen gefühlt? Und was hatte sie vorher erlebt, zu Hause, mit den Eltern, mit ihrem Paul? Und wieder einmal wurde mir bewusst, wie wenig ich von ihr wusste, wie wenig sie erzählt hatte. Im Grunde wusste ich nichts. Und das, obwohl irgendwo ein Manuskript existierte, ein Buch, das meine Oma geschrieben hatte und in dem ich sicher eine Menge Antworten gefunden hätte! In diesem Moment überkam mich eine schier atemberaubende Wut. Auf mich selbst, dass es mir bisher nicht gelungen war, das Ding zu finden. Auf diesen Verlag, der mir immerhin die fünfzig Seiten hätte zeigen können. Auf Mutter, die mir nichts davon gesagt hatte.

Es hatte zu regnen begonnen und ich bremste ein wenig zu stark und blieb stehen, mit laufendem Motor. Die Scheibenwischer schoben die Tropfen fort und ich sah durch sie hindurch. Alles war noch immer so wie auf den Bildern, die ich gesehen hatte. Der prachtvolle Eingangsbereich mit den vier Säulen, die halbrunden Fenstertüren im Erdgeschoss, vier links und vier rechts des Eingangsportals, die stattliche Fensterfront im ersten Stock und das Türmchen mit dem grünen Kupferdach. Die schiefergrauen Ziegel glänzten vor Nässe. Und trotz der Schönheit und Eleganz hatte ich plötzlich das Gefühl, dass ich nicht hier sein durfte. Dass dieses Haus, dieser Ort mich hier nicht haben wollten, dass ich ein Eindringling war und etwas Verbotenes tat. Im Eingang erschien eine Gestalt und ich sah, dass jemand zu mir herüberblickte. Schließlich schüttelte ich mein Unbehagen ab und gab so viel Gas, dass der Kies wegspritzte. Warum auch immer, ich hatte das Gefühl, dass die Fäden meiner Geschichte in diesem Haus zusammenliefen. Es war eine Art widersinniger Gewissheit, wo ich doch nichts mit Sicherheit wusste, außer dass meine Oma hier ihr Kind zur Welt gebracht hatte. Ich war hergekommen, um mehr darüber in Erfahrung zu bringen. Und ich würde mich nicht von einem vagen Unbehagen davon abbringen lassen.

Ich parkte, langte auf den Beifahrersitz und griff nach meinem Mantel. Dann stieg ich aus. Dieser Ort hatte auch heute noch etwas Geheimnisvolles. Und dieses Geheimnis war nur zum Teil begründet in seiner Architektur und in seiner Grandezza. Vielleicht war es seine Geschichte, die Historie der Menschen, die dort gelebt hatten und die immer anders als ihre Nachbarn gewesen waren. Zuerst die Lahusens, die in den Jahren 1928 und 1929 den alten Landsitz im englischen Stil, der vorher dort gestanden hatte, abreißen ließen und das neue Hohehorst für drei Millionen Reichsmark hatten erbauen lassen. Und die bereits 1931 ihr prunkvolles Heim verlassen mussten, als das Unternehmen in Konkurs ging. Auf die Lahusens folgte der Lebensborn, der das Anwesen 1935 erwarb und hier 1938 das vierte von insgesamt neun Heimen eröffnete. Dann kamen die Amerikaner und es fungierte als Offizierscasino, im Anschluss daran wurde es zu einer Tuberkuloseklinik umfunktioniert, es folgten Jahre im Besitz des Roten Kreuzes und als Alterskrankenhaus. 1981 schließlich ging das Anwesen an die Stadt Bremen, die dort ein Therapiezentrum für Drogenabhängige einrichtete.

Dieses Haus hatte alle erdenklichen Extreme erlebt, ein Auf und Ab zwischen dem schwindelerregenden Reichtum der Lahusens und den Existenznöten von schwangeren Müttern, denen man einredete, sie gehörten zur »rassischen Elite« eines Volkes. Das Haus hatte Sieger und Besiegte gekannt, Gewinner und Verlierer. Und nun lebten dort Menschen, die versuchten, sich zu einer für sie neuen Normalität hinzubewegen.

All das ging mir durch den Kopf, als ich vor dem Haus stand und den Blick über die Fassade, die Fenster, die grauen Mauern schweifen ließ. Und dann dachte ich wieder an Großmutter. Die in einem dieser Zimmer gelebt hatte, die an diesem Ort ein Kind geboren hatte. Was war hier geschehen? Und wo – verdammt noch mal – war dieses Manuskript?

An das Gespräch mit Hanna sollte ich mich erst zwei Wochen später erinnern. Es war am Tag von Paulchens Namensweihe. Ich war gerade dabei, in der großen Halle die letzten Vorkehrungen zu treffen.

Die Namensgebungsfeiern waren für Lebensborn-Mütter das, was für andere die Taufe war. Diese Feiern wurden im festlichen Rahmen begangen, wobei mehrere Kinder gleichzeitig die Namensweihe erhielten. Das Besondere für uns war, dass dazu auch Gäste von außerhalb geladen wurden. Ich selbst hatte die Einladungsliste geschrieben und die Briefe verschickt. Es wurden an die dreißig Gäste aus Bremen und Umgebung erwartet, hochrangige Mitglieder der SS und auch die Vorstandsmitglieder des Lebensborn würden diesmal kommen. Ein Mann, der bei uns als Hilfskraft arbeitete, und ich waren gerade dabei, die Führerbüste, die zu derlei Gelegenheiten hervorgeholt wurde, mit einem Handwagen in die Halle zu rollen. Fahnen und Blumengestecke, Sträuße und das Bild von Hitlers Mutter standen schon an Ort und Stelle. Zwei der Mütter stellten die Stühle in säuberlichen Reihen auf. Wir waren ein wenig spät dran, da ich kurz zuvor noch die Bibliothek für die Vorstandssitzung hatte herrichten müssen, um die sich eigentlich Hanna hätte kümmern sollen, doch die hatte sich kurzfristig krankgemeldet. Sie litt, wie öfter in letzter Zeit, unter einem Migräneanfall.

Ich war also an diesem Morgen ziemlich beschäftigt, eilte hierhin und dorthin und machte mich, als alles an Ort und Stelle war, auf, um noch rasch nach Hanna zu sehen, deren Kindchen ja auch die Namensweihe erfahren sollte an jenem Tag.

Es war ein nasskalter und windiger Oktobertag und ich zog mir die Strickjacke enger um den Leib und hielt den Schirm wie ein Schutzschild gegen den Wind, während ich über den Vorplatz zum Nebengebäude lief. Blätter wirbelten um mich herum, in einem irren Tanz, und ich dachte mit leisem Bedauern daran, dass ich heute nicht würde spazieren gehen können. Der Herbst hatte seinen Höhepunkt erreicht, in der Luft lag jener würzige Duft aus Erde und welkem Laub, der einen tief einatmen lässt, in dem Wunsch, mit dem Duft auch die Farben in sich aufzunehmen.

Das Nebengebäude schien verlassen, alle gingen irgendeiner Tätigkeit nach, und als ich die Eingangstür aufdrückte, umfing mich eine Stille, die wie aus Watte war. Ich stieg die Stufen hinauf und schlug den Weg nach rechts ein, den Korridor entlang. Hannas Zimmer war das letzte am Ende des Ganges. Als ich schon fast ihre Zimmertür erreicht hatte, hörte ich es. Eine Stimme, ganz leise, seltsam klagend, die aus dem Raum drang. Ich blieb auf dem Absatz stehen und lauschte: Ja, es gab keinen Zweifel, das war ein Wimmern. Ich legte die Hand auf die Klinke, als ein zweiter, anderer Ton sich dazugesellte, ein Quietschen, das rhythmischer wurde, schneller. Und dann hörte ich die Stimme eines Mannes, der stöhnte, ein tiefes Aufstöhnen, das in einen unterdrückten Schrei mündete. Ich weiß noch, wie ich dastand, die Hand immer noch halb erhoben, um die Klinke herunterzudrücken. Das Wimmern der Frau wurde lauter und steigerte sich und wurde ebenfalls zu einem Stöhnen, zu Hannas Stöhnen. Ich ließ die Hand sinken, machte auf dem Absatz kehrt und schlich davon, mit einem dicken Kloß im Hals und mit brennenden Wangen.

Kurz vor Beginn der Namensweihe hatte Hanna sich wie von Zauberhand »erholt«. Sie sah gut aus, ihre Wangen waren rosig, die Augen blauer und strahlender denn je und ihre Haare umrahmten in duftigen Wellen ihr Gesicht. Sie hatte »danach« wohl noch die Zeit gefunden, sich die Haare zu machen. Plötzlich blitzte eine Erinnerung auf, an jenen Tag im Park, als ich Hannas roten Mantel durch das Geäst hatte leuchten sehen. Und als mir kurz darauf bewusst wurde, dass Hanna sich schon damals davongestohlen hatte, um sich mit einem Mann zu treffen, spürte ich eine Welle der Enttäuschung heranrollen, die mir einen Moment lang fast den Atem verschlug.

Die große Halle war erfüllt von Stimmengewirr. Hanna und ich und die anderen beiden Mütter, deren Kinder heute die Namensweihe empfangen sollten, nahmen in der ersten Reihe Platz, auf dem Schoß die Kleinen, im Sonntagsstaat. Ich drehte mich um und ließ langsam den Blick durch die Reihen wandern. Über die Pensionärinnen und meine Kollegen, die Herren des Vorstands und die SS-Leute, die gekommen waren, um – wie es Usus war – die Patenschaft für die Kinder zu übernehmen. Immer wieder tastete ich die Gesichter dieser Männer ab. Ob einer von ihnen früher gekommen war und einen Abstecher ins Nebengebäude gemacht hatte, heute kurz vor dem Mittagessen? So wie ich selbst hatte auch Hanna nie viel vom Vater ihres Kindes gesprochen, und was sie erzählt hatte – daran dachte ich nun –, war vage und nichtssagend gewesen. In der dritten Reihe blieb mein Blick an einem SS-Mann hängen, der neben einer Frau saß, ganz offensichtlich seiner Ehefrau. Kurz zuvor hatte ich ihn mit Hanna vor dem Kamin stehen sehen und er würde, soweit ich wusste, die Patenschaft für Hannas Kind übernehmen. Es war ein gut aussehender Mann um die fünfzig, mit angegrauten Schläfen und einem gewinnenden Lächeln. Er war groß, schlank und machte einen äußerst feschen Eindruck in seiner Uniform. War es möglich, dass *er* bei Hanna gewesen war?

Der Wind zerzauste mir das Haar, während ich dort stand und die dunklen Fenster anstarrte. Irgendwann setzte ich mich in Bewegung und betrat das Haus. Ich hörte Bässe im Discotakt, einen stampfenden Rhythmus, der mich eigenartig berührte, in gewisser Weise aber auch erleichterte hier an diesem Ort, der mir von draußen so ganz herausgelöst aus dieser Zeit und dieser Welt erschienen war. Im Eingangsbereich blieb ich wieder stehen und sah geradeaus durch eine weitere Glastür, die nur ein paar Stufen höher lag, in eine große Halle. Links und rechts gingen Türen ab, an der linken stand ein Schild: *Anmeldung*. Doch schon bevor ich die Klinke herunterdrückte, wusste ich, dass die Tür verschlossen sein würde. Offensichtlich war ich zur falschen Zeit gekommen. Durch das Glas sah ich, dass ein paar junge Leute zu mir herübersahen. Mir wurde unbehaglich zumute. Das waren vermutlich die Exjunkies, die hier therapiert wurden. Auf keinen Fall wollte ich als neugieriger und sensationslüsterner Eindringling dastehen. Andererseits würde mich vornehme Zurückhaltung nicht weiterbringen. Also atmete ich tief durch und öffnete die Tür.

    Alle Blicke richteten sich auf mich. Im Raum befanden sich etwa dreißig junge Leute, die meisten Männer, ein paar wenige Mädchen waren auch dabei. Einige von ihnen saßen auf schwarzen Ledersofas, die über den Raum verteilt waren, und starrten vor sich hin oder drückten auf einem Handy herum. Ein paar andere spielten Billard. Oder sie hatten gespielt, bevor ich eingetreten war. Jetzt standen sie nur da, das Queue in der Hand, und warteten. Ich wandte mich an einen nicht mehr ganz so jungen Mann und rief quer durch den Raum gegen das Stampfen der Bässe an: »Ich interessiere mich für die Geschichte des Hauses und würde mir den Ort gern einmal ansehen. Geht das?«

Er nickte und ich hatte den Eindruck, dass die Anspannung, die mein Erscheinen hervorgerufen hatte, einer gelösten Neugier wich. Der ältere Mann ging zu einem jüngeren und redete kurz mit ihm, woraufhin der junge auf mich zukam.

»Hi! Ich würde mir gerne einmal das Haus ansehen.«

Der junge Mann betrachtete mich fragend und ich hatte den Eindruck, noch etwas hinzufügen zu müssen.

»Ich ... meine Mutter ist hier auf die Welt gekommen ... 1944.«

»Ich weiß nicht recht ...«

»Ich bin extra von Süddeutschland hierhergefahren.«

Der junge Mann schien mit sich und einer Entscheidung zu ringen. Schließlich sagte er, ein wenig unsicher noch: »Warum nicht! Ich werde Sie herumführen. Wollen Sie auch den Park sehen?«

Ich nickte erleichtert und wir setzten uns in Bewegung. Der junge Mann, ein dunkler Typ mit schwarzen Samtaugen, führte mich als Erstes zu den Nebengebäuden, die rechter Hand der Einfahrt lagen und wo, wie er sagte, die Eltern mit ihren Kindern lebten. Ich schluckte unmerklich und überlegte, dass manches Elend schon in Kindesalter beginnt. Auf der anderen Seite des Hauses waren Stallungen. »Hier findet die Pferdetherapie statt«, sagte der Junge und seine Augen füllten sich mit etwas, das ich als Stolz oder auch Freude interpretierte. Und dann sagte er: »Ich bin dafür zuständig, von der Anmeldung, wenn jemand sich dafür interessiert, bis hin zu der Arbeit mit den Pferden. Und hier findet das Vorgespräch statt.« Er deutete auf eine Art Anbau mit großer Panoramascheibe, die auf den Hof hinausging. Ich fragte mich, was zu Oma Charlottes Zeiten hier untergebracht gewesen war, Hühner und Kühe vielleicht.

Wir entfernten uns in westlicher Richtung, gingen vorüber

an einem Brunnen, dessen runde Becken mit Flechten bewachsen waren und aus dessen Mitte eine steinerne Säule ragte. Ich blieb stehen und überlegte. Das musste der Vogelbrunnen gewesen sein, ja, ich kannte ihn von dem Bildband, den ich für Frau Willunat besorgt hatte. Früher hatte ein Kind darauf gesessen, ein Säugling, dessen winzige Händchen den Wasserspeier umklammerten. Das war aber wahrscheinlich noch vor der Lebensborn-Zeit und die Kinderskulptur war sicher bei der großen Versteigerung nach dem Zusammenbruch der Lahusen-Dynastie unter den Hammer gekommen. Der Junge ging neben mir her, er sagte nichts. Er schien zu merken, dass ich mich ganz auf den Ort konzentrieren und lieber schweigen wollte. Wir gingen weiter und plötzlich erblickte ich den See, und über das, was ich jetzt sah, schob sich ein älteres Bild in Schwarz-Weiß, auf dem eine junge Frau vor der spiegelnden Fläche dieses Sees stand und lachte. Ich schloss für einen Moment die Augen. Hier, es musste hier gewesen sein, ich glaubte die Stelle, die Perspektive wiederzuerkennen, auch wenn die Bäume damals viel kleiner und spärlicher gewesen waren und der See jetzt einen Schilfgürtel trug. Der Junge hielt sich ein paar Meter entfernt und sah in eine andere Richtung. Vielleicht hatte er gemerkt, dass mir Tränen in die Augen stiegen. Eine Weile lang blieb ich einfach so stehen, an der Stelle, an der ich glaubte, dass Oma Charlotte vor über sechzig Jahren gestanden hatte. Schließlich reichte ich dem Jungen meinen Fotoapparat und bat ihn, genau hier ein Bild von mir zu machen. Ich schluckte. Aus irgendeinem Grund kam ich mir vor wie eine Vertriebene, die nach all den Jahren zurückkehrte. Ich fühlte mich schwach und ausgeliefert, zittrig. Und während der Junge auf den Auslöser drückte, fuhr der Wind mir durchs Haar und auf dem Bild, das ich später anschaute, sah es so aus, als wollte er mich davontragen.

Wir näherten uns dem Haus von der Seite. Verschwiegen und geheimnisvoll ruhte es in der hereinbrechenden Dämmerung, und während wir einen Bogen darum schlugen und von der anderen Seite die Terrasse ansteuerten, hatte ich das nächste Déjà-vu-Erlebnis, das natürlich kein echtes war, da ich das alles von den Fotos her kannte. Wie erstarrt ging ich die Stufen hoch und hielt das Profil der Steinfigur im Blick. Das war die Frau, die den Windhund streichelte, zweifellos. Vor dieser Figur hatte jemand die Aufnahme von Oma Charlotte gemacht. Und von einem kleinen Kind, das nicht meine Mutter gewesen war. Wieder bat ich den Jungen, ein Bild von mir zu machen, vor derselben Figur, aus derselben Perspektive.

Und dann führte er mich von der Halle in den Keller hinunter. Ich erkannte den schwarz-weißen Fliesenboden, der noch der alte sein musste. An der Schwelle zur Küche blieb ich stehen. Sie allein war so groß wie unsere ganze Wohnung. Mein Blick glitt zu einem überdimensionalen Tisch im Vorraum, auf dem, ein wenig verloren, drei Toaster standen. Der Junge öffnete eine Tür und ein weiß gekacheltes Bad kam zum Vorschein. Die Marmorbäder, von denen die Autorin in ihrem Buch noch geschrieben hatte, gab es wohl nicht mehr. Wir durchschritten den Gang und durchquerten einen hallenartigen Raum mit einer Gewölbedecke.

»Hier essen die von der anderen WG«, sagte der Junge und holte mich in die Gegenwart zurück.

Über eine andere Treppe gingen wir in den oberen Stock und ich spürte auf einmal, wie mein Herz stärker zu schlagen begann. In den ersten Stock gelangten wir durch eine Art Vorraum, in dem ein Mann auf einem schwarzen Sofa saß und auf einem Handy herumdrückte. Er blickte nicht auf, als wir vorübergingen.

»Ich hoffe, Sie verstehen, dass ich Ihnen hier keine Zimmer zeigen kann, das ist privat. Außer natürlich meinem eigenen.«

Er sah mich bedauernd an und ich beeilte mich zu sagen: »Das wäre wunderbar, wenn ich Ihr Zimmer sehen dürfte. Ich weiß sowieso nicht, in welchem meine Großmutter gewohnt hat.«

Er nickte und ich war ihm plötzlich unendlich dankbar.

Vielleicht war ich aber auch nur rührselig, weil meine Augen nun auf all dem ruhten, von dem ich wusste, dass auch Oma es gesehen hatte. Auf diesem Parkettboden mit den Einlegearbeiten; dem breiten Korridor, der kein Ende zu nehmen schien; den breiten Türen; den hohen Decken. Der Junge wollte gerade die Klinke zu seinem Zimmer herunterdrücken, als ein langhaariger Mann, der aussah wie ein altes Kind vom Bahnhof Zoo, meinen Begleiter ansprach und wissen wollte, wer ich sei und was ich hier machte. Der Rest ging ziemlich schnell. Ehe ich mich versah, hatte der Langhaarige mich hinauskomplimentiert. Ein paar Minuten später stand ich mit dem Jungen vor dem Haus.

»Es tut mir leid«, sagte er. »Ich hätte Ihnen gern das ganze Haus gezeigt, auch mein Zimmer.«

»Mir tut es leid. Ich hoffe, Sie bekommen keinen Ärger.«

»Nee, sonst is der auch nicht so. Das ist wohl nur, weil in letzter Zeit öfters Leute hier reinwollten. Ohne Besuchserlaubnis oder Anmeldung.«

»Wie ich. Meine Schuld. Ich hätte vorher anrufen sollen.« Ich lächelte und er lächelte zurück.

»Fritz – er ist einer von den Therapeuten – ist besorgt um uns. Und um die Einrichtung. Hat wohl Angst, dass sich hier ein Journalist einschleichen und was Negatives schreiben könnte. Über das Therapiezentrum. Und dass sie es dann dichtmachen. Dabei interessieren sich die Leute doch nur für die Geschichte.«

»Kommen denn so viele her und wollen das Haus sehen?«

»Sagen wir mal so: Fritz glaubt an einen Zusammenhang zwischen dem Gemunkel, dass sie das Therapiezentrum schließen wollen, und den Besuchen in letzter Zeit. Er sagt: Jahrelang hat sich kein Schwein für das Haus hier interessiert und plötzlich rennen sie uns hier die Bude ein. Vielleicht denkt er auch, dass sie uns anonym Inspektoren schicken, was weiß ich.«

»Diese Leute, die das Haus sehen wollten ...«

»Ja?«

»Erinnern Sie sich an die?«

»Tja, da war eine Frau, vor ein paar Monaten, im Herbst muss das gewesen sein, da lagen überall die Laubhaufen herum ...«

Ich nickte, in der Hoffnung, er würde weitersprechen. Was er auch tat:

»Diese Frau wollte alles genau sehen ... ach ja, und die hatte eine Mutter, die hier ihr Kind bekommen hatte, bei den Nazis. Die hat mich ganz schön gelöchert, ob hier noch irgendwelche Unterlagen vom Lebensborn sind. Was natürlich Quatsch ist. Und dann – das ist noch keine Woche her – war da ein Mann, der sich am liebsten alles alleine angesehen hätte.«

Ein seltsames Gefühl beschlich mich und ohne nachzudenken fragte ich: »Vor einer Woche, sagen Sie? Was war denn das für ein Mann?«

»Hm. Er hat gesagt, er würde ein Buch über die Geschichte vom Lebensborn schreiben. Er hat mir eine Menge Fragen gestellt, aber zu den meisten konnte ich nichts sagen.«

»Und wie sah er aus, dieser Mann?«

»Etwas größer als ich, was ja keine Kunst ist« – der Junge grinste und zeichnete mit dem Finger einen Markierungsstrich in die Luft – »etwa so. Blond war er und ziemlich gut aussehend, so wie dieser eine amerikanische Schauspieler ... wie heißt der noch?«

»Robert Redford.«

»Ach nee, Sie kennen den?« Der Junge sah mich verblüfft an.

»Kennt den nicht jeder?«

»Den echten schon. Aber egal ... Auf jeden Fall wollte dieser Typ ganz genau wissen, wie viele Leute das Haus hier besichtigt haben in der letzten Zeit. Vielleicht hatte er Angst vor Konkurrenz. Dass ihm einer seine Idee klaut.« Er kratzte sich am Kopf. »Ja, jetzt fällt's mir wieder ein. Der hat sogar genau nachgefragt, wie die Frau ausgesehen hatte, die sich das Haus im letzten Herbst angesehen hatte.«

Seine Worte trafen mich mit voller Wucht und in meinem Kopf gab es einen Ruck. Der Junge musterte mich, dann grinste er und sagte: »Nichts für ungut, aber ist das so eine Art wissenschaftliches Rennen, was Sie alle da veranstalten? Kommt mir ja fast vor wie eine Gralsuche ...«

Ich versuchte ebenfalls ein Lächeln zustande zu bekommen, doch es rutschte mir an den Mundwinkeln ab. Ein wenig lahm sagte ich schließlich: »Tja, da haben Sie uns wohl ertappt.«

Er nickte, verschmitzt und zufrieden. Plötzlich fiel mir noch etwas anderes ein. »Und die Frau, die im Herbst da war, erinnern Sie sich an ihren Namen?«

Er schüttelte den Kopf. »Nee, mein Namensgedächtnis ist nicht das beste.«

»Hieß sie vielleicht Sternberg?«

»Tut mir leid, ich weiß es wirklich nicht.«

»Wie alt war sie denn?«

»Na, so um die sechzig.«

»War sie groß oder klein?«

»So mittel, würd ich sagen. Kinnlanges Haar, blaue Augen, hat sicher mal ziemlich gut ausgesehen.«

Kurz schoss mir die Frage durch den Kopf, wie er mich wohl beschrieben hätte. Vielleicht als eine verblühte Jungfrau im Kamelhaarmantel mit peruanischem Ökostrickschal. Aber was hatte er da gerade gesagt?

»... von noch weiter her als Sie.«

»Wie bitte?«

»Sie sagte, sie sei aus Wien.«

Ich spürte, wie meine Gedanken durcheinanderpurzelten und Bilder wie ein Wasserfall in meine Augen stürzten. Sie war tatsächlich hier gewesen. Sie hatte dieselbe Spur verfolgt wie ich. Ich war auf demselben Weg wie sie.

»Sie sind ganz sicher?«

»Aber ja. Ich fand das so durchgeknallt.«

»Wieso?«

»Na, dass einer quer durch Europa fährt, um sich ein Haus voller Exjunkies anzusehen.« Er grinste.

»War sie denn mit dem Auto da?« Das würde zu ihrer Flugangst passen, dachte ich.

»Klar, die waren mit dem Auto da. Das hatte ja Wiener Kennzeichen.«

»Die? Waren es denn mehrere?«

»Da wartete jemand im Auto auf sie.«

»Ein Mann oder eine Frau?«

Der Junge zuckte mit den Achseln, rollte die Augen nach oben.

»Können Sie die Person beschreiben? War's vielleicht der Mann, der vor einer Woche alleine da war?«

Seine schwarzen Augen starrten angestrengt ins Leere. Dann schüttelte er den Kopf. »Keine Ahnung. Ich habe nur gesehen, dass da jemand im Auto saß. Aber die Scheibe war beschlagen.« Er zuckte bedauernd die Achseln. »Ist das denn wichtig? Ich kann rumfragen, ob jemand die Person im Wagen gesehen hat. Wenn Sie wollen. Immerhin waren wir, die Frau und ich, eine Weile auf dem Grundstück unterwegs. Da sind sicher ein paar von den andern vorbeigekommen. Aber andererseits ... hier sind alle ziemlich mit sich selbst beschäftigt.«

»Vielleicht erinnern Sie sich an den Wagentyp?«

Ein breites Grinsen legte sich auf sein Gesicht. »Yep«, sagte er und fügte hinzu: »Ein dicker, fetter, silberner Rentner-Mercedes.«

Ich unterdrückte ein Lächeln und nickte. Dann zog ich eine von meinen Visitenkarten heraus, schrieb meine Handynummer dazu und gab sie ihm. »Melden Sie sich, falls Sie noch was herauskriegen.« Dann bedankte ich mich bei ihm, setzte mich ins Auto und legte den Rückwärtsgang ein. Während ich durch die düstere Allee fuhr, vorbei an den Rhododendron-Türmen und den Laternen, die ein orangerotes, verlorenes Licht in den Abend sandten, fragte ich mich, wer die Person bei Mutter im Wagen gewesen war.

Die Namensweihe begann, Dr. Sartorius trat vor, hielt eine kurze Ansprache, dann wurde ein Sinnspruch der SS rezitiert. Schließlich trat der Zeremonienmeister vor die Versammlung und ich erinnere mich, dass er – wie bei diesen Gelegenheiten üblich – nicht nur über den Sinn der Namensweihe sprach und dass sie die christliche Taufe ersetze, sondern auch über das Germanentum und dass wir hier und heute zusammengekommen seien, um unseren Beitrag fürs Vaterland und den Fortbestand der »arischen Elite« zu leisten. Ich weiß noch, dass Paulchen auf meinem Schoß zappelte wie ein kleiner Fisch. Und dass ich plötzlich an den anderen Paul denken musste, der nach Meinung all dieser Menschen hier nicht zur Elite gehörte. Weil er eine jüdische Großmutter gehabt hatte. Als Hanna aufstand, riss mich das aus meinen Gedanken. Ich ließ sie nicht aus den Augen, während sie nach vorne ging. Der Zeremonienmeister fragte: »Deutsche Mutter, verpflichtest du dich, dein Kind im Geiste der nationalsozialistischen Weltanschauung zu erziehen?«

Hanna gab ihm die Hand und sagte mit fester Stimme: »Ja.«

Dr. Sartorius wandte sich mit der Frage an den SS-Paten, der mit nach vorne gekommen war: »Bist du, SS-Kamerad, bereit, dieser Mutter und ihrem Kind, wenn sie in Not und Gefahr geraten, persönlichen Schutz zu verleihen?«

Täuschte ich mich oder tauschten Hanna und der Pate tiefe Blicke aus? Der SS-Mann sagte, ebenfalls händeschüttelnd: »Ja.« Ich drehte mich um, zwei Reihen hinter mir saß die Ehefrau und betrachtete das Ganze mit einem Ausdruck, der nicht zu erkennen gab, was sie fühlte oder dachte. Fühlte und dachte sie überhaupt irgendetwas in diesem Moment?

»... du bereit, die Erziehung des Kindes im Sinne des Sippengedankens unserer Schutzstaffel stets zu überwachen?«

Vorne erfolgte ein erneuter Handschlag. Und dann nahm Dr. Sartorius den SS-Dolch von einem Samtkissen und hielt ihn über das Kind und berührte es damit: »Ich nehme dich hiermit in den Schutz unserer Sippengemeinschaft und gebe dir den Namen ...«

In diesem Moment fiel mein Blick auf Herrn Huber, der ganz am Rand stand und die vier Menschen vorn mit angespanntem Gesicht beobachtete. Lag da nicht ein grimmiger Zug um seinen Mund? Aber warum hätte ihm diese Namensweihe missfallen sollen? Es war nicht die erste Zeremonie dieser Art, an der er teilnahm. Wusste er etwas, das ich selbst nur mutmaßte? Ich war verwirrt, wahrscheinlich bildete ich mir all das nur ein. Als ich wieder nach vorne sah, hielt der Zeremonienmeister Hanna die Urkunde hin, sie griff danach und ging mit Urkunde und Kind zurück an ihren Platz. Und als Nächstes war die Reihe an mir.

Nach der Zeremonie gab es Kaffee und Kuchen. Wenn ich zurückdenke an die eigenartige Durchmischung von dienstlicher Pflicht, der ich an jenem Tag als Angestellte des Hauses nachkam, und privatem Feiertag, der es für mich als Lebensborn-Mutter war, kommt es mir vor, als hätte ich eine Doppelrolle in einem Film gehabt. Auf jeden Fall huschten wir Angestellten, als die Festgemeinde die große Halle zu einem Spaziergang im Park verlassen hatte, in die Bibliothek, wo die Tische für die Kaffeetafel fertig gedeckt werden mussten.

Paulchens Pate war ein SS-Mann von etwa dreißig, unverheiratet, ein sympathisch aussehender Kerl mit einem Lausbubengesicht, auf dem meist ein Ausdruck großer Belustigung lag. Er trug den stolzen Namen Maximilian Fürst und gehörte der 9. Reiterstandarte in Bremen an. Nach der Zeremonie hatte er Paulchen von sich gehalten, ihn angegrinst und gesagt: »Na, junger Herr Paul, wo ist denn Ihre Uniform?«, und ich weiß noch, dass ich dachte: So ist der erste Mann, der dich im Arm hält, ein völlig Fremder.

Den restlichen Nachmittag wich Maximilian Fürst nicht mehr von meiner Seite, was mich ein wenig hemmte, da ich mir vorgenommen hatte, Hanna unauffällig im Auge zu behalten. Er legte mir Kuchenstücke auf den Teller, schenkte mir Kaffee nach und erwiderte jedes Wort von mir mit Aufmerksamkeit und einem lustigen Lachen.

Es war schon später Nachmittag, als ich Sartorius' Blick auf mir spürte. Er saß uns schräg gegenüber am Nachbartisch, dort, wo auch die Vorstände, Oberschwester Berta und Herr Huber saßen. Ich weiß noch, dass ich wegen irgendetwas, das Maximilian sagte, Tränen lachte, der halbe Tisch lachte mit. Ich tupfte mir die Augen, und in dem Moment, als ich die Serviette senkte, den Kopf hob und aufsah, begegneten sich unsere Augen. Sein Blick hatte etwas Bohrendes, Humorloses, doch hinter diesem Ausdruck meinte ich noch etwas zu sehen: die Ahnung eines Gefühls, das sich mir aber erst später erschloss. Ich löste meinen Blick aus seinem, wandte den Kopf und sah hinaus. Vor den hohen Fenstertüren stand die Dämmerung, in der Ferne, am Rand der weitläufigen Rasenfläche, leuchteten die Buchen rostrot und ich sah, wie der Wind die Blätter durch die Luft wirbeln ließ. Es regnete inzwischen und grauschwarze Wolken türmten sich dramatisch vor einem hellrosa Himmel. Wie unheilvolle Vorboten, dachte ich, und als meine Augen wieder zurückfanden in den Raum, ruhte Sartorius' Blick immer noch auf mir. Nur dass auf seinen Lippen jetzt ein Lächeln lag.

Am Nachmittag des nächsten Tages fuhr ich zum Altersheim. Ich streckte der kleinen Frau die Hand hin und lächelte. »Willunat, das klingt doch ...«

»Ostpreußisch?« Sie lächelte zurück. »Stimmt.«

»Meine Oma kommt ... kam auch von dort.«

Anneliese Willunat sah mich interessiert an: »Ja? Woher denn?«

»Aus Königsberg. Und woher kommen Sie?«, fragte ich.

»Ach, Kind. Das sagt Ihnen doch sowieso nichts.«

Zu Anneliese Willunat fühlte ich mich sofort hingezogen, und noch bevor das eigentliche Gespräch begann, hatten wir einen Draht zueinander, der seinen Ursprung in einer fernen Vergangenheit und einem verlorenen Land hatte. Jetzt erst fiel mir auf, dass es doch ein paar Dinge gab, die ich über Oma Charlotte wusste. Zum Beispiel, dass sie ihre Kindheit in Ostpreußen verbracht hatte. Sie hatte allerdings fast nie darüber gesprochen, und weil ich den Eindruck gehabt hatte, dass es einfach zu schmerzhaft für sie war, über dieses verlorene Leben zu reden, hatte ich auch nicht nachgefragt. Dieselbe Traurigkeit meinte ich nun auch in Frau Willunats Stimme zu hören.

»Darf ich es trotzdem wissen?«

»Hm?«

»Woher Sie kommen.«

»Aus Groß Rominten. Oder Hardteck, wie sie's 38 nannten. Hat sich aber nie richtig durchgesetzt, dieser fremde Name.«

»In Rominten, war da nicht ...«

»... der Reichsjägerhof vom ollen Göring, ja, ja.«

Ich sah sie an, wusste ihre Stimmung nicht recht zu deuten und wartete darauf, dass sie weitersprechen würde. Und das tat sie auch: »Ich hätte ja ohnehin nicht mehr zurückkönnen, auch wenn der Krieg anders ausgegangen wär.«

Anneliese Willunats Blick war in die Ferne gerichtet. In eine Vergangenheit, die ich nicht sehen konnte, mir aber mit aller Macht vorzustellen versuchte. Wie war das damals gewesen, vor über sechzig Jahren? Ich sah sie an und sie beantwortete meinen fragenden Blick, indem sie fortfuhr: »Ja, als Mutter der *Schande*! Deshalb bin ich ja fort, damals. Was *das* bedeutete, Sie glauben es nicht! Den jungen Frauen von heute ist ja alles erlaubt, ihr werdet noch nicht mal scheel angeguckt. Aber damals ... Als mein Vater erfuhr, dass ich schwanger war, sagte er, er würde mich so lange durchs Dorf jagen, bis das verdammte Balg herausfällt. Stellen Sie sich das mal vor!«

Ich versuchte es, doch es fiel mir schwer zu glauben, dass diese resolute kleine Person, die hier mit blitzenden Augen vor mir saß, sich hätte durchs Dorf jagen lassen.

»Und wie ist es ausgegangen?«

»Ich hab mich beim Lebensborn um einen Platz beworben, heimlich natürlich. Und als der Bescheid kam, hab ich meine Sachen gepackt, viele waren es ja nicht, und bin zum Bahnhof, noch in derselben Nacht.«

Sie atmete tief, draußen wurde etwas über den Gang geschoben, wahrscheinlich der Essenswagen. Dann hörte man das Klappern von Blech und die Stimmen zweier Pflegerinnen. Anneliese Willunat schien nichts davon zu hören, denn sie fuhr unvermittelt fort: »Sie müssen sich vorstellen: Ich war ja damals schon 23 und hatte sogar einen Beruf, ich war ausgebildete Kinderschwester und hab gearbeitet. Und trotzdem war das, als würde die Welt untergehen! Und das mit dem Lebensborn ... war ja gar nicht so leicht, da unterzukommen. Die haben nicht jeden genommen. Da waren diese ganzen Unterlagen, die man beibringen musste, das Abstammungszeugnis, dann die Untersuchungen. Das Gesicht haben sie mir nicht mit einem Lineal abgemessen. Aber sie haben mich schon ganz genau angeschaut. Und letztlich hat es ja auch geklappt. Und ich bin nach Hohehorst gekommen. Das war ein Palast, kann ich Ihnen sagen!«

Plötzlich fiel mir ein, dass ich nicht mit leeren Händen gekommen war. Ich holte meine Tasche unter dem Tisch hervor und zog das Buch und die Pralinen heraus. Frau Willunat nahm beides und murmelte mit einem Lächeln, das ihre Worte Lügen strafte: »Aber Kindchen, Sie hätten doch nichts mitzubringen brauchen.« Und als sie die Trüffelpralinen auspackte und anschließend das Buch, sagte sie: »Na, da sieh einer an.«

Der Bildband über Hohehorst, den ich via Internet aufgetrieben hatte, zeigte das Anwesen 1929, also direkt nach seiner Entstehung, in seiner ganzen Pracht. Frau Willunat schlug das Buch auf und begann zu blättern, fast andächtig. Ich tat, als bemerkte ich die Tränen nicht, die in ihren Augen standen, und war auf einmal unsicher.

»Das war vielleicht ... nicht gerade das richtige Mitbringsel«, stotterte ich.

»Ach, Kind. Das ist ... genau das richtige Mitbringsel. Wissen Sie, wie soll ich sagen? Wenn man so alt ist wie ich, kann man sich noch so sehr dagegen wehren, aber das Leben ist nun mal gelebt und alles gehört der Vergangenheit an. Und Hohehorst ...« Sie seufzte und ihr Lächeln war ein wenig zittrig, als sie fortfuhr: »Wir waren ja damals wie aus der Welt heraus an diesem Ort, es ging uns so *gut* dort, das war schon beinahe unwirklich. Um uns herum tobte der Krieg und wir ... Aber das war nicht alles, ich meine, wie soll ich sagen: Wir waren *gewollt*. Nicht geduldet. Wir wurden behandelt, als wären wir wichtig. Sie müssen sich das vorstellen: Erst diese Schande, das Gefühl, ganz tief gefallen zu sein, und dann plötzlich bist du wo und die Leute behandeln dich nicht wie den letzten Dreck, sondern im Gegenteil. Es war unfassbar!« Nachdenklich sah sie vor sich hin. Auf dem Gang wurde das Klappern lauter und Frau Willunat, auf einmal wieder in die Gegenwart zurückgeholt, sagte: »Gleich kommt das Abendessen.«

»Abendessen? Es ist doch erst halb fünf?«

»Ja, das ist hier eben so.«

Eine Pflegerin kam herein, stellte ein Tablett auf den Tisch und verschwand wieder.

»Was ich erst im Nachhinein begriffen habe – vielleicht wollte ich es nicht so recht wahrhaben: Wir haben dort wie im Schlaraffenland gelebt. Mit unserer vielen frischen Milch, die wir jeden Tag bekamen, dem Gemüse, dem Obst ... Hohehorst hatte ja alles selbst: eine Gärtnerei mit Gewächshäusern, Landwirtschaft. Die Mütter wurden bestens versorgt. Und um uns herum tobte dieser Krieg, ist das nicht verrückt? Die Versorgungsschwierigkeiten, die Leute in den Städten, die nix zu beißen hatten. Denen auf dem Land ging's ja vergleichsweise gut.«

Sie hielt inne, bot mir von ihrem Tee an und schenkte sich, als ich den Kopf schüttelte, die Tasse voll. Dann sagte sie: »Aber jetzt kommen wir doch mal zum Grund Ihres Besuchs, Marjellchen. Wie kann ich Ihnen denn nun helfen?«

Ich beugte mich vor, versuchte meine Gedanken zu ordnen und berichtete Anneliese Willunat von meiner Mutter, den Umständen ihres Todes, den Karten und Fotos, die ich gefunden hatte. Sie hörte aufmerksam zu und sagte dann: »Fangen wir doch mal am Anfang an. Sie müssen wissen, ich war ja zwei Jahre in Hohehorst, ich hab meinen Walter dort bekommen und dann eine Anstellung beim Lebensborn angetreten. Das war vielleicht ein Glück für mich! So konnte ich arbeiten und war gleichzeitig bei meinem Kind. Eigentlich eine moderne Lösung, nicht wahr? Heut gibt es doch auch Firmen mit eigener Kinderbetreuung. Aber was wollt ich jetzt eigentlich sagen? Ach ja, dass ich natürlich viele Mütter hab kommen und gehen sehen in den zweieinhalb Jahren als Kinderschwester, in denen ich in Hohehorst war. Wie hieß denn Ihre Großmutter?«

Mit klopfendem Herzen nannte ich Frau Willunat den Namen meiner Großmutter. Sie blinzelte ein bisschen und ihr Blick schien sich irgendwo an der Zimmerecke zu verlieren. Sekunden verstrichen. Sollte ich meine Reise ganz umsonst gemacht haben? Auf einmal erhellte sich ihr Gesicht und sie rief: »Aber natürlich erinnere ich mich ... die hat doch im Büro gearbeitet. Ein flottes Mädel war das, kann ich Ihnen sagen. War ja noch jünger als ich damals, die Arme! Aber dass sie aus Königsberg war, daran erinnere ich mich nicht. Auf jeden Fall gehörte sie wie ich zu den Angestellten und war längere Zeit im Heim. Ich bin ja dann weg ... nach Steinhöring. Aber sie ist geblieben. Ich glaube, bis Kriegsende.«

Das Blut schoss mir in den Kopf. Jetzt war ich auf dem richtigen Weg, vielleicht würde ich gleich etwas erfahren, etwas Wesentliches.

»Ja, ja ... im Sekretariat hat sie gearbeitet, immer gute Laune und einen Witz! Der hat das alles nicht viel ausgemacht.«

»Wie meinen Sie ›das alles‹?«

»Na, ich hatte am Anfang schon zu kämpfen, schwanger und ohne Mann, aber Ihre Großmutter war damals schon sehr selbstbewusst eingestellt. So wie ihr jungen Leute heute! Mein lieber Herr Geheimrat, das war eine ganz Hübsche. Und eine ganz Überzeugte! Sie war ja auch in der Partei und hat für den Hitler feurige Reden geschwungen.«

Frau Willunat nahm noch einen Schluck Tee und stellte dann den Löffel in die leere Tasse. Sie begann ihr Tablett aufzuräumen, legte das Besteck ordentlich auf den Teller. Dann sah sie auf, mir in die Augen: »Aber Kindchen, was ist denn?«

»Nichts, nichts ... ich ...«

»Weil ich das gesagt habe, von wegen ganz überzeugt und so?«

»Ehrlich gesagt ... ja.«

»Na, irgendwo müssen die Mitglieder ja gewesen sein! Nun nehmen Sie sich das mal nicht so zu Herzen.«

»Es ist nur so, dass meine Großmutter mir ein anderes Bild vermittelt hat ... von sich und ihrer Einstellung dazu.«

»Ja, hinterher ist man immer schlauer, so ist es nun mal. Aber sie war nicht aggressiv oder so. Sie war keine Denunziantin oder hinterhältig, wenn Sie das beruhigt. Sie ist auch nicht auf andere losgegangen, die, nun sagen wir mal so, etwas zurückhaltender in ihrer Überzeugung waren. Und sie hatte da doch diese Freundin ... leider erinnere ich mich nicht mehr an ihren Namen ... die hat sie ein bisschen gebremst. Überhaupt waren die ganz dick miteinander. Wie hieß die nur?«

Die Tür ging auf und eine andere Pflegerin räumte das Tablett ab, doch Frau Willunat redete einfach weiter.

»Warum habe ich nur so ein schlechtes Namensgedächtnis? Immer schon, und mit dem Alter ist es noch schlimmer geworden.«

»Erinnern Sie sich noch an das Kind?«

»Von Ihrer Großmutter?« Frau Willunat lächelte bedauernd. »Ach, die vielen Kinder, die ich gesehen habe in der Zeit. Nein, daran erinnere ich mich nicht. Wissen Sie, ich war ja auch für die älteren Kinder zuständig. Und einige Zeit nachdem die Norwegerkinder kamen, bin ich dann sowieso nach Steinhöring versetzt worden.«

»Vielleicht erinnern Sie sich, ob meine Großmutter ein oder zwei Kinder hatte?«

Mit klopfendem Herzen wartete ich auf die Antwort. Frau Willunat runzelte die Stirn und dachte eine Weile lang nach. Dann sagte sie: »An die erste Zeit in Hohehorst erinnere ich mich sehr genau. Da gab's nur eine Frau, die zwei Kinder hatte. Die hatte ein Verhältnis mit dem Verwalter, der mit seiner Frau und seinen zwei anderen Kindern im Pförtnerhäuschen von Hohehorst wohnte. Das fand ich dann doch ziemlich haarsträubend, bei allem Verständnis! Später wurde alles so unübersichtlich, ein Kommen und Gehen, und als dann noch die Norwegerkinder bei uns untergebracht wurden ... da hatten wir alle Hände voll zu tun.«

Sie musste meine Enttäuschung gespürt haben, denn sie legte mir die Hand auf den Arm und tätschelte ihn.

»Es tut mir so leid, dass ich Ihnen nicht mehr sagen kann. Aber all das ist schon so lange her und ich merke, wie meine Erinnerungen miteinander verschmelzen, ich kann die einzelnen Teile gar nicht mehr richtig trennen. Und ich will Ihnen auf keinen Fall etwas Falsches sagen.«

Ich nickte, sah erst auf meine Hände und dann auf den Boden. Plötzlich sagte Frau Willunat: »Aber an eine Sache erinnere ich mich doch! An ihre Heiratspläne! Sie malte sich jede Woche eine neue Zukunft aus. Wollte unbedingt einen reichen Kerl heiraten, egal wen. ›Ach, Lieschen‹, sagte sie immer und sah mich dabei so treuherzig an, ›reich muss er sein, das ist die Hauptsache. Mit dem Rest arrangier ich mich schon.‹«

Ich schluckte. *Das* waren also die Jugendträume meiner Großmutter gewesen! Die zu mir gesagt hatte: Wichtig im Leben ist nicht, wie *viel* man hat, sondern *was* man hat. Und sie war es doch auch gewesen, die mir immer gesagt hatte, dass es sie wirklich gibt, die ganz große Liebe.

»Und?«

»Wie bitte?«

»Hat sie es denn geschafft?«

»Was?«

»Sich einen reichen Kerl zu angeln.«

Ich dachte an Gustav Benthin und an das stattliche Erbe, das mir zugefallen war.

Ich nickte. »Das kann man wohl sagen.«

Plötzlich spürte ich ein brennendes Verlangen nach einer Zigarette. Dieses Gefühl, irgendetwas zu übersehen, etwas Wesentliches, war so übermächtig, dass ich überzeugt war, der blaue Dunst hätte den Nebel in meinem Kopf vertrieben. Frau Willunat sah versonnen vor sich hin. Sie strich sich über das kinnlange Haar, das immer noch voll war und in duftigen Wellen ihr Gesicht umrahmte. Dann sagte sie: »Auf jeden Fall war sie froh, in Hohehorst zu sein. War ja auch alles so praktisch. Sie konnte arbeiten, das Kind war versorgt, dann die hochherrschaftliche Atmosphäre, die hat ihr natürlich gut gefallen. Ja, und dann war da schließlich noch ...« Sie verstummte abrupt.

Ich sah sie aufmerksam an und fragte: »Ja? Was war noch?«

»Ach, ich weiß auch nicht, es ist doch alles schon so lange her.« Sie blickte auf ihre Hände, die in ihrem Schoß lagen, und knetete ihre Fingerknöchel. Sie schien meinen Blick zu meiden. Nach einer Weile hakte ich nach: »Was war da noch, was sie in Hohehorst hielt? Bitte, erzählen Sie's mir.«

»Ich gehöre nicht zu den Menschen, die Tratschgeschichten über andere weitertragen.«

»Den Eindruck machen Sie auch nicht, das kann ich Ihnen versichern. Aber bitte, bedenken Sie, dass ich hergekommen bin, um alles über meine Oma zu erfahren. Jedes Detail ist wichtig für mich.«

Frau Willunat sah mich zweifelnd an. Dann sagte sie ausweichend: »Ich bin doch Ende 44 nach Steinhöring gegangen. Ich weiß also gar nicht mehr, wie's weitergegangen ist. Ob.«

»*Was* ist weitergegangen?«

»Ja, also, das war sicher nur Gerede.«

»Was wurde denn geredet?«

Frau Willunat blieb mit dem Blick im Raum hängen. »Na ja, wir hatten da so einen Frauenarzt, der die Mütter betreute ...«

»Und was hatte dieser Mann mit meiner Großmutter zu tun?«

»Jemand erzählte mir mal ... war's Olga? Ich weiß nicht mehr ... dass sie ihn und sie gesehen hat. Sie waren sich wohl ziemlich nah.«

Ihre Worte trafen mich völlig unvorbereitet und meine Gedanken zersplitterten, bevor ich sie erkennen konnte. Doch da sprach Frau Willunat schon weiter: »Na ja, er war ein gut aussehender Mann, der Herr Doktor, das ja. Groß und blond war er und blaue Augen hatte er, sah halt so aus, wie sie damals aussehen sollten. Er war wohl auch sehr wohlhabend oder seine Familie war's. Aber ... ich weiß nicht, wie ich's sagen soll, und abgesehen davon, dass er ein Schwerenöter war ... er war kein guter Kerl. Er hatte so was im Blick, da fror es mich geradezu. Aber das war nur so ein Gefühl von mir, das sollten Sie nicht zu ernst nehmen.«

»Wissen Sie noch, wie der Arzt hieß?«

Natürlich wusste ich die Antwort schon, bevor Frau Willunat sie mir gab.

»Sartorius. An *diesen* Namen erinnere ich mich.«

Auf einmal hörte ich Anneliese Willunats Stimme wie aus weiter Ferne. Das konnte, das durfte doch einfach nicht wahr sein. Großmutter und Sartorius.

»... haben wir ihn den *Schönen Heinrich* genannt. Auf jeden Fall war er der Belegarzt von Hohehorst. Und er kam von extern. Er hatte eine Praxis ... ich glaube, in Bremen. Aber was ist denn, Kindchen?«

»Nichts ... ich ... bin nur etwas müde. Die lange Fahrt.«

Ich sah Frau Willunats besorgten Blick auf mir. Ich lächelte ihr zu, dann fragte ich: »Was wollten Sie gerade sagen?«

»Tja ... was war das noch? Ach so. Der Lebensborn hat für Hohehorst irgendwie keinen Mediziner bekommen, der das hauptberuflich machen wollte. Und dann«, sie senkte die Stimme, »war er ja noch an irgendwelchen Forschungsprojekten beteiligt, da wurde ja auch so einiges gemunkelt.«

»Ach ja, was denn?«

Doch statt einer Antwort machte Frau Willunat eine wegwerfende Geste. »Olle Kamellen. Was wollen wir die wieder aufwärmen. Irgendwann ist auch mal Schluss!« Sie sah an mir vorbei und ihr Blick verriet, dass sie zu dem Thema nichts mehr sagen würde.

»Und diese Freundin?«, fragte ich schließlich. »Wissen Sie, was aus ihr geworden ist?«

»Ach, Marjellchen. Es hat uns doch in alle Winde zerstreut damals. Wie gesagt, ich war ja bei Kriegsende nicht mehr in Hohehorst. Und dann wurde alles immer chaotischer. In Steinhöring wurden dann sogar Akten verbrannt!« Frau Willunat schloss die Augen. Erst da bemerkte ich, dass es dunkel geworden war. Ich erhob mich und sagte:

»Ich habe Sie viel zu lange aufgehalten.«

Sie blinzelte und lächelte mir zu: »Eine willkommene Abwechslung in einer Umgebung, in der es hauptsächlich um Katheter und die richtige Marcumar-Einstellung geht. Und vielleicht habe ich ja auch noch ein paar alte Fotos für sie. Ich werde meinen Sohn fragen. Und dann schick ich sie Ihnen. Versprochen!« Frau Willunat machte Anstalten, ebenfalls aufzustehen, doch ich winkte ab und ergriff stattdessen ihre Hand. Sie fühlte sich weich an und kühl. Einen Augenblick lang hielt ich sie schweigend, dann beugte ich mich zu ihr herunter und umarmte sie kurz: »Ich danke Ihnen sehr.«

Der Korridor war leer und still, die Beleuchtung gedämpft. Eilig ging ich zum Ausgang, meine Schritte klangen dumpf auf dem Linoleumboden. An der Pforte flimmerte ein kleiner Fernseher tonlos vor sich hin und warf zuckende Schatten. Aus dem Raum dahinter war das Klirren von Tassen zu hören. Ich drückte die schwere Glastür auf und trat hinaus in die Dunkelheit. Während ich auf mein Auto zuging, fielen die ersten Tropfen schräg von vorne. Ein Wagen startete im hinteren, unbefestigten Teil des Parkplatzes und fuhr davon. Ich sah kurz auf, doch ich konnte nicht erkennen, ob ein Mann oder eine Frau hinter dem Steuer saß. Ich war bei meinem Auto angelangt und sah die roten Rücklichter des Wagens im Wald verschwinden. Aus irgendeinem Grund war ich plötzlich überzeugt, dass der Fahrer auf mich gewartet hatte. Rasch stieg ich ein und verriegelte die Tür von innen.

Durch Wald und Dunkelheit fuhr ich zurück zum Hotel. Wie überdimensionale Streichhölzer glitten die Stämme der viel zu dicht gepflanzten Fichten an mir vorüber, dann lichtete sich der Wald und ich fuhr vorüber an versprengten Höfen. Die Gedanken purzelten durcheinander, ich sah meine Großmutter, eine andere Charlotte als die, die ich zu kennen geglaubt hatte, und versuchte sie mir mit Sartorius vorzustellen. Offenbar war alles ganz anders gewesen, als ich geglaubt hatte. Oma eine überzeugte Nationalsozialistin, eine Frau, die auf den Führer vertraut hatte! Eine Frau, die den Vorsatz gehabt hatte, einen reichen Mann zu heiraten. Was sie dann ja auch geschafft hatte – Gustav Benthin hatte ihr das Leben geboten, von dem sie anscheinend schon als ganz junge Frau geträumt hatte!

Ich fuhr zu schnell und hinter einer Kurve kam mir plötzlich ein Wagen entgegen, der ebenso schnell fuhr wie ich und der sich ebenfalls nicht so dicht am Rand hielt, wie man sollte. Ich machte eine hektische Lenkbewegung nach rechts, mein Herz schlug mir wie wild und meine Hände zitterten. Diese Einsamkeit hier verführte einen dazu zu glauben, man habe die Straße für sich allein.

Im Hotel lag ich noch lange wach und dachte darüber nach, wie ich jetzt weiter vorgehen könnte. Gab es denn noch etwas, das ich nicht verfolgt hatte, ein letztes loses Ende? Da war der Antwortbrief des Frankfurter Anwalts, auf den ich gespannt war und von dem ich mir endlich Klarheit erhoffte. Und dann gab es da irgendwo ein Buch von meiner Großmutter. In dem ich sicher eine Menge Antworten finden würde. Und schließlich war da Roman Sartorius. Er war *vor* mir in Hohehorst gewesen, so viel war klar. Sicher, er war mir keine Rechenschaft schuldig. Trotzdem fand ich es merkwürdig, dass er bei unserem letzten Gespräch nichts von seinem Vorhaben erwähnt hatte. Und wieso hatte er sich für meine Mutter interessiert? Warum nur diese Geheimniskrämerei, diese Verschlossenheit, was hatte er zu verlieren, wenn er mir gegenüber mit offenen Karten spielte? Flüchtig dachte ich an die abfälligen Bemerkungen, die Frau Willunat über Heinrich Sartorius gemacht hatte. Dabei war sie sicher nicht der Typ Mensch, der irgendwelche völlig haltlosen Gerüchte über andere kolportierte. Es musste etwas dran sein. Ich nahm mir fest vor herauszufinden, warum Roman Sartorius mir nicht erzählt hatte, dass auch er vorhatte, sich Hohehorst anzusehen. Bei dieser Gelegenheit konnte ich auch versuchen, in Erfahrung zu bringen, was es mit »diesen Forschungsprojekten« auf sich hatte. Ob er gewusst hatte, in welchem Ruf sein Vater gestanden hatte?

Ich wälzte mich auf die andere Seite und beobachtete die Schatten, die die Äste der großen Eiche vor meinem Fenster in die Wände schnitten. Auf dem Korridor klapperte die Fahrstuhltür, nebenan wurde ein Schlüssel gedreht und dann war wieder Stille. Roman Sartorius. Was mochte er mir noch alles verschwiegen haben? Was wusste er, was ich nicht wusste?

Es war schon spät, vielleicht zehn, vielleicht elf Uhr, ich lag im Bett und las beim Schein meiner winzigen Nachttischlampe, als es klopfte, leise zwar, aber energisch. Überrascht starrte ich die geschlossene Tür an, in Hohehorst galten strenge Regeln, was Nachtruhe und Besuche auf den Zimmern anbelangte. Ich schlug die Decke zurück und ging zur Tür. Aus irgendeinem Grund, vielleicht wegen der Intimität der vorgerückten Stunde, erwartete ich, Hanna zu sehen. Vielleicht war sie gekommen, um mir alles zu erzählen, schoss es mir durch den Kopf und ich drückte die Klinke herunter. Doch als die Tür aufschwang, stand Sartorius vor mir, den eisblauen Blick auf mich gerichtet.

»Darf ich hereinkommen?«

Ich sah ihn überrascht an. Der Mann musste betrunken sein oder von allen guten Geistern verlassen. Oder es gab einen wirklich wichtigen Grund dafür, dass er, der Belegarzt und Leiter ad interim sich über die Regeln des Hauses hinwegsetzte. Keine Herrenbesuche auf den Zimmern, nie und niemals, aus welchem Grund auch immer. Plötzlich durchfuhr mich ein eisiger Schrecken. Paulchen, es musste etwas mit Paulchen zu tun haben. Ich trat beiseite und ließ ihn vorbei. Schon während er die Tür hinter sich schloss, stürzten die Worte aus mir heraus, angsterfüllt und hastig: »Ist was mit Paul?«

Doch er schüttelte nur leicht den Kopf, trat auf mich zu und berührte mich am Arm. Sein Atem roch nach Alkohol. »Mit Ihrem Paul ist alles in Ordnung, soweit ich es weiß.«

Wir standen uns gegenüber und ich wartete darauf, dass er mir den Grund für seinen späten Besuch nennen würde. Doch er sah sich im Zimmer um, sein Blick heftete sich an jeden einzelnen persönlichen Gegenstand und blieb schließlich an der kolorierten Zeichnung hängen – die beiden Liebenden im Sternenmantel. Er trat darauf zu, in seinen Mundwinkeln zuckte es, ob amüsiert oder missbilligend, konnte ich nicht sagen.

»Oh, was für ein hübsches Bild der reinen Liebe. Sind Sie selbst die talentierte Künstlerin?«

Sein Ton triefte vor Ironie. Etwas zu barsch antwortete ich: »Nein.«

»So darf ich denn annehmen, dass das Kunstwerk vom Vater Ihres Kindes stammt?«

Was ging ihn das an und warum war er gekommen? Ich wusste nicht, was ich sagen sollte, am liebsten hätte ich ihn hinausbefördert, aber durfte ich es wagen, ihn mit einer abweisenden Antwort zu verärgern? Noch zu deutlich war mir die Szene im Behandlungszimmer gegenwärtig. Er schien auf eine Antwort zu warten und so rang ich mir ein Nicken ab.

»Also ja?«, fragte er und fuhr dann fort. »Ein begabter Mensch. Was ist mit ihm, wenn ich fragen darf?« Sein Blick glitt über mein Nachthemd und ich musste an mich halten, nicht zur Tür zu stürzen und fortzulaufen. Stattdessen fragte ich mit erzwungener Freundlichkeit: »Sie sind doch sicher aus einem bestimmten Grund gekommen?«

Er fixierte mich noch immer, und ohne dass eine Veränderung in seiner Miene zu erkennen gewesen wäre, sagte er: »Ich wollte Ihnen nur mein Kompliment machen für die Organisation des heutigen Tages. Alle waren sehr zufrieden, auch die Vorstände.«

Sein Blick kehrte zu Pauls Zeichnung zurück, und ehe ich michs versah, nahm er sie in die Hand, drehte sie um und las laut vor: *Hunderttausend Sterne sollen uns beschützen, in ewiger Liebe, Paul.* Eine Weile lang stand er einfach so da, das Blatt in der Hand, den Kopf gesenkt. Dann hob er den Blick und sagte nur: »So ist sein Name denn Paul.«

Die Rückfahrt nach Süddeutschland war anstrengend, und als ich am frühen Nachmittag endlich zu Hause in der Badewanne lag, überholte ich im Geiste einen LKW nach dem anderen. Mit Genugtuung hatte ich die eingegangenen Anrufe auf dem AB abgehört. Wolf hatte fünfmal draufgesprochen, was, wie ich fand, nur recht und billig war, und ich fragte mich ein wenig bissig, wo sich seine Biene während der Anrufe bei mir aufgehalten hatte. Ich drückte die Löschtaste.

Als ich aus der Wanne stieg, fasste ich einen Entschluss. Ich würde Sartorius anrufen und ihn unter einem Vorwand um ein weiteres Treffen bitten. Ich musste ihm in die Augen blicken, wenn ich mit ihm sprach. Ich wollte seine Reaktion auf meine Entdeckungen von Angesicht zu Angesicht sehen. Vielleicht würde mir sein Gesicht etwas verraten. Ich holte ein frisches Badetuch und wickelte mich ein, ging ins Schlafzimmer und wählte seine Handynummer. Doch es schaltete sich nur die Mobilbox ein. Enttäuscht legte ich mich aufs Bett und starrte an die Decke. Im Laufe des Nachmittags wählte ich Sartorius' Nummer noch viele Male, doch das Telefon blieb aus und ich war allein mit meiner Unruhe und mit meinen Plänen. Ich versuchte, ein wenig zu schlafen, doch ich war und blieb aufgewühlt und kribbelig. Dann dachte ich an Wolf und litt stumm vor mich hin. An irgendeinem Punkt kochte ich mir einen Baldriantee, von dem ich wusste, dass er sowieso nicht helfen würde, und ging ins Wohnzimmer, wo ich den Fernseher einschaltete und mich durch die Programme zappte. Als ich den Tee getrunken hatte, fiel mir plötzlich der Briefkasten ein. Wie hatte ich das vergessen können! Immerhin erwartete ich mehrere Sendungen, vor allem die ersten fünfzig Seiten von Großmutters Autobiografie, die schon längst hätte ankommen müssen. Plötzlich hatte ich es sehr eilig. Ich rannte hinunter, im Treppenhaus war es kalt und das Licht war grell und ungemütlich. Ich schloss den Kasten auf, schnappte mir das Bündel aus Briefen, Gratiszeitungen und Werbewurfsendungen und sprang zurück in die Wohnung. Hastig blätterte ich die Umschläge durch, stellte dann jedoch enttäuscht fest, dass kein großer Brief dabei war. Ich knallte die Sachen auf den Tisch. Was war denn das für ein Loser-Verein? Die hatten doch inzwischen mehr als genug Zeit gehabt, mir eine Kopie zu schicken! Wütend kramte ich in meinem Notizbuch herum und fand schließlich die Nummer, die ich notiert hatte. Ein paar Minuten später wusste ich mehr: Man hatte die Seiten noch gar nicht losgeschickt, man hatte sie noch nicht einmal kopiert. Anscheinend war mein Anliegen dort komplett untergegangen. Also wiederholte ich meine Bitte, um Freundlichkeit und Geduld ringend, und legte auf.

Wieder nahm ich die Post zur Hand und begann die Wurfsendungen auszusortieren. Kurz darauf sah ich ihn. Einen länglichen, dünnen Fensterumschlag von Herrn Rechtsanwalt Dr. Klaus Reuther aus Frankfurt. Wenigstens etwas, dachte ich, riss den Umschlag auf und las:

Sehr geehrte Frau Sternberg,
Ihre Mutter, Frau Liliane Sternberg, hat mich Mitte letzten Jahres kontaktiert in meiner Eigenschaft als Rechtsanwalt, der sich darauf spezialisiert hat, ehemaligen Lebensbornkindern bei der Suche nach ihrer wahren Identität zu helfen. Wie Sie wahrscheinlich wissen, ist Ihre Mutter 1944 in einem solchen Heim des Lebensborn e. V., einer Unterorganisation der SS, auf die Welt gekommen. Ihre Mutter hat mich nun allerdings in einer etwas anders gearteten Angelegenheit aufgesucht. Sie bat mich, ihr dabei zu helfen, die Identität einer Reihe von Personen ausfindig zu machen, die nach ihrer Aus-

sage in einem Zusammenhang mit diesen Heimen standen, ohne mir jedoch genauere Angaben machen zu können oder zu wollen. Sie verstehen, dass ich einem derartigen Ansinnen nicht nachgeben konnte. Ich habe ihr daher geraten, einen Privatdetektiv zu beauftragen. Ob sie meinen Rat befolgt hat, entzieht sich meiner Kenntnis.

Ich bedaure, Ihnen nicht mehr mitteilen zu können, und verbleibe mit freundlichen Grüßen

PS: Meine Honorarnote werde ich Ihnen mit getrennter Post zukommen lassen.

Ich saß da und starrte auf die Zeilen. Ich konnte nicht glauben, was ich da las. War die Welt völlig verrückt geworden? Erst dieser inkompetente Verlag und jetzt das! Und dafür hatte dieses gottverdammte Arschloch Wochen gebraucht! *Ich bedaure, Ihnen mitteilen zu müssen, dass ich Ihnen nichts mitteilen kann.* Warum in aller Welt war er nicht in der Lage gewesen, mir das am Telefon zu sagen, kurz und knapp? Dann hätte ich mir Wochen des Wartens – und Hoffens – erspart! Ich knüllte das Schreiben zusammen und warf es gegen die Wand. Dann sah ich mir die restliche Post an, die üblichen Telefonrechnungen, zwei Briefe für Wolf, einen von der Royal Bank of Scotland, den ich gleich ins Altpapier fallen ließ, und – halt – einen Umschlag aus Wien, dessen Absender auf der Rückseite stand. Er war von Dr. Prohacek. Ich riss ihn auf:

Liebes Fräulein Sternberg,
ich habe versucht, Sie telefonisch zu erreichen, leider erfolglos. Nun greife ich zur Feder. Bei der Trauerfeier für Ihre Frau Mutter habe ich, wenn Sie sich erinnern mögen, versucht, mit Ihnen zu sprechen, doch leider hat sich die Gelegenheit nicht ergeben. Ich habe das dann als ein Zeichen gewertet, dass es nicht sein sollte. Nach Wochen des Hin und Her, in denen auch andere Dinge geschehen sind, bin ich nun doch zu der Überzeugung gelangt, dass ich mit Ihnen sprechen muss, per-

sönlich allerdings. Falls Sie wieder einmal in Wien sind, so melden Sie sich doch bitte bei mir. Es gibt Dinge, die Sie wissen sollten.

*Ihr ergebenster
Dr. med. Oskar Prohacek*

Wovon um alles in der Welt sprach dieser Mann?

Nach diesem nächtlichen Besuch auf meinem Zimmer sah ich Sartorius erst eine Woche später wieder. In diesen Tagen sei er, so hieß es, nach München in die Lebensbornzentrale gereist, wegen dringender Angelegenheiten. Zwar wunderte mich das, da der Vorstand doch gerade bei uns zu Besuch gewesen war, doch überwog meine Erleichterung, ihn nun eine Weile nicht sehen zu müssen. Und so wandte ich meine Aufmerksamkeit in diesen Tagen Hanna zu. Immer wieder grübelte ich über die Ereignisse bei der Namensweihe herum und immer öfter ertappte ich mich dabei, wie ich sie musterte und hinter ihren heiteren Zügen eine Antwort auf die Fragen suchte, die mich nun nicht mehr losließen: Wer war der Mann, mit dem sie sich heimlich traf? Und warum verschwieg sie mir die Wahrheit?

Es war am späten Nachmittag eines grauen Tages, ich hatte Paulchen gerade ins Kinderzimmer zurückgebracht und hatte Lust auf einen kleinen Gang durch den Park. Ich zog mir die derben Schuhe an, meinen Mantel und band mir ein Tuch um den Kopf. Auf der Freitreppe blieb ich einen Moment lang stehen und überlegte gerade, welche Richtung ich einschlagen sollte, als ich jemanden, eine Frau, aus dem Nebengebäude kommen sah. Die Haustür lag ein wenig verdeckt hinter ein paar Sträuchern und so erkannte ich erst einen Augenblick später, dass es Hanna war, die dort den Weg in Richtung See einschlug. Ich weiß noch, dass mich bei ihrem Anblick ein ganz seltsames Gefühl überkam. Vielleicht war es ja nur das Wissen um ihre Heimlichtuerei, für mich hatten ihre Körperhaltung und ihr Gang jedenfalls etwas Verstohlenes an sich. Und so zögerte ich nur einen kurzen Moment, bevor ich mich aufmachte und ihr folgte. Ein zaghafter Wind wehte und dämpfte das Geräusch meiner eiligen Schritte im Kies. Der Weg zum See verlief in Kurven und so verschwand sie bald aus meinem Blickfeld. An einer Weggabelung verlangsamte ich meinen Schritt. Welche Richtung mochte sie eingeschlagen haben? Ich bog nach rechts ab und sah sie erst wieder, als das Buschwerk sich lichtete. Doch statt, wie ich angenommen hatte, den Rundweg um den See einzuschlagen, bog sie nun erneut rechts ab, an der Stelle, wo es in den Wald hineinging. Ich hielt abrupt inne. Das Herz schlug mir bis zum Hals. Sollte ich ihr folgen? Statt erst lange darüber nachzudenken, setzte ich mich gleich wieder in Bewegung. Ich hielt mich nun am Rand, in der Deckung der Büsche. Der Laubteppich unter meinen Füßen raschelte und ich bemühte mich, leise voranzukommen. In der Luft lag ein würziger Duft, und hätte mich nicht diese plötzliche Anspannung in Atem gehalten, so hätte mich der Anblick der letzten tanzenden Blätter sicher in seinen Bann gezogen. Hanna verschwand erneut hinter einer Wegbiegung und auch ich beschleunigte meinen Schritt, ich rannte jetzt fast. Als ich um die nächste Kurve bog, war sie nicht mehr zu sehen. Der schmale Weg, der in den Wald hineinführte, lag still und verlassen da, unter dem dicken Teppich aus Buchen- und Lindenlaub. Sie konnte unmöglich so schnell gerannt sein – wenn sie auf dem Weg geblieben wäre, hätte ich sie auf jeden Fall noch sehen müssen. Also musste sie irgendwo abgebogen sein. Meine Augen tasteten langsam den Wegrand entlang, über das dichte, fast blattlose Buschwerk. Und da, auf der linken Seite war so etwas wie eine Öffnung zu erkennen. Hier könnte sie hineingeschlüpft sein. Ich trat näher und ja – dort, zwischen den beiden Schneeballsträuchern mit ihren leuchtend roten Beeren führte ein Pfad hindurch. Äste streiften meine Wangen, als ich dem Wildpfad folgte, der hinter der Mauer aus Schneeballbüschen breiter wurde und nun fast bequem begehbar war. Wohin wollte Hanna? Und – das war die Frage, die mir in den Ohren dröhnte – hatte es etwas mit diesem Mann zu tun? Ich folgte ihr weiter durchs Unterholz, auf einem schmalen Weg, der sich bald wieder verengte. Äste schlugen mir ins Gesicht, Laub raschelte, ein Zweig knackte von irgendwoher, ganz in der Nähe.

Ich verlangsamte meinen Schritt, als ich plötzlich eine Stimme hörte, leise, aber nicht so leise, dass ich sie nicht unter Tausenden herausgekannt hätte.

»Da bist du ja endlich«, sagte Sartorius.

»Ich konnte nicht weg, die kleine Gerlinde wollte mir unbedingt noch einen Tee kochen und ich konnte ja schlecht sagen, dass ich noch eine Verabredung habe.« Hanna.

Hanna und Sartorius. Ich schnappte nach Luft und hatte das Gefühl, ins Bodenlose zu fallen.

»Nun komm schon«, sagte Sartorius. Und dann hörte man eine Weile gar nichts, nur das Rascheln der Blätter. Ich lauschte, atemlos, fassungslos. Dann hörte ich ihn atmen, das Atmen wurde immer lauter, ging in ein Stöhnen über. Ich war wie versteinert. Die Szene, als ich vor Hannas Zimmer gestanden hatte, fiel mir ein, ihre sonntäglichen Ausflüge in den Park, allein, ihre Kopfschmerzattacken, die sie zwangen, sich längere Zeit aufs Zimmer zurückzuziehen. Auch die Tatsache, dass sie es kommentarlos akzeptiert hatte, ins Nebengebäude zu ziehen, erschien mir nun in einem anderen, sehr viel klareren Licht. Und ihre Fragen. Die Fragen nach Paulchens Vater.

An den Rückweg zum Haus kann ich mich kaum erinnern. Nur dass die Dämmerung hereinbrach und die Konturen der Büsche und Sträucher, die Stämme der alten Bäume verwaschen machte. In dieser Nacht konnte ich lange nicht einschlafen. Und als ich es dann endlich doch vermochte, träumte ich wirres Zeug, von Paul und mir in der Mahler'schen Wohnung, von Hans Wilhelm, dessen Züge auf einmal denen von Maximilian Fürst glichen. Und von Sartorius, der Paulchen auf dem Arm hielt und ihn plötzlich, so plötzlich, dass ich nicht reagieren konnte, von sich schleuderte, weit, weit fort.

An diesem Abend konnte ich trotz meiner Müdigkeit lange nicht einschlafen. Erst gegen Morgen sank ich endlich in einen unruhigen Schlaf. Im Traum ging ich durch Hohehorst, stand unvermittelt in der Küche, betrachtete die drei Toaster und rätselte, warum die vielen Leute nur drei Toaster hatten und wie sie es schafften, alle ihr Brot zu rösten. Ich sah sie in Zweierreihen anstehen und plötzlich war ich diejenige, die die Brote hineinsteckte und wieder herausholte. Aber die Toaster waren nicht schnell genug und die Schlange wurde immer länger, die Exjunkies begannen zu murren und sich zu beschweren. Ich versuchte schneller zu sein und drückte vorzeitig auf den Knopf, um den Toastvorgang abzubrechen, mein Gesicht schwebte über den Heizspiralen und war mit Schweißperlen übersät. Auf einmal stand Roman Sartorius vor mir, rätselhaft, eine griechische Statue, und ich wurde mir meines verschwitzten Gesichts und meiner hektischen Bewegungen bewusst. Ich wischte mir mit dem Handrücken über die Stirn, aber es half nichts und Sartorius sagte: »Bei uns in Florida ist es noch viel heißer!« Er begann mich auszuziehen, ganz langsam öffnete er die Knöpfe meines Kittels, streifte ihn mir von den Schultern, ließ ihn auf den Boden gleiten. Und dann berührte er mich. Ich hielt ganz still, konnte und wollte mich nicht bewegen. Das Gesicht brannte mir, vor Lust und vor Scham, ich fühlte die Blicke der Exjunkies auf mir. Als die Hitze auf meinem Gesicht unerträglich wurde, wachte ich auf, mit hämmerndem Herzen, schweißgebadet. Und plötzlich wusste ich, was ich übersehen hatte.

Bis zum Nachmittag hatte ich herausgefunden, dass in München in den letzten Monaten keinerlei Phlebologie-Kongress stattgefunden hatte. Eine weitere Ungereimtheit, eine Halbwahrheit? Oder eine fette Lüge? Aber warum? Was für einen Grund hatte Sartorius, mir einen solchen Bären aufzubinden? Ich musste der Sache auf den Grund gehen. Und so kramte ich seine Telefonnummer hervor und tippte sie ein. Als sich die Mobilbox einschaltete, wählte ich – nur um keine Möglichkeit außer Acht zu lassen – seine Festnetznummer in Husum, doch auch da hatte ich kein Glück. Was kein Wunder war, da er gesagt hatte, er wäre in Miami. Das wird ja richtig spannend, dachte ich. Und: Ich *werde* diesen Mann erreichen.

Über die Auslandsauskunft erhielt ich wenig später die Nummer des *Rothstein Medical Centers* in Miami und verlangte dort, Dr. Sartorius zu sprechen. Kurze Zeit später hatte ich seine Sekretärin, Tracy Almond, am Apparat, die mir kurzerhand erklärte, der *Chief Physician* sei die nächsten Tage außer Haus, ob sie etwas ausrichten dürfe. Sie klang kompetent und war von eiserner Freundlichkeit. Auf meine hartnäckigen Bitten, mir Dr. Sartorius' Aufenthaltsort zu verraten, wiederholte sie immer nur: »Sorry, I cannot tell you more, but please leave a message and he will call you back as soon as he can.«

Es gab Tage, da bekam alles seinen Sinn, sogar eine gescheiterte Dolmetscherausbildung und das Talent, Stimmen und Akzente zu imitieren. Und so wartete ich bis kurz vor 23.00 Uhr – in Miami war es zu dem Zeitpunkt fünf Uhr nachmittags –, bis ich noch einmal die Nummer des *Medical Centers* wählte und mich erneut meldete, diesmal jedoch mit dem Akzent einer WASP namens Hillary Farlow, die äußerst ungehalten war.

»Hören Sie! Dr. Sartorius hat mir erklärt, dass diese Beschwerden höchstens ein paar Tage andauern. Inzwischen sind drei Wochen vergangen und es geht mir immer noch nicht besser. Ich erwarte jetzt, dass Sie mich *sofort* mit Dr. Sartorius verbinden.«

»Es tut mir außerordentlich leid«, sagte Miss Tracy und klang dabei wirklich, als ob sie tiefste Betroffenheit empfand. »Herr Dr. Sartorius ist zurzeit nicht in der Klinik.«

»Und *wo* ist er, wenn die Frage gestattet ist, dann? Ihr *Exklusivwissen* hilft mir, wie Sie sich sicherlich denken können, nicht weiter.« Ich bemühte mich, so pikiert und geldschwer wie nur möglich zu klingen.

»Es tut mir leid, ich bin nicht befugt, Ihnen hierüber Auskunft zu erteilen.«

Ich schnaubte, gut hörbar und übertrieben. »Wie bitte? Ich *höre* wohl nicht recht. Jetzt werde *ich Ihnen* mal eine Auskunft erteilen. Ich bin eine *viel beschäftigte* Frau und bin von New York nach Miami geflogen, um mich von Dr. Sartorius operieren zu lassen, weil es hieß, er sei der Beste. Dr. Sartorius sagte mir zu, ich könne innerhalb von ein paar Tagen wieder arbeiten, was *definitiv nicht* der Fall war. Ich habe *wichtige* Termine verschieben müssen und jetzt erzählen Sie, dass Sie *mir* nichts sagen dürfen! Ganz im Gegenteil erwarte ich, dass Sie mir *auf der Stelle* ganz *viel* sagen, und ich hoffe für Sie und Ihren Herrn Doktor, dass er eine gute, eine *sehr* gute Erklärung für meine Beschwerden hat. Sonst könnte es sein, dass ich einen guten Bekannten, Senator McEwan, um Hilfe bitten muss.« Ich bemühte mich, sehr ruhig und sehr deutlich zu sprechen, ganz nach dem Prinzip, dass eine einflussreiche WASP niemals aus der Rolle fällt.

Als Tracy Almond anhob, erneut eine Entschuldigung zu stammeln, schnitt ich ihr das Wort ab: »In fünf Minuten erwarte ich seinen Rückruf.«

Ich gab Tracy meine Handynummer, was sie kurz stutzen ließ, doch sie empfand es in diesem Moment wohl als klüger, nicht noch einmal nachzufragen. Drei Minuten später klingelte mein Mobiltelefon.

»Yes please?«, sagte ich und klang immer noch wie Hillary Farlow.

Es blieb kurz still und ich spürte, wie irritiert er war und wie er versuchte, das Gehörte einzuordnen. Ungläubig begann er zu sprechen: »Maja?«

»Ja, Maja«, antwortete ich schlicht. »Sie haben nicht lange gebraucht.«

»Ihre Stimme hätte ich unter Tausenden erkannt.«

Ich wusste nicht recht, was ich mit seiner Antwort anfangen sollte, deshalb wartete ich einfach ab.

»Was um alles in der Welt soll das?«

»Ich muss Sie sprechen.«

»Die arme Tracy ist ganz durcheinander. Hätten Sie nicht einfach auf die Mobilbox sprechen können? Ich hätte Sie gleich zurückgerufen.«

»Ich wollte *mit Ihnen* sprechen und nicht auf Ihre Mobilbox.«

»That's hairsplitting.«

»Sagen *Sie*.«

»Sagen die Amerikaner. Okay. Was gibt's so Dringendes?«

Täuschte ich mich oder klang er vorsichtig oder gar gedämpft?

»Es geht um etwas, das ich erfahren habe. Wegen früher.«

»So schlimm?« Es war ein Versuch, locker zu klingen. Ich ging nicht darauf ein. Stattdessen fragte ich: »Wo sind Sie? Dass Sie nicht in der Klinik sind, weiß ich schon. Sonst hätten Sie Mrs Farlows Anruf ja entgegennehmen können.«

»Ha, ha.«

»Also, wo sind Sie?«

»In Europa.«

Ich vermied es, ihm zu sagen, dass ich zumindest wusste, wo er vor einer Woche gewesen war. Stattdessen bohrte ich weiter: »Good old Europe again. Geht's noch etwas ungenauer?«

»Sagen Sie mir einfach, wo *Sie* sind, und ich werde zu Ihnen kommen.«

»Sind Sie wieder auf einem Phlebologie-Kongress?« Grimmig wartete ich auf seine Antwort. Der Kongress, der nie stattgefunden hatte. Auch darauf würde ich ihn ansprechen.

»So was Ähnliches. Also?«

Ich zögerte nur kurz, bevor ich sagte: »Wien.« Schließlich gab es da noch jemanden, den ich sprechen musste.

»Schon wieder? Sind Sie umgezogen?«

»Nope.«

»Also noch einmal zum Mitschreiben: Sagen Sie wann und wo und ich werde da sein.«

Er musste sehr an dem interessiert sein, was ich zu sagen hatte.

»Mariahilfer Straße. Im selben Café. Sagen wir morgen um zehn Uhr?«

Ich war dabei, den Wochenspeiseplan zu tippen, als Sartorius hereinkam. Ich hielt inne, er grüßte, ich erwiderte seinen Gruß. Einen kurzen Moment lang sahen wir uns an, und als er nicht weitersprach, wandte ich mich wieder meiner Liste zu.

»Sie fragen ja gar nicht, wie meine Reise nach München verlaufen ist?«

Lag da ein lauernder Unterton in seiner Stimme? Ich bemühte mich um Festigkeit und fragte: »Hatten Sie eine gute Reise?«

»Ja, danke der Nachfrage, die Reise hat ihren Zweck erfüllt.«

Er sah mich unverwandt an, und als ich sein Starren nicht mehr aushielt, stand ich auf, ein wenig zu hastig.

»Sie möchten sicher einen Kaffee. Ich koche mal eine Kanne.«

Ich verschwand im Nebenzimmer, hantierte mit Wasser und Tauchsieder, als ich plötzlich, ganz dicht hinter mir, eine Bewegung wahrnahm. Ich fuhr herum. Sartorius stand vor mir und lächelte. Scheinbar leichthin sagte er: »Es ist doch immer wieder erfrischend festzustellen, wie klein die Welt ist.«

Ich umfasste die Kanne, die ich in einer Hand hielt, nun fester, umklammerte sie mit beiden Händen.

»Ich verstehe nicht.«

»Ach nein?«

»Nein.«

»Sie haben«, sagte er und trat noch näher an mich heran, »Hans Wilhelm als den Vater Ihres Kindes angegeben.«

Ich fühlte, wie meine Knie weich wurden, wie mein Gesicht zu brennen anfing. Seine Augen waren nur ein paar Zentimeter von meinem Gesicht entfernt, sodass ich das Grüne im Blau seiner Pupillen schillern sah, und sein Atem streifte meine Lippen. Und dann fühlte ich plötzlich seinen Mund auf meinem, seine Lippen, die sich öffneten, die Hitze der Berührung. Ich blieb regungslos, wagte nicht, mich zu bewegen. Er wusste es, wusste alles.

Er ließ mich gehen, ohne ein weiteres Wort. Und ich huschte davon, wieder an meine Schreibmaschine, wo die Speisen vor meinen Augen verschwammen und sich alles um mich herum zu drehen begann. Was würde nun werden? Würde er seine Informationen an den Lebensborn-Vorstand weiterleiten? Welche Informationen hatte er überhaupt? Ein Verdacht kam in mir auf: Hatte er dem Vorstand bereits alles berichtet, war das der Grund für seinen unvermuteten Besuch in München gewesen? Und – das war die Frage, die mich am meisten beschäftigte – woher wusste er es?

Die Zeit bis zum Mittagessen verging wie im Taumel, ich schaffte es noch nicht einmal, die Liste fertig zu tippen, ich ging nur grübelnd hin und her. Hier in Hohehorst gab es nur einen einzigen Menschen, dem ich ein winziges Stück der Wahrheit erzählt hatte. Hanna. Und Hanna traf sich heimlich mit Sartorius.

Wie immer holte sie mich um zwölf Uhr zum Mittagessen ab. Und während sie Spiegeleier mit Kartoffeln und Spinat aß und ich im Eigelb herumstocherte, versuchte ich mich an jedes Wort zu erinnern, das ich ihr gegenüber je geäußert hatte. An meiner Schweigsamkeit merkte Hanna bald, dass etwas nicht in Ordnung war. Ihr Geplapper versiegte und hin und wieder warf sie mir einen aufmerksamen Blick zu, als versuchte sie auf meiner Stirn zu lesen, was dahinter verborgen war. Nachdem wir unsere Tabletts zurückgebracht hatten, entschuldigte ich mich und kehrte unter dem Vorwand der vielen Arbeit sofort an meinen Schreibtisch zurück. Dort saß ich dann wie versteinert vor meiner Schreibmaschine und rührte mich nicht. Ich hatte ein neues Leben gefunden, doch auch dieses war nun wackelig geworden, brüchig, und es war nur noch eine Frage der Zeit – eines Wortes von Sartorius –, bis das Kartenhaus der Lügen in sich zusammenbrach.

An diesem Tag beeilte ich mich, nach dem Dienst ins Kinderzimmer zu kommen, ich wollte auf jeden Fall vermeiden, Hanna zu begegnen. Ich verfrachtete Paulchen in den Kinderwagen und fuhr mit ihm kreuz und quer durch den Wald, durch den Park. Noch immer konnte ich keinen klaren Gedanken fassen. Als ich mich wieder dem See näherte, tauchte unverwandt Hanna vor mir auf dem Weg auf. Sie war allein, ohne Kinderwagen unterwegs, in ihren praktischen Schuhen, und kam geradewegs auf mich zu.

»Warum läufst du vor mir weg? Was ist passiert?«

»Nichts.« Ich starrte die Räder des Kinderwagens an, Laub klebte an ihnen. Dann hob ich langsam den Blick und sah sie an, die Verräterin, mit ihren porzellanblauen Puppenaugen, so rund und unschuldig.

»Ich weiß nicht, was du hast. Habe ich irgendetwas Falsches gesagt? Oder getan?«

Ich schwieg beharrlich. Dann, nach einer Weile, sagte ich: »Lass mich vorbei.«

Ihre Porzellanaugen wurden noch etwas größer.

»Ich gehe erst weg, wenn du mir sagst, was los ist.«

»Nun, du und dein Geliebter, dein heimlicher Geliebter, ihr wisst ja jetzt, was ihr wissen wolltet.«

»Wie bitte ... was ... ich verstehe nicht.«

»Tu doch nicht so scheinheilig. Du könntest wenigstens jetzt dazu stehen.«

»Verdammt, jetzt red nicht so geheimnisvoll daher, sag mir einfach, was du mir sagen willst.«

»Ich werde gar nicht mehr mit dir reden. Denn du bist eine Verräterin.«

Das letzte Wort schien sie aus dem Konzept zu bringen. Sie stand da, ließ die Arme baumeln und sah mich an, ungläubig und anscheinend fassungslos. Dann wich sie zurück. Ich setzte mich in Bewegung, schob den Wagen so schnell ich konnte den Weg entlang. Paulchen kralte und war zufrieden. Doch ein paar Minuten später tauchte Hanna wieder neben mir auf und begann auf mich einzusprechen.

»Ich weiß nicht, was du meinst. Ja, ich habe ein Verhältnis mit Sartorius, und das hätte ich dir vielleicht erzählen sollen, doch er hat es mir verboten. Aber was hat denn das mit uns beiden zu tun, mit unserer Freundschaft?«

Wir näherten uns dem Haus, sahen es grau durchs Gebüsch schimmern. Die Dämmerung war inzwischen hereingebrochen und unsere Stimmen klangen laut und unwirklich in der Stille. Leise sagte ich: »Du hast ihm verraten, was ich dir über Paulchens Vater erzählt habe.«

»Ja und? Was ist denn so schlimm daran? Er hat mich mal nach dir gefragt, ob ich wüsste, wie Paulchens Vater heißt und ob er verheiratet ist und – ja – ob er noch lebt, das war alles. Das darf doch jeder wissen, meine Güte, hier haben doch alle eine verkorkste Geschichte, da bist du doch nicht die Einzige!«

»Tu doch nicht so scheinheilig! Du hast mich ausspioniert und irgendwie hat er es herausgefunden ...«

»Was denn herausgefunden? Um Himmels willen, so red doch endlich!«

Ich war abrupt stehen geblieben. Und so standen wir uns gegenüber, Hanna und ich, und sie sah mich an, mit fast so etwas wie Verzweiflung im Blick.

»Was bist du doch für eine gute Schauspielerin!« Ich tat einen Schritt auf sie zu, sie wich zurück, so als hätte sie Angst, dass ich ihr an die Kehle springen könnte.

»Du willst, dass ich dir sage, was ihr ohnehin schon wisst? Nun, dann tu ich dir den Gefallen. Sartorius hat mit deiner Hilfe herausgefunden, dass ... dass ich einen anderen als Kindsvater angegeben habe, den Mann meiner anderen Schwester, der im Krieg gefallen ist: Hans Wilhelm. Und Hans Wilhelm ist ... war blond, und rat mal, was für eine Augenfarbe er hatte, na? Blau, er hatte blaue Augen.« Es fiel mir schwer, meine Stimme im Zaum zu halten. »Was schaust du mich so an? Ja, richtig, liebe Hanna. Mein Paulchen hat braunes Haar. Und seine Augen sind fast schwarz, wie du weißt, schwarz. Auf jeden Fall hat Sartorius mich jetzt in der Hand. Und nun ... nun hat er ... versucht mich zu küssen, verstehst du. Und ich weiß nicht, was ich machen soll! Wenn ich nicht tue, was er will, dann wird er es dem Verein mitteilen ...«

In Wien empfing mich ein eisiger Wind und es war schon nach zehn, als ich, noch vom Flughafen aus, Dr. Prohacek anrief und mich mit ihm für den nächsten Nachmittag verabredete. Er klang müde, doch auf meine Frage, ob ich ihn geweckt hätte, sagte er: »Ach, i wo, vor ein Uhr gehe ich ohnehin nicht zu Bett. Seit dem Tag komme ich nicht mehr richtig zur Ruhe.«

Ich lauschte stumm, versuchte zu ergründen, was er meinte – sprach er tatsächlich von Mutters Todestag? Aber ich wollte nicht nachfragen. Am Telefon würde er mir sicher nichts sagen. Es blieb also nur abzuwarten. Und das war das, was ich am allerwenigsten konnte. Noch dazu ohne Nikotin.

Nach meinem Telefonat mit Sartorius war ich Hals über Kopf zum Flughafen gefahren und hatte den nächsten Flieger nach Wien genommen. Als ich schließlich spät in der Nacht in der Siebensterngasse auf das Haus meiner Mutter zuging, war ich müde und fror. In Ernas Wohnung brannte noch Licht, ein warmer Schein, rötlich hinter dem gelben Vorhang. Ich war kurz versucht, bei ihr zu klingeln und Hallo zu sagen, fürchtete aber, dass ich dann, um nicht unhöflich zu erscheinen, auf ein Glas hätte eintreten müssen, und das wollte ich nicht, denn es gab etwas, das ich noch heute oder zumindest vor dem Treffen mit Sartorius am nächsten Vormittag suchen und finden musste.

Die Wohnung war kalt und abweisend und ich hatte das Gefühl, als sei alles Leben daraus für immer verschwunden. Trotz des Windes riss ich als Erstes die Fenster auf, um etwas Bewegung in diese Gruft zu bringen. Ich drehte alle Heizkörper auf fünf, machte Feuer im Kamin, setzte Wasser auf und schaltete den Boiler im Bad an. Dann schloss ich die Fenster wieder und bebrühte mir einige Malvenblüten, die rot und verheißungsvoll durch das Glas der Kanne schimmerten.

Mit einer großen Tasse Tee in der Hand ließ ich mich im Wohnzimmer nieder. Und schließlich begann ich noch einmal Mutters Unterlagen vor dem Kamin auszubreiten. Zettel für Zettel, Blatt für Blatt nahm ich in die Hand, sah es an und legte es wieder fort und nahm das nächste. Ich war mir ganz sicher, dass das, was ich suchte, hier sein musste. Als ich die Sachen im Dezember gesichtet hatte, hatte irgendetwas mich davon abgehalten, Dinge fortzuwerfen. Ich war einfach nicht in der Lage gewesen. Nach zwei Gläsern Tee wurde mir langsam wieder warm, das Kaminfeuer lag wie ein heißes Tuch auf meinem Rücken. Und da war es. Der Hinflug war am 2. Dezember gewesen, der Rückflug am 6. Kaum Zeit, den Jetlag zu überwinden, und sicher ein Albtraum für jemanden, der unter Flugangst litt wie Mutter. So etwas machte man nur, wenn man etwas wirklich Wichtiges zu erledigen hatte.

Am nächsten Morgen weckten mich die Regentropfen und ein böiger Wind, der an den Fensterläden rüttelte. Das Geräusch lullte mich ein und ich wäre am liebsten im Bett geblieben, den ganzen Vormittag, um bei einer Tasse Tee und einem Buch alles zu vergessen. Ich sah auf die Uhr. Halb acht, also hatte ich wenigstens noch Zeit genug für einen Kompromiss. Ich kochte mir einen Becher Kaffee, holte die Zeitung, die ich am Vortag aus dem Flieger mitgenommen hatte, und setzte mich noch ein Stündchen ins Bett, trank, las und betrachtete zwischendurch die Regentropfen. Immer wieder kehrten meine Gedanken zu dem Flugticket zurück, das ich in Mutters Sachen gefunden hatte. Also hatte Roman Mutter kennengelernt, er *musste* sie zumindest einmal getroffen haben, anders war das Ticket nach Miami nicht zu erklären. Unwillkürlich dachte ich an unsere letzte Begegnung. Und wie er den Arm um mich gelegt hatte.

Roman Sartorius. Was hatte er mir noch alles verschwiegen? Und warum? Einen Augenblick wurde mir fast schwindlig. Was, wenn es etwas gab, etwas Unglaubliches, etwas Schreckliches, irgendetwas, was *ich* nicht wusste, er aber schon? Und dann dachte ich plötzlich an all die Male, bei denen ich mich beobachtet gefühlt hatte. Vielleicht hatte ich mich deswegen beobachtet gefühlt, *weil mir tatsächlich jemand gefolgt war*?! Mein Unbehagen wuchs. Ich saß wie unter einer Glasglocke, die Luft wurde dünn und dünner und ich versuchte hindurchzusehen, aber es war, als würde ich durch einen Flaschenboden blicken. Man erkennt zwar Farben und Formen und alles ist irgendwie da, aber völlig verzerrt. Ich atmete tief ein und aus. So konnte es nicht weitergehen. Ein Schnitt musste her, Klarheit, Endgültigkeit. Nein, dachte ich, während ich mich zur Ruhe zwang. Dieses Mal würde ich mich nicht von seinem Charme einlullen lassen. Dieses Mal würde ich nüchtern und sachlich bleiben und mein Ziel im Auge behalten. Ich würde die Wirkung, die er ganz offenbar auf mich hatte, ignorieren und mich vor allen Dingen nicht mit windigen Erklärungen abspeisen lassen!

Pünktlich um zehn schlüpfte ich durch den schweren Vorhang aus rotem Samt. Sartorius saß schon da, an genau demselben Tisch, auf demselben Platz, an dem er im Dezember, bei unserem ersten Gespräch, gesessen hatte. Er hielt den Blick gesenkt auf ein Blatt Papier, das vor ihm auf dem Tisch lag, und las, daher hatte ich Gelegenheit, ihn einen Moment lang zu betrachten, bevor er die Augen heben und mich erblicken würde. Ganz gegen meinen Willen nahm mir sein Anblick für einen kurzen Moment den Atem. Befremdet registrierte ich, wie mein Herz zu hämmern begann und wie meine Hände flatterig wurden. Wie konnte es ein, dass mein Körper derartig auf diesen Mann reagierte, dass er bereit war, alle Bedenken, die ich eben noch gehabt hatte, über Bord zu kippen und sich mit fliegenden Fahnen zu ergeben! Ich ballte die Hände zu Fäusten und begann auf ihn zuzugehen. Und als spürte er die inneren Turbulenzen, die sich auf ihn gerichtet hatten, sah er hoch und blickte mir entgegen. Ohne zu lächeln. Als ich an seinem Tisch angelangt war, erhob er sich, ganz Kavalier der alten Schule, half mir aus dem Mantel und rückte mir den Stuhl zurecht.

»Aus welchem Teil von old Europe kommen Sie denn *diesmal*?« Ich bemühte mich, meine Stimme so eisig wie möglich klingen zu lassen.

»Aus Deutschland. Ich hatte dort zu tun.«

Der Ober, derselbe wie beim letzten Mal, kam und ich bestellte ein Wasser.

»Kein Kaffee im Kaffeehaus?« Er lächelte, in Anspielung auf unser letztes Treffen.

Ich lächelte nicht. »Nein.«

»Und sonst?«

»Auch keine Zigarette, wenn Sie das meinen.«

»Immer noch clean?«

Ich ging nicht darauf ein, das Wasser kam und ich nahm einen Schluck. Fixierte Sartorius wie ein Insekt unter dem Mikroskop und sagte dann schneidend: »Warum waren Sie in Hohehorst?«

Einen Augenblick war es still, ich sah Verblüffung in seiner Miene, oder war es Wachsamkeit? Dann antwortete er, ohne mit der Wimper zu zucken: »Aus demselben Grund wie Sie.«

»Und der wäre?«

»Back to the roots, würde ich sagen. So heißt es doch auf Neudeutsch, oder?«

»Sie haben mir nichts davon gesagt. Das letzte Mal.«

»Hätte ich das tun müssen?«

»Ich hätte es als passend empfunden. Als ich Ihnen erzählte, dass ich dorthin fahren würde.« Wieder durchbohrte ich ihn mit meinem Blick. Doch er schien nicht weiter beeindruckt zu sein. Und dann sah ich etwas in seinen Augen, er schien belustigt. War ich etwa dabei, mich lächerlich zu machen? »Ich finde, Sie hätten es mir sagen können.«

»Vielleicht hätte ich das tatsächlich. Aber ...«, er machte eine wegwerfende Geste, »ich habe es eben nicht getan.«

Ich war aus dem Konzept gebracht. Er reagierte so ganz anders auf meine Eröffnung, als ich gedacht hatte. Aber was hatte ich denn überhaupt erwartet?

»Wussten Sie, dass meine Großmutter und Ihr Vater ein Liebesverhältnis hatten?«

Jetzt war es mir also doch noch gelungen, ihn aus dem Konzept zu bringen. Er starrte mich an, mit halb offenem Mund, doch ich hatte trotzdem Zweifel. Wusste er das bereits und war nur verblüfft darüber, dass ich es nun auch wusste?

Zögerlich sagte er: »Ich wusste, dass es Zeiten gegeben hat, in denen meine Mutter nicht besonders gut auf meinen Vater zu sprechen gewesen war. Und dass ihre Ehe nicht das war, was man gemeinhin als harmonisch bezeichnet hätte. Ich habe damals nie besonders tief nachgebohrt, weil das alles ja weit vor meiner Zeit stattgefunden hatte. Was ich mir im Laufe der Jahre zusammengereimt habe, waren das Bild eines Vaters, der als Schürzenjäger erfolgreich gewesen war, und das einer Mutter, die durch ihren treulosen Ehemann gedemütigt worden war, ihn jedoch trotzdem über alles liebte. Seine Fotos bedeckten bei ihr bis zu ihrem Tod die halbe Wohnzimmerwand. Meine Schwester, sie ist zehn Jahre älter als ich, hat sein Verschwinden nie verwunden. Manchmal ist eine späte Geburt eine Gnade.«

Ich beobachtete ihn, während er sprach, wie er den Blick auf die Tischplatte gesenkt hielt. Ich sah den schmerzlichen Ausdruck, der sich auf sein Gesicht legte, als er von seiner Mutter und den Bildern erzählte. Dieser Mann ist ein Schauspieler, schoss es mir unvermutet durch den Kopf. Aber dieses Mal werde ich nicht auf ihn hereinfallen. Und so schoss ich meine Frage ab: »Meine Mutter war bei Ihnen, in Miami, und Sie haben das alles schon vorher gewusst.«

Er sah auf und sein Blick flackerte kurz, doch ansonsten war keine Regung erkennbar. Weder sah er ertappt noch schuldbewusst – und schon gar nicht wie jemand aus, der meine Mutter vom Balkon gestoßen hatte. O ja, er ist sogar ein hervorragender Schauspieler, dachte ich. Die Art, wie er fragt, vorsichtig, jemand, der sich nicht zu weit aus dem Fenster lehnen will.

»Woher wissen Sie das?«

Ich lächelte kalt. »Ich weiß es. Das muss Ihnen genügen.« Und dann setzte ich noch eins drauf – sollte er ruhig denken, dass ich noch viel mehr wusste – und führte aus: »Sie ist am 2. Dezember zu Ihnen nach Miami geflogen.« Auf gut Glück fuhr ich fort: »Und am 3. Dezember hat sie Sie aufgesucht.«

Er schwieg und ich hatte das Gefühl, in seinem Blick etwas Abwartendes, ja Lauerndes zu entdecken. Er wollte ergründen, was ich noch alles wusste, wie viel. Leise sagte er: »Ihre Mutter war besessen.«

Meine Augen mussten sich vor Erstaunen geweitet haben, darum fügte er erklärend hinzu: »Sie war auf der Suche nach ihrem leiblichen Vater und war der Überzeugung, dass irgendwo Aufzeichnungen existierten, die sie zu ihm hätten führen können.«

Ich lachte verächtlich. »Für wie dumm halten Sie mich eigentlich! Das ist doch absurd. Ich meine, dass meine Mutter Sie nach all den Jahren aufsucht, noch dazu in Amerika, und glaubt, dass dort Originalunterlagen zu finden wären.«

»So absurd vielleicht doch nicht«, entgegnete er und seine Stimme war fast ein Murmeln. Er verstummte und wartete eine Weile, bis er weitersprach. »Meine Mutter ist damals – nach seinem Verschwinden – mit Sack und Pack nach Amerika ausgewandert. Meine Schwester ist irgendwann wieder zurück nach Husum. Und ich ebenfalls. Nach dem Tod meiner Mutter. Ich wollte ... in der Nähe meiner Schwester sein.«

»Aber wieso sollte Ihre Mutter derartige Unterlagen im Umzugsgut mitführen?«

Er schwieg erneut und ich spürte, wie das Gefühl, an der Nase herumgeführt zu werden, stärker wurde und mein Zorn heißer. Was bildete sich dieser Adonis eigentlich ein! Glaubte er vielleicht, er könne mich mit ein paar tiefen Blicken und ein bisschen Larifari-Geschwätz abspeisen wie ein Besucher im Streichelzoo, der einem Esel den Rücken tätschelt und ihm eine Möhre hinhält! Ich herrschte ihn an: »Und auf den bloßen Verdacht hin soll meine Mutter – trotz ihrer massiven Flugangst – zu Ihnen nach Miami geflogen sein? Mal abgesehen von den Kosten. Das glauben Sie doch wohl selbst nicht!«

Der Ober kam und fragte, ob wir noch etwas wünschten, ich presste die Lippen zusammen und sagte gar nichts, Sartorius schüttelte den Kopf, bedankte sich, der Ober nahm das leere Glas mit und verschwand wieder. Die ganze Zeit über ließ ich Sartorius nicht aus den Augen. Wir maßen uns stumm und irgendwann beugte er sich vor, stützte die Ellenbogen auf den Tisch und vergrub das Gesicht in den Händen. Schließlich sagte er, so leise, dass ich ihn kaum verstand: »Also gut. Ich werde Ihnen sagen, was ich weiß. Aber es ist keine schöne Geschichte und es fällt mir nicht leicht, darüber zu sprechen.«

Er setzte sich auf dem Stuhl zurecht, faltete die Hände wie ein amerikanischer Fernsehgeistlicher und begann zu sprechen: »Es gab da diesen Artikel ... damals ... in einer dieser furchtbaren Boulevardzeitschriften. Das war ein paar Wochen vor dem Verschwinden meines Vaters. Es ging um Hohehorst als Vorzeigeobjekt der Nazis. Ein Journalist hatte einen reißerischen Bericht über Hohehorst als Begattungsheim der SS geschrieben und behauptet, dass dort *erbgesunde* blonde Maiden mit ebenso blonden und virilen SS-Männern zusammengeführt wurden. Aus heutiger Sicht kompletter Quatsch. Inzwischen weiß man, dass die Lebensborn-Heime keine Zuchtanstalten waren. Allerdings ...« Er hielt inne, rieb sich über die Stirn und lehnte sich dann zurück. Er schien nach den richtigen Worten zu suchen und sagte schließlich: »In diesem Artikel wurde weiterhin behauptet, dass Ostern 45, als absehbar wurde, dass Deutschland den Krieg verlieren würde, Angestellte des Lebensborn sämtliche Papiere, die Standesamtsbücher, Karteien von den Kindern in Kisten verpackten und im Park vergruben. Anschließend gaben sie den Kindern (es waren damals fast nur noch norwegische Kinder in Hohehorst) andere Namen. Es sollte verschleiert werden, woher die Kinder stammten. Mein Vater war wohl auch daran beteiligt – so wurde jedenfalls in dem Artikel behauptet.«

Er blickte mich starr an und ich sah, dass er mit sich rang. Plötzlich wurde ich wieder ungeduldig und schnauzte ihn an: »Warum sagen Sie mir nicht einfach *alles*, Himmelherrgottnochmal, das ist jetzt alles über sechzig Jahre her, das ist doch eine verdammt lange Zeit. Wovor haben Sie Angst?!«

Er sagte immer noch nichts und auch ich schwieg und fühlte mich auf einmal wie leer. Schließlich seufzte er: »Warum eigentlich nicht? Es ist in der Tat lange her. Aber ... gewisse Dinge verjähren nicht ... Jedenfalls nicht für die Opfer. Und ich ... ich hatte einfach Angst, dass diese Geschichte jetzt wieder ausgegraben wird – gerade zu dem Zeitpunkt, zu dem ich die Leitung des *Rothstein Medical Centers* übernommen habe.«

»Aha.« Ich war nicht gewillt, es ihm leichter zu machen. Zu viel hatte er mir bisher verschwiegen.

Er räusperte sich. »In diesem Artikel wurde behauptet, dass mein ... Vater und einige Angestellte des Hauses daran beteiligt gewesen waren, die Identität einzelner Kinder nachhaltig zu verwischen. Sie waren an gewissen ... Adoptionen beteiligt.«

»Aber warum hätte er das tun sollen? Als Arzt ...«

»Warum war ein Nazi ein Nazi und wie war es möglich, dass Millionen von Juden umgebracht worden sind? Verdammt, irgendjemand muss das doch gewesen sein!« Er sah mich eindringlich an. »Ich weiß nicht, was an diesen Behauptungen wahr gewesen ist – und was nicht. Das mit den Zuchtanstalten ist Nonsens, aber dass Lebensborn-Mitarbeiter die Herkunft von Kindern verschleiert haben, ist belegt. Dieser Journalist behauptete weiterhin, dass mein Vater und Angestellte des Heims für einige der Kinder Adoptivfamilien gefunden hätten, denen es nur darauf ankam, ein ›rassisch hochwertiges‹ Kind aufzunehmen. Und dass sie gezielt alle Unterlagen, die Rückschlüsse auf die wirklichen Eltern dieser Kinder aus Norwegen hätten geben können, vernichtet haben sollen.«

»Aber waren diese Kinder nicht ohnehin zur Adoption freigegeben?«

»Sie verstehen immer noch nicht. Die Mütter dieser Kinder waren in Norwegen und die Kinder sind im Zuge der Heimführungsaktion nach Deutschland gebracht worden. Als man die norwegischen Lebensborn-Heime aufgelöst hatte ...«

»Sie meinen, diese Kinder hatten irgendwo Mütter, die sie wieder zu sich nehmen wollten?«, fragte ich ungläubig.

»Ja.«

»Aber ... das ist ja furchtbar.« Ich konnte es nicht fassen. Und Oma Charlotte ... *Sie hatte in der Verwaltung des Heimes gearbeitet!* Die Gedanken stürzten durcheinander, Bilder von Oma Charlotte blitzten auf. Wie sie mir Kirschsuppe kochte, mit Schneeklößchen, an heißen Sommertagen. Wie sie mir vorlas, *Rübezahl* und *Heidi*. Wie sie mir Butterstullen schmierte und sie mit Zucker bestreute. War es möglich, dass Oma von so etwas gewusst hatte? Oder dass sie – noch schlimmer – daran beteiligt gewesen war? Ich sah auf in Sartorius' Augen und las dort dieselbe Traurigkeit, dieselbe Verwirrung, die auch ich empfand.

»Wie sagt man dazu: *partners in crime*? Das war es, was ich dir ersparen wollte. Dir – und mir.« Er lächelte, es war ein bitteres Lächeln.

Hanna starrte mich an, als spräche ich eine ihr fremde Sprache. Lange Zeit maßen wir uns stumm, und als sie endlich zu sprechen anhob, klang ihre Stimme belegt, aber gefasst. »Er hat versucht, dich zu küssen.«

»Ja, das hat er!«, brach es aus mir heraus. »Dein feiner Herr Doktor!«

Hanna musterte mich noch einen kurzen Augenblick, dann verzog sich ihr Mund zu einem gezwungenen Lächeln. »Tja, so ist er eben. Lässt nichts anbrennen.«

Entgeistert sah ich sie an. Meine Worte verhaspelten sich ineinander, als ich sie fragte: »Aber ... wie ... kannst du denn so etwas sagen? Macht dir das denn gar nichts aus?«

Sie grinste schief, schien zu überlegen. Schließlich zuckte sie die Achseln und sagte schlicht: »Was ist schon ein Kuss!« Damit schien dieses Problem für sie erledigt und sie bemühte sich nun, mir ihre Rolle in dem Ganzen zu erklären. »Wir haben uns darüber unterhalten, was wir tun würden ... nach dem Krieg. Und irgendwann sind wir auf dich gekommen. Er hat mich gefragt, was du vorhast, in Zukunft. Ob du heiraten würdest. Ich hatte angenommen, er sei ... wohlwollend. Ich hatte geglaubt, er möchte, dass es dir gut geht. Und irgendwann habe ich gesagt, dass du dich so an Paulchen freust und welch ein Trost er dir ist und dass er so aussieht wie sein Vater. Und das war alles, das musst du mir glauben.«

Ich blickte sie an, sah, wie sie nachdenklich vor sich hin starrte. Konnte ich ihr glauben? »Aber ... woher hat er es dann?«

Sie atmete tief ein und sagte mit beinahe tonloser Stimme: »Bei der Namensweihe ... in dem Gespräch mit Maximilian Fürst. Ich habe gehört, wie der Name fiel.«

»Welcher Name?«, fragte ich.

»Er sagte mir nichts, deshalb habe ich mir nichts dabei gedacht. Sie haben Erinnerungen ausgetauscht, über gemeinsame Bekannte gesprochen, und da kam die Rede auf ... einen Hans Wilhelm. Ich bemerkte, wie Heinrich hellhörig wurde bei dem Namen, und dann fragte er Maximilian Fürst nach seinem Aussehen.«

»Er wollte wissen, wie Hans Wilhelm ausgesehen hat?« Ich starrte Hanna an. Fassungslos.

Sie nickte langsam. »Ja. Er fragte genau nach ... ob es denn sicher sei ... groß und blond und blaue Augen ... es schien, als versuchte er sich zu erinnern, als kenne er ihn von früher.«

»Und da er als Einziger hier Einblick in die Akten der Kindsväter hat, wusste er auch, dass Hans Wilhelm als Paulchens Vater eingetragen war. Nur dass er wohl zu dem Zeitpunkt noch nicht wusste, wie Wilhelm aussah. Durch Zufall sind sie auf ihn zu sprechen gekommen. Und dann ist er nach München gefahren, in die Zentrale, und wollte es genau wissen. Hat die Akten eingesehen, die rassische Beurteilung von Hans Wilhelm. Und wusste die Antwort: Der blonde Wilhelm kann unmöglich der Kindsvater des dunkeläugigen und dunkelhaarigen Jungen namens Paul sein.«

»Und ich habe ihn draufgebracht, indem ich ihm von der Ähnlichkeit erzählt habe.«

Plötzlich erstarrte ich. Etwas, das ich erst jetzt richtig einordnen konnte, fiel mir ein. Sartorius' Besuch in meinem Zimmer, an jenem Abend, als er das Sternenbild gesehen und die Widmung auf der Rückseite gelesen hatte. Sollte es doch nicht Hanna gewesen sein, die Sartorius den entscheidenden Hinweis gegeben hatte? Eine Welle der Übelkeit stieg von irgendwoher empor und drohte mich hinwegzuspülen. Ich wischte mir über die Stirn und versuchte, eine Reihenfolge in die Ereignisse der letzten Zeit zu bringen. Doch meine Gedanken tanzten durcheinander und ich konnte Hannas fragenden Blick nur hilflos erwidern.

Es dauerte einige Tage, bis er sich mir wieder näherte. Es war an einem grauen Mittwoch, an dem es schon in der Morgendämmerung zu nieseln begonnen hatte und Regen schräg über die Scheiben wischte. Nach dem Mittagessen holte ich Paulchen auf mein Zimmer, wo ich mich mit ihm aufs Bett setzte, ihn im Arm hielt und dem prickelnden Geräusch des Regens lauschte. Seit meinem letzten »Gespräch« mit Sartorius hatte ich unter einem dumpfen Druck gelebt, in der Erwartung nahenden Unheils. Zwei Tage lang war Sartorius in Hohehorst gar nicht aufgetaucht, doch am dritten Tag hatte man ihn gerufen, zu einer Geburt, die schwer zu werden drohte. Doch als ich ihm dann im Korridor begegnet war, hatte er mir nur schweigend zugenickt, was mich noch mehr verwirrt und in neue Unruhe versetzt hatte.

Umso bestürzter war ich nun, als es klopfte und Sartorius, ohne auf meine Aufforderung zu warten, eintrat. Ich saß auf dem Bett, Paulchen an der Brust, und starrte ihn an.

»Die deutsche Mutter mit ihrem jüdischen Bastard.« Er verzog das Gesicht zu einem Zähneblecken.

Ich knöpfte meine Bluse zu, fahrig, ich zitterte so sehr, dass ich die Knöpfe nicht in die Knopflöcher bekam. Paulchen fing an zu zappeln und zu jammern.

»Ich habe mich kundig gemacht, was in einem Fall wie dem Ihren zu tun ist. Kleines Frollein.«

Er begann, im Zimmer auf und ab zu gehen, die Arme im Rücken. Er ließ sich Zeit, kostete seinen Triumph aus. Als doziere er vor einem großen Publikum, fuhr er fort: »Ich sehe da zwei Möglichkeiten für mich als Heimleiter: Ich kann der Lebensborn-Zentrale Meldung machen von dem Betrugsfall. Dann wird der Vorstand darüber beraten, wie man weiter verfährt. Immerhin haben Sie den Staat arglistig getäuscht, sich Leistungen erschlichen, die Ihnen gar nicht zustehen. Sie haben einer guten deutschen Frau und ihrem arischen Kind einen Platz weggenommen! Sie haben nicht nur falsche Angaben gemacht, sondern dem deutschen Vaterland ein zionistisches Balg untergejubelt! Das ist ein ernst zu nehmendes Vergehen. Ganz zu schweigen von der ...«, er lächelte, »... ganz zu schweigen von der Rassenschande.«

Er sprach mit leiser, milder und freundlicher Stimme, die in krassem Gegensatz zum Inhalt seiner Worte stand. Auch seine Miene war gleichmütig, neutral. Paulchens Wimmern hatte sich zu einem Weinen gesteigert, ich wiegte ihn, doch er wollte sich nicht beruhigen. Und während ich noch überlegte, ob ich aufstehen und ihn herumtragen sollte, fuhr Sartorius fort: »Das war die erste Möglichkeit. Die zweite wäre ... nun, ich habe noch einmal einen Blick in ihre Akte geworfen. Und erfahren, dass auch in Ihrem Fall der Lebensborn die Vormundschaft für das kleine Paulchen hat. Und was das zu bedeuten hat, wissen Sie ja.«

Ich hörte auf, Paulchen zu wiegen. Sein Weinen wurde nun endgültig zu einem Schreien. Ich starrte Sartorius an, sein ebenmäßiges Gesicht, freundlich und schön, und wie er da scheinbar in Plauderstimmung lässig an der Tür lehnte. Als würde er sich mit mir über ein Picknick unterhalten oder einen Ausflug, irgendetwas von sommerlicher Leichtigkeit oder von großer Beiläufigkeit. Ich brachte kein Wort heraus. Und dann stieß er sich von der Tür ab und kam langsam auf mich zu.

»Natürlich würde man im letztgenannten Fall die wahre Identität des Vaters nicht unterstreichen. Immerhin scheint Ihr Paulchen ein ... erbgesundes Kerlchen zu sein. Es gibt viele Ehepaare, speziell in den Kreisen der SS, die nur zu dankbar wären, so einen hübschen Kleinen adoptieren zu können.«

Er stand jetzt ganz dicht vor mir. Ich wagte kaum, den Blick zu ihm zu heben. Er legte den Zeigefinger an die Lippen und machte »pst« und Paulchens Schreien ebbte tatsächlich ab, wurde ein klägliches Wimmern.

»Es gäbe da allerdings noch eine dritte Möglichkeit.«

Er seufzte, als ermüde ihn schon das pure Nachdenken über diese dritte Option. Und dann streckte er seine Hand nach mir aus und berührte mein Haar, zog die Haarnadeln heraus, sodass mir die Zöpfe auf die Schultern fielen. Mir stockte der Atem.

»Wenn ich jetzt bemerken sollte, dass es Ihnen tatsächlich leidtut, dass Sie ernstlich bereuen, Ihr Vaterland derart betrogen zu haben, dann ...«

Die Berührung seiner Hand auf meinem Haar war kaum spürbar

und doch unerträglich. Er begann, meine Zöpfe zu lösen, wie ein Hauch fuhren seine Finger durch die Flechten, weiter nach vorne, in mein Gesicht, hielten an meiner Wange inne. »Dann wäre es möglich, dass ich die … Angelegenheit noch einmal überdenke. Denn die Zeiten sind doch schon schwer genug, nicht wahr, meine Schöne!«

Und dann legte er seine Finger auf meine Lippen und so saß ich da, den weinenden Kleinen im Arm und Sartorius vor mir, der meine Lippen streichelte. Die Angst lähmte meine Glieder, ich konnte mich nicht bewegen, nicht aufstehen. Und so blieb ich sitzen, auf dem Bett, noch lange, nachdem er gegangen war.

Die nächsten Minuten, vielleicht war es auch länger, musste ich wie betäubt dagesessen haben. Später erinnerte ich mich nur daran, dass Sartorius meinen Mantel geholt, ihn mir angezogen hatte und mich dann aus dem Kaffeehaus führte. Die Straßen waren voller Menschen, eine bunte Geschäftigkeit, die von Leben und Zielen, Pflichterfüllung und Lachen gleichzeitig erzählte, doch es war mir egal, ich musste nur an das denken, was Sartorius mir erzählt hatte. Mein Zorn auf ihn war verpufft, mein Misstrauen einem dumpfen Unwohlsein gewichen. Das war also nun das Ergebnis meiner Suche: Eine Großmutter, die aller Wahrscheinlichkeit nach an der Verschleppung von Kindern beteiligt gewesen war oder diese vielleicht sogar hauptamtlich organisiert hatte. Eine Mutter, die das erfahren und nicht verkraftet hatte, diese Wahrheit und einen Körper, der vom Krebs befallen war. Und die sich in einem Moment der Depression betrunken hatte und daraufhin vom Balkon gesprungen war. Das also hatte sie mir sagen wollen.

Sartorius ging neben mir her und ich warf ihm einen raschen Seitenblick zu. Wie hatte *er* das alles verkraftet? Oder war es weniger schlimm für ihn, weil er den Vater, den Täter-Vater, gar nicht gekannt hatte? Wie viel konnte ihm ein Mensch bedeuten, den er nur von Erzählungen her kannte? Dessen zärtliche Hand ihm nie übers Haar gestrichen hatte, der niemals mit ihm beim Angeln gewesen war, der ihn nie zu einem Fußballspiel begleitet hatte oder was auch immer ein Vater mit seinem Sohn tat. Sartorius' Miene war undurchdringlich. Wie von weit her spürte ich den leichten Druck seiner Hand an meiner Schulter und die Wärme seiner Finger drang durch den Mantelstoff. Und plötzlich wurde ich mir wieder seiner Nähe, seiner Attraktivität bewusst und ein rauschhaftes Bedürfnis nach mehr flammte in mir auf. Ich dachte kurz daran, dass hier etwas verkehrt lief, dass es eigentlich Wolf hätte sein sollen, dessen Arme mir Halt und Trost gaben, doch ich schob Wolfs Gesicht beiseite wie ein Dia, das aus dem Projektor fährt, und legte stattdessen erneut Roman Sartorius' Profil ein.

Als wir vor dem Haus in der Siebensterngasse ankamen, ließ er mich los und machte einen Schritt zurück, als sei er sich ganz unvermittelt einer Art von Zudringlichkeit bewusst geworden. Und es war dieser Schritt nach hinten, die etwas linkische und steife Haltung, die er dabei einnahm, die in so krassem Gegensatz zu seinem blendenden Aussehen stand und die eher auf Unsicherheit im Umgang mit dem anderen Geschlecht schließen ließ. Und vielleicht war es diese verwischte Geste, die mich sagen ließ: »Ich habe Hunger, und Sie?«

»Du.«

»Du. Hast du nicht auch Hunger? Trotz allem.«

»Ein gutes Zeichen, oder? Ja, ich könnte auch was vertragen.«

»Ich würde dich ja gerne zu mir zum Essen einladen, aber ich habe nichts im Haus. Außer Alkohol.« Ich grinste schief und er erwiderte meinen Blick mit einem kleinen Lächeln. »Nicht weit von hier ist ein Lokal, in dem man ganz gut isst. Hast du Lust, mir Gesellschaft zu leisten?«

»Ja«, sagte er schlicht.

Im *Siebensternbräu* herrschte wie immer summende Geschäftigkeit, es roch nach Gebratenem, nach Rauch und Geselligkeit – es war der ideale Ort, um die Realität für eine Weile zu vergessen und in ein Bierglas abzutauchen. Ich hatte nicht oft das Bedürfnis, mich schon mittags in eine Wirtschaft zu setzen und mich zu betrinken, aber jetzt hatte ich es. Mir war inzwischen ganz schwach vor Hunger, sodass ich es kaum abwarten konnte, bis der Bediener endlich kam. Wir bestellten Knödel und Sauerkraut und Würstchen, doch statt des Biers lieber Wein, und da mir die Grundlage fehlte, schoss mir der Grüne Veltliner, der eine Nuance zu warm war, sofort ins Blut.

Wir unterhielten uns immer angeregter. Und je mehr ich sprach und trank, desto leichter wurde mir, und alles, was mich noch bis vor Kurzem bedrückt hatte, war auf einmal in weite Ferne gerückt, es betraf mich zwar noch, aber es machte mir nichts mehr aus. Es war gerade so, als lösten wir die dumpfe Erkenntnis über unsere Vergangenheit, die sich gekreuzt hatte, durch unser Gespräch auf. Und natürlich trug auch der Wein dazu bei, den Unglauben und das Erschrecken, das ich empfunden hatte, hinwegzuspülen. Ich erzählte Sartorius von Oma und Mutter, von meiner Kindheit in den Internaten, von Mutter, die nie da gewesen war, wenn ich sie gebraucht hätte. Von dem beruflichen Irrweg, den ich fast eingeschlagen hätte. Und irgendwann begann auch Roman zu erzählen. Von seiner Kindheit mit einer Mutter und einer Schwester, die das plötzliche Verschwinden des Ehemanns und Vaters nie verwunden hatten. Von der Schmach, die dieser Zeitschriftenartikel über die Familie gebracht hatte. Von einer Flucht in die USA, bei der man die Gespenster der Vergangenheit im Umzugsgepäck mit sich geführt hatte. Von der sozialen Isolation, in die die Mutter geraten war, dort in Florida, weil sie außer den Kindern niemanden gehabt hatte und auch an niemandem interessiert gewesen war. Von der Schwester, die, kaum dass sie achtzehn Jahre alt geworden war, gegen den Willen der Mutter nach Deutschland, in die alte Heimat, zurückgekehrt war, die Suche nach dem Vater wieder aufgenommen und sich auf eine Odyssee bis nach Chile begeben hatte, aus der Überzeugung heraus, dass der Vater doch noch irgendwo lebte.

»Und dann ist deine Mutter bei mir aufgetaucht, quasi aus dem Nichts heraus, und hat den Staub von dieser alten und hässlichen Geschichte gepustet. Das war alles andere als erfreulich.«

»Sicher hat sie mit dem ihr eigenen Taktgefühl genau die richtigen Worte gefunden, um dich vor den Kopf zu stoßen.«

»Na ja, es ist und bleibt eine hässliche Geschichte. Und ich wollte mich auf keinen Fall mit ihr beschäftigen müssen. Aber vor allem wollte ich nicht, dass *andere* sich mit ihr beschäftigten.«

Unvermittelt fragte ich ihn: »Meine Mutter hat dir nie von der Autobiografie meiner Großmutter erzählt?«

Er räusperte sich, schien nachzudenken und gestand dann: »Sie ... hat davon erzählt.«

»Dachte ich's mir. Du wusstest also davon!«

»Ja. Ich wusste davon. Tut mir leid. Ich ... wollte um jeden Preis verhindern, dass diese böse alte Geschichte wieder aufgewärmt wird. Ich dachte, wenn ich mich unwissend stelle...«

»Gebe ich einfach auf? Das hast du geglaubt?«

»Na ja, nicht wirklich. Ich habe es wohl gehofft.« Er lächelte zerknirscht. Dann fragte er: »Aber ... du hast sie nicht gelesen?«

»Nein. Sie ist ... verschwunden. Ach, lassen wir das jetzt.« Ich nahm einen Schluck von dem Veltliner. »Aber sag mir, wie hast du eigentlich reagiert, als meine Mutter vor dir stand? Und warum hat sie dich nicht einfach in Husum besucht? Zu der Zeit warst du doch noch in Deutschland, oder?«

»Halb und halb. Da bin ich schon zwischen Deutschland und Florida gependelt.« Er verstummte, schien jedoch noch etwas sagen zu wollen. Er nahm einen Schluck Wein, sah mich an und begann zögernd zu sprechen: »Überhaupt hat sich vieles verändert ... seit jenem Tag, an dem wir uns kennengelernt haben. Ich ... meine Frau hat mich verlassen.« Er verzog das Gesicht zu einer schiefen Grimasse, hob sein Glas und prostete mir zu.

»Oh, das ...«, hob ich an, doch er unterbrach mich: »Sag nichts. In unserer Ehe hat es schon länger gekriselt. Sie wollte ... will partout nicht in die USA. Und dann kam zu meiner beruflichen Entscheidung noch die Beschäftigung mit meiner Vergangenheit hinzu. *Krankhafte Besessenheit*, so nannte Linda mein Interesse daran.«

»Klingt irgendwie vertraut«, sagte ich und lächelte meinerseits schief.

»Du meinst, weil ich das über deine Mutter gesagt habe.«

Mein Grinsen wurde breiter. »Ja. Und weil es uns, so wie's aussieht, alle erwischt hat.«

»Da haben sich ja die beiden Richtigen gefunden.« Er sah mich lange an, zu lange, und mir wurde heiß. Dann hob er die Hand und berührte ganz sacht mit dem Daumen meine Wange, zog mich ebenso sacht zu sich heran und flüsterte meinen Namen. Ich versuchte etwas zu sagen, aber alles, was ich herausbrachte, war ein ersticktes »Ich...« Eine Weile lang sagte keiner mehr etwas und wir saßen einfach so da, sahen uns an. Und plötzlich wusste ich, dass ich dabei war, mich an einen anderen Menschen zu verlieren, ich wusste es, und doch gab es nichts, was ich mir sehnlichster wünschte, in diesem Augenblick.

»Und jetzt?« Wie von fern drang Romans Stimme zu mir vor. Ich fühlte mich benommen, der Alkohol war mir zu Kopf gestiegen, ich lehnte mich zurück und schloss für einen Moment die Augen. Wolfs Gesicht blitzte vor mir auf und verschwand wieder. »Jetzt?«, wiederholte ich, und als ich die Augen wieder aufschlug, lag sein Blick immer noch auf mir, wanderte über mein Gesicht, blieb einen Augenblick an meinen Lippen hängen und glitt weiter über meinen Hals und Oberkörper. Und plötzlich hörte ich mich selbst flüstern: »Ich möchte weitertrinken und den Tag vergessen und alles soll einfach und leicht sein. Nur für ein paar Stunden.«

»Dann lass uns das tun«, sagte Roman. »Aber nicht hier.«

»Nein, nicht hier.«

Inzwischen waren wir, abgesehen von einem hartnäckigen Zecher, der an der Bar saß, Bier trank und Zeitung las, die einzigen Gäste. Als wir hinaustraten, berührte der Tag bereits den Abend und das Licht war dick und grau und hüllte uns ein wie Watte. Und als wir die wenigen Schritte bis zu Mutters Wohnung zurücklegten, war das Einzige, was es für mich in diesem Moment gab, dieser Mann, der da neben mir ging und meine Hand hielt.

Wie geübte Trinker blieben wir bei der bereits eingeschlagenen Richtung und entschieden uns für einen Chardonnay, der im Kühlschrank stand und den ich noch ein paar Minuten ins Eisfach legte, bis ich ihn Roman brachte, der sich bereits vor dem Kamin niedergelassen hatte. Er öffnete den Wein, ich machte Feuer und war mir jede Sekunde seiner Gegenwart bewusst.

Die nächste halbe Stunde verbrachte ich trinkend und lauschend. Romans Stimme klang weich an meinem Trommelfell und ich genoss die Geschichten, die er von sich, seiner Arbeit als Arzt und seiner Klinik erzählte; es waren traurige und lustige, er konnte wunderbar erzählen. Seine Worte lullten mich ein und ich vergaß alles um mich. Wir waren inzwischen bei der zweiten Flasche Chardonnay, als Roman sagte: »Ein schöner Raum. Überhaupt eine schöne Atmosphäre.« Er sah die hohe Fensterfront entlang, betrachtete die Teppiche, die Vitrinenschränke, den Kamin. Sein Blick verfing sich im Feuer, das vor sich hin knackte und knisterte.

»Und was wirst du jetzt tun? Weitersuchen?«

»Das ist leichter gesagt als getan«, sagte ich mit einem Schnauben. Grimmig dachte ich an den Verlag und das geheimnisvolle Manuskript, das einfach nicht an Land kommen wollte. »Aber lassen wir das. Und was steht bei dir an?«

»Arbeiten. Mich endlich wieder vernünftig um meine Patienten kümmern. In den letzten Wochen war ich ein lausiger Arzt. Lausig durch Abwesenheit, nicht nur körperlich. Du hast mit deiner kleinen Scharade ins Schwarze getroffen. Weil es hätte passieren können.« Er beugte sich vor und schenkte mir Wein nach.

»Hillary Farlow?« Ich lachte. »Ja, der war gut. Die arme Tracy, ich werde dir ein Geschenk für sie mitgeben. Eine kleine Wiedergutmachung. Wann fliegst du zurück?« Eigentlich hatte ich diese Frage nicht stellen wollen, nicht jetzt, nicht heute Abend, doch nun war sie heraus. Ich nahm mein Glas und trank mit großen Schlucken.

»In den nächsten Tagen.«

In meinem Kopf hallte es und plötzlich fühlte ich mich wild und trotzig. Ich war erfüllt von dem Wunsch, die Zeit anzuhalten, diesen Moment, diesen Abend in die Zukunft hin auszudehnen, so lange es ging. Ich nahm die Flasche aus dem Kühleimer, schenkte ihm und mir erneut nach. Als ich sie zurückstellte, knirschte und krachte das Eis. Ich trank mein Glas in einem Zug leer, und als ich Roman ansah, lag sein Blick auf mir wie eine brennende Hand.

»Wir werden also beide wieder in unsere alten Leben schlüpfen. Als wäre nichts geschehen …«

Er schluckte und seine Stimme klang rau, als er sagte: »Geht das denn?«

Und dann spürte ich plötzlich seinen Atem in meinem und seine Lippen auf mir und ich versank in einem Rausch, der nur zum Teil auf den vielen Alkohol zurückzuführen war. Irgendwann lagen meine Kleider verstreut im Zimmer herum. Ich erinnere mich an sein Gesicht dicht über mir und an seine Hände, die tastend über meinen Körper glitten. Das, was dann kam, blieb auf ewig in meinem Gedächtnis verschlossen. Das Einzige, woran ich mich später erinnerte, war die unglaubliche Übelkeit, die mich von einer Sekunde auf die andere überfiel, und wie ich plötzlich dasaß, die Hände auf den Mund gepresst, ein hilfloses Opfer meines vom Alkohol traktierten Körpers. Der ganze Wein und alles andere brach mit Gewalt aus mir heraus, begleitet von dem flehentlichen Wunsch, dass es ein Ende haben möge.

Als Hanna mich später fand, saß ich immer noch da, auf dem Bett, mit Paulchen im Arm, der inzwischen eingeschlafen war.

»Ja, was ist denn mit dir los? Du musst ins Büro, Frau Berta hat schon zweimal nach dir gefragt.«

Ich reagierte nicht.

»Was hast du denn? Was ist passiert?« Hanna kniete sich vor mir hin, eine Hand auf Paulchen, die andere auf meiner Schulter.

»Nun sag schon.«

»Ich ...« Doch das Wort, das kam, war wie ein Krächzen. Ich räusperte mich. »Sartorius. Er will es der Zentrale melden. Und dann werden sie mir Paulchen wegnehmen. Sie haben doch die Vormundschaft.«

Hanna sah mich entgeistert an. Sie sog scharf die Luft ein. »Das ist ja unglaublich. Das will er wirklich tun?«

»Ja. Außer ...« Ich stockte.

»Außer was?«

»Er ist ein Schwein«, flüsterte ich und plötzlich war mir, als breche ein innerer Damm. »Er hat mich angefasst, dieses Schwein, ich will das nicht, er soll mich in Ruhe lassen, schon damals, im Sommer ... er hat mir ... an die Brust gefasst. Er soll mich in Ruhe lassen, verstehst du. Er hat doch andere ... und dich.«

Hanna starrte mich an, mit halb geöffnetem Mund, ihr Gesicht ganz nah vor meinem. In ihren Augen flackerte es, als sie wie beiläufig fragte: »Von welchen anderen sprichst du?«

Ich war schon dabei, ihr zu antworten, stockte dann jedoch wieder. Sie sah so gefasst aus. Wie konnte sie mit einer derartigen Leichtigkeit darüber sprechen? Oder verstellte sie sich nur, ging ihr das Ganze näher, als sie zugab? Vorsichtig legte ich Paulchen aufs Bett und rieb mir den schmerzenden Arm.

»In meiner ersten Nacht hier in Hohehorst ... habe ich ihn gesehen, im Treppenhaus, mit einer Schwester. Er hat sie geküsst, sie haben sich geküsst und ... berührt.«

»Ach, welche Schwester war's denn?«

»Ich weiß es nicht, ich habe sie nicht erkannt. Er stand vor ihr, verdeckte sie.«

Hanna schüttelte stumm den Kopf. Der Ausdruck auf ihrem Gesicht verriet nicht, was sie dachte oder fühlte. Und während ich mich im Stillen über ihre Gefasstheit wunderte, sagte sie unvermittelt und so leise, dass ich sie kaum verstand: »Ich wusste, dass er lügt. Ich wusste, dass er auch andere hat. Und trotzdem wollte ich ihm glauben.«

»Wie meinst du das? Was wolltest du glauben?«

»Ich ...«, begann sie, verstummte aber abrupt und holte tief Luft, wobei ihr Atem von einem hörbaren Zittern begleitet wurde. Plötzlich vergrub sie ihr Gesicht in den Händen. »Er hat mir versprochen ... wenn der Krieg zu Ende ist ... werden wir heiraten.«

»Er ist doch schon verheiratet.«

»Unglücklich«, flüsterte sie, »er ist mit einer Hexe verheiratet.«

»Oh, Hanna, das mag ja sein. Aber dann passen sie doch gut zusammen, denn er ist ein Hexer.«

Beim Abendessen kauten wir schweigend unsere Stullen. Hanna starrte grimmig vor sich hin. Ich hatte den Eindruck, dass ihre Verstörtheit einer bitteren Wut gewichen war. Wir saßen zu zweit an einem Tisch am Fenster und mein Blick verlor sich in meinem eigenen Spiegelbild und der Dunkelheit dahinter. Wie viele Tage würde ich hier noch sitzen, eingesponnen in einen Kokon von Behaglichkeit und Sicherheit. Sartorius weiß Bescheid, dachte ich, er weiß Bescheid und wird auch alles beweisen können, und wenn er es nicht kann, so wird er dafür sorgen, dass sich Zeugen finden, die alles bestätigen. Ich schob meinen Teller von mir, auf dem das halb gegessene Brot lag. Plötzlich erschien Sartorius in der Tür. Er erblickte uns und kam auf unseren Tisch zu, lächelte, ganz liebenswerter Onkel und väterlicher Arzt. Zwischen Hannas Augenbrauen erschien eine tiefe Falte, sie nahm den letzten Schluck ihres Hagebuttentees und stellte die Tasse klirrend auf den Teller.

»Guten Abend, die Damen!«, sagte er gut gelaunt.

»Oh, Dr. Sartorius.« Hannas Züge entspannten sich, auf ihrem Gesicht schien die Sonne aufzugehen. »Auch Ihnen einen guten Abend«, flötete sie.

Als ich seinen Gruß nicht erwiderte, nicht erwidern konnte, sagte er an mich gewandt: »Eine so charmante junge Dame und so schweigsam heute Abend?«

Ich hätte ihm sein Lächeln am liebsten vom Gesicht gerissen.

Da hörte ich Hanna sagen, und ihre Stimme klang auf einmal überlaut und seltsam klar: »Wie geht es Ihrer lieben Frau Gemahlin und den durchlauchten Schwiegereltern, sie sind alle wohlauf, wie ich hoffe?« Ein eisernes Lächeln lag auf Hannas Gesicht, während seines langsam nach unten sackte.

Als ich erwachte, war er fort. Dunkel erinnerte ich mich an den Schimmer seiner Haut im Kerzenlicht, der jedoch sofort von einem anderen Bild verdrängt wurde: von mir selbst, wie ich, wimmernd und zusammengekauert, diesem übermächtigen Drang ausgeliefert war, dieser Flut von Erbrochenem, die unaufhörlich aus mir herausquoll. Und schließlich legte sich die Scham heiß und brennend auf mein Gesicht. Ich drehte den Kopf und ein scharfer Schmerz durchfuhr meinen Schädel, irgendwo in meinem Hinterkopf, und verebbte in einem dumpfen Pochen. Ich weiß nicht mehr, wie lange ich so liegen blieb, absolut reglos, um dem Schmerz nur ja keine zweite Chance zu geben. Doch irgendwann wurde der Drang nach kaltem, klarem Wasser übermächtig und ich schälte mich aus den Decken, mühsam und unendlich langsam, wie die Parodie eines Menschen, der einen Kater hat.

Ich schlich in die Küche, halb hoffend, halb fürchtend, *ihn* anzutreffen, doch die Räume lagen leer und gleichgültig da. Enttäuscht und erleichtert zugleich öffnete ich den Schrank. Mineralwasser hatte ich keines da, also füllte ich mir Leitungswasser in einen Krug und schenkte mir zusätzlich zwei Gläser voll. Beide Gläser in der Hand steuerte ich das Wohnzimmer an in der Erwartung, jeden Augenblick den Geruch von Erbrochenem in die Nase zu bekommen. Doch als ich um die Ecke bog, hielt ich abrupt inne: Der Raum war mustergültig sauber, die Kissen penibel angeordnet, es standen keine Flaschen und Gläser mehr herum, auch keine Reste von Knabberzeug: Nichts deutete darauf hin, dass hier am Vorabend jemand seinen Mageninhalt entleert hatte. Ich trat ein paar Schritte näher, schaute mich um, ob vielleicht irgendwo eine Nachricht für mich lag, sah jedoch nichts. Außer dem Spiegelbild einer bleichen Frau mittleren Alters, mit ungekämmten Haaren und verschmierter Wimperntusche.

Ich fand die Nachricht an der Wohnungstür: *Ich habe heute einen wichtigen Termin in München. Ich wollte dich nicht wecken, du hast so tief geschlafen. Ich ruf dich an, Roman.* Ein wahrer Gentleman, dachte ich und mein Gesicht brannte schon wieder von der Scham der Erinnerung. Kein Wort davon, wie ich mich betrunken hatte. Kein Wort davon, wie ich die Kontrolle über die Situation (und über meinen Körper) verloren hatte. Kein Wort davon, wie er die stinkende Körperflüssigkeit beseitigt, den Teppich geschrubbt, aufgeräumt, mich gewaschen und ins Bett verfrachtet hatte. Denn all das musste er getan haben, weil *ich* dazu nicht mehr in der Lage gewesen war. Sicher hatte er gar keinen Termin in Deutschland und hatte mir und sich nur die Peinlichkeit ersparen wollen, nach diesem Totalausfall neben dem anderen aufzuwachen.

Während der Kaffee durch die Maschine lief, tastete sich mein Erinnerungsvermögen an die Frage heran, die ich seit dem Aufwachen weiträumig umschifft hatte, die sich nun aber nicht länger unter dem Deckel halten ließ: Was war passiert, *bevor* mein Körper außer Kontrolle geraten war? Einzelne Szenen blitzten auf, seine nackte Haut im Kerzenschein, sein Gesicht über mir, ganz nah, doch irgendwo auf der Strecke riss der Film, ein Stück fehlte, es war wie herausgeschnitten. Und dann erst fiel mir ein, dass ich an einem denkwürdigen Tag im Januar eine Dreimonatspackung mit winzigen Pillen in das Abwassersystem meines Wohnorts geleitet hatte.

Nach meinem späten Frühstück und der Einnahme von zwei Ibuprofen fiel mir plötzlich der eigentliche Grund meines Wien-Aufenthalts ein: Dr. Prohacek, den ich einfach so versetzt hatte. Ich rief sofort bei ihm an, doch niemand meldete sich. Sicher war er um diese Zeit in seiner Praxis, also besorgte ich mir die Nummer bei der Auskunft. Doch als ich schließlich dort anrief, hörte ich die automatische Ansage, dass die Praxis nur bis 12 Uhr besetzt sei. Ich überlegte kurz, was ich nun tun konnte, und fand, dass es meine Pflicht und Schuldigkeit war, mich persönlich zu Dr. Prohacek zu begeben, auch wenn er höchstwahrscheinlich nicht zu Hause wäre. Ich schrieb ein paar Zeilen, steckte die Karte in einen Umschlag und machte mich auf den Weg. Ich schritt rasch aus und der Gang dauerte nur zehn Minuten. Wie erwartet reagierte niemand auf mein Klingeln und so steckte ich meine Karte in den Briefkasten. Die frische Luft hatte mir gutgetan und so beschloss ich, noch eine Extrarunde zu drehen.

Mein Blick verfing sich in den Schaufensterauslagen, *H&M*, *Zara* und so weiter. Flüchtig dachte ich daran, dass die Schaufenster dieser Welt sich immer mehr glichen. Ich sah in die Gesichter der Vorbeigehenden, auf die Rücken der vor mir hergehenden Menschen. Und schließlich merkte ich, dass ich gerade an der Filiale der *BAWAG* vorbeiging, in der Lore Klopstock meine Mutter kurz vor ihrem Tod gesehen hatte, das letzte Mal. Ich verlangsamte meinen Schritt und blieb schließlich ganz stehen. Und da sah ich sie plötzlich vor mir, in einer Deutlichkeit, als handelte es sich um eine reale Erinnerung, wie sie dort hineinging, in ihrer zielstrebigen Art, das Kinn leicht erhoben, den Blick, der mich als Kind so oft das Fürchten gelehrt hatte, entschieden geradeaus gerichtet. Und trotz dieser alles andere als angenehmen Erinnerung füllten sich meine Augen mit Tränen, die ich wegzublinzeln versuchte und die doch ihren Weg nach unten fanden. Die Glastür öffnete sich, ein Mann mit einer roten Schirmmütze kam heraus, stutzte kurz und ging an mir vorbei. Ich nahm meinen Weg wieder auf. Ich musste das alles endlich hinter mir lassen, ich musste diese Wohnung verkaufen, auch wenn sie noch so schön war, ich musste mein eigenes Leben wieder aufnehmen. Ja, ich würde ihre Sachen und ihr Leben in Kartons verpacken, einen Teil der Möbel behalten, den anderen Teil verkaufen oder abholen lassen. Und ich würde sofort damit beginnen.

In dieser Nacht bekam ich wieder Besuch, doch diesmal von Hanna, die wie verabredet viermal an meine Tür klopfte. Der Wind hatte aufgefrischt, rüttelte an meinem Mansardenfenster und scheuchte die Regentropfen in Schwaden gegen die Scheibe. In der Gaube unter dem Fenster hatte ich eine Kerze aufgestellt und Hanna und ich betrachteten den zuckenden Lichtschein vom Bett aus.

»Dieser verdammte Schuft, dieser Lügner, wie habe ich nur auf ihn hereinfallen können«, schluchzte Hanna.

»Er ist ein gut aussehender Mann, da passiert so was eben«, versuchte ich sie halbherzig zu trösten. Ich konnte an nichts anderes denken als an Paulchen und ob Sartorius tatsächlich versuchen würde, ihn mir wegzunehmen, wenn ich nicht tat, was er von mir verlangte. Und so hingen wir beide unseren Gedanken nach, die schniefende Hanna und ich. Ich hatte den Arm um sie gelegt und streichelte hin und wieder ihre Hand. Wir schwiegen und lauschten dem Regen, sahen die Tropfen am Fenster im Schein der Kerze zerstieben. Das Gebälk knackte und einen Moment lang hatte ich das Gefühl, auf einer Insel zu sein, mit Hanna, auf einem Adlerhorst an einem Felshang hoch über der Welt, den Unbilden der Natur ausgeliefert und unerreichbar, aber so nah am Abgrund, dass sich der tiefe Sturz jeden Moment ereignen konnte.

Da sagte Hanna: »Ich habe keine Angst vor ihm.«

Überrascht wandte ich den Kopf, betrachtete sie von der Seite, ihr weiches Profil mit der Himmelfahrtsnase, die etwas Kindliches an sich hatte, das runde Kinn, die leicht hervortretenden Puppenaugen, nun verquollen vom Weinen, der Mund, der so gern und leicht lachte und gewöhnlich kirschrot geschminkt war.

»Und du brauchst auch keine Angst vor ihm zu haben«, fuhr sie fort.

»Du bist gut. Wenn ich nicht tue, was er sagt, dann ...«

»Nichts dann. Dazu wird es nicht kommen.«

»Was meinst du?«

»Ich habe eine Idee.«

»Was willst du denn tun?«

»Pass mal auf. Seine Frau ist ein ziemlicher Drachen. Ich werde ihm sagen, dass ich ihr alles erzählen werde, das von mir und von den anderen Frauen. Wenn er dich und Paulchen nicht in Ruhe lässt.«

»Glaubst du nicht, dass sie das längst alles weiß? Dass er sie betrügt, meine ich.«

»Ahnen tut sie's sicher. Aber wissen? Er ist sehr diskret ... wie du ja selbst gemerkt hast. Und wenn plötzlich jemand vor dir steht und behauptet, die Geliebte deines Ehemannes zu sein, na dann, gute Nacht!«

»Na ja.«

»Allerdings ...«, sie senkte die Stimme und ich sah, dass es in ihrem Gesicht zuckte, »... müssen wir sehr vorsichtig sein. Denn er kann ziemlich unangenehm werden.«

»Das habe ich gemerkt.«

Sie drehte mir langsam das Gesicht zu. »Ich meine damit, dass er brutal werden kann. Wir sollten uns irgendwie absichern.«

»Absichern? Wie sollen wir das denn machen?«

»Wir sollten irgendwo etwas Schriftliches hinterlegen, bei einer Person, der wir vertrauen können.«

»Ich verstehe immer noch nicht.«

»Wenn ich ihm drohe, seiner Frau alles zu erzählen, dann könnte er versuchen, mich ... einzuschüchtern.«

»Wie denn?«

»Nun sei doch nicht so schwer von Kapee, du meine Güte! Er könnte versuchen, mir etwas anzutun.«

Langsam begriff ich.

»Das traust du ihm zu?«

»Ich weiß nicht. Vielleicht übertreibe ich maßlos.«

»Und du denkst, wenn wir ihm sagen, dass wir bei jemandem ein Schriftstück hinterlegt haben, das diese Person dann, falls dir ... uns etwas passiert ...« Ich wagte den Satz nicht auszuformulieren. Stattdessen sagte ich fast barsch: »Natürlich können wir das tun. Aber das hört sich für mich trotzdem sehr abenteuerlich an.«

»Für mich auch«, flüsterte Hanna, »für mich auch.«

»Bevor wir das tun, müssen wir ganz sichergehen. Dass das mit seiner Frau auch wirklich ein Druckmittel ist. Weißt du das bestimmt? Vielleicht ist es ihm ja auch herzlich egal, ob sie von seinen Weibergeschichten erfährt.«

»Seine Frau ist ... nun ... sie ist sehr reich. Stammt aus einer alten Bremer Kaufmannsfamilie. Und sie ist sehr eifersüchtig, zu Recht natürlich. Ich kann dir nur sagen, was er mir immer gesagt hat. Er kann sich im Moment noch nicht scheiden lassen, sie haben wohl so eine Art Ehevertrag geschlossen, durch den er bei einer Scheidung ziemlich leer ausgehen würde. Er hat mich vertröstet, immer wieder, hat mir gesagt, ich sei die Einzige, die große und wahre Liebe seines Lebens.« Hanna lachte auf, es war ein bitteres Lachen. »Er hat gesagt, er suche nach einer Lösung, alles sei nur noch eine Frage der Zeit.«

»Was wollte er denn da für eine Lösung finden? Wenn ihr alles gehört?«

»Ich ... keine Ahnung, ich weiß es nicht. Er sprach jedenfalls davon, dass wir heiraten würden, nach dem Krieg. Ich wusste natürlich nicht, dass ich nur eine von vielen war.«

Sie holte tief Luft und sah mich an: »Wir werden das zusammen durchziehen.«

»Das willst du für mich tun?«

»Für dich ... und für mich.«

Bei meiner Rückkehr in die Wohnung sah ich mit zitterndem Herzen auf den Anrufbeantworter und stellte bitter enttäuscht fest, dass das Lämpchen im Dauerlicht leuchtete. Dann hörte ich – ungefähr zum zehnten Mal – meine Mobilbox ab, doch auch hier hatte niemand eine Nachricht hinterlassen, die mein Leben in ein rosigeres Licht getaucht hätte. Dann holte ich einen Stapel Umzugskartons aus dem Keller. Als Nächstes rief ich eine Firma an, die Haushaltsauflösungen durchführte, und machte einen Termin für den übernächsten Tag aus. Auch einen Immobilienmakler rief ich an, der sofort hellhörig wurde, als ich ihm sagte, in welchem Viertel die Wohnung lag und dass es sich um ein Jugendstilhaus handelte. Dann begann ich, Bücher und Zeitschriften, die ich behalten wollte, einzupacken, und machte mich schließlich an die Aktenordner. Ich wusste nicht, wie lange man Steuerbelege aufbewahren musste, aber ich ging davon aus, dass diese Dokumente nicht länger als fünf Jahre benötigt wurden. Und so landeten fünfzehn Jahre alte Strom- und Gasabrechnungen rasch im Altpapierkorb. Dazu gesellten sich Garantiebescheinigungen von Geräten, die längst das Zeitliche gesegnet hatten, und uralte Kontoauszüge, die ich durch Mutters Aktenvernichter jagte. Angesichts des zunehmenden Stapels von leeren Leitzordnern fühlte ich mich zunehmend besser. Ja, das war der richtige Weg: aufräumen, sichten, Ordnung schaffen, entrümpeln, Altlasten vernichten, Luft und Raum schaffen! (Und was hätte zu dieser Arbeit besser gepasst als eine – eine einzige – Zigarette!)

Bei der Durchsicht der neueren Unterlagen hielt ich mich mit dem Vernichten zurück. Mir blieb wohl nichts anderes übrig, als diese Akten erst einmal mit nach Hause zu nehmen. Bei den aktuellen Kontoauszügen blieb ich schließlich hängen. Die Auszüge waren allesamt von einem Konto bei der Bank Austria in der Filiale Siebensterngasse. Sie waren nummeriert und komplett. Das Konto war erwartungsgemäß gut bestückt. Ich blätterte zurück zu den ersten Auszügen des Jahres und sah noch einmal alle durch. Sie waren, so wie es aussah, in Ordnung. Warum nur hatte ich dennoch das Gefühl, etwas übersehen zu haben? Schließlich klappte ich den Ordner zu und gähnte. Ich war müde, meine Augen brannten, auch die Kopfschmerzen waren wieder stärker geworden. Ich war gerade dabei aufzustehen, um nach den Tabletten zu suchen, als mir – völlig unvermittelt – klar wurde, was hier nicht stimmte. Die Bank. Wieso hatte Lore Klopstock meine Mutter in der *BAWAG*-Filiale in der Mariahilfer Straße gesehen? Ich versuchte mich zu erinnern, was genau Lore Klopstock mir von diesem letzten Treffen erzählt hatte, konnte mich aber nicht mehr an den Wortlaut erinnern. Hatte sie dort am Automaten Geld geholt? Wo sie doch ihre Bank quasi um die Ecke hatte. Vielleicht hatte sie etwas gesehen, was sie dringend kaufen wollte und das sie nicht mit Karte bezahlen konnte? Aber das hätte ich dann doch in den Auszügen sehen müssen. Noch einmal blätterte ich die Auszüge vom Dezember durch. Nichts. Keine Barauszahlung von einem Automaten in der Mariahilfer Straße. Vielleicht hatte sie dort ein Sparkonto. Aber hätte ich das nicht finden müssen? Mutter war, wie ich ja schon gewusst hatte und wie sich eben wieder einmal bestätigt hatte, in organisatorischen Dingen äußerst gewissenhaft gewesen. Und wenn es fünfzehn Jahre alte Stromabrechnungen gab, dann müsste doch ein aktuelles Sparbuch auch vorhanden sein. Es musste also einen anderen Grund für ihren Besuch bei jener Bank gegeben haben. Und plötzlich wusste ich, welchen.

Ich sprang auf und wäre fast über die Ordner gestolpert, die auf dem Boden ausgebreitet lagen, ich lief zum Sekretär und zog die oberste Schublade auf. Hastig wühlte ich darin herum. Und da war er, der braune Umschlag. Ich fingerte ihn auf, meine Bewegungen waren fahrig, jetzt konnte es mir nicht schnell genug gehen. Und so kippte ich den Umschlag um und schüttelte. Mit einem leisen Klimpern landete er auf dem Tisch: der kleine Schlüssel, über dessen Zugehörigkeit ich wochenlang gerätselt hatte. Ich betrachtete ihn genau. Ja, das konnte der Schlüssel eines Bankschließfachs sein, obwohl ich mit solchen Dingen keinerlei Erfahrung hatte. Ich klappte die Hand zu, schloss meine Finger um das Metall. Ein Blick auf die Uhr zeigte mir, dass es zehn vor drei war. Ich konnte also sofort zur Bank gehen und mir Gewissheit verschaffen. Ich schaltete den Laptop ein und sah nach, wie lange die *BAWAG*-Filiale geöffnet hatte. Sie schloss um drei.

Den ganzen Weg bis zur Mariahilfer Straße rannte ich. Meine Kopfschmerzen hatten sich ins Unermessliche gesteigert und jeder Schritt schien meine Schädeldecke fast zum Bersten zu bringen. Als ich um die Ecke bog, sah ich, dass ein missmutig dreinschauender Bankangestellter gerade dabei war, die Trennwand zwischen der Schalterhalle und den Automaten herunterzufahren. Mit einem Satz war ich bei ihm und stammelte: »Ich muss unbedingt noch an ein Schließfach. Ich ...«

Widerwillig löste der Mann seine Hand vom Knopf und bedachte mich mit einem Blick, der zeigte, dass er sich gestraft fühlte durch die Welt im Allgemeinen und mich im Besonderen: »Sie sähn doch, dass olls schon zu is.«

»Aber ... Sie sind doch noch da. Könnten Sie nicht vielleicht eine Ausnahme machen. Bitte.«

»Liebe Frau, wenn's nach den Kunden ginge, würden die Ausnahmen hier bald die Regel werden. Wir schließen um drei und jetzt ist es fünf nach.« Er sah mich vorwurfsvoll an.

»Ich weiß und es tut mir auch sehr leid, aber ich komme gerade aus Deutschland und mein Flieger hatte Verspätung und ich bin hier, um die Angelegenheiten meiner verstorbenen Mutter zu regeln.«

»Da haben Sie sich aber einen ungünstigen Zeitpunkt für Ihre Regelungen ausgesucht!«

Ich verkniff mir die Bemerkung, die Entscheidung über den richtigen Zeitpunkt könne er getrost mir überlassen, und sagte stattdessen: »Sie haben ganz recht. Aber ich habe erst gestern Abend von der Existenz dieses Schließfachs erfahren und der Notar und ich hoffen, dass dort die fehlenden Unterlagen für die Abwicklung des Nachlasses zu finden sind. Ich brauche diese Unterlagen wirklich dringend.« Ich versuchte treuherzig und hilfsbedürftig dreinzuschauen, was mir dieses eine Mal zu gelingen schien, denn er seufzte: »Also schön. Dann kommen S' halt mit.«

Wir schlüpften unter der halb heruntergelassenen Trennwand durch, er schaltete das Licht wieder ein und bedeutete mir durch ein Handzeichen, ihm zu folgen. Vor einer Wand mit Schließfächern machte er halt und drehte sich um. Ich zog den Schlüssel aus der Tasche, fand sogleich das Fach mit der Nummer 43. Der Schlüssel passte. Ich öffnete das Türchen. In dem Fach lag ein in Packpapier eingeschlagenes Päckchen.

Anfang November wurden 300 Trakehner in den Stallungen untergebracht – sie stammten von einem SS-Gestüt im besetzten Polen – und wenig später kamen 33 Norwegerkinder nach Hohehorst. In einer vom Führer befohlenen Nacht- und Nebelaktion waren diese Kinder – Sprösslinge von Wehrmachtssoldaten und Norwegerinnen, die in norwegischen Lebensborn-Heimen zur Welt gekommen waren – »heim ins Reich« gebracht worden. Noch heute sehe ich sie vor mir, mit den Kinderschwestern Olga und Anneliese (die übrigens auch aus Ostpreußen stammte), in Reih und Glied zum Spazierengehen aufgestellt, wie eine putzige Gesellschaft aus dem Zwergenland, mit ihren Mäntelchen und den hellblonden Haarschöpfen, die unter den Mützchen hervorlugten.

Die allerletzten Blätter fielen und bald kam der erste Schnee. Sartorius sprach nicht mehr mit mir, es war, als hätte es die Szenen mit ihm nie gegeben, als wären die Worte niemals ausgesprochen worden, als hätte ich die Berührung seiner Finger auf meinen Lippen niemals gespürt. Was genau sich zwischen Hanna und ihm abspielte, ob sich noch etwas abspielte, wusste ich nicht. Einmal sagte sie: »Er weiß nun Bescheid. Und du kannst ganz ruhig sein.«

Der menschliche Geist ist ein Gewohnheitstier, das schnell vergisst und geformt wird durch näherliegende Begebenheiten, die die weiter zurückliegenden beiseiteschieben. Und als Sartorius nach zwei und auch nach drei Wochen keinen weiteren Annäherungsversuch unternommen hatte und auch sonst nichts geschah, begann das Ganze zu verblassen und ich fragte mich sogar, ob ich mich nicht getäuscht hatte. Auch unser Plan, uns vor Sartorius in irgendeiner Form zu schützen oder abzusichern, erschien uns mittlerweile überspannt, und so hatten Hanna und ich ihn nicht weiterverfolgt. Vielleicht war alles ein großes Missverständnis gewesen.

Noch heute denke ich mit Unglauben an mich, an uns alle, wie wir es in diesen letzten Monaten vor Kriegsende schafften, uns dort, auf unserer Insel der Sorglosen, in unserem Schlaraffenland einzuigeln. Was hatten wir geglaubt? Dass um uns herum die Welt in Flammen aufgehen würde und unsere Insel sich über Raum und Zeit erheben würde und uns wie ein fliegender Teppich unversehrt in ein anderes, neues, besseres Leben tragen würde, in eine Zukunft, die Arkadien hieß?

Von Anneliese Willunat erfuhr ich, dass Gauleiter Koch für Ostpreußen ein Fluchtverbot erlassen hatte. Dass alle dort ausharren mussten, bis zu dem Tag, an dem ... ja, was? An dem die Russen kämen? Was war mit Mutter, was mit Ingeborg? Und mit Leni?

Weihnachten kam und ging, das letzte Kriegsweihnachten, aber das wussten wir natürlich nicht. Dass eine Art Ende nahte, war uns allen klar, kaum jemand glaubte noch ernsthaft an den Endsieg. Mit dem neuen Jahr hielt der Winter richtig Einzug und die Pensionärinnen strickten, wieder einmal, Handschuhe und Socken für die Soldaten an der Front. Sartorius bekam ich kaum noch zu Gesicht. Wenn er sich im Hause aufhielt, dann nur zu dienstlichen Zwecken und oben in den Untersuchungsräumen. Einmal hörte ich, wie Oberschwester Berta sagte, er werde zunehmend in Bremen gebraucht. Und dann wurde Hanna krank.

Die Märzenbecher und Schneeglöckchen standen in voller Blüte, die Weidenkätzchen blühten prall und voller Zuversicht dem Frühling entgegen und die Vorfrühlingssonne wärmte unsere Gesichter, wenn wir in der Mittagspause im Park spazieren gingen, Hanna und ich mit unseren beiden Kleinen. Unter dem braunen Buchenlaub des Vorjahrs blitzten schon die ersten grünen Halme hervor und man spürte, dass der Frühling dem Winter bald den Garaus machen würde.

»Mich fröstelt's«, sagte Hanna, als sie sich auf unsere Bank setzte, eingemummelt in ihren Wintermantel, mit Handschuhen und Mütze und einem dicken grauen Wollschal.

Ich selbst streifte den Mantel ab, hängte ihn über die Lehne und nahm Paulchen aus dem Wagen.

»Kriegst du vielleicht eine Erkältung?«

»Hm. Vielleicht. Ich fühl mich komisch.«

Ich betrachtete sie genauer. Sie war bleich, ihre Haut hatte einen fast bläulichen Schimmer, und obwohl ihr ganz offensichtlich kalt war, standen ihr winzige Schweißperlen auf Stirn und Oberlippe. Jetzt fiel mir auch auf, dass ihre Augen ein wenig glänzten. Ich zog ein Taschentuch aus meiner Manteltasche, tupfte ihr den Schweiß vom Gesicht und legte meine Hand auf ihre Stirn. Hanna glühte.

»Du hast Fieber.« Ich beugte mich vor, legte Paulchen in den Wagen zurück, fasste sie unter dem Arm und sagte: »Komm schon. Du musst ins Bett. Wir melden dich bei Bertus krank.«

Sie ließ sich hochziehen und trottete hinter mir her, sich abstützend am Kinderwagen, den sie vor sich herschob.

Seit Tagen hatte sie über Mattigkeit geklagt, über Kopfschmerzen und dass sie es morgens kaum aus dem Bett schaffe. Ich hatte mich gewundert, denn ich kannte sie nur als quirlige, energiegeladene Person, die seit ihrer Ankunft im Heim (von ihrer »Migräne« abgesehen) noch kein einziges Mal krank geworden war. Die Ereignisse der letzten Monate mussten sie doch mehr mitgenommen haben, als sie vor mir und vor sich selbst zugeben wollte.

Oberschwester Berta musterte Hanna aufmerksam und schickte sie dann zu Bett. Wir kamen überein, dass ich mich um sie kümmern würde – ihr die Mahlzeiten aufs Zimmer bringen würde und Tee und Medikamente. Da wir seit einiger Zeit wieder das Zimmer miteinander teilten – das Nebengebäude quoll inzwischen vor Flüchtlingen nur so über –, war das für mich auch nicht mit besonders viel Extraarbeit verbunden. Als Hannas Fieber allerdings nach einer Woche noch immer nicht gesunken war, begann ich mir aber ernstlich Sorgen zu machen. Berta kam und sah persönlich nach ihr. Noch am gleichen Abend wurde sie ins Krankenzimmer verlegt. Und dann wurde Paulchen krank. Eine Woche später hatte man bei beiden Typhus diagnostiziert.

Ich sehe das ungläubige Gesicht der Oberschwester noch vor mir, als sei das alles gestern geschehen. Es hatte Typhusepidemien in anderen Heimen gegeben, auch Keuchhusten war in manchen Häusern ausgebrochen. Doch in Hannas Fall war kein Herd auszumachen, an dem sie sich hätte infizieren können. Von den Norwegerkindern hatte keines Typhus, auch bei den im Nebengebäude einquartierten Flüchtlingsfamilien gab es keinen Fall.

Was dann kam, war der schlimmste Albtraum meines Lebens und noch heute ist es mir unerträglich, darüber zu sprechen, überhaupt daran zu denken. Ich kann und mag nicht schreiben, was in diesen Wochen in mir vorging, und es ändert auch nichts. Der Tod ist die einzige Gewissheit im Leben, die man nicht durch Meinungen oder Einschätzungen relativieren kann. Sie starben im Abstand von zwei Tagen. Erst Hanna, dann Paulchen, mein liebes kleines Paulchen, mein Augenstern, mein über alles geliebtes Kind.

Vielleicht habe ich diese Zeit nur deshalb überstanden, weil ich dann selbst krank wurde. Und vielleicht geschah das, was auf meine Krankheit folgte, nur deshalb, weil ich in meinen Fieberfantasien davon träumte. Um ein Haar wäre auch ich gestorben, doch sosehr ich mich auch danach sehnte, ich sollte wieder gesund werden. Der Fluch der Genesung kam über mich und brachte mich ins Leben zurück.

Einige Wochen später war die Welt um mich herum in Auflösung begriffen. Wie begriffsstutzige Schauspieler, die nicht merkten, dass ihr Stück schon lange zu Ende war, versahen wir in Hohehorst noch immer unseren »Dienst«. Wie im Traum füllte ich noch immer Formulare aus, heftete Blätter in Ordner, tippte Berichte, die während meiner Krankheit liegen geblieben waren. Was hätte ich auch sonst tun sollen?

In den Nächten schlief ich nicht mehr. Ich lag in meinem Zimmer, diesem Totenhaus meiner Gedanken, bei geöffnetem Fenster und hörte die Trakehner manchmal leise wiehern. Das Einzige, was mich in diesen Nächten, den schwärzesten, am Leben erhielt, war der Gedanke an den Tod. Mit einer großen Klarheit, wie ich sie selten verspürt hatte, sann ich über die verschiedensten Selbsttötungsmethoden nach. Im Geiste fuhr ich auf den See hinaus, mit um den Leib geschnürten Gewichten, und ließ mich über Bord gleiten, versank im eisigen Wasser. Ich spielte mit dem Gedanken an Schlaftabletten oder Gift, doch Oberschwester Berta trug den Schlüssel zum Arzneimittelschrank stets bei sich. Blieb noch die Möglichkeit, mir aus der Natur selbst Gift zu besorgen. Ich kannte unten am See eine Stelle, an der Giftwasserschierling wuchs. Doch was wäre, wenn ich nicht genug nähme? Wenn ich stundenlang, in Krämpfen liegend, auf den Tod wartete? Ich war zu feige. Das war der einzige Grund, warum ich noch lebte. Ich war zu feige, um meinem Leben selbst ein Ende zu bereiten.

Der Befehl aus München kam vor Ostern. In Anbetracht der Tatsache, dass fremde Truppen ins Land gelangen könnten, sei es dringend erforderlich, sofort sämtliche die Vorgänge in Heim Friesland betreffende Unterlagen zu verpacken und an geeigneten Stellen zu vergraben. Äußerste Eile sei geboten.

Es war, als hätte eine unsichtbare Granate eingeschlagen und die Überlebenden in Aufruhr versetzt. Ein paar Zwangsarbeiter brachten Kisten in die Büros und nun ging es ans Einpacken. Wir packten den ganzen Tag. Papiere, Standesamtsbücher, Karteien von den Kindern, Reichsführerfragebögen, in denen festgelegt wurde, ob die Frauen den Ausleseanforderungen der SS entsprachen – sie wurden von der Oberschwester oder vom Heimleiter ausgefüllt und unterlagen der absoluten Geheimhaltung. Ich wusste, dass diese Bögen, einmal komplettiert, sonst direkt an Himmler persönlich gesandt wurden.

Ordner und Hefter mit Namen von Frauen und Kindern wurden von mir in eine Kiste gepackt, und da war ja auch mein »Vorgang« und dort die Mappe von Hanna und ihrer Kleinen. Ich stopfte alles in die Kiste, wie blind, dachte nichts, wollte nichts denken. Und irgendwann hielt ich Paulchens Unterlagen in den Händen.

Ich sank auf meinen Stuhl, die Mappe auf dem Schoß, und konnte mich nicht rühren. Was tat ich hier eigentlich, was sollte das alles?

Ich weiß nicht mehr, wie lange ich so dasaß, nur dass plötzlich Sartorius auf der Schwelle erschien, einen Packen Papiere im Arm. Ich zuckte zusammen, legte möglichst unauffällig die Mappe weg und schob ein paar Formulare darüber.

»Was sitzen Sie da herum? Los, weitermachen! Die hier müssen auch noch mit!«

Er knallte mir das Paket auf den Tisch und sah mir dabei zu, wie ich die Sachen in die Kiste tat, die nun fast voll war. Ich schickte mich an, weitere Papiere zu holen, um die Kiste ganz vollzumachen, doch er herrschte mich an: »Zumachen!« Er stand neben mir und kontrollierte, wie ich den Deckel zuklappte. Ich warf einen raschen Blick zu meinem Schreibtisch. Dort, halb verdeckt unter ein paar Formularen, lag immer noch Paulchens Akte. Die bräuchten sie ja ohnehin nicht mehr, ich würde sie an mich nehmen. Aus den Augenwinkeln beobachtete ich, wie Sartorius einige Buchstaben auf die geschlossene Kiste schrieb. Dann trat ich wieder zum Aktenschrank, holte andere Ordner heraus und begann, die nächste Kiste zu füllen. So ging das bis zum Nachmittag und irgendwann kam Herr Huber mit einigen Männern, die Kisten wurden auf einen Handwagen geschleppt und durchs Fenster sah ich, wie die Männer mit den Unterlagen im Park verschwanden. Eine Weile stand ich unschlüssig herum. Die Gelegenheit war günstig. Ich zog Paulchens Mappe unter den Formularen hervor, löste die Heftschienen und steckte die Papiere unter meine Strickjacke. Als ich aus dem Nebenzimmer ein Geräusch hörte, beeilte ich mich fortzukommen. Ich tat, als sei mir kalt, und eilte mit um den Leib geschlungenen Armen den Korridor entlang nach oben in mein Zimmer. Dort stopfte ich die Sachen zwischen meine Wäsche. Dann ging ich wieder zurück ins Büro, und als ich eintrat, hörte ich Schwester Elses Stimme: »Na, da sind Sie ja, die Kinderschwester ist schon janz runter mit die Nerven, wegen dem armen Würmchen von der Hanna. Die schreit dat janze Haus zusammen. Können Sie die kleene Lilli nich mal beruhijen?«

Ich setzte mich ins *Café Nil* nicht weit von Mutters Haus. Ich wollte und konnte jetzt nicht alleine sein, ich brauchte Gesellschaft, und sei es nur die von einer Kellnerin und einer älteren Frau, die einen Dialog mit einem unsichtbaren Gegenüber führte. Ich kannte das Café bisher nur vom Vorübergehen, es war ein wenig karg, doch irgendwie eigentümlich. Der Raum musste früher ein Ladengeschäft gewesen sein, denn die Schaufenster waren groß und verliefen über die gesamte Front und die rechte Wand des Cafés und man saß gewissermaßen Auge in Auge mit den Passanten. Ich steuerte einen Platz am Fenster der Seitenstraße an, in sicherer Entfernung von der monologisierenden Alten, und noch im Gehen zog ich meinen Mantel aus und legte ihn über einen hölzernen Stuhl. Bei der arabisch aussehenden Kellnerin bestellte ich einen Milchkaffee und betrachtete dann das braune Päckchen, das vor mir auf dem Tisch lag. Auf einmal hatte ich Angst. Eine herzumklammernde, völlig irrationale Angst vor dem, was vielleicht in dem Päckchen sein könnte. Ich gab mir noch eine Gnadenfrist bis zum Eintreffen des Kaffees. Mein Herz hämmerte, ich fühlte mich wie vor einer meiner Dolmetschvorführungen in grauer Vorzeit. Ich rief mich zur Ordnung, erklärte mir selbst, dass es sich bei dem, was ich hier vor mir liegen hatte, wohl tatsächlich nur um wichtige Bankunterlagen handelte, die Mutter nicht zu Hause aufbewahren wollte. Vielleicht waren Wertpapiere darin oder Aktienscheine. Warum konnte ich das Päckchen nicht einfach öffnen? Ich betrieb meine Vermeidungsstrategie noch ein wenig weiter, indem ich mir die in meerkühlen Tönen gekachelte Theke und die cremefarbenen

Leuchten ansah, die überall im Raum aufgehängt waren. Ihr milchiger Schirm verbreitete ein diffuses Licht und die lindgrünen Wände hätten in einer anderen Situation sicher beruhigend auf mich gewirkt. Der Milchkaffee kam und ich begann den Knoten der Paketschnur, die um das Bündel geschlungen war, zu lösen. Mein Herz klopfte nun zum Zerspringen. Ich faltete das Papier auseinander. Zuoberst lag ein schwarzes, an den Ecken abgestoßenes Buch. Ich vermutete, dass es sich dabei um Oma Charlottes Manuskript handelte. Ich nahm es, legte es beiseite und breitete die anderen Unterlagen aus. Da war zum einen ein kleiner weißer Umschlag, auf dem *To whom it may concern* stand. Ich erkannte Mutters Schrift wieder, aber auch wenn es Maschinenschrift gewesen wäre, hätte ich diesen Ausdruck sofort Mutter zugeordnet. Sie hatte schon immer ein Faible für Pathos, gepaart mit dem offiziellen UN-Jargon. Ärger stieg in mir hoch, ich hätte sie anschreien mögen: Wer sonst außer mir sollte diesen Brief denn bekommen, die Bundeskanzlerin vielleicht? Ich wandte mich dem anderen Umschlag zu, braun, DIN A5 und ziemlich ausgebeult. Im Nachklang der Wut ignorierte ich den kleinen Umschlag, nahm den großen und riss ihn mit zitternden Fingern auf. Im ersten Moment verstand ich nicht. Immer wieder glitt mein Blick über dieselben Zeilen und Zeichen. Und dann stieß ich die Luft aus, die ich unwillkürlich angehalten hatte. Hier in meinen Händen hielt ich die Vaterschaftsanerkennung für das Kind Lilli Sternberg, das am 5. Mai 1944 im »Heim Friesland«, Hohehorst, auf die Welt gekommen war. Der Vater des Kindes war Dr. Heinrich Sartorius.

Mimikry

In dem Moment lag alles klar vor mir. Nie zuvor und nie nachher fühlte ich eine Gewissheit wie die, die Schwester Elses Worte in mir auslöste. Ich beeilte mich, ins Kinderzimmer zu kommen. Bereits am Ende des Ganges hörte ich das verzweifelte Schreien von mehreren Kleinen, aber ein Stimmchen trat dabei besonders deutlich hervor, und noch bevor ich die Tür öffnete, wusste ich, dass es Lilli war.

»Ach, Frollein, da sind Sie ja endlich! Die macht mir hier alle anderen ganz narrisch«, sagte Kinderschwester Resi statt einer Begrüßung und drückte mir Lilli in den Arm. Aus mehreren Bettchen drang Schreien, auch hier löste sich also die wohlgeordnete Heimwelt gerade auf. Die zweite Schwester, die eigentlich auch hier hätte sein müssen, war wohl noch unten, in Hannas ehemaligem Büro, und packte.

»Ich kümmere mich um sie«, sagte ich, bevor ich das Zimmer verließ. »Am besten, ich behalte sie die Nacht über bei mir.«

Schwester Resi warf mir einen Blick zu, in dem sich Qual und Dankbarkeit mischten, und nahm den nächsten schreienden Zwerg aus seinem Wagen.

Ich habe die Erfahrung gemacht, dass man in Extremsituationen besonders klar sieht. In Sekundenschnelle erfasst man die Lage und ein Plan, für den man sonst Wochen gebraucht hätte, liegt vor einem ausgebreitet, in aller Übersichtlichkeit, in sämtlichen Einzelschritten.

Es dauerte nicht lange, die kleine Lilli zu beruhigen. Vielleicht war sie aber auch nur vor Erschöpfung eingeschlafen. Natürlich wäre es ein Risiko, sie hier alleine schlafen zu lassen, aber ich musste es tun. Ich musste in den Park laufen und die Kisten finden, die sie vergraben hatten. Die Kisten, in denen Lillis und Hannas Urkunden und Ausweispapiere waren.

Ich brauchte eine Weile, bis ich im Schein der Taschenlampe die Stelle fand, an der ich sie hatte graben sehen. Es roch nach frisch aufgeworfener Erde und im Lichtstrahl der Lampe erkannte ich Fußspuren im weichen Untergrund. Einen Moment lang überkamen mich Zweifel. Was, wenn ich die Kiste vergeblich suchte? Was, wenn Lilli inzwischen aufwachte und das halbe Haus zusammenschrie? Was, wenn sie vom Bett herunterfiele? Was, wenn ich erwischt würde?

Durch all diese angstvollen Fragen hindurch versuchte ich mich zu orientieren. Wo hatte Sartorius gestanden, als die Kiste versenkt wurde, war es hier oder einen Meter weiter dort gewesen? Ich musste mich konzentrieren! Als ich glaubte, die Stelle identifiziert zu haben, griff ich nach dem Spaten und begann zu graben. Immer wieder stieß ich in die Erde, überlaut krachte und knirschte das harte Metall gegen Steine und Steinchen. Schließlich, es musste eine gute halbe Stunde vergangen sein, stieß ich auf etwas hohl Klingendes, Hartes. Das musste die Kiste sein. Teils mit dem Spaten, teils mit bloßen Händen scharrte ich die Erde beiseite, bis ich die ganze Kiste freigelegt hatte. Dann hielt ich inne und lauschte. Lauschte und sah in die absolute Dunkelheit um mich her. Ein leises Rascheln im Gebüsch ließ mich unsicher werden. Was, wenn mich jemand beobachtet hatte, die ganze Zeit schon, während ich hier grub, und derjenige nur darauf wartete, bis ich mich daranmachte, die Kiste zu öffnen? Ich stand noch eine Weile lang still, und als ich weiter nichts hörte, knipste ich die Taschenlampe wieder an und leuchtete auf die Kiste, in der Erwartung, Sartorius' Kennzeichnung zu entdecken. Es war die falsche.

Ich hätte laut aufschreien mögen vor Enttäuschung und Wut, doch was aus meiner Kehle drang, war nur ein klägliches Seufzen. Hastig scharrte ich die Erde wieder darauf. Ich konnte jetzt nicht weitergraben, ich musste zurück, zu lange hatte ich die Kleine schon allein gelassen. Den Spaten ließ ich, wo er war, und rannte zurück zum Haus, ging durch den Nebeneingang an der Westseite, den ich unversperrt gelassen hatte und der direkt in den Küchentrakt führte. Notdürftig klopfte ich die Erde von meinem Rock, stampfte ein paarmal auf, um die gröbsten Erdklumpen von den Stiefeln zu schütteln, zog sie dann aus und schlich durch den Keller, die Nebentreppe hoch, bis unters Dach, wo ich schon im Treppenhaus die Ohren spitzte, immer in der Erwartung, das aufebbende Geschrei eines Kindes zu hören, das gerade eine Schreipause eingelegt hatte und nun mit vollen Lungen von Neuem ansetzte. Doch nichts. Leise drückte ich die Klinke herunter, leise drückte ich die Tür auf. Da lag sie, in seligem Schlummer, das kleine Gesicht zur Seite gedreht, die Ärmchen links und rechts neben dem Kopf. Vor Erleichterung ließ ich mich auch aufs Bett sinken. Eine Weile lang kauerte ich dort auf der Bettkante und betrachtete sie. Das Rosenknospengesichtchen, die kleinen Sternenhände. Und die ganze Zeit dachte ich an Paul, mein kleines Kerlchen, das nicht mehr war, mein Junge, der nicht älter als ein dreiviertel Jahr hatte werden dürfen.

Es war nach Mitternacht, als sie aufwachte, mit langsamen Bewegungen, wie ein Käfer, der sich im Sonnenschein räkelt. Erst als sie zu schmatzen begann und durch ein erstes »Mäh« erkennen ließ, dass sie nun richtig wach werden würde, fiel mir ein, dass ich ja gar nichts zu essen für sie dahatte. Ich nahm sie hoch, wickelte sie in ihr Deckchen und machte mich auf den Weg ins Kinderzimmer. Schwester Resis Schicht war inzwischen beendet und die schnippische Oda saß im Schwesternzimmer nebenan. Sie sah überrascht auf, als ich kam.

»Lilli ist aufgewacht und hat Hunger«, sagte ich.

»So, na dann wollen wir mal Abhilfe schaffen. Ich wollte ohnehin gerade die nächste Ladung zubereiten.« Sie stand auf und ich sah ihr zu, wie sie mit den Fläschchen hantierte und einen flüssigen Brei aus Ziegenmilch mit etwas Haferschleim zubereitete. Als aus dem Zimmer nebenan ein Weinen drang, bedankte ich mich und sagte: »Wenn ich noch mehr brauche, kann ich's auch selber machen. Es ist ja im Moment alles ein bisschen schwierig.«

»Ja«, sagte sie, nun kein bisschen schnippisch. »Es geht wohl auf das Ende zu.«

»Lassen Sie das bloß nicht Frau Berta hören.«

»Ach die«, sagte Oda. »Die ist doch auf beiden Augen blind. Wer soll uns denn noch retten? Die Alliierten sind doch schon so gut wie hier.« Sie schnaubte verächtlich und ich wusste nicht, ob sich ihre Verächtlichkeit auf Berta oder die generelle Ausweglosigkeit bezog. Das Schreien aus dem Nebenraum schwoll an und schon auf der Schwelle sagte sie: »Das Beste ist doch, man macht sich aus dem Staub, lieber heut als morgen. Was glauben Sie, wird mit uns passieren, wenn die herauskriegen, dass wir ein Laden von der SS sind. Und dass wir Norwegerkinder versteckt halten. Und dass wir ihre Namen verändert haben, damit niemand weiß, wer sie sind?«

Ich musste sie angesehen haben wie eine Erscheinung, denn sie fuhr mich an: »Ja, wussten Sie das denn nicht? Sie sind doch in der Verwaltung!«

»Nein«, stammelte ich, »nein, das wusste ich nicht.«

Sie ging ins Kinderzimmer, nahm den Schreihals hoch und drehte sich zu mir um. Sie schien zu überlegen, ob es einen Grund gab für meine Begriffsstutzigkeit oder ob ich einfach nur dumm war. Schließlich seufzte sie. Ihr Blick hatte sich verändert, als sie sagte: »Es tut mir leid, ich habe einen Augenblick lang vergessen, dass Sie in den letzten Wochen sicher an ... anderes gedacht haben.«

Als ich sah, wie Schwester Oda beruhigend auf den Säugling in ihrem Arm einsprach, verabschiedete ich mich, schloss die Tür zur Breiküche und begann in Windeseile und so geräuschlos wie möglich, mehrere Fläschchen mit dem Breigemisch zu füllen. Dann steckte ich zwei Tüten fein gemahlenen Hafer ein und eine Flasche Ziegenmilch. Wenn ich meinen eigenen Milchfluss nicht wieder in Gang bekäme, hätte ich immerhin für die ersten zwei Tage Nahrung für sie. So leise ich konnte, schlich ich hinaus, zog die Tür zum Gang hinter mir zu und kehrte in mein Zimmer zurück. Die einzige Schwierigkeit, die ich jetzt noch zu überwinden hatte, war die Beschaffung der Dokumente. Ohne die Papiere konnte ich nicht fort. Ich musste also noch einmal hinaus, dorthin, wo sie die Kisten vergraben hatten.

Ich wartete, bis Lilli wieder eingeschlafen war. Dann schlich ich mich erneut aus dem Haus. Dunkel und verlassen lag der Park in diesen schwärzesten Stunden der Nacht zum Ostermontag des Jahres 1945. Als ich sicher war, dass nichts sich regte, begann ich von Neuem zu graben, diesmal ein Stück weiter links von der Stelle, an der ich vor ein paar Stunden gesucht hatte. Wie schon das Mal zuvor erschien mir das Geräusch des Spatens in der Stille ringsum überlaut. Obwohl ich eigentlich zutiefst erschöpft hätte sein müssen, bekam ich von irgendwoher neue Energie und grub noch schneller, rammte den Spaten mit noch größerer Kraft in die Erde. Wenn es wieder die falsche Kiste wäre, müsste ich meine Flucht auf den nächsten Tag verschieben. Aber ob ich dann noch den Mut dazu aufbringen würde? Nein, ich musste fort, dann eben ohne die Unterlagen. Als ich erneut den hohlen Klang von Metall auf Holz hörte, kratzte ich die restliche Erde von der Kiste und da, da waren sie, Sartorius' Buchstaben, mit denen er die Kiste gekennzeichnet hatte. In diese Kiste, das wusste ich, hatte ich die Mappen getan. Ich richtete die Taschenlampe aus, hob den Deckel. Zuoberst lagen, gebündelt in grauen Aktendeckeln, die Umschläge, die Sartorius zum Schluss hineingetan hatte. Die Aktendeckel waren vorne mit einem Raster versehen, jedoch ohne Aufschrift. Beim Herausnehmen sah ich, dass es insgesamt mindestens dreißig Stück sein mussten. Ich fing an, die Aktendeckel herauszunehmen und auf den Deckel der Kiste zu legen, damit sie nicht schmutzig wurden. Als ich nach dem letzten Packen griff, klappte der Aktendeckel auf und ich sah den Stempel auf dem obersten Umschlag. *Geheim* prangte in roter Schrift darauf. Ich drehte den Umschlag um und sah, dass er versiegelt war. Was hatte Sartorius da beiseitegeschafft? Ich zögerte einen Moment lang. Ich wollte einen raschen Blick hineinwerfen, doch ich zögerte, denn ich hatte nicht mehr viel Zeit. Was, wenn Lilli wach geworden war? Trotzdem griff ich schließlich nach dem Umschlag, der zuoberst lag, und erbrach das Siegel mit fahrigen Fingern. Ich zog die Papiere heraus, ganz oben auf der ersten Seite stand *Konzentrationslager Neuengamme*. Im ersten Moment verstand ich nicht recht, was ich da vor mir hatte. Berichte in Tabellenform, Vor- und Zunamen, Geburtsdaten, Nummern, waren das Krankenakten von Häftlingen? Doch ein zweiter, gründlicherer Blick belehrte mich eines Besseren: Es waren Berichte über Versuche, Experimente an Lagerinsassen, denen Tuberkelbakterien beigebracht wurden. Und die, wie es aussah, an den Folgen dieser Versuche gestorben waren. Als durchführender Arzt war Dr. Heinrich Sartorius eingetragen.

Ich weiß nicht mehr, wie lange ich dort auf dem Boden kniete, in der aufgeschütteten Erde, und den Strahl meiner Taschenlampe auf die Seiten richtete. Mit einem Mal war alles klar. Natürlich, so war es gewesen. Er hatte Hanna getötet. Er hatte sie mit irgendwelchen Teufelsbakterien infiziert, ihr vielleicht eine Spritze gegeben. Und Paulchen? Hatte er auch ihn umgebracht – oder war seine Infektion eine »Folge« von Hannas Krankheitsausbruch gewesen, genauso wie meine? Irgendwann tat ich den Bericht in den Umschlag zurück. Ich hatte nicht mehr viel Zeit. Und als ich das Gesuchte schließlich aus der Kiste holte, hatte ich mich wieder so weit im Griff, dass ich aufstehen konnte.

Inzwischen dämmerte es bereits. Ich nahm alle Unterlagen, die Lilli und Hanna betrafen, heraus, ich war nun sehr in Eile, sichten konnte ich die Papiere später. Beim groben Durchblättern achtete ich lediglich auf Lillis und Hannas Geburtsurkunden und kontrollierte auch, dass Hannas Pass darin steckte. Und natürlich auch die internen Lebensbornakten, die würde ich irgendwo unterwegs verschwinden lassen. Als Letztes nahm ich alle Umschläge, die Sartorius in die Kiste gesteckt hatte, an mich und lief zurück, nachdem ich die Erde wieder über die Kiste geschoben und meine Spuren verwischt hatte.

In der Küche war bereits Licht, doch die Tür zum Korridor war geschlossen und das Geklapper der großen Blechkannen drang nur gedämpft zu mir heraus, während ich den Korridor entlang zur Treppe huschte, inständig hoffend, dass niemand vom Küchenpersonal ausgerechnet in dem Moment den Kopf zur Tür herausstecken würde. Und ich hatte Glück.

Zurück im Zimmer nahm ich die Reisetasche, die bereits fertig gepackt im Schrank stand. Ich öffnete sie, schob die Dokumente ganz unten hinein. Dann holte ich die Schere aus meiner Schreibtischschublade, trat vor den Spiegel und schnitt meine langen Zöpfe ab und stopfte sie in einen Beutel. So gut es eben vor dem kleinen Spiegel im Schrank möglich war, versuchte ich, alle Haare einigermaßen gleich lang zu schneiden. Dann ging ich hinüber zum Bett, wo das schlafende Kind lag, schlug die Decke beiseite und zog ihm Mäntelchen und Mütze an. Ich schulterte die Tasche, nahm Lilli auf den Arm und verließ Hohehorst als eine andere. Emmi Quandt, geboren in Königsberg, Ostpreußen, gab es nicht mehr. Von nun an war ich Charlotte Hanna Sternberg, die mit ihrer Tochter Lilli auf der Flucht war.

Die Dokumente, die ich bei mir trug, sichtete ich erst Tage später. Ich befand mich inzwischen auf der Höhe von Dortmund, bei einer Familie, die mich auf der Landstraße aufgelesen hatte. Das erste Mal seit Tagen hatte ich mich wieder richtig gewaschen und nun saß ich erschöpft und dankbar auf einer Gästeliege, die sie im Wohnzimmer aufgestellt hatten, die kleine Lilli schlief neben mir.

Als Erstes öffnete ich die mit *Geheim* gekennzeichneten Umschläge, einen nach dem anderen, und las. Las von vorne bis hinten all die Grausamkeiten, die in diesen Tabellen aufgelistet waren. Ich kann und will sie hier nicht wiedergeben, die Monstrositäten, von denen ich an jenem Abend im Zimmer der fremden Familie las, nur so viel: Ich war erfüllt von einem so großen Entsetzen und einem Ekel, wie ich ihn nie zuvor und auch nie mehr danach empfunden habe. Noch Jahre, viele Jahre später verfolgten mich die Fotos, die das Grauen dokumentierten, im Traum. Bilder von gequälten und geschundenen Kreaturen mit hohlen Wangen und Augen, in denen jede Hoffnung erloschen war. Die Augen von lebenden Toten.

Mein erster Impuls war, all diese Abscheulichkeiten in Stücke zu reißen. In winzige Fetzen, sodass ich die Gequälten nie mehr würde sehen müssen. Doch dann tat ich es doch nicht, sondern steckte sie in die Umschläge zurück und stopfte alles wieder auf den Grund meiner Tasche. Und dann nahm ich die Lebensbornakten zur Hand. Hannas und Lillis Geburtsurkunden. Da war ein Beurteilungsbogen über die kleine Lilli, und dort ihre Karteikarte. Und schließlich, ich traute meinen Augen kaum, Lillis Vaterschaftsanerkennung. Ich ließ den Bogen sinken. Warum um Himmels willen war die in Hohehorst gewesen? Alle Vaterschaftssachen unterlagen strikter Geheimhaltung und wurden daher in der Münchner Zentrale aufbewahrt. Ich nahm den Hefter wieder hoch und hielt die Seiten so, dass das Licht darauf fiel. Und dann las ich es: *Ich, Heinrich Georg Sartorius, erkenne an, der Vater von Lilli Sternberg zu sein.*

Ich weiß nicht mehr, wie lange ich so dasaß und auf die Schrift starrte. Es konnten Stunden, aber auch nur Minuten vergangen sein. Als ich aufblickte, tastete mein Blick sich an der weißen Wand empor, zum Fenster, vom Fenster durchs Zimmer. Bis zu dem Kind, das neben mir im Bett lag, die blonden Wimpern auf den rosigen Wangen liegend. Ich hatte das Kind eines Mörders entführt, die Tochter von Heinrich Sartorius, des Mannes, der Hanna und meinen Sohn auf dem Gewissen hatte.

Als irgendwann die Araberin an meinen Tisch trat und fragte, ob alles in Ordnung sei, muss ich sie angesehen haben wie eine Erscheinung. Ich nickte zerstreut, murmelte »Aber ja« und nahm den ersten Schluck von meinem Milchkaffee. Er war kalt. Ich bestellte noch ein Wasser und zwei Stunden später einen arabischen Vorspeisenteller, nicht aus Hunger oder Appetit, sondern weil mir vor Schwäche übel war. Als ich die letzte Seite der Aufzeichnungen meiner Großmutter umblätterte, kam das Essen und ich zwang mich, ein wenig von dem Hummus mit dem warmen Brot zu mir zu nehmen, pickte ein paar Oliven auf und schob die Würfel mit dem Schafskäse hin und her. Das Essen war sicher sehr gut, doch in meinem Mund fühlte es sich an wie Mehl. Wie groß musste ihr Schmerz gewesen sein! Ein Kind zu verlieren. Ich konnte dieses Gefühl nur erahnen und selbst das reichte mir schon. Ich blinzelte, doch die Tränen traten mir trotzdem in die Augen. Also war das Baby mit dem dunklen Haar Omas Paulchen gewesen, ihr Kind, hervorgegangen aus einer Liebe, die nicht hatte sein dürfen. *Wir beide in Hohehorst, März 1944.* Und dann hatte sie das Kind einer anderen genommen und war mit ihm davongegangen. Als die andere.

Ich spülte mit Wasser nach. Ich würde nie wieder etwas essen können. Die Fotos, die in dem größeren der beiden Umschläge gesteckt hatten, waren so widerwärtig, so grauenhaft, sie übertrafen alles, was ich bisher an Schrecklichkeiten gesehen hatte. Ihr Bild hatte sich auf ewig auf meiner Netzhaut festgebrannt. Ich schob den Teller von mir. Mit mechanischen Bewegungen packte ich alles zusammen, legte einen Schein auf den Tisch, viel zu viel, und verschwand, ohne jemanden anzusehen und ohne den Gruß der Araberin zu erwidern.

Auf dem Bürgersteig vor dem Café zögerte ich. Wo sollte ich hin, zurück in die Wohnung? Oder direkt zum Flughafen und nach Hause fliegen? Oder sollte ich Wolf anrufen, damit er käme und ich ihm von dem Ungeheuerlichen berichten konnte? Doch dann fiel mir ein, dass zwischen Wolf und mir Funkstille herrschte, wie hatte ich das vergessen können? Und mich nun wieder bei ihm zu melden, nach dem, was gestern Nacht passiert war ... oder vielleicht auch nicht. Es war alles so entsetzlich! Der gestrige Abend, mein Unwissen darüber, was *wirklich* geschehen war und nun die Wahrheit über Oma Charlotte, die mir den Boden unter den Füßen wegzog. Wenn ich die Geschichte nicht mit eigenen Augen gelesen hätte, ich hätte sie niemals geglaubt!

In dem Moment meldete sich ein anderer Gedanke – einer, der hier ganz und gar nicht passte. Hatte Roman mir nicht etwas von Zwangsadoptionen erzählt? Doch in dem Manuskript war davon nicht die Rede gewesen; im Gegenteil, Charlotte hatte offenbar erst im Nachhinein davon erfahren. Aber wie kam er dann darauf?

Ich hörte eine Stimme schräg hinter mir und fuhr herum, die Araberin war aus dem Café gekommen und hatte mich etwas gefragt, freundlich, die dunklen Augen besorgt, doch ich verstand sie nicht und ging einfach fort, stumm den Kopf schüttelnd. Ich schlug die entgegengesetzte Richtung ein, fort von Mutters Wohnung, ich brauchte Klarheit. Meine Gedanken waren ineinander verkeilt, ich musste sie irgendwie lösen. Ich musste nachdenken, musste das Gelesene sortieren, um es überhaupt in seiner ganzen Tragweite verstehen zu können.

Es hatte zu nieseln begonnen, feinste Tröpfchen prickelten auf meinem Gesicht und es fühlte sich an, als läge ein Netz darüber. Ich presste das Paket fest an mich. In einem Hauseingang machte ich halt und steckte es unter meinen Pullover.

So ging ich weiter, kreuz und quer durch die Straßen, spürte die Kühle auf meinem Gesicht und für eine Weile war mein Kopf völlig leer, es gelang mir tatsächlich, an nichts anderes zu denken als an den Regen auf meiner Haut, an die Dunkelheit und daran, dass ich in Wien war, an einem Abend im Februar. Doch bald kehrten sie zurück, die Geister der Vergangenheit.

Die Erkenntnis, dass Heinrich Sartorius mein Großvater war, war verstörend genug. Und dass meine Großmutter nicht meine leibliche Verwandte war, konnte ich auch nur schwer fassen. Doch dass dieser Großvater, der plötzlich wie ein Geist aus der Vergangenheit aufgetaucht war, ein Mörder war, konnte ich kaum ertragen. Tränenblind stolperte ich in eine Seitenstraße und blieb, das Gesicht an eine Mauer gelehnt, stehen. Es konnte, es durfte nicht sein. Und doch war es so, hier stand es, in dem Buch, das ich unter meinen Fingern spürte. Er hatte Menschen gequält und ihren langsamen Tod billigend in Kauf genommen. Bei der Erinnerung an die Bilder spürte ich erneut Brechreiz. Heinrich Sartorius war ein böser Mensch gewesen. Wie viele von seinen Genen hatte ich abbekommen? Und Roman, was war mit ihm? Hatte er von alldem gewusst? Schon einmal hatte ich ihn der Lüge überführt und er hatte sich herausgeredet. Hatte er von dem Vorhaben einer Buchveröffentlichung gewusst? Hatte er sie gefürchtet? Hatte er vielleicht Mutter zu Hause aufgesucht, um sie davon abzubringen? Hatte er Angst gehabt um seinen guten Namen?

Andererseits war es bestimmt nicht einfach, ein Buch mit derlei Behauptungen zu veröffentlichen. Gab es da nicht Persönlichkeitsrechte, die gewahrt werden mussten? Mir schwirrte der Kopf. Und immer wieder kehrte ich zu der Frage zurück, warum Mutter sich so etwas hätte antun sollen – eine Veröffentlichung derart privater Angelegenheiten. Und dennoch: Hatte Roman von dem Manuskript und den Versuchsberichten gewusst? Hatte er vielleicht sogar versucht, die Unterlagen an sich zu bringen? Hatte er meine Mutter getötet?

Plötzlich hatte ich das Gefühl, dass sich alles um mich her drehte. Ich stützte mich an der Mauer ab. Das alles konnte doch nicht wahr sein! Aber selbst wenn es so gewesen sein sollte: Ich würde ihm nie etwas nachweisen können. Wenn es Spuren gegeben hatte, so waren diese längst verwischt. In den Flammen eines Krematoriums aufgegangen und von der Zeit und anderen, neueren Spuren überlagert. Dennoch, ich könnte es versuchen, ich könnte zur Polizei gehen, noch einmal, morgen, und alles vorlegen, was ich hatte. Wog das nicht schwer genug? Warum nur hatte ich Mutters Wunsch nach einer Feuerbestattung berücksichtigt? Vielleicht hätte man unter ihren Fingernägeln ... ich mochte nicht weiterdenken. Ich stieß mich von der Hausmauer ab, taumelte, rang mühsam um Gleichgewicht. Ein Mann ging vorüber, er sah mich forschend an, ein Komm-mir-nicht-zu-nahe-Blick, er hielt mich wohl für eine Obdachlose, die abgetaucht in ihre eigene alkoholkonservierte Welt durch die Straßen Wiens stolperte. Ich wandte den Blick ab.

Da schob sich ein anderer, neuer Gedanke vor alle anderen. Ich könnte doch etwas tun. Ich könnte versuchen ... nein, das war zu verwegen, zu abwegig. Oder vielleicht doch nicht? Ich könnte Roman Sartorius in eine Falle locken. Ich könnte bluffen und ihn in die Enge treiben. Vielleicht würde er sich verraten, wenn er es tatsächlich getan hatte. Aber war das nicht absurd? Wahrscheinlich bildete ich mir alles bloß ein und Mutter war nur zu dem einen Zweck nach Miami geflogen: um ihren Halbbruder kennenzulernen. Aber warum hatte er mir das verschwiegen? Aus Angst vor der Schande? Immerhin war auch ich – wie es aussah – mit Heinrich Sartorius verwandt. Doch wenn ich nun wirklich versuchen würde, ihn herauszufordern? Dann aber bräuchte ich einen Helfer, eine zweite Person, mit der ich mich absprechen konnte und die, sollte etwas schiefgehen, rechtzeitig eingreifen konnte. Und da kannte ich im Moment nur eine.

Als Erna Buchholtz die Haustür öffnete, bot sich ihr ein

jämmerlicher Anblick – ich musste aussehen wie ein zerzauster Straßenköter. Jedenfalls weiteten sich ihre Augen, als sie mich erblickte.

»Kind! Ja, um Himmels willen ...«

Sie fasste mich am Arm und zog mich herein. Dann knöpfte sie mir den nassen Mantel auf und hängte ihn auf einen Bügel. Einen Augenblick lang stand sie bloß da, in ihrem dunkelblau-grau gestreiften Morgenmantel und mit bloßen, knochigen Fersen, die aus altmodischen Filzpantoffeln herausragten. Dann fragte sie: »Was halten Sie denn da umklammert? Wollen Sie mir etwas zeigen? Die nassen Botten da stellen wir am besten zum Trocknen auf.«

Als ich nicht reagierte, zog sie mir die Stiefel, die Strümpfe aus, holte Zeitungspapier und stellte sie im Gang vor die Heizung. »Irgendwann holen Sie sich mit diesen Dingern noch den Tod! Die sind doch nichts für den Winter.« Missbilligend sah sie auf meine dünnen Nylonstrümpfe und hängte sie zwischen die Rippen des Heizkörpers. Sie verschwand im Nebenzimmer und kehrte mit einem Paar dicker grauer Wollsocken zurück, die sie mir reichte und die ich wie in Trance anzog. Im Wohnzimmer drückte sie mich auf die Couch, legte eine Decke über mich und steckte sie um mich herum fest. Dann hörte ich sie, den Rücken zu mir gewandt, am Büfett hantieren, Gläser klirrten, sie drehte sich zu mir um und reichte mir ein Glas. Es roch nach Likör (wie hätte sie auch von meiner Erfahrung in der letzten Nacht wissen sollen!). Sie rückte sich selbst einen der Biedermeierstühle heran und nickte mir aufmunternd zu. Dann sagte sie: »Das wird dich ein wenig wärmen. Und ich bin übrigens die Erna.« Sie hob ihr Glas und prostete mir zu.

Ich erwiderte ihr Lächeln matt. »Und ich bin Maja.«

Wir stießen an, und als ich den ersten Schluck nahm, dachte ich unwillkürlich an den Wein letzte Nacht, aber auch daran, dass erfahrene Trinker zur Überwindung von Alkoholverdruss das Weitertrinken empfehlen. Und so legte ich mein Päckchen auf den Tisch und leerte das Glas in einem Zug.

Und während der Alkohol sich in mir ausbreitete und ich weiter meine Gedankenbauklötze hin und her schob, bemerkte ich Ernas schwarze Knopfaugen, die mich besorgt musterten. Sie schien auf eine Erklärung zu warten. Und dann fiel mir auch wieder ein, warum ich hier war. Ich musste versuchen, ruhig und besonnen zu berichten, es war wichtig, dass Erna mir glaubte, ich brauchte ihre Hilfe. Doch da platzte ich auch schon heraus: »Ich glaube, ich weiß jetzt, wie meine Mutter umgekommen ist.«

Für den Bruchteil einer Sekunde sah ich Ernas Augen sich weiten, sie schienen aus ihren Höhlen herauszutreten, ihr Blick veränderte sich, ich wusste nicht, ob vor Überraschung oder vor Schreck. Ihr Blick bohrte sich in meinen, und als sie nach einer Weile immer noch nichts sagte, auch nicht nachfragte, wertete ich dies als stumme Aufforderung weiterzusprechen.

»Ich ... es ist eine lange Geschichte. Haben Sie ... äh ... hast du Zeit?«

Erna deutete auf ihre Pantoffeln. Sagte dann: »Ich wollte zwar eigentlich noch zum Opernball, aber in diesem Fall ...« Sie lächelte schief und ich fand, dass sie sehr blass aussah. Erna schenkte sich selbst von dem Kirschlikör ein, füllte mein Glas ein zweites Mal, nahm einen Schluck, wie um sich zu stählen für das, was nun kommen würde. Ich tat es ihr nach, fühlte mich ein wenig gelöster und begann zu erzählen, der Reihe nach.

Nachdem ich geendet hatte, blieb es eine ganze Weile lang still im Raum. In der Ecke tickte eine Uhr mit dem Gesicht einer Katze, draußen fuhr ein Auto vorüber, auf dem Bürgersteig vor dem Haus rief ein junger Mann und ein anderer antwortete. Ich sah auf meine Finger, zupfte an der Nagelhaut herum und fühlte mich auf einmal unendlich leer. Ich blickte auf, suchte Ernas Blick. Sie schien darauf zu warten, dass ich noch irgendetwas sagte. Doch ich wusste nichts mehr und nach einem Blick auf das Päckchen vor uns auf dem Couchtisch fragte sie schließlich: »Dieser Mann – wo ist er jetzt?«

»Sartorius? Ich weiß es nicht. Er wollte wohl noch mal nach Deutschland. Vor seiner Rückkehr in die USA.«

»Und du bist dir sicher, dass deine Mutter ihm bei ihrem Besuch alles gesagt hat? Ich meine, dass sie ihn konfrontiert hat mit allem ... dem Manuskript, den Fotos, der Vaterschaftsanerkennung ...«

Ich dachte nach, wollte gerade zu einer Erwiderung ansetzen, als Erna sagte: »Vielleicht wollte sie ihn einfach nur kennenlernen. Immerhin ist ... war er ihr Halbbruder. Und sie hatte doch sonst außer dir niemanden ... verwandtschaftlich, meine ich.«

Die letzte Bemerkung gab mir einen leisen Stich, ich wollte nicht an meine Unterlassungssünden erinnert werden.

»Meine Mutter litt unter extremer Flugangst. Das war auch der Grund, warum sie damals diese Stelle hier angenommen hat. Am liebsten wäre sie zum Dolmetschen von Ort zu Ort gejettet, aber dieses Handicap schränkte sie sehr ein. Am Anfang ihrer Karriere ist sie überall mit dem Zug hingefahren, aber selbst in Europa bleibt dabei buchstäblich zu viel Zeit auf der Strecke.«

»Vielleicht hatte sich ihre Flugangst ja inzwischen gebessert?«

Ich schnaubte. »Wohl kaum. Vor drei Jahren ist sie zur Beerdigung meiner Großmutter mit dem Zug angereist. Da hat sich nichts geändert. Ich bin fest davon überzeugt: Sie wäre niemals einfach so in die USA geflogen, nur um jemanden *kennenzulernen*. Da muss es schon einen triftigeren Grund gegeben haben. Und ich glaube, dass es irgendwie mit diesem Manuskript – und einer möglichen Veröffentlichung – zusammenhängt.«

»Du meinst, sie sah es als ihre Pflicht an, Sartorius persönlich mit den Tatsachen zu konfrontieren? Und ihn von ihren Plänen in Kenntnis zu setzen, dass sie eine Publikation plante?« Erna blickte skeptisch drein. »Aber hätte sie sich mit einer solchen Aktion nicht selbst sehr viel mehr geschadet? Denn immerhin scheint aus diesen Aufzeichnungen klar hervorzugehen, dass ihre ›Mutter‹, wenn ich mal weiter so sagen darf, ein Kind entführt hatte! Und Sartorius war ja auch *ihr* Vater. Das muss man sich einmal vorstellen: Man erfährt, dass die Frau, die man für seine leibliche Mutter gehalten hat, ein Kind entführt hat. Und dass man selbst dieses Kind war. Und dass der Vater ein Mörder war. Das muss selbst für so jemanden wie deine Mutter schwer zu tragen gewesen sein. Obwohl die ja sonst mit allem zurechtkam.«

Etwas in Ernas Stimme ließ mich aufhorchen. Eine Spur von Bitterkeit und – war es Neid?

»Du hast sie nicht sonderlich gemocht, stimmt's?«

»Ich«, hob Erna an, um gleich darauf ins Stocken zu geraten. Ich sah, wie sie rot wurde und hatte den Eindruck, sie hätte ihre Worte gerne ungesagt gemacht.

»Deine Mutter war jemand, mit dem man anregende Stunden verbringen konnte. Doch sie brauchte, tja, wie soll ich sagen, eine größere Bühne, um sich richtig wohlzufühlen. So war sie nun mal.«

Ich lauschte dem Klang von Ernas Stimme nach. Sie hatte den Nagel auf den Kopf getroffen. Ja, genauso war es gewesen. Eine Weile lang war unsere Gesellschaft für sie ganz nett gewesen, aber dann hatte sie sich zu langweilen begonnen und mehr gebraucht, um sich wohlzufühlen. Romans Gesicht tauchte neben dem meiner Mutter auf. Wenn ich genauer darüber nachdachte, hinkte mein Mordverdacht ein wenig. Warum hätte er Mutter umbringen sollen? Wegen der geplanten Veröffentlichung von ein paar Unterlagen auf dem deutschen Buchmarkt? Warum hätte ihn das in Unruhe versetzen sollen? Die ganze Angelegenheit wäre doch nie bis nach Miami vorgedrungen. Und plötzlich, völlig unvermittelt, fiel mir eine Person ein, die ich bisher völlig unbeachtet gelassen hatte und die vielleicht viel mehr Grund gehabt hätte, Mutters Pläne zu fürchten: Sieglinde Sartorius, die Tochter beziehungsweise Schwester, die bald wieder nach Deutschland zurückgekehrt war und die nie aufgehört hatte, nach ihrem Vater, dem Helden, zu suchen. Was hätte *sie* dazu gesagt, wenn das Andenken ihres Vaters – vor aller Welt und nach all diesen Jahren – in den Schmutz gezogen worden wäre?

Erna beugte sich vor und betrachtete das Päckchen. Nach einer Weile fragte sie: »Darf ich?«, und als ich nickte, griff sie danach und begann, das Packpapier aufzuschlagen. Sie blätterte durch die Versuchsberichte, flüchtig, so als wollte sie den Bildern keine Chance geben, sich in ihrem Kopf einzunisten.

»Die sehen mir aus wie ziemlich neue Kopien, findest du nicht auch?«

Ich betrachtete die Papiere näher und nickte.

»Ja. Stimmt. Das war mir gar nicht aufgefallen.«

»Es muss also irgendwo noch andere Exemplare geben. Auf jeden Fall sehen die hier nicht wie Originalunterlagen aus.«

Ich zuckte die Achseln. »Vielleicht hat sie die nie besessen.«

»Vielleicht.«

Erna legte die Blätter auf den Tisch zurück und nahm nun das schwarze Buch und schlug es auf. Plötzlich sagte sie: »Hast du gesehen, dass da Seiten fehlen?«

Verblüfft sah ich von Erna zu dem Buch, das sie mir hinhielt. Tatsächlich. Jemand hatte die letzten Seiten herausgerissen.

»Da fehlen am Ende mindestens zwanzig Seiten, wenn nicht noch mehr.«

Ich nahm ihr das Manuskript aus der Hand und blätterte. Ging zurück an den Anfang und las noch einmal das Inhaltsverzeichnis durch, das Großmutter angelegt hatte. Das Buch bestand aus einem Prolog, mehreren Teilen und einem Epilog. Jetzt erst bemerkte ich, dass der Epilog fehlte.

Erschöpft von Worten und Gedanken schleppte ich mich eine halbe Stunde später die Treppen zu Mutters Wohnung hinauf. Der Gedanke, Erna um Hilfe zu bitten bei meinem Vorhaben, Roman zu ›überführen‹, erschien mir jetzt absurd. Überhaupt war der ganze Verdacht an den Haaren herbeigezogen. Der Schock über die Entdeckung dieses alten Familiengeheimnisses hatte meine Fantasie mit mir durchgehen lassen. Und sicher war da immer noch der Wunsch nach Entlastung, ja nach Freispruch von einer Schuld, die ich mir selbst zuschrieb. Zu welchen Auswüchsen meine Gedanken fähig waren: Alles war besser, als mich der Verantwortung zu stellen, sogar ein Mord. Keuchend kam ich oben an. Als ich die Tür aufdrückte, begrüßte mich das Lämpchen des Anrufbeantworters, das grün in der Dunkelheit blinkte. Rasch machte ich Licht und drückte die Abhörtaste.

»Ja, Prohacek hier ... äh ... Ich bin jetzt zu Hause, rufen Sie mich bitte an ... äh ... es ist zwanzig vor sechs. Meine Nummer haben Sie ja, aber ...«, er hustete, »... hier gebe ich Sie Ihnen zur Sicherheit noch mal ...«

Ich nahm den Hörer auf, tippte die Nummer ein. Er meldete sich nach dem ersten Klingeln. Geradeso, als habe er neben dem Telefon gesessen und gewartet.

»Prohacek.«

»Maja Sternberg hier.«

»Gut, dass Sie anrufen.« Er klang erleichtert.

»Ich wollte mich entschuldigen, ich habe unseren Termin leider ...«

»Das ist schon in Ordnung«, schnitt er mir das Wort ab. »Wann haben Sie Zeit?«

»Morgen um zehn?«

»Das passt mir.«

»Und wo?«

»Lassen Sie mich nachdenken. Wie wär's vor dem Belvedere?«

»Gut. Bis morgen also.«

Auf dem Weg zum Belvedere grübelte ich unablässig über Roman Sartorius nach. In meiner Brust kämpften zwei völlig gegensätzliche Gefühle miteinander, und wenn ich schon glaubte, mich in meiner Wut auf ihn häuslich eingerichtet zu haben, dann blitzte das Bild seines Lächelns vor mir auf, das meinen ganzen Zorn in sich zusammenstürzen ließ, sodass nur noch die Sehnsucht nach ihm übrig blieb. Als ich auf den Eingang des Belvedere zuging, zwang ich mich, Roman wenigstens für den Moment zu vergessen und nur an das bevorstehende Gespräch zu denken.

Prohacek und ich trafen uns am Eingang des Belvedere. Schon von Weitem erkannte ich Prohaceks birnenförmige Gestalt. Er hatte mir den Rücken zugekehrt und der bläuliche Dunst, der hin und wieder seinen Kopf umschwebte, verriet, dass er rauchte. Er trug eine schlecht sitzende Jacke und eine Hose, die etwas zu tief im Schritt saß. Erst im letzten Moment, als ich ihn schon fast erreicht hatte, drehte er sich um. Er blinzelte und im ersten Moment glaubte ich, er hätte geweint. Aber es war wohl nur Rauch, den er abbekommen hatte. Ich streckte ihm die Hand zum Gruß entgegen, er nahm sie, drückte sie fest und sah mich an, mit einem beinahe gerührten Ausdruck, mit dem ich nichts anzufangen wusste.

»Sollen wir ein wenig spazieren gehen? Oder möchten Sie lieber etwas trinken, hier im Belvedere gibt's ein angenehmes Café.«

»Ein Spaziergang wäre schön.«

Wir gingen, das Belvedere im Rücken, in den Park, der gerade neu angelegt wurde, sodass wir zwischen Säcken mit Erde, Schubkarren und winzigen Buchsbaumpflänzchen hindurchstapften. Ein leichter Wind wehte. Ich stopfte meinen Schal in den Rollkragen und klappte das Revers meines Mantels hoch.

»Sie werden sich gewundert haben, dass ich Sie – nach den Monaten, die nun schon ins Land gegangen sind – so unvermittelt um ein Gespräch bitte und es noch dazu so dringend mache.«

Ich lächelte, zuckte mit den Schultern: »Ein wenig schon, ehrlich gesagt.«

»Der Grund für diese verspätete Kontaktaufnahme ist, dass ich lange mit mir gerungen habe, ob ich Sie überhaupt mit diesen Geschichten, die ja nunmehr alle Vergangenheit sind, belästigen soll.«

»Sie machen es aber mächtig spannend. Aber nun heraus mit der Sprache: Was gibt es?«

»Ihre Mutter ... Lilli und ich, wir wollten heiraten.«

Ich war stehen geblieben und auch Prohacek hielt an und drehte sich zu mir um. Ich musterte ihn, sein schütteres graues Haar, die relativ unsportliche Figur.

»Ja, das überrascht Sie jetzt sicher ... Was so eine Frau wie Ihre Mutter mit einem wie mir wollte, das habe ich mich ja selbst gefragt. Aber es war eben so.«

Ertappt wandte ich den Blick ab und hoffte, dass meine Gedanken nicht auf der Stirn zu lesen waren.

»Aber ich bitte Sie ... Es ist nur so, dass ich ...«

»Ja, ja, ich weiß. Für die Jungen gehört man ab sechzig der Fraktion der Geschlechtslosen an. Und ab einem gewissen Alter erwartet man selbst auch nichts mehr, was über eine gute Tasse Kaffee und eine Zigarette hinausgeht. Es mag Ihnen närrisch vorkommen. Aber für die Liebe ist es eben nie zu spät.«

Er lächelte und ich musterte ihn erneut. Sein Lächeln verwandelte sein Gesicht und ich bemerkte nun seine angenehmen, ja vielleicht attraktiven Gesichtszüge, seine klugen Augen, die Warmherzigkeit, die er ausstrahlte. Und ich ertappte mich selbst, wie eine Stimme in mir flüsterte: Zu gut für Mutter, den hat sie gar nicht verdient. Etwas lahm sagte ich: »Ich hatte nur keine Ahnung, das ist alles«, erwiderte sein freundliches Lächeln und setzte hinzu: »Ich hatte überhaupt wenig Ahnung von den Dingen, die meine Mutter bewegten, in den letzten Jahren. Wir haben uns nicht sehr gut verstanden, aber das hat sie Ihnen sicher alles erzählt.«

»Ja, sie erzählte mir davon. Und von Ihnen«, sagte er sanft.

»Bestimmt nichts Gutes.«

»Sie täuschen sich.«

»Ich habe mich sicher schon oft getäuscht. Aber nicht, was *dieses* Thema anbelangt. Meine Mutter hat – seit ich denken kann – meine Existenz, meine Wünsche, das, was ich im Leben wollte, ignoriert und mich verleugnet. Es ist noch gar nicht lange her, da durfte ich das wieder erfahren.«

»Das kann ich mir nicht vorstellen.«

»Ja, sie hat Frau Klopstock von meiner Karriere als Konferenzdolmetscherin vorgeschwärmt.«

»Ach, diese alte Geschichte.«

»Alte Geschichte! Na, Sie sind gut!« Ich war empört. »Was würden Sie denn sagen, wenn einer aus Ihnen etwas völlig anderes macht, als Sie sind.«

Er grinste. »Die Lore Klopstock ist … war eine neugierige Tratsche. Sie hat sich eine Menge zusammengereimt, ob Sie's glauben oder nicht.«

»Wie soll sie sich das denn zusammengereimt haben?«

»Ach, was weiß ich, die hat alles Mögliche kolportiert …«

»So? Das glaube ich nicht. Ich war ihr peinlich, sie hat sich für mich geschämt. Sie brauchen mich doch nur einmal anzusehen.« Ich blieb stehen und breitete die Arme aus. »Und dann denken Sie an die Lilli, die Sie kannten. In ihren dunkelblauen Kostümchen, den Pumps, immer elegant, immer passend gekleidet, mit einem Hauch Chanel N° 5 hinter die Ohren getupft, aber nie zu viel, Sie wissen schon, auf das rechte *Maaaß* kommt es an.« Beim letzten Satz imitierte ich die Stimme meiner Mutter. Er musterte mich lächelnd – die Schnürstiefel aus braunem Leder, die meine Mutter sicher mit einem verächtlichen Unterton als »ungemein praktisch« bezeichnet hätte; die sich auflösende Hochsteckfrisur und die Wimperntusche, die sicher schon wieder verschmiert war.

»Die Krankheit hat sie sehr verändert. *Sie* hat sich verändert«, entgegnete er. Die Schlichtheit dieser Worte machte mich betroffen.

»Das … habe ich nicht gewusst.«

»Ich weiß«, sagte er und wir nahmen unseren Gang wieder

auf. Inzwischen waren wir bei den Hecken angelangt und bogen nach rechts ab.

»Ich habe sie gefragt: Warum schreibst du ihr nicht einfach oder ruf sie doch an. Es ist doch alles nicht so kompliziert, wie du es machst. Wir haben doch immer die Wahl, neu anzufangen. Das schien sie zu berühren. Jedenfalls hat sie ...«

»... mich dann schließlich angerufen. Und dieses erste Mal nach all den Jahren war dann deckungsgleich mit dem allerletzten Mal im Leben.« Irgendetwas schnürte mir plötzlich die Kehle zu, ich konnte nicht mehr weitersprechen, mir war elend. Ich beschleunigte meine Schritte, atmete ein und wieder aus, kämpfte mit den Tränen.

»Kind ...«, begann Prohacek, doch dann ließ er mich vorausgehen und hielt sich im Hintergrund, bis ich mich wieder gefasst hatte. »Ich kann mir denken, wie das für Sie gewesen sein muss. Und das ist auch ein Grund ... einer der Gründe ... warum ich mit Ihnen sprechen wollte. Ihre Mutter ... nun, sie war eine komplizierte Persönlichkeit, eine starke Frau, die sich ihr Leben lang behaupten musste und dies auch tat.«

»Und es auch wollte. Sie war ganz scharf darauf, sich zu behaupten! Sich und der ganzen Welt immer wieder zu beweisen, was für eine Powerfrau sie war. Mein Gott, wie mich dieses Wort ankotzt! Sie hat es genossen, überall mitzumischen. Und wissen Sie, was mich dabei noch mehr anwidert: Alles andere war immer wichtiger als ich. Sie hat mich ins Internat abgeschoben und in den Ferien war ich bei Oma. Und wenn es etwas zu regeln gab, dann war es Oma, die das erledigte. Ich hatte eine Mutter, der es schlicht zu langweilig war, sich um ein Kind zu kümmern. Da gab es ja nichts, wo sie glänzen konnte, keine Bühnen, auf denen sie sich präsentieren konnte. Wissen Sie, dass sie meinen Geburtstag meistens einfach *vergessen* hat! Als ich noch klein war, habe ich das nicht gemerkt. Dass Oma das Geschenk für sie besorgt hat, ohne dass sie sie darum gebeten hatte. Das habe ich erst später verstanden, als ich größer war. Und einmal hat sie an meinem Geburtstag angerufen, rein zufällig, an meinem sechzehnten Geburtstag, und ich habe mich so gefreut, bis ich merkte, dass sie nur Oma sprechen wollte und meinen Geburtstag einfach vergessen hatte, können Sie sich das vorstellen!« Ich hatte immer schneller, immer hastiger geredet, immer lauter polterten die Worte aus mir heraus. Und erst nach einer Weile merkte ich, dass meine Nase lief und mein Gesicht nass von Tränen war. Ich wischte sie fort und sagte schließlich leise: »Erst als ich ein hervorragendes Abitur in der Tasche hatte, hat sie begonnen, mich wahrzunehmen. Sie fing an, sich für mich zu interessieren, ganz plötzlich, von einem Tag auf den anderen. Und dieses plötzliche Interesse, ihr plötzliches Interesse, hat mir so *geschmeichelt* und ich war so *dankbar* dafür, ach ...« Die Stimme versagte mir und ein ersticktes Schluchzen drang aus meiner Kehle. Ich atmete ein paarmal tief durch und sagte schließlich: »... dass ich ihr zuliebe, weil es *ihr* Wunsch war, auf die Dolmetscherschule ging. Und dabei wollte ich es doch gar nicht.«

Ich verstummte endgültig und auch Prohacek schwieg. Der Wind fuhr durch die Buchenhecke und brachte die braunen Blätter zum Flüstern. Ich zog ein Taschentuch heraus, schnaubte kräftig und tupfte mir das Gesicht ab. Prohacek legte den Arm um mich, in einer väterlichen Geste, und sagte: »Sie werden es mir vielleicht nicht glauben, aber sie hat all das gewusst. Sie hat ständig darüber nachgedacht und davon gesprochen. Wie sie überhaupt von bestimmten Themen, die ihre Familie betrafen, ständig gesprochen hatte in den letzten Wochen. Sie hat ... sie wollte sich mit Ihnen aussprechen, das war ihr dringendster Wunsch, sie wollte Sie um Verzeihung bitten. Davon sprach sie eigentlich ständig. Und eines Tages hatte ich sie so weit, dass sie bei Ihnen angerufen hat. Ihre Frau Mutter war ein harter Brocken, das kann ich Ihnen versichern.«

»Wem sagen Sie das.«

»Sie war eine stolze Frau. Aber die Krankheit hat sie verändert, zum Nachdenken gebracht.«

»Ja, aber wenn es ihr wirklich so wichtig war, warum hat sie sich denn umgebracht? Am Abend vor diesem Gespräch, auf das sie doch angeblich so lange gewartet hat.«

Prohacek erwiderte meinen Blick mit solch offenkundigem Mitgefühl, dass mir erneut die Tränen in die Augen traten. Leise sagte er: »Sie hatte so große Angst vor dem Krebs. Das ist die einzige Erklärung, die ich habe.«

Ich nickte. Dann schluckte ich und blinzelte die Tränen weg. Eine Weile lang schwiegen wir beide, dann straffte ich die Schultern, ging langsam weiter und sagte: »Und dann gab es da ja auch noch diese andere Geschichte. Die Aufzeichnungen meiner Oma.«

»Ach ja. Das. Sie haben die Unterlagen also gesehen, das Buch, die Fotos?«

»Ja.«

Eine Pause entstand und wir schritten schweigend nebeneinander her. Plötzlich drehte ich mich zu ihm um und fragte: »Warum hat sie mir nie davon erzählt? Das verstehe ich einfach nicht.«

Prohacek räusperte sich. Dann sagte er: »Sie hatte das Buch nie gelesen. Sie hatte es wohl in ihrem Sekretär aufbewahrt, seit dem Tod Ihrer Großmutter vor einigen Jahren. Und erst als sie erfuhr, dass sie Krebs hatte ...«

»Warum hat sie so lange gewartet?«

»Sie ... ich weiß es nicht. Vielleicht hatte sie einfach Angst?«

»Das verstehe ich nicht.«

»Nun, sie wusste, dass sie eine ... nun ... wenig fürsorgliche Mutter gewesen war. Vielleicht fürchtete sie sich vor unangenehmen Wahrheiten. Aber das ist nur eine Vermutung.«

»Allerdings war es dann eine völlig andere Wahrheit, die zum Vorschein kam.«

»Die ganze Angelegenheit war jedenfalls ein rechter Schock für sie. Sie hat es wohl auch erst eine ganze Weile mit sich alleine herumgetragen, bevor sie mir davon erzählte.«

Plötzlich kam mir ein Gedanke und ich blieb abrupt stehen. »Haben Sie meine Mutter nach Hohehorst begleitet?«

Auch Prohacek machte halt. Mit leisem Erstaunen erwiderte er meinen Blick: »Da waren Sie auch schon? Donnerwetter, ich muss schon sagen ...« Er grinste mich schief an. Dann fügte er hinzu: »Ja, wir sind zusammen dorthin gefahren.«

»Und wussten Sie auch, dass Mutter bei Sartorius in Miami war?«

»Davon und wie sie von dieser unfreundlichen Schwester abgekanzelt wurde.«

»Sie hat Sieglinde Sartorius kontaktiert?«

»Sie ist nicht über den Versuch hinausgelangt. Die Frau war am Telefon dermaßen abweisend ... Und da hatte sie sich in den Kopf gesetzt, den Bruder sprechen zu müssen. Ich habe ihr davon abgeraten, ich meine, Wahrheitsfindung und Vergangenheitsbewältigung ist ja schön und gut, aber sie war mitten in einer Krebstherapie ... Ich hatte einfach die Befürchtung, dass diese Aviophobie sich negativ auf ihr Befinden und auf den Therapieerfolg auswirken könnte. Wissen Sie, trotz aller Forschungen in der Onkologie weiß man vom Krebs und seinen Ursachen relativ wenig. Aber man vermutet, dass die Psyche eine starke Rolle bei seiner Entstehung spielt.«

»Aber sie hat nicht auf Sie gehört.«

»Natürlich nicht. Hat sie je auf irgendjemanden gehört?«

Ich schüttelte den Kopf und lächelte schwach.

»Na also. Und so blieb mir nichts anderes übrig, als ihr ein starkes Sedativum zu geben und während des Flugs die ganze Zeit ihre Hand zu halten.«

»Sie waren mit in Florida?«

»Aber ja. Ich hätte sie niemals alleine fliegen lassen. Das war die Bedingung, und ich glaube, sie war auch ganz froh, mich dabeizuhaben.«

»Auch bei dem Gespräch mit Sartorius?«

»Ja.«

»Sie waren mit dabei?«

»Selbstverständlich. Warum erstaunt Sie das so?« Prohacek schien auf einmal aufzuhorchen.

Weil meine ganzen Verschwörungstheorien in sich zusammenstürzten, denn wenn Prohacek bei dem Gespräch dabei war, löste sich mein Verdacht, dass Roman Sartorius die schmutzige Vergangenheit seines Vaters durch die Beseitigung meiner Mutter im Dunkel verschwinden lassen wollte, in nichts auf. Denn dann hätte er Prohacek ja gleich mit um die Ecke bringen müssen.

Etwas schleppend setzte ich zu einer Erklärung an: »Ja, also, wissen Sie, ich ... habe so viel über all das nachgegrübelt. Und je mehr ich grüble, desto weniger glaube ich, dass Mutter ...« Ich verstummte und blickte ihn an. »Ich bin ... hin- und hergerissen. Es gibt Momente, da beginne ich den Gedanken zu akzeptieren. Und dann wieder ... fällt es mir doch schwer, das zu glauben.« Ich wusste nicht, ob ich erleichtert oder enttäuscht sein sollte. Erleichtert deshalb, weil ich Roman mochte und mich (auch wenn ich es nicht zugeben wollte) in ihn verliebt hatte. Enttäuscht, weil ich wohl nicht drum herumkommen würde, mein Päckchen Schuld am Freitod meiner Mutter bis an mein Lebensende mit mir herumzutragen.

»Und wie hat Sartorius reagiert?«

»Das war das eigentlich Erstaunliche: Er hat erst einmal gar nicht reagiert. Ich meine, er war sehr höflich und er hörte sich die ganze Geschichte an. Aber er sagte kein einziges Wort. Ich weiß noch, dass ich dachte, er muss ein guter Arzt sein, diese Gabe zuzuhören haben viele nicht, und ich weiß, wovon ich spreche. Er ließ sich auch bei diesem ersten Gespräch auf keine Stellungnahme ein. Er reagierte weder ablehnend noch gab er Lilli das Gefühl, ihr zu glauben. Er sagte nur, er müsse darüber nachdenken, das verstünden wir sicher. Und dann hat Lilli ihm eine Kopie des Manuskripts zu lesen gegeben.«

»Wie bitte?«

»Lilli hat Roman Sartorius das Manuskript in Kopie überlassen. Immerhin geht es darin auch um seinen Vater. Um das, was Heinrich Sartorius getan hat.«

»Sie meinen, Roman Sartorius hat das Buch gelesen?«

»Aber ja. Er hat alles erfahren. Und am nächsten Tag trafen wir ihn erneut.«

»Also kam es zu mehreren Treffen?«

»Zu zweien.«

»Und dann?«

»Er war, wie soll ich sagen ... wie ausgewechselt: sehr distanziert, geradezu abweisend. Und als Lilli ihm dann von ihren Plänen erzählte, das Buch zu veröffentlichen, die Fotos und die Niederschriften der Experimente ...«

»Nun, ich habe tatsächlich den Anruf eines Verlags erhalten.«

»Sehen Sie!«

»Und wie reagierte Sartorius auf diese Eröffnung?«

»Er war sehr ungehalten, das können Sie sich ja denken. Er sagte jedenfalls, das werde auf keinen Fall geschehen, er werde es zu verhindern wissen.«

»Sagte er auch, wie?«

»O ja, er sprach davon, die Angelegenheit einem Rechtsanwalt zu übergeben und eine Unterlassungsklage anzustrengen.«

»Und Mutter? Wie hat sie reagiert?«

»Sie hat, um es mal so zu sagen, aus ihrem Herzen keine Mördergrube gemacht. Sie geriet außer sich und beschimpfte Sartorius als verkappten Nazi-Kollaborateur, sie sagte, dass es genau an Leuten wie ihm gelegen habe, dass nach dem Krieg so viele dieser Schergen ungeschoren davonkommen konnten. Er sei feige und sie könne sich nicht erklären, warum er nicht wolle, dass die Wahrheit ans Licht kommt. Schließlich sei es auch *ihr* Vater, von dem hier die Rede sei, auch wenn ihr das Wort Vater im Zusammenhang mit so einem Menschen nur schwer über die Lippen käme. Vom Unter-den-Teppich-Kehren würde die Welt jedenfalls nicht besser.«

Auf einmal fiel mir etwas ein. Etwas, das Roman Sartorius gesagt hatte, das jedoch nicht in dem Manuskript gestanden hatte: »Sagen Sie ... Sartorius hat mir gegenüber behauptet,

Angestellte von Hohehorst – und somit auch meine Großmutter, denn sie arbeitete in der Verwaltung des Heims – seien an Zwangsadoptionen beteiligt gewesen. Sie sollen die Identität von Kindern nachhaltig verwischt haben. Wissen Sie etwas darüber?«

Prohacek sah mich erstaunt an. »Nein. Wie kommt er denn darauf?«

»Das möchte ich auch wissen«, antwortete ich grimmig. »Wahrscheinlich wollte er mich einfach davon abhalten, die Sache weiterzuverfolgen. Sagen Sie, Herr Dr. Prohacek, wissen Sie zufällig, ob von den Unterlagen Originale existieren? Und was mit den letzten Seiten in dem Buch ist? Ich habe gesehen, dass der Schluss herausgerissen wurde.«

Prohacek blieb stehen. Seine gütigen Augen blickten ernst, ernst und auch ein wenig zweifelnd: »Ehrlich gesagt kann ich mich nicht mehr erinnern, ob die Unterlagen, die ich gesehen habe, Originale oder Kopien waren. Diese Bilder ...«, er schluckte, »haben mich alles andere vergessen lassen.«

»Das verstehe ich. Und ich kann einfach nicht glauben, dass sie die an die Öffentlichkeit zerren wollte.« Andererseits ... ich schnaubte verächtlich. Andererseits hätte das doch gut zu ihr gepasst. Die moralische Instanz spielen, sich über andere zum Richter aufschwingen, weil es ihr gerade so in den Kram passte. Aber die eigene Tochter und das, was sie tut, verleugnen!

Laut sagte ich: »Aber machen wir uns nichts vor: Wenn sie sich wirklich zu diesem Schritt durchgerungen hätte, dann doch wohl nur ... nun ... der einzige Grund, den ich mir vorstellen kann, wäre sie *selbst* gewesen und die Rolle, die sie dann hätte spielen können. Das Rampenlicht und der Wirbel, den sie damit verursachen würde – das hätte ihr gefallen.«

Prohacek war stehen geblieben, ich drehte mich zu ihm um und so standen wir uns gegenüber wie zwei Duellanten. Bis Prohacek seufzte, den Blick abwandte und leise sagte: »Ich ... Sie hatte sich verändert, glauben Sie mir. Das, was Sie sagen, mag zutreffen für die Frau, die sie früher gewesen war. Aber seit die Krankheit bei ihr diagnostiziert wurde, stellte sie sich ständig selbst infrage. Sie dachte über ihre Vergangenheit nach, über ihr Leben. Sie wollte vieles wiedergutmachen. Im Grunde gab sie sich selbst die Schuld an ihrer Krankheit.«

»Wieso denn das?«

»Sie hat das als persönliches Versagen, als Scheitern an der Herausforderung, die das Leben darstellt, empfunden.«

»Das ist typisch für sie.« Ich konnte den Groll in meiner Stimme nur schwer verbergen. »Das Leben selbst als einen Wettbewerb zu sehen, als ein Rennen, in dem du schneller, besser, perfekter als die anderen sein musst.«

»Glauben Sie mir, Maja, sie hatte das alles längst selbst erkannt. Was meinen Sie, wie viele Briefe sie an Sie geschrieben hatte. Und keinen davon je abgeschickt. Sie ist sehr streng mit sich selbst ins Gericht gegangen.« Er verstummte und wir gingen nebeneinanderher, unser Schweigen war begleitet vom Knirschen unserer Schritte im Kies und dem Wispern des Laubs in der Buchenhecke. Ich sah hinauf zum Himmel und betrachtete die grauen Wolkentürme. Eine Krähe flog über unsere Köpfe hinweg und ließ sich auf einem Abfallkorb nieder und begann den Müll herauszupicken und auf den Boden zu werfen. Prohacek folgte meinem Blick und sagte: »Kluge Tiere, diese Krähen. Es gibt welche, die lassen sich von Autos ihre Nüsse knacken.«

»Wie meinen Sie?«

»Krähen legen Nüsse auf die Straße, warten, bis ein Auto darüberfährt, und picken sie dann aus.«

»Wahrlich clever«, sagte ich und musste lächeln. Wir waren inzwischen am Ende des Parks angelangt und standen vor einem schmiedeeisernen Tor, das an der Grenze zur wirklichen Welt lag, mit dem rauschenden Verkehr auf der anderen Seite.

»Wie haben Sie sie eigentlich kennengelernt? Und wann?«

»Das ist jetzt ziemlich genau zwei Jahre her. Sie ist zu mir in die Praxis gekommen, sie hatte Schmerzen im Knie, eine Entzündung.«

»Sind Sie denn Orthopäde, ich dachte …«

»Nein, nein, ich bin praktischer Arzt, aber Erna hatte sie sozusagen überlistet.«

»Erna?«

»Ja«, sagte er und ein kleines, trauriges Lächeln umspielte seine Lippen. »Ich war doch einige Jahre mit Erna zusammen gewesen.«

»Ach«, entgegnete ich und glaubte, nicht recht zu verstehen.

»Lilli weigerte sich, mit ihrem Knie einen Arzt aufzusuchen, und da hat Erna sozusagen eine List gebraucht und wir haben ein Treffen arrangiert, das heißt, ich bin wie zufällig vorbeigekommen, als Ihre Mutter einmal bei Erna zu Besuch war. Erna hatte gehofft, sie würde sich von mir persönlich überzeugen lassen, dass es besser wäre, das Knie behandeln zu lassen.«

»Und? *Hat* sie sich überzeugen lassen?«

»Ja. Sie ist tatsächlich ein paar Tage später zu mir in die Praxis gekommen.«

Er schien nicht recht zu wissen, wie er weitererzählen sollte. Der Wind umwehte uns unangenehm kalt und wie auf ein geheimes Kommando wandten wir uns um und gingen zurück in den Schutz der Hecken. Er sah traurig aus oder nachdenklich, ich wusste es nicht. Ich wollte nicht zu neugierig sein, doch die Frage, die ich eigentlich loswerden wollte, die Frage nach Erna, erschien mir irgendwie taktlos und grob. Also fragte ich stattdessen: »Und ist das Knie wieder heil geworden?«

»Ja«, entgegnete er leise. »Am Ende war das Knie wieder heil und meine Beziehung zu Erna kaputt.«

Er schwieg erneut, sann offenbar nach, den Blick nach innen gerichtet.

»Ihre Mutter und ich, das war … wirklich Liebe. Für mich eine große Liebe. Ich hatte schon nicht mehr geglaubt, sie je erleben zu dürfen. Noch dazu in meinem Alter.«

»Sie haben meine Mutter kennengelernt und deswegen die Beziehung zu Erna beendet?« Nun war sie doch heraus, die Frage.

»Das hört sich so schäbig an«, sagte er. »Und wahrscheinlich war es das auch. Und so hopplahopp. Aber ... das war ein langsames Herantasten, ein Prozess, der da in Gang kam. Am Anfang haben wir zu dritt etwas unternommen. Es war ... ganz unglaublich, was da mit mir ... mit uns ... passierte. Ich hätte nie für möglich gehalten, dass mir das je passieren würde, noch dazu im Herbst des Lebens.«

»Sie und Mutter und Erna waren zusammen unterwegs und Sie beide haben sich ineinander verliebt. Ja, hat Erna denn nichts von alledem bemerkt?«

»Ich weiß es nicht.« Er schüttelte beschämt den Kopf. »Ich war verliebt, da bemerkt man nicht viel anderes. Wenn sie es bemerkt hat, dann wollte sie es wahrscheinlich nicht wahrhaben.« Er starrte vor sich hin, als wollte er es selbst nicht wahrhaben.

»Darf ich fragen, wie lange Sie und Erna zusammen waren, davor?«

»Fast zehn Jahre«, sagte er schlicht.

»O Gott«, entfuhr es mir, »die arme Erna. Sie hat mir kein Wort davon gesagt. Wie hat sie das denn verkraftet?«

»Sie ... hat sich von einem Tag auf den anderen völlig zurückgezogen. Hat nicht mehr auf meine Anrufe reagiert, die Tür nicht aufgemacht. Erna konnte es einfach nicht akzeptieren. Es gab da eine Phase, in der ich mir sehr große Sorgen um sie gemacht habe. Und irgendwann hat sie Lilli einen wirklich hässlichen Brief geschrieben.«

Was erzählte mir dieser Mann hier? Das passte nicht zu dem Bild der Erna, die ich kannte. Warum hatte sie das mit keinem Wort erwähnt?

»Und dann ... sie hat begonnen, uns nachzustellen. Sie war wie besessen. Das ging so weit, dass Lilli Angst vor ihr bekam.«

»Aber ich habe doch mit Erna gesprochen ... mehrmals. Sie hat nie etwas davon erwähnt.«

»Ja, hm«, druckste er herum. »Irgendwann hat sie sich wohl

wieder beruhigt. Ich weiß es nicht. Trotzdem wurde ich den Eindruck nicht los, dass sie uns ... wie soll ich sagen ... Böses wollte ...«

»Das ist ja ganz schön heftig. Und dieser Brief – was hat meine Mutter mit ihm gemacht, fortgeworfen?«

»Ich weiß es nicht, warum fragen Sie?«

»Ach, nur so. Weil ich doch gerade dabei bin, Mutters Sachen zu sortieren. Aber so einen Brief bewahrt man wohl nicht gerade im Schatzkästchen auf.«

Er zuckte die Achseln. »Ich nehme tatsächlich an, dass sie ihn fortgeworfen hat. Eine Zeit lang ...« Prohacek verstummte abrupt. Dann räusperte er sich, und als ich ihn fragend ansah, schien er mit sich zu ringen, ob er weitersprechen sollte. Als ich nichts sagte, meinte er schließlich: »Es ist vielleicht albern, aber eine Zeit lang hatte ich selbst sogar ein wenig Angst. Weil sie noch immer meine Wohnungsschlüssel hat.«

Ich erstarrte und erinnerte mich an das Gefühl, das mich in Mutters Wohnung beschlichen hatte – als sei da jemand gewesen.

»Hatte Erna ... vielleicht auch einen Schlüssel zu Mutters Wohnung?«

Prohacek drehte sich zu mir um. Ein wenig überrascht, wie mir schien. Als sei ihm dieser Gedanke nie gekommen.

»Ehrlich gesagt, ich weiß es nicht.«

Ein paar Minuten lang sagte keiner von uns ein Wort. Dann fragte ich ihn: »Und wie ist Ihr Verhältnis zu Erna seit Mutters Tod?«

»Es ist ... gibt kein Verhältnis in dem Sinne. Das einzige Mal habe ich sie auf der Trauerfeier gesehen. Und ... bitte verstehen Sie mich richtig, aber der Tod Ihrer Mutter war für mich so ein großer Schock, da ist für mich ein wichtiger Teil ... der wichtigste Teil meines Lebens einfach weggebrochen. Ich habe an nichts anderes mehr denken können. All die Pläne, die wir hatten, die Reisen, die wir unternehmen wollten, die Kreuzfahrt ...«

»Sie hatten eine Kreuzfahrt geplant?« Vage erinnerte ich mich an die Prospekte, die ich in Mutters Sekretär gefunden hatte. »Und Mutters Krankheit?«

Auf einmal wirkte er unsicher, er fingerte in seiner Jackentasche herum, zog eine zerknitterte Packung Gauloise heraus. Mit der Zigarette im Mund antwortete er schließlich: »Die letzten Blutuntersuchungen gaben Anlass zu großer Hoffnung. Der CA-Wert war um so viel besser geworden, Sie glauben ja nicht, wie glücklich ich darüber war ...«

»Wenn ich das richtig verstanden habe, war sie nicht mehr bei Ihnen in Behandlung.«

Er räusperte sich, nahm einen tiefen Zug von seiner Zigarette, stieß den Rauch aus und sagte dann: »Ich habe ihr geraten, zu einem anderen Arzt zu gehen. Aus Gründen der Professionalität. Bei Richtern nennt man das Befangenheit.«

»Und wo war sie dann?«

»Bei einem Kollegen, der sich auf Naturheilverfahren spezialisiert hat. Dr. Berghof.«

Vage erinnerte ich mich, den Namen eines anderen Arztes in ihrem Kalender gelesen zu haben. Und während ich noch darüber nachsann, fuhr Prohacek fort: »... hatten wir einfach gebucht. Vier Wochen Karibik. Am 21. Dezember wäre die Reise losgegangen. Ich dachte mir: Wenn nicht jetzt, wann dann? Das war nach diesem Unfall mit dem Gas.«

»Mit welchem Gas?«

»Ich dachte, Sie wüssten davon?« Prohacek schien irritiert. Dann lichtete sich sein Blick und er sagte: »Na ja, woher auch.«

»Was war damit?«

»Nun, das wissen wir selbst nicht so genau. Offenbar hatte sie das Gas nur so weit abgedreht, dass die Flamme ausgegangen war, aber halt nicht weit genug, dass es ganz abgestellt gewesen wäre. Jedenfalls ist in einer Nacht aus dem Herd Gas ausgeströmt. Und irgendwie ... ich glaube, weil sie nicht schlafen konnte ... ist sie Gott sei Dank aufgewacht und hat's noch rechtzeitig gemerkt und alle Fenster aufgerissen. Ich darf gar nicht dran denken ...«

»Aber kann das denn überhaupt passieren?«

»Na ja, der Handwerker meinte hinterher, sie solle sich von dem alten Ding verabschieden.«

Wir waren wieder an der Treppe des Belvedere angelangt. Mir schwirrte der Kopf von all den Personen und Ereignissen und den Gedanken daran, was wann geschehen war und wer was warum gesagt haben könnte. Plötzlich kam mir ein ganz anderer Gedanke: »Diese Schwester ... hat Mutter die je getroffen?«

Einen Moment lang schien er verwirrt, doch dann verstand er, von wem ich sprach: »Sie meinen Sieglinde Sartorius?«

»Ja.«

Er schüttelte den Kopf. »Nicht dass ich wüsste.«

Und dann nahm er meine Hände, drückte sie und sah mich eindringlich an: »Passen Sie gut auf sich auf.«

Und noch ehe ich ihn fragen konnte, was er damit meinte, hatte er sich abgewandt und ging davon, mit unsicheren Schritten in Richtung Straßenbahn. Ich blickte ihm nach, wie er um die Ecke bog. Sieglinde und Roman, immer wieder Roman, das Manuskript, die Fotos, Hohehorst. All das purzelte in meinem Kopf durcheinander und in diesem Moment wünschte ich mir nichts sehnlicher, als meine Gedanken einfach abschalten zu können.

Es war spät in jener Nacht, als meine Verzweiflung und Verwirrung überhandnahmen und ich zum Hörer griff und Wolfs Handynummer wählte. Und während ich es klingeln und klingeln hörte und niemand abnahm, stellte ich mir vor, wie er auf dem Display meine Nummer sah, das Klingeln ignorierte und sich wieder der Beschäftigung zuwandte, die ihn gerade in Atem hielt. Ich war mir sicher, dass diese Beschäftigung einen Namen hatte, der mit »B« begann.

Da Geld ja jetzt keine große Rolle mehr spielte, ich meinen derzeitigen Kunden wohl ohnehin verloren hatte und auch sonst niemand auf mich wartete, flog ich am nächsten Tag nach Hamburg, nahm mir dort einen Leihwagen und fuhr nach Husum. Die Adresse von Sieglinde Sartorius stand im Telefonbuch. Kurz spielte ich mit dem Gedanken, einen Privatdetektiv vor Ort zu engagieren, doch was hätte *ich* dann tun sollen? Mir die blütenweiße Decke des Hotelzimmers ansehen, erschöpfende Spaziergänge machen? Natürlich hätte ich auch nach Hause fahren und mir überlegen können, was ich mit Omas und Mutters Geld und – ganz nebenbei – mit meinem Leben insgesamt anfangen sollte. Die Termine mit dem Immobilienmakler und dem Entrümpler, die ich in Wien vereinbart gehabt hatte, waren erst einmal abgesagt. Ich war jetzt erneut an dem Punkt angelangt, wo ich mir überlegte, ob ich die Wohnung nicht doch lieber behalten sollte. Die Frage dabei war: Was wollte ich überhaupt? Sicher, zu Hause in Deutschland hatte ich einen Laden und auch eine Wohnung, die ich mir zu einem Showroom eingerichtet hatte. Aber Läden und Showrooms gab es überall und ich könnte die Gelegenheit nutzen und irgendwo anders ganz neu anfangen. Und wie wäre es, wie würde es sich anfühlen, in Mutters Wohnung zu ziehen?

Während ich in dem geliehenen Toyota saß und auf die graublaue Wand des Hauses starrte, in dem Sieglinde Sartorius lebte, liefen immer wieder neue Kurzfilme in meinem Kopf ab: Bilder von Mutter im Farah-Diba-Look wurden überlagert von Prohaceks gütigem Gesicht und seinen Worten, die immer wieder zu mir zurückkehrten. Was, wenn es wirklich so gewesen war – dass Mutter vieles bereut hatte und sich mit mir versöhnen wollte, nach all diesen Jahren? Ich spürte eine seltsame Regung in mir aufsteigen, eine Art Rührseligkeit, die ich sofort wegdrückte. Doch dann kam sofort ein anderer, noch fremderer Gedanke: Erna und das, was Prohacek über sie gesagt hatte: dass Erna meiner Mutter einen *hässlichen Brief* geschrieben und dass sie ihnen Böses gewollt hatte. Nein, nein, hörte ich mich plötzlich selbst laut sagen. Das konnte ich mir beim besten Willen nicht vorstellen!

Die selbst gewählte Einsamkeit des Detektivs bekam mir ganz offenbar nicht. Ich lehnte meinen Kopf gegen die Nackenstütze und schloss die Augen. Dieses Hin und Her der Gedanken ging mir allmählich auf den Wecker. Und dann tauchte plötzlich ein ganz anderes Bild auf. Eines, das in den letzten Tagen in den unmöglichsten Momenten darauf lauerte, sich mir zu zeigen, und alles andere verdrängte: der Kerzenschimmer auf Romans Haut an jenem Abend.

Der Nachmittag ging in den Abend über und ich harrte aus, meinen Blick felsenfest auf die Tür gerichtet. Die Nummer 27 war ein Mehrfamilienhaus, in dem, wie die Briefkästen und Klingelknöpfe verrieten, acht Parteien wohnen mussten. Es war eines von der fantasielosen Sorte wie die meisten in der Straße, mit Glasbausteinen im Treppenhaus, leicht vergilbten Kunststofffenstern und einer Haustür aus Riffelglas mit schwarzer Griffplatte.

Sieglinde Sartorius musste um die sechzig herum sein, wenn sie, wie ich erfahren hatte, bei Kriegsende auf die Welt gekommen war. Ich wusste nicht, wie sie aussah, nahm jedoch an, dass sie Ähnlichkeit mit Roman hätte, und vertraute einfach darauf, dass ich sie erkennen würde. Als die Dunkelheit sich endgültig über die Stadt legte und die Straßenlaternen aufflackerten, hatte noch niemand das Haus betreten, der auch nur im Entferntesten Sieglinde Sartorius hätte sein können. Da gab es einen alten Mann mit einem Pudel, der zweimal auftauchte und dessen Hund gleich an der Hausmauer das Bein hob; da war ein Mann um die sechzig in Malerkleidung; eine junge Frau vom Malteser Hilfsdienst, die wohl in Sachen *Essen auf Rädern* unterwegs war; und schließlich ein junger Mann, der einen Kinderwagen ins Treppenhaus verfrachtete. Um 22.00 Uhr knurrte mein Magen so sehr, dass ich es kaum mehr aushielt. Um 22.45 Uhr kam ich darauf, bei Sieglinde Sartorius anzurufen, doch entweder war sie nicht zu Hause oder bereits im Bett, denn niemand hob ab. Um 23.00 Uhr strich ich die Segel. Ich hatte genug. An einer Imbissbude kaufte ich mir Falafel, verzehrte sie auf der Stelle, kaufte mir mehr davon und fuhr dann zum Hotel, wo ich auf dem Bett halb liegend die zweite Portion verspeiste. Ich stellte mir den Wecker auf fünf und bezog pünktlich um sechs meinen Posten vor dem Haus, diesmal gerüstet mit zwei Jumbobechern Kaffee und drei Croissants. Um sieben Uhr trat der alte Mann aus dem Haus, der Pudel pinkelte an die Hausmauer, die Malteserin hielt vor dem Haus. Um die Mittagszeit knurrte mein Magen erneut und ich fragte mich, worin der Unterschied zwischen meiner Herangehensweise und der professionellen Taktik eines Privatdetektivs bestand. Natürlich wollte ich durch nichts Frau Sartorius' Wachsamkeit wecken, aber immerhin konnte es doch sein, dass sie sich gerade auf einem dreiwöchigen Urlaub in der Karibik befand. Und so wählte ich ihre Nummer, wartete eine halbe Ewigkeit, und gerade als ich auflegen wollte, hörte ich ein mürrisches »Ja!«

»Guten Tag, ich, äh ... hätte gerne Irene Maier gesprochen.«

»Da sind Sie falsch.«

»Ach ja? Ich habe aber die 59738 gewählt.«

»Eben. Und das ist meine Nummer.«

»Wo bin ich denn gelandet? Also nicht bei Irene Maier?«

»Sagen Sie, sind Sie schwer von Begriff? Ich sagte Ihnen doch ...«

Wenn es sich bei der Frau am anderen Ende der Leitung tatsächlich um Sieglinde Sartorius handelte, war mit ihr a) definitiv nicht gut Kirschen essen und b) war sie eine harte Nuss zu knacken. Warum, verdammt noch mal, konnte sie nicht einfach beim Aufnehmen des Hörers ihren Namen sagen, so wie alle das taten! Ich versuchte es mit einer List.

»Hören Sie, ich heiße Manuela Kamposki vom Postamt I. Wir haben hier ein Paket für Irene Maier in der Gutenbergstraße. Es ist offensichtlich beim Transport beschädigt worden, denn es läuft eine rote Flüssigkeit aus, und nun will ich sie bitten, aufs Hauptpostamt zu kommen.«

Es knackte. Und dann war es still. Die Frau, wer auch immer sie war, hatte einfach aufgelegt. Und ich war mir fast sicher, dass ich tatsächlich Sieglinde Sartorius am Hörer gehabt hatte. Sie war also zu Hause.

Am vierten Tag entschied ich, dass die Zeit des Wartens nun vorüber wäre und ich mir die Dame einmal näher ansehen würde. Ich schnappte mir mein Klemmbrett vom Beifahrersitz (ein Relikt, das ich aus meiner Dolmetscherzeit herübergerettet hatte), überquerte mit energischem Schritt die Straße und steuerte auf Sieglinde Sartorius' Wohnhaus zu. Flüchtig dachte ich daran, dass ja niemand wusste, wo ich war, und dass Sieglinde Sartorius, wenn sie eine starke Frau wäre oder eine Waffe hätte, mich ohne Weiteres überwältigen könnte und meine Leiche dann vielleicht in der Husumer Au treiben würde. Aber dafür müsste sie mich erst mal erkennen. Dennoch klopfte mir das Herz gewaltig, als ich nun, da die Haustür sich aufdrücken ließ, nach dem Klingelknopf suchte. Ich holte tief Luft, klingelte, wartete. Und gerade als ich den Finger wieder auf den Knopf gelegt hatte, hörte ich ein Geräusch aus dem Inneren der Wohnung. Ich zückte mein Klemmbrett und meinen Kuli, hielt beides geschäftig vor der Brust und setzte einen, wie ich hoffte, routinierten Gesichtsausdruck auf. Die Tür ging auf, das Herz klopfte mir inzwischen zum Zerspringen und ich hob gerade an, mein zurechtgelegtes Sprüchlein aufzusagen, als die Worte mir auf der Zunge verwelkten. Vor mir stand die junge Frau von den Maltesern, die ich jetzt schon einige Male das Gebäude hatte betreten sehen. Sie trug einen weißen Kittel mit einem Namensschild, *Schwester Petra*, und hinter ihr, am Ende des Ganges, bog gerade eine Frau um die Ecke. Ihre Beine waren dünn und seltsam verkrümmt, doch ihre Arme, die die geneigten Räder eines Rollstuhls schoben, wirkten sehnig und kräftig. Die junge Frau drehte sich zu ihr um und sagte: »Besuch für Sie, Frau Sartorius.«

Eine Woche später saß ich in Mutters Wohnzimmer auf dem Boden. Das Morgenlicht lag in schrägen Streifen auf dem Tisch, brachte die gelben Übertöpfe der Pflanzen, die ich Erna gegeben hatte, zum Leuchten und zeigte, dass ich schon längst einmal die Fenster hätte putzen müssen. Ich saß auf dem Teppich, mit dem Rücken gegen das Sofa gelehnt, der Digitalwecker zeigte 8:54 Uhr. Ich betrachtete das Foto, das mir Anneliese Willunat geschickt hatte und das ich nach meiner Rückkehr vorgefunden hatte. In einem Brief schrieb sie, ich könne das Bild behalten, sie habe es abfotografieren lassen.

Zwei junge Frauen sitzen auf einer Treppe, beide halten ein Kind auf dem Schoß. Die beiden Frauen und das eine Kind sind blond, das andere hat dunkles Haar und dunkle Augen. Die eine Frau, das sieht man auch auf dem Schwarz-Weiß-Foto, ist perfekt geschminkt, ihre rasierten Augenbrauen bilden einen elegant gemalten Bogen, die Lippen sind dunkel, das Haar trägt sie zu exakten Wasserwellen gelegt. Sie ist hübsch, sieht aus wie aus einer Modezeitschrift »für die Dame«. Die andere ist ungeschminkt, sie trägt das Haar hochgesteckt zu einer Art Gretchenfrisur, ein paar einzelne Kringel haben sich gelöst und leuchten hell im Sonnenlicht. Ihre Augen sind groß und sehr hell, sie lächelt nicht, ihre Lippen sind voll und blass, sie ist eine Schönheit. Meine Oma war eine Schönheit. Und das Kind, das sie im Arm hält, ist so dunkel, wie sie hell ist.

Die Gesichter der beiden Kleinen, Kindergesichter mit winzigen Stupsnasen, wirken ratlos, der Blick des dunklen Säuglings ist woandershin gerichtet, ins Nichts, es sieht den Fotografen nicht, vielleicht kann es ihn noch gar nicht sehen, sind nicht alle Babys kurzsichtig? Es ist etwas älter und auf dem Foto glaubt man auch zu erkennen, dass es – im Gegensatz zu dem anderen – ein Junge ist. Mit kurzem Haarputz, erstaunlich dicht für so ein kleines Kind und samten wie ein Pelz, auf den die Sonne scheint. Das Mädchen trägt ein weißes Mützchen und in seinem Gesicht suche ich die Züge meiner Mutter. Der Mund vielleicht, bilde ich mir ein, und auch der Blick, der den Betrachter festnagelt, eisblau. Was natürlich Quatsch ist, das weiß ich, und dennoch. Ich halte das Bild näher heran und betrachte die Frau neben Oma, die echte Charlotte Hanna Sternberg, meine eigentliche Oma.

In diesem Moment begann mein Mobiltelefon zu bimmeln, ich zuckte zusammen und dachte sofort an Roman. Aber es war Wolf.

»Maja?« Seine Stimme klang vorsichtig. »Ich wollte hören, wie es dir ergangen ist.«

Ach, die Erfragung einer Auskunft, in die Vergangenheit gerichtet, dachte ich und konnte nicht verhindern, dass sich ein zynisches Lächeln auf meine Lippen stahl. Ich schwieg eine Weile, ließ ihn zappeln. Dann fragte ich: »Warum willst du das wissen?«

Er schnappte nach Luft. Schien eine empörte Salve abfeuern zu wollen. Doch ich fiel ihm ins Wort: »Ich soll dir also jetzt eine Art Zusammenfassung dessen liefern, was in all den Wochen seit Mutters Beerdigung geschehen ist? Habe ich das richtig verstanden?«

»Maja ... Ich ... es tut mir leid. Ich weiß auch nicht, warum ich mich so lange nicht gemeldet habe. Ich war so wütend auf dich.«

Ich wusste nicht, was ich darauf sagen sollte oder wollte, ich war auch zu müde, um mit einer bissigen Bemerkung zuzuschnappen, zu abgeschlafft, um irgendetwas zu fühlen. Wo war dieser Mann gewesen, in all den schwierigen Wochen? Und was empfand ich überhaupt noch für ihn, jetzt, in diesem Moment? Und um etwas zu sagen, irgendetwas, sagte ich: »Ich habe mit dem Rauchen aufgehört.«

»Oh ... Das ist ... gut.«

Pause.

»Na ja«, sagte ich »dann wende dich mal wieder deiner Arbeit und ... Biene zu.« Natürlich hätte ich ihn fragen können, wie es ihm ginge. Mal ganz abgesehen davon, dass meine eigene Weste auch nicht mehr ganz weiß war. Dennoch: Er hatte sich zuerst aus dem Staub gemacht. Und was interessierte mich die Befindlichkeit eines Mannes, der beim erstbesten Seitenwind aus der Spur geriet?

»Willst du deine Sachen haben, rufst du deshalb an?«

»Ich ... Ich finde, wir sollten reden. Bitte ... Maja!«

Ein Gefühl tiefer Genugtuung stieg in mir auf und ich musste an den Begriff »Satisfaktion« denken. Er hatte einen schönen, satten Klang und traf meine Empfindung in diesem Moment ziemlich gut. Ich versuchte, nicht zu viel Häme in meine Stimme zu legen, als ich antwortete: »Ja, wirklich?«

Eine erneute Pause trat ein. Mir war klar, dass er nach Worten rang, die seinen Ärger übertünchen sollten. Schließlich seufzte er und sagte nur: »Nicht am Telefon.«

Ich schwieg.

»Wo bist du eigentlich?« Diese Handys halfen einem ganz hervorragend dabei, geheimnisvoll rüberzukommen.

»Spielt das eine Rolle?«

»Natürlich spielt das eine Rolle. Ich will dich ...«

Er brach ab. Ruhiger sagte er: »Ich ... wir sind jetzt über fünf Jahre zusammen und ich will mit dir reden, verdammt noch mal.«

»Waren.«

»Wie bitte?«

»Wir *waren* fünf Jahre zusammen.«

Nun schweigen wir uns gegenseitig an.

»Maja, lass uns aufhören mit den Spielchen.«

»Wer ist hier nach Tölz abgetaucht? Kurz nachdem meine Mutter gestorben ist.«

Keine Antwort.

»Hat es in Tölz nicht so geklappt, wie du es dir vorgestellt hattest?«

»Ach, Maja, bitte. Lass uns wie vernünftige Menschen miteinander reden. Also, bist du in Wien?«

»Was für Menschen, *vernünftige*? Das klingt gut«, sagte ich mit künstlicher Munterkeit. »Vernünftige Menschen hauen nicht einfach ab nach Bad Hintertölz und steigen mit der erstbesten Biene ins Bett. Denn ich nehme doch an, dass du genau das getan hast, nicht wahr, mein Lieber? Und weißt du, was ich dir jetzt sage: Vernünftige Menschen lassen sich so was nicht gefallen. Und deshalb sollten wir dieses Gespräch jetzt ganz vernünftig beenden.«

Und dann legte ich einfach auf. Das Herz klopfte mir bis zum Hals und meine Worte klangen im Morgensonnenschein in mir nach; sie wirkten hohl, unwirklich und gestelzt. Ich blinzelte die Tränen weg. Durch einen Schleier sah ich die beiden Frauen mit ihren Kleinen auf dem Arm. Wieder fokussierte ich Charlotte Hanna Sternberg. Sie strahlte tatsächlich eine große Lebensfreude aus, wie Oma es in ihren Aufzeichnungen geschrieben hatte. Aber sie musste auch einen anderen Zug besessen haben: den absoluten Willen, es »nach oben« zu schaffen, um jeden Preis. Ich hielt das Bild ein Stück weit weg, holte ein Foto von Mutter, als sie in dem Alter gewesen sein musste, hielt es daneben und – richtig. Die Ähnlichkeit war überwältigend. Sie trat trotz unterschiedlicher Moden, trotz der zu dünnen Bögen gezupften und bemalten Augenbrauen der Älteren deutlich und krass hervor. Die Augen waren dieselben, puppenhaft und hell, ein wenig hervorstehend; dazu die Rundung ihrer Wangen, der herzförmige Kussmund. Und dieser Gesichtsausdruck wie aus Stahl. Sie hatten beide ein Lächeln, das dem Betrachter siegessicher entgegenstrahlte.

Ich ließ die Bilder in den Schoß sinken, lehnte mich zurück und schloss die Augen. Seit der Husumer Episode hatte ich eine unendliche Müdigkeit verspürt, eine Antriebsschwäche, die mein ganzes Leben erfasst hatte. Ein Fachmann hätte vielleicht eine ausgewachsene Depression diagnostiziert. Aug in Aug mit Sieglinde Sartorius, meiner »Tante«, hatte ich plötzlich auf dem Absatz kehrtgemacht und war davongerannt, hatte mich in den Toyota gesetzt und war zum Flughafen gefahren. Diese Frau im Rollstuhl hatte garantiert nichts mit dem Tod meiner Mutter zu tun, da war ich mir sicher. Roman hatte mich angelogen, und irgendwie auch Erna. Seit meiner Rückkehr aus Husum hatte ich sie gemieden, hatte immer wieder darüber nachgegrübelt, was Prohacek mir über sie erzählt hatte. Dann war da noch das Manuskript, und die Frage, ob es wirklich unvollständig war. Die vielen Zweifel! Irgendwie wurde ich das Gefühl nicht mehr los, dass ich mich insgesamt verirrt hatte auf meiner krampfhaften Suche nach einer Wahrheit, die es vielleicht gar nicht gab: Ich war in ein Labyrinth geraten, war Pfaden gefolgt, die dann doch vor einer Mauer endeten. Ich hatte die Antwort, die ich gesucht hatte, nicht gefunden, dafür aber Dinge erfahren, die ich niemals hatte erfahren wollen. Wahrscheinlich wäre es das Beste, die ganze Sache nun endlich ruhen zu lassen und mich wieder auf mein eigenes Leben zu besinnen.

Was war das alles doch kompliziert! Warum konnte ich nicht einfach den Frieden und die Freiheit, die es heute gab, genießen? Damals war Krieg gewesen, dennoch waren die Menschen offenbar besser zurechtgekommen als so mancher heute. Für mich galt das auch, trotz all der Annehmlichkeiten, die das Leben heute für mich bereithielt. Und jetzt hatte ich auch noch Geld! Das Rauchen hatte ich auch immer noch nicht wieder angefangen, es konnte also durchaus etwas werden mit mir und dem Leben. Andererseits litt ich immer noch unter den Entzugserscheinungen und wunderte mich über die lange Zeit, in der mein Körper sich immer weiter elend fühlte ohne die regelmäßige Nervengiftzufuhr. Und das ging gleich morgens los. Aber ich hatte gemerkt, dass es besser wurde, wenn ich gleich nach dem Aufwachen etwas aß. Eigentlich hätte ich längst fett sein müssen bei allem, was ich in mich hineinstopfte. Und doch hatte ich das Gefühl, eher abgenommen zu haben. Vielleicht war ich ja krank, schoss es mir plötzlich durch den Kopf, vielleicht hatte ich Krebs wie Mutter? War man bei Krebs nicht schwach und elend, so wie ich mich immer wieder fühlte? Nannte man das nicht Auszehrung? Ich quälte mich hoch, schleppte mich, erschöpft, wie ich war, vor den deckenhohen Spiegel im Korridor. Der Strahler, der von der Decke auf mich gerichtet war, ließ dunkle Schatten unter den Augen erkennen, Schatten, die früher nicht da gewesen waren. Und die leichte Einbuchtung unterhalb der Wangenknochen, die kannte ich auch nicht. Ich musste tatsächlich abgenommen haben. Trotz all der Fressalien, die ich täglich – und nachts, wenn ich nicht schlafen konnte – in mich hineinstopfte. Noch einmal richtete ich meinen Blick in den Spiegel, tastete meine Züge ab, die Falten rechts und links des Mundes, die eindeutig schärfer geworden waren. Hatte ich tatsächlich Krebs? Jetzt wollte ich es ganz genau wissen und begann, mich auszuziehen. Ich riss mir das Sweatshirt über den Kopf, strampelte die Jogginghose ab, stellte mich unter das gnadenlose Deckenlicht, nackt, und betrachtete mich. So sah also eine Frau aus, deren Lebensgefährte von einem Tag auf den anderen davonrauschte. Eine Frau, deren krebskranke Mutter Selbstmord begangen hatte und die sonst niemanden auf der Welt hatte. Eine Frau, die sich in einen fünfzehn Jahre älteren Typen verliebte, der gleich alt aussah wie sie selbst und eigentlich viel zu perfekt war. Einer, mit dem sie es nie aufnehmen konnte, so seltsam und schräg, wie sie war. Und an den sie immer wieder dachte, trotz der Gewissheit, dass er sie aufs Übelste angelogen hatte. Und vor dem sie ziemlich rasch alle Hüllen hatte fallen lassen, obwohl sie es zum Kotzen fand, wie beliebig die Leute heute mit jedem und jeder ins Bett springen, gedankenlos, gleichgültig und ohne echte Gefühle. Als handle es sich um eine Turnübung, einen Akt der Alltäglichkeit, wie das Einkaufen, das Kochen, das Putzen. Und zu allem Überfluss hatte sie sich auch noch hemmungslos betrunken und sich dann die Seele aus dem Leib gekotzt. Vor diesem Mann, der so unglaublich starke Gefühle in ihr auslöste.

Dreimal hatte Roman S. nach diesem Abend noch bei mir angerufen. Doch ich hatte seine Nummer auf dem Display erkannt, eine lange Nummer mit der Vorwahl 001, und so lange gewartet, bis die Mobilbox sich einschaltete. Zwei Nachrichten hatte er mir daraufgesprochen, er wolle mich sprechen und bitte um Rückruf. Doch ich hatte ihn nie zurückgerufen. Was hätte ich auch sagen sollen? »Warum hast du mir nicht erzählt, dass *dein* Vater *mein* Großvater war? Und – ach ja, by the way – ein *Mörder*!« Oder: »Danke, dass du meine Kotze aufgewischt hast!« Und zu allem Überfluss wusste ich bis heute nicht, was *wirklich* zwischen uns vorgefallen war. Sprich: Hatten wir nun miteinander geschlafen oder nicht?

Ich zwang mich erneut, in den Spiegel zu sehen. Täuschte ich mich oder traten meine Beckenknocken nicht deutlicher hervor als sonst, zog sich mein Bauch nicht stärker nach innen und sah man an meinem Brustkorb nicht schon die Rippen? Ich hatte eindeutig abgenommen, und das trotz meiner Fresserei. Frierend wandte ich mich ab, ging ins Bad und stieg unter die Dusche. War es nicht so, dass Leute, deren Eltern Krebs hatten, auch ein viel größeres Risiko trugen, selbst an Krebs zu erkranken? Und ich hatte wirklich kein besonders gesundes Leben geführt. Ich hatte immer munter geraucht, seit meinem sechzehnten Lebensjahr, weil damals die Coolen eben rauchten und ich natürlich zu ihnen gehörte. Oder partout gehören wollte. Ich hatte gerne und tief ins Glas geschaut, dazu noch jahrelang die Pille genommen. Nur echte Drogen hatte ich nie genommen, obwohl es im Internat reichlich Gelegenheit dazu gegeben hätte.

Das Wasser war so heiß, dass es gerade noch auszuhalten war, und tat mir unendlich wohl. Ich stand so lange unter dem Strahl, bis meine Schultern brannten, dann wusch ich mir die Haare, seifte meinen ganzen Körper ein, und wenn es möglich gewesen wäre, hätte ich mir auch das Gehirn gewaschen, mit einem scharfen Mittel, das die Verkrustungen löst, um dann mit reinem, klarem Verstand aus der Dusche zu treten. Was, wenn ich nun wirklich Krebs hatte? Plötzlich kam mir alles so verkehrt vor. Wozu suhlte ich mich in Verletzungen, wenn meine Tage vielleicht gezählt waren? Ich trat aus der Dusche, rubbelte mir das Haar trocken, schlüpfte in einen weißen Morgenmantel und trat auf die Terrasse.

Es war der erste warme Tag seit Langem, immer war es kalt und regnerisch gewesen, doch heute lag ein vorfrühlingshaftes Strahlen in der Luft. Ich setzte mich auf ein Kissen, lehnte mich an die Hauswand und schloss die Augen, das Gesicht der Sonne zugewandt. Auf einmal kamen mir all meine Probleme irrelevant und nichtig vor. Wenn meine Tage gezählt wären, was würde ich tun? Die bewaldeten Hügel Liguriens erschienen auf meiner Netzhaut, die Luft und das Meer aus blauem Glas, glückliche Tage, die ich dort verbracht hatte. Ja, dachte ich. Ich würde nach Ligurien fahren und dort den Frühling genießen. Und wenn es mein letzter wäre. Aber vorher musste ich Gewissheit haben.

Obwohl im Wartezimmer von Dr. Prohaceks Praxis andere Leute saßen, wurde ich, kaum dass ich Platz genommen hatte, schon ins Behandlungszimmer gerufen, wo Dr. Prohacek mir mit ausgestreckten Händen entgegenlächelte.

»Liebes Kind«, sagte er. »Das ist aber eine Überraschung. Was führt Sie zu mir in die Praxis?

»Ach«, sagte ich und schluckte. Leute, die mich »liebes Kind« nannten, hatten schon immer Rührung in mir erzeugt. Wahrscheinlich litt ich an einem Aufmerksamkeitsdefizitsyndrom. Ich fühlte einen Kloß im Hals und mir kamen fast die Tränen. Dann wusste ich auf einmal nicht weiter, weil ich fürchtete, mich als Hypochonder zu outen.

»Fehlt Ihnen denn etwas? Oder hat Ihr Besuch eher private Gründe?«

»Ich ... also ... seit einiger Zeit fühle ich mich schlecht, schwach irgendwie. Und das, obwohl ich esse. Viel esse. Aber dabei nehme ich ab.«

Er nahm sich so viel Zeit für die Untersuchung, dass ich mit schlechtem Gewissen an die Leute im Wartezimmer dachte. Dann kam mir plötzlich ein Gedanke. War dieser Eifer nicht ein furchtbar schlechtes Zeichen? Vielleicht hatte er in mir schon im Park des Belvedere die Todkranke erkannt! Und warum starrte er so ernst auf den Bildschirm des Ultraschallgeräts? Vielleicht las er dort das fortgeschrittene Stadium einer unheilbaren Krankheit so deutlich ab, dass es keinen Zweifel mehr geben konnte? Als er mir am Schluss auch noch höchstpersönlich Blut abnahm, ernst und schweigend, war ich drauf und dran, ihn zu fragen, wie lange ich seiner Meinung nach noch zu leben hatte. Doch die Angst vor der Antwort hielt mich davon ab.

Ich verließ die Praxis verunsichert, sowohl von Prohaceks bedenklicher Miene als auch von seiner eindringlichen Versicherung, ich solle mir keine Sorgen machen und er werde die Blutproben noch heute – persönlich! – zum Labor bringen und mich dann so zeitnah wie möglich von den Ergebnissen verständigen. Noch schlimmer machte er es mit einer abschließenden Bemerkung, die tröstlich gemeint war, in mir aber erst recht die Alarmglocken zum Schrillen brachte: Im Moment bestehe noch gar kein Grund zur Beunruhigung und ich solle mich nicht vorzeitig verrückt machen.

In den nächsten beiden Tagen konnte ich mich auf nichts konzentrieren und schon gar keine Entscheidung über die Zukunft treffen. Bestimmt zehnmal hielt ich den Hörer in der Hand, um bei Prohacek anzufragen, ob die Ergebnisse bereits da seien, und ungefähr zwanzigmal war ich drauf und dran, Romans Nummer zu wählen, nur um seine Stimme zu hören. Doch jedes Mal überkam mich die Erinnerung an seine Lügen und an meinen unrühmlichen Auftritt in jener Nacht, daher knallte ich den Hörer am Ende immer wieder hastig auf. Was war ich doch für ein Feigling! Und dann fasste ich einen Entschluss: Falls ich tatsächlich die Diagnose Krebs erhielt, würde ich ihn anrufen! Denn dann hätte ich nichts mehr zu verlieren. Es gab allen Ernstes Momente, in denen meine Sehnsucht nach seinem klaren, aufmerksamen Blick und seiner warmen Stimme so groß war, dass ich mir diese Diagnose beinahe herbeiwünschte. Dazu schwelgte ich in tagträumerischen Szenen, in denen ich mich in attraktiver Schwäche auf einem ästhetisch anspruchsvollen Sterbebett liegen sah, mit Roman an meiner Seite, der Tränen über unsere verlorene Liebe vergoss und meine Hände streichelte, die so weiß und leicht wie Rosenblätter waren.

Am dritten Tag hielt ich es in der Wohnung nicht mehr aus und streifte durch die Straßen eines vorfrühlingshaften Wien. Ich fühlte mich noch schwächer als zuvor und war mir nun sicher, dass mir mein Körper bereits Antwort auf die Frage nach meiner Befindlichkeit gab. Ich setzte mich ins *Café Central*, bestellte eine Suppe – der Gedanke an Kaffee verursachte mir inzwischen Übelkeit – und saß dort herum, eine Zeitung vor mir auf dem Tisch, auf die ich mich nicht konzentrieren konnte. Das Einzige, was mich ein wenig von meinem inneren Elend abzulenken vermochte, war, die Leute zu beobachten und mir ihr Leben jenseits des Kaffeehauses vorzustellen. Wo würden sie hingehen, was arbeiteten sie und, das interessierte mich mehr als alles andere: Waren sie glücklich?

Nach einem Altwiener Suppentopf und zwei Scheiben Brot fühlte ich mich etwas besser und begann darüber nachzudenken, was ich mit dem Rest meiner Tage anfangen würde, falls die Diagnose im medizinischen Sinne »positiv« wäre. Gab es etwas, das ich immer hatte tun wollen, einen Ort, den ich immer hatte sehen wollen? Zumal Geld jetzt keine Rolle mehr spielte! Was taten Menschen, die wussten, sie hatten »noch ein halbes Jahr«? Doch sosehr ich auch grübelte, ich kam auf nichts. Ich hatte das getan, was ich schon immer hatte tun wollen, zumindest ab dem Tag, an dem ich dem Dolmetschen den Rücken gekehrt hatte. Ich hatte meine eigenen Interessen in den Mittelpunkt meines Lebens gestellt. Das hörte sich recht banal an und mochte für andere eine Selbstverständlichkeit sein, doch mich hatte es zahlreiche innere und äußere Kämpfe gekostet. Aber letztendlich hatte ich mich befreit von der Übermacht meiner Mutter, ich hatte die Dolmetscherei geschmissen und das gelernt, was ich hatte lernen wollen. Später war ich viel herumgereist, mit neugierigen Augen und immer auf der Suche nach Kuriositäten, die ich in meine Projekte einbauen konnte. Diese jahrelange Herumzieherei hatte dann in Wolfs und meiner Souterrainwohnung eine Art Erfüllung gefunden, zumindest für eine Zeit lang, dachte ich jetzt, nicht ohne Bitterkeit und Trauer. Ich erinnerte mich noch genau an den Tag, an dem ich Wolf die Wohnung, die zu mieten war, zeigte und wie er mich ansah, als ich ihn ins nobelste Viertel der Stadt führte und vor der Gründerzeitvilla Halt machte. Ich weiß noch, dass er nichts sagte, sondern nur skeptisch guckte. Skeptisch, aber auch neugierig. Gemeinsam hatten wir die Wohnung dann in mühevoller, aber auch beglückender Kleinarbeit hergerichtet, bis sie genau so war, wie wir sie uns erträumt hatten.

Etwas entspannter, aber auch ein wenig trauriger lehnte ich mich in meinem Caféhausstuhl zurück. Nein, so armselig sah mein Leben gar nicht aus. Ich hatte ziemlich viel von dem, was ich hatte tun wollen, auch wirklich getan. Gut, das Thema Männer war bis zu dem Zeitpunkt, an dem ich Wolf kennengelernt hatte, in meinem Leben eher nebensächlich gewesen. Wechselnde Partnerschaften in wechselnden Ländern, Tom in England, Joël, den ich auf einem Asientrip kennengelernt hatte und mit dem ich ein halbes Jahr durch die Lande getingelt war. Doch da war niemand gewesen, der mir mein Herz gestohlen hatte, bis Wolf gekommen war. Ein Mann mit bärenhaftem Charme, der ähnlich lebte wie ich, der sich von einem Lichtstrahl in einer mittelalterlichen Kirche hinwegtragen lassen konnte oder von der Abendsonne, die auf einen Palazzo fällt. Eine Künstlernatur wie ich. Aber einer, der zugleich Bodenhaftung und Durchhaltevermögen besaß. Und leider auch einer, der sich aus dem Staub gemacht hatte, als ich ihn am meisten brauchte. Allerdings hatte ich mich ja auch schuldig gemacht und mich einem anderen Mann genähert, einem Mann, der mich vom ersten Blick an fasziniert hatte: Roman. Der Mann, der aus dem Nichts aufgetaucht war, mir einen Haufen Lügen aufgetischt hatte, mich mit seinen Augen und Lippen, mit seiner Stimme verzaubert hatte und dann wieder in ebendieses Nichts abgetaucht war, auf Nimmerwiedersehen.

Auf dem Rückweg beschwor ich vor meinem geistigen Auge die Erinnerung an Roman, an seine Berührungen, an seine Blicke und spielte erneut mit dem Gedanken, ihn anzurufen. Wenn ich erst die Ergebnisse meiner Untersuchungen hatte. Dann malte ich mir pathetische Szenen des Wiedersehens aus, das zugleich ein Abschied für immer wäre. Tränen traten mir in die Augen vor Traurigkeit über diese junge Liebe, die, kaum dass sie knospte, schon dem Tode geweiht war.

Als ich wenig später die Haustür aufschloss und an Ernas Wohnungstür vorbeiging, zögerte ich plötzlich. Seit meinem Treffen mit Prohacek hatte ich nicht mehr mit ihr gesprochen. Und noch ehe ich näher darüber nachdenken konnte, drückte mein Finger bereits auf Ernas Klingelknopf.

Ich weiß nicht, was ich erwartet hatte. Aber eines war sicher: Als Erna die Tür aufmachte, erhellte ein so zauberhaftes Lächeln ihr Gesicht, dass all mein Misstrauen schwand. Wenig später nahm ich auf ihrem Biedermeiersofa Platz und fühlte mich in diesem Moment durch ihre bloße Gegenwart getröstet. Ach was, dachte ich und wischte alle Bedenken beiseite. Wahrscheinlich war die Episode mit Prohacek und meiner Mutter für Erna längst Vergangenheit. Und dann brach all mein Kummer wie ein Wasserfall aus mir heraus. Und als ich den Moosbeerenlikör, der wunderbar und verheißungsvoll in der Karaffe lag, vor dem ersten Schluck wieder absetzte, konnte ich auch mit meiner Angst vor den Laborergebnissen nicht mehr hinterm Berg halten. Erna legte einen Arm um meine Schulter und tat alles, um mich zu trösten. Doch dann, noch während sie beruhigend auf mich einsprach, kehrte urplötzlich dieses zähe, dunkle Gefühl zurück, das sich wie eine böse Ahnung um mich legte. Ohne lange darüber nachzudenken, sprach ich die Frage, die mich nun schon so lange umtrieb, laut aus.

»Warum hast du mir nie erzählt, dass meine Mutter und Prohacek ... also, dass sie ein Paar waren?«

Ernas Kopf fuhr mit einem Ruck herum. Sie musterte mich verdutzt und ihre schwarzen Augen funkelten.

»Warum hätte ich das tun sollen?«

»Na ja, wir haben doch schon so oft miteinander gesprochen. Und ... ich dachte, weil du doch wusstest, dass ich mir Vorwürfe mache. Weil sie am Ende so allein war. Aber sie war's ja gar nicht.«

»Da wär ich mir nicht so sicher.« Ernas Stimme klang patzig.

»Was meinst du damit?«

»Ach, nichts.«

Eine Weile lang schwiegen wir beide. Die Uhr in der Ecke tickte überlaut und ich wagte nicht, Erna anzusehen. Schließlich fasste ich mir ein Herz und sagte: »Dr. Prohacek hat mir erzählt, dass du mit ihm zusammen warst, bevor meine Mutter ...« Ich knetete meine Finger. Das Ganze war mir furchtbar unangenehm, aber ich hatte das Gefühl, der Sache trotzdem auf den Grund gehen zu müssen. »Er sagte, er hätte die Beziehung zu dir beendet, nachdem er meine Mutter kennengelernt hatte.« Meine Stimme erstarb, als ich aufsah und Ernas Augen blitzen sah.

»*Was* hat er gesagt? Dass *er* die Beziehung zu mir beendet hat? Das ist ja wohl die Höhe! Nicht er hat die Beziehung beendet. Sondern ich.«

»Ja, aber ... Warum hätte er mir das dann erzählen sollen?«

»Weil er der verlogenste Mensch auf Gottes Erdboden ist.«

»Wie bitte?«

»Dieser Mann ist ein Lügner und Verräter! Er hat mich betrogen, er hat mein Geld genommen und ich habe es nie wiedergesehen!«

Ich war verwirrt. Was erzählte sie mir denn da?

Erna beugte sich vor, so weit sie konnte, und fixierte mich. Sie war blass geworden und auf ihren Wangen standen hektische rote Flecken. »Er ist ein Spieler!«, zischte sie. »Ich habe ihm mein Geld anvertraut, 50 000 Euro. Er hat gesagt, er würde es für mich anlegen. Und nun ist alles weg! Ich habe ihn dann zum Teufel geschickt und irgendwann hat er sich an deine Mutter rangemacht. Ich habe sie vor ihm gewarnt. Aber sie hat nicht auf mich gehört!«

»Was willst du denn damit sagen?«

»Ich will damit sagen, dass er bestimmt auch deine Mutter um Geld betrogen hat!«

»Aber ich habe doch ihre Kontoauszüge durchgesehen. Und da war nichts, was ... Erna, du täuschst dich!«

In Ernas Augen erschien auf einmal ein so verletzter Ausdruck, dass mir das Mitleid den Hals eng werden ließ. Sie war so schmal und so zerbrechlich. Am liebsten hätte ich sie in die Arme genommen und gedrückt. Aber irgendetwas an ihrer Haltung, eine Art Starre ließ mich zögern. Und während ich noch darüber nachdachte, was ich sagen oder tun könnte, fuhr Erna mit seltsam heiserer Stimme fort: »Was glaubst du, warum deine Mutter den Arzt gewechselt hat, hm? *Ich* habe es ihr geraten, ich habe sie angefleht, sich von einem anderen Mediziner behandeln zu lassen.«

»Dr. Prohacek sagte mir, er habe ihr selbst einen Kollegen empfohlen ...«

Erna lachte auf. Es war ein schrilles und hysterisches Lachen. Ihre Stimme überschlug sich, als sie sagte: »Hat er dir auch von dem *Gasunfall* erzählt? Maja, ich bitte dich, nimm dich in Acht.« Erna griff nach meiner Hand und hielt sie fest. Ihre Finger waren feucht und kalt und mir wurde elend. Elend von all den Dingen, die ich gehört und gesehen hatte, von allen Lügen, die mir in den letzten Wochen von allen Seiten aufgetischt worden waren. Wem sollte, wem konnte ich noch glauben? Plötzlich hatte ich genug. Genug von bizarren Verdächtigungen und Schuldzuweisungen. Ich wollte nur noch weg, weg von allem.

Ich stand auf, der Stuhl fiel polternd um und ich ging taumelnd in Richtung Diele. Das Letzte, was ich hörte, bevor die Haustür krachend hinter mir zufiel, waren Ernas geflüsterte Worte: »Glaub ihm nicht. Du darfst ihm nicht glauben. Er lügt!«

Das Erwachen am nächsten Morgen war grauenhaft. Schwäche und Übelkeit hinderten mich daran, etwas anderes zu denken als »Bitte, lieber Gott, lass es mir wieder gut gehen.« Wie schon häufiger in letzter Zeit würgte ich eine trockene Scheibe Brot hinunter und trank Pfefferminztee dazu, weil mir das aus irgendeinem unerfindlichen Grund Linderung verschaffte. Wieder einmal stellte ich mir vor, dass der Krebs meinen Magen bereits so weit zerstört hatte, dass dieser sich selbst fraß, wenn er kein anderes Futter erhielt. Wie sehr sich mein eigenes Leben verändert hatte seit Mutters Tod. Ich hatte mich auf eine Spurensuche begeben, nach meiner eigenen familiären Identität, nach einem Schuldigen für den Tod meiner Mutter, und dabei hatte sich das ganze Gefüge meines Lebens aufgelöst. Die Basis – Wolf – war weggesackt und ich selbst war in den Armen eines Mannes gelandet, der mein leiblicher Verwandter war, mein Halbonkel! Ich hatte mit dem Rauchen aufgehört, hatte mein Geschäft vergessen, das mir jahrelang fast alles bedeutet hatte, hatte mit dem Gedanken an ein Kind gespielt, für das kein Vater mehr da war, hatte meine Sucht aufs Essen und Trinken verlagert. Und nun hatte ich das Gefühl, am Rand eines Abgrunds zu stehen. Und um mich her gab es nichts als Lügen. Und vielleicht den Tod. Und heute würde mir Dr. Prohacek eröffnen, ob ich einen Schritt vorwärts tun musste. Oder ob ich umkehren durfte, einfach so, und mein Leben zurückbekäme.

Gegen Viertel vor elf machte ich mich auf den Weg zu Dr. Prohacek. Während ich durch die Straßen ging, überlegte ich kurz, ob ich nicht einfach wieder umkehren sollte. So viel hatte ich gehört, so groß war mittlerweile meine Verunsicherung. Ich wusste nun gar nicht mehr, wem und was ich glauben sollte. Natürlich könnte ich Prohacek auf Ernas Äußerungen ansprechen und einfach abwarten, was dann passierte. Doch bereits nach ein paar Schritten verließ mich dieser Wunsch wieder und zurück blieb nur meine Angst vor dem, was ich bald erfahren würde. Mit feuchtkalten Händen saß ich schließlich im Wartezimmer, das leer war, und wurde kurz darauf in den Behandlungsraum Nummer 2 geführt. Es war ein strahlender Tag im späten März und ich ging zum Fenster und blickte hinauf zu einem Himmel, der so blau war, dass es mich schwindeln machte. Das Fenster ging nach hinten hinaus, auf einen Garten mit Altwiener Charme, der mir wie eine Oase vorkam inmitten dieser Wüste aus Stein. Plötzlich hatte ich ein Gefühl von Vertrautheit, mit dem ich im ersten Moment nichts anzufangen wusste. Und dann kam die Erinnerung an Omas Haus in Ligurien. Dieses unglaubliche Blau des Himmels, das mit dem Blau des Meeres verschmolz. Ein paar Krähen tauchten auf, ich hörte ihre heiseren Rufe durch das geschlossene Fenster. Sie ließen sich auf einem Baum im Garten nieder und verharrten dort reglos, schwarze Scherenschnitte auf schwarzen Scherenschnittzweigen.

Ich hörte ein Geräusch hinter mir und sah Prohacek eintreten, im weißen Ärztekittel, eine Kladde in der Hand und einen Umschlag. Sein Gesichtsausdruck war gleichmütig, neutral-freundlich, und verriet nichts. Völlig unvermittelt spürte ich einen heißen und völlig unsinnigen Zorn in mir aufsteigen. Auf die Situation, auf Mutter, auf mich, auf diesen Mann, der so milde und unbeteiligt hier hereinkam und mir mit keinem Muskel seines Gesichts verriet, wie es um mich bestellt war. Konnte er sich nicht denken, wie ich seiner beschissenen »Diagnose« entgegenfieberte? Und so erwiderte ich seinen Händedruck kaum und blickte ihn wütend an. »Und?«, entfuhr es mir so barsch, dass er irritiert dreinschaute. Dann räusperte er sich, schüttelte den Kopf und ein Lächeln entspannte seine Züge. »Mir war nicht bewusst, dass Sie ernsthaft besorgt waren, liebe Maja! Alles ist in bester Ordnung und für die Übelkeit und Schwäche gibt es eine sehr plausible Erklärung. Sie sind schwanger.«

Ich musste ihn angesehen haben wie eine Erscheinung, denn sein Lächeln verrutschte leicht, während er nachhakte. »Das ist doch eine schöne Neuigkeit, ist es nicht?« Und während die eine Hälfte meines Gehirns dachte, dass er sich anhörte wie Fünfuhrteefix aus *Asterix bei den Briten*, versuchte die andere Hälfte, die Nachricht durch sämtliche Windungen meines Gehirns bis zum Ziel zu befördern.

Mein allererster Gedanke war, dass ich mir nachher gleich einen Schwangerschaftstest besorgen musste, denn wie konnte ich nach dem Gespräch mit Erna sicher sein, dass er die Wahrheit sagte? Ich kannte mich nicht aus mit Schwangerschaften. Ich war zwar Anfang vierzig und hatte in meinem Bekanntenkreis hin und wieder Erzählungen über die Leiden und Gebrechen in den Zeiten guter Hoffnung gelauscht, doch war mein Interesse daran stets oberflächlich und beiläufig gewesen. Ich hatte nie vorgehabt, Kinder zu bekommen. Bis zu jenem schicksalhaften Tag im Januar, an dem ich in einem Anflug von Verwirrung mein Leben ändern wollte und eine Dreimonatspackung Kontrazeptiva im Klo hinuntergespült hatte.

»Das ist doch eine gute Nachricht?«, wiederholte Prohacek. Sein Ton war vorsichtig, tastend. Und als ich immer noch nicht reagierte, sagte er: »Bitte, liebes Kind, nun setzen Sie sich doch erst einmal.«

Und während er mir ein Glas Leitungswasser reichte, das ich mit beiden Händen festhielt, fühlte ich seinen besorgten Blick auf mir. Flüchtig schoss es mir durch den Kopf, dass das – wenn ich Erna glaubte – der Mann war, der sie um fünfzigtausend Euro erleichtert hatte. Langsam schüttelte ich den Kopf. Das war alles zu viel für mich.

»Ein Baby!«, war schließlich alles, was ich herausbrachte. Zwar hatte ich in letzter Zeit so manches Mal darüber nachgedacht, wie es sein könnte, mit einem Kind zu leben. Doch konkreteren Gedanken daran hatte ich mich nie gestellt.

»Schalten Sie ein paar Gänge zurück. Das alles war doch sehr viel für Sie, Maja!« Er beugte sich vor und sah mich eindringlich an. »Haben Sie denn niemanden, der Sie ein bisschen verwöhnen kann?«

Ich schüttelte den Kopf. Stumm.

»Dann nehmen Sie sich doch ein paar Tage Zeit. Fahren Sie weg, an einen schönen Ort, und machen Sie sich mit dem Gedanken vertraut.«

Plötzlich hatte ich eine Idee. Ich stellte das Wasserglas ab und sah ihn an.

»Ja«, sagte ich und stand auf. »Sie haben recht.« Der Himmel aus blauem Glas erschien auf meiner Netzhaut. »Und ich weiß auch schon, wo ich hinfahren werde.«

Zu Hause packte ich Kleider, Toilettensachen, Mutters und Omas Unterlagen, Vorräte, einen Campingkocher, falls die Gasflasche im Haus mal wieder leer wäre, und sogar meinen Bikini ein. Vielleicht wäre es dort schon ein wenig warm. Ich würde mich erholen, in der ligurischen Sonne liegen, in den Himmel blicken, in die grünen Berge eintauchen und Omas Unterlagen noch einmal lesen. Und nachdenken, viel nachdenken. Über all die Lügen, über die Vergangenheit, Mutters Tod, über mich. Über das Kind? Morgen früh würde ich fahren.

Als ich mir einen Mietwagen besorgt und gepackt hatte, es war inzwischen kurz vor sechs, ging ich noch rasch zur Bäckerei gegenüber, um dort für den nächsten Tag etwas Reiseproviant zu kaufen. Ich wechselte ein paar Worte mit der Bäckereifrau, die ich von meinen vorherigen Einkäufen ein wenig kannte, und als sie erfuhr, dass ich nun eine Weile lang nicht mehr kommen würde und auf dem Weg nach Ligurien wäre, meinte sie scherzhaft, sie würde sich zu mir ins Auto setzen und mitkommen. Jemand anders könne hier mal die Semmeln verkaufen. Und es gelang mir sogar zu lächeln bei der Vorstellung der behäbigen Frau auf meinem Beifahrersitz; am liebsten hätte ich sie tatsächlich mitgenommen. Mein Gott, ich war wirklich am Ende meiner Nerven.

Irgendwann bekam ich Hunger, und während ein Süppchen aus sämtlichen Resten auf dem Herd vor sich hin brodelte, klingelte das Telefon. Mit dem Kochlöffel in der Hand nahm ich den Hörer ab.

»Sternberg.«

»Ich bin's.« Seine Stimme hätte ich unter Tausenden erkannt.

»Roman«, hauchte ich, etwas atemlos. Ich kam mir albern vor.

»Ich habe so oft versucht, dich zu erreichen.«

Ich räusperte mich, drückte den Rücken durch, atmete tief und sagte: »Ich weiß.«

»Warum hast du nie zurückgerufen?«

»Kannst du dir das nicht denken?«

»Wegen ...?«

»Deshalb auch«, fiel ich ihm barsch ins Wort.

»Und weshalb noch?«

Ich zögerte. Ich hatte keine Lust auf eine längliche Diskussion am Telefon, auf ein Frage-und-Antwort-Spiel mit einer Person, bei der ich über den Wahrheitsgehalt jeder Aussage nachgrübeln musste.

»Ich glaube nicht, dass wir dieses Gespräch fortsetzen sollten. Außerdem verreise ich morgen ganz früh. Ich muss jetzt aufhören.«

»Ich hatte gehofft, wir könnten uns sehen.« Er klang so nett, so liebevoll, dass ich zu gern wieder auf ihn hereingefallen wäre.

»Ich muss morgen früh raus. Also ...« Ich ging zurück in die

Küche und rührte in der Suppe. Ich probierte das Gemüse, und als es mir weich genug vorkam, drehte ich das Gas ab.

»Wohin geht's denn?«

»Nach Ligurien. Jetzt kannst du darüber nachdenken, ob das stimmt. Oder ob ich dich angelogen habe.« Mit einem Mal spürte ich, wie mir das Blut in die Wangen schoss, wie meine eigenen Worte mich in eine unglaubliche Wut versetzten. Mit mühsam beherrschter Stimme presste ich heraus: »Hat es je einen einzigen Satz gegeben, den du zu mir gesagt hast, der gestimmt hat?«

»Ich verstehe nicht.«

»Du hast es gelesen!«

Schweigen. Stille. Ein paar Sekunden vergingen, bis er schließlich sagte: »So hast du es also gefunden?« Seine Stimme klang matt, müde.

»Ja, ich habe es gefunden.«

»Und gelesen?«

»Was für eine wirklich *dumme* Frage!« Ich schnaubte. »Du hast mich glauben lassen, meine Oma sei an *Zwangsadoptionen* beteiligt gewesen. Du hast mich glauben lassen, sie und dein Vater hätten eine *Beziehung* gehabt. Dabei war sie ja eine andere! Und du wusstest, dass *du und ich* ... dass wir ...« Die Stimme versagte mir. In der Leitung war nur Schweigen. Nur mit Mühe gelang es mir, die Tränen zurückzuhalten. Als er nicht antwortete, sagte ich schließlich: »Warum hast du mich herumirren lassen? Warum hast du mir nicht alles gesagt, was du wusstest?« Ich holte einen Suppenteller und knallte ihn auf den Tisch. »Und ich habe mit Prohacek gesprochen. Hattest du allen Ernstes geglaubt, das würde nicht herauskommen?«

»Ich wollte ... dich schützen ... das Bild, das du von deiner Oma hattest. Du hast so liebevoll von ihr gesprochen. Was für eine wichtige Rolle sie für dich als Kind gespielt hat.«

Ich lachte höhnisch auf. »Du erzählst mir hier vielleicht was vor! Weichspülerversion im Schonwaschgang. Du und Mutter, ihr hattet eine Auseinandersetzung. Du wolltest verhindern, dass die Sache bekannt wird. Dass alle erfahren, was dein Vater für einer war. Du wolltest sie daran hindern, das Buch dem Verlag zu geben. Und du wolltest verhindern, dass ich es je erfahre.«

»Wovon sprichst du eigentlich? Herrgott noch mal, Maja! Ja, ich habe mit deiner Mutter gesprochen. Es war ein seltsames Gespräch, wie du dir vorstellen kannst. Nach all den Jahren eine Schwester ... Halbschwester zu treffen, ja! Aber wir sind nicht im Bösen auseinandergegangen.«

»Ich weiß, dass meine Mutter vorhatte, die Unterlagen an die Öffentlichkeit zu bringen.«

In, wie ich fand, gespieltem Entsetzen rief er: »Ach, Maja, deine Mutter hätte diese Wahrheit *niemals* an die Öffentlichkeit gezerrt.«

»Und wieso hat sie das Manuskript dann an einen Verlag gesandt, hä?!«

Er seufzte. »Ich weiß es nicht. Maja, ich ... davon wusste ich nichts, erst durch dich habe ich davon erfahren, bitte, Maja, du musst mir das glauben.«

Plötzlich tauchte etwas aus den Tiefen meiner Erinnerung auf. Etwas, noch unscharf, bahnte sich seinen Weg nach oben. Ja, das war es: »Kannst du dich erinnern, ob das Buch einen Epilog hatte?«

»Einen Epilog? Ja ... ja, aber ich denke, du hast es selbst gelesen.«

»Roman. Kannst du mir eine Kopie davon schicken. Von dem ganzen Dokument?«

»Aber ... ja ...« Er schien verwirrt.

»Ich gebe dir die Adresse, unter der ich die nächste Zeit zu erreichen bin. Kannst du die Kopie morgen gleich auf die Post geben?«

Einen Moment lang schien er zu zögern. Dann sagte er, und es klang beinahe wie ein Seufzen: »Du gibst ja sonst doch keine Ruhe!«

Im Blauregenhaus

Ich habe später oft darüber nachgegrübelt, was es letztlich in erster Linie gewesen war, das mich geweckt hat. Ein Geräusch, ein Geruch, ein Traum, mein Schutzengel. Oder alles zusammen. Vielleicht hatte mein Schutzengel mir mitten in meinen Traum hineingeflüstert und mich gefragt, warum es hier wie nach faulen Eiern roch. Die Antwort darauf werde ich wohl nie erhalten. Ich weiß nur, dass ich diesen scharfen Geruch in der Nase hatte und dass ich mich einen Moment lang fragte, warum mir der Kopf so schwer war. Wie in Trance schlug ich die Decke zurück, verhedderte mich fast darin, taumelte und steuerte direkt die Küche an. Und tatsächlich. Aus dem Herd strömte Gas. Mit einer unerwarteten Geistesgegenwart öffnete ich alle Fenster und Türen in der Wohnung und drehte schließlich den Haupthahn ab. Dann erst sah ich mir den Herd genauer an. Der rechte Drehknopf war leicht geöffnet. Ich versuchte mich daran zu erinnern, wann ich ihn das letzte Mal betätigt hatte. Richtig, gestern Abend war es gewesen, als Roman angerufen hatte. »Wie verpeilt kann man eigentlich sein?«, murmelte ich, während ich den Knopf auf und zu drehte. Und erst dann fiel mir ein, dass das nicht der erste Gasunfall war, der sich mit diesem Herd ereignet hatte. Die Erkenntnis traf mich mit einer Heftigkeit, die mich schwindeln machte. Ich stützte mich auf der Arbeitsfläche ab und langsam, ganz langsam, gaben meine Knie nach und ich sackte nach unten, auf den Boden. Ich weiß nicht, wie lange ich so dasaß, wie ein Kind, das auf die Mutter wartet oder auf Trost, auf irgendetwas, auf irgendjemanden, der es in den Arm nehmen würde und sagen, dass alles nur ein böser Traum gewesen ist.

Irgendwann schaffte ich es aufzustehen, meine Siebensachen zusammenzuraffen, ins Auto zu steigen und fortzufahren, so weit wie möglich fort von Wien. Von dieser Wohnung, in der ich mich nicht mehr sicher fühlte.

Der Himmel war tatsächlich wie aus blauem Glas. Von der Terrasse aus überblickte ich das ganze Tal und zwischen zwei Hügelkuppen konnte ich sogar das Meer sehen, das in einem dunkleren Blau freundlich dalag wie in einer Schale. Ich schloss die Augen, die Sonne wärmte mein Gesicht wie ein warmes Tuch und die Vögel sangen, als wäre es das letzte Mal. Es war eine Idylle.

Das Haus meiner Großmutter im Hinterland von Imperia war alt und nicht sehr groß. Es hieß, ein Schriftsteller habe darin gewohnt, vor fünfzig Jahren, und davor ein reicher Unternehmer, der sich nach dem Tod seiner Frau von allen abgewandt und nie wieder einen Schritt zurück in die Welt getan hatte. Welcher Ort wäre besser geeignet, solcher Herzenseinsamkeit Ausdruck zu verleihen!

Das ligurische Hinterland ist ein Hort der vollkommenen Stille. Wenn man die Küstenstraße bei Imperia verlässt und in Richtung Pondedassio fährt, wird die Straße bald schmaler und irgendwann hat man den Eindruck, ins Niemandsland zu fahren. Kurve um Kurve legt man zurück, und auch wenn man es noch so eilig hat, an sein Ziel zu kommen, hier gibt es keine Schnellstraße, hier ist man gezwungen, sein Tempo den Wegverhältnissen anzupassen und mit dem Sträßchen die Hügel entlangzumäandern. Wer ein Leben auf der Überholspur führt, würde sich niemals freiwillig in diesen sanften Dschungel mit den Esskastanien und Mauleselpfaden begeben – es sei denn, er ist bereit, sich zur Langsamkeit umerziehen zu lassen. Den letzten Kilometer zur *Casa dei Glicini* legt in der Tat nur zurück, wer dort- und nur dorthin gelangen möchte, denn die Schotterstraße ist in einem erbärmlichen Zustand und wird im Herbst immer mal wieder von Schlammlawinen hinweggespült. Doch wenn man die Mühsal auf sich nimmt und geduldig die fast eineinhalbstündige Fahrt von Imperia hinter sich bringt, wird man belohnt. Nach der letzten Kurve muss man unwillkürlich innehalten, so anrührend und so bewegend ist der Blick, der sich einem bietet.

Oberhalb eines großen, terrassenförmig abfallenden Gartens mit uralten Apfel- und Mispelbäumen steht die Casa, ein Schmuckstück in verwaschenem Siena, mit zwei Säulen links und rechts des Eingangs und einem Vorplatz, der mit blendend weißen Kieseln bestreut ist. Das Haus sieht aus wie eine florentinische Villa im Kleinformat, und wer im Mai kommt, wird schon am Eingang von den üppigen Blüten des Blauregens und seinem Duft empfangen. Doch erst wenn man das Haus betritt und auf die zum Tal hin gelegene Terrasse gelangt, beginnt der eigentliche Zauber zu wirken. Hunderte, nein, Tausende von Glyzinien hängen in Rispen von der Pergola herab und umranken wie ein Rahmen den Ausblick – auf das Tal, die grünen Hügel und das Meer.

Für die Glyzinien war es noch zu früh im Jahr, doch die Sonne wärmte bereits, und so tat ich am ersten Tag nichts anderes, als im Liegestuhl zu liegen, den ich nur verließ, um mir hin und wieder etwas zu essen zu holen. Langsam gewöhnte ich mich an die Veränderung meines Körpers und ich wusste, dass es ihm besser ging, wenn er regelmäßig mit Nahrung versorgt wurde. Daher hatte ich mich in Imperia mit einer für eine einzige Person unmäßigen Menge an Lebensmitteln eingedeckt.

Den folgenden Tag verbrachte ich genauso, allerdings lauschte ich nun auf jedes Fahrzeug, das sich auf der in einiger Entfernung verlaufenden Landstraße näherte, in Erwartung des Postboten, der mir eine Sendung von Roman bringen sollte. Ich hatte vergessen, ihn zu fragen, wo er sich eigentlich befand, und nun rätselte ich natürlich, wie lange ein Brief von Florida in die ligurische Provinz unterwegs wäre. Irgendwann begann ich, mir noch einmal sämtliche Unterlagen vorzunehmen, die in dem Päckchen aus dem Bankschließfach gewesen waren. Dieses Mal las ich zuerst die Zettel, die ich das letzte Mal ignoriert hatte, weil ich nicht sofort aus ihnen schlau geworden war. Was hatten all die Zahlenkolonnen zu bedeuten? Und hinter den Zahlenkolonnen, am rechten Rand, hatte jemand Namen notiert, handschriftlich. Ich betrachtete die Namen genauer und war mir nun sicher, dass diese Notizen von Mutter stammten. Schwer lesbar und – euphemistisch gesagt – sehr individuell. Die Namen waren nur mit Mühe zu entziffern. Wenn mich nicht alles täuschte, so handelte es sich bei den Zahlen um Kontonummern und Bankleitzahlen. Vom linken Konto (das immer dasselbe war) flossen Zahlungen auf die rechten Konten samt Bankleitzahl. In der mittleren Spalte mussten die dazugehörigen Summen notiert sein, auch wenn keine Währung dahinterstand. Bei den Beträgen, die sich zwischen 500 und 1000 Euro bewegten, schien es sich um monatliche Überweisungen zu handeln. Aber ich verstand nicht, welchem Zweck sie dienen sollten. Was hatte das zu bedeuten? Hatte es überhaupt etwas zu bedeuten? Vielleicht war dieses Blatt einfach zwischen die anderen geraten? Mutters Kontonummer stimmte jedenfalls mit keiner dieser Nummern überein. Am besten wäre wohl, ich würde Frau Glöckler, Mutters Steuerberaterin, kontaktieren. Vielleicht konnte sie mir etwas dazu sagen.

Ich erfragte die Wiener Nummer über die internationale Telefonauskunft und legte wenig später das Blatt ins Faxgerät. Frau Glöckler würde das für mich überprüfen und sich dann wieder melden.

Ich lehnte mich zurück in meinem Liegestuhl, legte beide Hände auf meinen Bauch, ließ den Blick über die pelzigen Hügel schweifen, auf denen bereits der zartgrüne Schleier des Frühlings lag, bis hin zu der Stelle, wo das Meer zwischen den beiden Hügelkuppen zu sehen war. Ich würde ein Kind bekommen. Wenn ich es zuließ. Ich versuchte mir vorzustellen, wie mein Bauch wachsen würde, wie ich immer behäbiger und unförmiger aussehen würde. Und wie – eines Tages – plötzlich ein neuer Mensch da wäre. Mein neuer Mensch, der zu mir gehörte. Ich schluckte. Oma, dachte ich plötzlich. Was hat sie durchgemacht. Ein Kind zu verlieren. Dieses tote Kind im Arm zu halten. Ich schlug die Hände vors Gesicht. »Zu schrecklich, zu schrecklich«, hörte ich mich plötzlich selbst flüstern und spürte die Tränen unter meinen Handflächen.

Am nächsten Morgen hatte ich urplötzlich das Bedürfnis, Menschen zu sehen. Ich setzte mich ins Auto und fuhr, an einem Biscotto knabbernd, die eineinhalb Stunden nach Imperia. Ich ging in eine Bar, frühstückte im Sonnenschein und mit Blick aufs Meer, sah mir die roten und gelben Fassaden der Häuser an und machte mich dann auf, um Geld auszugeben. Ich, die ich die meiste Zeit in gedeckten Farben herumlief, kaufte ein weißes und ein rosafarbenes Leinenkleid mit hauchdünnen Trägern, weiße Tops und T-Shirts, eine weiße Hose, ebenfalls aus Leinen und mit einem verstellbaren Gummizug in der Taille, zwei Paar Riemchensandalen mit flachen Absätzen, ein Missoni-Tuch in allen erdenklichen Rottönen, das sich leuchtend vom Blütenweiß der anderen Kleider abhob, eine riesige Joan-Collins-Sonnenbrille und zwei breite Ledergürtel in Braun und Schwarz. Ich fühlte mich in Premierenstimmung. Es war das erste Mal, dass mir mein neu erworbener Wohlstand so recht bewusst geworden war. Die Gewissensbisse, die im Hintergrund leise mitschwangen, ignorierte ich. Als ich gegen Mittag ein Restaurant ansteuerte, hatte ich so viel Geld für Klamotten ausgegeben wie sonst im ganzen Jahr nicht. Alles war so geschnitten, dass ich die ersten Monate der Schwangerschaft bequem würde hineinwachsen können.

Ich bestellte einen Crodino, ein Antipasto misto und Fisch, eine große Flasche Mineralwasser, kämpfte kurz mit mir und meinem inneren Schweinehund, der nach einem kalten Weißwein lechzte, blieb dann aber standhaft. Ich schloss die Augen, die Sonne lag warm auf meinem Gesicht und leuchtend orange hinter meinen Augäpfeln und auf einmal, völlig unverhofft, spürte ich, wie mich eine Welle des Glücks überflutete. Tränen traten mir in die Augen und ich blinzelte heftig und setzte rasch die neue Sonnenbrille auf. Ich würde ein ganz neues Leben beginnen, an einem anderen Ort, vielleicht sogar hier. Ich würde mir neue Showrooms einrichten und neue Freunde finden. Und dann käme das Kind. Und ich wäre zu zweit. Als ich gerade dabei war, meine Tüten noch einmal zu sichten, kam der Anruf.

»Ja?«

»Glöckler hier.«

»Ach, hallo, Sie haben doch wohl nicht schon etwas herausgefunden?«

Sie lachte. »Nun, ich hatte etwas Zeit und habe sie genutzt, mehr aus persönlicher denn aus beruflicher Neugierde. Passen Sie auf. Die Nummer auf der linken Seite gehört zu einem Fonds, den ihre Mutter eingerichtet hat.«

»Ein ... Fonds? Was denn für ein Fonds?«

»Das konnte ich nicht herausfinden. Nur dass er für wohltätige Zwecke eingerichtet wurde. Bei einer Schweizer Bank. Ihre Mutter hatte da wohl ... nun, wie soll ich sagen ... noch etwas Geld.«

»Oh.«

»Na ja, auf jeden Fall flossen Überweisungen von diesem Fonds auf verschiedene Konten, auffällig oft auf eines hier in Österreich ...«

»Wozu denn das?«

»Wie gesagt, ich habe keine Ahnung. Es sieht so aus, als hätten nur zwei Personen Zugriff auf diesen Fonds. Ihre Mutter selbst und ... Moment ... ach ja, hier steht's ... ein gewisser Oskar Prohacek. Ich habe dann diesen Herrn Prohacek angerufen und ihn gebeten, mir – in Ihrem Namen und für Sie als Erbin – Auskunft zu erteilen. Er war auch sehr hilfsbereit, das muss man sagen. Allerdings zeigte er sich ein wenig erstaunt, dass Sie nichts von dem Fonds gewusst haben. Er meinte, das hätte doch bei der Testamentseröffnung zur Sprache kommen müssen.«

Der Kellner kam, stellte Crodino und Wasser und auch das Antipasto vor mich hin, ich nickte ihm kurz zu und wandte mich dann wieder dem Telefon zu.

»Haben Sie denn unter dem Nachlass Ihrer Mutter gar nichts gefunden, das einen Hinweis auf Sinn und Zweck dieses Fonds gibt?«, wollte die Steuerberaterin wissen.

»Seltsamerweise nein. Das Einzige, was ich besitze, ist diese Liste.«

»Das ist in der Tat bemerkenswert. Normalerweise muss es da doch Formulare geben, Briefe, Kontostandsmitteilungen, was halt so an Korrespondenz bei der Verwaltung eines Kontos anfällt.«

»Wie gesagt: Alles, was ich habe, ist diese Liste, die ich Ihnen gefaxt habe. Ich werde aber noch mal nachsehen.«

»Wenn's noch was gibt, was ich tun kann, melden Sie sich einfach.«

»Das werd ich. Und erst mal vielen Dank!«

»Gerne. Und einen schönen Urlaub noch. Ich beneide Sie.«

»Sie werden's nicht glauben, aber im Moment beneide ich mich selbst!«, sagte ich und legte das Handy beiseite.

Es war früher Nachmittag und die Sonne wärmte für die Jahreszeit schon ziemlich stark. Bevor ich zurück in meine Hügeleinsamkeit fuhr, beschloss ich, noch Obst, Malzjoghurt (eine bestimmte Sorte, den ich von früher her in bester Erinnerung hatte und den es nur in Italien gab), Gemüse und frischen Fisch und auch etwas Brot einzukaufen. Vielleicht auch Milch, sollte man als Schwangere nicht Milch trinken? Der kleine Laden, bei dem ich vor Jahren hier immer eingekauft hatte, war verschwunden. Während ich meinen Einkaufswagen durch die Gänge des *Coop* schob, rätselte ich ununterbrochen über den Fonds, den Mutter, wozu auch immer, eingerichtet hatte und zu dem außer ihr auch noch Prohacek Zugang hatte. Einige der Namen, die hinter den Zahlen standen, waren mit gelbem Leuchtstift markiert. Die Namen kamen mir auf eine vage, sehr entfernte Art bekannt vor. Das glaubte ich zumindest, doch gleichzeitig wusste ich, dass ich mich in solchen Dingen schon öfter getäuscht hatte.

Wieder im Wagen bog ich schließlich auf die Nebenstrecke in Richtung Borgomaro ab. Flüchtig dachte ich daran, dass das Päckchen von Roman vielleicht schon zu Hause auf mich wartete. Der Verkehr wurde dünner, die Fahrbahn schmaler und ich lenkte den Wagen langsam in die unzähligen Kurven, die sich bis zur *Casa dei Glicini* hinzogen. Ich liebte diese Landschaft, ich liebte die Verlorenheit der Hügel ringsumher, die Einsamkeit, das dichte hellgrüne Kleid, das sie angelegt hatten wie einen Mantel. Im Sommer, dem heißen und endlosen ligurischen Sommer, boten sie Schutz vor der Sonne, und wenn man sich ein wenig auskannte auf den Pfaden, für deren Erhaltung niemand etwas zu tun schien, konnte man die bezauberndsten Wanderungen unternehmen und hier und da sogar einmal ein Wildschwein zu Gesicht bekommen.

Ich kam nach San Sebastiano und freute mich an den bunten Häusern, die rosarot und gelb, in der Nachmittagssonne leuchteten. Ich liebte die Farben Liguriens, mit seinem Himmel aus blauem Glas und dem Meer, das immer wieder einen anderen Ton auf der Palette wählte. Und während ich meinen Blick schweifen ließ, musste ich an Großmutter denken. Auch sie hatte diesen Landstrich sehr geliebt, hatte das Gesicht dieser Region in ihren Briefen immer wieder innig beschrieben und nie einen Zweifel daran gelassen, was es für sie bedeutete, hier sein zu können. Einen magischen Ort hatte sie die *Casa dei Glicini* genannt. *Einen Ort, an dem mein Leben neu begonnen hat.* Auch das hatte sie einmal gesagt, genau so, jetzt erinnerte ich mich deutlich. Und plötzlich wusste ich, woher die Namen auf der Liste stammten.

Er hatte alles detailliert aufgeschrieben und kommentiert, all diese Scheußlichkeiten in eine nüchterne und klinische Sprache gefasst. Unter dem Deckmantel der Wissenschaft hatte er die langsamen, qualvollen Tode mitangesehen, jede noch so schwache Reaktion beobachtet, seinen kalten und hellwachen Blick auf seine Opfer gerichtet und gewartet. Er war keiner von denen gewesen, die alles tun, um Leben zu retten. Er hatte nicht versucht, ihnen Essen und Trinken einzuflößen, hatte ihnen keine beruhigenden Worte zugeflüstert. Er hatte seinen ärztlichen Eid gebrochen, ohne sich dessen je bewusst geworden zu sein. Dieser Mann, der mein Großvater war. Der Vater meiner Mutter, ihr Erzeuger. War er vielleicht verrückt gewesen? War etwas in ihm defekt gewesen – ein kleiner Bereich im Gehirn, in dem das Empfinden für Gut und Böse gesteuert wird, die Moral, der Teil, der dafür zuständig ist, dass wir Mitleid empfinden und helfen wollen? Oder war er einfach nur böse? Ist es das, das Böse, für das es viele und zugleich keine endgültige Erklärung gibt?

Ich hatte mich auf dieser Reise nicht damit belasten wollen, hatte nach Möglichkeit gar nicht daran denken wollen. Die Beschäftigung damit erschien mir müßig und sinnlos, denn das Nachdenken ändert nichts an dem, was geschehen ist. Doch die Namen hatten in mir gearbeitet und sich von selbst einen Weg an die Oberfläche gebahnt. All die Namen, die hinter den Geldbeträgen auf Mutters Liste standen, waren Namen von Menschen, die dem unmenschlichen Experimentierwahn meines Großvaters zum Opfer gefallen waren. Mutter hatte einen Fonds für die Hinterbliebenen eingerichtet, anscheinend unter der Mithilfe von Prohacek. Und jetzt war mir auch klar, welche Personen Mutter mithilfe des Frankfurter Rechtsanwalts ausfindig machen wollte: Es waren die Namen auf den Versuchsberichten gewesen. Und natürlich hatte sie Dr. Reuther nicht erklären können – oder wollen –, woher diese Namen stammten.

Schon als ich um die Kurve bog, sah ich auf der Schwelle vor der Haustür ein Päckchen liegen. Hastig kletterte ich aus dem Wagen und hob es auf. Es war von Roman, abgestempelt in Wien. Vor Überraschung wäre mir das Ding fast wieder aus der Hand geglitten. Er war bei unserem Telefonat in Wien gewesen! Und jetzt erinnerte ich mich. *Ich hatte gehofft, wir könnten uns sehen.* Waren das nicht seine Worte gewesen? Also war er schon zu diesem Zeitpunkt in Wien gewesen. Ich schloss die Haustür auf und riss noch im Gehen das Packpapier auf. Es war eine Kopie des kompletten Manuskripts. Mit fliegenden Fingern blätterte ich bis zu der Stelle, an der das schwarze Buch endete. Tatsächlich. Es waren schätzungsweise dreißig, vielleicht auch vierzig Seiten, die herausgerissen worden waren und die ich nun als Kopie in Händen hielt. Und wie es aussah, gab es da noch ein Kapitel – neben dem Epilog –, das ebenfalls gefehlt hatte. Mit klopfendem Herzen trat ich auf die Terrasse, stellte mich an die Brüstung. Der Nachmittag ging in den Abend über und doch war es noch mild, richtig frühlingshaft. Ich blickte über das Tal, sah die Schatten länger werden und das Blau noch eine Spur blauer. Ich dachte an das, was ich gleich lesen würde, was ich gleich erfahren würde. Ich dachte an Wolf. An das Kind, das ich erwartete. Ich sollte ihn anrufen, ihm alles sagen. War ich ihm das nicht schuldig, nach all den Jahren? Ich wollte spüren, wie es sich anfühlte, seine Stimme zu hören. Doch dann fiel mir Roman wieder ein, das ganze Chaos, in dem ich steckte. Ich atmete tief ein und wieder aus. Die Schönheit der Hügel um mich, dieser laue Frühlingsabend, die Verheißung, die darin lag – all das schien mir auf einmal beinahe wehzutun.

Es war im März 1950, als ich Sartorius wiedersah. An der Rezeption eines Hotels in Sankt Peter-Ording. Ich hatte inzwischen geheiratet, Gustav Benthin, einen guten und lieben Mann, der uns, Lilli und mir, ein Leben in Sicherheit ermöglichte.

Es hatte mich ans andere Ende von Deutschland gezogen, an den Bodensee, ich wollte so weit wie möglich weg von Bremen. Im Herbst 1946 waren Lilli und ich in Lindau in einem Gartenhäuschen untergekommen, das so winzig war, das darin nur ein Bett, ein Tisch, ein Stuhl und ein Kanonenofen Platz hatten. Und dennoch war ich nach fast eineinhalb Jahren in einem Durchgangszimmer überglücklich, dass wir nun ein Reich ganz für uns hatten. Jeden Morgen, noch vor Anbruch der Dämmerung, weckte ich Lilli, packte sie warm ein, in mehrere Schichten, und machte meine übliche Runde um die Insel, um Treibholz für unseren Bullerofen zu sammeln.

Gustav Benthin gehörte zu den Verrückten, die das ganze Jahr über im See badeten. Und so sah ich ihn bald jeden Morgen, wie er eine flechtenüberzogene Steintreppe von einem der Häuser herunterkam, den Bademantel auszog und auf die Treppe legte und in den See ging. Wir grüßten uns jedes Mal höflich, wechselten ein paar Worte und Ende November fragte ich ihn das erste Mal, ob es jetzt nicht bald genug sei, die Sommerfrische sei ja nun wirklich zu Ende. Da lachte er und sagte, er gehe das ganze Jahr ins Wasser und deshalb sei er auch nie krank. Es dauerte bis kurz vor Weihnachten, bis er mir anbot, mich vom Holz auf seinem Grundstück zu bedienen. So lernten wir uns kennen und ein Jahr später heirateten wir. In der Zeit vor ihrem sechsten Geburtstag kränkelte Lilli häufig, auch war sie blass und schmal und appetitlos. Der Arzt verordnete uns eine Seekur und schickte uns nach Sankt Peter-Ording an die Nordsee.

Es war ein regnerischer Tag im März, der Wind peitschte durch die Straßen und ich stand in der Hotelhalle und wartete auf Lilli, die ihren Regenmantel im Zimmer vergessen hatte. Als wäre es gestern geschehen, sehe ich noch die Drehtür des Hotels, den Eingangstresen aus rötlichem Holz, auf dem eine große Messingglocke stand. Und als wäre es gestern gewesen, spüre ich noch seinen Blick auf mir, von der anderen Seite der Halle her. Natürlich wusste er sofort, dass auch ich ihn erkannt hatte, und kam langsam auf mich zu. Und da standen wir einander gegenüber und starrten uns an wie Geister aus einem bösen Traum. In seinem Gesicht zuckte es, doch seine Augen waren unbeweglich auf mich gerichtet.

»So bist du's tatsächlich«, sagte er schließlich fast tonlos.

Ich konnte gar nichts sagen, starrte ihn nur an. Ich wollte fortgehen, fortrennen, Lilli entgegen, sie verstecken, doch meine Beine fühlten sich auf einmal so schwer an. Es war wie ein Bann. Ich konnte ihn nur ansehen.

»Ich habe lange auf diesen Moment gewartet«, sagte er schließlich. Und dann fragte er, ohne mich aus den Augen zu lassen: »Wo ist mein Kind?«

Ich antwortete nicht, Leute gingen an uns vorüber, eine Frau lachte und auf einmal erschien Lilli, den dunkelblauen Regenmantel über dem Arm. Sie fasste mich an der Hand, richtete ihre blauen Augen – seine Augen – auf mich, blickte von mir zu ihm und sagte dann artig: »Grüß Gott.« Da verzog sich sein Mund zu einem Lächeln, zu einem breiten, belustigten Lächeln, als habe Lilli einen besonders gelungenen Scherz gemacht, und er streckte die Hand aus und lachte und sagte ebenfalls: »Grüß Gott«, und fügte dann, mit einem kaum wahrnehmbaren Zögern hinzu: »Kleine Lilli.«

Lilli erwiderte sein Lächeln, verhalten zunächst und dann offener. Ich blickte von ihr zu ihm. Hier standen sie sich gegenüber, Vater und Tochter, und die eine wusste nicht, wer der andere war. Und dann kam plötzlich wieder Leben in mich und ohne ein weiteres Wort fasste ich Lilli fest bei der Hand und zog sie fort, hinter mir her zur Treppe und rannte mit ihr aufs Zimmer. In Windeseile packte ich unsere Koffer, schmiss und stopfte alles wahllos hinein, bis es auf einmal an der Tür klopfte. Mit einer Bluse in der Hand hielt ich inne. Lilli, die mich schweigend und verunsichert beobachtete, regte sich nicht und ich legte den Zeigefinger auf die Lippen.

So standen wir, mucksmäuschenstill, und lauschten. Auf das Klopfen an der Tür, auf das gedämpfte Staubsaugergeräusch aus dem Nebenzimmer. Auf den Schlüssel, der sich leise im Schloss drehte. Ungläubig und entsetzt sahen wir, wie die Tür aufschwang. Und blickten in die nicht minder erstaunten Augen des Zimmermädchens.

Als wir in die Hotelhalle kamen, war er verschwunden. Ich näherte mich der Rezeption, wobei ich ständig nach links und rechts sah und versuchte, gleichzeitig die Drehtür und den Fahrstuhl im Auge zu behalten. Ich erklärte dem Portier, dass wir abreisen würden, und verlangte die Rechnung. Als ich ihm den Schlüssel auf den Tresen legte und ihm meinen Namen nannte, griff er in das Fach hinter sich und reichte mir einen kleinen weißen Umschlag mit dem Wappen des Hotels. Im ersten Moment dachte ich, es handle sich um die Rechnung, und war etwas erstaunt, dass sie schon bereitlag. Doch als ich den Umschlag öffnete, war darin ein kleiner Notizzettel von der Sorte, wie sie im Hotel auslag. Ich fragte, wer die Nachricht abgegeben habe, und erst, als der Portier bedauernd den Kopf schüttelte, las ich: *Ich werde dich überall finden. Und mir holen, was mein ist.*

Ich weiß noch, dass es der erste richtig warme Tag in jenem Jahr war und dass Lilli unbedingt Kniestrümpfe anziehen wollte und dass sie durch das Hin und Her so spät dran war, dass sie rennen musste, um nicht zu spät in den Kindergarten zu kommen.

Gustav war wie üblich bereits um halb sieben zu seiner Fabrik aufgebrochen und so war ich gerade dabei, Betten zu machen, als es an der Haustür klingelte. Ich lief die Treppe hinunter, in der

Überzeugung, gleich Lilli gegenüberzustehen, die etwas vergessen hatte. Doch als ich die Tür öffnete, stand er dort, Sartorius. Ich wich einen Schritt zurück und wollte die Tür wieder zudrücken, als unsere Nachbarin, Frau Hild, aus ihrem Haus trat und grüßte.

»Was für ein Tag heute!«, rief sie und warf Sartorius einen neugierigen Blick zu. Und um kein Aufsehen zu erregen, winkte ich zurück und rief: »Ja, wirklich herrlich!«, und sah dann von ihr wieder zu Sartorius, der mich nicht aus den Augen ließ.

»Möchtest du mich nicht hereinbitten, Charlotte? Oder soll ich dich Emmi nennen?«

So hatte er es also tatsächlich herausgefunden, nach all den Jahren, und stand vor meiner Tür, es war Wirklichkeit. Einen Augenblick lang war mir, als bliebe mein Gehirn an dieser Stelle stehen, als repetiere es unentwegt diesen einen Gedanken, wie eine defekte Schallplatte. Ich rührte mich nicht vom Fleck, konnte mich nicht rühren. Ich sah ihn beide Arme ausbreiten, in einer leichten, ja heiteren Geste. »Ich werde doch noch mit ...«, er legte eine Pause ein und lächelte, »mit der Mutter meines Kindes sprechen dürfen?«

Frau Hild tauchte wieder auf und ich sah aus dem Augenwinkel, wie sie zu uns herüberspähte. Ich trat zur Seite, er ging an mir vorbei in die Diele und ich schloss die Tür hinter ihm. Einen Augenblick lang standen wir uns so gegenüber, Lillis Vater, der Mann, der Hanna und auch mein Paulchen auf dem Gewissen hatte. Und wer weiß wie viele Menschenleben sonst noch. Durch das Fenster fielen Rauten von Licht auf den Steinboden, Staubpartikel tanzten in den Sonnenflecken und das Ganze erschien mir unwirklicher denn je.

Er hatte sich nur wenig verändert in den Jahren, seit ich ihn zuletzt gesehen hatte, an jenem Nachmittag in Hohehorst. Sein Gesicht war noch immer nahezu faltenlos, sein Haar voll und blond und seine Augen waren noch genauso klar und kalt und durchdringend. Wie war es möglich, dachte ich, als er so vor mir stand, dass das Hässliche, Böse eine derart makellos schöne Maske hatte finden können?

»Ich werde zur Polizei gehen, wenn Sie mich nicht in Ruhe lassen.«

Er antwortete nicht gleich, betrachtete mich beinahe belustigt, zog die Augenbrauen hoch: »Oh? Dann muss ich mich also fürchten?«

»Sie haben Hanna getötet.«

Er lächelte.

Ein Moped fuhr knatternd vorüber, Kinder redeten auf dem Weg zur Schule auf dem Bürgersteig vor dem Haus. Dann war es wieder still, so still, dass ich ihn atmen hörte. In die Stille hinein sagte ich: »Ich weiß es.«

»Hanna ist, soweit ich weiß, an Typhus gestorben.«

»Sie haben Sie mit Typhusbakterien infiziert.«

Er starrte mich an, auf seinem Gesicht war keine Regung zu erkennen. Wir maßen uns stumm und schließlich sagte er: »Du hast die Unterlagen also.«

»Ja. Ich habe sie. Und ich bin sicher, dass die Polizei sich sehr dafür interessieren wird.«

Wieder lächelte er, als habe ich einen besonders gelungenen Scherz gemacht. Ohne den Blick von mir zu nehmen, griff er in sein Jackett und holte mehrere Papiere heraus. Er faltete sie auseinander und hielt sie mir vors Gesicht, ganz dicht: eine graue Karteikarte des Lebensborn, *Charlotte Hanna Sternberg* stand darauf. Und daneben am Rand war mit kleinen Lochnieten ein gestempeltes Passbild befestigt.

»Vielleicht würde die Polizei dann auch interessieren, wie Charlotte Hanna Sternberg wirklich ausgesehen hat. Und dass du mein Kind entführt hast und untergetaucht bist. Ich gehe mal davon aus, dass du dein süßes Geheimnis mit niemandem geteilt hast, nicht wahr, Emmilein? Oder weiß der Göttergatte, was für ein Kuckucksei er sich da ins Nest geholt hat?«

Ich schluckte. Auf einmal war mir ganz kalt. Seine Stimme schien wie aus weiter Ferne zu kommen und ich konnte meine Augen nicht von ihm wenden, während er weitersprach: »Und das süße Kind, was für ein Schock und was für eine Enttäuschung, wenn es erfährt, dass du gar nicht seine Mutter bist. Dass du noch nicht einmal die Frau bist, deren Namen du trägst. Und dann der Skandal!«

Wieder machte er eine Pause, rollte betont dramatisch mit den Augen und senkte die Stimme: »Ich habe Erkundigungen eingezogen über deinen Mann. Ein erfolgreicher Unternehmer, an verschiedenen Wohltätigkeitsorganisationen beteiligt. Und dann die Schlagzeile: *Unternehmerfrau entführt Kind und behält es als eigenes!*«

Er ging zur Wohnzimmertür und sah sich um, nickte nachdenklich.

»Aber das Schlimmste ist doch etwas ganz anderes, nicht wahr? Das Schlimmste sind natürlich die Behörden. Und dass sie unter diesen Umständen das Kind nicht bei einer solchen Frau belassen können. Bei einer Kriminellen! Und dann werden sie kommen, zwei Beamte, vielleicht in Begleitung der Polizei. Sie werden an dieser Tür klingeln und dann ...«

Er ging langsam ins Wohnzimmer, machte auf dem Absatz kehrt und kam dann auf mich zu, bis er ganz nah vor mir stand. Seine Stimme war jetzt nur noch ein Flüstern: »Dann werden sie sie holen kommen. Und es wird fast wie damals sein. Nur dass wir es heute mit einem sogenannten Rechtsstaat zu tun haben.« Er spuckte das Wort beinahe aus und senkte sein Gesicht auf meines herab, bis seine Lippen fast die meinen berührten.

»Ich will die Unterlagen«, flüsterte er.

In diesem Moment fasste ich einen Entschluss.

»Ich habe sie nicht hier«, stammelte ich. »Ich ... habe sie versteckt. In unserem Ferienhaus in Ligurien. In zwei Wochen werden wir dort sein ... Gustav nimmt an einer Tagung in San Remo teil und ich ... ich werde dort sein, in dem Haus ... eine Woche lang allein. Sie können die Unterlagen abholen ... Oder ich kann Sie Ihnen schicken.«

Er rückte ab von mir.

»Wenn du Spielchen mit mir treibst ...«

»Ich werde Ihnen die Unterlagen geben, alle, aber bitte lassen Sie mir Lilli.«

Ich ging zu meinem Schreibtisch, kritzelte die Adresse der *Casa dei Glicini* auf ein Blatt und malte eine grobe Wegskizze darunter. Ich schrieb das Datum dazu: den ersten Tag, an dem Gustav auf der Tagung wäre. Ich reichte ihm das Blatt, er griff danach, warf einen Blick darauf und sagte: »Bis bald.« Ich nickte und sah ihm hinterher, wie er zur Tür ging, sie öffnete, mir einen letzten, warnenden Blick zuwarf und verschwand.

Ich setzte mich auf einen Stuhl im Wohnzimmer und sah zum Fenster hinaus. Die Stunden vergingen, und als Lilli vom Kindergarten kam, außer Atem und lachend, mit geröteten Wangen und Zöpfen, aus denen sich ein paar Strähnen gelöst hatten, hatte sie eine Freundin bei sich. Ich hatte vergessen, dass Liselotte heute mitkommen wollte. Ich schickte die beiden in Lillis Zimmer und begann, das Mittagessen zu kochen, setzte Kartoffeln auf, putzte Spinat, deckte den Tisch wie ein Automat, stellte die Teller darauf, legte das Besteck dazu, mechanisch, und die ganze Zeit dachte ich an Sartorius. Er hatte mich gefunden, nach all den Jahren, ich konnte ihm nicht entkommen, er hatte mich in der Hand. Ich saß in der Falle. Der einzige Vorsprung, den ich ihm gegenüber hatte, war die Tatsache, dass er mich für schwach und naiv hielt. Er ahnte nicht, dass ich bereit war, alles zu tun, um mein Kind und mich vor ihm zu schützen, alles. Und dass ich Lilli behalten würde. Um jeden Preis.

Zwei Wochen später brachen Gustav und ich noch vor dem Morgengrauen auf. Lilli hatten wir am Abend zuvor zu Gustavs Mutter gebracht, sie würde die Zeit bis zu unserer Rückkehr bei ihr verbringen. Wir fuhren den ganzen Tag, ich verabschiedete mich von Gustav vor dem Grand Hotel in San Remo, fuhr dann zurück in Richtung Imperia und folgte von dort aus der schmalen, sich windenden Straße nach Ginestro. Als ich spätabends endlich die *Casa dei Glicini* erreichte, war ich wie gerädert. Das Haus roch dumpf und muffig und es herrschte eine Eiseskälte, die in den Mauern saß und sich auch durch das Kaminfeuer nicht vertreiben ließ.

Den Tag zuvor hatte ich fast ausschließlich in der Küche zugebracht. Ich hatte gebraten und gebacken, die Ergebnisse meiner Bemühungen und schließlich auch noch einige erlesene Flaschen Wein aus Gustavs Weinkeller in meinem Fresskorb verstaut. Wenn mein Plan gelingen sollte, musste alles bis ins kleinste Detail vorbereitet sein. Im besten Fall müsste ich mich noch nicht einmal von ihm berühren lassen. Denn davor graute mir am meisten.

In dieser Nacht schlief ich so gut wie gar nicht. Immer wieder ging ich im Geiste den vor mir liegenden Abend durch, vom Moment seines Eintreffens bis zum Ende. Gegen Morgen fiel ich in einen unruhigen Schlaf, der zerquält war von Albträumen, in einer immer wiederkehrenden Abfolge derselben Szenen.

Als ich zu frieren begann, stand ich auf und beschloss, mir erst einmal etwas zu essen zu machen. Eine heiße Minestrone würde mich von innen her wärmen. Ich fing an, das Gemüse zu waschen. Ich musste etwas mit den Händen tun, einfache mechanische Tätigkeiten wie Gemüse putzen und schneiden, in einem Topf rühren und den Tisch decken täten mir jetzt gut. Also hatte sie ihn noch einmal wiedergesehen. Wie in Trance stand ich vor dem Herd und drückte den Zünder. Mit einem kleinen Plopp schossen die Flammen in die Höhe. Und war er gekommen, in die *Casa dei Glicini*, im Frühjahr 1950? Gerade als ich die gehackten Zwiebeln in das zischende Öl gab, hörte ich durch die geschlossene Küchentür das Telefon im Wohnzimmer klingeln. Dass jemand mich hier vermutete, erstaunte mich. Rasch zog ich den Topf vom Feuer, wischte die Hände an der Schürze ab und lief ins Wohnzimmer.

»*Casa dei Glicini*«, antwortete ich und wartete.

Am anderen Ende der Leitung blieb es still.

»Pronto! *Casa dei Glicini*. Chi parla?«

Im Raum war es kalt, der Frühling hatte noch nicht genug Kraft, um das Haus zu wärmen, und der Terrazzoboden sorgte noch zusätzlich für Kühle.

»Hallo?«, rief ich nun, doch es antwortete mir nur das Schweigen der Nacht.

Während ich die Minestrone noch einmal umrührte, redete ich mir ein, dass jemand sich verwählt hatte und zu feige oder zu träge gewesen war, um sich zu entschuldigen. Doch ich konnte nicht umhin, darüber nachzudenken, wie entlegen dieser

Ort war. Ich war früher öfter hierhergekommen, gerade um mich in diese Einsamkeit zurückzuziehen und niemanden und nichts zu hören als die Stimmchen der kleinen Vögel und das Rascheln der Blätter im Wind. Doch das war gewesen, *bevor* dies alles passiert war. Ich heizte den Kamin im Wohnzimmer an und schon bald prasselte und knackte ein munteres Feuer, das die düsteren Gedanken einigermaßen vertrieb. Dann zog ich mir einen Winterpullover über, streifte dicke, graue, kratzige Wollsocken über die Füße und machte es mir im Sessel gemütlich, legte meine Füße auf einen gepolsterten Schemel und balancierte den Teller auf dem Schoß. Ich nahm ein paar Bissen, doch der Anflug von Appetit, den ich noch vor einer Stunde verspürt hatte, war mir vergangen und ich schlürfte mechanisch, Löffel für Löffel, gegen die aufkommende Übelkeit an. Ich fühlte mich auf einmal merkwürdig isoliert, und während ich dort so saß, lauschte ich auf jedes Geräusch, das über das Knacken des Feuers hinausging.

Bald führte ich halblaute Selbstgespräche, in denen ich mich selbst einen Feigling, ein Hasenherz nannte, doch mein Unwohlsein ließ sich auch durch die barschesten Selbstbezichtigungen nicht vertreiben. Ich zwang mich, den Teller leer zu essen, und am Ende war mir wenigstens nicht mehr kalt. Doch nun fühlte ich die Schwärze der Nacht um mich fast körperlich. Vor den Fenstertüren stand die Dunkelheit und sah zu mir herein. Auf einmal wünschte ich mir, mich ins Auto zu setzen und davonzufahren. Dorthin, wo Menschen waren, viele Menschen. Mir ein Hotelzimmer zu nehmen, an einem sicheren Ort, um dort das Ende des Manuskripts zu lesen. In einer Umgebung, in der ich das Gefühl hätte, nicht der einzige Mensch auf der Welt zu sein. Ich stand auf, dimmte das Licht, stellte mich an eines der Fenster und sah eine Weile hinaus. Allmählich trennten sich die schwarzen Hügel im Hintergrund von dem dunkelgrauen Horizont. Ich ließ meinen Blick über das Tal gleiten. Es war kein einziges Licht zu sehen.

Doch. Ganz in der Ferne sah ich zwei zuckende Lichter, wahrscheinlich die Scheinwerfer eines Wagens, der durch die Nacht mäanderte, nach rechts, nach links, sich durch die Einsamkeit an den Hügeln entlangtastete. Der Anblick war aus irgendeinem Grund tröstlich und ich fühlte mich gleich ein bisschen weniger allein. Ich beobachtete den Wagen, der langsam näher kam, sich dann hinter einem Hügelvorsprung verlor, sodass ich zwar noch ein gedämpftes Motorengeräusch vernahm, ihn aber nicht mehr sehen konnte. Einen Augenblick lang bildete ich mir ein, der Fahrer habe die Abzweigung zur *Casa dei Glicini* eingeschlagen, doch als ich ein Fenster öffnete, um zu lauschen, war alles still und die Nacht hüllte mich ein. Ich zuckte bewusst burschikos mit den Schultern und begann die Küche aufzuräumen, scheppernd, laut und lärmend, begleitet vom unruhigen Gejippel eines italienischen Radiosenders. Ich zwang mich, an etwas anderes zu denken als an die verstörenden Aufzeichnungen meiner Großmutter. Und noch viel weniger wollte ich daran denken, dass es gut zehn Minuten zu Fuß bis zum nächsten Nachbarn waren, der – wenn sich nichts geändert hatte – sowieso nur im August dort lebte. Um mich her war ein Meer aus Wald und jeder Ruf würde sich in der Stille der Nacht verlieren, ungehört.

Ich lenkte meine Gedanken auf die Zeit, die ich hier in den Schulferien verbracht hatte, mit Charlotte, nur sie und ich. Unsere Streifzüge durch die Wälder, unsere Abendspaziergänge zu dem kleinen Kirchlein oberhalb, dessen Türen nun für immer verschlossen waren und in dem kein Gottesdienst mehr abgehalten wurde. Der Platz vor der Kirche war von Platanen bestanden, ein Mäuerchen umgab das Gelände, auf das wir uns im späten Sonnenschein setzten und zusahen, wie die Schatten länger wurden, um schließlich ganz mit dem Abend zu verschmelzen. Und irgendwann begann die Glocke eines anderen Kirchturms zu schlagen und läutete durch die Stille und Oma wurde nie müde zu sagen: Was ist das doch für ein gesegneter Ort. Und dann lächelte sie ihr trauriges Lächeln und erhob sich und wir gingen zurück zum Haus, vorbei an verwilderten Obstgärten mit Feigen und Mispelbäumen, und lauschten auf das Rascheln der kleinen Tiere im Gras und auf die Rufe der Fledermäuse, die langsam erwachten, um durch Abend und Nacht zu segeln.

Als Kind fürchtete ich mich oft in der Nacht und rief nach ihr. Manchmal, wenn ich mich nicht beruhigte, durfte ich auf dem braunen Sofa in ihrem Schlafzimmer übernachten und fühlte mich dort so geborgen in dem Wissen, dass mir nun kein Leid geschehen konnte. Noch jetzt höre ich manchmal ihre Stimme, dir mir erklärt, dass die, die Übles im Schilde führen, nicht hier, in dieser Waldeinsamkeit zu finden waren, dass ich mich nicht zu fürchten bräuchte, denn die Unholde würden sich in den Straßen der Städte herumtreiben, aber nie und niemals die Mühe der weiten Fahrt auf sich nehmen. Weil es hier für sie nichts, weniger als nichts, zu holen gäbe. Und auch jetzt beruhigte mich ihre Stimme aus der Erinnerung heraus, denn mein Verstand sagte mir, dass es so und nicht anders war, dass Oma Charlotte recht hatte. Und so legte ich noch einmal ein paar Holzscheite in die Glut, wartete, bis die Flammen an ihnen emporleckten, und setzte mich dann wieder in den Sessel davor, um endlich bis zum Ende zu lesen.

Passend zu dem Anlass wählte ich ein schwarzes Kleid mit einem tiefen Dekolleté und zurrte mir den breiten Gürtel eng um die Taille. Ich steckte mir das Haar hoch und legte eine hauchdünne Kette an, mit einem winzigen Medaillon, in dem eine Fotografie Lillis steckte. Das Medaillon würde mich daran erinnern, warum ich das alles tat.

Ich entkorkte den Rotwein, stellte den Sherry bereit und begann die Vorspeise, die ich zu Hause zubereitet hatte, auf einer Platte anzurichten: Bärlauchpastete und Lachs in Blätterteig, die ich dann, wenn er käme, noch einmal kurz im Backofen anwärmen würde. Als ich das Besteck zum dritten Mal gerade gerückt hatte, die weißen Leinenservietten zurechtgezupft und erneut Lippenstift aufgelegt hatte, setzte ich mich vor den Kamin. Alles war vorbereitet. Es gab nichts mehr zu tun, außer zu warten.

Als das Feuer längst heruntergebrannt war, die Uhr zeigte inzwischen kurz nach zehn, hörte ich den Wagen. Zuerst ein vages, entferntes Motorengeräusch, das näher kam, lauter wurde und schließlich ganz verstummte. Das musste er sein. Ich spähte durch den Vorhang und sah, dass er mit einem Taxi gekommen war. Ich wartete, bis er bezahlt hatte und ausgestiegen war und bis die Rücklichter des Taxis in der Dunkelheit verschwanden. Dann öffnete ich. Einen Moment lang sagte keiner von uns ein Wort, seine Augen verweilten kurz in meinen, mit jenem süffisanten Lächeln, das ich fürchtete und hasste, dann tasteten sie über meinen Körper. Sein Lächeln wurde breiter, als er sagte: »Das ist nach dieser langen Reise ein erfreulicher Anblick.«

Am liebsten hätte ich nach irgendetwas gegriffen und ihm den Schädel gespalten, so stark wallte der Hass in diesem Moment in mir auf. Doch ich erwiderte sein Lächeln und sagte sanft: »Das hatte ich gehofft.«

Ich trat zur Seite und er ging an mir vorbei ins Haus.

Ich kann mir nicht erklären, woher ich in jener Nacht die Kraft nahm. Ich weiß nur, dass es mir irgendwie gelang, in die Rolle zu schlüpfen, die ich für mich selbst geschrieben hatte.

»Du möchtest dich sicher gerne etwas frisch machen«, sagte ich und schlug die Augen nieder.

Als er wiederkam, war er frisch rasiert und trug ein blütenweißes Hemd. Er roch nach Seife und Rasierwasser. Auf meinen hohen Absätzen stolzierte ich hüftschwingend wie eine Diva zur Anrichte, in der Hoffnung, dass er meinen Auftritt für überzeugender hielt als ich selbst.

Ich zündete die Kerzen in den Leuchtern an, griff nach der Kristallkaraffe, die ich mit dem Sherry befüllt hatte, und schenkte uns beiden ein. Ich ging auf ihn zu, wobei er mich keine Sekunde aus den Augen ließ, und reichte ihm sein Glas. Der Sherry schimmerte im Kerzenlicht, als er plötzlich sagte: »Dieser Sinneswandel überrascht mich doch sehr.«

»Die Zeiten ändern sich. Und manchmal auch die Menschen.«

Er nahm das Glas, hielt es gegen das Licht. Der Sherry funkelte rot und verheißungsvoll, wie farbiges Kristall.

»Vielleicht hängt das mit dem Namen zusammen.« In seinen Augen funkelte es. Ich lächelte ihm zu, fühlte Übelkeit in mir aufsteigen, die mich einen Augenblick lang zu überwältigen drohte. Das Glas in meiner Hand zitterte ebenso wie mein Atem.

»Warum so aufgeregt, Hanna? Schließlich sind wir doch fast so etwas wie alte Freunde, nicht wahr?«

Er kam näher und küsste mich auf die Lippen, es war ein flüchtiger, fast nachlässiger Kuss. Dann prostete er mir zu und sagte: »Auf Lilli, unsere Tochter.«

Als ich das Glas an die Lippen hob und trank, sah ich, dass er mich beobachtete und sein Glas noch immer in der Hand hielt. Plötzlich nahm er mir meines aus der Hand, drückte mir seines zwischen die Finger und sagte: »Trink.«

Da erst begriff ich, dass er dachte, ich hätte ihm etwas ins Glas gegeben. Ich lächelte ihn an, erfasst von einer plötzlichen Heiterkeit, und trank sein Glas in einem Zug leer. Ich schenkte uns nach, wir stießen erneut an und ich trank auch das zweite Glas aus. Der ungewohnte Alkohol – ich trank sonst nie – schoss mir sofort in sämtliche Glieder und Wärme und Leichtigkeit erfüllten mich. Ich sah das Funkeln in seinen Augen, das Begehren und auf einmal war ich mir sicher. Ich würde es schaffen, ich würde die Rolle bis zum Ende durchstehen, und nicht nur das. Ich würde brillieren, mich selbst übertreffen. Und am Ende dieser Nacht stünde die Freiheit.

Ich forderte ihn auf, Platz zu nehmen, machte die Suppe warm stellte den Braten aufs Feuer, bat ihn, uns schon einmal von dem Rotwein einzugießen und vielleicht eine Schallplatte auszuwählen und sie aufzulegen. Ich spürte, wie sein Misstrauen sich verflüchtigte, wie seine Gesten entspannter wurden, ohne dass er mich jedoch aus den Augen gelassen hätte. Doch was jetzt vor allem in seinem Blick geschrieben stand, war nicht mehr Vorsicht oder Wachsamkeit. Jetzt las ich in ihm nur noch Verlangen. Er ignorierte den Wein, griff stattdessen zu einer Flasche Moët, die ich auf Eis gelegt hatte, und entkorkte sie mit einem Knall. Aus dem Lautsprecher erklang Zarah Leanders dunkle Altstimme, ich reichte ihm die Pasteten, nahm mir selbst davon. Über den Tisch hinweg prosteten wir uns zu, die Champagnerkelche klirrten leise.

Wir unterhielten uns über dieses und jenes und ich spürte eine Leichtigkeit, die mich selbst in Erstaunen versetzte, mir war fast, als plauderte ich tatsächlich mit einem guten alten Bekannten. Sartorius bediente sich – wie ich erwartet und gehofft hatte, war er nach der langen Reise offenbar hungrig. Die Pasteten waren alle verspeist, als ich die Suppe auftrug und danach den Braten. Beim Hauptgang stand er auf, holte nun doch den Rotwein, schenkte uns beiden ein. Mir entging nicht, dass er wartete, bis ich das erste Glas leer getrunken hatte, bevor auch er davon nippte. Und während ich die Teller und Schüsseln abtrug, fragte ich mich plötzlich mit einer Klarheit, die wie eine Klinge durch mein

Bewusstsein ritzte, wie es sein konnte, dass er hier einfach so saß und aß und trank und sein Leben ging weiter, während Hanna und mein Paul, mein kleiner Paul, tot waren, von Würmern zerfressen, und all die anderen auch, deren langsames und qualvolles Sterben er dokumentiert hatte. Ich war froh, dass er aufs Dessert verzichtete, denn ich wusste nicht genau, wie viel Zeit noch blieb. Statt des Kaffees tranken wir den Rest aus der Rotweinflasche. Und dann stand ich auf, leicht schwankend, holte die zweite Flasche Moët aus dem Eisfach und nahm die beiden Kelche. An der Tür drehte ich mich um und sagte: »Vielleicht sollten wir uns für den Rest der Nacht oben einrichten«, und ging voran, die Treppe hoch.

Ich spürte, wie er zögerte, wie das Misstrauen in sein alkoholisiertes Bewusstsein zurückzukehren versuchte. Ich hatte damit gerechnet und stellte, kaum dass ich das Gästeschlafzimmer erreicht hatte, die Gläser und den Champagner ab und begann, die Knöpfe meines Kleides zu öffnen. Meine Bewegungen waren langsam und konzentriert, mir schwirrte der Kopf vom Alkohol, und ich spürte erste Anzeichen von Übelkeit. All dieser Wein, jetzt nur keinen Fehler machen. Durch die geöffnete Tür drang die Musik. Kann denn Liebe Sünde sein, Zarah Leanders Worte begleiteten meine Bewegungen, während ich das Kleid von den Schultern strich, darf denn niemand wissen, wenn man sich küsst, ich hörte ein Geräusch hinter mir, drehte mich um. Da stand er, auf der Schwelle, und beobachtete mich. Waren das schon Schweißperlen auf seiner Stirn? Er wischte sich mit dem Handrücken darüber und begann seine Gürtelschnalle zu lösen, öffnete den Knopf seiner Hose, den Reißverschluss. Die Hose glitt zu Boden, er ließ sich aufs Bett sinken, zog sich das Hemd über den Kopf, das Unterhemd. Und hielt auf einmal in seinen Bewegungen inne. Es war so weit.

»Ich muss noch einmal kurz ins Bad«, hauchte ich und verließ das Zimmer. Im Hinausgehen wandte ich mich noch einmal kurz zu ihm um und sah, wie er sich auf die Seite drehte, sein nackter Körper schimmerte bleich im Licht der Nachttischlampe. Leise schloss ich die Tür hinter mir und sperrte sie ab. Am Vormittag hatte ich – mit großer Mühe, weil sich das Zimmer im ersten Stock befand – die Läden von außen mit Brettern vernagelt. Das Einzige, was es jetzt noch zu tun gab, war, den Wäscheschrank, der oben im Treppenhaus stand, vor die Zimmertür zu rücken. Dann galt es nur noch zu warten.

Ich schlüpfte in eine warme Hose aus Cord und streifte mir zwei Pullover über den Kopf. Ich drehte die Musik so laut, wie es ging, *darf denn niemand wissen, wenn man sich küsst*, räumte den Tisch ab, *wenn man einmal alles vergisst vor Glück*, legte noch ein paar Scheite in die Glut, *niemals werde ich bereuen, was ich tat und was aus Liebe geschah*, dann drang ein Stampfen, ein Krachen durch die Melodie, *das müsst ihr mir schon verzeihen, dafür ist sie ja da*, und ich presste mir die Hände auf die Ohren, so fest ich konnte.

Die Herbstzeitlose hat viele Namen, Herbstvergessene ist nur einer unter ihnen, mir aber der liebste. Er hat so einen traurig-blassen Klang, ganz so wie die Pflanze selbst. Ich fand sie schon immer eigenartig, diese rosa Blüten auf ihren dünnen Stängeln, die so aussehen, als bekämen sie zu wenig Licht, und ich habe mich oft gefragt, ob sie den Herbst vergessen haben oder der Herbst sie. Wie verblichen wirkt diese Pflanze, unscheinbar und auf merkwürdige Weise antizyklisch. Sie blüht, wenn alles andere vergeht. Ihr Gift ist stark und heimtückisch, man sagt, es habe Ähnlichkeit mit Arsen. Es hat schon manchem, der im Frühjahr loszog, um Bärlauch zu sammeln, den Tod gebracht. Seltsamerweise wirkt das Gift in gekochter Form noch viel stärker. Die ersten Symptome der Vergiftung beginnen nach zwei bis sechs Stunden. Mit Schluckbeschwerden, mit Kratzen und Brennen in Mund und Rachen. Es folgen Erbrechen und Krämpfe, ein blutiger Durchfall. Die Körpertemperatur sinkt, der Blutdruck auch. Nach ein bis zwei Tagen kommt der Tod. Und bis zum Schluss ist der Mensch bei vollem Bewusstsein.

Ich wartete zwei Tage, bis ich den Schrank beiseiteschob und durchs Schlüsselloch spähte. Die Nachttischlampe im Gästezimmer brannte nicht mehr, doch sonst war nichts zu sehen, sosehr ich mich auch bemühte.

Aber was, wenn er gar nicht tot wäre, wenn das Gift aus irgendeinem Grund bei ihm keine Wirkung gezeigt hatte? Was, wenn ich selbst die Herbstzeitlose mit Bärlauch verwechselt hatte? Was, wenn ich die Tür aufschloss und er mich ansprang, von der Seite, wie ein wildes Tier? Ich setzte mich vor die Tür und lauschte, wohl eine ganze Stunde lang, vielleicht auch länger. Als ich endlich sicher sagen konnte, dass nichts zu hören war, drehte ich ganz leise den Schlüssel herum und öffnete die Tür.

Heinrich Sartorius lag auf dem Boden, zwischen Bett und Fenster, nackt, zusammengekrümmt, still. Im Zimmer stank es nach Erbrochenem und Kot. Langsam ging ich auf ihn zu. Immer damit rechnend, dass er aufspringen und sich auf mich stürzen würde, ein Rasender. Es fiel mir schwer zu glauben, dass er dieses eine Mal schwächer gewesen war. Ich beugte mich über ihn. Sein Gesicht war verzerrt und lag in einer Lache aus getrocknetem Schleim. Seine Hände waren Klauen, an seinen Fingern klebte getrocknetes Blut. Die Augen starrten ins nirgendwo.

Erst jetzt wurde mir bewusst, dass das Zimmer in einem verheerenden Zustand war. Er musste versucht haben, die Tür zu öffnen, und als ihm dies nicht gelang, auch die Fenster. Er musste mit der Nachttischlampe dagegengeschlagen haben, in wilder Raserei, denn überall lagen kleine Splitter des porzellanenen Fußes. Wie ich gehofft hatte, war die Leichenstarre bereits vorüber. Ich drehte ihn auf den Rücken und begann, ihm die Sachen anzuziehen, abgerissene Kleider, die Gustav für Arbeiten am Haus verwendete. Ich hatte darauf geachtet, nur Sachen mit italienischem Etikett zu nehmen. Man sollte ihn für einen Einheimischen halten. Vielleicht für einen Obdachlosen. Jemanden, den niemand vermisste. Natürlich waren die Kleider ihm zu groß. Doch ich hatte damit gerechnet und schnürte ihm die Hose mit einem alten Bademantelgürtel so fest, wie es eben ging. Die ganze Zeit atmete ich so flach ich konnte. Das Schwerste aber war, ihn vom oberen Stock ins Auto zu befördern. Unter Aufbietung all meiner Körperkraft gelang es mir schließlich, ihn Stück für Stück nach unten zu ziehen, durch die Diele, über die Schwelle, bis zum Wagen. Der Schweiß brach mir aus, ich keuchte, nein, ich schaffte es nicht, er war zu schwer. Ich zog und zerrte an ihm, hievte ihn auf eine Planke und endlich landete er mit einem dumpfen Aufschlag im Kofferraum.

Die ligurische Nacht um mich her war schwarz und kühl und ein sachter Wind strich über mein schweißnasses Gesicht. Im Gebüsch raschelte es, das mussten kleine Tiere sein. Ich sah mich um. Die Dunkelheit und Stille um mich her kamen mir mit einem Mal unheimlich vor, eine mit den Händen zu greifende Bedrohung. Und erst in diesem Moment wurde mir bewusst, was ich getan hatte. Ich begann am ganzen Leib zu zittern. Ich hatte einen Menschen getötet, das Leben eines Mannes einfach ausgelöscht. Ich starrte auf die reglose Gestalt im Kofferraum. Ich hatte es tatsächlich getan. Irgendwann ließ das Zittern nach und ich griff nach der Decke, die ich immer im Auto hatte, und breitete sie über ihn. Meine Hände zuckten und ich hatte kaum Kontrolle über meine Bewegungen. Irgendwann wurde ich ruhiger, ich spürte die tiefe Erschöpfung in mir und alles war auf einmal unwirklich. Dann ging ich zurück ins Haus, holte sein Gepäck und seine Kleider, löschte die Lichter und startete den Wagen.

Die Fahrt zum Meer werde ich nie vergessen. Ich saß da, mit beiden Händen das Steuer umklammernd wie eine Ertrinkende, und tastete mich auf der schmalen und kurvenreichen Straße durch den endlosen ligurischen Wald. Und es war gerade so, als wäre ich der einzige Mensch in einem Meer aus Bäumen. Erst als ich auf die Küstenstraße bog, begegnete ich einem anderen Fahrzeug, einem einzigen nur, das hinter mir wieder in die Dunkelheit tauchte wie ein Schemen.

Der Parkplatz am Punto delle Meraviglie lag damals noch direkt am Meer. Und so fuhr ich den Wagen an den Abgrund heran, so nah es ging. Ich löschte die Scheinwerfer, stieg aus und lauschte. Nur die sanfte Brandung tief unter mir schwoll an, ebbte ab, schwoll wieder an in ihrem ewigen Rhythmus von Kommen und Gehen. Als ich ihn unter dem Geländer hindurchzerrte, hätte ich fast das Gleichgewicht verloren und wäre mit ihm in die Tiefe gestürzt. Doch dann hörte ich nur noch ein Schleifen, ein paar Steine, die herunterpolterten, und schließlich – nichts mehr.

Am Ende löst sich das Leben einfach in nichts auf. Die Natur holt sich alles zurück, Holz, Blätter, Körper, die zu Erde werden. Sorgen und Nöte, die einfach verpuffen, Hoffnungen, die zu Staub zerfallen, glückliches Lachen, das verhallt in Raum und Zeit, ohne ein Echo. Und auch das Böse vergeht und zurück bleibt nichts. Kein Bedauern, keine Angst, keine Gewissensbisse. Es ist, als habe es nie existiert. Manchmal habe ich mich gefragt, ob es nicht auch einen anderen Weg gegeben hätte, eine andere Lösung. Und natürlich komme ich am Ende immer zu derselben Antwort. Nein.

Ich erwachte, weil ich glaubte, ein Geräusch zu hören. Ich lauschte eine Weile reglos in die Dunkelheit hinein, den Atem anhaltend, doch nichts folgte. Ich musste mich getäuscht haben. Die Leuchtzeiger meines Reiseweckers standen auf kurz nach drei. Die Zeit der schwarzen Gedanken, hatte ich irgendwo einmal gelesen. Ich drehte mich um, schloss die Augen und nickte wieder ein. Bilder und Zerrbilder lösten einander ab, ein totes Kind, in den Armen einer blassen Frau, die keine Augenbrauen mehr hatte. Mutter, die ein Buch in der Hand hielt und lachte. Eine nackte, verkrümmte Gestalt, auf dem Boden liegend in einer Lache aus Blut, das die Farbe von Rost hatte. Ich schreckte auf. Da war es wieder, das Geräusch! Wie das gedämpfte Knirschen von Schritten auf Kies. Das Schlafzimmer lag zum Tal hin, also von dem mit Kies bestreuten Vorplatz abgewandt. Doch da ich immer bei geöffnetem Fenster schlief – anders hatte ich das Gefühl zu ersticken –, war es auch jetzt gekippt. Ich hielt erneut den Atem an, alle Sinne aus Äußerste geschärft. Es gab keinen Zweifel, ich hörte Schritte, da draußen war jemand, der langsam und leise – aber nicht leise genug – um das Haus herumging. Vorsichtig drückte ich das Fenster zu und verriegelte es. Ich versuchte mich zu erinnern, ob ich am Vorabend – nach der Lektüre – daran gedacht hatte, die Haustür abzuschließen. Ja, ich glaubte mich zu erinnern, und ich wusste auch, dass der Schlüssel wie üblich in der blauen Tonschale auf dem dreibeinigen Tischchen in der Diele lag. Ich schlug die Decke zurück und ging barfuß in den vorderen Teil des Hauses, in die Richtung, aus der ich die Schritte vernommen hatte. Seitlich näherte ich mich dem Fenster und spähte hinaus. Ich starrte auf den Kies, eine helle Fläche vor dem Dunkel der Büsche und Bäume, versuchte eine Abweichung im Grau zu entdecken, die Silhouette einer Gestalt, die dort – irgendwo im Schatten – reglos verharrte. Doch hier war nichts zu erkennen. Niemand. Ich tappte zum nächsten Fenster auf der Frontseite des Hauses und auch hier war nichts Außergewöhnliches erkennbar.

Und so spähte ich aus jedem Fenster, ohne jemanden zu sehen und ohne etwas Verdächtiges zu erblicken. Ratlos kehrte ich ins Schlafzimmer zurück. Vielleicht hatte ich mich getäuscht, vielleicht hatte ich kurz zuvor etwas in der Art geträumt, vielleicht spielte meine überreizte Fantasie mir einen Streich. Vielleicht war er aber auch zurückgekommen, der Mann, der in diesem Haus ermordet worden war, vor über fünfzig Jahren.

Es war inzwischen kurz vor vier und mir fiel nichts anderes ein, als mich wieder hinzulegen und die Stunden bis zur Dämmerung irgendwie herumzubringen. Wenn erst das Licht wiederkäme, wenn der Morgen die Schatten vertreiben und die Sonne hinter dem Hügel auftauchen würde, würde auch der Geist verschwinden. Ich zwang mich, mir vorzustellen, wie ich im Morgensonnenschein, die Finger um einen Becher Tee geschlungen, vielleicht mit einem Buch in der anderen Hand dasitzen würde, wie die Vögel ihr Morgenlied anstimmen und ich den tiefen Frieden der Landschaft in mir aufnehmen würde. Eine Weile lang half dieser Gedanke und die grünen Hügel unter meinen geschlossenen Lidern begannen mich zu beruhigen, mein Atem hatte fast seinen normalen Rhythmus wiedergefunden. Als ich wieder Schritte hörte, ganz leise, kaum vernehmbar. Mit einem Ruck fuhr ich hoch. Es gab keinen Zweifel mehr. Die Schritte kamen jetzt aus der Diele.

Beide Hände auf den Mund gepresst lauschte ich. Starrte auf meine Schlafzimmertür. In Zeitlupe kletterte ich aus dem Bett, in Zeitlupe und nahezu geräuschlos schlich ich zur Tür und drehte den Schlüssel um. Nicht dass es nun unmöglich gewesen wäre, diese Tür zu öffnen. Doch es würde mir einen kleinen Vorsprung gewähren. Ich überlegte kurz, wo ich mein Handy hingelegt hatte, ließ den Blick durch die grauen Schatten schweifen. Da fiel mir ein, dass ich es wieder in meinen Rucksack gesteckt hatte und dass der in der Diele auf der Garderobe lag. Also kein Telefon und kein Notruf. Die einzige Möglichkeit, die ich hatte, war aus dem Fenster zu steigen und fortzulaufen, mich in das Dickicht des umliegenden Waldes zu schlagen und irgendwie nach San Sebastiano zu gelangen. Hastig zog ich einen Jogginganzug, der auf einem Stuhl neben dem Bett lag, über meinen Pyjama und dachte kurz daran, dass in all den Jahren, in denen Oma die *Casa dei Glicini* besessen hatte, niemals dort eingebrochen worden war. Was gab es hier auch schon zu holen? Ein paar Antiquitäten vielleicht, aber Ligurien war nicht Rom und nicht Neapel und dass hier jemand die Dreistigkeit besaß, mit einem Umzugslaster vorzufahren und alles auszuräumen, war für Ligurien eine eher ungewöhnliche Vorstellung. Und was bekäme man auch schon für die paar Möbel! Nein. Wenn jemand hier etwas von Wert forttragen wollte, dann müsste er schon das Haus selbst, samt Terrasse und Aussicht, mitnehmen. Außer – und daran hatte ich noch gar nicht gedacht – wenn der »Einbrecher« es gar nicht auf irgendwelche Möbel abgesehen hatte. Sondern auf mich. Wenn er *mich* suchte. Fieberhaft folgte ich diesem Gedanken. Aber außer Roman wusste doch niemand, wo ich war. Ich hatte gedacht, dass er weit fort wäre, auf einem anderen Kontinent. Aber er war in Wien gewesen, als er das Päckchen abgeschickt hatte. Einen Augenblick lang war ich von dem Gedanken wie erstarrt. Schließlich gelang es mir, mich zusammenzureißen, und ich stieg betont konzentriert in meine Turnschuhe und huschte zum Fenster. Gerade als ich meine Hand auf den Griff legte, hörte ich, wie die Türklinke heruntergedrückt wurde. Eine

Welle von Panik überflutete mich. Am liebsten hätte ich geschrien, wäre laut schreiend in die Nacht hinausgelaufen, aber wer hätte mich hören sollen? Wer außer der Person, die hier vor meiner Schlafzimmertür stand und die Klinke herunterdrückte?

Fahrig öffnete ich das Fenster und gab mir Mühe, so geräuschlos wie möglich hinaus auf die Terrasse zu steigen. Einen kurzen Moment lang wusste ich nicht, ob ich rechts oder links ums Haus herumgehen sollte, denn von der Terrasse selbst gab es kein Entkommen. Sie ragte wie eine Klippe über die Landschaft hinaus, was einerseits ihren besonderen Reiz ausmachte, sie andererseits aber zu einer Falle werden ließ. Ich entschied mich, linksherum in Richtung Einfahrt zu schleichen und mich dann, sobald es möglich war, in die Büsche zu schlagen. Und dann fiel mir die Sache mit dem Gas ein und die Erinnerung daran war wie ein Schlag in die Magengrube. Die Person, die dort herumschlich, war kein gewöhnlicher Einbrecher, nein. Sie war gekommen, um mich zu töten. Und da niemand außer Roman wusste, wo ich war ...

So behutsam ich konnte, schlich ich über den Kies, der dennoch knirschte, als ich auftrat. Am Rande des Vorplatzes, im Schatten der Büsche und Bäume, blieb ich kurz stehen, spitzte die Ohren und überlegte. Sollte ich mich hier ins Gebüsch und quer durchs Unterholz schlagen? Es würde mir Deckung verschaffen, mich andererseits aber auch langsamer vorankommen lassen. Oder sollte ich lieber ein Stück die Zufahrt entlangrennen, um erst einmal etwas Abstand zwischen mich und das Haus zu bringen? Allerdings setzte bereits die Dämmerung ein und das Rot meines Jogginganzugs wäre weithin sichtbar.

Ein Geräusch aus dem Haus ließ mich zusammenfahren. Kurzerhand schlüpfte ich ins Gebüsch. Ich würde versuchen, mich parallel zum Fahrweg, aber im Sichtschutz des Waldes in Richtung San Sebastiano zu bewegen. Mit ein wenig Glück würde ich dort ein Haus finden, von dem aus ich telefonieren konnte. Das Gelände hier war steiler, als ich es in Erinnerung hatte, und zudem dicht bewachsen, ich kam nur langsam voran. Äste peitschten mir ins Gesicht und zerkratzten mir die Stirn, doch ich lief weiter, so schnell ich konnte. Als ich eine Weile gegangen war, näherte ich mich wieder dem Weg, denn sollte nicht bald die Abzweigung nach San Sebastiano kommen? Die durfte ich auf keinen Fall verpassen, die Richtung, in der ich unterwegs war, führte nämlich ins bewaldete Nichts. Ich machte einen Bogen nach links und die Helligkeit hinter den Bäumen zeigte mir, dass ich mich tatsächlich auf den Weg zubewegte. Ich musste näher heran, um zu erkennen, wo die Abzweigung einmündete. Von dort aus wäre es noch ungefähr eine Viertelstunde zu Fuß bis zum ersten Haus von San Sebastiano, wenn ich rannte vielleicht etwas weniger. Ich kletterte den Abhang nach oben und näherte mich dem Straßenrand. Auf einmal sah ich etwas Helles durch die Zweige schimmern. Ein Wagen, dort stand ein Wagen. Hier hatte er also geparkt, deswegen hatte ich auch kein Motorengeräusch vor dem Haus gehört. Am Rand der Büsche machte ich halt und spähte nach rechts und links. Als ich niemanden erblickte, huschte ich über die Schotterstraße und schlüpfte auf der anderen Seite erneut ins Unterholz. Eine Weile lang kauerte ich dort, den Blick auf das Auto geheftet. Als ich sicher war, dass sich dort nichts regte, näherte ich mich zögernd. Ich musste unmittelbar dort vorbei, wenn ich auf den Weg nach San Sebastiano gelangen wollte, denn hier oberhalb war ein Felsvorsprung, den ich unmöglich überwinden konnte. Wieder kämpfte ich gegen Zweige, die mir ins Gesicht schlugen. Ich kniff die Augen zusammen, blinzelte nur leicht, um die Orientierung nicht zu verlieren. Erst als ich ganz nah bei dem Wagen angelangt war, erkannte ich, dass er ein Wiener Kennzeichen hatte.

Und dann ging alles ganz schnell. Ich schlich an der einen Seite vorbei, und als ich am Heck des Wagens ankam, schoss eine Gestalt hervor und fast zeitgleich spürte ich einen spitzen Schmerz im Hals. Und alles um mich herum wurde schwarz.

Schwärze umfing mich auch, als ich erwachte. Doch anders als zuvor war ich jetzt in einem engen Raum. Mein Kopf tat weh, mein ganzer Körper schmerzte und es dauerte eine Weile, bis ich verstand, dass etwas mit mir geschehen war. Wie damals mit zwölf nach der Blinddarmoperation fand ich schlecht in die Welt zurück, nur dass die Welt damals in ein gleißendes Licht getaucht gewesen war, während es in meiner Welt überhaupt kein Licht gab. Und dann merkte ich, dass ich gefesselt war und deshalb schlecht Luft bekam, weil etwas auf meinem Mund klebte. Ich blinzelte, ich versuchte, mich zu bewegen, doch die Fesseln waren straff, Hände und Füße mussten miteinander verknotet sein. Der Kopf dröhnte mir wie nach einer durchzechten Nacht, ich konnte kaum klar denken und mein Verstand kämpfte gegen den Drang an, einfach wieder die Augen zu schließen und einzudösen. Ich durfte nicht schlafen. Ich musste wissen, wo ich war, ich musste versuchen, mich zu erinnern. Doch das einzige Bild, das kommen wollte, war mein Heraustreten aus dem Gebüsch und das Auto. Und da riss der Film.

Ich zog und zerrte an meinen Fesseln, bewegte mich auf und ab, so gut ich konnte, und geriet darüber so außer Atem, dass ich nur durch die Nase nicht mehr genug Luft bekam. Angst und Panik schwollen an, eine riesenhafte Klaue, die nach mir griff und mich zu ersticken drohte. Einen Moment lang war ich überzeugt, nun sterben zu müssen, doch schließlich gelang es mir, meinen Atemrhythmus wieder zu beruhigen. Aus und ein, aus und ein. Erst dann wurde mir bewusst, wo ich mich befinden musste: Jemand hatte mich in den Kofferraum des Wagens gesperrt.

Nach und nach ließ das Gefühl der Betäubung nach, mein Verstand klarte auf, was jedoch nicht unbedingt dazu beitrug, dass ich mich besser fühlte. Im Gegenteil. Je klarer ich wurde, desto klarer drängten sich verstörende Fragen in den Mittelpunkt: Was würde mit mir geschehen? Was hatte die Person mit mir vor? Warum hatte sie mich nicht gleich getötet? Was machte es für einen Sinn, mich zu betäuben – denn das musste unweigerlich mit mir geschehen sein – und in den Kofferraum eines Wagens zu sperren? Und immer wieder die Frage: Wer, wer war aus Wien gekommen, um das zu tun?

Mein Rücken schmerzte und auch meine Halsmuskulatur, deshalb versuchte ich, irgendwie in eine andere Haltung zu gelangen. Doch sosehr ich mich auch bemühte, die Fesseln waren zu eng, der Raum zu knapp. Also sackte ich nach einigen vergeblichen Versuchen wieder zurück und blieb so liegen, wie ich war, zerschlagen und schlaff. Bis ich erneut eindöste.

Ich erwachte vom Motorengeräusch und Rumpeln eines Zweitakters, der unmittelbar neben mir zum Stehen kam. Kurz darauf ertönte laut und schrill die Hupe eines Lastendreirads. Mit einem Mal war ich hellwach. Ich versuchte zu schreien, und als mir außer einem erstickten »Mhmfm« nichts gelang, warf ich mich hin und her, mit aller Kraft, hoffend, dass wer auch immer da draußen in dem Dreirad saß und hupte, das eigentümliche Schwanken des Wagens bemerken und misstrauisch werden würde. Nach zahlreichen Hupintervallen hörte ich auf einmal Schritte, die sich näherten, ein Italiener sagte: »Managgia, ma non sai parcheggiare, figlio di puttana!« Ich hielt kurz inne und lauschte. Schweiß perlte mir in die Augen. Schritte bewegten sich um den Wagen herum. Und unter Aufbietung meiner restlichen Kraft begann ich erneut, mich wild aufzubäumen, mich hin- und herzuwerfen und erstickte Laute von mir zu geben. Warum sah der Italiener das denn nicht, das Auto musste doch schwanken wie ein Schiff bei Windstärke zwölf! Und dann begann ich, meinen Mund am Boden des Kofferraums zu reiben. Ich musste es schaffen, den Klebestreifen herunterzubekommen.

Doch schließlich hörte ich, wie jemand etwas rief, wie der Zweitakter Gas gab und wie der Wagen, in dem ich mich befand, angelassen wurde. Völlig außer Atem und so viel Luft wie möglich durch die Nase ansaugend ließ ich das Gesicht wieder auf die Seite sinken. Der Italiener hatte mich nicht bemerkt.

Ich hatte jegliches Zeitgefühl verloren, als ich aus einer Art Halbdämmerung erwachte, mit einem heftigen Druck auf der Blase. Die Luft im Kofferraum war dumpf, es roch nach Gummi und etwas Undefinierbarem. Wärme erfüllte den Raum. Was, wenn der Wagen hier im August in der prallen Sonne gestanden hätte, überlegte ich mit Grauen. Und dann fiel mir ein, dass ich den nächsten August wahrscheinlich nicht mehr erleben würde. Meine Glieder taten inzwischen so weh, dass ich glaubte, es könnte nicht schlimmer kommen, mein Hals war starr und steif, meine Schultern, mein ganzer Rücken fühlte sich an wie ein einziger klumpiger, dumpfer Schmerz. Und dann ließ ich es einfach laufen. Im ersten Moment spürte ich Erleichterung. Und während sich eine warme Nässe meine Oberschenkel entlang ausbreitete, begann ich zu überlegen, was ich tun könnte, um nicht verrückt zu werden, und dachte mir ein Spiel aus, suchte immer zehn italienische Vokabeln mit »a«, dann mit »b«, und so dem Alphabet nach. Ich begann mit den Substantiven. *Abete, atto, aristocrazia, agente, ammendamento, arroganza...* Meine Neuronen setzten sich in Bewegung und ich war sogar ein wenig erstaunt, wie viel nach all den Jahren ohne Training noch vorhanden war. Bei *cristianesimo* überlegte ich, wie ich es anstellen konnte, meinen verbogenen Knochen doch irgendwie einen Seitenwechsel zukommen zu lassen, hörte dabei jedoch nicht auf mit meiner Wörtersuche, und bei *strategia* gelang es mir endlich, nach unzähligen kleinen und ruckartigen Bewegungen, mich auf die andere Seite zu drehen. Erschöpft sackte ich zusammen und spürte eine gewisse Entspannung meiner Muskeln. Und als mich kurz darauf der Gedanke übermannte, dass es ganz egal war, auf welcher Seite ich hier verreckte, stopfte ich die Angst tiefer hinunter, wandte mich rasch dem »t« zu und murmelte *tariffa, tradizione* und machte so in einem fort, nur um keinen anderen Gedanken zuzulassen.

Irgendwann begann ich zu frieren. Die Sonne musste untergegangen sein, der Tag war vorüber.

Wie lange dauerte es, bis man in einem Kofferraum starb? Würde mein Peiniger mich hier einfach verrotten lassen, den Wagen an einem ruhigen Ort parken und so lange warten, bis ich tot war? Meine linke Seite, die Seite, auf der ich lag, war inzwischen fast ganz taub und auch unter Aufbietung all meiner Kräfte gelang es mir nicht, mich erneut auf die andere Seite zu hieven. Wie lange dauert es, bis einem ein Arm oder ein Bein abstirbt, fragte ich mich plötzlich. Erneut fühlte ich Panik in mir aufsteigen, so wollte ich nicht sterben, ich wollte überhaupt nicht sterben, noch nicht.

Und dann waren da die Schritte, eine Autotür wurde geöffnet, der Motor angelassen. Der Wagen setzte sich in Bewegung und schwankte die Schotterstraße entlang, rumpelte durch Schlaglöcher. Nach einer Weile wurde das Rumpeln schwächer, bis es mit einem Mal ganz verschwand und ich fühlte, wie der Wagen nach rechts abbog. Wir hatten die Asphaltstraße erreicht und die Fahrt ging auf und ab, kurvte hin und her. Nach einer Weile war mir so übel, dass ich würgte. Aber mein Magen war leer und es war nur Galle, die mir die Speiseröhre hochstieg und einen bitteren, scharfen Geschmack in meinem Mund hinterließ.

Ich dachte darüber nach, wie spät es sein mochte, versuchte, darauf zu kommen, wohin er mit mir fuhr, doch irgendwann gab ich auf, sackte mit dem Gesicht auf den kratzigen Kofferraumboden und schlief ein.

Ich erwachte von der unnatürlichen Stille um mich herum. Kein Laut, keine Regung, nichts war zu hören, und ich fragte mich gerade, was als Nächstes käme, ob überhaupt etwas käme, als der Kofferraumdeckel über mir aufschwang und mich jemand mit einer Taschenlampe von der Seite anleuchtete und sich an meinen Fesseln zu schaffen machte. Mit einem kurzen Ratsch war die Schnur, die meine Hände an die Füße gebunden hatte, durchgeschnitten, dann wurden die Fußfesseln durchtrennt. Die Taschenlampe erlosch wieder. Wie ein Reptil, das langsam aus der Erstarrung erwacht, versuchte ich meine Beine zu bewegen. Da packte mich jemand am Arm, unsanft, und zerrte mich hoch, aus dem Wagen heraus. Doch meine Füße trugen mich nicht, ich hatte kein Gefühl mehr, und so fiel ich der Länge nach hin und schlug mit dem Gesicht hart auf den Boden, auf dem Schotter lag. Erneut zerrte jemand an mir, versuchte mich hochzuziehen, auf die Beine zu stellen. Und irgendwann stand ich, schwankend und unsicher, und langsam kehrte das Gefühl in meine Beine zurück, es kribbelte und stach wie von tausend Ameisen. Um mich war völlige Dunkelheit, tintenschwarze Nacht, ein leiser Wind strich mir übers Gesicht. Und dann hörte ich, ganz leise, aber doch unverkennbar, das Meer rauschen. Und auf einmal wusste ich, wo ich war und was nun folgen würde.

Wieder blitzte das Licht der Taschenlampe auf und ich war einen Moment lang völlig geblendet. Dann forderte eine barsche Stimme mich auf: »Los, komm schon, da geht's lang!«, und drückte mir etwas Spitzes in den Rücken.

»Sie?«, fragte ich.

Aber Prohacek antwortete nicht und schubste mich vor sich her, den schmalen, mit Ginster gesäumten Pfad entlang.

»Warum tun Sie das?«, fragte ich.

»Schnauze halten«, fuhr er mich an, doch ich dachte nicht daran, jetzt, wo ich wusste, was er vorhatte, und dass es sowieso bald vorbei wäre, wenn mir nicht noch irgendein genialer Gedanke käme.

»Sie haben meine Mutter getötet, Sie waren das!«

»Halt die Goschn«, schrie er jetzt, »sonst stech ich dich ab.«

Auf einmal fühlte ich eine ungezügelte, heiße Wut in mir aufsteigen, einen giftigen Hass auf diesen Mann, der sich hier zum Herrn über Leben und Tod aufschwang. Und es schon einmal getan hatte. Der Mörder meiner Mutter, der nun auch mich gleich töten würde, durch einen Stoß in die Tiefe. Ich würde abstürzen und fallen und auf dem spitzen Gestein der Riffe aufschlagen und ... nein. Ich würde kämpfen, ich würde mich wehren. Ich würde mich diesem Monster nicht ohne Gegenwehr überlassen. Und plötzlich kam mir ein Gedanke.

»Sie denken also, es nützt Ihnen etwas, mich um die Ecke zu bringen?« Ich bemühte mich, meiner Stimme einen sicheren Klang zu geben, und fuhr fort: »Ja, glauben Sie denn, ich wäre hierhergekommen, wenn ich nicht längst alles geregelt hätte? Ich bin im Besitz von Unterlagen, aus denen eindeutig hervorgeht, dass Sie meine Mutter um Geld – viel Geld – betrogen haben.«

Als Antwort zischte er etwas Unverständliches und drückte mir das Messer so fest gegen den Rücken, dass es schmerzte. Dann sagte er, und seine Stimme klang süffisant: »Sie meinen Ihre schöne Liste mit den gelben Markierungen? Die habe ich doch längst ...«

Das hatte er also den ganzen Tag über getan, während ich im Kofferraum schmorte. Das Haus nach belastendem Material durchsucht.

So ruhig wie möglich erwiderte ich: »Selbstverständlich handelt es sich dabei nur um eine Kopie. Die Originale habe ich bei einem Rechtsanwalt hinterlegt, zusammen mit einer Erklärung, die für die Polizei durchaus von Interesse sein könnte.«

Der Wind zerrte an meinem Haar und im Schein der Taschenlampe sah ich, dass der Bewuchs spärlicher wurde. Und das Rauschen des Meeres, irgendwo tief unter uns, deutlicher. Plötzlich stand alles ganz klar vor mir. So musste es gewesen sein, so und nicht anders.

»In dieser Erklärung steht der Name meiner Mutter, Ihrer und eine Beschreibung des Fonds, den sie eingerichtet hatte zugunsten der Hinterbliebenen von Dr. Sartorius' Experimenten. Und dass ein Großteil der Leute das Geld niemals erhalten hat, dass es stattdessen von Ihnen, Herr Prohacek, verspielt wurde. Korrigieren Sie mich, wenn ich irre. Und Sie haben meine Mutter erpresst. Sie haben die Leseprobe bei dem Verlag eingereicht, nicht meine Mutter. Sie wollten ein Druckmittel gegen sie haben. Damit sie sieht, dass es Ihnen ernst ist. Und das war auch der Grund, warum sie zu einem anderen Arzt gegangen ist. Weil Sie Ihnen nicht mehr vertrauen konnte! Und Erna haben Sie auch betrogen!«

»Sie sind ein schlaues Kerlchen«, antwortete er nur und kam näher. »Aber nicht schlau genug.«

»Sie können sich ja wohl denken, dass ich dieses Wissen nicht mit ins Grab nehmen werde.« Ich nahm all meine Kraft zusammen und lächelte ihn an. »So weiß zum Beispiel Erna Bescheid – die Sie ja so übel verunglimpft haben. Und selbstverständlich Frau Glöckler.«

Die Erwähnung dieses Namens schien ihn einen Moment lang aus dem Konzept zu bringen. Er blinzelte. Hinter mir konnten es nur noch ein paar Schritte bis zum Abgrund sein. Fieberhaft überlegte ich, was ich tun konnte, ihm das Messer entreißen? Aber so etwas funktionierte nur im Film. Und dann sah ich, wie er langsam auf mich zukam, eine dunkle Gestalt, die fast völlig mit der Schwärze der Nacht verschmolz. Ich stand jetzt unmittelbar am Abgrund. Urplötzlich fühlte ich einen harten Stoß, ich taumelte, tat einen Schritt rückwärts, versuchte, das Gleichgewicht wiederzuerlangen, als plötzlich der Boden hinter mir aufhörte. Und dann stürzte ich.

Es war eine kleine Kiefer oder Pinie, die mir das Leben rettete. Ich habe Pinien immer gemocht, sie sind für mich ein Symbol des Sommers und seiner Düfte, sie stehen für das Meer und für unendlich viel Zeit. Und genau die hatte ich nun.

Zeit, um über den Fall nachzudenken und wie genau es kam, dass ich nicht hinabgestürzt war in die Tiefe, mit den

Armen rudernd, Halt suchend und mich schließlich mehrfach überschlagend, so wie man es aus dem Fernsehen kannte. Gefallen war ich zwar, aber nur ein paar wenige Meter weit. Wie durch ein Wunder war ich auf diesem kleinen Vorsprung aufgekommen und hatte mich reflexartig an irgendetwas festgekrallt. Und das war die kleine Pinie gewesen. Reglos hielt ich inne, wagte nicht, mich zu bewegen, aus Angst abzurutschen und wieder zu stürzen. Irgendwann lockerte ich meine Umklammerung ein wenig und setzte mich tastend und unendlich langsam zurecht, immer in der bangen Erwartung, dass das Gestein unter mir zu bröckeln anfangen könnte und ich mitsamt des Vorsprungs in die Tiefe stürzen würde. Auch fragte ich mich, ob wohl Prohacek glaubte, dass ich unten aufgeschlagen und inzwischen tot war. Oder stand er noch an der Stelle, an der er mich hinabgestoßen hatte, unsicher, ob sein Plan wirklich aufgegangen war? Ich lauschte. Auf ein Geräusch, das über die Brandung hinausging, die gegen die Felsen donnerte, auf einen Motor, der angelassen wurde, irgendetwas. Aber da war nichts. Hier auf diesem Adlerhorst hoch über dem Meer gab es nichts als die Präsenz der Wellen und die salzige Brise, die hin und wieder mein Gesicht streifte. Und die Dunkelheit. Selbst wenn ein Motor angelassen worden wäre, hätte ich ihn hier wohl kaum hören können. Ich dachte kurz daran, was jetzt werden würde, ob mich jemand finden würde, hier, doch ich schob den Gedanken gleich wieder beiseite. Darüber würde ich später nachdenken. Jetzt war ich erst einmal dankbar, am Leben zu sein. Dankbar über diesen kleinen Vorsprung und die Tatsache, dass Prohacek mich genau an dieser Stelle hinabgestoßen hatte und nicht einen halben Meter weiter rechts oder links. Jemand hatte seine schützende Hand über mich gehalten.

Ich weiß nicht mehr, wie ich es schaffte, diese Nacht zu überstehen. Ich weiß nur noch, dass ich mich an den Ästen des kleinen Baumes festkrallte und Stunden später in eine Art Dämmerzustand sank, aus dem ich hin und wieder erwachte, nur um mich zu vergewissern, dass ich mich nach wie vor festhielt und dass – weit unter mir – die Wellen ihr ewiges Spiel mit den Felsen spielten.

Noch heute denke ich bei dem Geräusch manchmal an die Nacht im Adlerhorst zurück und an die gnädige Dunkelheit, die mich die ganze Nacht über einhüllte und erst am Morgen den Blick freigab auf eine Aussicht, die ich lieber nicht gehabt hätte. Denn als die Dämmerung die Konturen schärfte und das Grau von Farben verdrängt wurde, sah ich, wie winzig der Vorsprung war, auf dem ich kauerte. Und irgendwann kam die Angst. Was, wenn mich niemand finden würde, auf meinem Aussichtsbalkon mit Meerblick, was, wenn ich irgendwann nicht mehr die Kraft hätte, mich festzuhalten? Und wer sollte mich hier schon finden? Ich begann zu rufen, zu schreien, merkte aber bald, dass meine Stimme vom Donnern der Brandung verschluckt wurde, dass sie nicht mehr als ein dünnes Klagen war, und selbst wenn dort oben, unmittelbar über mir, jemand gestanden hätte, hätte dieser Jemand sicher nichts vernommen. Oder doch? Die Hoffnung, heißt es, stirbt zuletzt. Und da ich bisher überlebt hatte und mich auf keinen Fall kampflos ergeben wollte, rief ich in regelmäßigen Abständen um Hilfe.

Ich weiß nicht, wie viele Stunden ich auf dem Felsvorsprung ausharrte. Die Sonne brannte, der Wind zerrte an meinem Haar, trocknete meine Haut, doch ich merkte von alledem wenig, denn es ging für mich nur darum, nicht nach unten zu sehen, um nicht vor Angst verrückt zu werden.

Und irgendwann sah ich sie dann. Im ersten Moment glaubte ich, einer Fata Morgana erlegen zu sein. Drei Köpfe, die über mir auftauchten, an der Stelle, von der aus ich gestürzt war. Ich lag auf der Seite, an mein Bäumchen geklammert, blinzelte in den Himmel und brach, als ich sie erblickte, zunächst in ein irres Kichern aus, weil ich glaubte, langsam den

Verstand zu verlieren. Im Nachhinein betrachtet denke ich, dass diese Reaktion ganz natürlich war, denn die Szene hatte etwas derart Unwahrscheinliches, dass sie Teil eines Märchens zu sein schien. Und noch heute packt mich manchmal dasselbe irre Lachen, wenn ich an ihre Gesichter denke und wie sie Ausschau nach mir hielten: Wolf, Erna und Roman.

Der Rest ist rasch erzählt. Auch sie glaubten wohl, ihren Augen nicht trauen zu können. Wie sie mich dort kauern sahen, in Embryohaltung an mein Bäumchen geklammert. Und dann lief Wolf zum Wagen und holte das Klettergeschirr, das er sich in Tölz für seine neue Leidenschaft – die Berge und die Biene – zugelegt hatte und das nun meinen Aufenthalt auf dieser unfreiwillig gewählten Aussichtsplattform beenden sollte. Irgendwie schaffte er es, sich an einem Seil zu mir herunterzulassen und mich unversehrt in dieses Klettergeschirr einzufädeln, das Roman dann mit der Hilfe eines Baumes hinaufzog.

Nach unserem letzten Gespräch und Prohaceks Behauptungen, mit denen ich Erna konfrontiert hatte, war sie zunächst völlig am Ende gewesen. Durch Zufall war sie dann mit der Bäckerin von gegenüber ins Gespräch gekommen und hatte erfahren, dass ich nach Ligurien reisen wollte. Einige Tage später hatte sie sich wieder so weit gefasst, dass sie sich einer »Gegenüberstellung« mit Prohacek gewachsen fühlte. Sie wollte ihn zur Rede stellen, was er sich dabei gedacht habe, diese Lügen über sie zu verbreiten. Doch in seiner Praxis traf sie nur auf die Sprechstundenhilfe, die mit irgendwelchen Büroarbeiten beschäftigt war und von der sie erfuhr, dass der Herr Doktor ein paar Tage verreist sei. Und da habe sich ein schrecklicher Verdacht in ihr breitgemacht: dass nämlich auch Prohacek auf dem Weg nach Ligurien sein könnte und dass etwas Schlimmes geschehen würde. Als Erna zurück nach Hause kam, hatte dort Wolf vor der Tür gewartet und sich nicht abwimmeln lassen. Und da sich die beiden nach einem kurzen Gespräch einig waren, dass etwas getan werden müsste, waren sie in Wolfs VW-Bus Richtung Ligurien aufgebrochen. Doch kurz hinter Graz hatte der Bus nach einer Toilettenpause keinen Muckser mehr von sich gegeben und musste in die nächste Werkstatt abgeschleppt werden. Als schon keiner der beiden mehr daran glaubte, diesen Ort je wieder verlassen zu können, kam endlich der neue Anlasser und sie gelangten zehn Stunden später zur *Casa dei Glicini*, wo sie auf Roman stießen – auch er war aus Sorge um mich inzwischen nach Italien geflogen – und meinen Wagen fanden. Als nach ein paar Stunden des Wartens klar war, dass ich nicht einfach einen Spaziergang unternommen hatte, suchten sie zunächst die unmittelbare Umgebung ab, fanden aber auch dort keinerlei Spuren. Also machten sie sich auf, um die Polizei zu alarmieren, was sie weitere zwei Stunden kostete und sich in der umständlichen Aufnahme der Personalien aller Beteiligten erschöpfte.

Da endlich kam Roman, der ja wie ich das Buch meiner Großmutter gelesen hatte, auf den Gedanken, Prohacek könne versuchen, mich die Klippen hinunterzustürzen, um es wie einen Selbstmord aussehen zu lassen. Weil sie davon ausgehen konnten, dass Prohacek den Aussichtspunkt kannte oder zumindest durch Lilli von der Stelle wusste, wo Oma Jahre zuvor meinen leiblichen Großvater hinabgeworfen hatte, lag es nahe, dass er genau diesen Ort aufsuchen würde. Da aber keiner der drei die genaue Stelle kannte, hatte es Stunden gedauert, bis sie die infrage kommenden Orte abgeklappert hatten.

Als dann im Krankenhaus in Imperia meine Schürfwunden behandelt wurden, die mir ein dramatisches Aussehen gaben, erinnerte ich mich an drei Augenpaare über mir und wurde auf meiner Liege plötzlich wieder von diesem irrsinnigen Lachen geschüttelt, das sich diesmal zu einem regelrechten Krampf steigerte, während meine »drei Musketiere« immer noch um mich herumstanden, besorgt um mein Wohl. Ich war gerettet, ich *lebte*, irgendwie hatte ich es geschafft, nicht abzustürzen, irgendjemand von dort oben, ein Engel, hatte seine schützende

Hand über mich gehalten. Und ich war schwanger. Und einer der beiden Männer war der Vater. Ich blickte von einem zum anderen, von Romans blauem Blick zu Wolfs braunem, und von dort in Ernas Schwarzkirschenäuglein. Sie lächelte. Und ich sah ein Blitzen in ihrem Blick, einen Schalk, der bestens zur grotesken Komik der Situation passte. Schon wieder stieg dieses glucksende Lachen aus meiner Kehle auf und erneut murmelte Erna ein beruhigendes »Ist ja gut, Kindchen«.

Epilog

Paulchen. Einmal nur war ich an deinem Grab, mein Jungchen, mein über alles geliebtes Jungchen. Es ist noch gar nicht lange her. Die Natur hat dich ganz in ihren Schoß gebettet und ich habe den Grabstein erst nicht gefunden und befürchtete schon, sie hätten es eingeebnet, nach all den Jahren. So wie längst ein anderer in Hannas Grab liegt. Und dann habe ich es doch noch gesehen, im hintersten Winkel des Löhnhorster Friedhofs, unter einem Dach von überalterten Eiben, von Nadeln bedeckt. Unter all den Flechten war dein Name nicht mehr zu sehen. Als hättest du niemals existiert. Ich habe ihn frei gekratzt, mit meinem Schlüssel, und während ich vor dem Stein kniete und ihn von Moos und Flechten befreite, liefen mir die Tränen übers Gesicht und die Erinnerung an dich, an das, was damals geschehen ist, wurde auf einmal wieder lebendig. Deine rotfleckigen Wangen. Dein fieberglänzendes Gesicht. Und schließlich dein stilles Gesicht, der bläuliche Schimmer deiner Haut. Und dann wollte ich mich erinnern, ich musste mich erinnern daran, wie es war, als du noch lebtest, als du noch lachtest, als dein kleines gurgelndes Babystimmchen noch da war und deine Händchen versuchten, nach meiner Nase zu greifen. Ich wollte mich erinnern, und bald zogen Bilder an mir vorüber und ich sah Hanna und Berta, Oda und Else und sogar das verkniffene Gesicht der Frau Edelmann. Sartorius. Ich sah die Kinder in Zweierreihen Hand in Hand den Weg entlanggehen. Und ich sah mich vor mir, wie ich den weißen Korbkinderwagen durch den Park von Hohehorst schob, das Federbett, das so dick war, dass es sich wölbte. Und wie ich mich über den Wagen beugte und über dein Köpfchen strich. Dein Haar daunenweich unter meinen Fingerspitzen. Aber sosehr ich mich auch bemühte, ich konnte dein

Gesicht nicht sehen. Es blieb ein weißer Fleck. Ich hatte dein Bild verloren. Die Jahre haben deine Spur verwischt. Und alles, was mir von dir geblieben ist, ist ein kleines Foto, auf dem wir beide zu sehen sind. Du und ich in Hohehorst. Und der Schmerz, wenn ich es betrachte.

Wie reife Trauben hängen die Glyzinien über meinem Kopf und verbreiten einen betörenden Duft. Ich denke daran, wie Charlotte sie geliebt hat.

Ich bin dabei, mich mit Mutter auszusöhnen. Und mit dem, was Oma getan hat. Seit jenem Tag, als die drei Musketiere mich gerettet haben, ist nun ein Monat vergangen. Und ich habe das Buch der Emmi Quandt, Omas Buch, wohl an die zehnmal gelesen und immer wieder neue Details entdeckt. Das Lesen hilft mir. Es verleiht mir die Illusion, Oma nahe zu sein. Es ist, als spräche sie zu mir. Und erst jetzt beginne ich zu begreifen, was es mit der »Gnade der späten Geburt« auf sich hat – bisher war dieser Begriff für mich nichts als ein historisches Konzept. Doch nun frage ich mich, was *ich* wohl getan hätte damals. Oder nicht getan.

Und bestimmt zum tausendsten Mal frage ich mich, wie alles wohl gekommen wäre, wenn Oma es uns einfach erzählt hätte. Oder wenn sie uns das Buch zu Lebzeiten gegeben hätte. Sicher, ich wäre erschüttert gewesen, schockiert, aber ich denke, ich hätte sie angenommen, ihre Schuld, und ich hätte mit ihr darüber reden können. Das ist das Ärgste. Dass ich sie jetzt nichts mehr fragen kann. Dass all das Unbeantwortete, das in meinem Inneren brennt, für immer offen bleiben wird.

Einen Tag, nachdem man im Krankenhaus von Imperia meine Schürfwunden und den Erschöpfungszustand behandelt hatte, wurde Dr. Prohacek von der Wiener Polizei festgenommen. Er war noch im Besitz der Liste, die er aus der *Casa dei Glicini* entwendet hatte, während ich im Kofferraum seines Wagens schmorte. In seiner Wohnung wurden dann die restlichen Unterlagen gefunden: die aus Omas Buch herausgerissenen letzten Seiten, die Originale der Vaterschaftsanerkennung und der Versuchsprotokolle, außerdem auch Mutters Adressbuch. Zwei Tage nach seiner Festnahme habe ich mich entschlossen, vorerst in der Casa zu bleiben und den Frühling unter dem Blauregen zu verbringen.

Wolf und Roman sind abgereist. Ich konnte und wollte es ihnen nicht sagen, ich bin noch nicht so weit. Ich weiß auch noch nicht, was ich nun tun werde, ich weiß nur, dass ich ein Kind erwarte und dieses Kind auch bekommen werde.

»Willst du ein oder zwei Brote?«, ruft Erna aus der Küche und ich lächle vor mich hin.

»Eines«, rufe ich zurück.

»Dann mach ich dir zwei«, tönt es erneut.

Wenig später kommt sie auf die Terrasse, ein Tablett vor sich herbalancierend, auf dem frisch gepresster Orangensaft, Obstsalat, Tee und belegte Brote zu sehen sind.

Erna. Auch sie hat sich auf meine Bitte hin dazu entschlossen, erst mal hierzubleiben. Und sich um mich zu kümmern. Es ist fast ein wenig so wie damals, als Oma noch lebte und mich versorgt und bekocht hat. Als ich mich sorglos fühlte und geborgen. Ich vermisse nichts.

Hin und wieder allerdings sagt Erna: »Das Kind braucht einen Vater. Irgendwann musst du einen Test machen lassen.«

Ich nicke dann. Und freue mich, dass sich jemand für mich interessiert. Für mich und mein Kind.

»Das ist nicht nur für das Kind wichtig. Auch für dich. Du brauchst ja nicht gleich mit ihm zusammenzuziehen. Aber denk dran: Du willst doch auch einmal ausgehen. Und was machst du, wenn es mal krank ist oder später dann, wenn es in die Schule kommt ...«

Ich lache. Erna ist schon viel weiter als ich. Sie lacht nicht, sondern fährt unbeirrt fort: »... sind da die Elternabende und vielleicht braucht es Hilfe in Mathematik und dann ist es doch gut, wenn ein Vater ... Ich werde ja nun einmal auch nicht jünger, so leid mir das tut.« Und dann seufzt sie, doch in ihren schwarzen Augen funkelt es und man merkt, dass sie es selbst nicht glauben mag, was sie da sagt, sondern damit rechnet, bei bester Gesundheit mindestens 120 zu werden. Und dann lächelt sie verschmitzt.

Ich greife mir ein Brot, das dick mit Hüttenkäse und Gurkenscheiben belegt ist, und beiße so herzhaft hinein, wie man in der Zahnpastawerbung in einen Apfel beißt. Die Übelkeitsphase liegt nun hinter mir und ich esse bedingungslos alles, was Erna mir vorsetzt, und so habe ich nicht nur nicht weiter abgenommen, sondern auch schon ein wenig mehr auf die Rippen bekommen. Ich habe das Gefühl, dass mir das ganz gut zu Gesicht steht. Ich denke an Roman und an Wolf und wünsche mir, sie könnten mich so sehen. Und werde gleich ein bisschen traurig.

»Ich glaube, du solltest diesen Test so bald wie möglich machen lassen«, sagt Erna. Sie ist eine gute Beobachterin.

»Geht das denn überhaupt? Ich meine, wo das Kind noch gar nicht geboren ist?«

»Aber ja.«

»Und wie soll ich das machen? Ich meine, dann müsste ich es ihnen *sagen*.«

Erna sieht mich an und lächelt schwach. »Das wirst du wohl tun müssen.«

Ich seufze. Ein unangenehmer Druck baut sich in mir auf. Und ich merke, dass es gar nicht so leicht ist, immer und in jeder Situation ganz offen zu sein. Eigentlich mag ich lieber nicht daran denken, wie es wäre, Wolf zu eröffnen, dass ich auch mit Roman – und mit Roman, dass ich davor noch mit Wolf.

»Mal was anderes«, sage ich, um vom Thema abzulenken.

»Hm?« Erna sieht auf.

»Glaubst du, dass Lore Klopstocks Tod ...« Ich wage nicht, es auszusprechen.

»Ob Prohacek nachgeholfen hat?«

»Am Tag vor meiner Rückreise nach Hause hat sie mich angerufen. Sie schien mir etwas Wichtiges sagen zu wollen.«

Erna seufzte. »Man soll ja nichts Schlechtes über Tote sagen, aber ... die Lore hat sich gern ein wenig wichtiggemacht. Und sie war wirklich schwer zuckerkrank. Hast du nicht bei der Trauerfeier mit ihr gesprochen?«

»Ja, trotzdem.«

Wir schweigen eine Weile und jede hängt ihren eigenen Gedanken nach. Plötzlich sagt Erna: »Allerdings bin ich fest davon überzeugt, dass er das war, der das Gas aufgedreht hat, sowohl bei Lilli als auch bei dir.«

»Das sieht die Polizei genauso.« Ich erschaure bei dem bloßen Gedanken daran, dass Prohacek, während ich schlief, durch die Wohnung geschlichen war. So wie auch die Male vorher, als ich eine fremde Gegenwart gespürt hatte. Das war keine Einbildung gewesen, nein. Das war Prohacek, der nach der Liste gesucht hatte, der einzigen Spur, die mich zu ihm hätte führen können. Und letztendlich auch zu ihm geführt hat. Nur dass die Liste da schon längst in einem Bankschließfach untergebracht war. Und wenn ich es recht bedenke, dann muss es auch Prohacek gewesen sein, der ganz zu Beginn bei Wolf angerufen hatte, um nach mir zu fragen. Die ganze Zeit über muss er gefürchtet haben, dass ich irgendwie von der ganzen Sache erfahren könnte.

»Was ich allerdings immer noch nicht ganz begreife: Warum hat Sieglinde Sartorius nur diesen Privatdetektiv auf dich angesetzt?«, murmelte Erna in meine Überlegungen hinein.

»Roman wusste jedenfalls erst mal nichts davon. Und als sie es ihm dann erzählt hat, war er ziemlich ungehalten. Aber dann ...«

»Ja?« Erna sieht mich fragend an.

»Dann hat er es wohl als Gelegenheit gesehen, über meine ... sagen wir mal ... Schritte informiert zu bleiben. Sieglinde Sartorius hat ihren Vater jedenfalls nie ganz loslassen können.«

»Wie meinst du das?«

»Roman erzählte mir, dass sie es nie verwunden hat ... dass er einfach verschwand. Und dass diese Schmach auf ihrem Vater lastete. Sie hatte panische Angst vor einer Veröffentlichung der Versuchsprotokolle und wollte auf keinen Fall, dass das rauskommt. Der Mann im Park war jedenfalls dieser Privatdetektiv. Und auch die anderen Male, als ich mich verfolgt fühlte ...«

»Ja, das ist alles unglaublich und es wird wohl noch eine Weile dauern, bis wir ... bis du das richtig verarbeitet hast. Prohacek ... Deine Mutter hat ihm vertraut, sie hat geglaubt, er liebt sie, sie hat ihn sogar das Manuskript lesen lassen und ihm die Unterlagen gezeigt. Dass er sich dann an dem Fonds, den deine Mutter eingerichtet hatte, so frech bedient hat! Und als sie ihm auf die Schliche kam und ihn anzeigen wollte, hat er sie erpresst, dieser Mistkerl!«, sagt Erna und starrt mich grimmig an. Ich bin so froh, dass sie da ist. Allein ihre Anwesenheit hilft mir, das alles zu verkraften. Ich schüttle den Kopf und erwidere ihren Blick. Ja, genauso war es gewesen. Und weil die Geschichte so unbegreiflich ist, werden Erna und ich nicht müde, sie uns immer wieder zurechtzubuchstabieren. Prohacek hatte Mutter die Originalunterlagen entwendet, die letzten Seiten des Manuskripts herausgerissen und ihr gedroht, alles an die Presse zu geben. Und damit sie merkte, dass es ihm ernst war, hat er die ersten fünfzig Seiten an diesen Verlag geschickt.

In meine Gedanken hinein sagt Erna: »Anfangs schien sein Plan ja auch aufzugehen. Lilli hat geschwiegen. Irgendwann hat sie sich allerdings dazu entschlossen, die restlichen Unterlagen im Schließfach unterzubringen und den Schlüssel Lore Klopstock zur Aufbewahrung zu geben.«

Ich nicke. »Und nach dem ›Unfall‹ mit dem Gas hat Mutter mich angerufen. Vielleicht hat sie ihm das gesagt und ihm auch eröffnet, dass sie nicht länger schweigen würde. Dass sie mir alles erzählen würde.« Ich richte mich auf, nehme das Schüsselchen mit dem Obstsalat und einen Löffel. »Ich versteh bloß nicht ganz, warum er überhaupt Kontakt zu mir aufgenommen hat. Wäre es nicht klüger gewesen, möglichst nicht daran zu rühren?«

»So wie ich ihn kenne, wollte er herausfinden, ob du etwas weißt oder ahnst.« Erna rückt ihren Stuhl ein wenig mehr in die Sonne. Dann sagt sie: »Manchmal frage ich mich, ob ich das alles nicht hätte verhindern können, wenn ich dir gleich alles erzählt hätte, was ich wusste.« Sie sieht traurig aus. Leise fügt sie hinzu. »Aber ich habe mich so geschämt. Dafür, dass ich so dumm war, ihm all das Geld zu geben.«

»Erna«, murmle ich vor mich hin, setze mich aufrecht hin und lege ihr meine Hand auf den Arm. »So etwas darfst du niemals wieder denken!« Und dann sage ich, um sie auf andere Gedanken zu bringen: »Um noch mal auf unser voriges Thema zurückzukommen: Könnte ich nicht einfach so ... ich meine ... ich könnte von ihrer Zahnbürste ... oder reicht nicht ein Haar?«

»Denk nicht mal im Traum dran«, fällt Erna mir ins Wort und ist auch gleich wieder bei ihrem Lieblingsthema. »Du solltest deine Zukunft nicht auf einer Lüge aufbauen. Du warst mit beiden«, sie räusperte sich, »... nun, wie sagt man ... zusammen, also wirst du ihnen auch beiden die Wahrheit sagen. Es ist nun mal passiert. Wem willst du die Unbefleckte vorspielen? Und eines müsste dir doch klar sein: Dir selber bekommt das am allerwenigsten. Die werden das schon vertragen. Und wenn nicht, dann halt nicht.«

Erna sieht sehr entschieden aus, während sie sich ihre Tablette in den Mund steckt und sie mit dem letzten Schluck ihres Tees herunterschluckt.

»Vielleicht braucht das Kind ja auch gar keinen Vater. Ich meine, ich hatte praktisch keinen. Und Mutter hatte auch nur einen Stiefvater.«

Erna lacht laut auf.

»Es ist herrlich zu beobachten, wie du mit dir ringst. Du wirst schon die richtige Entscheidung treffen.«

»Du meinst, ich werde schon die Entscheidung treffen, die du für richtig befindest.«

Erna brummt nur. Eine Weile später sagt sie: »Vielleicht bin ich altmodisch. Heute erziehen ja viele Frauen ihre Kinder allein.«

»Ja«, sage ich und beiße in die zweite Stulle, kaue gründlich und denke an Charlottes Buch. »Es ist alles anders heutzutage. Ich werde es wohl erst einmal kriegen, das Kind. Und wenn es ein Junge wird, könnte ich ihn Paul nennen.«

Dank

Mein Dank gilt wie immer meiner Mutter, Marlis Jonuleit, für ihre unerschütterliche Unterstützung.

Ich danke Gerhard für seinen Glauben an meine Projekte und dafür, dass er mich bei Sturm und Wind und noch dazu an seinem Geburtstag nach Hohehorst begleitet hat.

Danken möchte ich Edith Müller und Erwin Krombholz: dafür, dass sie mich mit Kaffee und Schokolade bewirtet und mir von damals erzählt haben. Danken möchte ich auch Saied Daryosch-Hamedani: dafür, dass er mich – ganz unkompliziert und einfach so – durch Hohehorst, diesen seltsamen Ort, geführt hat.

Mein besonderer Dank gilt meiner Lektorin, Beate Schäfer, für die wunderbare Zusammenarbeit und dafür, dass sie bis zum Schluss nicht lockergelassen hat!

Anja Jonuleit